DIE LÖWIN VOM TAFELBERG

CATHARINA USTINGS'
KÜHNER WEG IN DIE FREIHEIT

KAPKOLONIE 1662 - LEGENDE

Kasten oben links:

The Fort of Good Hope and other Forts and watch-houses - Das Holzfort des Kaps und andere Forts und Wachtposten

Company's garden - Garten der VOC

Company's grain-fields - Getreidefelder der VOC

Company's orchards - Obstgärten der VOC

Oliphant Street (to-day Longmarket Street) - Oliphant Street (heute Longmarket Street)

Reijger Street (to-day Shortmarket Street) - Reijger Street (heute Shortmarket Street)

Heere Street (to-day Castle Street) - Heere Street (heute Castle Street)

Land granted to free burghers in 1657 - 1657 an freie Bürger vergebenes Land

Small freehold farms granted later - kleine Bauernhöfe, die später vergeben wurden

The names of the other owners are shown on the chart itself - Die Namen der anderen Eigentümer sind in der Karte selbst aufgeführt

Miles - Meilen

Die Karte von oben nach unten, links nach rechts mit allen Landschaftsbezeichnungen, Orten, örtlichen Besonderheiten:

Van Riebeeck's first farm, granted to him in 1657 and handed back in 1658 - Van Riebeecks erster Hof, der ihm 1657 zugesprochen und 1658 zurückgegeben wurde

Table Bay - Tafelbucht

Lion Mountain - Löwenberg (heute eher unter Lion's Head = Löwenkopf bekannt)

Houses of free burghers - Häuser von freien Bürgern

Company's warehouse - Lagerhaus der Gesellschaft

Kijkuit - Name eines Wachtpostens

Salt River - Salzfluss

Duinhoop - Name eines Wachtpostens

of Good Hope - der Guten Hoffnung (das alte Holzfort)

Keert de Koe - Name eines Wachtpostens

Wagon-road to forest - Wagenstraße zum Wald

Table Valley - Tafeltal

Coornhoop - Name eines Bauernhofes

Hollandsche Tuin (S. Botma) - Name eines Bauernhofes

Ronde Bosje - Name eines Ortes (heute: Rondebosch)

Ruiterwacht - Name eines Wachtpostens

Groote Schuur - Name eines Anwesens

Table Mountain - Tafelberg

Comps newlands - Name eines Ortes (heute: Newlands)

Houdt den Bul - Name eines Wachtpostens

Liesbeek (first called Amstel or Fresh River) - Liesbeek (zunächst Amstel oder Frischer Fluss genannt)

Gevelbergen - Giebelberge (heute: Twelve Apostels = Zwölf Apostel)

Boundary hedge - Begrenzende Hecke (Bittermandelhecke)

Forest - Wald

Bosheuvel - Sommersitz der Kapkommandanten

Van Riebeeck's second farm (granted in 1658) - Van Riebeecks zweiter Bauernhof (gewährt 1658)

Hout Bay River - Hout-Bay-Fluss

»Flat Land between the Mountains of Africa and the Cape« - »Flaches Land zwischen den Bergen von Afrika und dem Kap«

Bosbergen - Bosberg

Hout Valley - Hout-Tal

Lake - See

Hout Bay - Hout-Bucht (heute: Hout Bay)

Berg Valley - Berg-Tal

Bay False - Falsche Bucht (heute: False Bay)

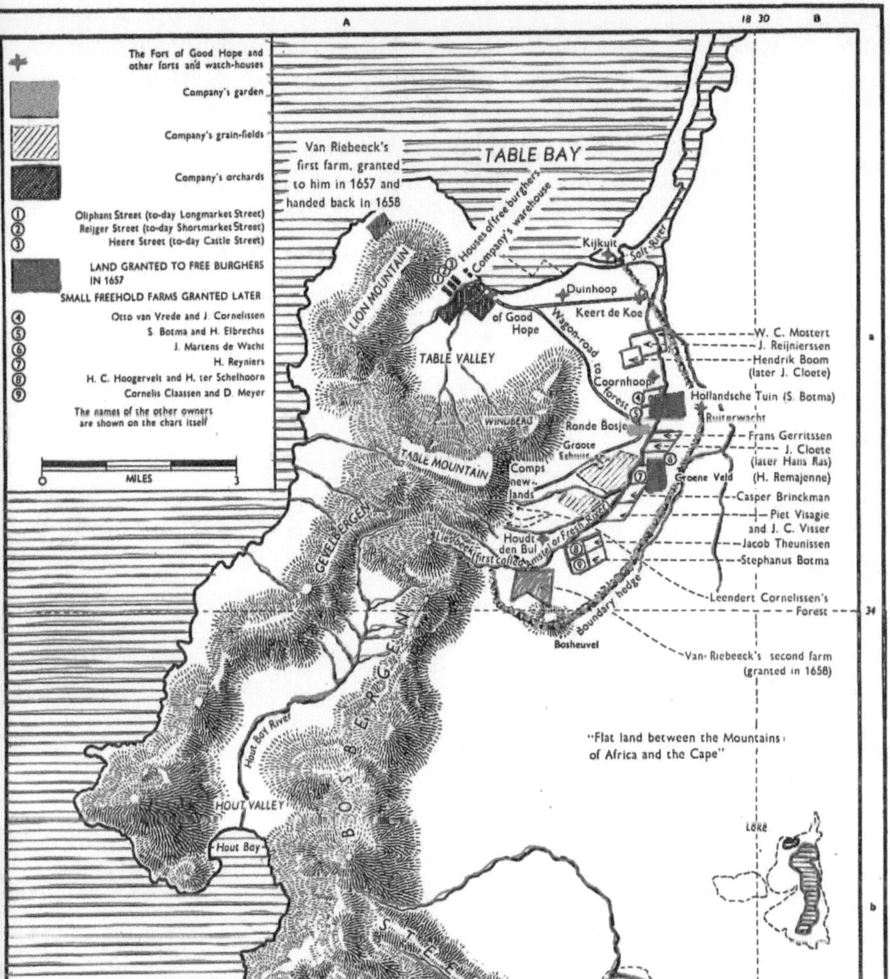

A
18 30
B
The Fort of Good Hope and other forts and watch-houses
Company's garden
Company's grain-fields
Company's orchards
① Oliphant Street (to-day Longmarket Street)
② Reijger Street (to-day Shortmarket Street)
③ Heere Street (to-day Castle Street)
LAND GRANTED TO FREE BURGHERS IN 1657
SMALL FREEHOLD FARMS GRANTED LATER:
④ Otto van Vrede and J. Cornelissen
⑤ S. Botma and H. Elbrechts
⑥ J. Martens de Wacht
⑦ H. Reyniers
⑧ H. C. Hoogervelt and H. ter Schelhoorn
⑨ Cornelis Claassen and D. Meyer
The names of the other owners are shown on the chart itself
MILES
0
3
Van Riebeeck's first farm, granted to him in 1657 and handed back in 1658
TABLE BAY
Houses of free burghers
Company's warehouse
Kijkuit
Salt River
Duinhoop
Keert de Koe
of Good Hope
LION MOUNTAIN
TABLE VALLEY
Wagon-road to forest
Coornhoop
W. C. Mostert
J. Reijnierssen
Hendrik Boom (later J. Cloete)
Hollandsche Tuin (S. Botma)
Ruiterwacht
WINDBERG
Ronde Bosje
Groote Schuur
Frans Gerritssen
J. Cloete (later Hans Ras)
(H. Remajenne)
TABLE MOUNTAIN
Comps new-lands
Groene Veld
Casper Brinckman
Piet Visagie and J. C. Visser
GEVELBERGEN
Houdt den Bul
Liesbeek (first called Amstel or Fresh River)
Jacob Theunissen
Stephanus Botma
Leendert Cornelissen's Forest
Boundary hedge
Bosheuvel
Van Riebeeck's second farm (granted in 1658)
34
a
BOSBERGEN
Hout Bay River
"Flat land between the Mountains of Africa and the Cape"
HOUT VALLEY
Hout Bay
Lake
b
STEENBERGEN
BERG VALLEY
BAY FALSE
18 30
B

Inès Keerl studierte Betriebswirtschaft in Koblenz. Nach neun Jahren in der Wirtschaft begann sie, ihren Traum, Autorin zu werden, in die Wirklichkeit umzusetzen, und bewarb sich für eine Ausbildung zur Drehbuchautorin an der Drehbuchwerkstatt München. Sie wurde angenommen, und seit über zwanzig Jahren stammen aus ihrer Feder TV-Serien und Filme. Mit »Die Löwin vom Tafelberg« legt sie ihren ersten historischen Roman vor.

Dieses Buch ist ein Roman. Dennoch ist die Mehrzahl der Personen nicht frei erfunden, sondern existierte wirklich. Ihre Handlungen beruhen auf einem historischen Hintergrund. Ab Seite 442 findet sich ein Glossar.

INÈS KEERL

DIE LÖWIN VOM TAFELBERG

CATHARINA USTINGS' KÜHNER WEG IN DIE FREIHEIT

Roman

emons:

MIX
Papier | Fördert gute Waldnutzung
FSC® C177064

Cäcilienstraße 48, 50667 Köln
info@emons-verlag.de

Umschlaggestaltung: Nina Schäfer, unter Verwendung der Bildmotive shutterstock.com/Alisa Pravotorova, shutterstock.com/Lukasz Szwaj, akg-images/ARNOLDUS FLORIS LANGREN
Karte auf Seite 3: © Boershistory – Own work, CC BY-SA 4.0, https://commons.wikimedia.org/w/index.php?curid=77521237 (bearbeitet)
Gestaltung Innenteil: DÜDE Satz und Grafik, Odenthal
Lektorat: Lothar Strüh
Druck und Bindung: sourc-e GmbH, Köln
Printed in Europe 2026
Erstausgabe 2023
ISBN 978-3-7408-1707-7
Roman
Originalausgabe
4. Ausgabe

Dieses Werk wurde vermittelt durch die AVA international GmbH, Autoren- und Verlagsagentur. www.ava-international.de

Für meine Eltern
M + G

Jedermann ist gegen mich, ich werde gegen jedermann sein.
Keiner will mir helfen – ich werde mir selbst helfen.

Freie Übersetzung aus der
»Geschichte einer afrikanischen Farm«,
Olive Schreiner

VORWEG (APOLOGIE)

Catharina Ustings ist eine historische Figur. 1641 in Lübeck geboren, segelte sie als Einundzwanzigjährige auf einem Indiaman aus ins Ungewisse und landete am *Kaap de Goede Hoop*, dem unwirtlichen Ort am Ende der Welt mit dem vielversprechenden Namen. Sie war eine der ersten Siedlerinnen und ist bis heute eine Legende. Catharinas Kosmos war eine brutale, heidnische, calvinistische, muslimische Gesellschaft, bestehend aus Khoi, San, Deutschen, Holländern, Franzosen, Schweden, Dänen, Bengalen, Angolanern, Guinesen, um nur einige Religionen und Völker zu nennen. Sie lebten im sogenannten Goldenen Zeitalter der Niederlande unter der Ägide der ersten Aktiengesellschaft der Welt: der mächtigen VOC – der *Vereenigde Oostindische Compagnie*.

Der Stützpunkt am Kap der Guten Hoffnung war als reine Versorgungsstation gedacht. Mit den »Hottentotten«, wie die Kolonialisten die Ureinwohner nannten, wurde Viehhandel betrieben. Dabei verleibten sie sich das Land nach und nach ein, damit die wenigen Siedler dieses bestellen konnten, um die Flotten der VOC auf dem Weg nach Batavia, dem heutigen Indonesien, und zurück in die Patria, die Niederlande, mit Proviant und Wasser zu versorgen. In die Kolonien sandte die VOC Familien, um ein Klein-Holland aufzuziehen. Am Kap landeten hauptsächlich Abenteurer und Hartgesottene, die ihre Arbeit an einem Platz ausführen sollten, der in keiner Weise an Heimat erinnerte.

Die meisten handelnden Figuren sind historisch belegt, die Zeitabläufe und die geschichtlichen Ereignisse ebenso. Die Originalquellen waren eine wunderbare Vorlage für Abschweifungen, Verknüpfungen, Vermischungen und Ausschmückungen.

Sie werden fast der Wahrheit entsprechen.

1. KAPITEL

Lübeck, Dezember 1661

»He, wird das heute noch was mit meinem Bier?« Hinrichs Hand klatschte Catharina auf den Hintern. Das dritte Mal an diesem Morgen.

Sie biss die Zähne zusammen. Ihre Ziehmutter hatte ihr eingeschärft, den Gästen des Zolln schönzutun und Umsatz zu machen. Seit Wochen klagte Magda über Einbußen, sparte an Catharinas Essen, wie auch heute. Die Gerüchte, dass die Ratsherren die leeren Stadtkassen durch eine weitere Steuer füllen wollten, hatten die Geldbörsen der Lübecker verschlossen. Und nur am Markttag war die Gaststube voll, und den Bürgern saßen die Münzen lockerer in der Tasche.

Mit knurrendem Magen eilte Catharina von Tisch zu Tisch, nahm Bestellungen auf, verteilte Bierkrüge, lud leere Krüge auf ihr Tablett und eilte zum Tresen.

An die Theke gelehnt, wartete sie auf die nächsten. Dabei glitt ihr Blick noch mal zu Hinrich mit seinen Froschaugen und seinem kahlen Schädel. Er beobachtete sie.

»Hinrich ist dir heute besonders zugetan.« Magda stellte die frisch gezapften Biere vor sie hin.

»Er ist betrunken.«

»Sei nett zu ihm.«

Catharina bedachte den stadtbekannten Trinker mit einem unwilligen Blick. Nur kurz, denn Magda griff über die Theke und zog sie zu sich. »Tu, was ich dir sage, wenn dir was an deiner Arbeit liegt«, zischte sie ihr entgegen.

Catharinas Magen zog sich ob des drohenden Untertons zusammen. Hastig griff sie nach den Bierkrügen, drängte sich zwischen den Gästen zu den Tischen und verteilte sie. Das letzte Bier sparte sie für Hinrich auf. Als sie nur noch zwei Tische von ihm entfernt war, blickte sie zu Magda, sah, dass diese sie beobachtete.

Catharina zwang sich zu einem Lächeln, trat zu Hinrich und tauschte seinen Krug gegen einen vollen.

Kaum hatte sie sich vorgebeugt, langte er an ihre Brust und drückte sie. Sie wich zurück. Doch er packte sie am Arm, zerrte sie zu sich und küsste sie. Der Krug rutschte ihr aus der Hand. Bier spritzte umher.

»Du blöde Kuh!«, brüllte Hinrich und zeigte aufgebracht auf seine nassen Hosenbeine.

Catharina wischte sich seine Spucke von den Lippen. Die Männer in der Kneipe johlten.

»Bist wohl noch nie geküsst worden«, rief ein anderer Mann lachend.

Die Umhersitzenden grölten, standen auf, um besser zu sehen. Catharinas Hände zitterten. In ihrem Kopf dröhnten die Stimmen der Männer, verschmolzen bedrohlich. Sie sah Hinrichs grinsenden Mund, der sich wie ein Rad vor ihren Augen immer schneller drehte, seine Hand, die nach ihr greifen wollte. Sie wich zurück, drehte sich um, stürmte aus der Stube.

Catharina hatte die Tür kaum hinter sich gelassen, als Magda sie am Arm packte und zurückriss. »Was fällt dir ein!«, herrschte sie sie an. »Du gehst sofort zurück und entschuldigst dich!«

Catharina schüttelte matt den Kopf. Immer noch flimmerte es vor ihren Augen.

Magda schlug ihr ins Gesicht. »Du machst, was ich sage!« Sie versetzte Catharina einen weiteren, noch härteren Schlag.

Catharina taumelte. »Ich kann das nicht.« Bevor Magdas schwielige Hand sie nochmals treffen konnte, riss sie sich los und rannte aus dem Gasthaus in die eisige Kälte.

Schon bald pochte ihre Seite von dem schnellen Laufen. Sie wusste, dass es wahnsinnig war, Magda zu trotzen, aber sie hatte weggemusst. Sollte die Ziehmutter sie doch wieder in den Keller zu den Ratten sperren! Catharina war das finstere Loch von Kindesbeinen an als Strafe gewohnt. Keuchend stieß sie weiße Wölkchen aus, erreichte den Friedhof, lief vorbei an den steinernen Engeln und Mausoleen der angesehenen und reichen Bürger Lübecks hin zu dem schiefen Holztor am Ende des Kirchhofs.

Mit geübtem Griff öffnete sie es und betrat die kümmerliche braune Grasfläche, unter der die namenlosen Toten lagen. Arme, Pilger, Hingerichtete, Selbstmörder. Gefallene Mädchen. Wie ihre Mutter, die hier vor neunzehn Jahren verscharrt worden war. Kein Grab war ihr vergönnt worden, der jungen Frau, die in einer Gaststube gearbeitet und »zu Diensten« hatte sein müssen. Catharina war das Ergebnis gewesen und hatte ihrer Mutter gleich am Tag der Geburt das Leben gekostet.

Catharina rannte zu der winterkahlen Birke, dem einzigen Schmuck der trostlosen Fläche. Sie umarmte den Stamm, ließ die bisher zurückgehaltenen Tränen laufen. Erst lautlos, wie sie es häufig nachts tat. Doch das Schluchzen wollte heute hörbar sein. Sie strich über die Rinde, sprach zu dem Baum, in dem sie die Seele ihrer Mutter wähnte und die aller unfrohen Toten. »Was?«, brach es aus ihr heraus. »Was nur soll ich tun? Wenn ich nicht mache, was sie will, schickt sie mich weg. Was soll dann werden, Mutter?« Sie lehnte ihren Kopf an den Stamm, schloss die Augen. »Sag es mir, ich brauche Hilfe.«

Der Winterwind strich durch die kahlen Zweige, und sie horchte, als könne er Antworten auf ihre Fragen geben. Doch sie blieben wie gewohnt aus. Sie trat einen Schritt zurück, schlang die Arme um sich. Langsam wiegte sie sich, um sich zu trösten und neue Hoffnung zu schöpfen.

Das Geräusch eines brechenden Zweiges schreckte sie auf. Catharina wandte den Kopf, atmete auf. Der alte Berne, ihr einziger Freund, hinkte auf sie zu. Beim Näherkommen sah sie, dass die Augen des Knechts gerötet waren und sein faltiges Gesicht noch eingefallener wirkte als sonst. »Catharina.«

»Sie wirft mich raus?«, fragte sie ihn tonlos.

»Schlimmer.« Berne drückte ihre Hand.

»Was kann denn noch schlimmer sein?«

»Sie gibt dich Hinrich zum Weib. Noch diese Woche soll die Hochzeit sein.«

Catharinas Beine gaben nach. Fassungslos sah sie Berne an. »Das kann sie nicht machen.«

»Sie kann«, erwiderte der Freund mit rauer Stimme. »Geh zu ihr. Sag, dass es dir leidtut. Entschuldige dich. Vielleicht ändert sie dann ihre Meinung.«

Catharina schlich über den Flur in die Küche und spähte durch die Durchreiche in den Schankraum. Gerade stellte Magda Hinrich ein weiteres frisch gezapftes Bier hin. Als sie beiseitetrat, gab sie den Blick auf den Pfarrer frei. Er saß Hinrich gegenüber. Ein kalter Schauer jagte über Catharinas Rücken. Sie musste mit Magda reden, schnell und allein.

Als ob der Himmel ihr Flehen gehört hatte, drehte sich ihre Ziehmutter um, steuerte auf die Küche zu. Kaum war sie eingetreten, trat Catharina schon vor sie. »Ich flehe dich an, Magda, verheirate mich nicht.«

»Sieh an, erst läufst du weg und lässt mich mit der Wirtschaft alleine, und jetzt kommst du angekrochen.« Ungerührt wandte sie sich dem Kessel zu und schöpfte eine Kelle Suppe in einen Teller. »Hat Berne es dir gesagt?«, fragte sie nebenbei, um sich gleich darauf selbst die Antwort zu geben. »Natürlich war es Berne.« Sie stellte den Teller ab.

»Bitte, gib mich nicht diesem Mann.« Catharina legte ein Flehen in ihre Stimme.

»Du bist mehr als alt genug, um zu heiraten.« Magda wischte ihre Hand an ihrer Schürze ab.

»Bisher wolltest du doch auch nicht, dass ich heirate. Da warst du froh, dass ich für dich arbeite.«

»Die Zeiten ändern sich.«

»Hinrich ist ein Säufer.«

»Dann ist er schneller unter der Erde.«

Catharina sackte auf die Bank.

»Du solltest mir dankbar sein.« Magda sah sie kopfschüttelnd an. »Du willst nicht in der Schankstube arbeiten. Du willst nicht angefasst werden. Gut, genau deswegen habe ich dir einen Ehemann ausgesucht. Hinrich ist Krämer. Du wirst auf dem Markt Waren verkaufen. Was willst du mehr?«

Was Magda sagte, klang ungewöhnlich zugewandt. Doch ein kurzer Blick in ihre Augen zeigte Catharina, dass Magda es nicht war.

»Wie hast du Hinrich dazu gebracht, mich zu heiraten?«

Ein gerissenes Funkeln leuchtete in Magdas Augen auf. »Ich habe ihn davon überzeugt, dass du aus Zuneigung zu ihm gehandelt hast. Dass du schüchtern bist, hat er sofort geglaubt. Und dass du Jungfrau bist, hat ihm sehr gefallen. Immerhin nimmt er dich ohne Mitgift. Er bringt sogar eine mit!« Magda lächelte selbstgefällig.

Catharina sprang auf. »Das ist Hurerei! Du verkaufst mich!«

»Nur weil ich dir einen Ehemann suche? Geh doch zum Büttel und beschwer dich. Hier, die Suppe ist für ihn.« Magda griff nach dem Suppenteller und reichte ihn Catharina. »Er sitzt da, wo er immer sitzt. Wir werden ja sehen, wie weit du mit deiner Anklage kommst.«

Catharina wusste, dass sie verloren hatte. In den Augen der Ziehmutter war sie ein überflüssiges Maul geworden, das diese zu stopfen hatte. Und sie hatte sich dieses Mauls gewinnbringend entledigt. Wie angewurzelt stand sie da und blickte Magda hinterher, die die Küche mit dem Teller verließ.

2. KAPITEL

»Hört, ihr lieben Herren, lasst euch sagen, vom Turm die Glock hat zwei geschlagen!« Schon wieder zog der Nachtwächter singend durch die kleine Hartiengrove.

Den Kopf seitlich auf die Hände gebettet, stierte Catharina auf den langsam verlöschenden Kerzenstumpf vor ihr auf dem Boden. Ihr Kopf war leer, genau wie ihr Magen.

»Zwei Wege hat der Mensch vor sich«, sang der Wächter sich entfernend weiter, »Herr, den rechten führe mich!«

Zwei Wege, von wegen! Für sie gab es nur die Heirat mit Hinrich.

Einige Halme ihres Strohsacks hatten sich durch den groben Stoff gebohrt und piksten sie in die Seite. Dennoch blieb sie regungslos liegen, hatte nicht einmal ihre Decke über sich gezogen. Sollte sie doch krank werden oder, noch besser, erfrieren. Das war möglicherweise der zweite, der rechte Weg. Sterben! Solange sie denken konnte, bestimmte Magda darüber, was sie zu tun und zu lassen hatte. Catharinas alleiniges Aufbegehren lag darin, ans Grab ihrer Mutter zu laufen oder Gott anzuflehen, ihr zu helfen. Gott hatte ihr nie geholfen und würde es gewiss auch jetzt nicht tun. Er musste eine Erfindung der Reichen und Mächtigen sein, um Seelen wie sie zu knechten. Wie gern würde sie weggehen. Weit weg. Sie holte tief Luft. Noch nie hatte sie Lübeck verlassen, wusste nichts von der Welt draußen vor den Mauern.

Ein letztes Aufflackern, dann erlosch die Kerze.

Die Dunkelheit lockerte die Fesseln in ihrem Kopf. Sie streckte sich, erhob sich von ihrem Lager, zwang sich zu einem Schritt, zu einem weiteren. Sie ging durch die beiden Wäschereihen, ließ ihre Hände an den leicht klammen Stoffen entlanggleiten. Ides Hose hing als letztes Wäschestück in der Reihe. Magdas Lieblingsknecht besaß zwei Beinkleider und bekam von

Magda drei Mahlzeiten am Tag, ganz im Gegensatz zu Berne mit seinem steifen Knie und ihr, Catharina.

Diese rieb den festen schwarzen Wollstoff zwischen ihren Fingern. Warum wartete sie stets, dass etwas mit ihr geschah? Sei es, ob Magda in der Laune war, ihr Essen zu geben oder sie loszuwerden. Sie spürte noch die rauen Fasern von Ides Hose in den Fingerspitzen, da durchzuckte sie ein Gedanke. Flucht! Fliehen, um der Ehe mit Hinrich zu entkommen. Nicht als Frau – sie wäre augenblicklich Freiwild. Sondern als – Mann. Unmöglich, schalt sie sich. Wirklich? Warum? War es nicht der zweite Weg? Einer, den sie einschlagen konnte?

Mit einem Ruck zog sie Ides Hose von der Leine und schlüpfte hinein, stopfte ihr wollenes Unterkleid in den Bund. Sie passte zweimal in das Beinkleid. Kurz entschlossen knotete sie eine leere Wäscheleine ab, band sie sich um die Hüfte, krempelte die viel zu langen Hosenbeine bis zu den Knöcheln hoch. Sie sprang zweimal auf und ab. Die Hose rutschte nicht. Dafür wippten ihre Brüste. Flugs entledigte sie sich ihres Unterkleides, nahm Bindentücher von der Leine und wickelte ihren Busen fest an ihren Körper. Es tat gut zu handeln. Alles war besser, als Hinrichs Frau zu werden. Sie streifte ihr Wollkleid wieder über, raffte es erneut in den Bund, blickte an sich herab und war noch nicht zufrieden. Sie nahm Ides Hemd von der Leine, zog es an. Es war wie die Hose zu weit und zu lang, aber es verbarg ihre weiblichen Formen. Als sie nach ihrem Bündel griff, fielen ihr die langen Haare über die Schultern. Sie nahm eine Locke in die Hand. Sie mussten ab, wenn sie als Mann fliehen wollte. Seit jeher verdeckten Haare ihre leicht abstehenden Ohren und waren laut Magda das einzig Ansehnliche an ihr. Unentschlossen zwirbelte sie eine Locke zwischen ihren Fingern, überlegte: Ihre Haare würden nachwachsen. Ihr Mut, ihr Leben selbst in die Hand zu nehmen, kehrte vielleicht nie wieder.

Sie brauchte eine Schere. Dafür musste sie in die Küche, da die einzige des Hauses dort in Magdas Banktruhe lag. Hastig legte sie sich ihren Wollumhang um und schulterte ihr Bündel.

Ihre Holzschuhe in der Hand, schlich sie im Dunkeln auf Zehenspitzen die Treppe hinab. Stieg über die Stufen hinweg, von denen sie wusste, dass sie knarzten. Sie lebte hier schon lange genug, um zu wissen, welche das waren.

Im Erdgeschoss angekommen, wandte sie sich zur Küche, öffnete leise die Tür. Im fahlen Mondlicht sah sie die Truhe neben dem Kamin, ging auf sie zu, hob den Deckel hoch. Gerade steckte sie die Schere in ihr Bündel, da spürte sie hinter sich eine Bewegung. Catharina wirbelte herum.

Da stand Ide. »Was machst du hier?«, knurrte er sie an. Sein Blick glitt über ihren Oberkörper. »Wieso trägst du das?« Er hatte sein Hemd erkannt.

Mit einem Satz wollte sie an ihm vorbei aus der Küche stürzen. Seine Handkante traf sie brutal ins Gesicht, ließ sie gegen eine Steinkante des Kamins stürzen. Schmerz durchfuhr ihren Rücken und nahm ihr den Atem. Einen Herzschlag zu lang, denn Ides Blick glitt über das Hemd zur Hose, erkannte auch diese. Außer sich packte er sie am Arm. Sie riss sich los, stolperte nach vorn. Ihre Hand bekam den Schürhaken zu fassen. Sie schleuderte ihren Arm nach hinten und knallte Ide den Eisenstab an die Schläfe. Der Knecht taumelte, fiel vornüber. Dabei krachte seine Stirn gegen die Tischkante, und er sackte in sich zusammen. Dann rührte sich Ide nicht mehr. Aus der Stirnwunde sickerte Blut. Bange beugte sich Catharina über ihn. Zu ihrer Erleichterung hob sich in diesem Moment sachte sein Brustkorb. Er lebte. Noch. In ihrem Kopf pochte nur ein einziger Gedanke: Nichts wie weg hier! Weg! Weg! Weg!

»Catharina! Bist du das?«

Mit dem Schürhaken in der Hand drehte sie sich zur Tür. Zu ihrer Erleichterung stand allein Berne im Türrahmen.

»Was machst du? ... Und wie siehst du denn ... Oh mein Gott.« Berne entdeckte Ide auf dem Boden, hinkte zu ihm.

»Ich wollte das nicht«, stammelte sie, »ich hab seine Sachen gestohlen, wollte fliehen. Er hat mich überrascht.«

Mit zwei Fingern prüfte Berne Ides Puls. Dann drückte er

ein Tuch auf die Wunde, um die Blutung zu stoppen. Er sah sie ernst und besorgt an. »Du musst weg. Und zwar schnell.«

»Aber wohin denn?« Catharina schluchzte auf. »Ich wollte fliehen, aber es ist doch unmöglich. Eigentlich.«

»Das hättest du dir vorher überlegen müssen.« Berne rappelte sich hoch, nahm sie in die Arme. »Du musst raus aus Lübeck. Was ist, wenn er stirbt?«

Catharina begann leise zu weinen. Berne drückte sie fest. »Du hast keine andere Wahl.« Er ließ sie los, nahm seine Wollmütze aus dem Hosenbund und zog sie ihr über den Kopf. »Geh!«

»Ide soll nicht sterben.«

»Darum kümmer ich mich, sobald du weg bist.«

»Was wird mit dir?«

»Ich komm klar«, versicherte er ihr.

Immer noch stand sie reglos da, weinte.

»Verschwinde endlich«, drängte er sie, »ich will dich nicht am Pranger sehen. Oder gar am Galgen.«

Catharina stierte ihn an. Er hatte recht. In seinen Augen sah sie die Verzweiflung, die sie selbst fühlte. Das Leben hatte für sie entschieden. Die Flucht, zuvor der zweite Weg, war der erste geworden. Sie musste gehen. Jetzt.

Im Schutz der Häuser rannte sie durch die menschenleeren Gassen. Dabei klapperten ihre Pantinen verräterisch laut auf den Pflastersteinen, und sie blieb stehen, um sie auszuziehen. Barfuß hastete sie weiter. Catharina kannte einen verlassenen Schuppen bei der Bäckerei hinter der Marienkirche. Dort wollte sie sich verstecken, bis die Stadttore am Morgen geöffnet wurden. Sie konnte nur hoffen, dass bis dahin weder Ide zu sich gekommen war noch Magda ihn gefunden hatte. Ansonsten würde der Büttel sie an den Toren erwarten.

Und wenn Ide sterben würde oder gar schon tot war? Sie zwang sich durchzuatmen. Ruhig musste sie bleiben. Einen Schritt nach dem nächsten machen.

Sie erreichte den Schuppen. So leise es ging, drückte sie die schiefe Holztür auf, schlüpfte hinein. Es stank zwar nach Urin, aber er war wie erhofft leer. Mit zitternden Fingern entnahm sie ihrem Bündel die Schere, zog die Mütze ab, strich sich über die dicken Haare und umfasste zögerlich eine ihrer braunen Locken. Es musste sein, so schwer es ihr fiel, sich von ihren Haaren zu trennen. Sie nahm einen tiefen Atemzug, hielt die Strähne hoch, setzte die Schere kurz oberhalb ihres Kopfes an. Beherzt schnitt sie sie ab, dachte dabei an Berne. Sie sehnte sich nach dem Freund, den sie im besten Fall nie wiedersehen würde. Ein klägliches Stöhnen entrang sich ihrer Kehle. Was nur hatte sie getan? Sie griff zur nächsten Strähne, um ihr begonnenes Werk zu vollenden. Locke um Locke fiel lautlos auf den Boden. Als sie fertig war, fuhr sie sich mit den Händen durch die igelstachelkurzen Haare. Dann klaubte sie ihre Locken vom Boden und stopfte sie in ihr Bündel. Sie würde sie vor der Stadt entsorgen, um unnötige Spuren zu vermeiden.

Wohin sollte sie gehen? Sie wusste es schlicht nicht und wollte darüber jetzt nicht nachdenken. Sie nahm die Schere und kürzte stattdessen ihr Unterkleid. Erst einmal musste sie aus der Stadt raus. Dazu mussten sich die Tore öffnen, und kein Büttel durfte sie an denselben erwarten.

Catharina hatte den Gesang des Nachtwächters noch dreimal vernommen und war vor Angst und Kälte ganz zittrig, als endlich die kalte Winternacht in einen ebenso frostigen Morgen umschlug. Leben kam in die eben noch ruhige Gasse. Ein Hahn krähte, und Holzschuhe klapperten auf dem Pflaster. Catharina öffnete die Tür des Schuppens einen Spaltbreit, sah einen Laufjungen die kleine Gasse hinabgehen. Sie schaute noch mal nach links, um sicherzugehen, dass niemand sie beobachtete, dann wagte sie sich aus dem Schuppen hinaus. Immer nah an den Häuserwänden entlang ging sie Richtung Markt. Zwei Mägde, ihre Wolltücher eng um sich geschlungen, bogen vor ihr in die Gasse ein. Sie passte ihren Schritt den beiden an, blieb hinter ihnen. Immer mehr belebten sich die Gassen. Müde Blicke streiften sie, aber zu ihrer Erleichterung blieb keiner an ihr hängen.

Sie hatte kaum den Marktplatz erreicht, da hörte sie schwere Schritte. Instinktiv drückte sie sich in einen Häusereingang. Ein Dutzend Soldaten gingen an ihr vorbei. Die Augen starr nach vorn gerichtet, marschierten sie zur Mitte des Platzes. Catharinas Herz klopfte ihr bis zum Hals. Mit ängstlichem Blick beobachtete sie, wie sie sich teilten und an den Ecken postierten.

»Hör meine Worte. Heute verkünden sie die Steuererhöhung«, sagte eine Frau im Vorbeigehen zu ihrem Mann. Catharina griff sich an den Hals. Wenn das stimmte, konnte es sein, dass die Tore gar nicht geöffnet wurden, um keine Aufwiegler in die Stadt zu lassen. Bitte nicht, flehte sie stumm und eilte über die hintere Gasse zum Holstentor.

Zu ihrer Erleichterung stand das erste der vier Tore, die die Hansestadt im Westen vor Angreifern schützen sollten, offen. Eine Wache hatte ein Fuhrwerk mit zwei Ochsen angehalten. Eine weitere stand hinten an der Ladefläche und stieß mit ihrer Hellebarde ins Heu, das der Wagen geladen hatte.

»Wenn ich's euch sage ... Ich will doch nur die Stadt verlassen«, murrte der hagere Fuhrmann mit belegter Stimme. »Ich bin kein Schmuggler. Ich bin Händler.«

Während sie an dem Mann mit eingezogenem Kopf vorbeiging, fiel ihr sein dünnes Ziegenbärtchen auf. Sein Schlapphut saß schief auf seinem Kopf. Seine ganze Erscheinung deutete darauf hin, dass er am Abend zuvor zu tief ins Glas geschaut hatte.

Unbehelligt schritt sie an der kleinen Gruppe durch das schlichte Fachwerktor vorbei auf die Holstenbrücke, die über die Trave führte. Zügig ging sie stadtauswärts, überholte andere Reisende, hastete weiter durch das Mittlere zum Äußeren Holstentor.

Sie schöpfte gerade Hoffnung, unbehelligt aus der Stadt zu kommen, da sah sie eine Frau neben vier Wachen am letzten des von hohen Wällen umgebenen Tores stehen. Instinktiv schreckte sie zurück, versteckte sich hinter einer Statue, lugte vorsichtig durch die steinernen Beine eines verewigten Ratsherren hindurch. Es war tatsächlich Magda, die prüfende Blicke auf jeden aus der Stadt gehenden Reisenden warf. Sie hatte Ide demnach gefunden – tot oder lebendig. Catharina wusste, dass sie an ihr nicht unerkannt vorbeikommen würde, weder als Mädchen noch als Junge. In ihrer Angst drehte sie um und strebte wieder in die Stadt. Sie musste es am nördlichen Burgtor versuchen. Doch was, wenn dort auch jemand auf sie wartete?

Das Fuhrwerk mit dem hageren Mann kam ihr entgegen. Ganz allein. Nur sie und er waren auf der Brücke. Er beachtete sie nicht, hielt sich den Kopf. Das war ihre Gelegenheit. Sie blieb stehen, ließ den Karren vorbeiziehen. Behände zog sie sich auf die Ladefläche, verblieb kurz reglos in der Hocke. Der Schlapphutträger saß nach wie vor in sich zusammengesunken auf dem Bock. Sie kroch an der Wandseite neben einer länglichen Holzkiste bäuchlings unter das raschelnde Heu und dankte zum ersten Mal in ihrem Leben der Trunkenheit der Männer und dem damit einhergehenden Jammerkater samt benebelten Sinnen. Kaum hatte sie Heu über ihren Kopf gehäuft, hörte sie schon die Wache. »Halt! Wohin willst du?«

»Das haben mich die anderen doch schon gefragt«, sagte der Fuhrmann ein wenig pampig, »nach Hamburg.«

»Bist du durchsucht worden?«

»Ja, dahinten am Tor. Haben ihre Speere ins Heu gesteckt. Was ist denn los?«

»Hast du ein Mädchen oder einen Jungen gesehen?« Das war eindeutig Magdas Stimme. Catharina wagte unter dem Heu kaum zu atmen.

»Deshalb stochert ihr mit euren Fleischspießen rum«, stellte der Fuhrmann fest. »Ein Mädchen hätt ich gern neben mir. Aber was willst du mit 'nem Jungen, holde Alte? Nimm doch mich. Diether aus Vreden.«

»Säufer«, antwortete Magda barsch.

»Na, na, na, nur ein bisschen«, sagte der Fuhrmann und kicherte. »Ich kann eh nicht treu sein. Verzeih!«

»Solche wie dich kenn ich zur Genüge! Unnütz bis auf die Knochen.«

»Ja, ja Knochen. Da hast du recht!« Wieder kicherte der Fuhrmann, der Diether hieß.

Catharina zitterte so sehr vor Angst, dass sie das Heu über ihr anflehte, nicht zu wackeln und sie zu verraten. Sie drückte sich fester an die Kiste, um Halt zu haben.

»Fahr ab!«, befahl die Wache. »Los!«

»Wohl denn. Leb wohl! Lebt alle wohl.«

Das Fuhrwerk setzte sich in Bewegung. Catharina kniff die Augen zusammen wie ein kleines Kind, das nicht entdeckt werden wollte, presste sich an den Boden, hoffte inständig, dass nichts von ihr zu sehen war. Das Fuhrwerk ratterte über die Steine, durch das Tor, hinaus aus der Stadt.

Erst als das Rattern der Räder in Knirschen übergegangen war und Catharina mit Sicherheit wusste, dass sie über einen gefrorenen Weg fuhren, schob sie das Heu über ihrem Kopf vorsichtig zur Seite und sah über die Halme hinweg, wie sich Lübecks Silhouette entfernte.

3. KAPITEL

Sie konnte nicht sagen, wie lange sie bereits den Weg neben der Trave Richtung Westen entlanggezuckelt waren, aber Lübeck war schon länger außer Sicht. Einige Male hatte sie abspringen wollen. Doch nicht nur die klirrende Kälte und das angenehm warme Heu hielten sie ab. Die durchwachte Nacht zollte ihren Tribut: Sie konnte kaum die Augen offen halten. Und sie hätte auch geschlafen und Kraft geschöpft, wenn sie nicht unentwegt über ihre jämmerliche Situation hätte nachdenken müssen. Keine Münzen, kein Essen und Trinken, kein Ziel. Sie hatte zuerst aus der Stadt gewollt. Nun war sie es.

Die Trave hob sich schwarz von den mit Eistropfen überzogenen Grasufern ab, floss träge zurück gen Lübeck. Selbst der Fluss kannte seine Richtung. Nur sie wusste nicht, wohin. Vor dem nächsten Ort musste sie abspringen. Die Gefahr war zu groß, dass der Fuhrmann anhalten und sie entdecken könnte. Wenn sie sich an die Erzählungen der Reisenden in Magdas Gaststube richtig erinnerte, müsste das nächste Dorf Reinfeld mit seinen Karpfenteichen sein.

Nach ein paar Flussbiegungen änderte sich die Landschaft. Bäume und Sträucher säumten nun statt des winterkalten Grases den Weg. Über Nacht hatte der Frost sie mit Raureif überzogen, und die blattlosen, mit Tausenden winzigen Eiskristallen übersäten Äste blitzten im heraufsteigenden Sonnenlicht wie einzelne Diamanten. Catharina blickte fasziniert in das Glitzerspiel, befreite sich aus dem Heu.

»Wen zum Deifel haben wir denn da?«

Ertappt fuhr sie in der Bewegung herum, verlor das Gleichgewicht und fiel rücklings ins Heu.

»Bist du der Junge, den sie suchen?« Diethers gerötete Augen in dem schmalen Gesicht blickten eher neugierig als wütend.

Anstelle einer Antwort starrte Catharina ihn mit großen Augen an, unfähig, sich zu bewegen.

»Was hast du ausgefressen, dass die Alte dich gesucht hat?«, fragte er weiter, schaute sie unverwandt an.

»Nichts«, sagte sie laut und deutlich. Sie hielt seinem Blick stand, strich sich mit dem Handrücken jedoch verlegen über die Stirn und rappelte sich auf.

»Glaub ich nicht. Spuck's aus.«

»Ich sollte heiraten«, vertraute sie ihm einen Teil der Wahrheit an.

»Das ist alles?« Der Fuhrmann brach in Gelächter aus. Ein Spinnennetz von Falten durchzog sein Gesicht, ließ ihn älter aussehen als die dreißig Lenze, auf die sie ihn schätzte. »Etwa das Mädchen, das sie gesucht hat? War das ihre Tochter, die du sitzen gelassen hast?«

Catharina nickte. »So ungefähr.«

»Na, die scheint auch weggelaufen zu sein. Egal. Hab ich auch schon gemacht«, bekannte er, »allerdings wünsche ich mir manchmal große Brüste, an denen ich mich wärmen kann.«

Catharina sprang vom Wagen. »Hab Dank fürs Mitnehmen.«

»Warte mal!«, rief er. »Mein Schädel brummt, und ich würde gerne schlafen. Du kämst mir gerade recht, den Karren zu lenken.«

Das Angebot traf sie aus heiterem Himmel, und sie wusste nicht recht, was sie damit anfangen sollte. Unschlüssig starrte sie ihn an, während der Fuhrmann sich über seinen kümmerlichen Bart strich und auf eine Antwort wartete. Anscheinend dauerte ihm ihr Schweigen zu lang. »Nun denn.« Er hob die Zügel, und die Vierbeiner setzten sich in Bewegung.

Catharina sah dem Fuhrwerk mit einem Gemisch aus Bedauern, nun selbst laufen zu müssen, und Erleichterung, dass Diether ihr nichts angetan hatte, hinterher. Wenn sie es genau nahm, schwang auch ein Funken Stolz mit. Der Fuhrmann hatte nicht daran gezweifelt, dass sie ein Junge war.

Sie hörte, wie er ein Lied anstimmte. Ob es die Melodie war, ihre Müdigkeit oder sein Ziel Hamburg – die Hanse, die groß genug war, dass man dort selbst im Winter Arbeit finden konnte –, ihre Beine setzten sich wie von selbst in Bewegung. »Warte!« Und dann noch mal lauter mit verstellter Stimme. »Warte!«

Diether hatte sie anscheinend gehört, denn er hielt das Gespann an.

»Hast es dir wohl anders überlegt«, klang es spöttisch aus seinem Mund, als sie neben dem Wagen stehen blieb.

»Ja.« Ein weißes Atemwölkchen bekräftigte ihren Entschluss.

»Wie heißt du, Milchgesicht?«, fragte er sie.

Über einen Namen hatte sie nicht nachgedacht. Sie kaute auf ihrer Unterlippe, straffte nach kurzem Überlegen die Schultern. »Berne heiß ich, mein Herr.« Der Name des alten Knechts und einzigen Freundes kam ihr erstaunlich flüssig über die Lippen.

»Mein Herr, so was.« Der Fuhrmann gluckste. »Diether reicht.«

Er reichte ihr eine schwielige Hand, die sie übersah. Stattdessen zog sie sich allein auf den Bock. Von hier oben sahen die breiten Rücken der Ochsen furchteinflößend aus. »Ich hab noch nie ein Gespann gelenkt.«

»Dann wird's Zeit, dass du's lernst.« Er drückte ihr die Zügel in die Hand, legte sich ins Heu auf der Ladefläche und zog eine Decke über sich. »Weck mich, wenn wir in Nützschau sind.«

»Woran erkenne ich den Ort?«

»An einem Haus mit drei Giebeln.« Diethers Stimme klang schläfrig.

Catharina hob die Zügel angespannt hoch. Nichts geschah, außer dass die Tiere mit den Ohren wackelten. Sie wandte sich nach hinten. »Wie kriege ich sie zum Laufen?«

»Hüh«, erscholl es von hinten, und die Ochsen setzten sich in Bewegung. Erst langsam, dann immer schneller. Catharina drückte ihre Füße fest auf den Boden des Kutschbocks, als könnte sie sich mit ihnen festklammern, und sah auf die stämmigen Vierbeiner.

»Und wenn sie durchgehen?« Sie riss an den Zügeln.

»Das machen die nie«, nuschelte Diether, »lass die Zügel einfach locker!«

Catharina wagte es. »Und wie kriege ich sie zum Halten?«

»Du fragst zu viel«, murrte er. »Lass jetzt gut sein!«

Mit hochgezogenen Schultern starrte sie abwechselnd auf die Rücken der Tiere und den Weg vor ihr. Die Ochsen fanden in einen gemächlichen Trott und zogen den Karren sicher durch die tiefen Furchen, die die vielen Wagen über die Jahre hinweg in den Boden gedrückt hatten. Sie lockerte ihren steifen Rücken. »Du hattest recht, Diether! Sie gehen von alleine!«

Als Antwort erhielt sie nur ein Schnarchen.

Erst als die Dämmerung hereinbrach, erreichte das Fuhrwerk das von Diether beschriebene Herrenhaus.

»Wir sind da!«, rief sie nach hinten.

Diether kroch zu ihr nach vorn, nahm ihr die Zügel aus der Hand und fuhr am Haus vorbei.

»Machen wir keine Rast?« Catharina konnte ihre Enttäuschung nur mühsam verbergen, musste sie doch dringend Wasser lassen.

Anstelle einer Antwort lenkte Diether den Wagen einige Biegungen weiter bis zu einem kleinen Teich neben einem Waldrand. »Hier schlagen wir unser Lager auf!«

»Ich sammle Holz fürs Feuer«, beeilte sie sich zu sagen und schritt davon, bevor Diether etwas entgegnen konnte. Hinter dem erstbesten Baum erleichterte sie sich. Sie hatte gehofft, im Ort übernachten zu können, mit vielen Menschen in einem Gastraum oder in einem Stall. Hier im Freien war sie mit Diether allein. Der Gedanke ängstigte sie. Keinesfalls jedoch durfte sie ihre Furcht zeigen, sie musste sich möglichst unbekümmert geben, obwohl ihr leerer Magen ihre Stimmung zusätzlich drückte.

Mit einem Bündel dünnerer und dickerer Äste kehrte sie zu Diether zurück, der bereits die Ochsen ausgespannt hatte. Während er ein Feuer entzündete, tränkte sie die Vierbeiner und streute ihnen Heu vor. Dabei schielte sie zu dem Eisentopf, den Diether über das Feuer gehängt hatte. Er ließ eine Speckschwarte in der Hitze auslaufen. Dann schnitt er Weißkohl und Rote Bete hinein. Der Duft des Gebratenen ließ Catharina ihren Hunger noch mehr spüren.

Am Teichrand standen ein paar vertrocknete Rohrkolben. Sie riss einige der dicht über dem Boden wachsenden Erdsprossen heraus und wusch sie im kalten Wasser. Sie würde sie gut kauen und ihren gröbsten Hunger stillen.

»Jetzt komm schon her. Ich merk doch, wie du immer wieder herstierst!« Diethers Stimme ließ keinen Zweifel zu. »Du hast dich nützlich gemacht, kannst mitessen. Wenn wir morgen in einem Dorf sind, musst du dein Essen selbst verdienen. Oder kannst die da essen.« Dabei zeigte er auf ihre Wurzeln.

Bevor er es sich anders überlegen konnte, setzte sich Catharina rasch zu ihm. Sie verschlang die Portion, die er ihr reichte, während Diether seine mit Genuss aß. Immer noch hungrig, schielte sie auf seinen Teller. Er fing ihren Blick auf und reichte ihr ein Stück Brot. »Ihr Jungen habt doch immer Hunger.«

Dankbar nahm sie das Stück und wischte das letzte bisschen Fett aus der Holzschüssel.

Nachdem auch Diether den letzten Bissen vertilgt und mit einem großen Schluck hinuntergespült hatte, nahm Catharina die Schüsseln und die Pfanne. Sie ging zum Teich und ließ sich Zeit, das Geschirr im Wasser zu säubern. Keinesfalls wollte sie mit Diether reden, geschweige denn Fragen beantworten.

Doch dieser schien keine zu haben, holte Decken aus der Holzkiste und warf ihr eine zu. »Ich schlafe am Feuer. Kannst du auch machen, wenn du willst.« Er legte seine Decken auf den Boden, machte es sich darauf bequem und legte sein Messer neben sich. »Falls du doch ein Dieb bist. Gar ein Mörder«, sagte er leichthin.

Anstelle einer Entgegnung stellte sie das Geschirr neben das Feuer.

»Weißt du, warum ich glaube, dass du kein Mörder bist?« Er

blickte sie an. »Weil du Angst vor mir hast. Selbst wenn ich 'nen Brummschädel habe.« Wie zur Bestätigung seiner Worte trank er erneut aus dem Lederbeutel. »Und wenn du einer wärst«, fuhr er fort, »auf Messer versteh ich mich.« Mit einem zufriedenen Rülpser drehte er ihr den Rücken zu.

Catharina nahm die Decke, suchte sich am Waldesrand einen Ast und kroch unter den Wagen. Den Stock legte sie neben sich. Sie wollte gewappnet sein, wohl wissend, dass ein Messer immer stärker war als bloße Muskelkraft. Dann entnahm sie ihrem Bündel auch noch ihre Schere und umschloss sie fest, obwohl ihr bei dem Gedanken unheimlich wurde, sie als Waffe einzusetzen.

Catharina schreckte hoch und stieß mit dem Kopf an den Karrenboden. »Verflucht.« Sie rieb sich den schmerzenden Kopf. Sie war eingeschlafen, wie ihr der helle Streifen Morgen im Osten zeigte. Ein kurzer Blick zum Lagerfeuer verriet ihr, dass Diether nicht mehr dort lag. Mit steifen Beinen kroch sie aus ihrem Nachtlager hervor. »Diether?«

Nur die Ochsen muhten hungrig in die Stille.

»Schon gut. Ich hol euch was zu fressen.« Sie stieg mit Hilfe ihres Aststocks auf die Ladefläche, um Heu zu holen. Ihr Blick fiel auf die längliche Holzkiste, an die sie sich gestern gepresst hatte. Sie wusste, dass es ungehörig war, aber sie musste sie öffnen. Langsam hob sie den Deckel. Die Kiste, die fast so lang war wie sie, war in mehrere Fächer eingeteilt. In den kleineren Fächern lagen fein säuberlich sortiert bleiche Knochensplitter, fingerlange Knochenstücke, Rückenwirbel. In einem größeren Fach gar ein Oberschenkelknochen. Mit einem entsetzten Aufschrei ließ sie den Deckel fallen, sprang von der Ladefläche und erstarrte in der Bewegung. Diether stand unbeweglich mit ausdrucksloser Miene am Waldesrand. Über seinen Schultern hing ein toter Hase. Sein Messer steckte seitlich im Gürtel. Als ob er nichts beobachtet hätte, trat er neben sie. »Endlich aufgestanden?« Er hängte den Hasen an einen Haken, der an der Karrenwand angebracht war. Ohne eine Antwort abzuwarten, schnitt er mit seinem Messer das Fell entlang der Hinterbeine auf.

Catharina starrte auf seine geübten Hände, die den Hasen häuteten.

»Was ist los?«, fragte er sie, ohne aufzuschauen.

Catharinas Beine waren wie mit dem Boden verwachsen.

»Gestern konntest du gar nicht genug Fragen stellen?«

»Ich ... ich ...« Sie verstummte.

»Glaubst wohl, deine Knochen liegen auch bald in der Kiste.« Das abgezogene Fell in seiner Hand machte ihr eine Antwort nicht leichter.

Ihre Hände zitterten. Dennoch hob sie ihren Stock vor sich, wünschte sich, die Schere ebenfalls in den Händen zu halten.

Diether zuckte mit den Schultern. »Ich hätte dich im Schlaf meucheln können.«

»Was sind das für Knochen?« Sie hörte selbst, wie zittrig ihre Stimme klang.

»Endlich eine Frage.« Sein spöttischer Unterton verriet ihr, dass er sich über sie lustig machte. »Die sind von St. Franziskus für den Frieden oder St. Liborius gegen Krankheiten. Oder von wem immer du willst.« Er sah sie an. »Ich verkaufe Reliquien.«

»Knochen von Heiligen?«

»So viele Heilige gibt's gar nicht. Die hier sind von Schweinen, Hasen, Katzen.« Diether grinste sie an, während Catharina langsam begriff, dass Diether betrog.

»Du verkaufst den Gläubigen Tierknochen?«, hakte sie deutlich weniger verunsichert nach.

»Ich gebe ihnen, das, was sie brauchen: den Glauben an Wunder.«

»Was ist mit Gott?« Catharina biss sich auf die Zunge. Die Frage war lästerlich.

»Gott wird es verstehen. Ich muss ja von was leben. Dich haben gestern die Münzen für einen Hundeknochen satt gemacht.« Er giggelte. »Hab ihn als Finger der heiligen Elisabeth verkauft.«

Er nahm den Hasen, ging zum Feuer. Der Weg war frei, sie konnte fliehen. Gleichwohl schaute sie ihm hinterher, zugleich bewundernd und abgestoßen. Diether hängte den Hasen über die Glut, dann drehte er sich gemächlich um. Mit seinem Bart und dem Schlapphut sah er eher wie ein schrulliger Kauz denn wie ein Verbrecher aus. Gleichmütig sah er sie an. »Nun hab dich nicht so. Kümmer dich um die Ochsen. Dann komm frühstücken«, forderte er sie auf. »Hamburg wartet. Oder willst du nicht mehr mit?«

Er schien ihre Gedanken zu lesen. Mit einem Betrüger wollte sie nichts zu tun haben. Wie schnell konnte Diether sich in Schwierigkeiten bringen und sie mit, wenn sie sich in seiner Gesellschaft befand. Andererseits war das Reisen zu zweit sicherer.

Bis Hamburg waren es keine zwei Tage mehr. Dort konnte, nein, würde sie sich absetzen. Bis dahin, so beschloss sie, wollte sie das Wagnis seiner Gesellschaft eingehen.

Sie sprang auf die Ladefläche und warf Heu hinab.

Diether begleitete ihr Tun mit einem gefälligen Kopfnicken. »Sag mal, Berne: Willst du in Hamburg als Seemann anheuern?«

»Wie kommst du darauf?« Die Frage überraschte sie.

»Na, Abenteuerlust. Neue Welten entdecken. Was junge Männer so antreibt.«

»Darüber habe ich noch nicht nachgedacht«, sagte sie wahrheitsgemäß, während sie den Ochsen das Heu vorschüttete.

»Tu es nicht.«

»Den Ochsen Heu geben?«

»Nein, zur See gehen. Nur einer von dreien kommt zurück.« Er richtete sich auf. »Bleib bei mir. Ich weih dich in die Geheimnisse der Reliquien ein. Mache aus dir einen Reliquienjungen.«

Ruckartig wandte sie sich ihm zu. »Ich soll bei dir bleiben?« Diether verblüffte und verwirrte sie wieder.

»Für mich passt's. Auf Reisen kann ich abends trinken und tagsüber schlafen, wenn du die Tiere lenkst«, lautete seine pragmatische Antwort. »In den Dörfern und Städten ziehen wir zusammen von Haus zu Haus, verkaufen die Knochen.«

Sie spürte, wie sein Blick auf ihr lag. »Du erhältst freie Kost im ersten halben Jahr. Dann sehen wir weiter. Überleg's dir.« Er wandte sich wieder dem Feuer und der Eisenpfanne zu. In ihrem Kopf schwirrten die Gedanken hin und her, während sie sich zu ihm setzte. Mit einem munteren Lächeln zeigte er auf eine Keule. »Das wird deine erste Aufgabe bei mir sein. Wenn das Teil durch ist, musst du es sauber bis auf die Knochen abnagen. Es könnten die vom heiligen Ansgar werden.«

4. KAPITEL

Nach einem frostigen Tag und einer noch kälteren Nacht erreichten sie Hamburg. Catharina hatte noch nie zuvor solch hohe Mauern und Bastionen gesehen, geschweige denn Erdwälle, in denen Hunderte von spitzen Holzpfählen steckten.

»Nicht wahr, sieht einschüchternd aus?« Diether hatte ihre Blicke bemerkt. »Hat Hamburg im Großen Krieg vor Feinden gerettet. Ganz schön schwer, da Sturmleitern anzulegen.« Er fuhr in die Stadt hinein und lenkte den Wagen geschickt durch die Menschen auf der Straße.

Catharina musste sich eingestehen, dass sie weder die Gerüche von Urin und Verrottendem vermisst hatte, obwohl diese im Winter erträglicher waren als im Sommer, noch die Körperausdünstungen vieler auf einem Ort zusammengeballter Menschen. Auch die Geschäftigkeit der dahineilenden Frauen und Männer war ihr nach den Tagen auf der Straße zu viel. Der Bäckerjunge mit dem Mehlsack auf dem Rücken, die Mutter mit dem schreienden Kind an der Hand. Sie fuhren an einer Frau vorbei, deren wohlgerundete Proportionen unter dem Wollumhang sichtbar waren.

»Heute Nacht wärme ich mich nicht nur am Feuer«, sagte Diether frohlockend. »In Hamburg gibt es gute Weiber.«

Seine einfach dahergesagten Worte trafen Catharina mehr, als sie sich eingestehen wollte. Selbst wenn sie bei Diether hätte bleiben wollen, es war unmöglich. Irgendwann würde ihr Schwindel auffliegen.

Diether hielt den Karren vor einem abseits gelegenen Gasthaus an. »Ich weiß, dass du gehen willst.« Catharina rutschte auf dem Bock hin und her, verfluchte seine Fähigkeit, ihre Gedanken zu lesen.

»Bevor du fragst, woher ich das weiß: Wenn du bleiben wolltest, hättest du's gesagt. Aber ich sag dir eins.« Er drehte ihr

Kinn zu ihm und zwang sie, ihm in die Augen zu schauen. »Du bist mir einen Markttag schuldig. Danach kannst du gehen.« Diether gab ihr die Zügel in die Hand. »Kümmer dich um die Tiere.« Er sprang vom Bock und verschwand in eine enge Gasse, in der Catharina die Bordelle vermutete.

Im Stall und im Wirtshaus herrschte kein Betrieb, weshalb sich keine Möglichkeit bot, ein paar Pfennige für das Abendessen zu verdienen. Sie versorgte Diethers Ochsen und machte sich dann auf, am Hafen Arbeit zu suchen. Auch wollte sie sich mit der Stadt vertrauter machen, sehen, wo sie ab morgen bleiben würde. Vor allem entscheiden, ob als Mann oder Frau.

Ihr Weg führte sie durch die Deichstraße. Gleich zu Anfang roch sie den Duft von Gewürzen, nussig und holzig. Sie blieb stehen, sog den fremdartigen wohlriechenden Geruch ein, der aus einer offen stehenden, gut mannshohen Holztür drang. Große Säcke standen entlang der Steinwände des rechteckigen Gewölberaumes. Auf jedem Sack waren die gleichen Zeichen gedruckt: ein nach oben offenes Dreieck, dessen linker Schenkel deutlich dicker war als der rechte. Auf dem linken Schenkel war ein O aufgedruckt. Diesen Buchstaben kannte Catharina, genauso wie das C, das den rechten Schenkel des Dreiecks durchschnitt. Das nach oben offene Dreieck sagte ihr nichts. Ganz eindeutig war jedoch, dass der Inhalt der Säcke die Ursache des wunderbar exotisch anmutenden Duftes war.

Zwei in feinstes schwarzes Tuch gekleidete Männer standen an einem geöffneten Sack. Der jüngere, dessen gepflegter Bart auf einem runden weißen Spitzenkragen ruhte, entnahm diesem eine nussartige Kugel und reichte sie dem älteren. Zum ersten Mal in ihrem Leben sah Catharina eine Muskatnuss. Sie hatte von dieser in Magdas Gaststube gehört. Reisende hatten von dem Gewürz erzählt, weswegen der Niederländer Jan Pieterszoon Coon fast ein ganzes Inselvolk auf den Banda-Inseln ausgerottet hatte, um seiner Heimat das Monopol an dieser seltenen Nuss und damit unermesslichen Reichtum zu sichern.

Der Kaufmann roch an der Nuss, schabte mit seinem Messer einen winzigen Span ab. Diesen steckte er in seinen Mund, kaute auf ihm. Seine Gesichtszüge entspannten sich.

»Ich habe es doch gesagt. Beste Muskatnote«, pries der Jüngere die Ware an.

»Zu Höchstpreisen«, erwiderte der Ältere. »Wie viele Steine haben die Niederländer dieses Mal in die Säcke gelegt? Diese Calvinisten nutzen jede Gelegenheit, ihren Profit auf Kosten anderer zu mehren.«

»Einige, Vater. Ich habe sie herausnehmen lassen. Und den Sack nachgewogen.«

»Gut gemacht«, lobte der Kaufmann seinen Sohn, dann blickte er zur Tür.

Catharina wich zurück. Zu spät, der Kaufmann hatte sie bemerkt. »Willst wohl stehlen, Bursche?« Er hob die Hand.

Zwei Männer, die bis dahin unsichtbar im hinteren Teil des Lagerraumes gestanden hatten, traten mit Knüppeln in den Händen drohend auf sie zu.

In Windeseile drehte sich Catharina um, rannte, so schnell sie konnte, die Straße hinab. Sie bog um eine Ecke, um noch eine, bis ihr ein Blick über die Schulter verriet, dass sie nicht mehr verfolgt wurde. Sie verlangsamte ihre Schritte und folgte dem Lärm, der sie zum Ufer führte.

Laut rufend bahnten sich Träger mit ihren beladenen Karren einen Weg durch die Menschen. Der Grund für die Betriebsamkeit war ein Dreimaster, der in der wintergrauen Flussströmung am Ende eines Steges lag. Über eine Laderampe am Heck gingen Träger in das Schiff. Auf einer zweiten kamen sie mit Säcken und Fässern beladen wieder an Land und reihten sich in eine Schlange vor eine Hängewaage ein, die an einem Kontorhaus angebracht war. An dieser stand der Hafenmeister, kontrollierte das Wiegen und bestimmte den Warenzoll, der an die Stadt zu entrichten war. Kaufleute drängten sich um ihn oder ließen sich von schwarz gekleideten Männern den Inhalt der Säcke und Fässer zeigen.

An den Masten und am reich verzierten Heck des am Kai

festgezurrten Schiffes wehte jeweils eine rot-weiß-blau quer gestreifte Fahne. In dem weißen Streifen erkannte Catharina erneut die Buchstaben O, C und das ihr unbekannte nach oben geöffnete Dreieck. Sie stellte sich neben einen sommersprossigen Jungen, der zum Schiff starrte. »Was ist das für ein Segler?«, fragte sie ihn in der Hoffnung, dass er es wusste.

»Ein Ostindienfahrer der VOC«, erklärte der Junge voller Elan.

»VOC?«, fragte Catharina, der der Name nichts sagte, doch das nach oben offene Dreieck musste demnach ein V darstellen.

»Die *Vereenigde Oostindische Compagnie*. Niederländer. Die suchen Leute. Und ich will mit.« Der Junge schaute sie abenteuerlustig an.

»Du willst mit? Warst du schon mal auf See?«, fragte Catharina verblüfft. Der Junge schien kaum den Kinderhosen entwachsen zu sein.

»Nee, aber 'nen *hopelooper* können die immer gebrauchen.«

»*Hopelooper?* Was macht der?«

»Alles, was die anderen nicht machen wollen«, erklärte der Junge bereitwillig. »In zehn Jahren bin ich dann Bootsmann oder hab Land. Ganz, wie ich will.«

»Nie und nimmer geht das«, widersprach Catharina ungläubig.

»Bei der Compagnie schon«, erwiderte der Junge firm. »Mein Bruder hat als *hopelooper* angefangen. Jetzt ist er in Batavia, hat Land. Ich will zu ihm. Das Schiff da, die ›Hoff van Zealand‹«, der Junge zeigte auf den Dreimaster, »segelt in die Kolonie.« Die Begeisterung in seiner Stimme war nicht zu überhören.

»Wo liegt Batavia?« Der Name klang weich und verlockend.

»Hinter Afrika.«

Catharina heftete ihren Blick auf den rot-gelben Löwen am Bug. Dieses Schiff segelte weit weg von ihren Sorgen.

»In Batavia wachsen überall Bäume mit essbaren Früchten. Man muss nur die Hand nach ihnen ausstrecken. Es ist immer warm, schreibt mein Bruder«, schwärmte der Junge weiter.

»Simon!« Ein Mann von kräftiger, wenn auch gedrungener Gestalt rief den Jungen. »Komm!«

»Aye, aye, Koosten.« Simon nickte Catharina zu. »Mach's gut.«

»Du auch, baldiger *hopelooper*«, verabschiedete sie Simon, während sie zur Hoff van Zealand blickte. »Batavia«, murmelte sie vor sich hin, »Das klingt nach einem glücklichen Ort.« Sie riss ihren Blick nur mühsam von dem friedlich in der Elbe schaukelnden Schiff los, dann ging sie langsamen Schrittes nachdenklich zurück zum Gasthaus.

Im Gegensatz zum Mittag war das Gasthaus nun gut besucht, wie auch in den Ställen eben mehr los gewesen war, sodass sie sich einige Münzen mit Füttern und Tränken verdient hatte.

Reisende und Händler saßen an Holztischen oder Fässern, löffelten eifrig ihren Eintopf oder unterhielten sich bei einem Krug Bier. Mitten im Schankraum an einem langen Holztisch hatte sich ein knappes Dutzend Seeleute zusammengesetzt. Nur ganz hinten in einer Ecke entdeckte Catharina ein umgedrehtes Fass, an dem noch niemand Platz genommen hatte. Mit tief in die Stirn gezogener Mütze ging sie durch die Stube und setzte sich auf die Bank dahinter an der Wand. Von hier konnte sie den Raum gut überblicken, ohne aufzufallen. Die Seemänner an dem großen Tisch überboten sich gegenseitig mit zotigen Trinksprüchen, denen meist lautes Gelächter folgte. Sie leerten ihre Biere so schnell, dass das Schankmädchen kaum hinterherkam.

Gerade stellte das Mädchen vier Krüge auf den Tisch, als ein Seemann sie um die Hüfte fassen wollte. Geschwind zog sie ihn an seinem blonden Knebelbart und drohte ihm halb spaß-, halb ernsthaft mit dem Finger. Was sie sagte, verstand Catharina nicht, aber die anderen Männer am Tisch lachten und schlugen sich auf die Schenkel. Sie fühlte sich in Magdas Schankstube zurückversetzt. Nur, heute bediente sie nicht. Stattdessen hatte sie im Stall die Arbeit eines Mannes verrichtet. Es war einfach gewesen, sich auf diese Art Kupferpfennige zu verdienen, die nun ihren Eintopf bezahlen würden. Das Schankmädchen trat zu ihr an den Tisch. »Was soll's sein?«

»Suppe und Bier.« Wie leicht die Worte über ihre Lippen kamen.

Während das Mädchen weitereilte, lehnte Catharina sich zurück und genoss den Moment. Sie hatte zum ersten Mal in ihrem Leben Essen bestellt und nicht das Gemüse dazu geputzt oder geschält.

»Sechzig Mann sind von der Hoff desertiert?« Trotz des Stimmengewirrs der Seemänner hörte sie die heisere Stimme am Nebentisch deutlich und vor allem den Namen des Dreimasters, den sie am Ufer gesehen hatte.

Die Stimme gehörte zu einem dürren Seemann, der ihr zugewandt saß. Das Kopftuch, das er um seinen Schädel geschlungen hatte, verbarg seine Haare, nicht aber das rote Feuermal, das wie ein Vogelgeschiss auf seiner Stirn saß. Sie rutschte näher an die beiden heran, um besser lauschen zu können.

»Aye, Veit. Wollten lieber an Land sterben als unter Käpt'n Drelingcourt.« Die Stimme des Mannes mit dem Rücken zu ihr klang rau vor Anspannung. »Vom zweiten Tag an Wasser und Suppe rationiert. Als *scheepskok* weiß ich, was wir zu fressen an Bord haben.«

»Mistkerl, dieser Drelingcourt.«

»Ich sag's dir. Und ein Lügner obendrein. Die Säcke waren ja verschwunden, und drei von uns sollten es gewesen sein«, schimpfte der Schiffskoch weiter. »Drelingcourt ließ die Katze auf ihren Rücken tanzen. Dabei waren sie unschuldig. Wenn Paulus du Maulier nicht gewesen wäre und der Erste Offizier van Stappen, es wäre uns übel ergangen. Sie haben die Vorräte in Drelingcourts Kajüte entdeckt. Der Deifel wollte das Zeug selber verkaufen.«

»Du Maulier?«

»Ein *junior merchant* der Compagnie.«

»Kenn ich nicht. Aber van Stappen ja, ist ein guter Mann. Bin schon unter ihm gesegelt.«

»Na, dann heuer morgen an. Van Stappen ist unser neuer Käpt'n gen Batavia. Er sucht Matrosen.«

Catharina setzte sich aufrecht hin. Die Hoff suchte Leute und segelte wirklich nach Batavia.

»Allerdings ist Drelingcourts Auge noch an Bord.« In die Stimme des Schiffskochs mischte sich ein anklagender Unterton. »Ein verlogener Hundesohn.«

»Wer ist das?«, fragte der Mann mit dem Feuermal.

Der Schiffskoch beugte sich über den Tisch.

»Hier!« Das Schankmädchen knallte Catharina den Eintopf und den Krug Bier auf den Tisch, wodurch Catharina der Name von Drelingcourts Auge entging.

Zu ihrem Unmut setzten die beiden ihr Gespräch nach vorn gebeugt und leise fort. Da es nichts mehr zu belauschen gab, tauchte sie ihren Löffel in die Suppe und fischte eins der wenigen Fleischstücke heraus. Der salzige Geschmack konnte kaum verdecken, dass das Fleisch nicht mehr zum Verzehr geeignet war. Dennoch kaute sie ausgiebig darauf herum, fischte ein weiteres Stück heraus, das sie zwischen den Steckrüben und Kartoffeln fand. Während sie kaute, trat Diether in die Stube. Mit einem zufriedenen Grinsen kam er auf sie zu, winkte das Schankmädchen herbei und nahm ihr einen Krug Bier aus der Hand.

»Prost!« Diether nahm einen großen Schluck. »Das war gut.« Ein Rinnsal lief aus seinem grinsenden Mund. Er wischte es weg. »Das Bier. Und das dralle Weib, das mich aufgenommen hat.«

Catharina wusste nichts darauf zu erwidern und zog es vor weiterzuessen. Die Seemänner am langen Tisch stimmten ein Lied an. Diether sah kurz zu ihnen hinüber. »Wollen wir mal hoffen, dass die friedlich bleiben. Mit Hamburger Bütteln ist nicht zu spaßen.« Ungefragt zog er Catharinas Eintopf zu sich heran und nahm einen Löffel. »Schmeckt«, schmatzte er und tauchte den Löffel wieder in den Eintopf.

Catharina musste an sich halten, ihm nicht auf die Finger zu schlagen.

Das Knallen der Schanktür lenkte sie ab. Ein breitschultriger rotblonder Mann mit kantigem Gesicht und vorgeschobenem Kiefer hatte den Raum betreten. Mit geballten Fäusten ging er die Tische ab, schaute den Männern prüfend ins Gesicht.

»Der ist auf Ärger aus«, stellte sie fest.

Diether drehte sich um. »Verfluchter Mist.«

Er machte sich klein, doch der Mann hatte ihn gesehen, steuerte auf Diether zu und zückte schon im Gehen sein Messer.

»Du Drecksschwein«, knurrte der Mann, »hast meiner Dirne 'nen Knochen als Bezahlung gegeben.«

»Ein Finger vom heiligen Ansgar, eurem Stadtpatron«, beschwichtigte Diether. »Sie hat drauf bestanden, mit ihm bezahlt zu werden.«

»'n dreckiger Hundeknochen ist es.« Der bullige Mann warf Diether die vermeintliche Reliquie vor die Füße, während sich Catharina nah an die Wand drückte.

Im Schankraum war es still geworden, und alle Augenpaare waren auf die beiden Streithähne gerichtet.

»Der heilige Ansgar hatte etwas von einem Hund«, versuchte Diether sich herauszureden.

Ohne Vorwarnung ließ der Rotblonde seine Klinge vorschnellen. Behände tauchte Diether unter der Attacke weg, dann sprang er auf und rammte dem Angreifer seinen Ellbogen vor den Kehlkopf. Der Mann taumelte nach hinten, verlor das Messer und fiel röchelnd zu Boden.

»Ich habe deiner Dirne Kupferpfennige angeboten, aber sie wollte die Reliquie.« Diethers Stimme klang gepresst. »Also lass mich in Ruhe. Sonst stech ich dich ab.« Zur Bekräftigung seiner Worte riss er den Rotblonden am Hemd hoch und hielt ihm seinen Dolch an die Kehle. Der Mann stöhnte. Mit einem Seitenblick fuhr Diether Catharina an. »Was sitzt du rum? Nimm sein Messer!«

Hastig stand sie auf, nahm es an sich. Dabei sah sie in die Augen des Rotblonden. Sie sprühten vor Zorn. Diether sah es wohl auch, denn er versetzte dem Mann mit dem Messerknauf einen Kinnhaken. Mit verdrehten Augen sank dessen Kopf zur Seite.

»Los!« Nur zu gern folgte Catharina Diethers Aufforderung und folgte ihm aus der Gaststube.

Kaum standen sie auf der menschenleeren Straße, war es mit Diethers Beherrschung vorbei. Er rannte los. Catharinas Groll auf ihn ließ sie in die andere Richtung losstürmen. Nicht eine Sekunde länger wollte sie mit in seine Betrügereien verwickelt werden.

Ein Schrei gellte durch die Luft, ließ sie zurückschauen. Drei Männer umringten Diether. In ihren Händen sah sie Messerklingen aufblitzen. Rasch duckte sie sich hinter eine Tränke.

»Freunde!« Diethers Stimme klang angesichts seiner Lage überraschend fest. »Lasst mit euch reden! Ich gebe euch Münzen.«

»Die kriegen wir so oder so. Dachtest du, du kommst davon?« Der schneidende Ton der Stimme des Größten der drei ließ Catharina das Blut in den Adern gefrieren. »Wir haben Anweisung, was mit dir passieren soll, wenn du ohne den Fuchs rauskommst.« Er nickte einem der Männer zu. »Geh rein und schau, was mit ihm ist.«

Die Tür der Gaststube quietschte. Der Rotblonde trat auf die Straße. Catharina hielt die Luft an. Der Fuchs genannte Mann hielt sich eine Hand an den Kehlkopf, ging aber aufrecht.

»Wir haben ihn!«, rief der Größte der drei ihm triumphierend zu.

Diether nutzte den Moment, um sich von dem Gauner neben ihm loszumachen. Doch der Dritte im Bunde schien es geahnt zu haben, sprang ihn mit einem wütenden Knurren an. Diether wich zur Seite aus, drehte sich. Zu schnell. Er rutschte auf dem Pflaster aus, stürzte zu Boden und verlor sein Messer, das vor die Füße des Rotblonden rutschte. Zwei der Handlanger rissen Diether an den Armen hoch, hielten sie auf dem Rücken fest, während der Rotblonde aufreizend langsam Diethers Messer aufhob.

»Wo ist denn der Junge?« Seine Stimme war ein heiseres Krächzen.

Catharina fühlte die aufsteigende Panik, hielt sich die Hand vor den Mund.

»Abgehauen«, keuchte Diether.

»Wir haben nur den hier gesehen«, bestätigte einer der Männer, der Diether eisern festhielt.

Der Rotblonde hielt sein Messer an Diethers Kehle. »So, und jetzt rückst du alles raus: Ochsen, Fuhrwerk.«

»Was?« Catharina hörte Diether nach Luft schnappen.

»Deine Schulden sind seit dadrin gestiegen.« Der Rotblonde zeigte mit dem Messer zur Gaststube.

Mit einer Wucht, die Catharina dem hageren Diether nicht zugetraut hätte, riss er sich los und lief kreuz und quer über die Straße in ihre Richtung.

»Bleib stehen, elender Hundsfott!«

Diether lief weiter. Er hatte die Tränke, hinter der sie sich versteckte, fast erreicht, da sirrte etwas durch die Luft. Diether schrie auf, fiel auf die Knie und sank vornüber auf das Pflaster. Sein eigenes Messer steckte in seinem Rücken. Der Rotblonde ging zu ihm.

Catharina presste sich an den Stein, wagte kaum zu atmen. Der Rotblonde stieß Diether an. Dieser rührte sich nicht, kein Zucken, nichts. »Stellst dich tot oder bist es?« Der Fuchs zog das Messer aus Diethers Rücken, drehte ihn mit dem Fuß um. Diethers Arm schwang leblos mit. Catharina musste an sich halten, um nicht aufzuschreien.

»Das passiert Betrügern!« Der Rotblonde spuckte Diether ins Gesicht. Die anderen Männer traten hinzu.

»Was machen wir mit ihm?«, fragte der Große.

»Hebt ihn hoch!«

Die Männer kamen dem Befehl nach.

»Wir finden schon alleine, was ihm gehört.« Der Rotblonde ging vor. »Muss ja im Stall stehen.«

Mit dem Gesicht nach unten zogen die Männer Diether mit.

Das Geräusch der Holzpantinen auf dem Pflaster ging Catharina durch Mark und Bein.

In die eben noch leere Gasse bogen zwei Matrosen und gingen den dreien entgegen. »Euer Kumpel hat wohl schon genug gesoffen«, sagte einer der beiden, als sie auf gleicher Höhe waren, und lachte. Die Wunde im Rücken bemerkten sie anscheinend nicht.

»Kann man so sagen«, krächzte der Rotblonde.

Catharina kam es vor, als ob seine Stimme fast vergnügt klang.

»Solche Kameraden braucht man«, sagte der Seemann zu seinem Kumpan, als sie weitergingen. »Welche, die einen nach Hause bringen.«

Während der Rotblonde und seine Helfershelfer Diether weiter den Weg entlangschleiften, gingen die Seemänner ins Gasthaus.

Aus der offenen Tür drang Gegröle. Catharina spürte, wie Nasses über ihr Gesicht rann. Mit dem Handrücken wischte sie die Tränen ab, die sich nicht aufhielten ließen. Ein Schluchzen kroch ihren Hals hoch, brach aus ihr heraus. Sie konnte es nicht zurückhalten. Es schüttelte sie. Jetzt erst merkte sie, dass sie noch das Messer des Rotblonden umklammert hielt. Sie war Diether nicht zur Hilfe geeilt. Doch selbst wenn, es hätte nichts genutzt. Sie war mit dem Umgang nicht vertraut, wäre jetzt tot wie der Reliquienhändler. Wieder schluchzte sie auf und war bass erstaunt zu hören, dass ihre Verzweiflung klang wie ein weidwundes Tier. Was sollte nun werden?

5. KAPITEL

Den Rest der Nacht versteckte sich Catharina hinter Taustapeln am Hafen. Ihr ganzer Körper war taub, ob vor Angst oder Kälte, konnte sie nicht sagen. Immer wieder sah sie in Gedanken Diethers reglosen Körper vor sich. Diesen Tod hatte er nicht verdient. Sie selbst wollte kein solches Ende nehmen. Seit jeher führte sie ein erbärmliches Leben, und wenn sie nichts unternahm, würde es so bleiben. Erneut schoss ihr der Name der holländischen Kolonie durch den Kopf. »Batavia.« Wieder hörte sie Simons Stimme: »In Batavia wachsen überall Bäume mit essbaren Früchten. Man muss nur die Hand nach ihnen ausstrecken. Und es ist immer warm.«

In dem fremden, unbekannten Land fand sie vielleicht ein besseres, auf jeden Fall ein anderes Leben. Deswegen hatten sie ihre Schritte erneut in den Hafen geführt. Sie wollte auf der Hoff anheuern, als Mann. Da war es von Vorteil, dass ihre Monatsblutung dank Magdas mageren Essensrationen seit Monaten ausgeblieben war. Sie brauchte auf der Hoff keine Wege zu finden, um unauffällig ihre Bindentücher zu waschen. Was das Wasserabschlagen betraf, würde sie den Abtritt benutzen.

Sie schlang die Arme um sich, wie stets, wenn sie sich beruhigen wollte. Doch wie konnte sie das, wenn sie sich wie eine verängstigte Maus fühlte, mit der die Katze seit Stunden gespielt hatte, und der Tod ihr näher als die Hoffnung schien? Noch war sie nicht auf dem Schiff. Aber hatten nicht sowohl Simon als auch der Schiffskoch übereinstimmend gesagt, dass van Stappen jede Menge Männer benötigte? Sie musste an Bord, und sie würde es schaffen.

Obwohl am Morgen leichter Nieselregen eingesetzt hatte, fand das Anheuern im Freien statt.

Unter dem Vordach eines Lagerhauses war ein Holztisch

aufgestellt worden, an dem ein Schreiber und der Bootsmaat saßen. Etwas abseits, aber auch unter dem Vordach und damit vor dem feinen Regen geschützt, stand ein hochgewachsener braunhaariger Mann mit einer geraden, schmalen Nase. Er trug einen Spitzbart, und sein ruhiger Gesichtsausdruck verriet, dass er mit schwierigen Situationen umgehen konnte. In ihm vermutete Catharina Kapitän van Stappen. Der pausbäckige kleinere Mann neben ihm musste der *junior merchant* du Maulier sein. Seine schwarze Rheingrafenhose war im Schritt geschlossen, die dünnen schwarz bestrumpften Beine steckten in feinsten Lederschuhen. Dieser Mann verrichtete keine körperliche Arbeit. Catharina schätzte ihn auf fünfundzwanzig Lenze, trotz seiner kurzen blond gelockten Haare, die ihm das Aussehen eines Puttenengels verliehen. Allein der spitze Bart und die nach oben gezwirbelten Schnurrbartenden standen im Gegensatz zu seinem jugendlichen Aussehen.

Sie wischte sich Regentropfen vom Gesicht. Anders als der Kapitän, du Maulier und die Männer am Tisch stand sie wie die überwiegende Zahl der Männer im Regen.

Die Schlange der Anheuernden war deutlich länger, als sie gedacht hatte. Simon stand weit vorn, hatte nur noch zwei Männer vor sich.

Gerade trat wieder ein Seemann an den Tisch, wechselte kurze Sätze mit dem Bootsmaat. Auf ein Kopfnicken des Maates hin stellte der Schreiber Fragen an den Matrosen und schrieb die Antworten in ein dickes Buch. Den Namen, seine Aufgabe auf dem Segler und den Sold, vermutete Catharina.

Die frisch Angeheuerten strebten zum Steg, an dem die Hoff lag und gerade mit Säcken und Fässern beladen wurde.

Catharina betrachtete die Männer. Wenn sie es an Bord schaffte, war sie mit ihnen Monate zusammen auf dem Meer. Ihre langjährige Erfahrung auf und mit dem Meer war in ihre wettergegerbten Gesichter gezeichnet. Und egal wie ausgemergelt oder dünn der eine oder andere aussah, sie schienen allesamt zäher und muskulöser zu sein als sie. Sie schluckte ihr mulmiges Gefühl herunter. Es musste aufhören, dieses Angsthaben vor dem Leben.

Nun trat Simon unters Vordach zu dem Bootsmaat. Catharina stellte sich einen Schritt neben die Reihe, um besser sehen zu können. Von einem Bein auf das andere hampelnd, beantwortete Simon die ihm gestellten Fragen.

Der Maat lehnte sich zurück, schien zu überlegen.

Ein kräftiger Mann, dessen schüttere Haare zu einem fingerdicken Pferdeschwanz geflochten und mit Teerschnur umwickelt waren, trat von hinten an den Maat heran, flüsterte ihm etwas ins Ohr. Catharina erkannte in ihm den Mann, der Simon gestern gerufen hatte. Wenn sie sich recht erinnerte, hatte Simon ihn Koosten genannt. Der Maat nickte, beugte sich zu Simon vor, derweil Koosten vor Kapitän van Stappen salutierte und dann im schaukelnden Gang eines Seemanns zum Schiff ging.

Er ist Matrose auf der Hoff. Ohne zu wissen, warum, erschreckte sie diese Erkenntnis.

Simons Freudenschrei ließ sie wieder zu ihm sehen. Der Junge schüttelte dem Maat dankbar die Hand, eilte zum Segler und schloss zu Koosten auf. Catharina lächelte und freute sich, dass Simons Wunsch in Erfüllung gegangen war.

Der Kapitän und der Maat wechselten ein paar Worte, dann verließ van Stappen das Geschehen, während du Maulier blieb. Langsam schmolz die Reihe vor Catharina zusammen, und endlich kam sie dran.

»Name?«, fragte der Bootsmannsmaat sie, ohne von den Papieren aufzusehen.

»Berne aus Lübeck«, kam es ihr flüssig über die Lippen.

»Was hast du für Erfahrung auf See? Segelflicker? Tischler?«

»Keine, Sir. Ich will als *hopelooper* anheuern.«

»*Hopelooper* haben wir genug. Schon einen mehr, als wir wollen.«

Catharina starrte ihn ungläubig an. Das war unmöglich.

Der Bootsmaat blickte auf. »Hast du nicht gehört? Wir haben genug. Du kannst abtreten.«

Trotz der Aufforderung blieb Catharina wie angewurzelt stehen. »Bitte, ich –«

Unsanft bekam sie einen Schubs von dem Matrosen hinter ihr. Wie im Traum trat sie zur Seite, glaubte, in du Mauliers Augen Bedauern zu lesen, bevor er seinen Blick auf den nächsten Matrosen richtete.

Mit gesenktem Kopf schlich sie davon, gedemütigt. Wie hatte sie nur glauben können, es an Bord zu schaffen? Niemand nahm Rücksicht auf sie, geschweige denn auf ihre Wünsche. Niemand würde ihr je beispringen, sie gar unterstützen. Mit einem Ruck hob sie den Kopf. Sie konnte nur sich selbst helfen. Wenn sie nach Batavia wollte, musste sie auf die Hoff, und dafür musste sie mit dem Kapitän reden. Was hatte sie schon zu verlieren außer einem weiteren Nein? Der Kapitän war bereits an Bord. Dorthin wollte sie.

Sie drehte auf dem Absatz um und ging zum Steg, an dem der Segler lag. Nach wie vor wurde die Hoff beladen. Catharina schnappte sich einen der Säcke. Er war nicht so schwer, wie sie angenommen hatte. Sie konnte ihn einigermaßen mühelos schultern. Ein verstohlener Blick nach rechts und links zeigte ihr, dass ihr unerlaubtes Vorgehen nicht auffiel. Im Gegenteil, der Matrose hinter ihr hatte sich ebenfalls einen Sack aufgeladen und sah sie auffordernd an. »Willst nicht aufs Schiff?«

Das ließ sie sich nicht zweimal sagen. Beherzt ging sie zur Rampe, schritt hinauf und betrat, ohne angehalten zu werden, das Deck.

Auf diesem ging es zu wie auf einem Jahrmarkt. Drei Seemänner liefen hinter entfleuchten Hühnern her, um sie wieder in ihre Holzkäfige zu stecken. Fässer wurden verstaut. Ein hoch aufgeschossener Mann, vermutlich der *timmermann*, inspizierte die Masten. Matrosen banden Ziegen die Hufe zusammen und schubsten die gefesselten, laut meckernden Tiere auf die Seite. Sie sollten auf See nicht über Bord fallen, waren sie doch für die hungrigen Mägen der Männer auf der Überfahrt vorgesehen.

Ihr Blick suchte vergeblich nach van Stappen. Dafür entdeckte sie am Halfdeck Simon und Koosten. Beide knieten vor einem offenen Käfig, aus dem Koosten ein Kaninchen holte, das an beiden Seiten des Kopfes eine auffällige dunkle Färbung aufwies.

»Faule Säcke gehen über Bord«, sprach eine ihr bekannte Stimme sie an. Erschrocken drehte sie sich um. Es war Veit. Schnell, damit er ihr Gesicht nicht wiedererkennen würde, folgte sie zwei Seeleuten, die mittschiffs mit Säcken auf dem Rücken zum Unterdeck strebten. Ihr blieb nichts anderes übrig, sie musste van Stappen auf dem Rückweg ansprechen. Vielleicht war dies sogar von Vorteil, konnte sie dem Kapitän doch so beweisen, dass ihre Hilfe auf der Hoff vonnöten war.

Catharina stieg die Holztreppe, die nicht viel breiter als eine Leiter war, hinab ins Orlopdeck. Dieses zog sich über die gesamte Länge der Hoff. Jeweils sieben Kanonen standen steuerbord und backbord vor geschlossenen Luken, zwischen ihnen Truhen, in denen sie Taue und die Habseligkeiten der Matrosen vermutete. Von der Decke hingen Dutzende schlaffe Hängematten in geordneten Reihen. Hier schlief die Mannschaft. Catharina hätte sich gern weiter umgeschaut, aber hinter ihr kam ein weiterer Träger. So folgte sie ihrem Vordermann die steile Treppe hinunter in den Laderaum. Je tiefer sie stieg, desto dunkler wurde es.

Am Fuße der Treppe wachte ein bärtiger Seemann mit einer Laterne in der Hand. Er leuchtete den geschulterten Sack ihres Vormannes ab, entschied: »Steuerbord, Heck.«

Auch ihr leuchtete der Bärtige nicht ins Gesicht, sondern konzentrierte sich auf das, was sie trug. »Steuerbord, Bug.«

»Aye«, sagte sie und ging tapfer ins Dunkle.

Rechts und links waren Kisten und Fässer bis zur Decke gestapelt. Der keine zwei Mann breite Gang führte sie um eine Ecke. Dann umgab sie undurchdringliche Schwärze. Es gackerte links von ihr. Hühner.

Wie ein Blinder ohne Stock tastete sie sich weiter, prallte mit dem Knie gegen eine Kiste. »Au.« Es blieb ihr nichts anderes übrig, sie musste mit dem Weitergehen warten, bis sich ihre Augen an das fehlende Licht gewöhnt hatten. Von ihren Aufenthalten in Magdas Keller wusste sie, dass sie bald Umrisse erkennen würde. Sie horchte auf die Befehle des Bärtigen und darauf, ob jemand hinter ihr kam. Sie blieb allein.

»Macht hinne, ihr Lahmärsche.« Die Stimme des Bärtigen dröhnte zu ihr. »Van Stappen will die Flut nutzen.«

»Rennen doch schon«, brummte es in kurzer Distanz vor ihr. Der Träger, der vor ihr hinabgestiegen war, kam zurück, stieß fast mit ihr zusammen. »Beeil dich«, raunte er ihr zu, während er sich an ihr vorbeidrückte. »Van Stappen hat mächtig schlechte Laune.«

»Warum?« Catharina hielt ihren Sack fester.

»Was weiß denn ich? Hat auf jeden Fall rumgebrüllt. Ist gar nicht seine Art.« Und schon schlurfte der Mann weiter.

Die Aussage des Seemanns und der faulige Geruch des abgestandenen Meerwassers im Laderaum nahmen ihr den Atem. Wenn van Stappen schlechter Laune war, würde er sie mit Sicherheit von Bord schmeißen. Sie ging weiter. Niemand kam ihr entgegen, keiner folgte ihr. Sie war allein, gebar ob der Neuigkeit um van Stappens Missmut eine neue Idee. Sie würde einfach nicht mehr von Bord gehen, sondern sich hier unten verstecken.

Kurzerhand bog sie in einen noch schmaleren Gang, in den sie gerade so mit ihrem Sack dazwischenpasste, und zählte ihre Schritte, um die Orientierung zu behalten. Nach siebenundvierzigmal Fuß-vor-Fuß-Setzen stieß sie an übereinandergestapelte Kisten, die ihr bis zur Taille reichten. Sie stellte ihren Sack ab und zog sich auf die Kisten hoch. Als sie mit den Händen in die Dunkelheit griff, stieß sie an etwas Hartes. Es war die Bordwand. Sie zog ihren Sack zu sich hoch und ließ ihn auf der anderen Seite herabfallen. Er plumpste bis zum Boden, zeigte ihr an, dass zwischen Kisten und Bordwand genug Abstand war, um sich zu verstecken. Catharina ballte vor Erleichterung die

Hand zur Faust und ließ sich von der Kiste wieder in den Gang herabgleiten. Dort schritt sie die Reihe entlang, bis sie fand, was sie suchte: eine Lücke, durch die sie sich hindurchzwängen konnte. Wie erhofft war hinter den Kisten Platz, zumindest so viel, dass sie sich hinhocken konnte. Auf Knien und Händen erkundete sie den Hohlraum. Wenn sie sich auf die Seite legte, konnte sie sich sogar ausstrecken. Sie erreichte den Sack, den sie hatte herunterplumpsen lassen. Den konnte sie in die Lücke stopfen. Niemand würde merken, dass sich hier jemand versteckt hielt.

Da spürte sie unter ihren Händen etwas Krümeliges, Weiches. Köttel? Sie roch an ihrer Hand, erkannte den scharfen Geruch von Rattenurin. Natürlich waren sie an Bord, die vierbeinigen Nager mit den nackten Schwänzen und scharfen Zähnen. Wenn Magda sie in den Keller gesperrt hatte, hatte sie sich häufiger gegen die Bissattacken der Viecher wehren müssen. Sie fürchtete die Biester, schnappte nach Luft, aber atmete nur tief den Moder und die Fäulnis ein. Luft, die den Namen verdiente, gab es hier unten nicht.

Von rechts näherten sich Schritte. So eng sie konnte, drückte sie sich an das Holz. Von vorn kamen nun auch Schritte und ein sich näherndes Licht. Sie linste durch einen feinen Spalt zwischen den Kisten.

»Bist du der Letzte?«

Im Schein der Lampe erkannte Catharina den Bärtigen vom Fuße der Treppe.

»Aye. Der letzte Sack ist verstaut«, antwortete der Mann, der mit dem Rücken zu ihr stand.

»Dann los.«

Der Lichtschein entfernte sich, ebenso die Schritte der beiden.

Es wurde still im Laderaum. Selbst die Hühner verstummten nach und nach. Sie legte die Arme um sich, aber verzichtete auf das übliche Hin-und-her-Wiegen, um nicht irgendwo gegenzustoßen. In dieser stinkenden Unterwelt würde sie die nächsten

Monate verbringen müssen, wenn sie nach Batavia wollte, und dahin wollte sie unbedingt.

Sie würde mit den Ratten um das Essen und das Wasser hier unten wetteifern. Sie würde sie verscheuchen, sie notfalls mit ihrem Messer abstechen. Denn sie musste versteckt bleiben, bis das Schiff in Batavia anlandete. Mit blinden Passagieren wurde auf See kurzer Prozess gemacht. Sie wurden über Bord geworfen oder kielgeholt. Dieses Schicksal wollte sie mit aller Macht vermeiden. Das hier unten war der Weg zu einem besseren Leben. Ihre Strafaufenthalte in Magdas Keller hatten sie auf diese Tage vorbereitet.

Ein leichtes Ächzen, begleitet von einem Ruck, ging durch das Schiff. Wasser klatschte an den Rumpf des Schiffes, aber anders als bisher. Das Schiff schaukelte, nahm Fahrt auf. Wind musste in die Segel geschossen sein. Die Hoff lief aus. Es gab kein Zurück mehr.

6. KAPITEL

Catharina hatte keine Ahnung von den Abläufen auf einem Schiff. Wer in den Laderaum kommen würde, um Nahrungsmittel zu holen, und wann. Oder gar wie viele. Sie musste sich für ihre Tage und Nächte hier einen Rhythmus überlegen und sich daran halten. Schlafen, wenn die Mannschaft schlief, wach sein und sich beschäftigen, wenn an Deck Tag herrschte. Sie horchte die ersten Stunden nach dem Auslaufen auf Schritte, die den Niedergang hinabstiegen. Da niemand kam, verwandelte sich ihre anfängliche Panik in eine stete Beklommenheit, mit der sie umgehen konnte.

Sie wollte sich gerade aufmachen, den Laderaum zu erforschen, als sie über sich Dutzende Schritte und Männerstimmen hörte. Wortfetzen drangen zu ihr. Wie es schien, legten die Männer sich schlafen, denn nach und nach wurden die Stimmen weniger, verstummten schließlich ganz. Heute würde niemand mehr zu ihr nach unten kommen. Dennoch blieb sie hinter ihren Kisten und lauschte dem Wasser, das an die Wände schwappte.

Nach einiger Zeit schaukelte die Hoff immer weniger nach steuerbord und backbord, sondern glitt mit einem stetigen Auf und Ab über lange Wellen. Das Schiff hatte scheint's das offene Meer erreicht. Irgendwann überwältigte Catharina die Müdigkeit, und sie schlief trotz aller Unbequemlichkeiten ein.

Sie wachte vom Füßescharren über sich und dem Druck auf ihrer Blase auf. Dennoch wagte sie sich nicht aus ihrem Versteck. Hinter den Kisten wollte sie sich aber auch nicht erleichtern. Auch wenn es allerorten hier unten erbärmlich stank, ihre Ausscheidungen wollte sie nicht in unmittelbarer Nähe wissen. Als sie schon glaubte, es nicht mehr länger aushalten zu können, ward es endlich ruhig über ihr. Vorsichtig streckte sie die steifen Glieder und ging Richtung Heck. Wenn ihre Füße an etwas

Hartes stießen, fühlte sie mit ihren Händen nach, was es war – mal eine Kiste, ein Fass, Säcke, gar gestapelte Kanonenkugeln. In ihrem Kopf malte sie eine unsichtbare Karte des Laderaums, verzeichnete Wege.

Sie musste ungefähr in der Mitte des Schiffes sein, da ragte vor ihr ein Holzstamm bis zur Decke. Sie legte ihre Hände um den Pfosten, tastete ihn ab und stieß am Boden rund um den Stamm auf ein handbreites Loch. Vorsichtig ließ sie ihre Hände durch die Öffnung den Stamm hinabgleiten, immer tiefer.

Das ist einer der Masten, fuhr es Catharina durch den Kopf. Er musste bis zum Boden des Schiffsbauches reichen, aus dem es blubberte. Der Gestank von fauligem Wasser war an dieser Stelle kaum zu ertragen. Niemand würde merken, wenn sie hier hineinpinkelte. Also zog sie ihre Hose herunter und hockte sich hin.

Sie hatte ihr Versteck fast wieder erreicht, als sie leichte Schritte auf der Holztreppe hörte. Sie duckte sich hinter ein Fass. Schnell flackerndes Talglicht näherte sich und beleuchtete ein ängstlich dreinschauendes Gesicht. Simon. Er leuchtete umher, um sich zurechtzufinden.

Catharina blieb, wo sie war. Es war nicht ratsam, den Jungen mit ihrer Anwesenheit zu erschrecken. Dass sie ein paar Worte mit ihm gewechselt hatte, hieß nicht, dass er sie nicht verraten würde.

Sie spähte hinter dem Fass hervor, prägte sich Details ein, die sie in dem Licht entdecken konnte, und fügte sie ihrer Gedankenkarte des Laderaumes hinzu: die großen Ringe an der Innenwand des Schiffes; die aufeinandergestapelten Kisten, die mit Seilen an diesen festgezurrt waren.

Simon strebte zum Bug, zu den höhergelegenen Holzverschlägen, in dem die nicht haltbaren Lebensmittel wie Käselaibe, Schinken und Brot gelagert wurden.

Catharina folgte ihm auf nackten Füßen, lautlos, in sicherem Abstand. Sie wollte möglichst viel sehen, schließlich wusste sie nicht, wann es mal wieder Licht geben würde hier unten.

Plötzlich hörte Catharina ein weiteres Paar Schritte die Treppe hinabsteigen und drückte sich eilig hinter eine Kiste.

»Wer da?« Simon klang ängstlich.

Im Licht der Laterne erkannte Catharina die gedrungene Gestalt und den geteerten Pferdeschwanz Koostens.

»Proviantmeister.« Die Stimme des Jungen klang erleichtert. »Danke, dass du mir tragen helfen kommst. Es ist unheimlich hier.«

»Du hast dich bei mir noch gar nicht richtig bedankt«, sagte Koosten mit metallisch klingender Stimme. »Ohne mich hätte dich der Maat nicht genommen.«

»Doch, hab ich.« Simon klang verwirrt.

»Nicht so, wie ich mir das vorstelle.« Koosten stellte seine Laterne ab, fasste sich in den Schritt.

Catharina unterdrückte ihren Aufschrei.

Simon wich zurück. »Bitte nicht!«

Koosten packte den Jungen, drehte ihn um. Der Kleine wand sich unter seinen Händen, verlor sein Talglicht. »Sie warten oben auf mich. Lass mich gehen!«

»Ich brauch nicht lang.« Koosten rieb sich an dem Hintern des Jungen.

Simon trat um sich, begann zu schreien. Koosten hielt ihm den Mund zu. »Klappe. Und wehe, du beißt!« Er schubste den Jungen bäuchlings auf eine Holzkiste, riss ihm die Hose herunter.

Catharina wusste, es wäre ihr Todesurteil, wenn sie Simon zu Hilfe eilen würde. Sie sah nicht hin und hielt sich die Ohren zu. Dennoch hörte sie das Weinen und vergebliche Flehen des Jungen.

Ein gellender Schmerzensschrei ließ sie wieder zu den beiden sehen. Koosten hatte dem Jungen die Pobacken auseinandergerissen und sein hartes Geschlecht in ihn hineingestoßen. Der Proviantmeister bewegte sich vor und zurück, stöhnte, wurde immer schneller in seinen Bewegungen. Schließlich stieß er einen Schrei aus und sank über dem Jungen zusammen.

»Du bist schön eng. Das ist gut«, sagte er nach einer Weile. Er zog sich aus Simon zurück, der sich schluchzend die Hose hochzog. »Du weißt schon. Zu niemandem ein Wort.« Koosten nahm seine Laterne, leuchtete Simon ins nasse Tränengesicht. »Wenn der Kapitän davon erfährt, sterben wir beide. Auf Sodomie steht Kielholen.«

Simons Schultern hoben und senkten sich vor Scham und Verzweiflung, während Koosten, als ob nichts geschehen wäre, zu den Holzverschlägen ging. Er holte zwei große Käselaibe heraus und legte sie auf eine Stiege. »Siehst du, ich helfe dir. Alles gut.« Er lud sie sich auf und ging zur Treppe. Simon folgte ihm schluchzend.

Catharina zitterte noch Stunden nachdem die beiden gegangen waren, vor Beschämung über ihre Feigheit, vor Ekel und Verzweiflung über die Wahrheit: Koosten hatte Simon an Bord geholt, um ihn als Lustknaben zu halten. Er war angeheuert worden, nachdem Koosten dem Maat etwas ins Ohr geflüstert hatte. Der Maat hatte von einem *hopelooper* zu viel gesprochen. Armer Simon, so schnell konnte aus einem sehnlichen Wunsch ein Alptraum werden. Ihr wurde von Atemzug zu Atemzug übler und flauer im Magen. Um sich abzulenken, nahm sie das Messer des Rotblonden aus ihrem Strumpf, fühlte ganz sacht über die scharfe Klinge. Diese würde sie schützen. Dafür musste sie jedoch mit dem Messer umgehen lernen. Zeit hatte sie genug. Sie zwang sich aufzustehen. Ein Fehler. Ihr Magen krampfte, und sie erbrach sich in einem Schwall, hörte nicht auf, bis allein saure Magenflüssigkeit den Weg herauffand und ihren Hals ätzte.

Die nächsten Tage verbrachte Catharina liegend hinter der Kiste, drehte sich in der Enge mal auf die eine, mal auf die andere Seite, um ihren rebellierenden Magen zu beruhigen. Sie führte die rätselhafte Krankheit ohne Fieber oder die sonstigen Begleiterscheinungen einer Erkältung auf den Gestank des fauligen

Bilgenwassers zurück, der jegliche andere Gerüche übertünchte, und vermied es, tief einzuatmen. Wenn sie sich am Mast erleichterte, hielt sie gar die Luft an.

Das Fußgetrippel der Seemänner, wenn sie sich schlafen legten und nach Stunden wieder aufstanden, hatte sie viermal gezählt, einmal den Besuch des Schiffskochs mit zwei Matrosen, die Fässer an Deck schafften, dann kam Koosten mit Simon wieder. Dieses Mal ließ der Junge die Vergewaltigung wehrlos über sich ergehen. Erneut stieß Koosten einen Lustschrei aus, als er kam. Seine schwarz-weiß gestreifte Hose, die er sich hochzog und zuband, brannte sich in Catharinas Gedächtnis ein.

»Komm!« Koosten ging zur Treppe.

»Ich komm nach!«, sagte Simon leise.

Koosten drehte sich um. Im Schein der Tranlampe sah sein Gesicht furchteinflößend aus. »Bleib nicht zu lange. Es soll ja nicht auffallen«, warnte Koosten ihn und verließ den Laderaum.

Als sein Peiniger den Lagerraum verlassen hatte, begann Simon, unverständliche Worte vor sich hin zu brabbeln, unterbrochen von Schluchzen.

Catharina presste sich die Hand vor den Mund. Ihr war immer noch speiübel. Dieses Mal empfand sie die Übelkeit als Erleichterung, konnte sie diese als Ausrede vor sich selbst nehmen, Simon nicht zu Hilfe geeilt zu sein oder ihn nun zu trösten.

Am nächsten Morgen hörte die Übelkeit schlagartig auf, und ihr Magen knurrte hungrig. Sie klaute sich etwas Schiffszwieback aus einem Holzverschlag und nagte zaghaft an dem harten Gebäck herum. Sie wartete darauf, dass ihr Magen wieder krampfen würde. Als dies ausblieb, begann sie, den Zwieback genüsslich zu kauen. Sie musste sich stärken und sich auf ihre nächste Aufgabe vorbereiten, die sie aus Magdas Keller her kannte: die auf sie zukommende unerträgliche Langeweile meistern, die sich ihrer in der Dunkelheit bemächtigen würde. Um dieser zu entgehen, musste sie sich beschäftigen, sich Routinen auferlegen und diese eisern befolgen.

Morgens und abends, wenn die Seemänner aufstanden oder sich zum Schlafen legten, kroch sie daher die Treppe hinauf, um Gesprächsfetzen und damit Neuigkeiten zu erhaschen. So hatte sie belauscht, dass sie Portugal hinter sich gelassen und die Seemänner bereits Afrika zu Gesicht bekommen hatten, bevor Käpt'n van Stappen die Hoff der Meeresströmung Richtung Brasilien anvertraut hatte, statt gegen den Benguelastrom entlang der afrikanischen Küste zu segeln.

Zwischen Morgen und Abend patrouillierte Catharina alle Stunden durch den Schiffsbauch, prüfte die Taue und die Knoten und verjagte die Ratten von den letzten lebenden Hühnern. Jede weitere freie Minute übte sie mit dem Messer des Rotblonden.

»Schau auf die Beine und auf die Klinge deines Gegners«, hörte sie Bernes Stimme in ihrem Kopf.

Oft genug hatte sie dem Knecht zugesehen, wie er mit seinem Messer übte, und tat es ihm nun nach. Sie hielt es wie er, den Daumen flach auf den Griff, sprang zwischen den Kisten und Fässern vor und zurück, stach in die Luft.

»Nicht wie ein Kind stechen. Wie ein Mann!«, hörte sie Berne erneut. »Was willst du? Den Gegner kampfunfähig machen? Stich in den Angriffsarm. Willst du Respekt? Halt ihm das Messer an die Kehle.«

Catharina nickte dem unsichtbaren Freund zu, ging etwas in die Knie, übte den Schritt erneut. Es gelang ihr nicht. Sie hatte Angst, den Gegner zu verletzen. Sie dachte an Koosten. Instinktiv umfasste sie das Messer fester, legte ihren Daumen über die Finger. Sofort veränderte sich die Lage der Klinge in ihrer Hand. Sie umkreiste ein Fass, wechselte ihre Handgriffe. Besser.

Erneut stach sie zu. Wirbelte einmal um sich herum, als ob sie sich wegduckte, vollführte einen Ausfallschritt und stach die Waffe in einen Sack, führte sie mit Kraft von unten nach oben.

»Du bist tot«, rief sie laut. »In Bauchhöhe ansetzen und

nach oben schlitzen.« Aus dem Sack fielen klackernd Körner. Erschrocken legte Catharina den Sack auf den Schiffsboden. Sie wollte weder auf sich aufmerksam machen noch wertvolles Essen verschwenden. Aufmerksam lauschte sie in die Dunkelheit. Keine Stimmen. Keine Menschen. Dafür schienen die Wellen sie zu verhöhnen, klangen sie drohender in ihren Ohren.

Sie wischte sich Schweißperlen von der Stirn. In den letzten Tagen war es im Schiffsbauch spürbar wärmer geworden, inzwischen war sie ständig durstig. Sie ging zu einem Wasserfass, dessen Deckel sie mit ihrem Messer gelöst hatte.

Auf der Oberfläche des Wassers hatte sich eine schleimige Schicht gebildet. Sie schob sie zur Seite. Selbst in der Dunkelheit nahm sie wahr, wie sich der Schleim weiterbewegte, nicht aufhörte zu wabern. Sie blieb ruhig stehen, um zu sehen, ob sie es sich einbildete. Nein, genauso wenig wie das Lauterwerden der Wellen. Die Hoff schlingerte, eine vibrierende Unruhe erfasste das Schiff. Breitbeinig, um ihr Gleichgewicht zu halten, erklomm sie die Treppe fast bis ins Orlopdeck. Selbst bis hier unten hörte sie das Geräusch des prasselnden Regens aufs Deck. Befehle wurden gebrüllt.

Ohne Vorwarnung krängte die Hoff steuerbord, und Catharina verlor das Gleichgewicht. Mit dem Rücken schlitterte sie die Stufen herunter und stieß mit dem Kopf auf dem Boden auf. Schnell hielt sie sich die Hand an den Hinterkopf, um den tückischen Schmerz zu lindern. Doch nicht die pochenden Stiche ängstigten sie, sondern die Geräusche im Laderaum. Die Fässer rieben hörbar an den Seilen, die Kisten schienen in ihren Verankerungen zu wimmern. Immer wieder Halt suchend, schwankte sie zu ihrem Versteck. In ihrer kleinen Höhle glaubte sie sich am sichersten. Hatte sie das Alleinsein in der Finsternis bisher gut ertragen, erfasste sie nun das Grauen. Sie hatte ihr Versteck kaum erreicht, da vernahm sie schwere Schritte.

Über ihre Kisten lugend, erkannte sie im Schein der Laterne

Koosten, der einen Holzkäfig vor sich hertrug. Aus diesem fiepte es zum Gotterbarmen. Die Kaninchen! Catharina erinnerte sich an den Tag, als sie an Bord gekommen war und Simon und Koosten vor dem Käfig gekniet hatten.

»Ruhig, Backe, Löffel.«

Überrascht nahm Catharina zur Kenntnis, das Koosten den Tieren Namen gegeben hatte.

Mit einem Seil befestigte er den Käfig an einem hohen Querbalken, sodass er in der Luft hin und her schwanken konnte, ohne an Kisten oder Fässer zu stoßen.

»Hier passiert euch nichts.« Seine Stimme klang ruhig. »Ihr sollt mich doch reich machen.«

Aus seiner Jackentasche holte er eine Flasche und ging breitbeinig mit den Bewegungen des Schiffes zu einer kleineren Truhe und legte sie hinein. »Die werd ich trinken, nicht van Stappen.« Er giggelte zufrieden und verließ den Laderaum.

Während Catharina noch die Nachricht verdaute, dass die Kaninchen zu Koosten gehörten und er neben einem Vergewaltiger überdies ein Dieb war, bemächtigte sich ein gewaltiges Knirschen und Zittern des Schiffes, als ob es selbst Angst hatte. Dann brach das Unwetter richtig los.

Falls ihr Zeitgefühl in den letzten Wochen etwas getaugt hatte, dauerte der Sturm bereits zwei Tage und eine Nacht an und hatte noch nichts von seiner Kraft verloren. Die Hoff kämpfte sich durch die hohen Wellen. Niemand kam in das Vorratsdeck. Über sich hörte Catharina auch kaum Stimmen oder Fußgetrappel. Fast schien es ihr, als ob sie allein auf dem Schiff war. Sie konnte nur hoffen, dass an Deck die Seeleute und van Stappen alles dafür taten, es durch den Sturm zu bringen. So wie sie, ohne sich Schlaf zu gönnen, ununterbrochen die Seile und die Knoten überprüfte, mit denen die Ladung gesichert war. Sie brauchte nicht jahrelang zur See gefahren zu sein, um zu wissen, dass verrutschende Ladung ein Schiff zum Kentern bringen oder gar ein Leck in die Schiffswand schlagen konnte.

Der Wind heulte wie tausend Teufel, und den Wassermengen nach zu urteilen, die bis zu ihr in den Laderaum liefen, peitschte der Sturm riesige Brecher aufs Deck.

Sie spürte die Erschöpfung mit jeder Faser ihres Körpers und wünschte sich ein Ende des Orkans herbei. Da krachte es über ihr, gefolgt von einem riesigen Schlag, der das Schiff erzittern ließ. Sie faltete die Hände, betete aber nicht. Es lag nicht in Gottes Hand, ob die Hoff den Sturm überstand, sondern an den Menschen, die die Hoff hoffentlich zuverlässig gebaut hatten, und an den Matrosen an Bord, die alles dafür taten, dass sie nicht unterging.

Sie musste aus purer Erschöpfung in einen langen und tiefen Schlaf gefallen sein, denn als sie erwachte, war es ruhig. Die Kisten ächzten und knirschten nicht mehr in den Seilen. Kein Wind toste mehr. Wie ein Sturzbach überwältigte Catharina das Gefühl, am Leben zu sein. Sie wollte gerade aufstehen und die steifen Glieder lockern, da vernahm sie ein Klatschen, als ob ein Sack ins Meer geworfen wurde. Gesang stimmte an. Eine Beerdigung, schlussfolgerte sie.

Einer der Seemänner hatte offenbar im Sturm den Tod gefunden. Eine kleine Hoffnung keimte in ihr auf. Vielleicht war es Koosten, der nun für immer in der Tiefe des Meeres ruhen musste.

Sie schlich zur Treppe, erklomm die Stufen, so hoch sie es wagen konnte.

Sie musste nicht lange warten, da hörte sie Schritte und Stimmen. »Eine Schande ist das. So jung und tot.« In dem tiefen Bass schwang Mitgefühl mit.

»Ich versteh's nicht. Der Kleine war sicher in den Wanten«, sagte eine zweite Stimme, »hier ist die Kiste mit den Tüchern.«

»Er hätte nur Koostens Hand greifen müssen, der hätte ihn hochgezogen. Selbst bei einem stärkeren Sturm«, sagte die erste Stimme darauf. Ein Deckel quietschte.

»Hier, ich hab das Leinen.«

Beim nächsten Satz meinte Catharina das Kopfschütteln des Matrosen zu sehen. »Und was macht Simon? Springt.«

Catharina schrie auf vor Entsetzen, während zu ihrem Glück zeitgleich der Deckel auf die Truhe knallte und ihren Schrei übertönte. So war gerade Simons Leichnam dem Meer übergeben worden. Er hatte Koostens Hand ausgeschlagen, den Tod weiteren Vergewaltigungen vorgezogen. Fassungslos horchte sie auf die sich entfernenden Schritte der Männer, in deren abebbendes Geräusch sich ein lauter werdendes Fiepen mischte. Koostens Kaninchen hatten den Sturm überlebt. So schnell ihre noch recht unbeweglichen Beine es erlaubten, stieg sie die Treppe hinab, eilte zu dem Käfig. Die Tiere waren Koosten wichtig, sollten ihn reich machen, hatte er gesagt. Was immer das bedeuten würde. Sie würde ihnen das Genick brechen oder den Käfig öffnen und sie den Ratten überlassen. Blind und taub vor Zorn, erreichte sie den Käfig, versuchte, ihn mit den Händen zu greifen, doch er hing zu weit oben. Fieberhaft fuchtelte sie an einem der Knoten. Kaum hatte sie ihn gelöst, senkte sich der Käfig weit genug herab, um ihn zu erreichen. Der kleine Holzhebel ließ sich trotz ihrer zitternden Hände leicht hochschieben. Sie griff nach dem Tier mit der Färbung. Backe.

»Wen haben wir denn da?« Eine Hand legte sich schwer auf ihre Schulter.

Catharina gefror das Blut in den Adern, erkannte sie doch Koostens Stimme. Wie konnte es sein, dass sie ihn nicht hatte kommen hören?

Er drehte sie zu sich um. Mit seiner Laterne leuchtete er ihr ins Gesicht. »Sieh an, ein blinder Passagier.«

Catharina wich zurück, stieß gegen zwei übereinandergestapelte Kisten. Sie änderte ihren Griff, umfasste Backes Hals. Die Beine des Kaninchens strampelten in der Luft, und das Tier fiepte ohne Unterlass. »Ein Schritt weiter und Backe ist tot.«

Koostens Faust flog auf Catharinas Gesicht zu. Gerade noch rechtzeitig drehte sie ihren Kopf weg und duckte sich zur Seite. Dabei stolperte sie, ließ das Kaninchen fallen. Koosten griff nach ihr, erwischte ihr Hemd und schleuderte sie hart bäuchlings auf die Kisten. Der Aufprall presste Catharina alle Luft aus den Lungen. Japsend versuchte sie sich aufzurichten. Doch Koosten drückte ihren Hinterkopf mit einer Hand nieder. Ein Splitter bohrte sich in Catharinas Wange.

»Du bist tot. Nach dir wird niemand krähen«, zischte er ihr wutentbrannt zu. Er legte seine Hände um ihren Hals. Wild trat sie nach hinten aus, stieß dabei die Laterne um. Sie erlosch. Fluchend trat der Proviantmeister einen Schritt zurück. Diesen Moment nutzte Catharina, um sich von den Kisten zu wälzen, wodurch diese nun zwischen Koosten und ihr standen. Koosten konnte sie bestimmt nicht sehen, sie ihn aber schon, da sie ans Dunkel gewöhnt war. Das war ihre Chance. Sie duckte sich hinter die Kisten, ignorierte dabei ihre schmerzenden Rippen.

»Du bildest dir doch nicht ein, hier rauszukommen?«

Catharina schwieg und wollte das Messer aus dem Band ziehen, das sie sich um die Wade gebunden hatte. Dabei streifte sie etwas Weiches. Backe. Das Kaninchen drückte sich ängstlich an die Kiste. Kurz entschlossen packte sie das Tier und schleuderte es Koosten mit voller Wucht ins Gesicht. Dieser schrie auf. Catharina stürmte zur Treppe. Koosten stürzte ihr laut brüllend hinterher, griff nach ihren Beinen, als sie bereits die Stufen emporhastete. Mit voller Wucht trat sie ihm ins Gesicht. Koosten stolperte, fing sich aber sogleich. Wieder wollte er zupacken, doch Catharina hatte das Orlopdeck erreicht.

Sie starrte einem Seemann ins Gesicht, der aus seiner Hängematte hochschreckte. Sterbensbang blieb Catharina stehen.

»Haltet den blinden Passagier!« Koosten hechtete in den Raum.

Ohne zu überlegen, hetzte Catharina durch das Deck zur nächsten Treppe weiter aufs Oberdeck. Das helle Tageslicht traf sie wie ein Blitzschlag. Sie schlug die Hände vor die Augen, stolperte blind weiter.

»Stehen bleiben!« Die befehlsgewohnte Stimme ließ Catharina gehorchen.

Sie drehte sich um, blinzelte durch die Finger, erkannte van Stappen. »Ich –«, stammelte sie.

»Käpt'n, ein blinder Passagier. Er wollte mich niederschlagen.« Koosten hatte das Oberdeck erreicht.

»Das stimmt nicht.« Ihre Lage war hoffnungslos. Der Kapitän würde sie hängen lassen.

»Den Jungen kenn ich.«

Catharina wirbelte herum. Vor ihr stand, beide Hände in die Hüften gestemmt, der *junior merchant* Paulus du Maulier.

Ein Matrose hatte sie mit dem Rücken an die Überreste des Hauptmastes gebunden, der im Sturm zersplittert und über Bord gegangen war. Die Sonne brannte erbarmungslos auf sie hernieder, und die Seile schnitten schmerzhaft in ihre Handgelenke. Sie begriff nicht, warum van Stappen so lange brauchte, um ihr Todesurteil zu verkünden. Kielholen oder Hängen waren die Alternativen. Wobei ihr Hängen willkommener war. Ihr letzter Blick würde übers Meer in die Weite schweifen. Jetzt stierte sie auf das mannsgroße Loch, das der Mast beim Herabfallen in das Deck geschlagen hatte und das der *timmermann* mit zwei Seeleuten notdürftig flickte.

Weiter achtern schrubbte ein Seemann kniend das Deck. Sein dicker Bauch hing nur ein paar Fingerbreit über den Planken, während er einen rötlichen Fleck mit einer Bürste bearbeitete. Blut. Simons Blut. Simon, der Koostens Hand nicht hatte ergreifen wollen.

Der Proviantmeister selbst saß mit drei Matrosen im Schatten eines quer gespannten Segeltuchs und vertrieb sich die Zeit bis zur Wiederkehr des Kapitäns mit Würfelspielen. Der Holzkäfig mit den Kaninchen stand neben seinen Füßen. Er ließ ihn kaum aus den Augen, bedachte Catharina hin und wieder mit einem mörderischen Blick, der keinen Zweifel daran ließ, dass er ihr den Tod wünschte.

In ihrem Magen kribbelte es. Bald würde Koosten nicht nur Simon, sondern auch sie auf dem Gewissen haben.

»Dein Einsatz, Koosten.« Der bärtige Mitspieler hielt den Würfelbecher hoch. »Wie wäre es mit Backe?«

»Niemals.«

»Willst du wirklich Kaninchen in Batavia züchten?«

»Ja.« Koosten setzte eine Münze als Einsatz, wechselte das Thema. »Wo sind eigentlich Adam und Jost?«

»Der *surgeon* ist bei ihnen. Kotzen sich die Seele aus dem Leib.« Der Matrose legte ebenfalls ein Geldstück auf das Fass, an dem sie spielten, hob den Becher. »Deine Glückssträhne ist vorbei, Koosten.«

»Das werden wir ja sehen.«

Der Seemann würfelte, jubelte: »Ist sie. Drei Fünfen.«

Koosten blieb gleichmütig, hob seinen Becher, ohne die Miene zu verziehen. Dabei ließ er blitzschnell einen Würfel aus seinem Ärmel in den Becher gleiten und schnappte sich, während er den Becher umdrehte, einen der anderen Würfel und verbarg ihn in seiner Hand. Niemand außer Catharina schien es zu bemerken. Koosten schüttelte den Becher, rollte die Würfel aus. Klackernd kamen die Vierecke zum Liegen. Der eben noch jubelnde Matrose fluchte.

»Glück ist ein unbeständiger Freund.« Koosten steckte die Münzen ein.

Angeekelt über sein Falschspiel, wandte Catharina den Kopf, sah van Stappen und du Maulier aufs Oberdeck treten, gefolgt von einem Mann mit überlangen Gliedern und in einem weißen Hemd.

Ihr Herz pochte bis zum Hals, dennoch blickte sie den Kapitän mit größtmöglicher Furchtlosigkeit an. Van Stappen sah nicht zu ihr, sondern blickte auf die Mannschaft. »*Surgeon* Thonberg hat mich davon in Kenntnis gesetzt, dass wir Skorbut an Bord haben.«

Ein Raunen ging durch die Mannschaft. Einige Matrosen bekreuzigten sich.

Van Stappen zeigte auf den *timmermann*. »Martin, schneid den Jungen los. Wir brauchen einen neuen *hopelooper*.«

»Was? Wir hatten doch einen zu viel.« Koosten richtete seine Frage ungläubig an den Kapitän, während Martin zu Catharina trat und ihre Fesseln durchtrennte.

»Wir haben keinen mehr. Zumindest keinen, der arbeiten kann. Jost und Adam haben Skorbut.« Catharina rieb sich die Handgelenke, stand ungelenk auf. Simons Tod und nun die Erkrankung der Jungen retteten ihr das Leben. Sie konnte Koostens entferntes Knurren hören, und ihre Beine begannen zu zittern. Sie musste verhindern, dass sie jemals mit ihm allein war, wenn sie überleben wollte.

»Hörst du nicht?« Martin riss sie aus ihren Gedanken, indem er sie anstupste und auf den Kapitän deutete.

»Ich habe gefragt, wie du heißt«, wiederholte van Stappen ungeduldig seine Frage.

»Berne, Kapitän.«

»Warst du schon zur See, Berne?«

Catharina schüttelte den Kopf.

»Martin. Du hast ein Auge auf den Jungen, lernst ihn an.«

»Aye, Käpt'n.«

Catharina stellte sich dicht neben den großen rothaarigen Mann mit den gutmütigen Augen. Sie würde ihm wie ein Schatten folgen. Koosten würde sie nicht in die Finger kriegen.

Keinen der Männer hatte die Nachricht über den Skorbut kaltgelassen. Aufgewühlt redeten sie miteinander, während sie ihre Hängematten dicht an dicht hängten, damit sie allesamt Platz zum Schlafen fanden. Catharina half Martin, seine in die Ringe in der Decke einzufädeln.

»Auf der Hoff liegt ein Fluch. Drelingcourt, der Sturm, Simon«, sagte Veit, der in unmittelbarer Nähe mit Koosten und dem Schiffskoch zusammenstand.

»Dazu 'nen blinden Passagier, den der Käpt'n nicht hängt«, ergänzte Koosten mit einem Seitenblick auf Catharina.

»Sei froh, dass der Kleine da ist«, wies der Schiffskoch Koosten zurecht, »sonst müsstest du mehr arbeiten.«

»Und du Fettsack öfter in den Laderaum gehen«, konterte der Proviantmeister.

»Bleibt friedlich!«, mischte sich Martin ein. »Den verfluchten Skorbut haben wir jedes Mal. Seid froh, dass es bis zum Kaap de Goede Hoop keinen Monat mehr ist, wenn die Winde günstig bleiben.«

»Kaap de Goede Hoop?«, fragte Catharina verwirrt. »Ich dachte, wir segeln nach Batavia.«

»Wir ankern an dem verlausten Loch nur, um frisches Wasser und Essen zu laden«, klärte der Schiffskoch sie auf.

»Und 'nen neuen Mast einzusetzen. So kommen wir nicht bis Batavia«, ergänzte Martin. »Hast du eine Hängematte, Berne?«

»Nein, hab ich nicht.«

»Neben mir ist eine frei. Die von Simon«, rief Koosten Martin zu.

Augenblicklich senkte Catharina ihr Kinn, überlegte fieberhaft, wie sie das Angebot ablehnen konnte, ohne Verdacht zu erregen.

»Befehl vom Käpt'n. Der Junge soll bei mir bleiben.« Martins Stimme duldete keinen Widerspruch. »Schläft er halt auf dem Boden.«

Catharina atmete hörbar aus. Koosten würde es nicht wagen, nachts unter die Hängematte des ihn weit an Größe überragenden Zimmermanns zu schleichen.

Mit einem Achselzucken wandte Koosten sich ab. Catharina fühlte Martins prüfenden Blick auf sich ruhen. »Du hast Angst vor ihm.«

»Hab ich nicht!« Ihre Antwort kam eine Spur zu schnell.

»Kannst das dem Deifel erzählen. Weil er dich entdeckt hat, wenn du mich fragst.« Martin legte sich in seine Hängematte. »Bleib einfach in meiner Nähe.«

Catharina legte sich unter ihn auf den Boden. Ihr machte weder das Schaukeln des Schiffes noch das harte Holz etwas aus. Daran hatte sie sich im Laderaum gewöhnt. Darüber hinaus hatte sie sich lange nicht mehr so sicher gefühlt wie unter der Hängematte des schnarchenden und furzenden Zimmermanns.

Am nächsten Morgen saßen weitere fünf Männer fiebernd im Schatten der Bordwand. Und täglich wurden es mehr. Nach einer Woche starb Adam. Der Erste, den es erwischt hatte, starb als Erstes.

Van Stappen hatte Catharina befohlen, den Leichnam in seiner Hängematte einzunähen, und folgsam war sie der Order nachgekommen. Während sie die Nadel durchs Tuch steckte, vermied sie es, in Adams blau angelaufenes Gesicht zu sehen, bis sie an seinem Hals angelangt war. Niemand hatte dem Jungen die hervorgetretenen Augen geschlossen. Auch sie würde es nicht tun. Eilig stieß sie mit der dicken Nadel durch das Tuch, zerstach sich lieber die Finger, als in das Gesicht des Todes zu blicken. Der schwarze Mann hatte sich auf ihrer Reise als vielfältiger Künstler gezeigt. Er lauerte im Trinkwasser, in dem die Maden und Würmer sich schneller vermehrten als die Ratten im Laderaum. Er hatte Diethers Leben mit einem Messer im Rücken ausgelöscht, Simon aufs Deck stürzen lassen. Und jetzt hatte er Adams Leben durch Skorbut beendet. Nur Koosten ließ er leben und sich bester Gesundheit erfreuen. Er musste mit dem Teufel im Bund stehen.

Ein breiter Schatten fiel auf sie. Ohne aufzuschauen, wusste sie, wer ihn warf. Sie hätte nicht an ihn denken dürfen, schalt sie sich. Das hatte ihn angelockt.

Koosten hockte sich dicht neben sie. »Hast dir einen guten Beschützer ausgesucht«, sprach er sie einschmeichelnd an.

»Der Kapitän hat Martin befohlen, sich meiner anzunehmen.«

»Den Pisser mein ich nicht.« Koosten deutete nach rechts. *Junior merchant* du Maulier stand an der Reling und beobachtete sie beide. »So ein Kaufmannsschwanz im Arsch ist ja auch feiner als meiner.«

»Wovon redest du?« Catharina war ehrlich verblüfft.

»Meinst wohl, ich kenn solche wie dich nicht. Machst doch jeden Tag seine Kajüte sauber und streckst ihm deinen weichen Hintern entgegen.«

Catharina sprang auf, öffnete ihren Mund, doch Koosten zog sie wieder runter.

»Ja, mach den Mund schön weit auf«, zischte er sie an, »kannst du für meinen Schwanz schon mal üben. Denn den stecke ich dir da rein.« Er zog sie weiter zu sich. »Genau dann, wenn dein Aufpasser dich nicht mehr will. Ich bin überall und werde überall sein, bis ich dich erst zum Schreien und dann zum Schweigen gebracht habe. Denk immer dran.«

Er stand in aller Ruhe auf und schlenderte davon, während Catharina Mühe hatte, Luft zu holen, so eng war ihr die Kehle. Es stimmte zwar, dass sie täglich die Kajüte des Kapitäns und die du Mauliers fegte und in Ordnung brachte, aber weder der Kapitän noch du Maulier hatten sie zu unerlaubten Handlungen aufgefordert. Sie stach mit der Nadel ins Tuch.

»Wenn ich's nicht besser wüsste, meint ich, du tötest ihn noch einmal.« Du Maulier war herangetreten, sah pikiert auf die groben Stiche, mit denen sie die Hängematte malträtierte.

»Aye, Mijnheer du Maulier«, beeilte sich Catharina zu sagen, »ich mach's gleich noch mal.«

»Lass! Steh auf!«

Verwundert rappelte sie sich hoch, wischte sich die Hände an der Hose ab.

Unterdessen winkte du Maulier zwei Matrosen heran. »Legt Adam auf eine Planke und sagt dem Kapitän Bescheid, dass wir ihm das letzte Geleit geben können.« Er wandte sich erneut Catharina zu. »Und du, Berne, auf ein Wort.«

Catharina folgte dem *junior merchant* mit verschränkten Fingern. Sollte Koosten recht haben? Wenn du Maulier sie in seine Kajüte befehlen sollte, konnte sie dem nicht entgehen. Er blieb jedoch an der Reling stehen, deutete mit der Hand unauffällig nach steuerbord. Koosten stand dort mit dem Rücken zu ihr und unterhielt sich mit Veit. »Ich habe dich beobachtet. Wann immer du den Proviantmeister anschaust, fährt ein gehetzter Blick in deine Augen.«

Catharina schreckte zurück. »Nein, Mijnheer du Maulier.«

»Hast du vielleicht gesehen, wie der Proviantmeister etwas Unrechtes getan hat? Erpresst er dich?«

»Nein, Mijnheer«, wiederholte sie, wobei sie ihre Finger ineinanderkrallte. Auch wenn du Maulier ein Engelsgesicht hatte, sie würde keinem Fremden anvertrauen, was ihr schaden konnte.

»Ein Wort von dir würde van Stappen und mir helfen, und wir könnten ihn am Kaap de Goede Hoop zurücklassen. Ohne ihn nach Batavia weitersegeln.«

Catharina furchte ihre Brauen.

»Er steckte mit Drelingcourt unter einer Decke«, fuhr du Maulier fort. »Du warst lange im Laderaum. Vielleicht hast du gesehen, wie er Eigentum der VOC gestohlen hat.«

Schlagartig dachte Catharina an die Truhe, in der Koosten die Flasche versteckt hatte. Er also war das Auge Drelingcourts gewesen, das der Schiffskoch damals erwähnt hatte. Warum war sie nicht selbst darauf gekommen?

»Du würdest der Wahrheit und der VOC einen großen Dienst erweisen.« Du Maulier sah sie aufmerksam an.

»Mijnheer du Maulier, ich verdanke Euch mein Leben«, wand sie sich heraus, um Zeit zu gewinnen.

»Die VOC wird sich erkenntlich zeigen. Ich auch. Ich brauche einen Laufburschen in meinem Kontor in Batavia.«

Catharinas Kiefer klappte herunter. »Mijnheer!« Ihr verschlug es die Sprache.

»Der Kapitän und ich sind übereingekommen, dass du nicht allein in den Laderaum gehen solltest. Und der zweite Mann darf auch nie der Proviantmeister sein.«

Catharina nickte überwältigt vor Dankbarkeit.

»Wenn du deine Furcht überwunden hast, komm zu mir.« Damit war das Gespräch für ihn beendet, und er ging zu van Stappen und den Matrosen, die sich um die Planke gestellt hatten, auf der Adams Leichnam lag.

Catharina blickte ihm nachdenklich hinterher. Du Maulier beschützte sie in der Tat, aber nicht, um sich an ihr zu versündigen, wie Koosten glaubte, sondern, um ihr Vertrauen zu gewinnen, damit sie den Proviantmeister verriet.

Nach seiner Offerte, für ihn zu arbeiten, wurde er überdies ihre Zukunft. Warum zeigst du du Maulier die Kiste nicht gleich, schoss es ihr durch den Kopf. Dann bist du Koosten los.

»Dein Leib ist nicht mehr ...«

Catharinas Gedanken wurden von den Worten van Stappens unterbrochen, die dem *hopelooper* den Weg ins Jenseits ebnen sollten. Während der Kapitän und die Mannschaft für Adam beteten, hoben vier Seeleute die Planke an, legten sie schräg über die Reling, und Adams toter Körper glitt hinab. Er klatschte auf dem Meer auf, sank aber nicht sogleich.

Wie hypnotisiert sah Catharina, wie sich der Sack langsam mit Wasser vollsog, um in der Tiefe, dem gnädigen Dunkel, zu verschwinden. Da tauchten wie aus dem Nichts Dreiecksflossen auf, umschwammen in immer kleiner werdenden Kreisen den Leichnam. Ein Aufschrei ging durch die Männer an Bord, der in einem schrillen Ton endete, als der Sack mit einem Ruck in die Tiefe gerissen wurde und vor ihren Blicken verschwand, genau wie die großen grauen Fischleiber. Nur ein Strudel erinnerte für einige Momente an das Geschehene. Viele Seemänner bekreuzigten sich, drehten sich um. Sie wollten sich nicht von dem beängstigenden Gefühl beschleichen lassen, die Nächsten zu sein, die in ihre Hängematte eingenäht in die Tiefe gerissen wurden.

Catharinas Blick fiel auf Koosten, der ungerührt aufs Meer starrte. Er war ihr Hai und das Schiff sein Jagdbereich. An Bord konnte sie sich unmöglich du Maulier anvertrauen. Koosten würde einen Weg finden, ihr seine Vergehen unterzuschieben. An Land hatte sie bessere Karten. Am Kap würde sie dem Dieb, Falschspieler und Vergewaltiger das Handwerk legen.

7. KAPITEL

Nur wenige Tage später teilte van Stappen Catharina neben ihren bisherigen Pflichten zur sogenannten Hundewache und zu der danach ein. Ein Viertel der Mannschaft war an Skorbut erkrankt, und jeder an Bord musste zusätzliche Aufgaben übernehmen, damit die Hoff manövrierfähig blieb. Nach den Nächten im Marsgast konnte sie kaum die Augen offen halten, wollte dennoch nicht das Frühstück ausfallen lassen. Übernächtigt zog sie mit dem Löffel Linien in ihren Brei, fischte die mitgekochten Maden heraus.

»Wäre besser, du isst sie«, sagte Tom, der Segelflicker, der mit ihr und Martin zusammen am rau gezimmerten Holztisch saß. »Steckt mehr drin als in dem verfaulten Korn.«

Catharina schüttelte den Kopf. Sie konnte sich trotz ihres Hungers nicht aufraffen, das Gewürm zu essen, und bot die Made Tom an, der sie kurzerhand in seinen Mund steckte und zerkaute.

»Hast du immer noch Muffen da oben?«, fragte Martin Catharina, während sie den Brei verschlang. Er nickte empor zum Marsgast.

»Kein bisschen«, antwortete sie ein wenig stolz. Dabei war sie bei ihrer ersten Wache, als sie die Wanten hochklettern musste, um zu der Aussichtsplattform zu gelangen, fast vor Angst zergangen. Sie schaufelte sich die letzten beiden Löffel in den Mund und leckte sich dann die Lippen. »Ich leg mich hin.«

Als sie sich gerade erhob, trat der *surgeon* zu ihnen an den Tisch. »Berne.«

»Aye, *surgeon* Thonberg.«

»Der Käpt'n hat dich mir heute Morgen zugeteilt. Wir haben fünf neue Kranke, darunter den *junior merchant.*«

Der Löffel glitt Catharina aus der Hand. Eine furchtbare Beklemmung befiel sie. »Ihr irrt. Gestern war er gesund.«

»Jetzt hat er Kopfschmerzen und Durchfall.«

Catharina lief es kalt den Rücken runter. »Ist es –?«

»Ich denke schon«, beantwortete Thonberg ihre halb ausgesprochene Frage.

Bange Tage waren vergangen, in denen Catharina alles tat, damit es dem *junior merchant* besser ging. Sie hatte ihn mit in Wein getunktem Zwieback gefüttert, seine Lippen mit Wasser benetzt, ihm die fiebrige Stirn gekühlt und war am Ende ihrer Kräfte. Neben der Pflege war sie nach wie vor alle drei Stunden zur Wache eingeteilt, wie auch jetzt. Sie rieb sich die Augen, um nicht im Marsgast einzuschlafen, schlang fröstelnd ihre Decke enger um sich. Plötzlich hörte sie einen Möwenschrei. Sie schaute angestrengt in den milchigen Morgendunst. Der Vogel wäre ein untrügliches Zeichen, dass ersehntes Land in der Nähe sein musste. Doch sie sah nichts. Ihre Übermüdung schien ihren Ohren Streiche zu spielen.

Sie beugte sich nach vorn und warf einen vorsichtigen Blick in die Tiefe. Die Kranken, darunter du Maulier, lagen zu Dutzenden auf dem Deck. Der Schiffsarzt reichte dem *junior merchant* eine Kelle Wasser. Von oben konnte sie sehen, wie er es sogleich wieder erbrach. Sie wusste, dass sich mittlerweile Blut in das Erbrochene mischte. Sie hatte es gestern selbst gesehen.

Sie richtete ihre ganze Hoffnung auf das Siechenhaus am Kap, von dem ihr *surgeon* Thonberg erzählt hatte. Wenn sie diese verfluchte Versorgungsstation am Kaap de Goede Hoop nur endlich erreichen würden.

Beklommen richtete sie ihren Blick erneut auf den Horizont. Der Nebel löste sich mit zunehmender Sonne über dem Atlantik auf, ließ eine dunkle flache Erhebung sichtbar werden. Catharina kniff die Augen zusammen. Unverkennbar sollte er sein, der Berg am Ende der Welt. Mächtig und flach wie ein Tisch. Sie öffnete den Mund, schloss ihn wieder. Sie musste ganz sicher sein, dass ihre Einbildung sie nicht an der Nase herumführte.

Der Himmel klarte mehr und mehr auf. Links der flachen, aber breiten Erhebung machte sie einen kantigen Berg aus und gen Süden einen deutlich kleineren, spitz zulaufenden. Sie rahmten den riesigen Tischberg ein. So hatte Martin das Wahrzeichen beschrieben. Sie konnte sicher sein, den südlichsten Zipfel Afrikas erreicht zu haben. Ein warmes Gefühl kroch ihr vom Bauch bis ins Herz. »Tafelberg in Sicht! Tafelberg in Sicht!«, schrie sie laut runter zum Deck.

Jubel brandete auf, wie sie ihn an Bord der Hoff bisher nicht vernommen hatte. Jeder noch so hartgesottene Seemann schien es kaum erwarten zu können, Land unter den Füßen zu spüren.

»Abentern!«, rief ihr van Stappen zu.

Das ließ sie sich nicht zweimal sagen, kletterte in Windeseile die Wanten herunter.

»Gut gemacht, Berne!« Der Kapitän warf ihr eine Silbermünze zu.

»Für mich?« Ungläubig fing Catharina das glitzernde Geldstück auf.

»Das ist Brauch. Für den Ersten, der den Berg sieht«, erklärte van Stappen ihr.

Flink legte Catharina das unverhoffte Glück in ihren Schuh, eilte zu du Maulier. Das Silberstück war ein gutes Omen. »Bald kommt Ihr an Land und werdet wieder gesund.« Aufmunternd drückte Catharina die schlaffe Hand des *junior merchant* und lachte, wobei sie vergaß, ihre Stimme zu verstellen. Sie erschrak selbst über ihr helles Lachen und merkte, dass van Stappens Blick vom Oberdeck aus auf ihr ruhte. Sie straffte ihre Schultern, dann wischte sie sich laut schnäuzend und betont männlich die Nase am Ärmel ab.

Der Blick des Kapitäns wanderte wieder zur Küste. Sie stellte sich neben Martin und den Schiffskoch an die Reling.

Am Fuß des Tafelberges, rechter Hand eines Flusses, der ins Meer mündete, waren wie mit dem Lineal gezogen Wege erkennbar, an denen vereinzelt Lehmhäuser standen. Näher zum Meer hin lagen lang gestreckte Lagerhallen. Davor, unmittelbar am Ufer, standen drei Holzhäuser. Tavernen, wie sie anhand der herumlungernden Seemänner vermutete. Im afrikanischen Winter sahen die weiten Flächen zu Catharinas Enttäuschung sandig und unfruchtbar aus. Dabei hatte sie gehört, dass die Station mit ihren Gärten und dem Vieh jährlich an die dreitausend Seemänner der VOC auf ihrem Weg nach Batavia oder zurück in die Niederlande, die Patria, versorgte. Doch wenn sie ehrlich war, lag vor ihr die armseligste Siedlung, die sie jemals gesehen hatte. »Au Mann!«

Der Schiffskoch verstand sie sofort. »Mir ging's beim ersten Mal genauso. Das Ding da gibt's erst seit neun Jahren. Hat noch nicht mal einen Namen außer Versorgungsstation.« Er lachte auf. »Kein anständiger Mensch will freiwillig hierhin. Gibt 'nen Haufen wilder Tiere. Und die Hottentotten stinken schlimmer als 'n Dutzend tote Ratten, die zu lange in der Sonne gelegen haben.«

Das wiederum konnte Catharina nicht glauben. Kein Geruch konnte unerträglicher sein als der an Bord. Selbst den Holzplanken entströmte mittlerweile der Gestank fauler, süßlicher Verwesung.

»Wo ist das Siechenhaus, Martin?«

Der *timmermann* zeigte auf das quadratisch angelegte Holzfort linker Hand des Flusses. Allein die Kanonen, die Catharina auf der Brüstung entdeckte, und die Flagge mit den rot-weiß-blauen Streifen und den ihr mittlerweile vertrauten Buchstaben der VOC zeigten ihr, dass es hier am Ende der Welt etwas zu verteidigen gab, das für sie nicht sichtbar war.

»Siehst du die lang gestreckten Häuser, die rechts und links vom Fort schräg abgehen? Wie ein Dreieck.«

»Für mich sieht's immer so aus, als ob 'ne Frau die Beine breit macht«, ergänzte der Schiffskoch grienend.

Catharina nickte. »Die seh ich.«

»In den linken Baracken ist das *zuikenhuis*.«

»Und in den rechten das Sklavenhaus.« Koosten war unbemerkt an sie herangetreten. »Gut, dass nur ein weiteres Schiff mit uns ankert. Da ham die Weiber mehr Zeit für uns, nicht wahr?« Er klopfte dem Schiffskoch vertraulich auf die Schulter.

»Dieses Mal nimmst du mir die mit den Glutaugen nicht weg, Proviantmeister.«

Koosten lachte. »Meinst du, die lebt noch?«

»Sie war jung.«

»Mal sehen, wie es ihr in der Zwischenzeit ergangen ist, mit all den Schwänzen.«

Catharina hätte ihm am liebsten das Gesicht zerkratzt, setzte jedoch eine möglichst gleichgültige Miene auf. Bald war es so weit, und sie würde sich seiner entledigen können. Dafür brauchte es keine übereilten Handlungen, sondern gute Nerven und die Gesundung du Mauliers. Dass die unterschlagenen Waren noch in der Kiste lagen, hatte sie erst gestern überprüft. Sie war allein in den Laderaum gehuscht, als sie Koosten im Ausguck wusste, und war bass erstaunt gewesen, dass die Truhe nach wie vor am selben Ort stand. Und vor allem, wie viel Arrack und Tuch Koosten beiseitegeschafft hatte. Mit dem Verkauf ließ sich in ihren Augen ein kleines Vermögen machen.

Die Anker rasselten lautstark ins Wasser. Am Ufer hatten sich einige wenige Menschen versammelt.

»Wie viele wohnen hier überhaupt?«, fragte Catharina.

»Vielleicht zehn Dutzend Weiße«, antwortete der Schiffskoch, »und jede Menge von den Braunen und Schwarzen.«

»Ich sehe keine Frauen.« Sie strich sich verwundert über die Mütze.

Der Schiffskoch lachte auf. »Gibt kaum eine. Vielleicht zwei Handvoll aus der Heimat.«

»Und die sind unter der Haube«, ließ sich jetzt wieder Koosten vernehmen. »Kaum gehen ihre Männer hops, stehen Dutzende Schlange, um sie zu heiraten.«

Catharina presste die Lippen aufeinander. Dieses Fleckchen Erde stieß sie wahrlich ab.

Van Stappens Blick war aufs Land gerichtet.

»Auf was wartet der Kapitän?«

Martin zeigte zum spitzen Hügel rechts des Tafelberges. Auch über diesem wehte die Fahne der mächtigen VOC. »Auf ein Zeichen vom Signalhügel.«

Plötzlich hallte ein Donnerschlag durch die Bucht, der ihr durch Mark und Bein ging. Ihm folgten zwei weitere Schläge Kanonensalut.

Mit einem zufriedenen Lächeln auf den Lippen wandte sich van Stappen der Mannschaft zu: »Kommandant Wagenaer heißt uns willkommen.«

8. KAPITEL

Die Ruder tauchten gleichmäßig in die spiegelglatte Oberfläche des Meeres. Keine Brise kräuselte das Wasser, was für diese Jahreszeit ungewöhnlich war. Van Stappen hatte angeordnet, du Maulier als Erstes ins *zuikenhaus* zu bringen, und Catharina hatte darum gebeten, ihn begleiten zu dürfen. Der *junior merchant* lag auf einer Trage inmitten des Ruderboots und stöhnte in unregelmäßigen Abständen vor Schmerzen. Sein Zahnfleisch im Ober- und Unterkiefer war in den letzten Tagen derart angeschwollen, dass die Zähne kaum auszumachen waren und ihn wie einen zahnlosen Greis aussehen ließen. Catharina musste sich zusammenreißen, das Ruder nicht sinken zu lassen, um ihm die Schweißperlen von der Stirn zu wischen.

»Um deinen Beschützer steht's nicht gut.« Koosten hatte es auch geschafft, sich eine Überfahrt im Boot zu sichern, und saß hinter ihr.

Sie stellte sich taub und heftete ihre Augen auf das Holzfort. Der erste Kommandant des Kaps, Jan van Riebeeck, hatte es, wie ihr Martin erklärt hatte, zum Schutz gegen die Hottentotten bauen lassen. Deren dürftiges halbes Dutzend Hütten standen rechts in der Nähe des Forts und sahen für Catharina in keiner Weise nach einer Bedrohung aus, genauso wenig wie die braunhäutigen Männer, die davor an Lagerfeuern saßen. Sie schienen das Boot zu bemerken, denn einer nach dem anderen stand auf und strebte zum Ufer, an dem nun auch eine Handvoll Soldaten auf sie warteten.

Noch bevor das Boot das Ufer erreichte, konnte du Maulier seinen Darminhalt nicht mehr halten. Braunes Kotwasser tröpfelte durch die Hose auf den Boden des Bootes. Die Seemänner zogen ihre Füße näher zu sich und unterdrückten nur mühsam ihre Flüche. Schließlich saß ihr Kapitän im Heck.

»Es tut mir leid ... leid.« Du Mauliers Stimme war schwach, voller Scham.

Catharina zog ihr Ruder rascher durchs Wasser. Je eher sie an Land kamen, desto schneller wurde du Maulier geholfen.

»Bring uns nicht durcheinander!«, motzte Koosten sie an, und sie ordnete sich dem Rhythmus widerwillig unter.

Zu ihrer Erleichterung setzten sie nach knapp dreißig Schlägen mit der Bugspitze im Sand auf. Behände sprang sie aus dem Boot in das knietiefe Wasser. Ein Schauer durchfuhr sie, war das Wasser doch kalt wie ein Novembertag. Koosten und zwei weitere Matrosen sprangen ihr nach, um das Boot an Land zu ziehen. Dabei drängelte sich Koosten an Catharina vorbei und schubste sie von der Bordwand. Ein weiterer gezielter Tritt unter Wasser gegen ihr Schienbein brachte sie aus dem Gleichgewicht. Rücklings fiel sie ins Meer. Ihr Kopf schlug auf dem Boden auf, und Salzwasser drang in ihren Mund. Panisch ruderte sie mit den Armen, kam mit dem Kopf aus dem Wasser. Das Salz brannte in ihrer Kehle.

»Pass doch auf!« Koosten reichte ihr hinterhältig die Hand. Catharina schlug sie aus, zog sich an der Bordwand hoch.

»Geht es endlich weiter?« Die Stimme des Kapitäns bebte vor unterdrücktem Zorn.

»Entschuldigung, Käpt'n van Stappen.« Catharina wischte sich die tropfnassen Haare aus dem Gesicht.

»Koosten, das galt Euch, nicht dem *hopelooper*.«

Mit Unschuldsmiene wandte sich Koosten dem Rangoberen zu. »Aye, aye, Kapitän.«

Mit vereinten Kräften zogen sie das Boot an Land. Durchnässt und frierend setzte Catharina ihren Fuß auf afrikanischen Boden.

Kleine Rinnsale Meerwasser liefen ihr durch die Hosenbeine, tropften auf den Sand. Sie brauchte baldigst trockene Kleidung. Doch zuerst musste du Maulier im *zuikenhuis* versorgt werden. Ohne einen weiteren Befehl abzuwarten, hob sie die Trage am

Kopfende hoch, Koosten schnappte sich die hinteren Tragegriffe. Catharina hoffte, dass van Stappen ihm einen anderen Befehl geben würde, aber der Kapitän schwieg, runzelte nur die Stirn und bedeutete ihnen, ihm zu folgen. Ihr war bewusst, in welcher Gefahr sie schwebte, solange du Maulier krank war und sie sich ihm nicht anvertrauen konnte. Koosten lauerte auf seinen Moment, ihr etwas anzutun. Sie schaute auf den breiten Rücken des Kapitäns. Ihm ihr Wissen preiszugeben getraute sie sich nicht.

Sie hatten gerade das Ende der Lagerhäuser erreicht, als ein hochgewachsener Mann, in feinstes schwarzes Tuch gekleidet, auf van Stappen zutrat. »*Goede dag*, ich bin *fiscal* Lacus. Wo ist Kapitän Drelingcourt?« Die herrische Handbewegung, mit der sich *fiscal* Lacus über seine braunen Locken strich, die rechts und links vom Mittelscheitel locker auf seine Schultern fielen und sein gleichmäßiges Gesicht umrahmten, verrieten Catharina, das unter dem gut aussehenden Schein womöglich ein anderer Charakter wohnte.

»Im Gefängnis.«

Fiscal Lacus zog eine Augenbraue hoch. »Das sind wahrlich Neuigkeiten. Was hat er getan?«

»Veruntreuung von VOC-Eigentum.«

»Ein schweres Delikt.« Lacus sah van Stappen fragend an. »Und Ihr seid?«

»Kapitän van Stappen.«

Fiscal Lacus trat einen Schritt näher zu van Stappen, und Catharina konnte nicht mehr hören, was er sagte.

Dafür hörte sie ein klickendes Kichern.

Die Gruppe Hottentotten, die von den Hütten aus zu ihnen gekommen war, beobachtete sie. Die mageren kantigen Männer mit ihren Haaren, die an schwarzes Lammfell erinnerten, waren die ersten andersfarbigen Menschen, die Catharina je zu Gesicht bekommen hatte. Um die Lenden trugen sie Lederschurze und über den Schultern Schafsfelle mit der Wolle nach innen, die sie unter dem Kinn mit einem Band festgebunden hatten.

Ihre rechte Hand hielt jeweils einen mannshohen Holzspeer. Die dünnen Holzstöcke mit den Eisenspitzen sahen auf den ersten Blick harmlos aus, aber Catharina war sich sicher, dass sie damit die Tiere erlegt hatten, deren gelb-schwarzes Fell sie trugen. Zwei der Männer wehrten mit übergroßen grauen Hühnerfedern lästige Insekten ab. Von der Gruppe ging, wie der Schiffskoch gesagt hatte, ein kaum zu ertragender Geruch aus. Er entströmte dem ranzigen Fett, mit dem sie sich gegen die Kälte eingerieben hatten, und den frischen Schafeingeweiden, die um ihre Beine geschlungen waren. Unruhig trat Catharina von einem Bein aufs andere.

»Die stinken wie die Pest, die mit Scheiße gefüllten Därme«, motzte Koosten.

»Sie schützen die Beine der Männer vor Dornen, wenn sie durchs Gras rennen. Und bei Gott, sie können rennen.« Van Stappen war wieder zu ihnen getreten. »Koosten, Ihr geht mit *fiscal* Lacus.«

»Kapitän, ich wollte mich um Mijnheer du Maulier –«

»Ihr seid Proviantmeister, kein *surgeon*. Geht die Lebensmittel aufstocken!«, schnitt ihm van Stappen das Wort ab. »Martin, du hilfst Berne, den *junior merchant* ins Siechenhaus zu tragen.«

Catharina frohlockte innerlich. Für die nächsten Stunden war sie Koosten entronnen.

Erleichtert hob sie den Kopf und starrte geradewegs in zwei funkelnde, amüsierte blaue Augen. Die Himmelsboten gehörten zu einem großen Blonden, der sich neugierig dazugesellt hatte. Lässig stützte er sich auf seine Flintlock und betrachtete sie genauso ungeniert wie sie zuvor die Hottentotten. Die Haare hatte er locker mit einem dünnen Lederband zusammengebunden. Die Muskeln, die sich unter dem Leinenhemd abzeichneten, verrieten schwere körperliche Arbeit. Allein der gepflegte Bart passte nicht zu der ungebändigten Erscheinung.

Zu ihrem Schreck wanderte der Blick des Blonden ihren Körper hinab. Sie hatte verdrängt, dass die nasse Kleidung teilweise an ihrem Körper klebte und ihre weiblichen Formen verraten konnte. Zwar hatte sie ihren Busen fest umwickelt, zudem war sie abgemagert, allerdings war sie nie apfelbrüstig gewesen. Sie spuckte auf den Boden, schniefte und ging betont uninteressiert, aber mit klopfendem Herzen an dem Hünen vorbei und widerstand dem Impuls, sich umzudrehen, um zu sehen, ob er ihr hinterhergaffte.

Wie sie vom Schiff aus gesehen hatte, lag das *zuikenhaus* links vor dem Fort. Das an die dreißig *Amsterdamer Roeden* lange Haus bildete mit dem gegenüberliegenden Sklavenhaus einen Vorhof zum eigentlichen Eingang des Holzforts, das zugleich Verteidigungsanlage und Wohnsitz des Kapkommandanten war.

Ein halbes Dutzend schwarze Männer war vor dem Sklavenhaus an in die Wand eingelassene Ringe gekettet. Sie hatten nichts anderes zu tun, als zu warten und still die Fliegen von ihren müde dreinblickenden Augen zu vertreiben, während die Matrosen in Reih und Glied vor der offenen schweren Holztür des Sklavenhauses standen und darauf warteten, die Sklavinnen besteigen zu können.

Während das Sklavenhaus die ganze Länge des Gebäudes einnahm, teilte sich das *zuikenhaus* linker Hand seine Räumlichkeiten mit den Werkstätten des Pflug- und Wagenbauers und des Schmiedes, aus denen laute Rufe erschollen. Vor den Werkstätten standen rauchende Feuerbecken, in denen das Eisen zum Glühen gebracht wurde. Ein Schmied bearbeitete mit Hammer und Zange ein noch warmes Hufeisen auf dem Amboss.

Catharina machte die Betriebsamkeit Mut, der ihr in dem Augenblick genommen wurde, als sie über die Schwelle des Siechenhauses trat.

Der Geruch ungewaschener Körper und schwärender Wunden tränkte die Luft des Saales, in dem die kranken Seemänner Seite an Seite auf dem mit Stroh aufgeschütteten Boden oder im besten Fall auf dünnen Decken lagen. Das Stroh war seit Tagen nicht gewechselt worden, stank nach Blut, Pisse und

Kot. Blanke Angst stieg in Catharina hoch, als sie große blau glänzende Fliegen sah, die ihre Eier in die eitrigen Wunden der Kranken ablegten.

Dieser Raum war das Vorzimmer des Friedhofs. Sie würde du Maulier hier nicht zurücklassen.

Kapitän van Stappen schien der Zustand des Siechenhauses nicht aus der Fassung zu bringen, er rümpfte weder die Nase, noch zog er sein silbernes Riechfläschchen hervor.

Ein *surgeon* kniete neben einem Mann, dem die Augäpfel nahezu aus dem Gesicht sprangen. Er stand auf, als er die kleine Gruppe mit der Trage sah.

»Käpt'n van Stappen von der Hoff van Zealand«, stellte sich van Stappen vor. »Wir haben an die dreißig Skorbutkranke an Bord.«

»Dreißig?« Der *surgeon* sah sich in dem überfüllten Raum um, zuckte mit den Schultern. »So sei es. Und er?«

»*Junior merchant* Paulus du Maulier«, erklärte van Stappen dem *surgeon* und legte besondere Betonung auf *junior merchant*.

Der *surgeon* nickte verstehend. »Folgt mir!«

Sie betraten den nächsten Saal. Dieser war deutlich sauberer als der vorherige. Nur eine Handvoll Männer lagen hier auf Strohsäcken und Decken: ranghöhere Offiziere und VOC-Bedienstete. Ein Hottentottenjunge ging gemach von Krankenlager zu Krankenlager und fächerte mit einer großen Straußenfeder die Fliegen von den Kranken.

Catharina wusste, dass sie selbst nie einen Platz in diesem Raum für sich in Anspruch nehmen konnte, wenn sie krank werden sollte. Dennoch war sie erleichtert. Hier konnte du Maulier gesund werden. Das allein zählte.

»Kapitän, kann ich Mijnheer du Maulier versorgen?« Bittend sah sie van Stappen an. Sie wollte sichergehen, dass alles für den Kaufmann getan wurde, der ihre Zukunft bedeutete. Überdies war sie in den Mauern des *zuikenhuis* vor Koosten geschützt.

»Das wäre hilfreich, Kapitän«, warf sich der *surgeon* für sie in die Bresche.

Van Stappen schwieg, strich sich über seinen Bart. »Gut«, entschied er. »Der *hopelooper* hilft heute und beim nächsten Landgang in zwei Tagen.«

Catharina wollte widersprechen, da ergänzte van Stappen: »Der Proviantmeister bleibt zwei Tage an Land, genau wie *timmermann* Martin. Wir brauchen Proviant und einen neuen Mast.«

Catharina riss die Augen auf. Wenn sie die Worte des Kapitäns richtig deutete, schützte er sie gerade. »Aye, Kapitän.«

»Ich erwarte dich bis Ende der Plattfußwache an Bord.« Mit diesen Worten verließen er und Martin den Raum.

»Wasch ihn!«, befahl ihr der *surgeon.*

»Aye.« Ihre Stimme klang fest, obwohl ihr nicht wohl dabei war, du Maulier zu entkleiden.

»Die Sklavin im Hinterhof wird dir Tücher und Wasser geben.«

Anna van Angola war schwarz. Blaurabenschwarz. Mit einem großen langstieligen Holzlöffel rührte sie Wäsche in einem fassgroßen Kessel um. Dampf umhüllte sie und verlieh ihr ein mystisches Aussehen.

Ohne sich bemerkbar zu machen, stierte Catharina die Sklavin an, die die Niederländer vor Jahren dem portugiesischen Sklavenschicksal entrissen und in ihres überführt hatten. Zu gern hätte sie die Haut der ihr gegenüberstehenden jungen Frau berührt, ihre kurzen gelockten Haare, die weich aussehende breite Nase.

Gut, dass Koosten dich nicht sieht, dachte sie bei sich. Er würde diese Schönheit auf der Stelle besitzen wollen. Als ob die Sklavin ihre Gedanken gehört hatte, hob sie den Kopf. Ihre großen braunen Augen sahen Catharina hart an. »*Que quiseres?*«

Catharina hörte an dem Tonfall, dass die Sklavin ihr eine Frage gestellt hatte, aber sie kannte die Sprache nicht.

»Der *surgeon* schickt mich, ich soll Wasser und Binden für

einen Kranken holen.« Catharina hoffte, dass die Sklavin sie verstand.

In der Tat zeigte diese auf einen zweiten, kleineren Kessel, der über dem Feuer hing. »Wasser. Schüssel.« Mit dem Kopf nickte sie zu einem Stapel Tücher auf einem Schemel. »Da Tuch.«

Während Catharina sich ein paar Binden nahm, trat ein Mann in den kleinen Hof. In seiner rechten Hand hielt er locker eine aufgerollte dünne Lederpeitsche mit einem kleinen Lederball an der Spitze. Augenblicklich zuckte die Sklavin zusammen.

»Anna, komm mit. Es gibt Matrosen, die auf dich warten.«

Catharina sah, wie die Hände der Schwarzen sich um den Löffel krampften. Hastig trat sie vor den Sklavenaufseher. »Verzeiht. *Junior merchant* du Maulier von der Hoff liegt in dem Krankensaal. Und an die dreißig weitere Männer werden noch gebracht. Die Sklavin sollte bei den Kranken helfen.«

Der Mann warf ihr einen skeptischen Blick zu. »Sagt wer?«

»Kapitän van Stappen und der *surgeon* haben es mir aufgetragen, den Kranken zu waschen, und mich zu ihr geschickt.« Sie log nicht, dennoch klopfte ihr das Herz bis zum Hals.

Aus zusammengekniffenen Augen sah der Mann sie an, überlegte. »Dann kommst du halt danach!«, sagte er zu Anna und ging.

Catharina sah ihm verblüfft nach. Wie einfach es gewesen war, der Sklavin einen Aufschub zu verschaffen. Denn mehr war es wohl nicht. Spätestens morgen würde sie die Männer der Hoff auf sich ertragen müssen. Aber für heute oder zumindest die nächsten Stunden hatte sie Ruhe.

Catharina fing Annas überraschten Blick auf, die nach wie vor den großen Löffel festhielt. »Willst du?« Sie zeigte auf sich.

»Um Himmels willen, nein.« Catharina schüttelte heftig den Kopf.

Anna verschwand hinter einer Holzwand, kam mit einer Hose und Hemd zurück. »Hier.«

»Für mich?«

Anna drückte ihr die Sachen in die Hand. »Dank an dich. Du kalt. Nicht krank werden.«

»Danke!« Auf eine solch zugewandte Geste war Catharina nicht gefasst gewesen. »Ich geb sie dir zurück, wenn meine Sachen trocken sind.«

»Brauchst nicht. Sachen von Toten.«

Catharina schluckte. Natürlich, wo sollte die Kleidung sonst her sein?

Sie ging hinter die Holzwand, hinter der die Sklavin zuvor verschwunden war, und entledigte sich flugs der nassen Kleidung, zog die trockenen und vor allem sauberen Sachen an. Seit Monaten hatte sie sich nicht mehr so wohlgefühlt. Sie spürte, wie ihr Mut zurückkehrte.

Du Maulier war immer noch bewusstlos, als sie mit dem Wasser und den Binden in den Saal zurückkehrte. Sie zog die Schleifen seines Hemdes auf. Sein blasser Oberkörper war über und über mit roten Pusteln bedeckt. Vorsichtig tupfte sie mit einer nassen Binde die eitrigen Krusten ab. Danach zog sie ihm seine Lederschuhe aus und hob sein Hinterteil leicht in die Höhe, um die verkotete Rheingrafenhose herunterzuziehen. Dabei vermied sie, die vom Durchfall nassen Stellen zu berühren. Sie weckte die Filzläuse, die in du Mauliers blondem Schamhaar nisteten und nun von Haar zu Haar krabbelten. Sein eingeschrumpeltes Glied weckte sie nicht.

Sie sah sich im Raum um. Die Kranken lagen in ihren Betten und schliefen oder hatten zumindest die Augen geschlossen. Niemand beobachtete sie. Obwohl es unangebracht war, konnte sie ihre Neugier nicht zurückdrängen. Zögerlich stupste sie den kleinen Rüssel an, der sanft zur Seite fiel. Mehr geschah nicht.

Sie riss sich zusammen und wandte sich erneut ihrer eigentlichen Aufgabe zu, du Maulier zu waschen. Sie zog an der Hose. An den Oberschenkeln waren die Beinkleider fest mit der Haut verklebt. Catharina befeuchtete den Stoff so lange mit den nassen Tüchern, bis sie die Hose lösen und über die Knie ziehen konnte.

Wie an seinem Oberkörper zog sich roter eitriger Ausschlag auch über beide Oberschenkel. Du Maulier hatte sich bis aufs Blut gekratzt.

Sie tunkte eine Binde ins Wasser, wrang sie aus und wusch den *junior merchant*, so gut es ging. Es tat ihr gut, den Kranken von Schmutz und Eiter zu befreien. Mit jeder weiteren sauberen Stelle glaubte sie, ihm Gesundheit zu schenken.

Sie stand auf, um die rot gefärbte Hautbrühe im Hof wegzuschütten und neues Wasser zu holen, da öffnete du Maulier die Augen. »Du bist ein Engel!«, flüsterte er ihr zu.

»Augen zu.« Catharina wollte weder, dass er sie beobachtete, noch, dass er redete und sich weiter schwächte.

»Du machst das gut«, sagte eine tiefe Stimme neben ihr mit unverkennbar dänischem Akzent. »Du solltest bei uns bleiben.« Ein Mann mit heller Haut und lebhaften blaugrünen Augen war unbemerkt an sie herangetreten.

»Ich habe meine Großmutter gepflegt«, log sie.

»Pieter van Meerhoff«, stellte sich der schlanke große Mann vor. »Ich bin *surgeon* hier. Und wir können fürwahr Hilfe gebrauchen.«

»Berne, Mijnheer Meerhoff, Schiffsjunge auf der Hoff van Zealand. Auf dem Weg nach Batavia«, antwortete Catharina. »Das hier ist *junior merchant* Paulus du Maulier. Ich soll ihn waschen.«

Van Meerhoff blickte ernst auf die entzündeten roten Punkte.

»Wird er überleben, Mijnheer Meerhoff?«

»Wenn er stark ist, ja.« Seine warme Stimme tröstete Catharina.

»Ich muss zur Wache zurück an Bord. Könnt Ihr …« Catharina nahm ihre Münze aus dem Schuh und reichte sie Meerhoff. Augenblicklich änderte sich seine freundliche Haltung.

»Steck dein Geld ein. Es ist unsere Aufgabe, Kranke zu pflegen.«

»Ich habe erst in zwei Tagen wieder Landgang. Und ich weiß nicht ...« Catharina mochte ihre Befürchtung nicht einmal aussprechen.

»Du wirst ihn wiedersehen.« Van Meerhoff sah sie wieder milder an. Seine Stimme flößte ihr Zuversicht ein.

9. KAPITEL

Zwei Beiboote mit dem Kapkommandanten Wagenaer und weiteren VOC-Offiziellen an Bord näherten sich der Hoff. Es war Brauch der Compagnie, dass der Kommandant die Schäden des Schiffes gemeinsam mit dem Kapitän begutachtete und bestimmte, welche Reparaturen vonnöten waren. Der VOC waren ihre Schiffe heilig. Und bei Gott, die Hoff hatte Hilfe nötig. Catharina löste sich von der Reling, ließ ihren Blick über den abgesplitterten halbhohen Mast und das notdürftig reparierte Loch wandern, die anderen Schäden auf dem Vordeck. Sie hatte die Inspektion herbeigesehnt, konnte sie danach doch endlich wieder zu du Maulier. Zwei Tage lang hatte er sich erholen können und war sicherlich auf dem Weg der Besserung. Sobald der Besuch des Kommandanten vorüber war, würde sie an Land gehen. Es drängte sie, dem Kaufmann Koostens Machenschaften preiszugeben. Seine Truhe stand nach wie vor randgefüllt mit Schmuggelware an ihrem angestammten Platz im Laderaum.

»Werft die Leinen!«, dröhnte die Stimme des Kapitäns.

Seile flogen durch die Luft, wurden von den Soldaten und Matrosen in den Beibooten aufgefangen. Geschickt zogen sie diese an die Seite des Ostindienfahrers.

»Das ist doch …« Catharina beugte sich erneut über die Reling. Ihre Aufmerksamkeit galt nicht Koosten, der im Boot des Kommandanten saß, sondern richtete sich auf den blonden Hünen im zweiten Boot. Er saß neben *fiscal* Lacus. Sie konnte nicht sagen, warum, aber sie war sich sicher, dass er ihretwegen kam.

Ihr erster Impuls war, unter Deck zu gehen. Dafür benötigte sie einen Befehl van Stappens. Da dieser naturgemäß ausblieb, wünschte sie sich inständig, dass der Blonde im Boot blieb. Vergebens. Er zog sich an den Seilen hoch, ruhig und mühelos.

Mit seinen Füßen berührte er nicht einmal die kleinen Holzquerbalken an der Außenbordwand, die als Leiter dienten.

Eilig huschte Catharina unter das Dach des Oberdecks hinter die Winde, bevor der Blonde behände über die Bordwand stieg und dann half, den Kommandanten sowie weitere Männer, darunter *fiscal* Lacus, mit dem Lastenaufzug an Deck zu hieven.

»Kommandant Wagenaer! Willkommen an Bord der Hoff van Zealand.« Van Stappen überragte den an Jahrzehnten älteren Kapkommandanten um Haupteslänge.

Wagenaers tadellose Uniform und die Art, wie er seine Hand in die Hüften stemmte und einen Fuß dabei vorstellte, ließen jedoch keinen Zweifel daran, dass der Kapkommandant um seine Macht wusste und sie ausfüllte.

»Kapitän van Stappen. Zeige Er mir das Schiff! Wir wollen sehen, was benötigt wird«, donnerte Wagenaers erstaunlich tiefer Bass.

Van Stappen lud ihn mit der Hand ein, ihm die Treppe hinauf aufs Oberdeck zu folgen. *Fiscal* Lacus schloss sich ihnen an.

Der Blonde ging ihnen nicht hinterher. Mit seinen Händen strich er über die abgerissene Takelage, die die Matrosen wie ein ungeordnetes Spinnennetz steuerbord an Deck gelegt hatten, und musterte die ausgemergelte Mannschaft. Er schien ihre Erlebnisse in den Gesichtern ablesen zu wollen, und Catharina glaubte, Mitleid in seiner Haltung zu erkennen. Wer wusste schon, welche Mühsal er auf seiner Überfahrt zum Kap erlebt hatte. Denn eines war sicher, er war auch mit einem Ostindienfahrer hierhergekommen.

Über sich hörte sie Schritte. Van Stappen und der Kommandant würden bald die Treppe heruntergestiegen kommen und die anderen Decks inspizieren. Dabei sollten sie sie nicht hinter der Winde versteckt vorfinden. Sie musste zum Bakdek zu Martin und den anderen Kameraden. Ein Blick zum Blonden zeigte ihr, dass er sich nun steuerbord mit einem Soldaten unterhielt. Diesen Moment nutzte sie und ging raschen Schrittes mit eingezogenem Kopf backbord, um an der Reling entlang zum Bakdek zu gelangen. Die Augen auf den Boden gerichtet, prallte sie gegen einen Mann.

»Hast du mich vermisst, Kleiner!« Koosten fasste sie am Arm.

Unwillig machte sie sich los, trat ihm versehentlich auf den Fuß.

»Gottverdammter kleiner Scheißer!« Koosten wollte erneut nach ihr greifen.

»Mächtig schlimme Fahrt gewesen, hm?« Der Blonde war zu ihnen getreten.

Wütend blitzte Koosten ihn an, vermutlich ob der unerwünschten Unterbrechung.

Der Blonde hielt zu Catharinas Verwunderung Koostens Blick ohne Mühe stand. Wie ein unterlegener Wolf, der das Leittier anerkannte, knurrte Koosten und trat weg. Verblüfft blickte Catharina ihm hinterher.

»Ihr habt viel durchgemacht«, bemerkte der Blonde und zog Catharinas Aufmerksamkeit abermals auf sich.

Obwohl sein Holländisch gut war, hatte sie ihn sofort gehört, den unverkennbaren Akzent aus dem Norden Deutschlands.

»Mmh, mächtig schlimm«, rutschte es Catharina in ihrer Lübecker Mundart heraus.

»Ein Landsmann.« Sein Lachen hatte etwas Spitzbübisches und ließ ihn deutlich jünger erscheinen. Wie aus dem Nichts zauberte er eine Orange aus seiner Hosentasche. Dabei rutschte ihm der Ärmel seines Hemdes hoch, und Catharina sah, dass sein gebräunter Unterarm mit schlecht verheilten Brandnarben überzogen war. Schnell schüttelte er den Hemdsärmel herunter, ergriff ihre Hand und drehte sie um.

»Loslassen!« Vor Schreck vergaß Catharina, ihre Stimme zu verstellen.

Der Blonde dachte nicht daran, Funken tanzten in seinen Augen.

»Hans!« *Fiscal* Lacus trat zu ihnen. »Du willst dem jungen *hopelooper* doch nichts verkaufen?«

Endlich ließ Hans ihre Hand los. »Ich beherzige die Regeln der Compagnie. Obwohl heut der dritte Tag ist, den das Schiff bei uns vor Anker liegt. Ich dürfte verkaufen«, spöttelte er.

»*Vrijburgher* verkaufen nur noch an die Compagnie. Du weißt um die neue Order des Kommandanten.« Trotz seiner Worte schien der *fiscal* Hans wohlgesinnt.

»Zu Preisen, von denen wir weder leben noch sterben können.«

Catharina staunte über die Verwegenheit des Mannes, dessen Namen sie nun kannte: Hans.

»Aber keine Sorge, *fiscal* Lacus. Ich wollte dem jungen Seemann die Orange schenken.« Hans legte das Obst in Catharinas Hand.

Lacus warf einen letzten warnenden Blick zu Hans, bevor er sich zu Kommandant Wagenaer begab.

Catharina starrte auf die Orange. Ihr lief das Wasser im Mund zusammen, als sie sich den Geschmack des süßen, leicht klebrigen Saftes vorstellte. Zugleich war sie auf der Hut. Ein Geschenk unter Männern, die sich nicht kannten, war mehr als ungewöhnlich. Eine eher einleuchtende, aber erschreckende Erklärung war, dass er ihre Maskerade durchschaut hatte. Doch selbst dann ergab es wenig Sinn. Im Grunde wollte sie seine Beweggründe auch gar nicht kennen. Entschlossen und mit einer Spur Trauer gab sie ihm die Orange zurück, floh fast zum Bakdek. Dabei schwor sie sich leise: »Wo immer ich dich sehe, Hans. Ich werde dir aus dem Weg gehen!«

10. KAPITEL

Catharina legte sich in die Riemen. Sie hatte einen der begehrten Plätze im Beiboot ergattert und war auf dem Weg zu du Maulier. Kommandant Wagenaer und van Stappen hatten drei Wochen für die Reparaturen an der Hoff veranschlagt. Du Maulier hatte folglich genügend Zeit, gesund zu werden und sich zu erholen. Heute wollte sie ihm Koostens Versteck im Laderaum verraten, damit er die notwendigen Untersuchungen einleiten konnte. Neben den geklauten Waren hatte Koosten seit seiner Wiederkehr an Bord auch die Münzen in die Truhe gelegt, die er beim Würfelspiel gewonnen hatte. Auch den spanischen Real, den er dem Schiffskoch abgeluchst hatte und der eine Einkerbung hatte, die zumindest alle Würfelspieler gesehen hatten. Diese Münze würde die Kiste mit Koosten in Verbindung bringen – der entscheidende Beweis, um ihn zu überführen. Der Proviantmeister würde zwar nicht für die Vergewaltigung und den Tod Simons herangezogen werden, aber immerhin bestraft und am Kap zurückbleiben müssen.

Kaum rammte das Boot den Boden, sprangen Catharina und die vier Seemänner hinaus und zogen es an Land. Aus den Augenwinkeln sah sie Martin auf sich zukommen.

»Eh, Berne!« Sein Gesicht sprühte vor Begeisterung. »Du musst mit mir was trinken gehen!«

»Ich bin auf dem Weg zum *junior merchant*«, antwortete sie und fluchte innerlich.

»Komm, ich geb einen aus. Ich hab 'nen Baum gefunden, der 'nen prima Mast machen wird«, schwärmte er.

Catharina wollte zu du Maulier. Dennoch war es sicher unklug, Martins Einladung auszuschlagen. Sie brauchte Freunde auf der Weiterfahrt nach Batavia. Folglich zauberte sie ein Lächeln auf ihr Gesicht. »Gut. Einen!«

Die Matrosen der Hoff hatten die letzte Taverne in der Reihe der dreien zu ihrer bevorzugten auserkoren. Beim Wirt Joris Jantz war der Arrack nur wenig gestreckt, und die Kochkunst der Wirtin Jannetje hatte sich selbst bis zu Catharina herumgesprochen. Schon vor der Tür hörte Catharina das Gejohle Dutzender Männer. Das letzte Mal, dass sie eine Gaststube betreten hatte, war in Hamburg gewesen. Sie rieb sich die Schläfen, um die bösen Gedanken zu vertreiben, und betrat den Gastraum. Der Geruch ungewaschener Männerkörper vermischt mit schalem Bier waberte durch den Raum.

Sie war keine drei Schritte in die Stube getreten, da bereute sie nicht nur, mitgegangen zu sein, sie verwünschte sich regelrecht. Koosten saß an einem der Holztische und würfelte mit einem vierschrötigen Mann, dessen knubbelige Säufernase und rote Wangen seine zweite Leidenschaft neben dem Würfelspiel zeigten. Hinter seinem Stuhl, die Hände locker in die Hüften gestemmt, aber ernsten Blickes, stand Hans.

Catharina zog Martin zur Theke und stellte sich hinter einen breitschultrigen Seemann, sodass sie vom Spielertisch aus nicht zu sehen war.

Ihre Handfläche kribbelte. Als spürte sie erneut Hans' Finger über ihre gleiten.

»Was für 'ne verfluchte Scheiße! Du kannst doch nicht immer gewinnen?« Die Stimme des Säufers dröhnte über das Stimmengewirr hinweg.

»Koosten hat mal wieder Glück beim Spiel«, sagte Martin, der keine Ahnung von Koostens Tricks hatte.

»Sieht so aus.«

»Zwei Arrack!« Martin bestellte bei einem Mann, der einen Holzknüppel am Gürtel trug und in dem Catharina den Wirt vermutete.

Der breitschultrige Seemann, hinter dem Catharina stand, ging zu einem frei gewordenen Tisch. Einen Herzschlag nur war sie für den Kartentisch sichtbar, bevor sie sich geschickt hinter einen anderen Seemann stellte. Aber dieser hatte genügt.

Hans hatte sie gesehen und die Augenbrauen vor Erstaunen hochgezogen, nun steuerte er unverzüglich auf sie zu. Demonstrativ wandte sie ihm den Rücken zu, presste die Lippen zusammen.

»Joris, 'nen Arrack«, sprach Hans den Wirt an, wandte sich dann wie beiläufig an Martin. »Gefällt's euch bei uns?«

»Als *timmermann* gefällt mir euer Wald«, schwärmte Martin. »Ein paar prächtige Bäume habt ihr da. Nur zu viele Affen.«

Hans lachte gutmütig. »Sind diebische Gesellen, aber harmlos. Hüte dich vor Elefanten oder 'nem Nashorn. Die trachten dir nach dem Leben.«

»Wenn ich welche sehe, folge ich deinem Rat«, sagte Martin. »Ich würde gern mal auf den Tafelberg.«

»Ist nicht leicht, auf den Hoerikwaggo zu steigen. Gerade jetzt im Winter nicht.«

»Hoerikwaggo?« Martin sah ihn fragend an.

»So nennen die Einheimischen den Berg«, antwortete Hans ihm. »Solltest dich auf 'ne Nacht einrichten. Und mit 'ner Flinte gehen. Da oben gibt es Löwen.«

Catharina gab sich unbeteiligt, verfolgte jedoch jedes Wort.

»Bist schon lange hier?«, wollte Martin wissen.

»Fünf Jahre. Bin als Soldat gekommen.«

»Siehst aber nicht so aus«, meinte Martin.

»Hab mich sozusagen freigekauft und bin jetzt *vryburgher*«, sagte Hans. Obwohl er zu Martin sah, wurde Catharina das Gefühl nicht los, dass er zu ihr sprach. »Ich hab 'ne *farm* am Liesbeek. Land, Tiere.«

»He, Martin!« Veit war in die Taverne gekommen und tippte dem *timmermann* auf die Schulter. »Auf ein Wort.« Martin drehte sich zu ihm um, und Catharina stand unvermittelt allein mit Hans an der Theke.

»Vermaledeit!« Der vierschrötige Mann gab seinem Pech im Spiel lautstark Ausdruck.

»Euer Proviantmeister hat mächtig viel Glück.« Hans kratzte sich am Kopf.

»Ist der Mann dein Freund?« Catharina wusste selbst nicht, warum sie die Frage stellte.

»Du redest ja doch mit mir.« Hans' Augen funkelten sie amüsiert an. »Ja. Thielemann ist mein Freund.«

»Er flucht viel.«

»Verliert ja auch die ganze Zeit.« Hans warf einen Blick zu Martin, der ins Gespräch vertieft war. Ehe es sich Catharina versah, rückte Hans näher. Augenblicklich stellten sich ihre Armhärchen auf. Von Hans ging eine raubtierhafte Stärke aus.

»Das Verlieren ist es nicht alleine«, raunte er ihr vertraulich zu, »Thielemanns Frau hat Ärger mit der Compagnie. Ist allerdings nicht schwierig, mit der VOC Ärger zu haben. Knechtet, wo sie kann.« Abrupt schwieg er, kippte seinen Arrack runter. »Keine Ahnung, warum ich dir das erzähle.« Er wollte zum Tisch zurückgehen.

Sie zog ihn am Ärmel. »Koosten hilft seinem Glück nach.«

Hans' Augen wurden zu Schlitzen, er schien in ihrem Blick zu forschen. Sie verfluchte sich, dass ihr der Satz rausgerutscht war, ließ es sich aber nicht anmerken. Niemandem hatte sie bisher erzählt, was sie an Bord der Hoff an den Mast gefesselt gesehen hatte. Ausgerechnet diesem Fremden verriet sie es.

Hans ging mit großen Schritten zum Tisch, beugte sich zu Thielemann. Catharina konnte nicht hören, was er zu seinem Freund sagte. Aber was es auch war, Thielemann schüttelte den Kopf. »Sein Glück kann nicht ewig andauern. Ein Spiel noch«, sagte er so laut, dass Catharina es verstehen konnte.

Koosten nahm seinen Würfelbecher. »Gut, ein Spiel noch.« Thielemann machte es ihm nach. Beide schüttelten ihre Becher, ließen die Würfel über den Tisch rollen. Dieses Mal jubelte Thielemann.

»Siehst du, Hans, jetzt hol ich mir alles zurück.« Thielemann freute sich wie ein kleines Kind.

»Ich bin mir nicht sicher, ob ich noch weiterspielen möchte.« Koosten steckte seine Münzen ein. »Vielleicht ein nächstes Mal?« Er erhob sich.

Wie gut Catharina diesen Moment kannte. Sie hatte ihn an Bord öfters miterlebt. Zuerst gewann Koosten, bis sein Gegner fast aufhören wollte. Dann ließ er ihn gewinnen und wollte dann seinerseits aufhören, um angeblich nicht alles zu verlieren. In Wahrheit wollte Koosten nur zum letzten, vernichtenden Schlag ausholen und alles an sich reißen. Doch dazu musste der Gegner mitspielen.

»Setz dich wieder.« Thielemann knurrte die Worte fast. Catharina erschrak. Sie hatte Hans gewarnt. Warum nur spielte Thielemann weiter und ging dem Proviantmeister in die Falle? Auch Hans schien von Thielemanns Verhalten nicht angetan zu sein, verschränkte er doch seine Arme und blickte düster zu seinem Kumpan.

Koosten folgte scheinbar eingeschüchtert Thielemanns barscher Aufforderung, legte seine Münzen erneut auf den Tisch. »Die letzte Runde, egal wie es ausgeht.«

»Genauso ist es.« Thielemann nickte befriedigt.

Hans schaute zu Catharina, zuckte die Schultern. Wie unbeabsichtigt zeigte sie auf ihre Hand und den Hemdsärmel, glaubte in Hans' Augen ein Aufleuchten zu erkennen. Er hatte offenbar verstanden, dass Koostens eigentliches Kunststück jetzt erst folgte, denn er stellte sich so, dass er jede von Koostens Bewegungen genauestens verfolgen konnte.

Martin zupfte Catharina am Ärmel. »Ich will sehen, wie Koosten wenigstens ein Mal Pech hat. Komm mit.« Er ging zum Tisch, und Catharina wagte es, näher an das Geschehen heranzutreten.

Thielemann begann mit drei seiner fünf Würfel zu würfeln, zählte: »Dreizehn Augen.«

Koosten würfelte zwei Fünfer und eine Eins.

Mit seinem nächsten Würfeln machte Thielemann vier Punkte, Koosten erneut fünf.

Thielemann spuckte auf seinen letzten Würfel, warf ihn in den Lederbecher, schüttelte und schüttelte. Mit großer Geste ließ er den Würfel auf den Tisch rollen. Vier Augen.

»Einundzwanzig.« Thielemann jubelte. Siegessicher sah er Koosten an.

Catharina sah Koostens schnelle Armbewegung. Hans auch. Er packte den Proviantmeister grob am Ärmel und schüttelte zwei gezinkte Würfel auf den Tisch.

Thielemanns Augen wurden groß. Seine Nasenlöcher weiteten sich wie bei einem schnaubenden Stier. »Elender Betrüger!« Zornentbrannt stieß Thielemann den Tisch beiseite, stürzte sich auf Koosten und schlug auf ihn ein.

»Aufhören!« Hans zog an Thielemanns Hemd.

Doch Thielemann war wie rasend, ließ seine Fäuste auf den sich nicht wehrenden Koosten niederprasseln.

Joris kam angerannt und knallte seinen Knüppel auf einen Tisch. »Auseinander!« Drohend hielt Joris den Prügel in der Hand.

Thielemann ließ von Koosten ab, wischte sich über den Mund. »Dreckskerl!«, sagte er zu dem am Boden liegenden Proviantmeister, der aus der Nase blutete.

Catharina hätte sich am liebsten verkrochen, alles ungeschehen gemacht. Wie hatte sie nur so wahnsinnig sein können, Hans in Koostens Betrügereien einzuweihen? Sie starrte zu dem Proviantmeister, der sich langsam aufrappelte und so tat, als wäre nichts Besonderes geschehen. Hans, der Thielemann aufhalf, nickte ihr dankend zu. Diese Dankesbezeugung schien Koosten mitbekommen zu haben, denn er schaute ungläubig zu ihr, zu Hans, wieder zu ihr und kniff die Augen zusammen. Catharinas Eingeweide verwandelten sich in züngelnde Schlangen, während sie sich nach außen hin unbeteiligt gab, sich umdrehte und zum Ausgang strebte. Sie musste Koosten bei du Maulier anzeigen. Jetzt. Damit das Schwein am Kap blieb und sie weiterfahren konnte.

Ein weiteres Schiff hatte seine kranke Fracht abgeladen, weshalb im großen Krankensaal noch mehr Matrosen lagen als noch vor zwei Tagen. Mit schnellen Schritten eilte Catharina durch den Saal, vorbei an den dicht nebeneinanderliegenden, zum Teil wimmernden Kranken, und betrat den kleineren Raum. Du Maulier lag regungslos auf seinem Lager, und sie beschlich eine böse Vorahnung. Seine blonden Engelslocken klebten verschwitzt an seinem Kopf. Seine wächserne Haut war über die Lippen zurückzogen, zeigte sein geschwollenes Zahnfleisch, das die wenigen Zähne nun vollends bedeckte. Ihr Herz krampfte sich zusammen, als sie erkannte, dass er im Sterben lag. »*Junior merchant* du Maulier!«

Du Maulier öffnete mühsam die rot geäderten Augen.

»Berne«, murmelte der Schwerkranke.

Obwohl sie am liebsten ihre Verzweiflung herausgeschrien hätte, tupfte sie ihm mit ihrem Ärmel die Stirn ab, nahm seine Hand. »Ich bin da. Ich habe Eure Beweise gegen Koosten. Es gibt eine Kiste an Bord. Darin –«

Ein Räuspern unterbrach sie. Pieter van Meerhoff stand hinter ihr. Ertappt wollte Catharina ihre Hand zurückziehen. Ein Mann hielt keinem anderen Mann die Hand. Doch statt Scham erfasste Erbitterung ihre Seele. Sie sprang auf. »Was habt Ihr nur getan? Er muss gesund werden.«

»Als du ihn brachtest, war es bereits zu spät«, entgegnete van Meerhoff ruhig. »Wir konnten sein Leiden mildern, mehr nicht.«

»Berne«, krächzte du Maulier und hob die schwache Hand.

Van Meerhoff drückte Catharina ein sauberes feuchtes Tuch in die Hand. »Hilf ihm hinüber. Das ist alles, was du für ihn noch tun kannst! Er hat auf dich gewartet.«

Ein Ächzen ging durch du Maulier, aus einem Nasenloch quoll Blut. Sie wischte es weg, griff erneut nach du Mauliers schlaffer Hand und drückte sie, wie um Leben in ihn zu pressen. Er durfte nicht sterben. Er war doch ihre einzige Hoffnung.

»Es tut mir leid. Ich schaffe es nicht nach Batavia«, flüsterte der Kaufmann ihr zu. »Bete für mich.«

Wie konnte sie ihm die Bitte abschlagen? Catharina kniete sich neben das Krankenlager, faltete die Hände, brachte aber kein Gebet über ihre Lippen. Sie haderte mit Gott wie seit jeher. Und in diesem Moment ganz besonders.

Meerhoff begann die Worte aufzusagen, an die sie selbst nicht glaubte. »Vater unser im Himmel, geheiligt werde dein Name ...«

Sie gab sich einen Ruck, für du Maulier. »Dein Reich komme ...«

Der *junior merchant* schloss die Augen.

»Und erlass uns unsere Sünden, denn auch wir erlassen jedem ...«

Catharina sah, dass du Mauliers Lippen sich bewegten. Er sprach die ihn tröstenden Worte mit.

Seine Hand tastete nach ihrer, und sie ergriff seine Finger. Zu dritt beendeten sie das Gebet. »Amen.«

In dem folgenden Schweigen klang du Mauliers rasselnder Atem wie das einzig Lebendige im Raum. Mehrere Minuten verstrichen, in denen Catharina ihn innerlich beschwor, sie nicht zu verlassen. Sie starrte auf sein Gesicht, als ob sie die Macht besäße, ihn am Leben zu halten.

Übergangslos flatterten du Mauliers Augenlider wie kleine Engelsflügel. Ein Zittern erfasste seinen Körper. Er bäumte sich auf, holte tief und laut im Diesseits Atem, um ihn mit ins Reich Gottes zu nehmen. Dann kam er zur Ruhe. Hektisch drückte Catharina seine Hand, wollte wieder Leben in ihn pumpen. »Nein, nein!«

Van Meerhoff löste du Mauliers Hand sanft aus ihren Fingern, drückte du Maulier die Augen zu und legte seine Hand auf ihre Schulter. »Er ist in Frieden gegangen.«

Und mit ihm meine Sicherheit. Unfähig, sich zu bewegen, blickte Catharina niedergeschmettert auf den toten Kaufmann.

»Ich werde van Stappen Bescheid sagen«, vernahm sie van Meerhoffs Stimme wie durch einen Nebel. »Die Beerdigung wird morgen sein.«

Catharina hatte du Maulier gewaschen und war dabei, ihn einzunähen. Sie machte all das, um Zeit zu gewinnen und wieder einen klaren Kopf zu bekommen. Dieser stellte sich nicht ein, aber wider Erwarten ließen die gleichförmigen Handgriffe sie tatsächlich ruhiger werden.

Van Meerhoff hatte du Mauliers Unterkiefer mit einer Binde hochgebunden, und der Sensenmann hatte du Mauliers Gesicht wieder verlassen. Dennoch sah der *junior merchant* fremd aus. Seine ehemals pausbäckigen Wangen, die sich beim Lachen wie ein Vorhang zur Seite gezogen und ihm das engelsgleiche Aussehen verliehen hatten, waren eingefallen. Sie strich über die blassen Wangen, zwirbelte seinen Schnurrbart nach oben.

Anna trat zu ihr. Catharina spürte ihren Blick, aber es war ihr egal, ob sie sie für einen Jungen hielt, der einen Mann mochte.

»Er war immer fröhlich«, vertraute sie der Sklavin an.

»Dann gut, dass gestorben, bevor Lachen verlernt«, sagte Anna. »Du gehen. *Está escuro lá fora.*« Dabei zeichnete die Sklavin mit ihren Händen einen Kreis in die Luft, beugte sich mit diesem zu Boden. »Sonne weg.«

Catharina trat vor das Siechenhaus. Sie hatte sich häufig in ihrem Leben einsam gefühlt, verlassen. Doch die Krallen, die jetzt in ihr Herz schlugen, übertrafen alles Dagewesene. Mit du Mauliers Hilfe wäre sie Koosten losgeworden, und in Batavia hätte sie eine bessere Zukunft erwartet. Sie presste sich die Hand auf die Brust, um ihr klopfendes Herz zu beruhigen. Es blieb ihr nur, van Stappen zu Koostens Kiste zu führen. Ihre Beine machten einen Schritt in Richtung Joris' Taverne. Sie konnte sicher sein, dass Koosten nicht mehr dort war, aber sicherlich manche der Kameraden. Mit diesen würde sie zur Hoff übersetzen und augenblicklich van Stappen aufsuchen, um ihn von du Mauliers Tod zu berichten und sich selbst von Koosten zu befreien.

Aus dem Wald hinter dem großflächig angelegten Compagniegarten, der die Schiffe mit Obst und Gemüse versorgte und sich längs des Flusses umrandet von einer Mauer hinauf zum Tafelberg zog, drang das Lärmen von Affen. Catharina kannte ihr Geschnatter bereits, fühlte sich heute dennoch von ihnen verspottet und verhöhnt, weil sie daran geglaubt hatte, ihr würde nun doch etwas in ihrem Leben gelingen. In die Schnatterei mischte sich ein zunächst leises Grollen, das stetig anstieg, bis es unverkennbar war: das Brüllen eines Löwen. Voller Furcht rannte Catharina über den unbefestigten Weg zum Ufer. Sie wollte keinem der Raubtiere begegnen, die sich manchmal bis zur Station wagten, um dort Vieh zu reißen. In ihrer Eile achtete sie nicht auf ihre Umgebung. Den Schatten hinter Joris' Taverne sah sie erst, als er sich auf sie stürzte. Ihr panischer Schrei wurde von einer stinkenden Hand erstickt, die sich über ihren Mund legte. Koosten. Erbarmungslos schob er sie in eine Ecke des Hofes hinter der Kneipe. Sie drehte ihren Kopf hin und her, trat nach hinten aus, doch er wich ihren Füßen geschickt aus.

»Ich wusste, dass du hierher zurückkommst.« Seine Hände legten sich von hinten um ihren Hals. »Du weißt zu viel. Damit muss Schluss sein.« Er drückte zu.

Catharina japste nach Luft, während Koostens Unterkörper sie an die Hauswand presste, sodass sie ihre Hände und Arme nicht freibekam. Grausen erfasste sie, ihre Sinne begannen zu schwinden, bis sie wie ein Sack zusammenfiel. Koosten ließ ihren Hals los. Ob gezwungenermaßen oder weil er sie für ohnmächtig hielt, wusste sie nicht. Die Luft, die sie bekam, zog sie krächzend ein, sah verschwommen die schwarz-weißen Streifen auf Koostens Hose, und eine unendliche Wut packte sie. Zeitgleich fuhr sie hoch, drehte sich und rammte ihren Kopf in seinen Bauch. Koosten stolperte einen Schritt zurück, suchte Halt, griff nach ihrem Hemd. Die Schnüre, die ihr Hemd vor der Brust zusammenhielten, rissen, legten den Brustwickel frei. Hastig hielt sie das Hemd zusammen, damit er nicht die Wahrheit erkannte.

Diese schien der Proviantmeister in seiner Raserei tatsächlich nicht zu bemerken, zog nur sein Messer und stach in ihre Rich tung. Sie wich aus, aber er ritzte ihren Oberarm. Sie spürte, wie Blut aus der Wunde sickerte. Mit einem Schrei bückte sie sich und zog ihr Messer aus dem Band an der Wade. Sie schloss die Augen und stieß zu. Da sie keinen Widerstand spürte, glaubte sie, in die Luft gestochen zu haben. Doch Koosten brüllte, sein Messer fiel klappernd zu Boden. Sie riss die Augen auf. Koosten hielt sich den Mund. Blut quoll durch seine Finger. Als er die Hand wegnahm, sah sie, dass sie seine Oberlippe aufgeschlitzt hatte und seine Vorderzähne freilagen. Koostens Augen sprühten voller Hass, als er sich auf sie stürzte.

Kopflos wich Catharina aus, hastete los, den unbefestigten Weg entlang zurück zum Siechenhaus. Dort würde sie Schutz finden. Doch der Weg war lang, und sie hatte kaum noch Kraft. Sie bog zum Compagniegarten ab, sah die Mauer. Sie musste sie überwinden, steckte ihr Messer zwischen die Zähne, ignorierte den Geschmack von Koostens Blut an der Klinge und sprang hoch. Tatsächlich erreichte sie die Mauerkrone mit ihren Händen, zog sich mit letzter Kraft hoch und ließ sich auf der anderen Seite hinabplumpsen.

Etwas Großes, Haariges beugte sich aufgeschreckt über sie, Orangen auf dem Arm. Ein Pavian. Er fletschte die Zähne.

Hilflos scheuchte Catharina den Affen mit ihren Händen weg, der sich, nunmehr wütend kreischend, die Mauer emporhangelte.

»Scheißaffe!« Koosten war auf der anderen Seite der Mauer.

Der Pavian bewarf ihn mit den Orangen, hüpfte auf der Mauer auf und ab und machte einen Heidenlärm. Dann rannte er mit dem Rest seiner Beute auf der Mauer davon.

Atemlos presste sich Catharina auf den Boden und hörte, wie sich Koosten entfernte.

Die Hand auf die Stelle gepresst, an der er sie wundersamerweise nur leicht verletzt hatte, wartete sie, bis sie keine Schritte mehr hörte und sich auch sicher sein konnte, dass Koosten nicht zurückkehrte. Dann erst wagte sie, wieder normal zu atmen.

Im Mondlicht folgte sie einem Weg entlang hüfthoher Sträucher auf der Suche nach einem Verschlag für die Nacht und hoffte, keinem weiteren Affen zu begegnen. In ihrer Hand hielt sie immer noch das blutige Messer. Hatte vor ein paar Stunden du Mauliers Verlust an erster Stelle gestanden, musste sie ihr Leben nun vor Koosten retten. Morgen auf der Beerdigung würde sie sich van Stappen anvertrauen. Das war ihre einzige Möglichkeit, auf der Hoff zu bleiben. Ansonsten musste sie auf ein nächstes Schiff warten und hier an diesem verlorenen Ort ausharren. Ihr einziger Trost bestand darin, dass Koosten nicht ihr wahres Geschlecht entdeckt hatte.

An der nächsten Ecke stieß sie auf einen Schuppen. Sie drückte die Tür auf, die sich erstaunlich leicht öffnen ließ, und schlüpfte hinein. Es war dunkel, und so tastete sie sich an der Wand entlang. Sie fühlte Holzstiele, die an die Wand gelehnt waren, beugte sich nach unten und erkannte Schaufel und Rechen. Auf einmal spürte sie einen Windhauch hinter sich. Die Tür wurde geöffnet. Catharina schrie auf, hielt das Messer vor sich. Ein Schatten drehte sich blitzschnell um, eine Mistgabel in der Hand, und stach zu.

Gerade noch konnte Catharina dem Stoß ausweichen, fiel dabei jedoch zu Boden. Im Mondlicht der jetzt offen stehenden Tür erkannte sie eine schlanke Silhouette in knöchellangem Rock. Eine Frau. Catharina fasste sich in ihrer Verzweiflung ein Herz.

»Bitte helft mir!«, krächzte sie den Tränen nahe. »Ich bin auch eine Frau.«

Die Gestalt, die eben noch wegrennen wollte, blieb stehen. Catharina rappelte sich auf, damit die andere, die immer noch die hölzerne Mistgabel wehrhaft vor sich hielt, sie sehen konnte. Als das Licht auf sie fiel, entrang sich Catharinas Kehle ein ungläubiger Laut. Noch nie hatte sie eine solche Schönheit erblickt. Die Haut der jungen Frau schimmerte selbst in dem blassen Mondlicht karamellfarben. Das Haar war in der Mitte streng gescheitelt und zu einem schweren Zopf geflochten. Es betonte das ebenmäßige Gesicht mit der kerzengeraden Nase und einem Mund, den selbst Catharina sofort hätte küssen wollen. So voll und von der Farbe des Klatschmohns. Die schwarz umrandeten mandelförmigen Augen musterten Catharina abschätzend, blieben an ihrem offenen Hemd hängen. Dann ließ die Frau die Mistgabel sinken, nestelte an ihrem Tuch, das sie um die Hüften geschlungen hatte, und reichte es Catharina. »Hier«, sagte sie mit gedehntem, melodischem Timbre.

Dankbar ergriff Catharina das Tuch und verhüllte ihren Oberkörper. Dabei nahm sie den schwachen Duft nach Orangen und Nelken wahr, der dem dunklen Tuch entströmte.

»Ich hab eine Münze.« Catharina erschrak selbst, wie heiser ihre Stimme klang. Es musste von Koostens Würgen stammen.

Die Frau winkte ab. »Keine Münze.«

»Bitte, ich brauche Hilfe. Ich –«

»Ich habe dir schon geholfen und bin ohne Tuch. Wer als Mann übers Meer kommt, ist stark.«

Catharina fasste sie am Arm. Augenblicklich verengten sich die Augen der Fremden. Catharina verstand die stumme Botschaft und ließ sie los.

Weiter hinten im Garten pfiff ein Vogel, und zu Catharinas Verblüffung pfiff die Frau in einer aufsteigenden Tonlage zurück.

»Was ist das?«

Erneut ging ein Wandel in der Schönheit vor, und sie hob die Mistgabel. »Rühr dich nicht weg! Die Sklaven kommen, wenn die Sonne aufgegangen ist. So lange bist du hier sicher«, sagte sie mit fester Stimme, »dann geh deiner Wege.«

Es pfiff wieder. In kurzen Triolen gab sie Antwort. »Du hast mich hier nie gesehen«, fuhr sie fort, »und ich dich auch nicht.«

»Wie kann ich dir dein Tuch wiedergeben?« Catharina versuchte mit allen Mitteln, mehr über die Rätselhafte zu erfahren.

»Gib es beim Fort ab. Da findet es zu mir.« Mit der Mistgabel in der Hand ging sie behände fort und verschwand hinter einer Biegung in der Dunkelheit.

11. KAPITEL

Catharina war dem Rat der Unbekannten gefolgt und im Schuppen geblieben. Sie nutzte die Zeit, die Schnüre des Hemdes zu richten. Mit den ersten Sonnenstrahlen verließ sie den Compagniegarten, das Tuch um die Hüfte gebunden, und wollte zum kleinen Friedhof links unterhalb der Palisade des Holzforts. Die Beerdigung war erst in ein paar Stunden, aber in den Gärten konnte sie nicht bleiben, lieber wollte sie im Schatten des Forts weiter zu Kräften kommen. Ebenfalls hoffte sie, van Stappen abfangen zu können und sich ihm anzuvertrauen. Ein Südostwind frischte auf. Sie steckte einen Zipfel des flatternden Tuchs in den Bund, der von Tag zu Tag weiter wurde, da sie immer mehr abmagerte. Schwach auf den Beinen, durstig, hungrig, legte sie die Hände auf ihren Bauch und blieb mitten auf dem Weg stehen, um sich zu sammeln. Sie hätte doch ein oder zwei Orangen mitgehen lassen sollen. Der Affe hatte keine Vorbehalte gehabt, sie schon. Nun war es zu spät zurückzugehen, die Sklaven würden ihre Arbeit sicherlich aufgenommen haben. Ihre ständige Begleiterin Angst nagte zusätzlich an ihren Eingeweiden. Um sich zu beruhigen, schloss sie die Augen, dachte an die Birke auf einem weit entfernten Friedhof.

Ein Kichern ließ sie die Augen wieder öffnen. Vier barbusige Hottentottenfrauen mit Schafsfellen über den Schultern, die sie etwas tiefer gezogen hatten, um ihre Brüste zu verdecken, starrten sie feixend an, kamen glucksend mit ihren kleinen ausgestreckten Händen auf sie zu. Ihre Hälse schmückten Perlenketten aus rotem und gelbem Holz. An ihren Armen erblickte Catharina Elfenbeinringe. Eine von ihnen trug gar ein Kupferarmband am Handgelenk, das so fest saß, dass es ins Fleisch einzuschnüren schien. Und genau wie die Männer hatten sie verrottende Tiergedärme um ihre Waden geschlungen und stanken erbärmlich.

»Tobacco, tobacco. Astublieft!«, bettelte die kleinste der vier, die sich Muscheln und kleine Holzperlen in ihre Haare geflochten hatte.

»Gluck, gluck?«, fragte eine ältere mit grauen krausen Haaren und setzte eine imaginäre Flasche an den Mund.

Abwehrend streckte Catharina ihre Hände vor, schüttelte den Kopf.

»No tobacco? Warum *no?*« Die Hottentottinnen umringten sie, redeten aufgeregt in ihrer Klicksprache, die nach Peitschenknallen und Schnalzend-Pferde-Antreiben klang.

Catharina fühlte den nächsten körperlichen Schock ihre Wirbelsäule hochkriechen. Sie versuchte, einen Schritt zu machen, aber ihre Beine waren wie festgenagelt.

Da leuchteten die Augen in den fettglänzenden Gesichtern der Frauen auf, und wie auf ein unsichtbares Kommando hin grinsten sie Catharina an, lüpften die Fellschurze, die ihre Weiblichkeit bedeckten. »*Tobacco* nu? Nu ja?«

Catharina starrte auf die bräunlichen übergroßen Schamlippen, die zwischen den Beinen der Frauen baumelten. Sie sahen aus wie große, noch geschlossene Blüten. Bei der ältesten hingen die äußeren Lippen gar bis zur Mitte des Oberschenkels.

Eilends riss sie der ältesten den Lendenschurz herunter. »Lasst das sein!«

»!guu!guu!guu.« Scharf herrschte eine weibliche Stimme die vier an. Eine Frau in Catharinas Alter war hinzugetreten. Sie trug ein knöchellanges dunkles Baumwollkleid und hatte ein weißes Tuch um den Kopf gebunden, unter dem ihr dunkles Kraushaar hervorlugte. Auf ihrem Rücken trug sie einen viereckigen Lederbeutel, an dessen Enden Quasten herunterhingen und in dem ein Kind schlief. Ihr weiches Gesicht, der zarte Körperbau. Sie war eine Hottentottin, aber trug ein Kleid. *»!guu!guu.«* Die Worte der jungen Frau zeigten Wirkung. Murrend ließen die anderen Hottentottinnen ihre Schurze sinken.

Die kleinste von ihnen streckte ihre Hand frech der jungen Frau entgegen. *»Ma tobacco.«*

»!gãi.« Nachsichtig griff die Angesprochene in ihren Beutel und gab ihr Tabak, worauf die Gruppe kichernd davonlief.

»Het spejt me zeer!« Die eben noch scharfe Stimme redete Catharina weich in akzentfreiem Holländisch an. »Ich heiße Eva.«

»Cath... Berne!« Der offene Blick der Frau und ihre eigene Verletzlichkeit hatten sie fast dazu gebracht, sich zu verraten.

»Entschuldigt mein Volk. Sie wollten Euch nicht erschrecken«, erklärte Eva. »Es ist nur so, dass Seeleute gerne ihre Weiblichkeit sehen. Dafür geben sie ihnen Geld und Tabak.«

»Ihr seid eine Hottentottin?«

»Ich bin eine Khoi, vom Stamme der Goringhaicona.«

»Ihr sprecht sehr gut Holländisch.«

»Warum sollte ich das nicht?« Evas zuvor braunwarme Augen verengten sich zu Schlitzen und waren in den hochgezogenen Wangen kaum mehr sichtbar.

»Ich wollte Euch nicht beleidigen. Ich spreche Holländisch gar nicht gut«, bekannte Catharina freimütig.

»Mein Onkel Autshumao hat mich als Kind zum Kommandanten van Riebeeck gegeben. Ich bin bei seiner Familie aufgewachsen.«

»Ihr kennt zwei Welten«, Catharina konnte die Bewunderung in ihrer Stimme nicht unterdrücken.

Evas Blick bekam etwas Verlorenes. »Ja.« Sie zeigte auf das Tuch, das Catharina trug. »Woher habt Ihr das?«

»Es wurde mir gegeben.«

»Einfach so?« Evas hochgezogene Augenbraue verriet, dass sie ihr nicht glaubte. »Ich kenne die Frau, der es gehört.«

»Glaubt, was Ihr wollt.« Catharina sah keinen Grund, sich gegenüber einer Fremden zu rechtfertigen.

Eva sah sie aufmerksam an. »Ich glaube, was ich sehe. Würgemale am Hals und das Tuch. Wenn ich Amisha nicht selber gerade eben munter gesehen hätte, würde ich Soldaten rufen.«

Die Unbekannte, die ihr in der Nacht geholfen hatte, hieß folglich Amisha.

Bevor Catharina etwas sagen konnte, fasste sich Eva an ihren Kopf. »Ich Dumme. Ihr seid die Frau aus dem Garten.«

Catharina fuhr es heiß durch alle Glieder. Die rätselhafte Schönheit hatte ihre Begegnung verraten, obwohl sie von ihr gefordert hatte, diese zu verschweigen. Jetzt wussten bereits zwei Menschen, was sie unter der Kleidung verbarg.

Über Evas Gesicht huschte ein Lächeln. »Und wenn ich weiterdenke, habt Ihr mit der aufgeschlitzten Lippe des Mannes zu tun.«

Die nächste Angstwelle breitete sich von Catharinas Magen in Richtung Kopf aus. »Woher wisst Ihr?«

»Seid unbesorgt, ich will Euch nichts Böses. Mein Mann hat die Blutung gestillt. Der Seemann wollte nicht genäht werden. Und keine Anzeige erstatten. Ihr seid anscheinend im Recht.«

»Werdet Ihr mich verraten? Ich könnte Euch eine Münze –«

»Wagt es nicht. Menschen meines Geschlechts verrate ich nicht. Was habt Ihr vor?«

»Auf der Hoff nach Batavia segeln«, antwortete Catharina ehrlich. »Kann ich Euch Amishas Tuch geben?«

Eva nickte. »Ich wünsche dir Erfolg.« Die Wärme ihrer Stimme und die vertrauliche Ansprache schenkten Catharina Trost. »Und sei unbesorgt. Amisha wird dein Geheimnis nicht ausnutzen, genauso wenig wie ich.« Sie nahm das Tuch, das Catharina ihr reichte, und entfernte sich auf dem staubigen Weg. Das schlafende Kind auf ihrem Rücken wiegte sachte mit ihren Bewegungen von rechts nach links und zurück.

Catharina konnte nicht einschätzen, wie lange sie schon an der Wand des Forts kauerte, die Arme um sich geschlungen, und darauf wartete, dass die Beerdigung begann. Auf jeden Fall hatte der Südostwind an Kraft gewonnen, fegte den Sand über den Boden – hinweg über alles, was im Weg lag, die vorsichtig sprießenden Frühlingsblüher, die Gattereinzäunung des Friedhofs, Gräber, die einfache Holzkreuze zierten, selbst die Grube, die Sklaven für Paulus du Mauliers Leichnam fertig ausgehoben hatten. Endlich bog eine kleine Trauergemeinde von sechs Menschen um die Ecke des Forts.

Da Catharina nur du Mauliers Grab wahrgenommen hatte, wunderte sie sich, dass heute noch eine zweite Beerdigung stattfinden sollte. Ihre Verwunderung stieg, als sie beim Näherkommen sah, dass Hans' Säuferfreund Thielemann das Kopfende der Bahre trug und Hans das hintere Ende. Hinter ihm erkannte sie *fiscal* Lacus, den *surgeon* van Meerhoff und … Eva. Diese hielt ein kleines Mädchen, das kaum mehr als drei Lenze zählen mochte, an der Hand. Catharina erkannte in dem Mädchen das Kind, das sich die Goringhaicona zuvor auf den Rücken gebunden hatte.

Sie wollte sich gerade in den Schatten zurückziehen, da blieb ihr Blick an dem Leichensack hängen. Sie erkannte das feine Leinen. Darin hatte sie du Maulier gestern eingenäht. Diese Menschen begruben du Maulier? Das konnte nicht sein. Wo war van Stappen? Andere Seemänner der Hoff? Gar der Kommandant?

Die vier Mannen, Eva und das Mädchen hielten vor dem ausgehobenen Grab.

Catharina trat unsicher hinzu, sah in Evas fragende Augen. Auch der *fiscal* erkannte sie wieder. »Bist du nicht von der Hoff? Der Junge mit der Orange?«

»Ja, *fiscal* Lacus.«

»Warum bist du nicht an Bord? Kapitän van Stappen hat eine Ausgangssperre verhängt.«

Catharina traf fast der Schlag. »Ausgangssperre? Davon weiß ich nichts. Ich war bei dem *junior merchant*, als er gestorben ist. Ich habe ihn eingenäht, bin bei ihm geblieben.«

»Das kann ich bestätigen«, unterbrach van Meerhoff ihr Stammeln.

»Dann geh sofort nach der Beerdigung an Bord.«

Starr nickte Catharina. »Kommt Kapitän van Stappen nicht, um den *junior merchant* zu beerdigen?«

»Er hat sich entschuldigen lassen.«

Catharina schluckte. Ihre Hoffnung und ihr Mut sanken gleichermaßen. Sie hätte sich gern in ein Sandkorn verwandelt und vom Wind wegtragen lassen. Stattdessen drückte sie ihre Mütze fest vor die Brust und damit vor das notdürftig zusammengeflickte Hemd.

»Lasst uns beginnen!« Lacus hob die Hand.

Hans und Thielemann legten Seile um den Leichensack und ließen du Maulier vorsichtig in das Grab hinunter. Löwen hatten in letzter Zeit Leichen ausgegraben und in die Steppe gezogen. Dem sollte durch tiefe Gräber vorgebeugt werden, wenn die Toten schon fern der Heimat ihre ewige Ruhe finden mussten.

Nachdem du Maulier in die Erde hinabgelassen worden war, traten Catharina und die anderen ans Grab.

Lacus räusperte sich: »Paulus du Maulier, in Ermangelung eines Priesters werde ich die Worte sprechen, die Euch in das Reich des Herrn tragen.«

Catharina bemerkte, dass Hans sie unverwandt mit einer Mischung aus Mitleid und Traurigkeit ansah, und senkte den Kopf. Niemand sollte sehen, wie elend ihr zumute war.

»Aus Erde wurdest du gemacht, zu Erde und Staub vergehst du wieder …«

Catharina hörte Lacus nicht zu, starrte nur tränenlos in das Loch. Van Stappen war nicht gekommen, und damit war ihre letzte bange Hoffnung verflogen. Hilfe war nicht zu erwarten.

Während sie sich die Nase wischte, spürte sie immer noch Hans' Blick auf sich ruhen. Er beunruhigte sie, sie wünschte sich, er wäre nicht hier. Sie blinzelte zu Eva. Das kleine Mädchen stand zwischen ihr und Meerhoff. Sie sind eine Familie, erkannte Catharina. Ein Weißer und eine Einheimische waren ein Paar. Sollte das Leben am Kap freier sein, als sie dachte? Abgesehen davon, dass Catharina in ihrer Heimat keine andersfarbigen Menschen gesehen hatte, war sie sich sicher, dass eine derartige Verbindung in Lübeck unmöglich wäre. Wenn schon Ehen zwischen Weißen mit unterschiedlichen Religionen quasi verboten waren, sich Protestanten und Katholiken sogar in Kriegen abschlachteten, war eine Verbindung zwischen Menschen unterschiedlicher Hautfarbe als Familie schier undenkbar.

»So finde denn Frieden in fremder Erde«, schloss Lacus seine kurze Ansprache und bekreuzigte sich.

»Ich werde Euch nicht vergessen, Paulus du Maulier«, flüsterte Catharina.

Während Lacus, Meerhoff und Thielemann gingen, trat Eva zu Catharina. »Hast du heute Morgen nicht gesagt, du wolltest auf das Schiff?«

»Nach der Beerdigung. Ich wollte hier etwas klären.«

Eva sah sie tröstend an. »Es tut mir leid, dass du einen wichtigen Menschen verloren hast.«

»Eva, weißt du, ob der Mann mit der gespaltenen Lippe an Bord ist?«

»Ja, das weiß ich sicher. Nachdem er an Bord gegangen ist, kam die Nachricht der Ausgangssperre, und wir sind als Trauernde und Träger eingesprungen.«

Catharina schauderte. Die Ausgangssperre hatte demnach mit Koostens Verletzung zu tun. Sie konnte sich keinen Reim darauf machen, außer dass ihr Plan endgültig gescheitert war.

»Eva, komm!« Van Meerhoff rief sie.

»Wir wohnen in einem Haus in der Nähe des Siechenhauses, wenn du etwas zu essen brauchst. Ein hungriger Magen kann nicht gut denken.«

»Du bist so freundlich.« Die unerwartete Hilfe würde sie in der Tat vielleicht in Anspruch nehmen.

»Gar nicht«, wiegelte Eva ab.

»Aba Te!« Das kleine Mädchen, das bis dahin ruhig neben der Mutter gestanden hatte, streckte ihre Hände hoch zu ihr.

Eva hob ihre Tochter hoch und nahm sie huckepack. »Natürlich trage ich dich, Pieternella.«

Eva nickte Catharina aufmunternd zu und ging zu van Meerhoff.

»Hast du ihn geliebt?« Catharina hatte Hans vollständig vergessen. Seine Frage erwischte sie eiskalt. Ohne ihn einer Antwort zu würdigen, stapfte sie los.

»Du kannst mit der Hoff nicht weiter«, rief er.

»Ich wüsste keinen Grund, warum nicht«, konterte sie scharf, während sie sich zu ihm drehte und ihn anfunkelte.

Aus seinem Pferdeschwanz hatten sich Strähnen gelöst. Der Wind spielte mit ihnen und ließ sein Gesicht weicher erscheinen. »Lass das Versteckspielen! Wenn die Männer merken, dass du 'ne Frau bist, willst du nicht in deiner Haut stecken.«

Catharina sog hörbar die Luft ein. Das Leben gönnte ihr keine Verschnaufpause. Tränen schossen ihr in die Augen, und sie schlug die Hände vors Gesicht. Mit Hans wussten drei Menschen, dass sie eine Maskerade zur Schau trug. Wie sollte es nur weitergehen? Wie immer, Schritt für Schritt. »Ich habe Paulus du Maulier nicht geliebt«, beantwortete sie leise zwischen den Fingern hindurch seine zuerst gestellte Frage.

»Das wird es für dich einfacher machen.«

»Was soll irgendetwas für mich leichter machen?« Sie nahm ihre Hände vom Gesicht und sah ihn kratzbürstig an.

»Dann weinst du ihm nicht nach, wenn du mich heiratest«, antwortete Hans schlicht.

»Dich heiraten?« Catharina blieb der Mund offen stehen.

»Ich hab was zu bieten. Land, Kühe, Ochsen, ein Haus.« Hans spuckte zur Bestätigung auf den Boden.

Der Wahnsinn schien kein Ende zu nehmen. »Warum ich?«

»Gibt hier nicht viele Frauen.«

»Oh«, war alles, was Catharina sagen konnte.

»Ich mag dich. Du bist jung, bist mutig. Du siehst gesund aus ... Ein bisschen mehr auf den Rippen brauchst du allerdings, um hübsch zu sein.«

Es brauchte mehrere Momente, bis die Worte zu ihr durchdrangen.

»Mir ist das alles zu viel.« Sie erschrak selbst, wie kraftlos ihre Stimme klang. Aber es stimmte. Das Leben überforderte sie.

»Mir ist klar, das hier ist ein Drecksloch im Vergleich zu Batavia. Aber ich hab mir Mühe mit dir gegeben. Das musst du schon sagen.« Er sah sie geradeheraus an. »Batavia hat genauso übel angefangen. Das hier wird die schönste Kolonie der Niederlande. Und ich war dabei, vom fast ersten Tag.« Hans' Stimme klang voller Stolz. »In zehn Generationen wird man meinen Namen noch kennen. Deinen auch, wenn du mich heiratest!« Verwegen grinste er sie an.

»Du bist sehr von dir eingenommen.«

»Einer muss es ja sein.« In seinen Blick trat etwas Verlorenes, Trauriges, das sie augenblicklich für ihn einnahm.

Catharina musterte ihn. Hans war stattlich, nicht so ein Hänfling wie Hinrich. Er besaß Land. In der Tat hatte er sich mit ihr Mühe gegeben, wobei sie nicht vergessen durfte, dass sie keinerlei Vergleiche hatte. Hans war der Erste, der um sie warb. Und sie war am Ende. Eine Weiterfahrt auf der Hoff mit Koosten an Bord unmöglich. In ihrem Kopf reifte die Entscheidung, aber vorher musste sie etwas wissen. »Du wirst mich niemals schlagen?«

»Was soll die Frage?« Hans kratzte sich am Kopf. »Ich erhebe meine Hand nicht gegen Frauen.« Seine Stimme klang ehrlich.

»Du musst mich gut behandeln.«

»Warum sollte ich dich schlecht behandeln? Du wirst schwere Arbeit verrichten müssen. Wenn du dies schlecht gelaunt machst, wird die Arbeit schlecht.« Das ihr bereits bekannte Funkeln trat in seine Augen. »Du verhandelst. Du bist nicht abgeneigt.«

»Du bringst mir bei, was du weißt? Du schließt mich nicht ein? In keinen Raum, in keinen Keller? Du hörst mir zu, wenn ich rede?« Catharina wollte ihm noch nicht sagen, dass er mit seiner Aussage richtiglag.

»Ich wusste nicht, dass ich eine Königin umwerbe. Aber ja.«

»Seit wann weißt du, dass ich eine Frau bin?«

»Frau, du fragst wirklich viel.«

»Seit wann?«, beharrte sie auf der Beantwortung ihrer Frage.

»Vom ersten Moment an, als ich dich nasses Kätzchen gesehen habe. Heiratest du mich nun?«

Catharina ließ ihn einen weiteren Moment zappeln, wohl wissend, dass die Ehe von allen Möglichkeiten das kleinste Übel war, wenn sie überhaupt noch welche hatte. »Ich heirate dich.«

»Uplest!« Hans verfiel in Dialekt, anscheinend vor Freude oder Erleichterung. Er nahm ihre Hand sanft zwischen seine großen Hände. Ihre Innenflächen waren rau von der harten Arbeit. »Ich bin Hans. Hans Ras.« Er drückte ihre Hand fest und sicher.

»Catharina.« Nach all den langen Monaten als Berne kam ihr richtiger Name ihr nur schwer über ihre Lippen.

12. KAPITEL

Fiscal Lacus blickte schweigend aus dem Fenster seines Arbeitszimmers. Seit einer Weile saß er wie aus Stein gemeißelt hinter seinem großen, ausladenden Holztisch. Und zwar, seit Hans ihm Catharinas wahre Identität anvertraut und seinen Wunsch geäußert hatte, sie zu ehelichen. Allein der Federkiel, den Lacus zwischen seinen Fingern drehte, zeugte davon, dass durchaus Leben in ihm war.

Catharina blickte unsicher zu Hans, der einen Zeigefinger an seine Lippen legte und eine beruhigende Handbewegung ausführte. Sie richtete ihre Augen auf das große vor Lacus aufgeschlagene Buch. Es war größer als Kapitän van Stappens Abort an Bord der Hoff und deutlich wichtiger. In diese Folianten, wusste Catharina inzwischen, schrieb der *fiscal* alle wesentlichen Ereignisse des Kaps wie beispielsweise die Inventarliste des Eigentums des verstorbenen Paulus du Maulier oder nun hoffentlich bald ihre Registrierung am Kap und das Aufgebot ihrer Ehe.

Lacus knetete seine Lippen zwischen den Zähnen, machte klickende Geräusche. »Heiraten. Du bist dir sicher, Hans?«

»Ja.«

»Nun denn.« Lacus tauchte den Federkiel in die Tinte, schrieb und sprach laut: »Hans Ras, geboren 1636 in Angeln, und Catharina … Wie heißt du weiter?«

»Weiter?« Catharina richtete ihre Augen auf Lacus, der von seinem Buch hochschaute.

»Den Nachnamen.«

Sie zögerte. Wenn Ide nicht überlebt hatte, würde sie wegen Mordes gesucht werden. Dass sie aus Notwehr gehandelt hatte, zählte nicht. Ihr Name konnte daher auf Suchlisten stehen, selbst in den Niederlanden.

»Ich war immer nur Catharina«, sagte sie mit klarer Stimme.

Lacus legte den Federkiel hin, verschränkte die Arme und sah sie prüfend an. »Ich brauche einen Nachnamen.«

Hans nickte bestätigend. »Sag ihn uns. Viele hier haben keine schönen Namen, und bald trägst du ja meinen.«

»Das ist es nicht, Hans, warum sie schweigt. Deine zukünftige Frau hat etwas zu verbergen.« Bohrend sah Lacus Catharina an. »Ich kann keiner Verbrecherin Unterschlupf gewähren.«

»Ich bin eine Waise, bei einer Pflegemutter groß geworden. Ich weiß nicht, wie meine Eltern heißen«, sagte Catharina, sich rechtfertigend.

»Deine Pflegemutter hat einen Nachnamen. Den könntest du sagen.«

Als Catharina schwieg, redete Lacus wieder zu Hans. »Ich werde sie melden müssen. Das ist bedauerlich, wo du endlich eine Frau gefunden hast, die du heiraten könntest.«

»Sag einfach einen Namen, dann haben wir es hinter uns.« Hans erhob seine Stimme.

Lacus zeigte anklagend mit dem Federkiel auf sie, redete zu Hans. »Du weißt nichts von ihr. Sie ist als Mann übers Meer.«

»Meine Pflegemutter wollte, dass ich einen Säufer und Schläger heirate. Da bin ich davongelaufen. Frauen können nicht reisen, nicht alleine. Was blieb mir übrig, als mich als Mann zu verkleiden?« Auch sie sprach allein zu Hans, ignorierte den auf sie gerichteten Federkiel. »Ich will nicht ihren Nachnamen tragen. Ich will sie vergessen.« Die beiden Sätze sprachen ihr aus dem Herzen.

»Hörst du, Hendrik? Das ist ein Grund.«

Hans war offenbar ganz auf ihrer Seite.

»Das erklärt nicht, warum sie ihren Nachnamen nicht preisgeben will.« Lacus blieb beharrlich.

»*Fiscal* Lacus, hat Er sich schon einmal gewünscht, eine Frau zu sein?« Catharina war so aufgebracht, dass sie sich unbedacht äußerte.

»Zügle deine Zunge, Weib!«

Catharina lächelte bitter. »Bestimmt noch nie. Wir gelten

nicht viel. Sanftmütig sollen wir sein. Männer und ihre Launen ertragen. Ihnen dienen und schöntun. Uns ist es verwehrt, eigene Gedanken zu haben, erst recht, sie auszusprechen.«

»Schweig! Was du sagst, ist Verrat.« Lacus sprang auf und schlug mit der Faust auf den Tisch. »Es ist ein Verbrechen, Männerkleider zu tragen. Wachen!«

»Sie heißt Ustings.« Hans' dunkles Timbre erfüllte den Raum.

»Ustings?«

»Ja, Catharina Ustings ist ihr Name.«

Zwei Wachen traten in den Raum, salutierten. »*Fiscal* Lacus!«

Lacus schaute von Hans zu Catharina, wieder zurück zu Hans. Er seufzte, winkte die Wachen weg. »Ihr könnt gehen.«

Er setzte sich wieder, tauchte den Federkiel in die Tinte. »Catharina Ustings, wann bist du geboren?«

»1641«, antwortete Catharina wie aus der Pistole geschossen.

»Und wo ist Catharina Ustings geboren?«

»In Lübeck.«

Der Federkiel kratzte über das Pergament.

»Und warum Ustings?«, fragte Lacus Hans.

»Vor langer Zeit war ich mal dort. Der Landstrich gefiel mir. Die Frau neben mir gefällt mir.«

»Ihr passt zueinander. Dickköpfe, alle beide.« Lacus runzelte seine Stirn, sah auf das Blatt. »Das wird gehen, bis sie Ras heißt.« Er streute Sand über das Geschriebene.

Catharina sah Hans bewundernd an. Er konnte sich gegen Mächtigere durchsetzen. Er hatte sie nicht unterbrochen, sondern ihrer Rede zugehört und ihr geholfen. Schüchtern schenkte sie ihm ein Lächeln.

Lacus blies die Körnchen sanft von der getrockneten Tinte. Die geschwungenen Buchstaben, die laut Lacus »Catharina Ustings« darstellen sollten, sahen weich und rund aus. Sie gefielen ihr.

»Eure Hochzeit wird in drei Wochen stattfinden. Die nächsten beiden Sonntage werde ich euer Aufgebot aufrufen.« Lacus stand auf. »Auf diesem Wege bekommen wir Hans wenigstens im Gottesdienst zu sehen. Und du, Catharina, sorgst dafür, dass es nach der Hochzeit so bleibt.«

»Ganz bestimmt, *fiscal* Lacus.«

»Kapitän van Stappen werde ich informieren, dass der *hopelooper* Berne nicht mehr an Bord zurückkehren wird. Ich denke, er wird sich glücklich schätzen, keine weiteren Probleme mehr mit dir zu haben.« Sein Ton verriet, dass er sie auf jeden Fall als ein solches betrachtete. Wahrscheinlich würde er sie auch gern loswerden. Dennoch reichte er ihr die Hand. »Willkommen am Kap, Catharina Ustings.«

Während sie seine Hand schüttelte, tauchte ein ganz anderer Gedanke in ihrem Kopf auf, und eine Frage hakte sich fest. Was für einen Gefallen war Lacus Hans schuldig, dass er sie nicht gemeldet, sondern im Gegenteil ihre Ankunft am Kap ohne großes Federlesen hingenommen, sie als Frau registriert und überdies im gleichen Atemzug ihr Aufgebot bestellt hatte?

Catharina begleitete *fiscal* Lacus quer über den leeren Exerzierplatz zu seinem Privatgemach im Haupthaus des Forts. Als Junggeselle wohnte er dort, und in diesem sollte ihre Verwandlung zur Frau vonstattengehen. Denn darüber waren sich beide Männer einig gewesen: Sie musste das Fort als weibliche Person verlassen, um Lacus' Aufzeichnungen nicht zu widersprechen. Ihr war dies mehr als recht. Die Hoff blieb wegen der Ausbesserungen noch knappe drei Wochen vor Anker, vielleicht mehr, je nachdem, wie lange die Reparaturen dauerten. Und sicherlich würde van Stappen die Ausgangssperre bald aufheben, um die Matrosen für die weitere Überfahrt bei guter Laune zu halten. Ihre Rückverwandlung schützte sie. Falls sie Koosten zufällig begegnete, würde er in ihr nicht Berne vermuten, und sie musste nicht augenblicklich um ihr Leben fürchten. Wobei sie natürlich jedem bekannten Gesicht von der Hoff aus dem Weg gehen musste.

Hans begleitete sie nicht. Er hatte geheimnisvoll getan und

wollte ein Kleid besorgen. Catharina hätte zu gern gewusst, was der Blick bedeutete, den die beiden Männer sich zugeworfen hatten, als er dies sagte. Sie sah sich darin bestätigt, dass Lacus und Hans unter einer Decke steckten, und hoffte, nicht ins nächste Netz getappt zu sein und sich nicht neuer Gefahren auszusetzen.

Auf halbem Wege kam ihnen eine in vornehmes schwarzes Tuch gekleidete Frau entgegen. Sie setzte ihre Füße vorsichtig einen nach dem anderen auf, als ob sie mit dem Boden nicht in Berührung kommen wollte. Ihr Mund wirkte verzerrt, und sie hatte eine Hand auf ihre Stirn gelegt, als ob sie fassungslos war über das, was sie sah und tun musste, nämlich über einen staubigen Boden zu gehen. Zwei Sklavinnen begleiteten sie, fächelten ihr mit Straußenfedern Luft zu.

»Verschwinde, schnell!«, forderte Lacus Catharina auf.

Hilfesuchend sah sie sich um. Die einzige Möglichkeit, auf dem baumlosen Exerzierplatz zu verschwinden, war, sich in Luft aufzulösen. In Ermangelung weiterer Möglichkeiten trat sie hinter Lacus, damit er sie verdeckte. Doch es wäre nicht nötig gewesen. Die Frau, die unwesentlich älter war als Catharina, nahm sie gar nicht wahr.

»Mijnfrouw de Bucquoij, wie kann ich Euch dienen?«, fragte Lacus schmeichelnd.

Die Angesprochene trippelte weiter, redete im Gehen. »Mich nach Batavia bringen. Dieser Ort ist die Hölle.«

Nachdem sie außer Hörweite war, traute sich Catharina, Lacus zu fragen. »Wer ist die Dame?«

»Die Stieftochter des Kommandanten. Jüngst verwitwet«, setzte er hinzu und schritt erneut aus.

Deswegen war Lacus einschmeichelnd gewesen, schmunzelte Catharina in sich hinein. Er sah die gute Partie. »Ihr gefällt es hier nicht«, stellte Catharina fest.

»Das muss es aber. Mit diesem Kommandanten kommen wir zurecht.«

Sie erreichten Lacus' kargen Raum, in dem ein Bett, ein Stuhl und eine Kommode standen. »Du wartest hier, bis Hans mit den Kleidern kommt.« Unwillig sah er sie an. »Hoffentlich bringt er eine Haube mit. Du musst deine kurzen Haare verdecken.« Er zeigte auf die Waschschüssel und den danebenstehenden Krug. »Und wasch dich, du stinkst.« Ohne ein weiteres Wort des Abschieds ließ er sie allein.

Catharina ballte die Fäuste. Noch keine Stunde war sie wieder eine Frau, und schon befahl ihr ein Mann, was sie zu tun hatte.

Die Tür öffnete sich, ohne dass angeklopft worden war. Doch zu Catharinas Erstaunen betrat nicht Hans, sondern Amisha den Raum mit einem Stapel Wäsche auf dem Arm.

»Du?« Amisha schien genauso überrascht. In ihren Augen vermeinte Catharina einen Anflug von Entrüstung zu sehen, der schnell wie ein Lichtblitz verging und sie im Ungewissen ließ, ob er je da gewesen war.

»Gestern noch in höchster Not und nun bald Ehefrau. Du weißt dir wahrlich zu helfen.«

»Woher weißt du das?« In Catharinas Stimme schwang Vorsicht mit.

»Neuigkeiten sprechen sich schnell herum.« Amisha legte den Stapel Wäsche auf Lacus' Bett. »Hier sind ein Umhang, Kleid, Unterkleid und eine Haube.«

»Hab Dank. Hat Eva dir das Tuch schon gegeben?« Catharina wollte vermitteln, dass auch sie etwas wusste.

Amisha schüttelte den Kopf.

»Dann wird sie es noch.«

»Sie hat es mir gegeben.«

»Warum schüttelst du dann den Kopf?«

Mit einem süffisanten Lächeln belehrte Amisha sie. »In meiner Heimat Paliacatta bedeutet Kopfschütteln ein Ja.«

Catharina konnte sich ihre Sticheleien nicht erklären, wollte sich ihnen aber nicht weiter aussetzen. »Willst du nicht gehen?«

»Ich habe Anweisung, dir beim Ankleiden zu helfen.«

»Mein Leben lang habe ich mich selber angezogen.« Abgesehen davon, dass dies der Wahrheit entsprach, wollte Catharina nicht, dass Amisha sie unbekleidet sah. Sie konnte sich mit der Anmut und Schönheit der Frau aus Paliacatta nicht messen und fühlte sich in ihrer Gegenwart unwürdig und klein.

»Als *bandiet* muss ich die Order ausführen.«

»Gefangene?« Amisha wurde Catharina immer rätselhafter.

»Wohl eher Sklavin der Compagnie«, lautete die knappe Antwort.

Catharina empfand Mitleid mit ihr, aber nur kurz. »Wenn du Order ausführen musst: Dreh dich um!«

Unwillig kam Amisha dem Befehl nach, und Catharina entledigte sich flugs ihres Hemdes und der Hose. Sie schaute an ihrem dreckigen und abgemagerten Körper hinab. Ein kurzer Blick zu Amisha zeigte ihr, dass diese nach wie vor in die andere Richtung schaute. Sie trat zur Waschschüssel, goss Wasser aus dem Krug hinein. Dann löste Catharina die Brustbinde und wusch sich mit dieser den Dreck vom Körper. Je dunkler sich das Wasser färbte, desto besser fühlte sie sich.

Sie trocknete sich ab und schlüpfte in das saubere braune Kleid. Es war zu weit und reichte bis zum Knöchel. Sehnsüchtig schaute Catharina auf die am Boden liegende Hose. In den Beinkleidern konnte man weit ausschreiten, in Röcken nicht. Männer konnten rennen, Frauen stolperten über Kleidersäume. Mit einem Seufzen setzte sie die Haube auf, legte sich den wollenen Umhang um.

»Ich bin fertig.«

Mit verschränkten Armen drehte sich Amisha um, kommentierte ihre Verwandlung mit keinem Wort. Dafür Hans, der polternd ins Zimmer trat. Er stieß einen anerkennenden Pfiff aus, was Amisha veranlasste, mit durchgedrücktem Rücken beiseitezutreten.

Galant bot Hans Catharina seinen Arm an. »Darf ich bitten?« Jetzt erst schenkte er Amisha Beachtung, bedachte sie mit einem auftrumpfenden Blick.

Er will sich an ihr rächen, schoss es Catharina durch den Kopf. Ihr zukünftiger Mann hatte nicht weniger Geheimnisse als sie. Nach außen ungerührt, ergriff sie seinen Arm, versuchte ein Lächeln, das Bezauberung ausdrücken sollte. »Wohin gehen wir?«

»Nach Hause.«

Hans' Ochsenkarren stand vor dem Eingang des Forts. Während Hans einem Khoi, der auf den Wagen aufgepasst hatte, etwas Tabak gab, machte Catharina sich ein Bild von dem Gefährt. Die beiden Tiere waren wohlgenährt, und der Karren war aus solidem Holz gefertigt. Das ließ hoffen, dass die *farm* ebenfalls in gutem Zustand war. Behände stieg sie auf den Bock. Hans setzte sich neben sie, nahm die Zügel und schnalzte mit der Zunge. Die schwerfälligen Vierbeiner setzten sich in Bewegung.

Sie rumpelten den unbefestigten Weg entlang, passierten den Compagniegarten. Wieder tauchten in ihrem Kopf die Bilder vom Überfall und von ihrer Flucht auf. Koosten war zu ihrem Todfeind geworden. Fröstelnd zog sie ihren Umhang um sich, senkte den Kopf, schloss die Außenwelt aus.

»So nachdenklich?« Hans' Frage klang ein wenig unsicher.

Catharina hob den Kopf. »Ist für uns beide ein großer Schritt ins Unbekannte.«

Hans schwieg auf ihre Antwort, was ihr entgegenkam.

Als sie das Ende der kleinen Versorgungsstation erreichten und vor ihnen nur die Ebene des Tafelberges entlang des Liesbeek lag, ließ Hans die Tiere einfach weitergehen.

»Wo ist deine *farm*?«

»Am Liesbeek stromaufwärts. Knappe zwei Stunden von hier.«

Die Antwort verblüffte sie. »Sie ist nicht an der Station?«

Hans zeigte zum Tafelberg. »Nein, am linken seitlichen Abhang des Hoerikwaggo, aber vor der Groote Schur. Wie kommst du darauf, dass sie an der Station liegt?«

»Weil du immer hier bist. Muss ein Bauer nicht auf seinem Land sein?«

»Nicht, wenn er wie ich auf Brautschau ist.«

»Oh.« Sie wusste nicht, ob sie dies als Kompliment auffassen sollte. Aber seine Aussage zwang sie zum Handeln. Sie war davon ausgegangen, am Rande der Station zu wohnen. Zwei Stunden von dieser entfernt würde sie nicht erfahren, wann die Hoff davonsegeln würde und vor allem nicht, ob Koosten an Bord war. Sie musste bis zur Abreise des Ostindienfahrers in der Nähe des Meeres bleiben. »Ich komme erst mit auf die *farm*, wenn wir verheiratet sind. Bis dahin bleibe ich in der Station.«

Über Hans' Hals und Wangen breitete sich eine Röte aus. Catharina beeilte sich, ihre Worte abzuschwächen, indem sie betont zaghaft anfügte: »Ich wünsche mir, dass wir es ordentlich machen mit der Ehe. Alles richtig nacheinander. Erst heiraten und dann das Miteinander, weil ich … Nun ja, ich habe noch nie …« Catharina beglückwünschte sich zu ihrer spontanen Eingebung, die sogar der Wahrheit entsprach.

Platt vor Staunen, stierte Hans sie an. Seine Röte wich einem breiten Grinsen des Verstehens. »Bedeutet das, dass kein Mann – und du bist …« Er wurde aufgeregt wie ein kleiner Junge, der zum ersten Mal in seinem Leben einen Fisch gefangen hatte.

Catharina nickte bewusst schamhaft, schaute ihn unter gesenkten Augenlidern an und hoffte, dass er sich als Ehrenmann erweisen würde.

»Das ist ja besser, als im Kartenspiel zu gewinnen!«

Hans hob die Zügel wieder an und ließ die Ochsen wenden.

Catharina atmete erleichtert auf. »Wohin bringst du mich?«

»Zu Jannetje und Joris.«

13. KAPITEL

In der Küche der Taverne herrschte im Vergleich zu dem Stimmengewirr, das aus der Stube drang, eine geradezu friedliche Stille, die allein von dem Glucksen des leise brodelnden Eintopfes auf der Kochstelle unterbrochen wurde. Fast andächtig lauschte die rundliche Jannetje Hans' Anliegen, während Catharina unruhig neben ihm von einem Bein auf das andere trat und sich wie feilgebotene Ware fühlte. Die Wirtin war kaum älter als sie, strahlte aber eine Matronenhaftigkeit aus, die von ihren drei Kindern herrühren musste, die ihr am Rockzipfel hingen und über den Boden krabbelten.

»Es wären an die drei Wochen«, beendete Hans gerade seine Rede.

Anstelle einer Antwort klatschte Jannetje freudig in die Hände und sah Catharina an. »Ich kann jede Hilfe gebrauchen. Und richtig machst du das, vor der Hochzeit nicht bei einem Mann zu liegen. Alles andere wäre Sünde.« Sie wandte sich an Hans. »Von mir aus kann deine Frau, wenn sie sich gut anstellt, auch nach der Hochzeit bei uns bleiben.«

»Das hättest du wohl gerne. Ich brauch Hände auf der *farm* und etwas Warmes im Bett«, antwortete Hans grinsend.

Catharina zwang sich zu einem Lachen, während Jannetje Hans wissend zuzwinkerte. »Zahlen kann ich nichts. Das weißt du, Hans. Essen und Unterkunft gehen aufs Haus.« Hinter der gutmütigen Fassade steckte offensichtlich mehr Geschäftstüchtigkeit, als Catharina lieb war.

»In der Gaststube arbeite ich nicht.« Catharina verschränkte die Arme vor ihrer Brust.

»Da arbeiten nur Hottentottenfrauen«, winkte Jannetje ab, »keine von uns will angegrapscht werden.«

»Ich bringe jeden um, der Catharina anfasst.« Die Bestimmtheit, mit der Hans die Worte hervorstieß, ließen Catharina nicht an ihnen zweifeln, und sie sah ihn dankbar an. Er erwiderte ihren Blick ruhig und gelassen, bis sich Schalk in seine Augen mischte. Er beugte sich zu ihr und flüsterte ihr ins Ohr: »Eigentlich gut, dass du hierbleibst. Falls du nicht kochen kannst, ist Jannetje die Richtige. Ich möchte sicher sein, eine Frau zu heiraten, die nicht nur mit Worten umgehen kann.«

Die Taverne hatte sich nach dem abendlichen Böllerschuss vom Signalberg, mit dem die Compagnie anständige Bürger mahnte, nach Hause zu gehen, rasch geleert. Catharina fegte gerade die leere Stube und stellte Stühle und Hocker hoch, als Jannetje mit einem Strohsack zu ihr trat.

»Hans kann sich glücklich schätzen, eine tüchtige Frau zu heiraten«, lobte Jannetje Catharina und legte den Sack auf eine Bank. »Keine, die Männern schöntut und würfelt.«

»Wie meinst du das?«, fragte Catharina irritiert.

»Der Strohsack ist für dich. Brauchst du noch was?« Jannetje hob die Kerze vom Tisch und sah Catharina fragend an.

Catharina war sich nicht sicher, ob Jannetje ihre Frage nicht gehört hatte oder sie absichtlich überging. »Nein danke, ich habe alles.« Catharina setzte sich. Das Stroh war angenehm weich, anders als der Boden der Hoff.

»Bis morgen«, sagte Jannetje und verschwand in ihre Schlafkammer, die von der Stube abging. Obwohl sie mit der Kerze die einzige Lichtquelle mit sich nahm, wurde es nicht dunkel im Zimmer. Der Vollmond ließ seine bleichen Strahlen in den Schankraum fallen.

Catharina legte sich auf den Strohsack, aber an Schlaf war nicht zu denken. Sie war dabei zu heiraten und würde auf dem Land leben. Noch hatte sie keine Ahnung von Viehzucht oder gar Landbestellen. Aber sie würde es lernen. Sie würde sich das Land erobern, sich ein Heim schaffen. Mit Hans als Mann. Sie seufzte. Wie er wohl war? Ihr gegenüber hatte er sich als geradlinig erwiesen. Das machte ihr Mut. Seine Geheimnisse mit Lacus wollte sie nicht erfahren. Genauso wenig, wie er die ihren erfahren sollte. Ide. Koosten. Sie stand auf, trat ans Fenster, sah hinaus.

Unvermittelt drangen Trommelschläge an ihre Ohren. Immer mehr formten sich die Schläge zu einem wiederkehrenden Rhythmus, der sie magisch anzog. Ohne nachzudenken, griff sie nach ihrem Umhang, schlich leise aus dem Haus und huschte im Schatten der Tavernen zum Ufer, von dem das Trommeln kam.

Ein Lagerfeuer brannte am Strand. In geduckter Haltung lief Catharina zu einem Poststein und kniete sich dahinter. Von hier aus konnte sie dem Treiben gut folgen. An die fünfzig Khoi, Männer wie Frauen und Kinder, tanzten und stampften in größer und kleiner werdenden Kreisen um die Flammen. Wieder und wieder stießen die Männer ihre *assegais* auf den Boden. Mehrere Männer, vielleicht Stammesältere, saßen im Sand und schlugen mit ihren Händen auf die bauchigen, mit Fell bespannten Holztrommeln, mal schneller, mal langsamer, womit sie den Tanz verlangsamten oder antrieben. Die Gesichter der Tänzer waren zum Mond erhoben, der groß und rund am Himmel stand. Funken stieben aus dem Flammen, zauberten Reflexe auf die verzückten Mienen, bevor sie im Dunkel verglühten.

Catharina versank in den Moment. Sie hatte noch nie zuvor ein so wildes Stampfen, derart fremden und schrillen Gesang erlebt. Zu ihrer Verwunderung empfand sie keine Furcht. Im Gegenteil, die Tanzenden schienen eins mit der Erde, dem Feuer, dem Wasser und der Luft. Und dieses Gefühl übertrug sich auch auf sie selbst, mit jedem Trommelschlag mehr. Der Rhythmus und die Gesänge beruhigten ihr seit Tagen aufgewühltes Herz.

Eine Frau löste sich aus dem Kreis der Zuschauer. Mit biegsamen Windungen umkreiste sie das Feuer, schien es zu ehren. Als die Tänzerin das Gesicht hob, erkannte Catharina Eva. Die junge Khoi hatte die holländische Tracht abgelegt und einen Lendenschurz um die Taille geschlungen. Wie die anderen Frauen ihres Volkes war sie darüber nackt, trug nur ein Schafsfell über den Schultern, und ihre Brüste schaukelten bei jeder Bewegung auf und ab. Mit großen Augen verfolgte Catharina ihre Tanzbewegungen und bewunderte ihre Ungezwungenheit. Die Nacktheit war ein Teil von Eva.

Um besser sehen zu können, kroch Catharina vor den Stein, blieb jedoch in seinem Schatten.

Eva umkreiste das Feuer zweimal mit halb geschlossenen Augen. Dann wurde sie von einem jüngeren Mädchen abgelöst. Catharina staunte über die geschmeidigen Bewegungen. Mehrere Männer gesellten sich zu der Tänzerin, und fast zeitgleich gingen die Trommeln in einen anderen, härteren Rhythmus über. Die Schläge wurden schneller, drängender, die Bewegungen der Tänzer abgehackter und kriegerischer. Das Mädchen verließ den Kreis der Tanzenden und stellte sich an den Rand, während die Männer die *assegais* über ihren Köpfen kreisten, sie vor- und zurückschnellen ließen. Immer wilder. Allmählich wurde es unheimlich. Catharina entschied, dass es an der Zeit war zu gehen.

»Was machst du hier?«

Catharina zuckte zusammen.

Eva hatte sich unbemerkt herangeschlichen. Sie trug wieder ihre holländische Tracht. Nichts erinnerte mehr daran, dass sie halb nackt ums Feuer getanzt hatte.

»Ich konnte nicht schlafen und habe die Trommeln gehört«, antwortete Catharina ehrlich.

Eva sah sie undurchdringlich an. »Du bringst dich gerne in Schwierigkeiten.«

»Wie es aussieht.« Catharina bemühte sich, möglichst unbekümmert zu wirken, ganz anders, als sie sich fühlte. Eva sah in ihrer Kleidung zwar züchtig aus, aber nach dem Tanz wusste Catharina um ihre Heißblütigkeit. Sie war in Evas Leben eingedrungen, nicht sicher, ob sie willkommen war.

»Und jetzt heiratest du.«

Mit dieser Wendung des Gespräches hatte Catharina nicht gerechnet. »Amisha hat's dir gesagt?«

»Catharina Ustings heiratet Hans Ras«, zitierte Eva, »ich hab euer Aufgebot in Lacus' Aufzeichnungen gelesen.«

»Du kannst lesen?« Catharina konnte ihr Erstaunen nicht verbergen.

»Der Lohn für meine Entwurzelung.« Eva lachte bitter auf. »Die Niederländer vergessen allerdings häufiger, dass ich's kann, und lassen ihre Bücher offen liegen.« Sie blickte sich um. »Wo ist Hans? Du solltest nachts nicht alleine rumlaufen.«

»Auf der *farm*. Ich bin bis zur Hochzeit bei Jannetje und Joris.«

»Du solltest bei deinem Mann sein.«

»Ich erfahre nur hier, ob Koosten wirklich absegelt«, vertraute Catharina Eva an.

Evas hochgezogene Braue verriet nun ihrerseits Achtung.

»Tanzt ihr oft?«, fragte Catharina.

»Wir ehren jeden vollen Mond.«

»Ist der Mond euer Gott?«

»Er gehört zum Kreislauf von Mutter Erde, die uns nährt. Unser Gott heißt *Eitsi-Heib*, ist überall. Kennt keinen Besitz, keine Mauern und Grenzen.«

Catharina glaubte, einen leisen Vorwurf in ihrer Stimme zu hören, verstand jedoch nicht, warum. »Ich geh zurück zur Taverne.«

»Ich bring dich.« Eva stapfte Richtung Fort los.

»Das ist die falsche Richtung.«

»Wir müssen hier entlang.«

»Warum der Umweg?«

»Weil es sein muss.«

»Das ist keine Antwort.« Catharina drehte sich um und ging in Richtung der Lagerhäuser.

»Solange die Trommeln schlagen, bleiben Geräusche an den Lagerhäusern unentdeckt. Es ist nicht gut, zu sehen oder gar zu wissen, ob dort andere Geräusche ihren Weg finden.«

Catharina blieb stehen. »Schmuggel?«

»Nenn es, wie du willst.«

»Ich bin von den Lagerhäusern hierhingekommen.«

»Dann solltest du dich bei deinem Glück bedanken und es nicht noch einmal versuchen. Kommst du?«

Catharina schaute zu den dunklen Lagerhäusern, die ihr nach Evas Rede nun unheimlich und furchteinflößend erschienen. Dann folgte sie Eva.

Im Mondschein boten die Hütten der Khoi im Gegensatz zum Tage einen fast pittoresken Eindruck. Eva ging über eine Brachfläche auf sie zu. Sie wollte anscheinend rechts des Forts an den Viehweiden vorbeigehen und von dort über den Compagniegarten zu den Tavernen zurück. Da muhte es von einer der Weiden.

»Verflucht!« Eva blieb stehen.

Catharina starrte wie Eva zu der Weide, sah die Umrisse von Rindern im Gehege und, noch entscheidender, von zwei Soldaten, die an diesem Wache hielten.

»Ich wusste nicht, dass Wagenaer gehandelt hat.« Evas Stimme klang ein wenig verwirrt.

»Wie meinst du?«

»Üblicherweise kümmere ich mich um den Tierkauf und handele Preise zwischen deinem und meinem Volk aus. Jemand anders muss es heute gemacht haben.« Evas Gesicht drückte ihren Unmut aus. »Jetzt müssen wir über den Friedhof.«

»Warum das? Was hat das mit den Rindern zu schaffen?« Catharina erschrak. Nicht nur, weil es ein noch weiterer Umweg war, da sie um das Fort herumlaufen mussten, ihr wurde auch augenblicklich mulmig bei dem Gedanken an die Toten.

»Weil wir von den Soldaten nicht entdeckt werden dürfen. Das gibt Ärger mit der Compagnie. Und ich kann keinen gebrauchen.«

Ich auch nicht, dachte Catharina bei sich. *Fiscal* Lacus sollte ihrem Kerbholz keine weitere Kerbe hinzufügen. Dennoch mochte sie kaum glauben, dass Evas Vorschlag besser war. »Und da sind keine Soldaten?«

»Gehst du nachts auf Friedhöfe?«

»Nein«, gab Catharina kleinlaut zu. »Es ist mir nur nicht geheuer.«

»Du wärst besser in der Taverne geblieben«, sagte Eva schroff.

Geduckt zogen sie sich zurück. Immer wieder nutzten sie, dass Wolken den Mond verdunkelten, und gingen einen großen Bogen entlang des Ufers, schlichen hinters *zuikenhaus* und die anderen Werkstätten zum Friedhof links des Forts. Wieder schob sich eine große Wolke vor den Mond, ließ dessen Licht nach und nach verblassen.

»Leo.« Ohne Vorwarnung blieb Eva stehen, Catharina prallte gegen sie.

Ein heiseres Fauchen hallte urplötzlich nicht weit von ihnen entfernt durch die Dunkelheit. Es ging Catharina durch Mark und Bein.

»Beweg dich nicht.« Evas Stimme war trotz ihres Flüsterns klar verständlich.

Das Fauchen wurde immer lauter, klang wie hektisches Atmen aus Dutzenden Kehlen, bis es in einem Brüllen gipfelte. Stocksteif schaute Catharina zu den Gräbern, von denen das kehlige Geräusch zu ihr drang. Nach der Tiefe und Mächtigkeit des Lautes zu urteilen, musste es ein immens großes Tier sein.

Die Wolke glitt langsam vom Mond, und Catharina erblickte weniger als fünfzig *Amsterdamer Roeden* entfernt eine riesige graugelbe Kreatur, die auf dem frisch aufgeworfenen Grabhügel du Mauliers stand. Mit seinen riesigen Tatzen hatte es die Erde selbst aus dem tiefen Grab gescharrt und du Mauliers Leichensack aus dem Boden gezerrt. Grauen erfasste Catharina, als sie du Mauliers Gesicht und Oberkörper aus dem Sack ragen sah.

»Kein Löwe, eine Löwin.« Evas Stimme klang eine Spur hoffnungsloser, wobei für Catharina kein Unterschied in den Geschlechtern bestand. Ihre Angst blieb gleich und lief in Wellen ihren Rücken hinab.

Eva wich Schritt für Schritt zurück, zog Catharina an der

Hand, damit sie das Gleiche tat. »Egal was passiert, nicht umdrehen und auf keinen Fall wegrennen.«

Die Löwin schlug ihre Zähne in du Mauliers Arm, um ihn mit sich zu zerren. Catharina konnte dies nicht dulden. Du Maulier sollte nicht geschändet werden, wenn er schon in fremder Erde für die Ewigkeit ruhen musste. Sie ergriff einen Stein und zielte auf das Raubtier.

»Nein!«, zischte Eva ihr zu. Doch zu spät. Catharina schleuderte den Stein, traf das Tier am Hinterteil.

Die Löwin wandte den Kopf zu den beiden Frauen, fauchte sie an. Ihr Schwanz peitschte hin und her.

Leise knurrend schritt das Raubtier auf sie zu.

»Schau ihr in die Augen«, flüsterte Eva bestimmt. »Nicht laufen!«

Catharina tat wie ihr geheißen, blickte der Königin Afrikas geradewegs in die jagderprobten Augen und verlor von einem Wimpernschlag zum nächsten ihre Angst. »Du kannst von mir aus Koosten fressen, aber nicht Paulus du Maulier. Nicht ihn.«

An die zwanzig Schritte entfernt duckte die Löwin sich. Ihr Schwanz peitschte weiterhin von Seite zu Seite. Catharina spürte, dass sie bald zum Sprung ansetzen würde. Vorsichtig ging sie in die Knie und griff nach einem weiteren Stein. Eva tat es ihr nach. Die Löwin verfolgte jede ihrer Bewegungen. Catharina umfasste den Stein, bereit, sich zu verteidigen, da mischte sich in das Knurren der Löwin ein Miauen. Ein bisschen kläglich, hilflos. Ein Löwenjunges von der Größe eines mittleren Hundes tapste hinter du Mauliers Leiche hervor, und Catharina erkannte deutlich, dass sein rechtes Ohr geknickt war. Das Kleine versuchte erneut ein Brüllen, das eher wie ein Hilferuf klang. Geduckt mit Blickrichtung zu den beiden Frauen, kroch die Löwin rückwärts, bis sie ihr Junges erreichte. Sie stupste das kleine vorwurfsvoll maunzende Etwas an, warf den Kopf in den Nacken und öffnete ihren Rachen zu einem gewaltigen Brüllen. Catharina war es, als ob der Boden durch den Schall des Gebrülls vibrierte.

Ihr stockte das Blut in den Adern, und auch der letzte Rest Wut verflog. In diesem Moment verstand sie den Kreislauf, in den sie geboren worden war. Leben und Tod, Fressen und Gefressenwerden. Sie hatte es eigentlich schon immer gewusst, aber nie in Worte fassen können. Worte hatte sie auch jetzt nicht. Aber ein Bild: die Löwin, das Kleine und der tote Paulus du Maulier. Und sie wusste, was sie wollte: überleben. Um jeden Preis.

Ein Schuss hallte durch die Nacht. Einer der Soldaten hatte wohl vom Fort aus seine Muskete auf die Löwin abgefeuert. In großen Sprüngen jagten sie und ihr Kleines ohne den Kaufmann als Beute davon.

Catharina spürte die Hand von Eva auf ihrem Arm, die sie in den Schatten der Fortwand zog und schnell weiterging, bevor einer der Soldaten sie sehen würde.

»Eva!«

Mit einer abwehrenden Handbewegung bedeutete die Khoi ihr zu schweigen. Während sie das Fort umrundeten und über Hinterwege zurück zum Ufer gingen, versuchte Catharina ein paarmal vergeblich, mit Eva zu reden. Erst als sie die Taverne erreichten, blieb jene stehen.

»Verzeih mir, wenn ich uns in Gefahr gebracht habe«, brach es aus Catharina heraus.

Evas Augen sahen sie hart an. »Amisha hat recht. Du bedeutest Ärger.« Mit raschen Schritten eilte sie davon.

Catharina ließ die Arme herabsinken, wandte sich schuldbewusst zur Tür. »Ich hätte in der Taverne bleiben sollen«, sagte sie leise.

14. KAPITEL

Die nächsten Tage bis zum Sonntag und damit der Verkündung ihres Aufgebotes verbrachte Catharina tagsüber in der Küche, arbeitete Hand in Hand mit Jannetje, schnitt Gemüse, zerteilte Hühner, nahm Fische aus und legte sich des Nachts in der Gaststube schlafen. Der Südostwind ließ seinen Atem wild über die Station und die Bucht dahinfahren, und wer konnte, hielt sich drinnen auf. Der Wind aber war nicht der Grund, warum Catharina ihre Häuslichkeit entdeckt hatte. Abgesehen davon, dass sie niemandem von der Hoff begegnen wollte, wusste sie nicht, wie sie Eva gegenübertreten sollte, und zu guter Letzt hatte sie vorerst ausreichend Bekanntschaft mit der afrikanischen Tierwelt geschlossen.

Doch am Tag des Herrn hatte Catharina keine Ausrede und musste das Haus verlassen. Sie hob die Haube vom Tisch und setzte sie auf. Auf der *farm* würde sie das lästige Ding nicht mehr tragen, sondern ihre schön nachgewachsenen Haare im Wind wehen lassen. Heute, am Tag der Verkündung ihres Aufgebotes, und auch, um nicht als Berne erkannt zu werden, auch wenn es unwahrscheinlich war, dass einer der Mannschaft oder gar van Stappen den Gottesdienst besuchte, hatte sie keine Wahl, war doch das Tragen einer Haube für eine Frau geziemend.

Jannetje hatte sie mit dem Ablauf der Messe vertraut gemacht. In Ermangelung eines Priesters würde *fiscal* Lacus den Gottesdienst halten und das Aufgebot verlesen, das sie in die kleine Gemeinde am Kap einführen würde. Der Raum würde zum Bersten gefüllt sein. Die Messe war eine willkommene Abwechslung im harten Alltag, da sie Frauen wie Männern die Möglichkeit gab, die schwieligen Hände für ein paar Stunden ohne schlechtes Gewissen und im Dienste des Herrn im Schoß ruhen zu lassen oder im Gebet zu falten. Heute gab es aufgrund der Hochzeitsverkündung überdies einen guten Grund, nach der Messe bei Joris den einen oder anderen Becher zu leeren, bevor man sich wieder in die entlegenen Winkel des Kaps zerstreute. Man würde auf das zukünftige Ehepaar trinken. Und Hans würde zahlen.

Mit einem Ruck wurde die Tür zur Gaststube aufgerissen, und eine Frau trat herein. Eine resolute Erscheinung mit breiten Hüften, einem derben flachen Gesicht und zwei warmen Augen, die vergnügt in der Einbuchtung der dicken rosigen Wangen ruhten. Die Frau, die gut und gern vom Alter her ihre Mutter hätte sein können, lachte auf, als sie Catharina erblickte. »Du musst Catharina sein! Ich bin Mayken. Mayken van der Berg. Thielemanns Frau.« Grübchen zeichneten sich rechts und links der Mundwinkel ab, als die Frau von Hans' bestem Freund mit ausgebreiteten Armen auf sie zukam, um sie an ihren wogenden Busen zu drücken. Zumindest wollte sie das. Deutlich kleiner als Catharina, gelang ihr Vorhaben nicht. Kurzerhand schob sie sich eine Kiste heran und stellte sich darauf. »Lass dich drücken!«

Mayken presste Catharinas Gesicht zwischen ihre beiden ausladenden Brüste und tastete ihren Rücken ab. »Heilige Maria, als ich damals auf der ›Harpe‹ hierhinkam, war ich auch so mager.«

Verblüfft über Maykens Direktheit, wollte Catharina sich losmachen, aber inmitten von Maykens Brüsten roch es wunderbar nach Mütterlichkeit und Melone. Sie hörte Maykens Herz pochen, und Frieden durchströmte sie, während Mayken ihr weiterhin den Rücken tätschelte. »Mein Jacob hat die Reise nur um ein paar Tage überlebt. Mich und meine beiden Kleinen zurückgelassen.« Maykens Busen bebte bei der traurigen Erinnerung.

»Mayken, du erdrückst die Braut.« Jannetje war in die Gaststube getreten.

Mayken ließ Catharina los. »Ach, Jannetje, wärst du damals nicht gewesen, ich hätte mich ins Grab hinterhergestürzt. Du musst wissen, Catharina«, nun tippte Mayken ihr auf den Kopf, »Jannetje war auch auf der Harpe. Was für eine Überfahrt.«

Die beiden Frauen tauschten einen einvernehmlichen Blick aus.

»Dafür hast du nach deinem alten Jacob einen jüngeren Mann geheiratet.«

»Einen Säufer, Jannetje, an dem dein Joris gut verdient.«

Mayken reichte Catharina die Hand, die ihr von der Kiste herunterhalf und ihrem Plappern weiter zuhörte. »Die Ehe muss man sich schönreden. Bei mir hat sie allerdings ein Gutes. Ich wollte nie wieder hungern, sondern rund sein.« Lachend drehte sie sich im Kreis. »Und schau an, das bin ich. Rund und gut genährt.« Sie hielt sich die Seiten, blieb leicht schwankend vor Catharina stehen und schlug einen verschwörerischen Ton an. »Dein Geheimnis, wie du Hans kennengelernt hast, ist bei mir gut aufgehoben.«

Augenblicklich trat Catharina einen Schritt zurück. In Maykens blauen Augen war jedoch keine Verschlagenheit, sondern allein Verständnis zu lesen. »Unter Freunden bleibt nicht viel verborgen, Feinde erfahren nichts. Das ist unsere Grundregel.«

»Feinde?« Catharina war verwirrt und wollte gerade nachhaken, als Hans in die Gaststube trat.

»Mayken, wie immer am Schwatzen.«

»Oh ja, wenn die Tage lang sind, noch mehr und mit scharfer Zunge.« Mayken ließ sich nicht beirren.

»Dann schnell raus hier«, sagte Hans in seiner praktischen Art und ergriff Catharinas Arm. »Ich will mich heute verloben.«

Sie schritten am Ufer entlang zum Fort. Die Hoff lag nach wie vor in der Bucht, aber die Arbeiten waren fortgeschritten. Hans bemerkte ihren Blick. »Sie segelt vor unserer Hochzeit ab, sagt Lacus.«

Catharina blieb abrupt stehen. »Was, wenn einer der Seemänner beim Gottesdienst ist?«

»Es wird niemand da sein.«

»Warum bist du so sicher?«

»Ich vertraue auf Lacus' Worte. Und wenn, wer sollte dich erkennen? Du bist eine Frau, kein Schiffsjunge.«

Sie drückte seinen Arm, um seine Aussage zu bestätigen. Dennoch würde sie erst gänzlich zur Ruhe kommen, wenn der Ostindienfahrer nicht mehr in der Bucht lag.

Am Kap mangelte es nicht nur an einem Pfarrer, sondern auch an einer Kirche. Sie war zwar im Bau befindlich, die Fertigstellung jedoch nicht in Sicht, da die militärischen Bauten der Kapstation die VOC noch mehr in Anspruch nahmen, als Gott zu dienen. Die sonntäglichen Messen wurden im Fort abgehalten, im großen Saal des Haupthauses im ersten Stock. Dieser erinnerte an vieles, keinesfalls an einen heiligen Ort. An den Wänden des lang gestreckten rechteckigen Raumes hingen Felle von erlegten Löwen und Leoparden, über zwei der drei Türen polierte Antilopenhörner. Über dem First der dritten Tür, die zugleich der Haupteingang war, hatte der erste Kapkommandant, Jan van Riebeeck, seinen ganzen Jagdstolz anbringen lassen: die gedrehten Hörner einer Elenantilope. Catharina, die an Hans' Seite in den Saal getreten war, bewunderte die Trophäe, die Kommandant Wagenaer in Ehren hielt, im Gegensatz zu den Pergamenthäuten vor den Fenstern. Diese hatte er durch Bleiglas ersetzen lassen. Die afrikanische Anmutung des Raumes wurde durch ein mit Stroh ausgestopftes schwarz-weißes Pferd mit kurzer stehender Mähne ergänzt, das just wie jeden Sonntag anlässlich des Gottesdienstes von drei Sklaven in den Nebenraum getragen wurde.

»Ein gestreiftes Pferd?« Catharina hatte ein solches Tier noch nie gesehen.

»Leider eine Rasse, die sich nicht reiten lässt. Ein Zebra. Davon haben wir reichlich. Pferde könnten wir gut mehr gebrauchen. Gibt nur zwei Handvoll Javaponys, die Riebeeck aus Batavia hat kommen lassen.«

Die Sklaven, die das Zebra hinausgetragen hatten, kehrten mit Bänken zurück, auf die sich Siedler setzten. Überhaupt saßen und standen Dutzende Männer und eine Handvoll Frauen im Raum. Einer der Männer war Thielemann. Er stieß einen anerkennenden Pfiff aus, als er ihrer ansichtig wurde. »Da ist das Paar, das sich trauen will.«

Jäh verstummten die Gespräche. Catharina hatte gehofft, ihren ersten Auftritt in der Gemeinde unauffällig gestalten zu können, diese Hoffnung zerschlug sich gründlich. Jannetje hatte es ihr prophezeit, aber so recht hatte sie nicht daran geglaubt. Zahlreiche Augenpaare glotzten sie an und brachten sie dazu, sich regelrecht an Hans' Arm zu klemmen.

»Willkommen am Kap!« Ein breit gebauter Mann mit Schnurrbart, den sie schon häufiger in Joris' Kneipe gesehen hatte, gab ihr die Hand. »Hermann Remayenne. Zu Diensten. Euer Mut eilt euch voraus.« Dabei zwinkerte er ihr wissend zu.

Catharina blickte zu Hans hoch, der ihr schmunzelnd zunickte. »Dem Kölner kannst du trauen.«

So reichte sie Remayenne die Hand. »Die Freunde meines Mannes sind die meinen.«

Ein Paar hatte sich hinter den rothaarigen Remayenne gestellt.

»Catharina, das sind unsere Nachbarn«, sagte Hans. »Frans Gerrits und seine Frau Neeltjen.«

Die stille Neeltjen traute sich kaum, Catharina die Hand zu geben, während Frans sie offenbar am liebsten geküsst hätte. Die beiden hatten runde einfältige Gesichter, sahen verlässlich aus.

»Es freut mich sehr, dass wir Nachbarn sind.« Catharina war fest entschlossen, sich mit den beiden gut zu stellen, so wie Hans anscheinend entschlossen war, sie mit allen Anwesenden bekannt zu machen. Sie schüttelte viele Hände, versuchte, sich die Namen einzuprägen. Ihr Blick fiel auf das vertraute Gesicht von Eva, die allein am Ende einer Bank saß.

»Sie ist getauft?« Catharina zeigte auf die Betende.

»Eva? Ja. Kommandant van Riebeeck hat sie getauft, bevor er nach Batavia absegelte. Es war ihm wichtig, dass sie in unsere Gemeinschaft aufgenommen wird.«

Augenscheinlich war dies nicht gelungen, so allein, wie sie dasaß.

Catharina löste sich von Hans und ging zu ihr. »Verzeih mir für neulich!« Sie war auf Ablehnung gefasst, doch stattdessen las sie in Evas Augen eine gewisse Verzweiflung, die sich in Erstaunen verwandelte, gefolgt von einem warmherzigen Leuchten. Eva stand auf, drückte Catharinas Hand. Einen Augenblick standen die beiden Frauen einvernehmlich still voreinander.

»*Goede dag*, Eva.« Hans war neben sie getreten. »Catharina, ich muss dir noch jemanden vorstellen.« In Hans' Stimme lag Anspannung.

Sie gingen zu einem großen, gut aussehenden Mann mit braunen Locken, kaum fünf Jahre älter als Hans.

»*Sergeant* Everard, darf ich Euch meine zukünftige Frau vorstellen?«

Everards Uniform war tadellos gebürstet und er selbst sichtlich mit guten Manieren vertraut. Neben ihm wirkte Hans mit seiner robusten Körperlichkeit unbeholfen, und seine sonst so zupackende Art war wie weggeblasen.

»Es ist mir eine Freude, Juffrouw Ustings.«

Catharina zuckte zusammen. Sie war Everard bisher weder begegnet, noch hatte sie je von ihm gehört. Woher kannte er ihren Namen?

An der Art, wie sich Hans ans Kinn griff, merkte sie, dass auch er überrascht war. »Ihr seid wie stets ein Vertrauter aller Dokumente«, sagte Hans frostig.

»Und ein Freund der *vrijburgher* und ihrer Interessen«, konterte Everard gelassen.

Bevor Hans etwas erwidern konnte, wurde der unterschwellige Schlagabtausch von Lacus unterbrochen, der hinter einem als Altar dienenden Tisch stand. »Wir wollen beginnen.«

Es verwunderte Catharina keineswegs, dass Lacus den Gottesdienst abhielt. Sie hatte in ihrer kurzen Zeit am Kap gelernt, dass die Compagnie und damit ihre Bediensteten jede unausgefüllte Funktion übernahm. Egal, ob weltlich oder geistlich.

Lacus hielt sich streng an den geregelten Ablauf, den Catharina in den letzten Monaten nicht vermisst hatte.

»Wer den Profit hat, der hat die Ehre«, verlas Lacus die Lehren Calvins, »und mit dem ist Gott.« Er ließ seinen Blick nach den so bedeutsamen Worten, die sich die Compagnie ebenfalls auf die Fahnen geschrieben hatte, durch den Saal schweifen und blieb an drei leeren Stühlen in der ersten Reihe hängen.

»Wer sollte da sitzen?«, fragte Catharina Hans flüsternd.

»Der Kapkommandant mit seiner Frau und Stieftochter. Sie sind krank. Vertragen die Winde hier nicht«, flüsterte er zurück.

Catharina erinnerte sich an die schwarz gekleidete Frau mit der Leidensmiene. Während Lacus weiter mit gediegener Stimme den Gottesdienst abhielt, nutzte sie die Gelegenheit, sich verstohlen umzusehen, erschrak über die unverhohlenen und lüsternen Blicke einiger Männer. Sie senkte den Kopf. Sie hätte jeden dieser Männer heiraten können, erkannte sie. Niemals bisher hatte sie ein solches Ungleichgewicht an Männern und Frauen erlebt. Sie brauchte gar nicht attraktiv zu sein, sondern allein eine Frau im gebärfähigen Alter mit zwei kräftigen Händen.

Hans war in ihren Augen der ansehnlichste unter den Anwesenden, die trotz der gebürsteten Haare und der sauberen Gesichter roh und hart aussahen. Dennoch war Hans Junggeselle.

»Woran denkst du?« Hans beobachtete sie aufmerksam von der Seite.

»Dass ich dich nicht kenne und nicht weiß, was mir diese Ehe bringen wird.«

»Ich weiß auch nicht, was ich mir mit dir einhandle. Frau ohne Nachnamen. Schon merkwürdig, wie das mit dem Leben geht.«

Catharina runzelte die Stirn. Hans nahm ihr Kinn in eine Hand, drehte ihr Gesicht zu sich und näherte seine Lippen den ihren. Sie wagte nicht, ihren Kopf abzuwenden. Überraschend sachte küsste Hans sie auf den Mund. Warm und weich fühlten sich seine Lippen an. Ganz anders als der Kuss, den ihr Hinrich seinerzeit aufgezwungen hatte.

»Verdammt noch mal, Hans Ras!« Lacus' Stimme klang laut und ermahnend.

Catharina spürte, wie sie rot anlief.

»Gott verzeih mir Sünder, dass ich meine zukünftige Frau küsse.« Hans' Stimme war ruhig und klar, genau wie sein Blick. In Catharinas Scham mischte sich Stolz. Dieser Mann ließ sich nicht schnell einschüchtern.

Plötzlich ertönte ein lautes Donnern und ließ die Gemeinde zusammenfahren. Es war jedoch nicht Gott, der sie strafte, ebenso wenig eine Kanonenkugel. Ein Blitz und ein weiterer Donner kündigten den nächsten Wetterumschwung an.

Starkregen und leichte Schauer wechselten sich in den folgenden Tagen ab. Das ständige Nass weichte die Lehmfundamente von Häusern auf, ließ einen Teil der Mauer am Compagniegarten einstürzen und verwandelte die Wege in Schlamm. Soldaten legten lange schmale Holzplanken über die unbefestigten Straßen, die zumindest das Gehen erlaubten. An Fahrten mit Ochsenkarren war nicht zu denken.

In Joris' Taverne ging es ruhig zu. Nur wenige Seeleute waren an Land. Die Mehrzahl der Matrosen saß an Bord der in der Bucht ankernden Segler fest. Eine Überfahrt an Land war angesichts der rauen See unmöglich.

Jannetje wirkte trotz der Regenmassen nicht übermäßig besorgt. Sie und Catharina saßen seit dem Morgen in der Küche und putzten Gemüse für Jannetjes berühmt-berüchtigten Eintopf. »So regnet es jedes Jahr. Dann ist der Winter bald vorbei.«

Catharina dachte an Hans, der gleich nach dem Einsetzen des Regens zur *farm* aufgebrochen war. »Wie es Hans wohl geht?«

»Er wird im Haus sitzen. So wie wir. Nur, dass wir arbeiten.« Sie klopfte mit dem Messer auf den Tisch.

Catharina verstand den Wink, griff nach der nächsten Möhre.

Jannetje stand auf und ging zu dem Kessel, in dem der Eintopf vor sich hin köchelte.

»Bald dreht auch der Wind. Im Sommer bringt er die Patriaflotte von Batavia zu uns.« Sie seufzte freudig. »Dann bekomme ich endlich neue Gewürze und backe uns *peperkoek* zu *sinterklaas*.«

»*Sinterklaas* und Weihnachten im Sommer. Ich weiß nicht, ob ich mich daran gewöhnen werde«, sinnierte Catharina.

»Du wirst die Geburt Jesu gar nicht merken. Sondern auf dem Feld sein und die Ernte reinholen.«

Mit einem Ruck wurde die Tür aufgerissen. Eva stand mit nassen Kleidern und Haaren im Türrahmen. »Du musst sofort mitkommen«, sagte sie zu Catharina.

»Du kannst hier nicht einfach so reinstürzen«, murrte Jannetje.

»Sie muss mitkommen«, beharrte Eva.

Trotz Jannetjes missbilligendem Blick legte Catharina ihren Umhang um und folgte Eva.

Der Wind hatte nachgelassen, und der Regen stob nicht mehr aus allen Richtungen, vielmehr fiel er leise und beinah senkrecht vom Himmel. Mit steifen Schritten, angehobenem Rock, die Augen stur auf den Boden gerichtet, ging Catharina hinter Eva über die schwankenden Holzplanken. Am Ufer angelangt, versanken ihre Holzschuhe bis zu den Knöcheln im Sand. »Was machen wir hier?«

»Ich habe dir verziehen.«

»Dafür muss ich in den Regen?« Catharina entledigte sich ihrer unnützen Schuhe, lief barfuß weiter.

»Ich habe verstanden, dass du die Deinen verteidigst. Die Toten wie du Maulier, die Lebenden wie Hans. Oder mich im Gottesdienst.«

»Ich? Ich verteidige niemand. Vor allem will ich nicht vor meiner Hochzeit krank werden.« Sie stieß einen überraschten Schrei aus. »Nein!«

»Doch!«

Nicht das Treibgut am Ufer oder der aufgeblähte Kadaver einer Seerobbe waren der Grund für Catharinas Überraschung. Ein Ostindienfahrer in der Bucht hob die schweren Anker. Die Seemänner setzten die Segel, die sich sofort im landabwärts wehenden Wind aufblähten.

»Das wolltest du doch sehen«, sagte Eva.

»Unbedingt, ich danke dir.«

Catharina wusste, dass das Schiff gen Batavia segeln würde. Sie wusste es deshalb, weil sie den Segler und sein Ziel kannte: Es war die Hoff. Und sie fuhr früher davon als geplant.

»Ist Koosten an Bord?«, fragte sie sicherheitshalber.

»Ja.«

Catharina legte den Kopf in den Nacken, schloss die Augen und ließ den Regen auf ihr Gesicht tropfen. Frei von Last, breitete sie ihre Arme aus, lachte. Dann sah sie zu Eva.

»Warum bist du mir eigentlich wirklich wieder gut?«

Eva blickte ihr einen Moment stumm in die Augen. Dann sagte sie: »Weil du eine Löwin bist.«

»Brr«, Joris hielt den Ochsenkarren am Flussufer des Liesbeek hinter einem Wäldchen an. »Das ist der beste Platz.«

Jannetje kletterte schwerfällig von der Ladefläche. Als sie sicher stand, reichte Catharina ihr die Holzeimer und sprang selbst ab. »Vielen Dank für eure Hilfe.«

»Eure Hochzeit ist eine willkommene Abwechslung.« Joris grinste. »Außerdem verdiene ich dran. Ich verkauf euch den Arrack.«

»Und ich kann mal wieder tanzen. Nicht nur mit dir, Fußtrampler«, neckte Jannetje ihren Mann und lief zum Fluss Wasser holen.

»Für mich ist Hilfe neu.« Catharina nahm Bürsten und Besen von der Ladefläche.

»Hier herrscht ein einfaches Gesetz: Wenn du nicht hilfst, hilft dir niemand. Wir Siedler, wir müssen zusammenhalten.«

Joris griff nach der Sense auf dem Wagen und begann, das Gras zu mähen, während Catharina und Jannetje sich daranmachten, mit Wasser und Bürsten den Dreck vom Karren zu schrubben.

Viele Eimer Wasser später waren sie mit ihrem Ergebnis zufrieden, banden frisch gebundene Blumengirlanden an die Wagenseiten. Jannetje hatte auch Blumenkränze für die Radspeichen gewunden. Einen davon mit blauen Blüten hielt sich Catharina über den Kopf, wagte ein paar ausgelassene Tanzschritte. Jannetje lachte. »Eine wahrhaft schöne Braut.«

Von einem Wimpernschlag zum nächsten nahm Catharina eine reglose Gestalt wahr, die zwischen den Bäumen stand. Ein Khoi mit einem Leopardenumhang und einem reich mit Federn geschmückten *assegai* in der Hand beobachtete sie.

»Oedosoa!« Joris sprach den Namen des Mannes fast ehrfürchtig aus.

Oedosoa regierte nicht auf Joris, fixierte stattdessen Catharina, die den Blumenkranz nun wie einen Schutzschild vor sich hielt.

»Was will er von mir?«, fragte Catharina Joris mit leisem Unbehagen.

Die dunkelbraunen Augen des Khoi schienen sie aufzusaugen.

»Wie es aussieht, will dich der Häuptling der Cochoqua kennenlernen.«

»Häuptling? Warum sollte er das wollen?«

Joris und Jannetje warfen sich einen vielsagenden Blick zu.

»Es hat mit Hans zu tun, oder?«

»Ich denke schon. Und es scheint nicht unwichtig zu sein. Oedosoa lagert mit seinem Stamm sonst in Saldanha«, klärte Joris sie auf.

»Ist das nicht mehrere Tagesreisen von hier entfernt? Ein wahrlich langer Weg, um mich kennenzulernen.« Catharina ging auf Oedosoa zu, der stehen blieb und sich auch sonst nicht rührte. Sie überlegte, ihm die Hand zu reichen, entschied sich jedoch dagegen. Sie war nicht sicher, ob es zu seiner Kultur gehörte. Und es war klüger, dem Mann den Vortritt zu lassen. So blieb sie mit gesenktem Kopf vor ihm stehen.

»Krotoa recht.«

»Krotoa?« Catharina hob fragend den Kopf.

»Krotoa.« Ohne ein weiteres Wort drehte sich Oedosoa um und verschmolz nach wenigen Augenblicken mit dem Wald.

Catharina konnte sich auf die Begegnung keinen Reim machen, drehte sich verwundert zu dem Gastwirtspaar. »Wer ist Krotoa?«

»Eva. So nennen sie die Hottentotten«, antwortete Joris.

»Khoi!« Catharina erinnerte sich daran, dass Eva darauf bestanden hatte, eine Khoi, eine Goringhaicona, zu sein. Demnach waren die Frauen und Männer ihres Volkes auch keine Hottentotten, sondern Khoi und sollten auch so genannt werden.

»Wie auch immer. Wir nennen sie so.« Joris warf das gemähte Gras mit einem Rechen auf die Ladefläche. »Wenn ihr die Kränze an den Radspeichen befestigt habt, wird das ein prächtiger Hochzeitswagen.« Joris bestimmender Ton ließ keinen Zweifel daran, dass er das Thema Oedosoa und Eva als erledigt betrachtete. Ganz im Gegensatz zu Catharina.

15. KAPITEL

Am Morgen ihres Hochzeitstages wachte Catharina mit bangem Herzen auf. Bald würde sie vermählt sein. Gebunden an einen Mann mit rätselhaften Brandwunden auf dem Arm, der auf wunderliche Weise um sie geworben hatte, der mit Häuptlingen befreundet war. Einen Mann, der eine ihm Unbekannte heiratete, die als Mann verkleidet ans Kap gekommen war und von der er nichts wusste.

Sie streifte sich das saubere hellbraune Baumwollkleid über, dass ihr Neeltjen für diesen Tag geliehen hatte, steckte sich die störrischen Locken ordentlich unter eine gleichfarbige Haube. Ihre Gedanken ließen sich nicht so einfach bändigen. Sie hatte viele Fragen und ein Eheleben lang Zeit, diese zu beantworten.

Jannetje und Joris hatten sich noch nicht gezeigt, als es an die Tür der Taverne klopfte. Catharina öffnete. Hans stand vor ihr. Er hatte sich herausgeputzt, trug eine Jacke, die ihm an seinen muskulösen Oberarmen spannte. Überhaupt musste der wahre Besitzer des Kleidungsstücks von kleinerer Statur als Hans sein und mehr Bauch vorweisen. Die locker um den Oberkörper fallende Jacke reichte ihm kaum bis zur Hüfte. In seinem üblichen Leinenhemd gefiel ihr Hans besser. Aber kein Wort über seine Kleidung kam ihr über die Lippen, denn Hans strahlte sie frisch rasiert an.

In seinen Händen trug er ein kleines Leinenpäckchen.

»Wie fühlt sich die Braut?« Hans beugte sich zu ihr, um ihr einen Kuss auf die Lippen zu drücken.

Catharina wich ihm geschickt aus, sodass er allein ihre Wange streifte. »Gemach, gemach, wir sind noch nicht verheiratet«, nahm sie ihn auf den Arm.

»Schade, ohne Kuss kein Geschenk«, frohlockte er.

Catharina ging nicht auf seine Erpressung ein. »Ich hol meinen Umhang, dann können wir gehen.«

Sie bemerkte das überraschte Flackern in Hans' Augen und nutzte ihre Gelegenheit. »Hans, was hast du mit Oedosoa zu tun?«

»Oedosoa? Woher kennst du ihn?« Hans' Frage klang mehr verblüfft als scharf.

»Er kam gestern zum Fluss, als wir den Ochsenkarren für die Hochzeit hergerichtet haben. Er schien mich kennenlernen zu wollen.«

»Deshalb das Schaf!« Hans lachte auf, während Catharina ihn verständnislos ansah.

»Welches Schaf?«

»Oedosoa hat uns ein Schaf zur Hochzeit geschenkt. Es zeigt, dass er mir weiterhin vertraut und nun auch dir.« Hans sah sie geradeheraus an. »Ich handele manchmal mit ihm. Rinder und Schafe.«

»Das ist Sache der Compagnie.« Catharina sah ihn erstaunt an. »Und verboten.«

»Weiß ja keiner. Fast.«

»Wenn dich jemand verrät? Was geschieht dann?«

»Ermahnungen, Gefängnis, Verschicken nach Mauritius.« Hans zuckte mit den Schultern.

»Warum bleibst du eigentlich hier, wenn die Compagnie euch *vrijburgher* so schlecht behandelt? Die Preise festlegt, die Mengen, die ihr verkaufen dürft?«

Hans sah sie mit ausdruckslosen Augen an. »Man kommt hier nicht so leicht weg, wie du denkst.«

»Du kannst aufs Schiff steigen. Nach Batavia segeln. Ich komme mit.«

»Ich kam als Soldat hierher und wollte keiner mehr sein. Die Compagnie bot mir an, *vrijburgher* zu werden, Land zu besitzen. Dafür musste ich mich für zehn Jahre verpflichten.«

Mit großen Augen starrte Catharina ihn an. Ihr Mann war quasi ein Leibeigener.

»Was hast du gemacht, als Oedosoa dich beobachtet hat?« Hans wechselte das Thema.

»Ich bin zu ihm hin und wollte ihn begrüßen.«

»Und dann?«

»Er hat mich angeschaut und gesagt, Krotoa hat recht. Dann verschwand er im Wald.«

Hans runzelte verständnislos die Stirn. »Was immer das zu bedeuten hat. Auf jeden Fall mögen uns Eva und ihr Schwager. Das ist viel wert.«

»Evas Schwager?«

»Oedosoa ist mit Evas Schwester Kabatsu verheiratet.«

Hans reichte ihr das Päckchen. »Das hier hast du dir ohne Kuss verdient.«

Vorsichtig nahm Catharina es aus Hans' Händen und schlug das Tuch auseinander. Auf dem Leinen lag ein Holzmedaillon in der Größe einer Walnuss, das an einem mit einer Schleife verschlossenen Lederband baumelte. »Hans, das ist wunderschön!«

»Öffne es!«

Vorsichtig zog Catharina das Stäbchen auf der Schließseite auf und öffnete das Medaillon.

»Irgendwann, wenn wir Geld haben oder jemanden finden, der gut zeichnen kann, lassen wir kleine Bildnisse von uns anfertigen und fügen sie ein«, erklärte er ihr stolz.

Catharina stellte sich auf die Zehenspitzen, küsste Hans auf die Wange. »Ich danke dir. Das ist das Schönste, was ich je gesehen habe.«

»Und hoffentlich geschenkt bekommen hast.«

»Es ist mein erstes Geschenk. Meine Ehrerbietung würde auf nichts fußen.«

Hans fasste Catharina um die Taille. »Auch wenn wir uns nicht lieben: Wir wollen uns versprechen, es gut zu machen. Ja?« Er sah sie bittend an.

»Ja«, antwortete Catharina schlicht.

Wie zur Besiegelung des Gesagten legte Hans ihr die Kette um den Hals.

Die Hochzeit fand wie die Gottesdienste in dem großen Saal im ersten Stock des Haupthauses statt. Bei Catharinas und Hans' Eintritt erhoben sich die Anwesenden. Der Raum war bis auf den letzten Platz besetzt. Einer der Anwesenden hatte bereits zu dieser frühen Stunde glasige Augen. »Thielemann ist jetzt schon betrunken.« Catharina konnte es kaum glauben.

»Warte ab. Heute Nachmittag kann er nicht mehr stehen«, sagte Hans leichthin.

Die drei Stühle, die bei ihrem Aufgebot leer geblieben waren, waren nun besetzt. Der Kommandant nebst Gemahlin und Stieftochter saßen auf ihnen. Während Mijnfrouw Wagenaer sich ermattet Luft zufächerte, schaute Marie de Bucquoij noch missgelaunter drein als bei ihrer Begegnung auf dem Exerzierplatz. Um sich von der schlechten Laune nicht anstecken zu lassen, schaute Catharina zu Eva, erhaschte ein Lächeln.

Hans und sie schritten an den nickenden Köpfen vorbei, standen endlich vor Lacus, der die Zeremonie vornehmen sollte.

Nach wenigen Einführungsworten forderte er sie auf, das Trauversprechen aufzusagen.

Hans nahm Catharinas Hand: »Ich, Hans Ras, nehme dich, Catharina Ustings, zu meiner Frau. Ich verspreche, treu zu sein, ehrlich und respektvoll. Ich werde mich um dich kümmern, solange ich lebe. Dies ist mein heiliges Versprechen an dich.«

Catharina sah ihn an. Hierhin, zu ihm, hatte ihre Flucht aus Lübeck sie gebracht. Sie hatten sich versprochen, es gut zu machen. Das hatte sie fest vor, auch wenn sie beim Treueschwur nicht ganz ehrlich war. Sie musste ihrem Mann etwas verschweigen. Sicherlich galt dies auch für Hans. »Ich, Catharina Ustings, nehme dich, Hans Ras, zu meinem Mann. Ich verspreche, treu zu sein, ehrlich und respektvoll. Ich werde mich um dich kümmern, solange ich lebe. Dies ist mein heiliges Versprechen an dich.« Catharina merkte selbst, wie ihre Stimme bebte.

Hans beugte sich nach vorn, um sie zu küssen. Catharina empfing seinen Kuss, der ihre Ehe besiegelte und nach Tabak schmeckte. Sie sah sein Gesicht dicht vor sich. In seinen Augen tanzte der Schalk. »Jetzt hast du einen richtigen Nachnamen.« Hans streichelte ihre Wange. »Ras.«

»Ras«, flüsterte sie zurück. Catharina wiegte den Namen in ihrem Kopf. Er gefiel ihr, aber das Wichtigste an in diesem Namen war, dass er sie vor ihrer Vergangenheit schützte, die nun tatsächlich Vergangenheit war.

Während seine Frau und seine Stieftochter huldvoll nickten, um ihre Glückwünsche auszudrücken, schüttelte Kapkommandant Wagenaer Catharina und Hans die Hände. »Mögen euch ein langes Leben und viele Kinder beschieden sein.«

»Wir werden darauf hinarbeiten«, scherzte Hans.

Catharina spürte, wie sie rot wurde, während der Kommandant nichts darauf erwiderte, sondern mit der Hand nach draußen wies. »Heute darf das frisch vermählte Paar voranschreiten.«

Catharinas Herz klopfte vor Stolz.

Als sie die Treppen hinuntergeschritten waren und vor das Tor auf den Exerzierplatz traten, blickte sie auf mehrere Handvoll Soldaten, die sich rechts und links des Weges aufgestellt hatten und mit gekreuzten Spießen diesen versperrten.

»Was soll das?«, fragte Catharina furchtsam.

Thielemann, der neben Hans getreten war, prustete los. »Hätt ich das gewusst. Ich hätt eure Hochzeit glatt geschwänzt und mich ins Glied gestellt.« Seine Stimme lallte ein wenig.

Hans sah Catharina bedauernd an. »Es ist Brauch, nach der Eheschließung durchs Spalier zu gehen und die Männer zu küssen.«

Catharina runzelte die Stirn. »Alle?« Es mussten mindestens an die vierzig Männer sein, die Catharina erwartungsvoll ansahen.

»Alle.«

Die Hochzeitsgesellschaft begann zu klatschen, um sie anzuspornen.

»Bereit?« Hans sah Catharina an.

»Was bleibt mir übrig?«

»Willst du meine Hand?«

Anstelle einer Antwort raffte Catharina ihren Rock und ging mit festem Schritt los. Vor dem ersten Soldatenpaar hielt sie an. »Meine Herren, wenn ich darf.«

Sie küsste den Soldaten zur rechten Seite auf die Wange, er nahm den Spieß zurück. Sie küsste den Soldaten linker Hand, er nahm seinen Spieß beiseite. Die Hochzeitsgesellschaft johlte und applaudierte.

»Ich bin hinter dir.« Hans' Stimme klang beruhigend.

Catharina trat zu dem nächsten grinsenden Soldatengesicht. Mundgeruch schlug ihr entgegen. Sie wich zurück, hielt den Atem an und setzte dem Mann einen spitzen kleinen Kuss auf die bärtige Wange.

Auf einmal spürte sie einen Blick im Rücken, der sich anders anfühlte als die spottenden und belustigten Blicke der Hochzeitsgesellschaft. Catharina drehte sich um. Ihre Unachtsamkeit nutzten die beiden nächsten Soldaten aus, um ihr auf den Hintern zu klatschen. Catharina wirbelte herum.

»Was soll das? Von mir bekommt ihr nichts.« Sie wischte die Spieße der beiden zur Seite. Die Soldaten wagten keinen Mucks.

Die restlichen Soldaten in der Reihe begnügten sich mit Catharinas flüchtigen Küssen, stellten ihre Spieße gerade. Als die letzten beiden Soldaten ihre gekreuzten Spieße nach dem Kuss öffneten und den Weg freigaben, wischte sich Catharina unbemerkt den Mund ab. »Geschafft!« Sie drückte ihre Lippen gelöst auf die ihres Mannes, um allen zu zeigen, dass sie ihm allein gehörte. Hans umarmte sie fest.

Die Umstehenden klatschten erneut. Da fühlte Catharina erneut den bösen Blick auf sich ruhen. Sie suchte die Anwesenden ab. Mayken und Thielemann schauten sie freundlich grinsend an. Genauso wie ihre Nachbarn Frans Gerrits und Neeltjen. Der rothaarige Hermann Remayenne winkte ihr zu. Eva und Pieter applaudierten. Selbst *sergeant* Everard klatschte. Nicht jedoch die Frau, die neben ihm stand. Der Blick, der Catharina ein solches Unbehagen einflößte, kam von ihr: Amisha. Die Bengalin, die nicht im Gottesdienst gewesen war, starrte sie feindselig an.

Catharina spürte, wie Hans neben ihr steif wurde. Ein kurzer Seitenblick zeigte ihr, dass er wie sie zu Amisha blickte.

Mit einem leicht gequälten Lächeln drehte sie sich zu Hans. »Wollen wir feiern gehen?«

»Nichts lieber als das«, presste Hans hervor.

Sie schritten zu den sechs festlich geschmückten Hochzeitskarren, die das Brautpaar und ihre Gäste auf die *farm* bringen sollten. Der Brautwagen stand an der Spitze. Hans hob Catharina unter großem Gelächter hoch und setzte sie in das weiche duftende Gras, das den Boden des Karrens bedeckte. Behände sprang er hinterher. Wie auf Kommando regnete es kleine Äste mit knospenden duftenden Blüten auf das frischgebackene Brautpaar. Catharina lachte, griff nach einem blütenübersäten Zweig, brach ein Stück ab und steckte es sich hinter ihr Ohr.

»Jetzt dürft ihr die Geschenke abgeben.« Hans öffnete freudig die Arme.

»Hans!« Catharina war peinlich berührt.

»Nachher sind sie zu betrunken und vergessen es«, lachte ihr Mann.

Tatsächlich waren die Gäste keineswegs verlegen, sondern eilten zu ihren Wagen, um ihre Gaben zu holen.

Mayken brachte Catharina ein Dutzend Eier im Korb. »Alle für Hans und seine Manneskraft«, zwinkerte sie Catharina zu. Errötend nahm diese das Geschenk entgegen und stellte es neben ihr Bündel, das ihre Habe beinhaltete, ihre Kleidung als Berne und ihr Messer. Jannetje und Joris traten an den Wagen und reichten Hans einen riesengroßen Kürbis und einen Kohl. Remayenne und Thielemann trugen ein bereits vorgebratenes Spanferkel.

»Das machen wir euch nachher richtig knusprig.« Um sich für seine Worte zu belohnen, nahm Thielemann einen großen Schluck aus einer Flasche. Mayken griff nach ihr, um daraus zu trinken und sie dann zu behalten. Thielemann durchschaute ihren Trick. »Gib her, Weib. Sonst fluch ich alles zusammen.« Mayken sah zu Hans, der ihr zunickte.

»Heute soll kein Fluchen sein. Aber wenn dir morgen der Schädel brummt, jammer nicht«, ermahnte Hans den Freund.

Thielemann wartete nicht, bis Mayken ihm die Flasche gab, sondern entriss sie ihr regelrecht und ging fort.

»Bist du sicher, dass Thielemann weitertrinken soll?«, fragte Catharina Hans. »Wir sollten Mayken den Rücken stärken.«

»Thielemann ist meist betrunken. Und es ist besser, wir lassen ihn. Sein Fluchen würde uns nur die Stimmung verderben.«

»Alkohol macht Fluchen häufig schlimmer«, wusste Catharina aus Erfahrung. »Es ist unsere Hochzeit. Er sollte sich zusammenreißen.«

»Ich kümmer mich.« Mayken ging zu Jannetje und Neeltjen.

»Schau, da kommen noch mehr Geschenke.« Hans fasste sie am Arm.

Weitere *vrijburgher* brachten Körbe mit Obst und Gemüse. Barbara Geems reichte Catharina einen Kuchen. Sie spürte die Wärme des frischen Gebäcks durch das Leintuch. Fröhlich ließ sie ihre Augen über die kleine Schar Menschen schweifen, mit denen sie nun leben würde.

»Es fühlt sich gut an«, flüsterte Catharina Hans zu. »Das hatte ich nicht erwartet.«

Hans legte den Arm um sie, und Catharina vergaß zum ersten Mal, dass sie eigentlich nach Batavia wollte.

Zwei Musiker mit Flöte und Geige stiegen zu ihnen auf den Wagen und begannen nach kurzem Anzählen, ein munteres Lied anzuspielen. Das war das Zeichen für die Gäste, sich auf die anderen Ochsenwagen zu verteilen.

Frans Gerrits hatte sich erboten, Hans und Catharina zu

kutschieren, damit die beiden die Fahrt genießen konnten, und schwang sich auf den Kutschbock des Brautwagens. Mayken erklomm ebenfalls den Bock.

»Solltest du nicht besser auf deinen Mann aufpassen?«, fragte Frans Gerrits sie.

»Ich hab deine Frau und Jannetje überreden können, sich zu ihm zu gesellen. Bei den beiden benimmt er sich«, erwiderte Mayken.

Thielemann saß auf dem Kutschbock des dritten Wagens. Er schwenkte seinen Hut und rief ihnen etwas zu.

»Was sagt er?«, fragte Catharina Hans.

Ihr Mann zuckte mit den Schultern. »Er ist zu weit weg. Und dann noch die Musik.«

Catharina hob fragend die Hände gen Thielemann.

Dieser schien zu merken, dass sie ihn nicht hörten, und schwang seine Peitsche. Kaum hatten seine Ochsen sich in Bewegung gesetzt, stießen sie an den Vorderwagen. Thielemann pfefferte seinen Hut neben sich auf den Kutschbock, stand auf. Neeltjen, die hinten auf der Ladefläche saß, zog ihn wieder runter und redete auf ihn ein.

»Irgendwann kriegt er mal was auf die Schnauze, Mayken. Das sag ich dir.« Frans schaute wie die anderen zu Thielemanns Wagen.

»Ja, aber nicht heute«, erwiderte Mayken, »macht ihr Jungs das mal im Busch untereinander aus.«

»Wir sollten besser losfahren, Frans.« Hans ergriff das Kommando.

Frans hob die Zügel, und die Tiere setzten sich in Bewegung.

Die Musik zog die Bewohner des Kaps an wie Honig die Fliegen. Die Khoi, die am Fort wohnten, winkten ihnen fröhlich zu. Seemänner und Siedler jubelten.

»Lang lebe die Braut!«

»Treibt's nicht zu doll!«

»Glück und langes Leben!«, erscholl es von allen Seiten.

Hans und Catharina standen auf und schüttelten über die

Wagenwand Hände. Catharina strahlte über die ungewohnte Herzlichkeit, die ihr von allen Seiten entgegengebracht wurde. Sie vibrierte vor Glück und nahm sich fest vor, diese Ehe zum Erfolg zu führen, was immer eine erfolgreiche Ehe bedeuten mochte.

16. KAPITEL

Die Hochzeitsgesellschaft hatte die Häuser der Versorgungsstation seit einer guten Wegstunde hinter sich gelassen. Die Wagen zuckelten gemächlich durch die Ebene, und Catharina lehnte an Hans' Schulter, genoss die Nähe.

Zwei Reiter hatten sich am Ende des Hochzeitszuges dazugesellt. Catharina erkannte Lacus, den anderen Mann kannte sie nicht.

»Das ist *secunde* Gabbema«, klärte Hans sie auf. »Er ist der Stellvertreter Wagenaers.«

»Eine Ehre.« Catharina hatte nicht damit gerechnet, dass ein hoher Compagnievertreter ihre Hochzeit besuchen würde.

»Ja. Lacus wird ihn beerben, wenn er das Kap verlässt«, fuhr Hans vieldeutig fort, hielt sich aber sogleich den Finger wie unabsichtlich vor den Mund.

Catharina verstand und schwieg, saßen doch die Musiker neben ihnen auf der Ladefläche.

Dass Hans sie mit seiner Aussage ins Vertrauen gezogen hatte, erfüllte sie mit Stolz.

In den letzten zwei Wochen waren dank des üppigen Regens und der immer wärmer werdenden Sonne die Knospen und Blumen nur so aus den Sträuchern und der Erde geschossen. Wie ein ausgeklopfter, vom Staub befreiter Teppich rollte sich der Frühling über die Ebenen die Hänge hinauf. Die immergrünen Bäume sahen frisch gewaschen und bereit für die nächste Jahreszeit aus, während ein leichter Hauch Grün die im Winter blattlosen Bäume zu überziehen begann. Gelbe und rote Schimmer lagen über den dicht zusammenstehenden kleinen Pflanzen und Sträuchern.

»Wir nennen dieses Rumgekraute *fijnbosch*«, erklärte Hans Catharina.

»Es sieht schön aus.« Catharina verliebte sich augenblicklich in die Landschaft. »Was kommt hinter deiner *farm*? Weitere?«

»Wir liegen sozusagen mittendrin. Hinter uns kommen noch ein paar wie die von Remayenne, Visser, Theunissen.«

Catharina kannte die Namen und wusste, wer sich dahinter verbarg, alles Menschen, die heute ihrer Hochzeit beiwohnten.

»Die *Groote Schuur*. Dahin bringen wir unsere Ernte und Wolle. Und nicht zu vergessen *Bosheuvel*. Riebeeck hat es gebaut. Jetzt ist es natürlich Wagenaers Sommersitz. Aber bis dahin läufst du noch ein paar Stunden.«

»Dann ist deine *farm* mit zwei Stunden wirklich nah an der Station«, stellte Catharina fest.

»Unsere *farm*«, berichtigte Hans sie.

Catharina lächelte ihren frisch angetrauten Ehemann an. »Nicht, dass du denkst, ich habe mich nicht für sie interessiert. Aber ich habe dich aus Absicht nicht nach ihr gefragt.«

»Warum nicht?«, fragte Hans verblüfft.

»Wenn du sie mir beschrieben hättest, hätte ich ein Bild im Kopf. Und ich möchte kein Bild, nur das, was ist.«

»Du hast dir die *farm* noch nicht vorstellen wollen? Das Haus, in dem du leben wirst? Das Land?«

»In meinem Kopf liegt über der *farm* ein Tischtuch und verhüllt sie. Wie beim Hoerikwaggo. Ich werde es erst wegziehen, wenn ich da bin.«

»Du überraschst mich.« Hans sah sie unergründlich an. »Es fügt sich mehr und mehr, dass ich deine Verkleidung durchschaut habe.«

»Wie meinst du das?« Hans hatte ihre Neugier geweckt.

»Ich habe an dem Tag am Ufer gestanden und mir gewünscht, dass mir eine Frau geschickt wird. Wenig später kamst du vorbei.«

»Du hast dir von Gott eine Frau gewünscht?« Catharina hoffte, dass ihre Einstellung zu Gott nicht zu sehr durchklang. Der Glaube war das Leben und die Hoffnung aller Menschen, die sie kannte. Aber Hans konnte doch nicht ernsthaft glauben, dass Gott sie zu ihm geschickt hatte? Gerade sie, die nicht wirklich an ihn glaubte. Und insgeheim hatte sie gedacht, dass auch Hans Gottes Existenz in Frage stellte. Hatte doch Lacus gesagt, dass Hans selten in der sonntäglichen Messe war. Aber fragen würde sie ihren Mann nicht.

»Ich hab Gott nicht erwähnt.« In Hans' Stimme schwang ein Unterton, der Catharina wohlbekannt war, und sie atmete innerlich auf. Hans dachte wie sie. »Ich weiß nicht, wer den Wunsch erhört hat«, fuhr er fort, »aber irgendjemand muss es gewesen sein. Denn du bist da.«

Sie schmiegte sich an ihn, während der Flötist ein neues Lied anstimmte.

»Wollen wir tanzen?« Hans zog sie hoch.

»Gerne, aber ich kann es nicht«, flüsterte sie ihm ins Ohr.

»Auf dem Karren musst du nichts können. Halt dich einfach fest! Lass dich führen!«

Catharina tat wie ihr geheißen, und nur wenige Augenblicke später wiegte sie sich zur Vierviertelakt-Melodie in Hans' Armen. Immer sicherer im Wiegeschritt, drehte Hans sie um ihre eigene Achse. Lachend sah sie ihn an.

Hans' Blick war jedoch nicht auf sie, sondern in die Ferne gerichtet. »Was macht der Mistkerl?«

Catharina drehte ihren Kopf und sah, dass Thielemann den Wagen vor ihm auf dem schmalen Weg überholen wollte, um sich hinter den Hochzeitswagen zu setzen.

»Voran, ihr Viecher! Voran!« Thielemanns laute Stimme übertönte die Musik. »Aus dem Weg!«

»Was soll das? Bleib, wo du bist!«, rief Hans dem Freund zu.

Tatsächlich schien Thielemann Hans' Worte zu hören. Er nahm die Peitsche herunter, verlangsamte. Aber nur ein paar Herzschläge lang. Dann trieb er die Tiere erneut an.

»Der Kerl will ein Wettrennen?« Frans ließ seine Peitsche über die Köpfe der Ochsen hinwegschwirren. »Kann er haben.«

»Frans, stachel ihn nicht an! Lass das!« Trotz Hans' befehlendem Ton schwang Frans weiter die Peitsche. Die schwerfälligen Tiere fielen in Galopp.

»Der Brautwagen ist immer der Erste, Hans. Immer der Erste!«

Der Geiger verlor sein Gleichgewicht und fiel auf den Karrenboden. Misstönig schrammte der Fiddelbogen über die Saiten der Geige.

Während Mayken sich am Kutschbock festhielt, klammerte sich Catharina an eine Holzverstrebung. Sie sah, wie Thielemann seine Tiere entschlossen anfeuerte. Sie waren jünger, ihre Kräfte nicht wie bei Hans' Tieren jahrelang auf den Feldern verbraucht. Sie galoppierten wild schnaubend an die hintere Radnabe des Brautwagens heran.

»Jungs, lasst gut sein«, rief Hans Thielemann und Frans zu. Doch beide hörten nicht auf ihn.

»Lass mich vorbei, Frans«, rief Thielemann, »oder ich feg dich vom Weg!« Um seine Drohung zu untermauern, lenkte er seine Ochsen näher an den Brautwagen, sodass der Holzquerbalken des Jochs seiner Ochsen an die Karrenwand stieß.

Das Krachen von Holz auf Holz ließ Catharina zusammenzucken, aber sie blieb stehen. Genau wie Hans. Der Flötist hingegen fiel schreiend auf den Boden, bedeckte die Augen. Der Geiger hielt seine Hände schützend um sein Instrument.

Hilflos sah Catharina Hans an, der wie erstarrt auf die muskelbepackten Rücken der galoppierenden Tiere von Thielemanns Wagen blickte. »Sollen wir abspringen?«

»Wir sind zu schnell!«

Ihr Wagen holperte heftig über einen Stein. Catharina verlor das Gleichgewicht und prallte mit ihrer Schulter auf den Boden. Sie klammerte sich mit der rechten Hand an die Verstrebung, zog sich mühsam wieder hoch. Sah, wie Mayken Frans in die Zügel griff, um den Wagen zu verlangsamen. Zeitgleich beugte sich Hans über das Geländer, um nach den Zügeln von Thielemanns Gespann zu greifen, das sich nun auf gleicher Höhe befand.

»Nichts da!« Thielemanns Peitsche sauste zischend durch die Luft und traf Hans an der Hand.

»Hundsfott!« Hans kippte bedenklich über das Geländer.

»Nein!« Trotz der Schmerzen in der geprellten Schulter riss Catharina ihren Mann an der Jacke zurück. Der Rückwärtsschwung half Hans, wieder Halt zu finden.

»Aus dem Weg, Dreckskerle!« Thielemann war nicht mehr zu bremsen.

Auch Frans nicht, der auf die Ochsen nur so eindrosch.

Die Karren rasten nebeneinander auf dem schmalen Sandweg.

Mayken kämpfte mit Frans um die Zügel. Mit Schrecken sah Catharina, wie der kräftige Frans Mayken wegstieß, die rücklings auf den am Boden kauernden Flötisten fiel.

»Das Ende ist da!«, schrie dieser.

Die *farm* kam in Sicht. Die Brücke über den Liesbeek, die zu ihr führte, war vielleicht acht Mann in der Länge, aber in der Breite hatte nur ein Wagen Platz.

Catharina erfasste das kalte Grausen. »Wir müssen abspringen!« Sie hörte die Panik in ihrer Stimme.

Hans packte Frans von hinten, umfasste ihn und zerrte an den Zügeln.

»Ihr habt doch alle den Verstand verloren!«, hörte Catharina Mayken kreischen.

Thielemann lachte nur. »Voran, ihr Ochsen! Voran!«

Die Radnaben der beiden Gefährte rieben aneinander und quietschten bedrohlich. Catharina schrie auf.

»Wenn wir hier lebend runterkommen, mach ich euch fertig!«, brüllte Hans.

»Aber ich werde als Erster auf der *farm* sein.« Thielemanns Stimme bebte vor Schadenfreude.

Die Tiere waren gleichauf. Als die Hörner von Thielemanns rechtem und Hans' linkem Ochsen zusammenstießen, brüllten beide Tiere vor Schmerz auf. Die Wagen prallten aneinander. Frans verlor das Gleichgewicht und die Herrschaft über das Gefährt. Der Wagen driftete zur Seite.

Mit aller Macht entriss Hans Frans die Zügel. Der Leitochse stolperte, blökte angsterfüllt.

»Komm hoch!«, schrie Hans das Tier an. »Komm hoch!«

Das schwere Tier stieß gegen den Ochsen rechts im Gespann. Sie schwankten im Lauf.

Alle schrien in Todesangst. Auch Thielemann schrie – allerdings vor Freude. Hans zog weiter mit seiner ganzen Kraft an den Zügeln, um den Leitochsen auf den Beinen zu halten und den rechten zu zügeln.

Siegesgewiss zog Thielemann am gefährlich schlingernden Hochzeitswagen vorbei, schwenkte jubelnd seinen Hut, während der Brautwagen sich quer zu stellen begann. Die Brücke kam näher, ebenso der Fluss. Catharina sprang als Erste vom Wagen. Hart landete sie auf dem Boden, hörte Hans' wildes Schreien und das Brüllen der Tiere.

Frans und Hans sprangen ab. Mayken und die Musiker hinterher. Gerade noch rechtzeitig, denn der Wagen kippte um, schrammte über den Boden und riss die Ochsen mit sich. Kam schließlich mit einem Seufzer-ähnlichen Geräusch kurz vor der Brücke zum Stand. Die Nüstern gebläht, die Augen aufgerissen, lagen die Ochsen in dem zerbrochenen Joch, blökten jämmerlich.

Catharina rappelte sich auf, rannte zu Hans, der leicht benommen schon wieder auf den Beinen war. »Bist du verletzt?«

Er hörte sie nicht, ging schnurstracks auf Frans zu, zog ihn vom Boden hoch und verpasste ihm einen gewaltigen Kinnhaken.

Frans taumelte, blieb aber stehen.

Die anderen Wagen der Hochzeitsgesellschaft hatten aufgeholt. Remayenne sprang ab, um Hans' Ochsen abzuschirren, während andere durcheinanderrufend zu ihnen eilten.

Hans wollte Frans gerade einen zweiten Kinnhaken verpassen, da erscholl Thielemanns Siegesgeschrei von der anderen Seite der Brücke. »Erster! Erster!« Triumphierend schwenkte er seinen Hut und sah ungerührt auf das Chaos, das er angerichtet hatte.

Frans riss sich von Hans los, rannte über die Brücke.

»Können die beiden keine Ruhe geben?«, schrie Hans und verfolgte Frans. Catharina blieb nichts anderes übrig, als ihm hinterherzueilen.

»Du hast uns gerade fast umgebracht«, herrschte Frans Thielemann auf der anderen Seite der Brücke an.

»Denkt wohl, ihr könnt den alten Thielemann besiegen. Memmen ihr!«

Frans stürzte sich auf Thielemann. Hans zog ihn zurück, drängte sich zwischen die beiden.

»Ich will euch auf meiner Hochzeit nicht mehr sehen!« Hans sprach ruhig und beherrscht. »Geht nach Hause!«

»Mich schickt niemand weg! Ich bin hier, um zu feiern.«

Thielemann zog sein Messer. »Frans, komm her, wenn du dich traust.«

»Steck das Messer weg!« Hans war immer noch ruhig.

Catharina blieb an der Brücke stehen, hielt den Atem an.

»Geh aus dem Weg, Hans!«, knurrte Thielemann wie ein angriffslustiger Hund.

Hans schüttelte den Kopf. »Steck es weg!«

Mit einem Satz sprang Thielemann nach vorn. Instinktiv hob Hans seinen linken Arm, und das Messer versenkte sich in diesen. Catharina schrie entsetzt auf, während Thielemann das Messer aus dem Oberarm zog und ein zweites Mal zustieß. Dieses Mal schützte kein Arm Hans' Oberkörper. Catharina sah, dass das Messer nicht in den Brustkorb glitt, sondern abprallte und die Klinge brach. Hans' Schmerzensschrei traf sie bis ins Mark. Die Hände entsetzt vor den Kopf geschlagen, sah sie, wie sich Hans' Hemd an den beiden Wundstellen immer schneller rot färbte. Er begann zu schwanken. Dann gaben seine Knie nach, und er sank zu Boden.

Catharina rannte zu ihm. »Hans, Hans!«

Ihr war, als ob Thielemann ihr selbst das Messer in den Bauch gerammt hatte und das eben noch genossene Glück aus ihr herausfloss wie Hans' Blut aus dessen Körper. Er war bewusstlos. »Hans, bitte«, rief sie verzweifelt. Während die Armwunde stark blutete, sickerte aus der Brust nur wenig Blut. Catharina fasste an die Messerklinge, die noch im Oberkörper steckte, zog die Hand jedoch wieder ängstlich zurück.

»Was habe ich getan?« Thielemann stand ernüchtert neben ihr.

»Verschwinde!«, brüllte Catharina ihn an. »Wo ist Pieter?«

Lacus trat neben sie. »Er wollte mit Eva nachkommen.«

»Was machen wir denn so lange?« Catharina war außer sich. »Hans, wach auf. Hans!«

Mayken war herangetreten. »Es tut mir so leid.«

Catharina war unfähig, ihr zu antworten. Sie strich Hans über das blasser werdende Gesicht, während Mayken ein Stück Stoff aus ihrem Kleid riss, Hans' Ärmel nach oben rollte und die Wunde oberhalb mit dem Stoff abband. Dennoch floss weiterhin Blut aus der guldengroßen tiefen Wunde.

»Wir brauchen mehr Tuch!«, rief Mayken den Frauen zu. Neeltjen reichte ihr das Leinen, in das der Hochzeitskuchen eingeschlagen war. Mit aller Kraft presste Mayken es auf den Oberarm, um das Blut zu stillen.

»Danke, Mayken!« Catharina war nicht in der Lage, ebenso tatkräftig zu handeln.

»Das ist das Geringste.« Mayken sah Catharina ehrlich an. »Mein Mann ist ein Stück Dreck, aber ich will ihn trotzdem nicht hängen sehen.«

Frans und Joris liefen mit einem breiten Holzbrett herbei. Vorsichtig hoben sie Hans darauf, während Mayken immer noch das Tuch auf die Wunde presste und Catharina Hans' Hand hielt. Der Atem des Bewusstlosen ging unregelmäßig, aber nicht flach.

»Das Messer hat die Lunge nicht getroffen. Das ist gut«, sagte Frans. »Mir macht die Wunde am Arm mehr Sorgen.«

Catharina sah ihn ungläubig an. »Der Arm mehr als die Brust?«

Bevor Frans antworten konnte, trat Thielemann, um den sich niemand weiter gekümmert hatte, heran. »Es war doch nur Spaß! Ein Wagenrennen!« Aus blutunterlaufenen Augen sah er Catharina entschuldigend an.

Das war zu viel für sie. Sie ließ Hans' Hand los und schlug Thielemann ins Gesicht. Rechts und links. Ein drittes und ein viertes Mal klatschte ihre Hand auf seine Wangen.

Regungslos, ganz Sünder, duldete Thielemann ihre Ohrfeigen. »Warum ist er noch hier? Schafft ihn endlich weg!«, schrie sie außer sich.

Catharina wollte Thielemann wieder schlagen, als Lacus nach ihrer Hand fasste. »Wir kümmern uns. Er kommt ins Schwarze Loch. Sorg du dafür, dass dein Mann überlebt!«

17. KAPITEL

Joris und Frans trugen Hans zum Haus. Catharina nahm wie in Trance Einzelheiten wahr. Die Scheune und Ställe linker Hand, der ausladende *geelhoutboom* vor dem Haus. Rund um den Baumstamm waren mit Blütenzweigen geschmückte Tische und Bänke aufgestellt. Ein weiterer Tisch für die Gaben und das Essen befand sich unmittelbar vor dem Haus.

Catharina schluckte, folgte den Männern eilends durch die Klöntür in die Wohnstube. Ein grober Holztisch, an dem bis zu acht Leute sitzen konnten, beherrschte den Raum. Auf ihm standen neben Brot und Käse für den ersten Hunger der Gäste ein paar frische Blumen. Drei selbst gezimmerte Holzstühle, über die Schafsfelle gelegt waren, umringten den Tisch.

Für die Hochzeitsgesellschaft reihten sich Holzbänke entlang der Lehmwände. Um diese aufzustellen, hatte Hans anscheinend die Kommode von ihrem angestammten Platz unter dem einzigen Fenster des Raumes in eine Ecke geschoben.

Durch eine weitere Tür gegenüber dem Eingang ging es in die Schlafstube. Wie auch im Wohnraum bestand der Boden aus einem Gemisch aus festgestampftem Lehm mit Kuhdung und war mit einem Bett und einem Stuhl eingerichtet. Vier Kleiderhaken an der Wand vervollständigten die Einrichtung.

Joris und Frans wollten das Holzbrett auf den Boden legen.

»Legt Hans samt Trage aufs Bett«, bat Catharina die beiden Männer.

»Auf die frischen Strohsäcke?« Joris wirkte erstaunt.

»Wir sollten ihn so wenig wie möglich bewegen, bis Pieter kommt. Er soll nicht wieder stark bluten.«

Mayken betrat die Stube mit Thielemanns Arrackflasche in der Hand. Während die Männer das Zimmer verließen, reichte sie Catharina die Flasche. Die wehrte ab. »Lass mich mit dem Teufelszeug in Ruhe!«

»Für das, was kommt, wäre es besser, davon zu trinken. Pieter wird die Wunde ausbrennen und nähen müssen. Gebe Gott, dass Hans ohnmächtig bleibt!« Sie nahm einen Schluck und drückte die Flasche Catharina einfach in die Hand. »Ich geh Wasser heiß machen.«

»Wo ist eine Feuerstelle?« Catharina hatte keine gesehen.

»Hinterm Haus ist ein kleiner Anbau«, antwortete Mayken im Gehen.

Allein zurückgelassen, atmete Catharina tief durch, schlug mit ihrer Hand kräftig gegen die Lehmwand und wandte sich an den bewusstlosen Hans. »Wage es nicht, mich alleinzulassen! Es ist genug.«

Sie stellte die Flasche auf den Boden, nahm Hans' Messer aus seinem Gürtel und schnitt behutsam sein Hemd auf, um seinen Oberkörper zu entblößen. Heute wäre ihre Hochzeitsnacht gewesen, nun konnte es seine letzte Nacht sein. Sie starrte auf die Messerklinge, die mahnend einen halben kleinen Finger lang aus seiner Brust ragte. Wie gern würde sie sie herausziehen. Mit sanften Fingern strich sie über seine Brusthaare, am Messer vorbei. Unter seinem Bauchnabel waren zwei handtellergroße wulstige Narben. Auch diese rührten von einem Feuer. Nach ihrer Farbe zu urteilen, mussten sie bei demselben Ereignis entstanden sein wie die Narben auf Hans' rechtem Unterarm, die sie an Bord der Hoff gesehen hatte. Catharina konnte nicht anders, sie musste mit ihren Fingern über das verhärtete Gewebe fahren. Hans schien ihre Berührung zu spüren. Er seufzte leise, öffnete die Augen.

»Catharina!« Hans' Stimme klang angespannt.

»Bleib ganz ruhig und nicht bewegen.«

Hans nickte schwach.

Mayken kam mit einer Schüssel Wasser zurück ins Zimmer. Durch die offene Tür hörte Catharina Gemurmel und Stimmen. Erstaunt sah sie, wie die Hochzeitsgesellschaft auf den Bänken Platz genommen hatte und die Gäste in gedämpftem Ton miteinander redeten.

»Was wollen sie noch hier?«

»Sie wollen wissen, wie es Hans geht«, antwortete Mayken. Ein Raunen ging durch die Gäste. Pieter trat ins Haus.

»Endlich!« Catharina zog den *surgeon* in die Schlafstube und schloss die Tür vor den neugierigen Blicken und Mayken.

Pieter fühlte zunächst Hans' Puls. Die Wunde in der Brust tastete er kurz ab, dann wandte er sich dem Oberarm zu. »Den Arm hast du gut abgebunden«, sagte er zu Catharina.

»Das war Mayken. Ich hätte nicht gewusst, was zu tun gewesen wäre«, sagte Catharina ehrlich, während Pieter kurz unter den Stoffverband schaute.

»Er blutet immer noch.« Er legte Catharinas Hand auf das Tuch. »Drück so fest drauf, wie du kannst!«

»Frans meinte, der Arm sei schlimmer als das Messer in der Brust.«

»Das Messer ist an der Rippe abgeprallt.«

»Aber die Spitze steckt drin.«

»Die ist gut zu sehen. Sitzt nicht tief. Der Dreck muss raus.« Pieter richtete sich auf und sah sie an. »Ich muss beide Wunden ausbrennen. Und nähen. Kannst du mir dabei helfen?«

Sie trat entschlossen einen Schritt näher zum Bett. »Ich habe es noch nie gemacht. Du musst mir sagen, was ich tun soll.«

Pieter nickte, öffnete die Tür. »Joris!«, rief er ins andere Zimmer, und der Gastwirt trat zu ihnen. Pieter reichte Joris sein Messer. »Die Scheide muss glühen.«

»Aye«, sagte der große Mann und verschwand mit dem Messer. Daraufhin entnahm Pieter seinem Bündel ein kleines Fläschchen. »Das ist Mohnsaft. Hilft dir, die Schmerzen besser zu ertragen.«

Hans nickte ergeben, und Catharina hielt seinen Kopf, während Pieter ihm den Saft in den Mund träufelte.

Dann entnahm er seinem Lederbeutel eine Nadel aus Seehundknochen und einen Faden. Beides wusch er im heißen Wasser.

»Warum ist der Faden weiß?« Catharina drückte wieder den Stofflappen fest auf die Wunde.

»Er ist von einem Schimmel. Ich nehme gerne ihre Schweifhaare, da sie der Farbe unserer Haut ähneln. Eine komische Angewohnheit, ich weiß.« Pieter fädelte das Pferdehaar ein.

Die Tür öffnete sich erneut, und Joris trat mit der glühenden Klinge ein. Pieter nahm sie ihm ab, schaute zu Catharina.

»Ich bin bereit«, sagte sie entschlossen.

»Dann weg mit dem Lappen und halt ihn gut fest. Du auf der anderen Seite, Joris.«

Catharina und Joris taten wie ihnen geheißen. Pieter näherte sich Hans und drückte ihm entschlossen das Messer auf die Wunde. Hans bäumte sich auf, schrie, während Catharina und Joris ihn festhielten. Unbeirrt presste Pieter das Messer an alle Wundränder. Der Geruch des verbrannten Fleisches nahm Catharina den Atem. Dennoch hielt sie Hans fest, versuchte, seine schrillen Schmerzensschreie auszublenden. Pieter legte das Messer kurz zur Seite. Hans' Schreie verstummten.

»Warum fällst du Baumstamm nicht in Ohnmacht?« Pieter runzelte die Stirn, sah Catharina und Joris an, deutete stumm auf die Messerspitze, die in Hans' Brustkorb steckte.

Joris nickte und drückte Hans' Oberkörper aufs Bett. Gleichzeitig setzte sich Catharina rittlings auf Hans' Beine.

Pieter zog die Messerspitze aus Hans' Brust. Beim Ausbrennen der Wunde schrie Hans erneut auf, dann sackte sein Kopf zur Seite.

»Hans!« Catharina rutschte von seinen Beinen.

»Er ist endlich bewusstlos, Catharina. Dem Himmel sei Dank, er wird das Nähen nicht spüren.« Geschickt zog Pieter die Nadel durch die Haut, schloss erst die Armwunde, dann die am Bauch. Zu guter Letzt holte er aus seinem Lederbeutel eine Dose und öffnete sie. Vorsichtig tauchte er einen Holzspatel in die Masse und verstrich diese auf zwei Leinenläppchen.

»Das ist Honig. Das hilft, die Wunde zu reinigen.« Er legte die Läppchen auf die Wunden, verband den Oberarm, damit der Honiglappen nicht verrutschen würde. Bei der Bauchwunde verzichtete er auf einen Verband. »Ich lass dir was da. Alle sechs Stunden musst du die Tücher wechseln.«

Catharina nickte tapfer.

»Joris, hilf mir! Hans sollte weich liegen.«

Joris trat wieder ans Bett. Während Pieter Hans anhob, zog der Gastwirt seitlich das Brett weg. Ängstlich sah Catharina zu, aber Hans schien keine Schmerzen zu spüren. Im Gegenteil, er seufzte leise, als er auf dem weichen Strohsack lag.

Pieter wandte sich Catharina zu. »Ich muss heute Nacht zurück zur Station. Ich komme wieder, sobald ich kann.«

Sie setzte sich erschöpft auf das Bett. »Kannst du den anderen sagen, wie es ihm geht? Ich möchte niemanden sehen.«

Während Pieter und Joris in die Wohnstube gingen, strich sie Hans über das Gesicht, das von den Strapazen der letzten Stunden ganz blutleer war.

Von nebenan drangen Jubelrufe zu ihr und Händeklatschen, das sich nach und nach zu einem Rhythmus formierte. Füße stampften auf dem Boden, wie wenn man zum Tanz bat, und plötzlich setzte eine Geigenmelodie ein. Catharina eilte zur Tür und riss sie auf.

Sofort hörten die Musiker auf zu spielen. Alle Augen in der Wohnstube richteten sich auf sie.

Secunde Gabbema erhob seinen Becher. »Ein Hoch auf Hans! Ein Hoch auf das Brautpaar!«

»Ein Hoch auf Hans und Catharina!«, erklang es vielstimmig.

Gabbema ging auf Catharina zu, zog sie zur Seite.

»Mijnfrouw Ras, es mag nicht angemessen klingen, aber schickt Eure Gäste nicht nach Hause!«, sagte ihr der Stellvertreter des Kapkommandanten mit schmeichelnder Stimme.

»Es gibt nichts zu feiern!«

»Dass Euer Mann überlebt, ist kein Grund?«

»Es ist noch ungewiss, auch wenn ich mir nichts lieber wünsche!«

»Mijnfrouw Ras. Die Menschen hier haben wenig Anlass zur

Freude. Sie sind von weither gekommen und können nichts für das, was geschehen ist. Lasst die Flöte und die Geige spielen! Die *Vereenigde Oostindische Compagnie* würde sich glücklich schätzen, wenn Ihr es möglich macht.«

Überrascht sah Catharina ihn an. Hatte sie einen drohenden Unterton wahrgenommen? Was hatte die Compagnie mit ihrer Hochzeit zu schaffen?

»Die Musik wird Mijnheer Ras gefallen. Sie wird ihn im Schlaf aufmuntern«, fuhr Gabbema anbiedernd fort.

Catharina blickte in die Gesichter der Gäste: Frans, Joris, Jannetje, Neeltjen, Mayken, Remayenne und all die anderen. Es stimmte, alle arbeiteten hart, und Vergnügen gab es wenig.

Fest ergriff Gabbema ihren Arm.

»Mijnfrouw Ras, Euer Schweigen kann ich nur als Zustimmung deuten. Da Euer Vater heute Abend nicht an Eurer Seite sein kann, um die Brautrede zu halten, darf ich ein paar Worte – au!«

Catharina lächelte den *secunde* der VOC unschuldig an, stieß ihren Ellenbogen jedoch vorsichtshalber erneut in seine weiche Seite. Hans hatte in diesem Haus das Sagen. Und wenn er nicht konnte, dann sie.

Also räusperte sie sich und sprach selbst zu ihren Gästen. »Ihr kennt Hans alle länger als ich. Aber ich bin mir sicher, er würde nicht wollen, dass die Speisen umkommen und ihr den weiten Weg umsonst gemacht habt. Also, Musiker, spielt auf!«

Ein Strahlen ging über die Gesichter der Anwesenden. Augenblicklich stürzten sich die Männer zu den in der Anzahl deutlich weniger Frauen, um sie zum Tanz aufzufordern.

»Darf ich?« Gabbema reichte Catharina die Hand und beging damit einen weiteren Fehler in ihren Augen. Empört sah sie auf die weißen schlaffen Finger, dann in die wässrigen blauen Augen. »*Secunde*, verzeiht. Mein Platz ist an der Seite meines Mannes.« Mit hocherhobenem Kopf ging sie in die Schlafstube und warf die Tür hinter sich zu.

Sie wusste nicht, wie lange sie an die Tür gelehnt der fröhlichen Musik und dem Lachen zugehört hatte, als es an diese klopfte. Wenn es wieder Gabbema wäre, sie würde ihn des Hofes verweisen. »Ich bin's, Mayken.«

Catharina öffnete und ließ sie eintreten. Mayken reichte ihr einen der zwei Krüge, die sie in der Hand hielt. »Lass uns auf Hans trinken, dass er wieder gesund wird!«

Catharina nahm ihr den Krug aus der Hand. »Auf Hans!« Sie nahm einen kräftigen Schluck.

»Auf dass wir beide keine Witwen werden!«, sprach Mayken den nächsten Trinkspruch aus. Ohne auf Catharina zu warten, trank sie einen weiteren Schluck. »Kannst du mir verzeihen?«

»Warum dir? Du wolltest ihm die Flasche wegnehmen.«

»Vielleicht war es, weil ich mich zu euch gesetzt habe.«

»Ja, vielleicht. Aber Hans hätte sich nicht zwischen Frans und Thielemann zu stellen brauchen.«

Hans stöhnte, als ob er Catharinas Aussage bekräftigen wollte. Sein Gesicht hatte an Farbe gewonnen, und Catharina hob seinen Kopf an und gab ihm aus ihrem Krug zu trinken. Hans' Augenlider flirrten. »Mehr!«

»Ein gutes Zeichen«, freute sich Mayken.

Mayken hatte es sich auf dem Boden bequem gemacht, während Catharina an Hans' Bett wachte, ihm immer wieder die Stirn kühlte und seine Lippen mit Wasser und Arrack benetzte. Mit fortschreitender Zeit wurde das Singen der Hochzeitsgäste im Nebenzimmer zum Gegröle, das fröhliche Lachen albernes Kichern. Endlich verstummten die Gäste nach und nach, und die Musik hörte auf zu spielen. Leises und lautes Schnarchen waren die neuen Geräusche, in die sich das Keuchen und Stöhnen menschlicher Vereinigung und das nächtliche Zirpen der Zikaden mischte, während hier und da das Kreischen einer Eule auf Beutejagd erscholl.

Catharina war eingenickt, wachte von einem Klappern im Zimmer auf. Von Mayken, die mit offenem Mund leise schnarchte, kam es nicht. Schlaftrunken sah Catharina zu Hans und war augenblicklich hellwach. Es waren seine Zähne, die aufeinanderschlugen. Sie befühlte seine Stirn, erschrak über die glühende Hitze.

»Nein, nein, nicht ins Feuer!«, wimmerte er. »Nicht die Füße ins Feuer.«

Catharina rüttelte an seinen Schultern. »Hans, wach auf!« Die Decke, mit der sie ihn zugedeckt hatte, verrutschte, und Catharina sah, dass sich die Haut am Oberarm rund um den Verband rot gefärbt hatte. Sie wischte über die Rötungen im Glauben, dass es Blut war. Hans stöhnte auf vor Schmerzen, als sie seine Haut berührte. Ungläubig tastete sie die Umgebung der Wunde ab. Hans' Haut knisterte. Sie löste den Verband, hob das Leinenläppchen an und stieß einen schrillen Schrei aus: »Mayken! Mayken!«

Sofort schreckte diese auf. »Was ist?«

Catharina deutete auf Hans' Wunde, in der sich ein blutig schwärzliches, leicht schaumiges Sekret gebildet hatte.

In diesem Moment erklang vor dem Haus ein fürchterliches Gelächter. Catharina lief ein Schauder über den Rücken.

»Eine Hyäne.« Maykens Stimme war tonlos.

»Was macht sie hier?«

»Sie riecht die Verwesung der Wunde, die Aasfresserin.«

Jetzt erst nahm Catharina den süßlich-fauligen Geruch wahr, der im Raum schwebte.

Panik ergriff sie. »Hans stirbt nicht. Sie kriegt ihn nicht. Sie kriegt ihn nicht. Wo ist Pieter?«

Catharina stürmte in die Stube, in der die Gäste schlafend auf Bänken und Boden lagen. Draußen lachte die Hyäne wieder. Catharina riss die Haustür auf. Im Mondlicht stand das gefleckte Tier mit dem gedrungenen Leib und schaute sie aus tief liegenden, schielenden Augen an. Catharina griff nach einer Peitsche, knallte mit dem langen Lederriemen. »Hau ab! Verschwinde!«

Tatsächlich hinkte das Tier ein paar Schritte zurück, fletschte die Zähne. Duckte sich, trat wieder vor.

»Hast du nicht genug?« Wie irre ließ Catharina die Peitsche vorschnellen, ging auf das Tier zu, von dem sie fürchtete, es wäre ein schlechtes Omen für Hans.

Plötzlich sirrten zwei *assegais* aus dem Dunkel, bohrten sich in den Rücken des Tieres. Das Gelächter wich einem Kreischen, in das sich Catharinas Schrei mischte. Zwei weitere Speere flogen zielsicher in den Rücken des Tieres, das strauchelte und keuchend zusammenbrach. Die Hyäne strampelte mit dem Hinterlauf, um aufzustehen. Vergeblich.

Fünf schmale Schatten kamen in einer Reihe auf Catharina zu. An dem Gestank der Gedärme erkannte sie, dass es Khoi waren und keine Geister. Einer von ihnen trug einen Leopardenumhang.

»Oedosoa!« Sie wusste nicht, warum, aber seine Anwesenheit flößte ihr Mut ein.

Oedosoa versenkte seinen *assegai* in den Hals der Gefleckten und erlöste sie von ihren Schmerzen. Das Keuchen erstarb wie die Bewegungen des Beines. Jetzt erst wandte er sich ihr zu.

Als ob nur er ihr helfen konnte, sagte sie: »Hans stirbt! Und Pieter ist nicht da.«

Anstelle einer Antwort des Häuptlings trat ein weiterer Schatten hervor. Es war Eva. Sie musste ihre holländische Tracht schnell über ihren Lendenschurz gezogen haben, denn ihr Kleid hing schief und unförmig über ihrer Hüfte. »Ich helfe dir.«

Eva zog fragend ihre Augenbrauen hoch, als sie die schlafenden Siedler in der Wohnstube sah.

»Was hätte ich machen sollen? Gabbema wollte, dass sie feiern«, entschuldigte sich Catharina.

»Und das haben sie ausgiebig getan, wenn keiner von ihnen von dem Lachen der Hyäne aufgewacht ist.« Eva schüttelte den Kopf.

Sie betraten die Schlafstube, in der der faulige Geruch der eiternden Wunde die Luft beherrschte. Hans rollte seinen Kopf hin und her, immer noch in seinem Fieberalptraum gefangen.

Bei Evas Anblick blitzten Maykens Augen erleichtert auf. »Dem Himmel sei Dank! Du bist da.«

Vorsichtig hob Eva das Läppchen über der Wunde an, atmete scharf durch. »Wundbrand.«

Catharinas Schultern sackten bei dem Todesurteil herab, während Eva in ihrem Beutel kramte und ein Messer hervorholte.

»Nicht zur Ader lassen.« Catharina glaubte nicht an die reinigende Wirkung.

»Das ist die Medizin der Weißen.« Evas Stimme klang abfällig. Sie holte aus ihrem Beutel verschiedene Kräuter, Rinde und eine Knolle.

»Mayken, ich brauche kochendes Wasser.« Eva begann, die Knolle mit einem Messer auf dem Stuhl zu zerteilen.

»Ich kümmer mich.«

»Und lass die Tür auf. Die Luft des Todes muss entweichen können.«

Mayken tat wie ihr geheißen.

Eva wandte sich an Catharina. »Eine Heilkundige meines Volkes hat mich vieles gelehrt. Ich kann versuchen zu helfen, aber nichts versprechen.«

»Tu alles, was in deiner Macht steht, bitte.« Catharina fühlte sich in Evas Gegenwart sicher und vertraute ihr, sah ihr bewundernd zu, wie sie geschickt die Kräuter und die Rinde zwischen ihren Handflächen zerrieb und auf die zerteilte Knolle rieseln ließ.

Kurz darauf kam Mayken mit einem Kessel noch blubbernden Wassers ins Zimmer und stellte ihn auf den Boden. »Evas Volk mag zwar stinken wie Hundehaufen, aber von Kräutern verstehen die was«, sagte sie.

»Mayken!« Catharina verstand nicht, wie sie so despektierlich daherreden konnte.

»Dann hoffe ich, dass ihr Weißen sauberes Leinen habt, das ihr sonst nicht zur Schau tragt«, gab Eva ungerührt zurück, während sie ihr Kräuter-Rinden-Knollengemisch in das Wasser schüttete und ziehen ließ.

Mayken griente, und Catharina erkannte, dass die beiden freundschaftlich plänkelten. »Heute war hier Hochzeit, da sollte es sauberes Leinen geben.« Und schon war sie wieder aus dem Zimmer, um das Gewünschte zu suchen.

Eva nahm Catharinas Hand, führte sie an Hans' Halsschlagader. Sie war kaum zu fühlen, allein ein schnelles, flaches Vibrieren. »Ich mache seine Ader wieder stark und seinen Atem gleichmäßig. Aber dazu muss ich die Wunde reinigen.«

»Ich halte ihn fest!« Catharina legte ihre Hände auf Hans' Oberkörper. Ihre Berührung ließ ihn die Augen öffnen. Glasig irrten sie umher. »Feuer!« Dann wurde er wieder vom Schüttelfrost durchgerüttelt.

»Er redet die ganze Zeit vom Feuer. Und dass wir seine Füße nicht hineinhalten sollen«, sagte Catharina.

»Im Fieber erleben wir häufig unsere schlimmsten Stunden erneut. Wer weiß, was ihm passiert ist?«

Mayken kam mit einem spitzenverzierten Nachthemd zurück. »Das wäre deins für heute Nacht gewesen, Catharina.«

»Jetzt hilft es Hans.« Entschlossen schnitt Eva breite Binden aus dem Hemd, legte sie in den Sud. »Bereitmachen zum Festhalten«, befahl sie den beiden Frauen, nahm ein Messer, schnitt an einer Seite den Faden durch, mit dem Pieter die Wunde genäht hatte, und zog die Wundränder auseinander.

»Was machst du?« Catharina war entsetzt. »Ich lasse nicht zu, dass er noch mal genäht wird.«

Hans wimmerte, versuchte den Arm wegzuziehen, den Catharina fest herunterdrückte.

»Ich muss einen Teil der Wunde öffnen, um den Tod rauszuziehen.« Eva nahm eine Binde aus dem Kräuterwasser, wrang sie aus und legte sie auf die Wunde.

Hans drehte seinen Kopf hin und her. Offensichtlich hatte er Schmerzen.

Vorsichtig hob Eva den Verband am Bauch ab. Auch hier begann sich die Haut rot zu verfärben.

»Wo war das Messer deines Mannes nur zuvor?« Eva schnitt entlang des Fadens und öffnete die Wunde ein wenig, sodass sie das Sekret abtupfen konnte.

»Thielemann säubert sein Messer immer mit Erde, wenn er es benutzt hat«, verteidigte sich Mayken.

»Meine Medizin wird das Böse herausziehen. Aber es ist mächtig, wird sich wehren und nicht gehen wollen. Ich denke, dass wir zwei Sonnenaufgänge um Hans' Leben bangen werden, bevor es besser werden kann. Der Verband muss stets feucht sein. Sobald er trocken ist, musst du ihn wechseln.«

»Bleibst du nicht?« Catharina ertrug den Gedanken nicht, mit ihrem vielleicht sterbenden Mann allein zu sein.

Eva sah sie merkwürdig an. »Willst du es denn?«

»Unbedingt! Aber die anderen draußen ...« Catharina machte eine wegscheuchende Bewegung.

»Um die kümmer ich mich«, sagte Mayken.

18. KAPITEL

Mayken hielt Wort. Bei den ersten Sonnenstrahlen weckte sie die Gäste und schickte sie weg. Catharina blieb bei Hans, während Jannetje, Frans und all die anderen ihre Grüße, ihren Dank und Genesungswünsche für Hans durch die offene Tür schickten.

Stille senkte sich über Haus und Hof.

Eva säuberte erneut die Wunde, aus der schwarzes Sekret trat, während Catharina Hans' Halsschlagader wohl zum tausendsten Mal fühlte. »Sie ist langsamer als in der Nacht.«

»Ein gutes Zeichen, auch wenn noch viel Fieber da ist.«

»Er hat die Nacht überlebt, und nur noch ein weiterer Sonnenaufgang, dann … dann …« Catharina erlaubte es sich nicht, an etwas anderes als Hans' Genesung zu denken, obwohl seine Stirn glühend heiß war.

»Hans hat schon Schlimmeres überlebt. Warum nicht Thielemanns Messer?«, beruhigte Eva sie sanft. »Aber was du wissen solltest, sein Arm wird nicht mehr so sein wie vorher.«

»Wie meinst du das?«

»Das Messer hat einen Muskel durchtrennt. Der Arm wird zittern, wenn er die Muskete stützen muss oder schwere Arbeit verrichtet.« Eva deutete auf die Wunde im Oberkörper. »An diese Wunde wird allein die Narbe erinnern. Seine Eidechse bleibt gesund und schenkt dir viele Kinder.«

Verständnislos sah Catharina sie an. Eva nickte in Richtung von Hans' Geschlecht unter der Decke. Catharina spürte, wie ihr die Röte ins Gesicht stieg. Sie griff an ihr Holzmedaillon und drückte es fest. »Dazu muss er überleben, Eva.«

»Ja, *dat moet hij wel.*« Eva setzte sich auf das Bett. »Geh an die Luft, ich bleib noch einen Augenblick bei ihm.«

Catharina nutzte die Gelegenheit, sich in ihrem neuen Zuhause umzusehen.

Von den Bänken, die gestern an den Wänden in der Wohnstube gestanden hatten, war nur noch eine da, und die Kommode war wieder unters kleine Fenster geschoben worden. Catharina nahm an, dass es Maykens Werk war, genau wie der frisch gefegte Boden. Außer dem Blumenstrauß auf dem Tisch erinnerte nichts mehr an die Feier. Sie strich ihr Kleid glatt, schluckte. Es hätte alles so anders sein können. Sie trat aus der Tür und sah über den Vorhof zum Liesbeek, der die natürliche Grenze ihrer *farm* auf der einen Seite bildete. Die von Sträuchern und Büschen am Uferrand eingerahmte Brücke, die gestern zu Hans' Schicksal geworden war, sah im Sonnenlicht einladend aus.

Sie schaute über sie hinweg zum Seitenhang des Tafelbergs. Trotz ihrer Sorge um Hans durchflutete sie augenblicklich Entzücken. Der blaue Himmel ließ ihn in greifbare Nähe rücken, was sicherlich eine Täuschung war. Oben kahl und flach, drängten sich nicht weit unterhalb des Bergkamms immergrüne Bäume und mit hellgrünem Flaum bedeckte Laubbäume zu einem dichten Wald, der in die Ebene hinabzufließen schien und in blühenden *fijnbosch* überging. Kein Wunder, dass Hans eine Bank unter den *geelhoutboom* gebaut hatte, um dieses Wunder der Natur betrachten zu können. Sie trat die paar Schritte zu der immergrünen Steineibe, die das Haus mit ihren streifenförmigen Blättern beschattete.

»Die Bank ist Hans' Hochzeitsgeschenk für dich.« Mayken war neben sie getreten. »Er hat sie in den letzten Wochen gezimmert, damit ihr an Sonntagnachmittagen hier sitzen könnt.«

Catharina nahm Platz, schaute in die Baumkrone. Ein vorwitziger Sonnenstrahl lugte durch die Blätter, traf ihr Gesicht. Mit welch anderem Gefühl hätte sie hier sitzen können als dem der Sorge um Hans?

Sie sah zu dem ramponierten Hochzeitswagen, den Gäste unter ein Holzdach links vom Haus gezogen hatten. Die Blumengirlanden hingen herunter, teilweise abgerissen. Von den gestern noch bunten Sträußen an den Radnaben waren an der zu ihr gewandten Seite nur noch grüne Stängel zu sehen. *Enthauptet*, durchfuhr es Catharina schaudernd. Schlagartig erinnerte sie sich an die Hyäne. Sie lag nicht mehr vor dem Haus. »Wo ist die Hyäne?«

»Die Khoi haben sie mitgenommen.«

»Sie essen das schreckliche Tier?« Catharina schüttelte sich.

Eva, die gerade aus dem Haus getreten war, hatte ihre Worte gehört. »Ja, das Fleisch schmeckt gut, leicht süßlich. Und das Fell hält warm.« Sie setzte sich neben Catharina auf die Bank. »Es ist besser, wenn nichts von der Stimme des Todes übrig bleibt, um einen Schatten auf Hans werfen zu können. Er schläft jetzt tief und fest.«

Wie schon in der Nacht zuvor beruhigten Evas Worte Catharina.

Rechter Hand befanden sich die Ställe und eine Scheune, die wie das Wohnhaus aus rohen Lehmziegeln gebaut worden waren. Dahinter erstreckten sich unbestellte Felder.

»Gehört das alles Hans?«

»Zu jeder Seite eine halbe Stunde Fußweg«, erklärte ihr Eva.

»Das klingt viel.« Catharina konnte es kaum glauben.

»So viel hat jeder von uns. Denk dran, wir versorgen an die fünftausend Seeleute pro Jahr, die Soldaten der Compagnie, die Kaufleute«, zählte Mayken die Taten der *vrijburgher* auf. »Ach, und bevor ich es vergesse, uns auch.«

»Wie soll ich pflügen und einsäen ohne Hans?« Catharina schaute von Mayken zu Eva. »Ich habe von nichts eine Ahnung.«

»Bis letzte Woche hattet ihr noch einen Knecht. Aber der ist mit der Hoff auf und davon.«

Catharina lachte bitter auf. »Sie brauchten einen neuen *hopelooper*.«

»Ich bleibe erst mal bei dir«, sagte Eva.

Mayken wechselte mit Eva einen Blick. »Ich fahr zur Station. Schau nach Thielemann. Dann muss ich auf meine *farm*.«

Catharina blickte ihr irritiert hinterher, wie sie in den Stall ging, kurze Zeit darauf mit ihren beiden Ochsen wiederkam und sie mit geübter Hand einspannte.

»Fährt sie wirklich?«, fragte sie Eva.

Eva tätschelte ihr den Arm. »Du wirst ihr Handeln noch verstehen.«

Mayken erklomm den Kutschbock. »Eure Ochsen, Catharina, stehen auf der Weide. Sie haben gestern gut überstanden. Nur das Leittier lahmt ein wenig, aber das wird. Eva, wir haben alles, was wir retten konnten, auf den Karren gelegt. Wir sehen uns.« Sie hob die Peitsche, und der Wagen zuckelte davon.

Catharina strich sich übers Haar, konnte sich auf die abrupte Abfahrt keinen rechten Reim machen.

Eva war zum Hochzeitswagen gegangen und kam nun mit einer Kiste Kohlsetzlinge zurück, die Hans und Catharina zur Hochzeit geschenkt bekommen hatten. »Davon gibt es noch mehr. Wir haben genug zu tun, solange Hans uns nicht braucht.«

Nur wenig später stand Catharina hinter dem Haus in einem ungefähr vierzig mal hundert Schritte großen Stück eingezäunten, zum Teil umgegrabenen Land, an dessen Ende ein weiterer schön gewachsener *geelhoutboom* stand. Hinter dem Garten lagen Felder und Weiden, auf denen Hans' Rinder und Schafe grasten, darunter sicherlich auch das Schaf von Oedosoa. Weiter hinten in der Ebene sah Catharina eine grüne Linie, die sich von links nach rechts erstreckte, so weit das Auge reichte.

»Eva, was ist das? Eine grüne Mauer?«

»Eine Hecke. Van Riebeeck hat sie pflanzen lassen aus den Bäumen unserer wilden Mandel- und Weißdornsträucher.«

»Eine Hecke pflanzt man zum Schutz.«

»Ja. Um Löwen davon abzuhalten, Vieh zu reißen.«

»Das ist eine große Hilfe.« An Evas durchgedrücktem Rücken spürte Catharina, dass sie etwas Falsches gesagt hatte. »Was ist?«

»Ich habe dir gesagt, was die Compagnie sagt.«

»Dann sagst du was anderes?«

»Ich sehe anderes. Mein Volk darf seine Rinder nicht mehr auf seinen alten Weidegründen grasen lassen, muss dahin, wo das Gras rau ist.« Sie setzte den Korb mit Setzlingen auf dem Boden ab. »In meiner Sprache gibt es kein Wort für Besitz. Eitsi-Heib hat das Land allen geschenkt.«

Catharina dämmerte der Vorwurf Evas. »Was soll ich deiner Meinung nach tun? Du sagst das doch nicht einfach so.«

Als ob es sie nicht weiter interessieren würde, zeigte Eva auf die frisch umgegrabene Erde. »Hans hat gut vorgearbeitet. Wie es aussieht, setzt er große Hoffnungen in dich als Siedlerin.«

Catharina sah auf die Weißkohlsetzlinge zu ihren Füßen, die mehrere Dutzend Steckzwiebeln und die Säckchen mit verschiedenen Samen. »Ich weiß nicht, wie ich pflanzen soll. Welcher Abstand zwischen den Pflanzen, welche Pflanze mit welcher wächst.«

»Und ich Goringhaicona soll es dir sagen?«

»Wenn du es weißt, bitte. Ich könnte dir im Gegenzug Seemannsknoten beibringen. Wie man Messer wirft, Hängematten knüpft und Netze ausbessert. Das kann dir eines Tages hilfreich sein«, spöttelte Catharina.

Eva sah sie abschätzend an. »Du kannst was für mich tun.«

»Sag's mir.«

»Lerne was von meiner Sprache!«

»Ich werde es versuchen.« Catharina meinte es ernst und begann sofort. »Bedeutet Khoi etwas?«

»Ja. Es bedeutet Mensch. Khoikhoi, wahre Menschen.«

»Oh, dann bin ich ja auch eine Khoi.« Catharina lächelte sie an, doch Eva blieb ernst.

»Du bist eine *!uri-khoi*.«

»Ein Mensch mit irgendwas Blödem dabei.« Catharina senkte die Schultern.

»Ganz wie du es findest. *!uri-khoi* heißt weißer Mensch.«

Evas Mundwinkel gingen nun nach oben, und sie reichte Catharina eine Forke. »Ich habe mit Annetje Bloom, der Frau des Gärtners, zusammengearbeitet. Ich zeigte ihr unsere Kräuter, sie mir das Gärtnern. Sie war eine gute *!uri-khoi* … und Lehrerin. So, als Erstes ziehst du Beetreihen von Nord nach Süd oder von Süd nach Nord. Auf diese Weise bekommen die Pflanzen später die meiste Sonne ab.«

Sobald Catharina eine Beetreihe tief genug gegraben hatte, setzte Eva die Sämlinge im Abstand von zwei Handbreit, anschließend musste Catharina sie festdrücken und Erde anhäufen. Dann bereitete sie die nächste Beetreihe vor, und das Spiel wiederholte sich. Die Arbeit war ermüdend, weshalb ihr schon bald der Rücken wehtat ob der ungewohnten Tätigkeit.

Sie stützte sich auf den Spaten, lockerte ihre steifen Glieder, sah über die brachliegenden Felder. Wenn sie schon bei der vergleichsweise kleinen Gartenfläche müde war, wie sollte sie nur die Felder bestellen ohne Hans? Bevor sie ihre Frage laut stellen konnte, schoss ein großer rotbrauner Hund um die Ecke und stürmte wild bellend auf sie zu. Erschrocken hielt Catharina den Spaten abwehrbereit vor sich. »Stell dich hinter mich!«, schrie sie Eva zu.

Doch diese ging furchtlos auf den riesigen Hund zu. »Riebeck!«

Das wütende Kläffen des Hundes verwandelte sich in ein Wuffen. Der Hund sprang freudig an Eva hoch und leckte ihr schwanzwedelnd die Hand. Auf seinem Rücken verlief ein von der rotbraunen Farbe seines sonstigen Fells abweichender schmaler schwarzer Streifen, und sein Haarkamm wuchs entgegen der normalen Fellrichtung. Einen solchen Hund hatte Catharina noch nie gesehen.

»Du kennst das Vieh?«

Riebeck knurrte in Richtung Catharina.

»Mein Onkel Autshumao hat ihn großgezogen«, erklärte Eva. »Er ist Hans' Hund, war aber die letzten Tage bei Oedosoa. Das macht Riebeck immer, wenn mein Schwager in der Nähe ist.«

»Hans' Hund?«

»Jetzt auch deiner.« Eva klickte schnell etwas zu dem Hund in ihrer Peitschensprache. Riebeck legte den Kopf schief, lief gehorsam zu Catharina.

»Was hast du ihm gesagt?«

»Dass du Hans' Frau bist und er auf dich aufpassen soll.«

Catharina blickte verdutzt in die bernsteinfarbenen Augen des Vierbeiners, die sie nun freundlich ansahen.

»Lass ihn dich riechen!«, forderte Eva sie auf.

Catharina hielt Riebeck ihre Hand hin, und die leberfarbene Nase schnupperte an ihren Fingern. »Warum heißt er Riebeck?«

»Hans wollte, dass Kommandant van Riebeeck nur einmal auf seinen Rat oder überhaupt auf ihn hört.« Eva begann zu kichern. »Er hat es nie getan. Dieser Riebeck tut es. Schau!« Eva hob den Finger, und schwanzwedelnd legte sich der Hund zu Catharinas Füßen.

19. KAPITEL

Um frische Luft und das letzte Tageslicht ungehindert in die Räume dringen zu lassen, hatte Catharina die obere Hälfte der Klöntür offen stehen lassen. Den unteren Teil hielt sie verschlossen, damit Riebeck nicht ins Haus konnte. Beide Vorderpfoten gegen die Tür gestemmt, bellte er unermüdlich, während Catharina den Kräuterverband auf Hans' Arm erneuerte.

»Sein Bellen ist zum Erbarmen.« Eva hielt sich die Ohren zu. »Lass ihn doch rein!«

»Er bringt Dreck ins Haus.« Die Lappen waren nach wie vor voll schwarzem Sekret und die Wundränder immer noch gerötet. Sie berührte Hans' Haut. Das Knistergeräusch war weniger geworden, nicht jedoch das Fieber, das Hans fest im Griff hielt.

Catharina tauchte ihren Finger in den Becher Wasser und benetzte Hans' Lippen. »Er kommt gar nicht zu sich.«

»Wie auch. Du lässt seinen Hund nicht zu ihm. Du redest nicht mit ihm, singst ihm nichts vor. Welchen Grund hat er aufzuwachen?«

Niemand hatte Catharina je etwas vorgesungen. »Singen?«

Eva zuckte mit den Schultern. »Sonst wird er länger krank bleiben.«

»Du meinst wirklich, sein Hund würde ihm helfen?«

»Ich weiß es.«

»Das Bellen ist unerträglich«, gab Catharina vor, um nicht zuzugeben, dass sie es ausprobieren wollte, und öffnete den unteren Teil der Tür.

Freudig stürmte Riebeck an ihr vorbei zu Hans, leckte mit feuchter Zunge seine schlapp herunterhängende Hand. Hans rührte sich nicht. Riebeck stupste ihn mit der Nase an. Nichts geschah, die Finger hingen weiter wie leblos herab. Winselnd legte sich Riebeck neben seinen bewusstlosen Herrn, die Schnauze auf den Pfoten.

»Siehst du.« Catharina hatte ihren Beweis.

»Du richtest das Messer gegen dich. Nicht gegen mich. Wir sehen uns später.« Eva ging in die Wohnstube und schloss die Tür hinter sich.

»Ich kann nicht singen«, vertraute Catharina dem Hund die eigentliche Wahrheit an. »Und ich kenne auch kein Lied«, fügte sie leiser hinzu und setzte sich zu Hans aufs Bett. »Was sollte es auch bringen?«

Riebeck erhob sich und legte seinen Kopf auf ihre Knie. Sie kraulte ihn. »Früher wollte ich gerne einen Hund haben. Einen, der mich beschützt hätte vor Magda.« Sie seufzte. Und ehe sie es sich versah, erzählte sie Riebeck gut gehütete Geheimnisse ihrer Kindheit. Wie sie anfangs geglaubt hatte, dass Magda ihre Mutter gewesen sei, und wie erleichtert, als Berne ihr von ihrer richtigen Mutter erzählte und sie sicher sein konnte, nicht von einer hinterhältigen Gastwirtin abzustammen. Wie das Grab im Armenfriedhof Lübecks zu ihrem Zufluchtsort wurde und sie ohne Berne nicht überlebt hätte. Er hatte beruhigend durch die Kellerluke zu ihr gesprochen und ihr die Angst genommen, wenn Magda sie mal wieder dort eingeschlossen hatte.

»Ich hatte Angst vor der Dunkelheit. Du hast Angst vor Feuer.« Catharina strich ihrem Mann über die feuchte Stirn.

»Durst!«

Catharina war nicht sicher, ob Hans wirklich gesprochen hatte oder sie es sich nur so sehr gewünscht hatte, dass sie es sich nun einbildete.

»Durst!«, kam es erneut leise über Hans' Lippen.

»Gerne.« Catharina gab ihm zu trinken. Hans hielt seine Augen geschlossen. Sie war sich nicht sicher, ob ihre Geschichten ihn geweckt hatten, nicht einmal, ob er noch wach war. »Hans?«

Er antwortete nicht, dennoch sagte sie: »Lass mich bitte nicht allein wie du Maulier!«

Catharina trat vor die Tür. Unzählige Sterne prangten am Himmel, umrahmten den im Dunkeln schwarzen und mächtigen

Seitenhang des Hoerikwaggo. Sie ging zu Eva, die auf der Bank unterm *gelhoutboom* saß, und gemeinsam schauten sie den ziehenden Wolken und den Sternen hinterher.

»Ich habe dir noch gar nicht richtig gedankt«, sagte Catharina schließlich.

»Hast du.«

»Wo kamst du eigentlich so plötzlich her? Du warst in der Kirche, aber nicht auf der Feier.«

Eva strich sich über ihr Kleid, schien zu überlegen. »Ich bin bei der Compagnie nicht mehr gern gesehen. Kommandant van Riebeeck hat Kommandant Wagenaer gesagt, dass ich den Bogen überspanne. Und so verzichtet er auf meine Dienste.«

Catharina sah Eva verständnislos an. »Was hat das mit unserer Hochzeit zu tun?«

»*Secunde* Gabbema war auf eurer Hochzeit. Er ist gegen mich.«

»Gabbema.« An diesen Namen hatte Catharina nicht die besten Erinnerungen. »Wobei überspannst du angeblich den Bogen?«

»Ich übersetze zwischen unseren Völkern. Ich verrate mein Volk nicht. Die Compagnie fordert das. Sie stiehlt meinen Leuten schon das Land, also schaue ich, dass wenigstens die Preise für die Rinder und Schafe stimmen.«

»Das nennen sie den Bogen überspannen?« Wie unterschiedlich Handlungen gesehen werden konnten.

»Wie es aussieht.«

»Was hat Pieter dazu gesagt, dass du nicht mitwolltest?«

»Er hat es verstanden. Er weiß aber nicht, dass ich Oedosoa besucht habe. Ich habe erst kurz vorher erfahren, dass er in eurer Nähe lagert.« Sie zeigte in die Dunkelheit.

»Daher wart ihr hier!« Catharina wurde einiges klar. »Und wo ist deine Tochter?«

»Pieternella ist bei meiner Schwester Kabatsu.«

»Dir habe ich Hans' Leben zu verdanken. Sonst wär er da oben.« Catharina sah zu den Sternen hoch.

»Pieter hat gut genäht. Der Wundbrand ist nicht seine Schuld.«

Der lang gezogene Ruf eines Uhus erklang über der Ebene, und ein nicht gekannter Frieden zog in Catharinas Herz.

»Es ist so schön hier.« Mehr und mehr verliebte sie sich in diesen Flecken Erde. Nicht in die Station mit ihren Schiffen und dem Trubel, sondern in dieses Stück Land zwischen Himmel und Erde.

Catharina wusste nicht, wie lange sie schweigend nebeneinandergesessen hatten und in die Nacht lauschten, aber sie spürte, wie sich der Faden zwischen dem Land, ihr und auch Eva immer enger flocht.

»Du kannst lesen, schreiben. Welche Sprachen sprichst du?«

»Khoi, Niederländisch, Deutsch, ein paar Brocken Englisch und Portugiesisch.« Eva sagte es wie beiläufig.

»Ich bewundere dich.«

»Es gibt nichts zu bewundern. In zwei Welten leben ist ein Fluch.«

»Aber du liebst doch Pieter. Ihr seid verheiratet –«

»Sind wir nicht. Aber du hast recht, ich liebe ihn.« Sie nahm einen Schluck aus der Arrackflasche, die Mayken dagelassen hatte, während Catharina Evas Gesagtes erst verdauen musste. »Mit zwölf hat mich mein Onkel Autshumao zu den Weißen gegeben. Deswegen heiße ich *!Goro/goas*.«

»Krotoa? Ah. So nannte Oedosoa dich.«

»Das heißt ›Mündel‹ in deiner Sprache.«

»Ein Mündel bin ich auch. Meine Mutter starb bei meiner Geburt. Meinen Vater kenne ich nicht. Ich bin bei einer Ziehmutter aufgewachsen.«

»Zwei Mündel in der Nacht.« Eva stand auf. »Wir müssen den Verband wechseln.«

Catharina war sich nicht sicher, ob Eva einfach das Thema wechseln wollte, aber es war tatsächlich an der Zeit, nach Hans zu schauen.

Nach dem dritten Sonnenaufgang war das Fieber so weit gesunken, dass Hans schlafen konnte, ohne von seinen Alpträumen gequält zu werden. Nicht jedes Läppchen war mehr mit dem schwarzen, übel riechenden Sekret getränkt. Dennoch wachten Catharina und Eva in den Folgetagen mit Argusaugen darüber, dass die Verbände alle Stunden gewechselt und die Wunden gesäubert wurden.

Catharina spürte in dieser Zeit, dass Eva weitere vertrauliche Gespräche vermied, und so erwähnte sie umgekehrt ihr gegenüber mit keinem Wort, dass sie mit Hans redete, wenn sie allein mit ihm war. Ihr früheres Leben streifte sie zwar nicht mehr, dafür erzählte sie ihm von der Arbeit auf der *farm*. »Der Regen hat aufgehört. Du solltest die Setzlinge sehen, Hans. Sie sind doppelt so groß wie beim Einpflanzen. Kein Wunder, Sonne und Regen haben sich in den letzten Tagen gut abgewechselt.« Sie nahm das Tuch von seiner Stirn, sah auf sein Gesicht. Es war ihr vertraut geworden, sie kannte jede Falte. Behutsam tupfte sie ihm die Wangen ab. »Ich möchte Bohnen pflanzen, aber …«

»Der Südostwind weht sie um.«

Erschrocken zog Catharina ihre Hand zurück.

Hans schlug die Augen auf. Er wollte sich auf seinen verletzten Arm stützen, unterdrückte einen Schmerzenslaut, fiel zurück. »Verflucht. Was ist passiert?«

»Thielemann hat dich niedergestochen.«

An seinen Augen erkannte sie, dass er sich nicht erinnerte.

»Wir haben geheiratet. Es gab ein Wagenrennen.«

Hans' Blick verdüsterte sich. »Der Streit.«

»Du wärst fast gestorben.«

»Wie lange liege ich schon hier?«

»Zehn Tage.«

»Und du bist ganz alleine?« Seine Stimme klang hilflos.

»Eva ist da. Sie hilft, wo sie kann. Ohne sie und ihre Kräuter hätte ich dich verloren.«

Etwas wie Verwunderung flackerte in seinen Augen auf, war aber sogleich wieder verschwunden.

»Wir müssen säen. Wenn dieser verfluchte Knecht noch da wär. Catharina, du musst zu Mayken und Thielemann.«

»Thielemann sitzt im Schwarzen Loch, bis du wieder auf den Beinen bist.«

»Dann sende die Kunde, dass ich es bin.« Hans' Stimme klang leicht zornig. »Wir brauchen jeden Mann.«

»Er hat dich fast umgebracht.«

»Ich lebe aber, und sie sollen ihn rauslassen. Thielemann kann uns helfen. Er ist mein Freund.«

»Dein Freund? Dein Beinahe-Mörder trifft es eher.« Catharina konnte es nicht glauben. »Mayken ist auch ohne ein Wort auf und davon.«

Eva kam ins Zimmer. Ihre Miene verriet, dass sie den lauten Wortwechsel nicht guthieß. »Wir haben Besuch!«

20. KAPITEL

Catharina erwartete, einen Abgesandten der Compagnie zu sehen und damit Neuigkeiten aus der Kapstation zu erhalten. Überrascht trat sie einen Schritt zurück, als sie Thielemanns Ochsengespann erkannte. Aber nicht Thielemann oder Mayken saßen auf dem Kutschbock, sondern ein weißer Mann mit breitkrempigem Hut. Neben ihm ein schwarzer Sklave mit einem klaffenden Loch anstelle der Nase und Wucherungen dort, wo normalerweise die Ohren saßen. Als Dritte im Bunde des ungleichen Trios erkannte Catharina die junge Khoi, die zusammen mit Eva in der Vollmondnacht ums Feuer getanzt war. Sie saß zu Catharinas Erstaunen auf Lacus' Pferd, einem braunen stämmigen Javapony mit einer weißen Fessel.

Der Weiße lupfte seinen Hut. »Mijnfrouw Ras, ich bin Laurens. Thielemanns Knecht. Mayken schickt mich.«

»Was will Mayken von mir?«, fragte sie mit leicht ärgerlicher Stimme.

»Wissen, wie es Hans geht«, antwortete Laurens.

»Er wird überleben. Ihr könnt zum Fort fahren und es dem Kommandanten sagen. Dann kann Thielemann aus dem Schwarzen Loch, weiter trinken und Freunde abstechen.«

Laurens' Miene blieb unbeweglich. »Mayken will wissen, ob wir beide …«, er nickte zu dem Sklaven und zeigte auf sich, »reichen, um die Felder zu bestellen, oder sie noch einen Mann schicken soll.«

Catharina spürte, wie sie rot wurde.

»Wir sind gestern fertig geworden, sonst wären wir früher gekommen.« Laurens sah hinüber zu Eva. »Du sollst zum Fort! Wagenaer braucht dich. Es liegen viele Schiffe in der Bucht. Engländer. Die trinken und prügeln sich. Pieter flickt sie ohne Pause zusammen.«

»Auf einmal braucht Wagenaer mich.« In Evas Augen leuchtete Freude auf. »Und anscheinend eilig, wenn er das Pferd des *fiscals* mitschickt.«

Laurens grinste sie an. »So isses.«

»Was mach ich, wenn du weg bist?« Catharina wandte sich an Eva.

»Zara wird dir helfen. Pieter oder Lacus werden sie geschickt haben.« Eva zeigte auf die junge Frau, die inzwischen von dem Pony abgestiegen war und schüchtern auf ihre Fußspitzen starrte.

In der Stube packte Eva ihre wenigen Habseligkeiten zusammen und gab letzte Ratschläge. »Laurens soll den Karren reparieren. Du brauchst den Wagen. Und lass die Männer in der Scheune schlafen, Zara bei dir.«

»Wird Laurens mit einem Sklaven unter einem Dach schlafen?«

»Das regeln die beiden.« Sie traten vor die Tür. »Ich habe Zara erklärt, was sie zu tun hat«, sagte Eva.

»Ist sie wie du bei den Holländern groß geworden?«

»Nein. Sie ist erst seit Kurzem im Dienst der Compagnie. Sie hat Neuigkeiten mitgebracht: Lacus heiratet, und Zara wird für seine Frau arbeiten.«

»Hat er es geschafft, Marie de Bucquoij für sich zu gewinnen?«, fragte Catharina.

»Er heiratet eine Lydia van Pape. Sie ist wohl mit ihrem Vater auf einem der Schiffe gekommen.«

»Eine weitere Frau. Wir werden mehr.« Catharina wechselte das Thema, sah Eva an. »Was mach ich ohne dich? Deine Nähe?« Sie hatte Eva lieb gewonnen und die Abende mit einer Frau, vielleicht einer Freundin, genossen. Sie umarmte Eva.

Eva fuhr mit ihrer Hand über Catharinas Arm. »Worte. Wir werden sehen, welchen Bestand sie haben.« Trotz ihrer Aussage drückte sie Catharina fest, dann ging sie gefolgt von dieser nach draußen und schwang sich auf das Pony.

Catharina blickte ihr hinterher, bis sie außer Sichtweite war. Ihr wurde es eng in der Brust. Mit einem Seufzen drehte sie sich zum Haus. Dabei sah sie, dass Zara sie von der Scheune aus beobachtete. Es war aufmerksam von Pieter oder Lacus, ihr Zara zu schicken. Dennoch empfand sie die Geste als ungewöhnlich, ohne sagen zu können, warum. Und das Mädchen behagte ihr nicht.

Ihre Augen mit der Hand abschirmend, blickte Catharina über das Feld. Der Sklave ohne Nase und Ohren, Dirk, hatte wie schon die Tage zuvor den Ochsen vor den Pflug gespannt und zog unermüdlich Furchen, während Laurens ihm mit dem Sähsack folgte und die Getreidesamen breitwürfig ausstreute. Die Unterstützung der beiden hatte einige Sorgen von Catharinas und Hans' Schultern genommen. Während sie mit den Männern gut zurechtkam, wurde sie mit Zara nicht warm. Wie schon am ersten Tag fühlte sich Catharina unter ständiger Beobachtung. Dabei war das Mädchen eine echte Hilfe, nahm ihr das unliebsame Wäschewaschen im Fluss ab, half ihr, die Rinder und Schafe morgens auf die Weide zu bringen und abends zurück in die Ställe, und verrichtete auch sonst jegliche Arbeit, die Catharina ihr auftrug. Nachdenklich schlenderte sie zu den Hühnerställen, um das Federvieh in sein Außengehege zu lassen, kam aber nicht darauf, was sie störte. Vielleicht fehlte ihr einfach nur Eva. Sie ließ die Hühner aus ihrem fensterlosen Stall. Aufgeregt gackernd und den Kopf ruckend, liefen sie ins Sonnenlicht. Es war ein wunderbarer Tag. Hans' Genesung schritt gut voran, und Catharina beschloss, ihn nach draußen zu bringen. Die Wärme würde ihm guttun. Auch war es ihr inniger Wunsch, mit ihm sein Hochzeitsgeschenk einzuweihen und gemeinsam auf der Bank zu sitzen. Sie brach einen Blütenzweig ab, steckte ihn sich ins Haar und ging ums Haus.

Mitten in der Bewegung hielt sie inne. Hans, den linken Arm in einer Schlinge, stützte sich auf Zara, redete auf sie ein. Noch ein wenig wackelig auf den Beinen, aber durchaus nicht kraftlos, ließ er sich auf der Bank nieder, und Zara setzte sich neben ihn. Zorn wallte in ihr auf. Sie wollte die Erste sein, die mit

Hans zusammen auf der Bank saß. Mit raschen Schritten eilte sie auf die beiden zu. »Steh auf!«, herrschte Catharina Zara an, die augenblicklich aufsprang.

»Was hab ich getan?«

Demonstrativ setzte sich Catharina neben Hans. Sie konnte selbst kaum glauben, wie kindisch sie sich benahm. Dennoch war es ihr unmöglich, anders zu handeln. Sie funkelte Zara an, die sich schutzsuchend ins Haus verzog. »Ich wollte mit dir hier sitzen. Bei deinem ersten Mal«, verteidigte sich Catharina im Voraus.

Hans musterte sie. »Ich hab Zara gebeten, mir zu helfen. Ich wollte dich überraschen.«

»Ich mag das Mädchen nicht. Etwas ist um sie«, sagte Catharina und knetete ihre Hände im Schoß.

»Du siehst Geister.« Hans führte ihre Hand zu seinem Mund, presste einen Kuss auf ihren Handrücken. »Danke für alles, was du in den letzten Wochen für mich getan hast. Das werde ich dir nicht vergessen.«

»Ich bin deine Frau«, wiegelte Catharina ab.

»Vor Gott, ja. Aber noch habe ich dir nicht beiwohnen können.« Er drückte ihre Hand. »Hoffentlich bald.«

Catharina wusste darauf nichts Passendes zu erwidern und schwieg.

Hans lehnte seinen Kopf an den Baumstamm, schloss die Augen. Fast sanft sah er aus, das rührte sie an und verunsicherte sie zugleich.

»Du musst Hunger haben. Ich habe Schnüüsch gemacht.«

»Schnüüsch? Ich liebe diese Suppe.« Hans lächelte. »Dabei ist noch gar kein Sommer.«

»Wir hatten eingelagerte Kartoffeln, Möhren. Auf ein paar Gemüse musst du noch verzichten. Aber nicht auf die Milch und ein schönes Stück Speck. Ich dachte, du könntest etwas Heimat gebrauchen.« Sie stand auf, froh, ihm eine Freude bereiten zu können. Vielleicht auch, um ihr Verhalten von vorhin wiedergutzumachen.

An der Tür zum Haus blieb Catharina einen Augenblick stehen, um ihre Augen an den Lichtwechsel zu gewöhnen. Dabei fiel ihr ein Schatten auf, der sich an der Kommode zu schaffen machte. Zara, mit dem Rücken zu Catharina, hatte die mittlere Schublade aufgezogen und band sich gerade ein klimperndes Säckchen unter die Schürze. Mit wenigen Schritten war Catharina bei ihr, packte sie hinten am Hals wie einen Welpen. Das Mädchen schrie erschrocken auf.

»Du Diebin! Ich wusste es.« Catharina riss das Säckchen ab, schüttete den Inhalt auf den Tisch. Ein spanischer Real, niederländische und andere ausländische Münzen fielen klimpernd auf die Holzplatte. Catharina glaubte ihren Augen nicht zu trauen. Vor ihr lag der Wert zweier Rinder.

»Ich hab nicht gestohlen«, verteidigte sich das Mädchen ängstlich. »Ich sollte den Beutel an mich nehmen. Das hat Mijnheer Ras gesagt.«

»Warum sollte mein Mann dir so viel Geld geben?«

»Für Amisha, Mijnfrouw.«

Ein Schlag in die Magengrube hätte nicht wirkungsvoller sein können. Haltsuchend stützte sich Catharina auf den Tisch.

»Es ist anders, als du denkst.« Hans stand im Türrahmen und hielt sich an der Tür fest.

»Mijnheer Ras, ich hab nur getan, was Ihr mir aufgetragen habt«, wimmerte Zara.

»Zara, mach dich draußen nützlich.«

Das Mädchen kam der Aufforderung nur zu gern nach, indessen Hans auf der Bank Platz nahm. »Setz dich zu mir.«

»Ich steh lieber«, sagte Catharina, obwohl ihr Rücken sich anfühlte wie eine wachsende Bohnenstange ohne Kletterhilfe.

»Ich hebe Amishas Geld auf.«

Catharina schwieg verständnislos.

»Du fragst gar nicht.«

»Ich wüsste nicht, welche Frage ich stellen sollte.«

»Amisha würfelt«, sagte Hans.

Catharina hatte keine Idee, was Hans damit sagen wollte.

»Sie würfelt mit den Soldaten im Fort und gewinnt meist.« Hans lachte. »Sie achten mehr auf ihr Gesicht als auf ihre Hände.«

Catharina konnte sich nur zu gut die Blicke der Männer auf Amishas ebenmäßiges Gesicht vorstellen.

»Als Gefangene darf sie das Geld nicht behalten. Deswegen hat sie mich gebeten, darauf aufzupassen.«

»Warum dich?«, fragte sie tonlos.

»Sie weiß, dass ich sie nicht betrügen würde.«

»Aber jetzt will sie ihr Geld zurück.« In Catharina blitzte ein Gedanke auf. »Weil ich da bin? Natürlich. Du bist fast gestorben. Und ich hätte das Geld an mich nehmen können. Ich hätte ja nicht gewusst, dass es ihres ist.«

»So ist es.«

»Warum kommt sie nicht selbst?«

»Sie ist eine Gefangene, Catharina. Ohne Erlaubnis kann sie nirgendwohin. Das wäre ein Fluchtversuch, der mit Folter oder dem Tode bestraft wird. Als sie hörte, dass Lacus Zara zu uns schickt, hat sie die Gelegenheit ergriffen.«

»Und warum hast du das nicht einfach gesagt? Warum diese Geheimniskrämerei?«

»Wie hättest du reagiert?« Hans blickte ihr in die Augen.

Vielleicht weniger verletzt als jetzt, sagte sie in Gedanken zu sich.

»Vermaledeit, Frau. Ich kenn dich kaum.« Hans schien ratlos.

Wie ein Küken seine Schale durchbrach und ungläubig die Welt außerhalb seines Eis erblickte, verstand Catharina auf einmal die rätselhaften Worte Jannetjes, dass Hans sich glücklich schätzen konnte, eine tüchtige Frau zu heiraten und keine, die Männern schöntat und würfelte.

»Und Amisha?« Catharina verschränkte die Arme, stellte beide Füße fest auf den Boden.

»Wie meinst du das?«

»Wie gut kennst du Amisha?«

»Wie gut? Sie war schon da, als ich kam.« Hans suchte sicht

bar nach Worten. »Das Teufelsweib hatte ihrem Liebhaber in Paliacatta 'ne Leiter in den Bauch gerammt. Daran ist er gestorben, und die Garotte hat auf sie gewartet.«

»Warum ist sie dann hier und nicht tot?«

»Gouverneur Maetsuijcker aus Batavia hat sie begnadigt und zu uns ans Kap geschickt, um hier ihre lebenslange Haftstrafe als Sklavin der Compagnie zu verbüßen. Und jetzt arbeitet sie als Wäscherin.«

Einmal im Redefluss, konnte Hans nicht mehr aufhören, von Amisha zu reden. »Sie sagt, dass es Notwehr war. Dass ihr Liebhaber sie bedrängt hat. Wenn sie es nur beweisen könnte! Der Gouverneur in Batavia würde sie glatt begnadigen –«

»Du liebst sie«, unterbrach Catharina ihn.

Augenblicklich verstummte ihr Mann.

»Wart ihr ein Paar?«

»Das dachte ich.« Hans' Stimme klang nüchtern. »Amisha braucht aber einen Offizier. Sie will frei sein. Ich kann ihr nicht helfen, Everard schon.«

Vor Catharinas Augen erschien der groß gewachsene, gut aussehende Mann mit den vollendeten Manieren, der im Gottesdienst ihren Namen wusste, bevor sie sich vorgestellt hatte. »Trotzdem hat sie dir ihr Geld anvertraut.«

»Das hat sie schon immer.« Hans wandte ihr seinen Blick zu.

Catharina wusste nicht, was sie fühlen, was sie denken sollte. »Aber warum dann ich?«

»Es hat sich ergeben. Ich hab erfahren, dass Amisha Everard schon länger sieht. Ich hab sie verflucht und mir augenblicklich eine andere Frau gewünscht. Doch dann habe ich mir ein Herz gefasst und sie selber zur Rede gestellt. Sie hat es mir erklärt. Everard ist ihr Weg zur Freiheit. Dann hat sie es mit mir beendet. Und als ich dich wiedergesehen habe und du uns mit dem Falschspieler geholfen hast, wusste ich, du bist mir geschickt worden.«

»Geschickt worden«, sagte Catharina tonlos. Sie erinnerte sich an ihr Gespräch auf dem Hochzeitswagen. Da hatte Hans ihr anvertraut, dass er sich eine Frau gewünscht hatte. Wahrscheinlich war es doch Gott gewesen, an den er sich gewandt hatte. Gott, der von jeher etwas gegen sie hatte. »Geschickt worden zu was?«

»Dich zu meiner Frau zu machen.«

»Um dein gebrochenes Herz zu richten? Oder gar aus Rache an ihr?« Sie war selbst erstaunt, wie gefasst sie war.

»Catharina, lass Ehrlichkeit dich nicht verletzen.«

»Ehrlichkeit? Du musstest ehrlich sein, weil du ertappt wurdest.«

»Dann passen wir gut zusammen. Habe ich dich bisher gefragt, warum du als Mann ans Kap kamst?«

Catharina schwieg nur einen kurzen Moment. »Ich habe es bei Lacus gesagt. Ich sollte heiraten.«

»Bei mir hast du fast sofort Ja gesagt. War der andere so widerlich?«

»War er!« Das war die Wahrheit.

Hans zuckte die Schultern. »Lass uns den Tatsachen entgegensehen. Du liebst mich nicht, ich liebe dich nicht. Aber wir treten diese Reise gemeinsam an.«

Catharina raffte ihren lästigen Rock, stand auf. Keinen Moment länger wollte sie mit Hans zusammen in diesem Raum sein. »Zara verlässt noch heute das Haus.«

»Habt Dank für die Suppe.« Laurens brach das Schweigen, das das Abendessen über am Tisch geherrscht hatte. Er erhob sich, und seine Haltung ließ erkennen, dass ihm die Frage auf der Zunge brannte, warum Zara die *farm* verlassen hatte. Catharina war nicht bereit, diese zu beantworten, und machte sich ihrerseits daran, den Tisch abzuräumen. »Gute Nacht, Laurens.«

Sobald der Knecht gegangen war, stand Hans auf und ging zur Schlafstube. »Kommst du nachher?«

Anstelle einer Antwort öffnete Catharina die Tür und ließ Riebeck ein, der freudestrahlend zu seinem Herrn lief.

Sie selbst trat vors Haus und lauschte der afrikanischen Nacht mit den ihr mittlerweile vertrauten Geräuschen. Sie setzte sich auf die Bank. Die unzähligen Sterne am Himmel überwältigten sie zwar wie jedes Mal, wenn sie sie sah, aber heute Abend schienen sie ihr zu zeigen, wie klein und bedeutungslos sie war.

Hans liebte Amisha. So war sie sein Notnagel gewesen wie er der ihrige. Aber wie unterschiedlich die Nägel doch waren, die sie in ihr Leben gehämmert hatten und Spuren hinterlassen würden. Hans' Herz war vergeben, und es würde niemals ihr gehören, während sie vor einer Verschacherung geflohen war. Nicht willens, in einer aufgedrückten Ehe zu leben.

Suchte sie etwa Liebe? Bitter lachte sie auf. Nein. Aber sie hatten sich versprochen, es gut zu machen. Und das war doch ausreichend, mehr, als sie in diesem Leben erhoffen konnte. Aber täglich in Hans' Augen mit Amisha verglichen zu werden, denn das tat er gewiss, war einfach schrecklich. Sie hatte nun mal nicht Amishas Körper, nicht Amishas Mandelaugen ... Hans hätte es ihr sagen müssen. Ihr Geheimnis hatte keinerlei Einfluss auf die Gegenwart, auf ihre Ehe. Seines schon.

Vor den Feldern bewegte sich eine schwarze Silhouette. Es war Dirk, der mit dem Rücken zu ihr stand. Einem Impuls folgend, ging sie zu ihm. Er drehte nicht einmal den Kopf, als sie neben ihn trat, machte aber Anstalten zu gehen.

»Nach welchem Stern schaust du?«, fragte sie ihn, um ihn am Gehen zu hindern.

Folgsam zeigte Dirk in Richtung Norden. »Auf alle, die über meiner Heimat stehen.«

»Wie heißt sie, deine Heimat?«

»Guinea.«

»Du bist schon lange hier?«

»Fünf Sommer.«

Catharina sah in Dirks verunstaltetes Gesicht. Sklaven wurden nach spätestens drei Fluchtversuchen die Nase und die Ohren abgeschnitten. »Du musst deine Heimat lieben.«

Dirk schwieg, und Catharina schüttelte beschämt den Kopf. »Natürlich liebst du sie. Du warst frei.«

»Kann ich gehen, Mijnfrouw?«

»Natürlich.« Während Dirk ging, schaute sie ebenfalls nach Norden, dorthin, wo Lübeck lag, und horchte in sich hinein. Trotz ihres Zerwürfnisses mit Hans zog sie nichts zurück in die Hansestadt. Hier war jetzt ihre Heimat. Sie wollte sich etwas aufbauen, auf dieser *farm*, auf diesem Land. Der Mann hatte sie enttäuscht, das Land nicht.

Das Medaillon brannte auf ihrer Haut. Sie nahm es ab, wog es in ihrer Hand. Es fühlte sich nicht richtig an, es zu tragen. Überdies wusste sie nicht, ob es nicht vorher Amisha gehört hatte. Nachdenklich schritt sie zum Haus zurück und legte das Medaillon in die Kommode, an die Stelle, an der Hans Amishas Geldsäckchen aufbewahrt hatte.

Catharina hatte auf der Bank in der Stube geschlafen und war dabei, Brot, Käse und Wasser auf den Tisch zu stellen, als Hans in die Stube trat. »Guten Morgen, Frau.«

»Ich werde Laurens und Dirk heute helfen«, verkündete sie, anstatt den Gruß zu erwidern.

Während sie die ihr verhasste Haube auf die Kommode legte und sich die Haare zusammenband, fühlte sie seinen Blick auf sich ruhen. Sie drehte sich zu ihm, kampfbereit wie ein Hahn. Doch Hans sagte nichts, schaute sie nur an. Sein Blick wanderte zu ihrem Hals, verdunkelte sich. Catharina spürte, wie Groll in ihr hochstieg. Sie wollte die Oberhand behalten, fühlte sich im Recht. Die Waage sollte sich nicht zu seinen Gunsten senken, weil sie durch das Ablegen der Kette zeigte, dass sie sich nicht als seine Frau sah. Nicht sie sollte sich schuldig fühlen, sondern er. Ohne ein weiteres Wort verließ sie das Haus.

Laurens und Dirk hatten den Ochsen bereits vor den Pflug gespannt und wollten aufs Feld ziehen.

»Laurens, zeig mir, was ich machen kann.«

Weder der Knecht noch der Sklave wirkten verwundert, obwohl sie es bestimmt waren. Stattdessen gab Laurens ihr seinen

Sähsack. »Hier. Ich mach den anderen Pflug fertig. Wir werden heute weit kommen.«

Riebeck kam kläffend angerannt, sprang freudig an ihr hoch. Sie tätschelte ihm über den Kopf, als ein scharfer Pfiff ertönte. Augenblicklich ließ Riebeck von ihr ab und rannte zu Hans, der ihn mit dem Pfiff zu sich gerufen hatte. Langsam drehte sie sich zu ihm um, und sie maßen sich mit ernsten Blicken. Hans wandte sich als Erster ab.

21. KAPITEL

In den nächsten Tagen ging Catharina Hans aus dem Weg. Tagsüber war dies ohne Probleme möglich, denn das Einsäen des Weizens, das Versorgen der Ochsen und die Pflege ihres Gemüsegartens erforderten ihre ganze Zeit. Abends redete sie nur das Notwendigste mit ihm. Allerdings zeigte ihr Mann ebenfalls wenig Interesse, das Wort an sie zu richten, und redete allein mit Laurens.

Nach mehr als einer Woche waren die Felder gepflügt und eingesät, und es war an der Zeit, dass Laurens und Dirk zurück zu Mayken und Thielemann gingen.

Mit einem Kloß im Hals sah Catharina, wie Laurens am frühen Morgen auf den Kutschbock stieg. Der Moment war gekommen, mit Hans allein auf der Farm zu sein.

»Mijnfrouw Ras.« Laurens tippte zum Abschied an seinen Hut. »War mir ein Vergnügen, mit Euch zu säen.«

»Wenn die Ernte eingefahren ist, zeig ich mich erkenntlich«, versprach Hans.

»Is nich nötig. Aber willkommen.« Laurens grinste ihn an, hob die Zügel.

Dirk hatte auf der Ladefläche Platz genommen und winkte ihnen zum Abschied zu.

Catharina spürte, dass Hans genauso angespannt war wie sie, wie sie so schweigend dem davonzuckelnden Karren hinterherblickten. Sie wartete darauf, dass er etwas sagte. War es doch in ihren Augen an ihm, etwas wiedergutzumachen. Doch Hans erfüllte ihre Erwartungen nicht, drehte sich um und ging ins Haus. Catharina ballte ihre Hände, nicht wissend, was sie unternehmen sollte, und blieb wie ein verwurzelter Baum stehen.

Mit seiner Muskete und umgehängtem Bandelier trat Hans aus dem Haus und pfiff nach Riebeck. Die Schwarzpulverkegel des Tragegurts klapperten aneinander, als Hans mit dem Hund in Richtung Felder ging und sie weder eines Wortes noch eines Blickes würdigte.

Ignoriert zu werden behagte Catharina ganz und gar nicht. Sie mussten einen Weg finden, miteinander umzugehen. Da sie die Kette mit dem Medaillon abgelegt hatte, sollte sie vielleicht doch den ersten Schritt machen? Noch einmal mit ihm reden, ein Gespräch suchen? Sie pustete ihren Atem in die Luft. Bevor sie eine Entscheidung treffen konnte, erregte eine kleine Staubwolke jenseits der Brücke ihre Aufmerksamkeit. Ein Reiter näherte sich. Sie erkannte die grobschlächtige Gestalt mit dem breitkrempigen Hut beinahe sofort: Thielemann.

Nur wenige Meter vor ihr hielt er sein Pferd an. »Ich will mich entschuldigen. Bei dir und bei Hans. Wo steckt er?«

Catharina legte größtmögliche Verachtung in ihren Blick, verschränkte die Arme. »Er ist übers Feld. Will jagen.«

»Das passt.« Thielemann lachte. »Wir bringen dir was Schönes mit, wenn wir zurückkommen.« Schon gab er seinem Pferd die Sporen, galoppierte ohne Rücksicht über die ersten grünen Pflänzchen der frisch bestellten Felder.

Die Nase auf dem Boden, zog Riebeck am Strick. Der Hund war mit eingezogenem Schwanz ohne Hans zur *farm* zurückgekehrt, und Catharina hatte sich aufgemacht, ihren Mann und Thielemann mit Hilfe des Hundes zu suchen. Denn sie war sich sicher, dass die Männer gemeinsam unterwegs waren. Dass Riebeck jetzt auf die Bittermandelhecke zusteuerte, gefiel ihr überhaupt nicht. Sie erreichten das weiß blühende undurchdringliche Gestrüpp aus Bäumen und Sträuchern, das die Grenze der Kolonie markierte.

Riebeck lief zielsicher auf eine bestimmte Stelle zu, als wäre er in ein Geheimnis eingeweiht. An frischen Hufspuren und heruntergetretenem Gras erkannte sie, dass ein Pferd hier entlanggekommen war. »Gut gemacht, Riebeck.«

Sie folgte dem kaum erkennbaren Trampelpfad, stieg über die quer wachsenden, armlangen Äste.

In wenigen Jahren würde diese Hecke nur noch schwer zu durchqueren sein, dann würde sie die Siedler nicht nur wirksam vor wilden Tieren und Angriffen der Einheimischen schützen, sondern es ihnen auch unmöglich machen, die Station zu verlassen, ohne sich bei den Wachtposten abzumelden. Drei Wachtürme hatte die VOC entlang der Hecke errichtet, durch die man offiziell in das weitgehend unerforschte Hinterland des Kaps gelangte. Einer davon lag ganz in der Nähe ihrer *farm* und wurde Ruiterwacht genannt.

Ein letztes Mal schlug Catharina einen dornigen Zweig beiseite, dann stand sie auf der anderen Seite, blickte auf die rauen Gräser. Hier begann das neue Weideland der Khoi, nachdem die Niederländer sie von den fruchtbaren Wiesen rund um den Tafelberg vertrieben hatten.

Ihr war mulmig zumute, und sie überlegte umzukehren, da begann Riebeck, wie wild an dem Strick zu zerren. Sie konnte ihn nicht halten, und er schoss laut bellend davon.

»Riebeck!«, schrie sie ihm hinterher. Der Hund hörte nicht, weshalb sie sich gezwungen sah, ihm hinterherzurennen. Die Regenfälle des Frühlings hatten die Wiesen in eine Sumpflandschaft verwandelt. Im Gegensatz zu Riebeck, der über das Gras zu fliegen schien, kam sie kaum voran, sank mit ihren Holzschuhen immer wieder ein.

Das ungewohnte Laufen strengte sie an. Keuchend hielt sie sich die stechende Seite. Der Wind trug ein Pfeifen zu ihr sowie Rufe und Riebecks Bellen. Sie raffte ihren Rock und lief auf eine kleine Anhöhe.

Keine hundert *Amsterdamer Roeden* von ihr entfernt wuchs eine Baumgruppe. Unter einem dieser Bäume, einem *ijzerhout*, stand ein graues Ungetüm mit zwei Hörnern auf der Nase. Von ihm kam das gereizte Pfeifen. Es war bis zu den Knien im Morast eingesunken. Ein Speer steckte in seinem Oberschenkel, und es versuchte, seine Beine aus dem Sumpf zu ziehen.

Drei Khoi, darunter Oedosoa, umringten das Tier aus sicherem Abstand, hielten ihre *assegais* gezückt, bereit, diese zu werfen. Riebeck lief bellend um das graue Ungetüm herum, während Hans nur wenige Mannlängen vor dem Kopf des Tieres stand. Er hatte die Muskete auf einen Stein gestützt und zielte auf das Ungetüm. Thielemann stand im Rücken des Kolosses mit umgehängter Muskete und feuerte die Buschmänner an. »Tötet das Nashorn!«

Flammender Zorn durchfuhr Catharina. Wie konnte Hans sich nur solcher Gefahr aussetzen und Thielemann sich fein raushalten?

Ungeachtet der Gefahr für sich selbst rannte sie den Hügel hinab.

»Hans!« Selbst aus der Entfernung glaubte sie, ein Lächeln auf seinem Gesicht zu sehen.

»Du willst zusehen?«

»Dafür habe ich dich gesund gepflegt?«

Hans sah sie mit hochgezogener Augenbraue an. »Ob du es glaubst oder nicht, ich tu das hier für dich!«

»Für mich?«

»Für dich!«

Entgeistert sah sie zu dem Nashorn, das zu verschnaufen schien, denn es hatte das Pfeifen eingestellt. »Erklär es mir!«

Hans nahm die Muskete vom Stein, marschierte auf den *ijzerhout* zu.

Catharina sah ihrem Mann entgeistert hinterher, der seine Waffe im Gehen auf den Rücken schnallte, das Nashorn weiträumig umrundete und trotz der Armverletzung scheinbar leicht den Stamm des Baumes erklomm. Sie hielt den Atem an, als er zum Astende robbte, das keine zwei Armlängen über dem Nashorn hing.

Das graue Ungetüm witterte Hans. Leben kam in das Tier. Es durchpflügte den weichen Boden, schleuderte nasse Erde um sich. Ein Erdklumpen traf Hans.

Erschrocken schrie Catharina auf: »Komm sofort zurück!«

»Halt den Mund. Willst du, dass er fällt?«, herrschte Thielemann sie an, der neben sie getreten war.

»Willst du ihn heute umbringen?« Auch wenn Hans Thielemann verziehen hatte, sie hatte es nicht. »Warum kletterst du nicht hoch und schießt?«

Wütend legte das Nashorn sein ganzes Gewicht nach links, um ein Bein herauszuziehen. Dabei verdrehte es den Kopf. Augenblicklich flogen die *assegais* der Buschmänner. Einer traf die weiche Stelle am Hinterkopf. Das Nashorn brüllte auf vor Schmerz. Sein Pfeifen wurde zu einem blasenden Tönen. Blindwütig versuchte das Tier, sich aus dem Schlamm zu befreien, senkte den Kopf und schleuderte mit Erde nur so um sich.

Hans saß rittlings auf dem Ast, zielte auf die Wunde am Nacken, die der Speer hinterlassen hatte. Catharina sah, wie sein linker Arm zitterte. Sie hielt den Atem an, während Hans die Bewegungen des Tieres mit der Muskete verfolgte. Ein Schuss knallte. Schlagartig hörte das Nashorn auf zu brüllen, sackte zusammen. Die Stille hielt ein paar friedliche Sekunden. Dann, mit einem dumpfen Grunzen, das aus der Hölle zu kommen schien, erhob sich das Tier aus dem Sumpf.

»Lauf!«, rief Thielemann Catharina zu. »Lauf!«

Sie rannte hinter den Stein, auf den sich Hans gestützt hatte.

Taumelnd, aber rasend fand das Nashorn festen Boden unter den Füßen, fokussierte blind vor Wut den *ijzerhout*. Hans stopfte hektisch die Muskete für den nächsten Schuss.

Im kurzen wilden Galopp raste das Vieh auf den Baum zu, ließ den Baum unter seinem tonnenschweren Gewicht erzittern. Catharina schrie. Hans verlor das Gleichgewicht, klammerte sich jedoch mit der rechten Hand an den Stamm. Sein linker Arm schien kraftlos zu sein, und seine Muskete hing harmlos an der Leinenhalterung herab. Mit sicherem Instinkt umging das Tier den Sumpf und rammte den Baum erneut. Die *assegais* der Khoi flogen durch die Luft, schienen dem Tier jedoch nichts antun zu können.

»Tu was!«, brüllte Catharina Thielemann an, der sich wie sie hinter den Stein drückte. »Deine Muskete ist geladen.«

Das Nashorn hielt inne, spitzte die Ohren, drehte sich in ihre Richtung.

Es senkte den Kopf und rannte mit seinem die Erde streifenden Horn auf den Stein zu, hinter dem Catharina und Thielemann sich versteckten. Catharina entriss Thielemann seine Muskete, legte sie auf dem Stein ab, zielte und schoss dem Tier zwischen die Augen.

Es war der erste Schuss ihres Lebens, und der laute Knall tat ihr in den Ohren weh. Das Nashorn wankte. Die Muskete fest umklammernd, blickte Catharina in die kleinen zornigen Augen des Kolosses. Ihre Ohren schienen taub. Deshalb glaubte sie womöglich nur, einen zweiten Schuss zu hören. Der Rauch, der aus Hans' Muskete kam, konnte jedoch kein Trugschluss sein. Hans hatte seine Muskete nachgeladen und einen weiteren Schuss platziert. Das Ungetüm taumelte, fiel auf die Seite.

Langsam schlossen sich die Augenlider über seinem wutschäumenden Blick.

Thielemann klopfte ihr auf die Schulter. »Mordsweib.«

Mit einem Jubelschrei sprang Hans vom Baum herunter.

Wie die Khoi rannte er zu dem Nashorn und zückte sein Messer. Catharina zitterte wie Espenlaub und fühlte sich auch wie welches, indessen Hans das Horn aus dem Fleisch schnitt.

Schwallartig stieg ihr Mageninhalt hoch, und sie erbrach sich. Da ihre Beine nachgaben, lehnte sie sich an den Stein, schlang die Arme um sich.

Während die Khoi begannen, den Kadaver aufzubrechen und zu verwerten, kam Hans mit dem Horn auf sie zu. »Großartiger Schuss.« Seine Augen leuchteten vor Jagdfieber. Er schwenkte ein Horn des toten Kolosses vor ihren Augen. »Für dich!«

Catharina hob ihre Hand und schlug ihm ins Gesicht.

Hastig stopfte Catharina ihre Habseligkeiten in ihr Bündel, während in ihrem Kopf das Nashorn wieder auf sie zurannte. Ihr kalter Schweiß stank nach Angst. Sie wollte nur noch weg.

In die Kapstation und sich Wagenaers Stieftochter zu Füßen werfen. Ihr vorschlagen, nach Batavia zu segeln. In eine zivilisiertere Gesellschaft, weg von ihrem unberechenbaren Mann und den wilden Tieren, die hier in Afrika zu Hause waren. Sie schwang sich auf den Bock des Ochsenwagens und schnalzte laut mit der Zunge. Die beiden Tiere setzten sich in Bewegung, zuckelten über die Brücke, dann entlang des Liesbeek. In gut einer Stunde würde die Dämmerung einsetzen. Sie musste sich sputen, um so wenig Zeit wie möglich im Dunkeln zu sein. Als der Wagen die Biegung erreichte, schaute Catharina noch einmal zurück und schluckte. Der Hof lag friedlich in der spätnachmittäglichen Sonne, die Ochsen und Schafe grasten auf den Weiden. Wehmut ergriff sie ob all der Arbeit, die sie in das Land gesteckt hatte. Vielleicht handelte sie zu schnell, aber sie wollte ihren Mann nicht mehr sehen. Er sie sicherlich auch nicht, schließlich hatte sie ihn vor Oedosoa und Thielemann mit ihrer Ohrfeige gedemütigt. Sie blickte wieder nach vorn, riss an den Zügeln.

Keine zehn *Amsterdamer Roeden* vor ihr standen Hans und Riebeck mitten auf dem Weg, wie aus dem Boden gewachsen.

Die hölzernen Pulverbehälter an den Lederschnüren des Bandeliers klapperten aneinander, als Hans federnden Schrittes auf sie zukam. Seine Kleidung und Stiefel waren schlammbedeckt, die Muskete hielt er locker in der Hand.

»Geh mir aus dem Weg!« Ihre Stimme klang fest.

»Du willst mich verlassen?« Hans schien ganz ruhig zu sein. »Das sind meine Ochsen.«

»Ich lasse sie bei Joris, sobald ich in der Station bin.«

»Ich kann dir verbieten zu gehen.«

Catharina sprang vom Bock ab. »Dann gehe ich zu Fuß.«

»Du meinst es wirklich ernst.«

»Ich weiß es nicht.« Catharina ballte die Hände zur Faust. »Ich weiß gar nichts mehr.«

Riebeck setzte sich zu ihren Füßen.

Hans ergriff die Zügel des Leittieres, strich ihm über den

Hals, und als er sprach, schien er zu dem Tier und nicht zu ihr zu sprechen. »Wir hatten wahrlich keinen guten Anfang.«

»Es wird auch kein gutes Ende nehmen.«

»Das werden wir sehen, wenn das Ende kommt«, sagte Hans lapidar. »Es tut mir leid. Es war zu viel für dich.« Er machte eine Pause, dann fuhr er fort: »Ich wollte dir ein Geschenk machen. Ein Löwenfell.«

»Ein Löwenfell als Geschenk? Warum?« Catharina schüttelte verständnislos den Kopf.

»Um dir zu zeigen, dass ich neu anfangen möchte. Mit dir. Und dann kam Thielemann mit besseren Neuigkeiten.« Hans grinste. »Wann kriegt man schon ein Nashorn? Wir gehen den rasenden Dickhäutern aus dem Weg. Und dann bleibt eins im Sumpf stecken. Besser geht's nicht.«

»Besser geht's nicht?« Catharina wiederholte seine Aussage stumpfsinnig. »Wie kannst du überhaupt mit Thielemann auf Jagd gehen? Gerade mit Thielemann?«

»Er ist mein Freund.«

»Wie kann er das noch sein?«

»Du lebst noch nicht lang genug hier.«

»Ich will auch nicht länger hier leben. Mir ist alles fremd. Ich –«

Hans blickte sie nun unvermittelt an. »Catharina, Thielemann ist auf den Hof gekommen, um etwas wiedergutzumachen. Das Nashorn war ein Geschenk von ihm an mich. Und das Horn ist ein Geschenk von mir an dich.«

»Sich in Gefahr zu begeben ist ein Geschenk? Und was soll ich verflucht noch mal mit einem Horn?«

»Ich will dir daraus ein Trinkgefäß schnitzen, wie es keins von hier bis Batavia gibt. Damit du siehst, dass ich es ernst meine mit dir.« Hans' Stimme klang rau. »Und ich möchte mit dir eine *farm* aufbauen, von der man noch in Jahrhunderten redet.«

»Was für ein Unsinn. Das ist eine Ausrede.«

»Ich brauche keine Ausrede, du kratzbürstiges mageres Geschöpf.« Mit einem Ruck zog er sie in seine Arme. Riebeck begann zu bellen. »Und ich weiß noch was. Es wird Zeit, dass du ganz meine Frau wirst.« Er ignorierte seinen Hund, presste seinen Mund auf den ihren. Erst fordernd, ohne Widerspruch duldend, dann immer weicher. Seine Zunge lockte sie, ihren Mund zu öffnen. Er roch nach Schweiß, Blut, nach Mann, schmeckte nach Loslassen und Vertrauen. Langsam öffnete sie ihre Lippen und erwiderte seine Küsse.

Sie erwachte von einer feuchten Zunge, die ihre Hand leckte, und blickte in die bernsteinfarbenen Augen Riebecks, der vor dem Bett saß. »Wuff«, machte er, bevor er die Decke herabzog und ihren nackten Oberkörper freilegte. Rasch griff sie nach ihr, um sich zu bedecken. Ihr Gesicht brannte bei dem Gedanken an letzte Nacht. Hans! Ihr Mann lag nicht mehr neben ihr im Bett. Rasch warf sie sich ihr Kleid über, bändigte ihr Haar. Im Hinausgehen blieb sie an der Kommode stehen, zog die Schublade auf. Das Medaillon lag dort, wohin sie es gelegt hatte. Behutsam strich sie über das Schmuckstück, zögerte jedoch, es anzulegen. Da, wo es lag, war es im Augenblick besser aufgehoben. Sie würde es wieder anlegen, irgendwann. Aber dann sollte es für immer und, ja, vielleicht auch mit einem Liebesgefühl verbunden sein. Sie runzelte die Stirn, staunte über sich. Kaum hatte sie eine Nacht mit ihrem Mann verbracht, glaubte sie auch schon, sie könnte geliebt werden.

Über die halbe Klöntür hinweg sah sie Hans in der Morgensonne auf der Bank sitzen, am Horn schnitzen. Ein warmes Gefühl durchfuhr sie, und sie fragte sich, wie er die Nacht wohl empfunden haben mochte. Unschlüssig, wie sie ihm begegnen sollte, trat sie zurück und auf Riebecks Pfote. Sein Heulen ließ Hans aufschauen.

»Komm zu mir, Catharina!« Sein scheinbarer Befehl klang eher wie die Bitte eines kleinen Kindes, das sich sehr wünschte, sein Wunsch möge in Erfüllung gehen.

Ein wenig bang ging sie zu ihm. Im Gegensatz zu ihr schien er in keiner Weise irritiert zu sein.

»Schau!« Er zeigte ihr ein Blütenblatt, das er ins Horn geschnitzt hatte. Das filigrane Blatt zeigte eine Fertigkeit, die sie Hans' breiten Händen nie zugetraut hätte. Genauso wenig wie die zärtlichen Berührungen, mit der er sie in der letzten Nacht liebkost hatte. Sie schluckte.

»Rund um das Horn schnitze ich die Blüten der Sternblume. Sie duftet so wunderbar und gehört verewigt.« Er drückte ihr das Horn mit der Spitze nach unten in die Hand. »Halte mal!« Er strich ihr zart über die Hand. Ihre Finger fassten ob der Berührung das Horn so fest, dass die Knöchel weiß hervortraten. Hans nahm sein Messer und ritzte genau oberhalb ihrer Hand eine Markierung quer in das Horn.

»Hier werde ich ein Relief reinschnitzen. Vielleicht die Silhouette des Tafelbergs. Oder unser Haus. Unser Bett.« Er nahm ihr das Horn aus der Hand, zog sie auf seinen Schoß und küsste sie. Da seine Ärmel dabei nach oben gerutscht waren, konnte sie seine Brandnarben sehen. Leicht fuhr sie mit ihrem Finger über seinen Unterarm. Die Narben waren nicht so wulstig und viel heller als die auf seinem Bauch. Diese hatten sich letzte Nacht rau an ihrer Haut gerieben, als Hans sie zu seiner Frau gemacht hatte.

»Woher hast du die Narben?«

»Das ist lange her«, wich er aus.

»Haben sie mit dem Feuer in deinen Alpträumen zu tun?«, fragte Catharina weiter.

»Wie kommst du darauf?«, fragte Hans fast schroff zurück und rollte die Ärmel herab.

Catharina spürte die unsichtbare Wand, die ihre Frage in rasender Geschwindigkeit hochgezogen hatte. Sie blieb auf seinem Schoß ruhig sitzen, überlegte, wie sie das entstandene Schweigen wieder brechen konnte. Da spitzte Riebeck die Ohren und lief kläffend zur Brücke. Zwei berittene Soldaten näherten sich in scharfem Galopp der *farm*.

Hans schob Catharina von seinem Schoß, stand auf. Als die Soldaten über die Brücke ritten, donnerten die Hufe der

Pferde auf dem Holz. Vor Hans und Catharina zügelten sie ihre schweißbedeckten Tiere.

»Mijnfrouw Ras«, grüßte der erkennbar ranghöhere Soldat Catharina. Dann wandte er sich an Hans: »Mijnheer Ras, Ihr seid verhaftet.«

22. KAPITEL

Catharina war wegen Hans' lebensbedrohlicher Verletzung seit ihrer Hochzeit nicht mehr in der Station gewesen und nun überrascht, wie anmutig die kleine Siedlung im beginnenden Kapsommer wirkte. Sklaven ernteten im Compagniegarten das erste Gemüse für die drei Ostindienfahrer, die in der Tafelbucht ankerten. Drei Segler waren eine übliche Flottenzahl, um sich gegenseitig auf dem Weg nach Patria vor Feinden zu schützen oder sich nach Stürmen zu Hilfe zu kommen.

Die Schiffe lagen tief im Wasser. Schwer beladen mit den Waren Asiens, den Säcken voller Gewürze, die die Compagnie reich machten. Catharina verschwendete keinen Gedanken an die Muskatnüsse, Zimtstangen und Pfefferkörner; sie kreisten vielmehr um die Verhaftung. Die Schauder der Angst, die sie bisher unterdrückt hatte, krochen nun unaufhaltsam in ihr hoch. Sie wusste nicht, was Hans zur Last gelegt wurde. Freilich musste es gravierend und vor ihrer Ehe geschehen sein.

Sie hielt vor den Toren des Forts, band die Tiere an einem Pfosten fest. »Alles wird gut!«, flüsterte sie dem Leittier und sich selbst zu und strich ihm über die Nüstern. Mit gestrafften Schultern ging sie festen Schrittes zum Tor und nickte den beiden Wachsoldaten zu. Ungehindert ließen sie sie passieren. Der Exerzierplatz lag leer und staubig in der Mittagssonne. Ganz anders als zu ihrer Hochzeit. Da war sie durch das Spalier der Soldaten gerannt, und Kommandant Wagenaer, seine Frau und Stieftochter hatten höflich Applaus gespendet. Derselbe Kommandant hatte jetzt ihren Mann verhaften lassen.

Sie überquerte den Platz. Je näher sie dem gefürchteten Verlies kam, desto schneller pochte ihr Herz. Über der Tür zum Kerker sah sie das umgekehrte Hufeisen. Wer hier durchgehen musste, den hatte das Glück verlassen. Catharina schüttelte ihre Beklemmung ab und trat ein. Die Luft roch abgestanden und muffig. Wenige Fackeln beleuchteten den Raum. Ein Wärter, dessen Bauch gerundet war wie eine Kanonenkugel, saß an einem schweren Holztisch. Sie meinte, der Wärter müsse ihr pochendes Herz hören, doch er polierte trotz ihrer Anwesenheit konzentriert sein Schlüsselbund mit einem Tuch.

»*Goede dag!*«

Gelangweilt blickte der Wärter von seiner Arbeit hoch. »Was wollt Ihr, Mijnfrouw?«

»Ich möchte zu Hans Ras.«

»Ras und Thielemann dürfen keinen Besuch empfangen.«

»Thielemann ist auch hier?« Damit hatte Catharina nicht gerechnet.

Der Wärter spuckte durch seine Zahnlücke auf den Boden. »Stammgast. Sollte anfangen, für Unterkunft und Essen zu zahlen.«

»Wenn es darum geht, dass Thielemann meinen Mann niedergestochen hat: Es muss ein Versehen vorliegen …«

»Geht um was anderes!«

»Und um was?«

Der Wärter zuckte missmutig mit den Schultern. »Weiß nicht alles. Nur, dass sie aufs Pferd sollen.«

»Aufs Pferd?« Catharina erschauerte. Sie kannte das hölzerne Folterinstrument, dessen Rücken mit Eisenspitzen gespickt war. Die Verurteilten wurden mit Gewichten an den Füßen auf diese gesetzt und langsam, aber unaufhaltsam aufgespießt. Die Spitzen durchtrennten die Nerven der Beine genau wie die der Muskeln. Häufig konnte ein Delinquent danach nicht mehr gehen, manchmal nie wieder. Sie musste zu Lacus, um die drohende Strafe zu verhindern und überhaupt zu erfahren, was vorgefallen war.

Sie zwang sich, nicht über den mittlerweile belebteren Exerzierplatz zu rennen. Seeleute schleppten Säcke und Kisten zum Lagerhaus des Forts. Die drei Segler wurden ausgeladen.

Eilig bog sie um die Ecke zu Lacus' Kontor, prallte mit Eva zusammen. »Dem Himmel sei Dank«, brach es aus Catharina heraus. »Hans ist im Gefängnis. Er soll aufs Pferd. Ich weiß nicht, was passiert ist.« Catharinas Stimme überschlug sich. »Ich muss zu Lacus.«

»Thielemann hat bei Joris damit geprahlt, wie er und Hans das Nashorn erlegt haben. Leider hat ein VOC-Bediensteter es mit angehört.«

»Ich habe es erschossen«, sagte Catharina.

»Du?« Evas Erstaunen konnte nicht größer sein. »Sei froh, dass Thielemann es nicht für nötig befand, dich zu erwähnen. Sonst säßest du mit im Loch.«

»Aber warum denn?«

»Nashornjagd ist verboten.«

Catharina sah die Freundin verständnislos an. »Ich denke, die wilden Tiere sollen geschossen werden, damit wir Weideland bekommen.«

»Das ja. Aber der Abschuss muss der Compagnie gemeldet werden. Dafür bekommt der Jäger Geld. Die Tiere selber zu verwerten ist strafbar.«

»Warum prahlt Thielemann dann damit?«

»Er war betrunken.«

»Dieser vermaledeite Säufer.« Catharina knetete ihre Hände. »Eva, was soll ich tun? Ich trage Schuld.«

»Warum du?«

»Hans wollte mir ein Trinkgefäß aus dem Horn schnitzen, ein Geschenk.«

»Das erklärt, warum er das Nashorn nicht gemeldet hat, aber nicht deine Schuld.«

»Er liebt Amisha. Und wollte mir beweisen, dass wir neu anfangen können.«

»Es war Hans' Entscheidung, dir ein Geschenk zu machen.« Eva blieb bei ihrer Meinung.

»Du bist gar nicht verblüfft über Amisha.«

»Ich weiß es.«

Die Aussage traf Catharina wie ein Schlag ins Gesicht. »Und du hast nichts gesagt?«

»Ich mische mich nicht ein. Eure Ehe wurde in Vernunft geschlossen. Diese kann beständiger sein als das flüchtige Herz.« Eva sah Catharina in die Augen. »Wenn du ihm helfen willst, dann nicht, weil du Schuld hast. Die trägt er. Sondern, weil du den Mann behalten willst.«

»Hab ich eine Wahl? Sicherlich will ich keinen Krüppel zum Mann.« Die Aussage war hart, traf jedoch nur einen Teil des Kerns. Den anderen fügte sie ein wenig leiser hinzu. »Ich mag ihn.«

»Geh zu *sergeant* Everard. Er zieht die Fäden.«

Catharina trat einen Schritt zurück. »Das heißt, ich muss zu Amisha, damit sie Everard überzeugt.«

»Du lernst schnell.«

»Und ich nehme an, du lässt mich alleine gehen.«

Um Evas Augen zeigten sich kleine Lachfältchen. »Du lernst wie der Blitz.«

Catharina wusste nicht, was sie Amisha sagen sollte, vor allem, was die Sklavin darauf antworten würde. Während sie ihren Gedanken nachging, strebte sie zum Wäscheplatz hinter dem Haus des Kommandanten und musste dafür noch einmal über den Exerzierplatz gehen. Immer noch herrschte geschäftige Betriebsamkeit.

Vor den beladenen Ochsenkarren standen Matrosen in einer kleinen Schlange, um sich Stoffballen oder Kisten auf den Rücken zu laden. Verstohlen schaute Catharina in die Gesichter. Vielleicht war ein Kamerad der Hoff unter ihnen, obwohl das zeitlich nicht möglich sein konnte. Die Hoff würde frühestens im Herbst wieder am Kap anlegen, ohne Koosten, der in Batavia seine Kaninchen züchtete.

Wie erwartet erkannte sie niemanden und gelangte unbehelligt zu dem Wäscheplatz, auf dem die Kleidungsstücke des Kommandanten, seiner Frau und Stieftochter zum Trocknen ausgelegt waren. Wie schon bei den anderen Treffen mit Amisha stockte ihr der Atem, als sie der Kapgefangenen ansichtig wurde.

Amisha kniete mit dem Rücken zu ihr auf dem Boden und legte die Wäsche zusammen. Ihre frauliche Silhouette war in ein farbiges Gewand gehüllt, das ihren wohlgeformten Hintern betonte. Der dicke Zopf hing ihr locker über dem Rücken und ließ Catharina instinktiv an ihre erst schulterlangen Haare greifen. Sie konnte es Hans nicht verdenken, diese Frau zu lieben, die mit ruhigen Bewegungen die Kleidungsstücke zusammenlegte.

»Du willst, dass ich dir helfe!« Amisha hatte Catharina wohl kommen gehört, machte sich jedoch nicht die Mühe, sich umzudrehen oder gar aufzustehen.

»Du sollst Hans helfen, nicht mir.«

»Und wer steht mir bei?«

»Wenn ich etwas tun kann, so sag es mir. Ich steh seit meinen ersten Tagen hier in deiner Schuld.« Das entsprach der Wahrheit, zumindest empfand Catharina dies so.

»Sind zweimal helfen nicht einmal zu viel, nach dem, was geschehen ist? Du mir mein Geld nicht geben wolltest?« Amisha stand auf, etwas schwerfällig, wie Catharina kurz registrierte, und mit Wäsche über ihrem Arm.

»So war es nicht«, verteidigte sich Catharina. »Ich hätte dein Geld nie behalten. Ich dachte, Zara stiehlt Hans' Geld. Du hättest es mir sagen können. Das zwischen dir und Hans.«

»Meine Kunst des Überlebens liegt im Schweigen.« Amisha sah Catharina ruhig in die Augen.

»Willst du, dass Wagenaer Hans aufs Pferd setzt?«

»Nein. Aber in den Augen des Gesetzes der Compagnie hat er Unrecht getan.«

Catharina ließ die Schultern sinken. »Ich will Hans das Pferd ersparen.«

»Ich kann nichts für ihn tun.«

»Du nicht, aber Everard.«

»Wage es nicht, ihn da mit reinzuziehen!« Amisha drückte die Wäsche an sich. »Hans ist ein Dummkopf. Er wusste, dass es verboten ist. Ich weiß nicht, warum er das überhaupt getan hat.«

»Er wollte das Horn.«

»Was will er hier mit der Kostbarkeit?«

»Mir ein Geschenk machen.«

»Niemals.« Amisha funkelte sie an.

Catharina sah die Eifersucht in ihren Augen, erkannte, dass die Bengalin Hans' Gefühle erwiderte oder ihn zumindest keiner anderen gönnte. Augenblicklich bereute sie, die Wahrheit über das Horn gesagt zu haben. Sie schluckte die pampige Erwiderung, die ihr auf der Zunge lag, herunter und ging davon. Sie war auf sich allein gestellt. Dieses vermaledeite Horn! Von wegen Kostbarkeit. Ein Fluch war es.

Catharina erreichte den Karren, lehnte ihren Kopf an das Leittier. »Es muss alles gut werden. Nur wie?« In ihren Gedanken sah sie Hans und sich wieder auf der Bank sitzen und wie er ihr das kunstvoll geschnitzte Blütenblatt zeigte. Unversehens reifte in ihr ein Plan.

Catharina drückte das in Tuch eingeschlagene Horn an ihre Brust. Sie war rasch zur *farm* zurückgekehrt, hatte den Anstoß des Übels in Riebecks Maul gefunden, ihn eingepackt und die Ochsen im Trab zur Station getrieben. Ihr Mut hatte sie eilen lassen. Doch je näher sie den Privatgemächern des Kapkommandanten kam, desto mehr verließ er sie.

Auf ihr Klopfen hin öffnete eine Sklavin die Tür.

»Ich würde gerne Mijnfrouw Wagenaer sprechen.«

»Mijnfrouw Wagenaer fühlt sich nicht wohl«, sagte das Mädchen.

»Lass den Besuch zu mir!«, ließ sich eine matte Stimme vernehmen.

Catharina betrat den dämmrigen kleinen Vorraum, an dessen linker Wand ein Leopardenfell die Wandseite dominierte. Sie folgte der Sklavin in die Wohnstube. Die wenigen Fenster waren mit schwarzem Baumwollstoff bespannt und ließen nur wenig Licht in den Raum dringen. In der Mitte standen zwei breite Stühle, in denen Catharina schwarz gekleidete Frauen ausmachte, deren Füße auf Schemeln ruhten. Sie fächerten sich die nach Gram und Kohl riechende Luft zu.

Catharina fühlte sich wie in einem übergroßen Sarg gefangen und hätte am liebsten die Stoffe von den Fenstern gerissen, stattdessen senkte sie sich in einen Knicks. »Mijnfrouw Wagenaer, Mijnfrouw de Bucquoij. Ich komme als Bittstellerin. Mein Mann Hans Ras sitzt im Gefängnis.«

»Das ist Angelegenheit meines Mannes.« Mijnfrouw Wagenaer hob eine kleine Glocke von einem rechteckigen Tischchen mit gedrechselten Beinen, das zwischen den Stühlen stand.

Das Klingeln ließ die Sklavin aus der Dämmerung herbeitreten.

»Mijnfrouw Ras will meinen Mann sehen.«

Das hatte Catharina vermeiden wollen. »Mijnfrouw Wagenaer, ich müsste mich Euch erklären –«

Die Tür zum Nebenzimmer öffnete sich, und Kommandant Wagenaer trat ein, gefolgt von *sergeant* Everard.

»Ihr habt geläutet?« Wagenaer drückte die Hand seiner Frau, und Catharina bemerkte, dass seine Finger angeschwollen waren wie vollgesogene Schwämme. Den Wagenaers schien die Versorgungsstation wahrlich nicht zu bekommen.

»Mijnfrouw Ras ist hier.«

»Mijnfrouw Ras?«

Catharina wäre gern im Boden versunken, räusperte sich jedoch. »Kommandant Wagenaer, ich bitte darum, etwas erklären zu dürfen. Zur Entlastung meines Mannes.«

Everard legte warnend seinen Finger an den Mund. Catharina verstand seine Geste, war jedoch keinesfalls gewillt zu schweigen. »Mein Mann hätte Euch Meldung machen müssen.«

»Das ist wohl wahr.«

»Aber er wollte Euch überraschen.«

»Die Überraschung ist ihm gelungen, und dafür wird er zur Rechenschaft gezogen.« Wagenaer stemmte die Hände in die Hüften.

»Es war anders. Ganz anders.«

»Ihr seid naturgemäß erregt, Mijnfrouw Ras.« Everard wollte beschwichtigen. »Aber das Gesetz muss befolgt werden.«

»Mein Mann sah die Not von Mijnfrouw de Bucquoij.«

Everard griff sich an den Kopf. Catharina setzte alles auf eine Karte, wandte sich an Marie. »Mijnfrouw de Bucquoij. Ihr leidet hier, sehnt Euch nach Batavia ...«

»Was wagt Ihr!«

Catharina ließ sich durch Kommandant Wagenaers Einwurf nicht beirren, sie hatte nur diese eine Gelegenheit.

»Aus dem Horn wollte mein Mann Euch das schönste Trinkgefäß schnitzen, das selbst Batavia noch nie gesehen hat. Seht selber ...« Sie legte die eingewickelte Trophäe Marie in den Schoß. »Es ist nicht fertig. Die Verhaftung hat seine Arbeit unterbrochen.« Mühelos waren ihr die Lügen über die Lippen gekommen, jetzt konnte sie nur noch hoffen, dass ihre Rede Mijnfrouw de Bucquoij gerührt hatte.

Und tatsächlich wickelte Marie das Horn aus dem Tuch und fuhr mit der Hand über das Blütenblatt. »Wie schön!« Ihre Augen begannen zu glänzen, und Catharina atmete innerlich auf. »Euer Mann hätte mir in der Tat eine Freude bereitet.« Sie stand aus dem Sessel auf. »*Mijn stiefvader!* Ich möchte das schönste Gefäß daraus geschnitzt bekommen.«

»Das Horn gehört der Compagnie.«

»Auch das Trinkgefäß gehört der Compagnie, wäre von deutlich höherem Wert als ein einfaches Horn«, sagte Everard zu Catharinas Verblüffung und Freude.

Kommandant Wagenaer rieb sich nachdenklich die arthritischen Finger, schaute von seiner Stieftochter erst zu Catharina, dann zu Everard und traf schließlich eine Entscheidung. »Ihr sprecht wahr. Nun denn. Es soll bei einer Ermahnung bleiben.«

Catharina hätte vor Freude aufschreien können, senkte stattdessen demütig den Kopf.

Der Kommandant wandte sich Everard zu. »Leitet meinen Befehl weiter!«

»Mit Freuden.« Everard verbeugte sich und machte Catharina ein Handzeichen, ihm zu folgen.

»Meine Liebe, wollt Ihr mich zu den Kaninchen begleiten?«, hörte sie den Kommandanten seine Frau fragen. »Die Kleinen haben jetzt Fell.«

Catharinas Freude über Hans' Freilassung hätte nicht schneller in Angst umschlagen können. »Kaninchen?«

23. KAPITEL

Hinter den Viehgehegen, in denen die VOC die frisch gehandelten Schafe, welche auf die Segler verladen werden sollten, untergebracht hatte, stand linker Hand ein großer, lang gestreckter Stall. Dorthin ging der Kommandant mit seinem Gefolge und Catharina. Den ganzen Weg über hatte sie nach Erklärungen für die Anwesenheit der Kaninchen gesucht: Ein anderer Seemann hatte die Tiere mitgebracht, oder sie waren ein Geschenk eines Kapitäns, oder ... Es konnten unmöglich Koostens Tiere sein. Er hätte das Kap nicht ohne Backe verlassen. Sie musste die Kaninchen sehen und sich vergewissern, dass es nicht seine waren. Daher hatte sie Everard zu seiner Überraschung gebeten, Hans allein aus dem Schwarzen Loch zu holen, und sich dem Kommandanten angeschlossen.

Ein Sklave mistete die Ställe aus, während ein anderer Heugarben herbeitrug, um sie für das Vieh aufzuschütten.

Es roch vertraut nach warmen Tierkörpern.

»Es stinkt!« Marie rümpfte die Nase.

Catharina konnte nicht verstehen, wie der Duft des Heus und der lebendigen Tiere sie anekeln konnte, während der Todesmief ihres Zimmers sie nicht tangierte.

Mit ihrem silbernen Riechfläschchen unter der Nase steuerte Marie mit ihrer Mutter und ihrem Stiefvater auf einen kleinen eingezäunten Bereich zu und stieß einen entzückten Schrei aus. »Es sind ja fünf.«

Ein Sklave hob eines der Tierchen hoch und reichte es Mijnfrouw Wagenaer, die es vorsichtig an sich drückte. »Ein so weiches Fell.«

Wagenaers Mund verzog sich zu einem Lächeln. »Ich wusste, ich würde Euch den Tag verschönern können.«

Mijnfrouw Wagenaer reichte das Tier ihrer Tochter. Catharina, die das Kaninchen vorher nicht hatte sehen können, zuckte zurück, als ob sie etwas Heißes angefasst hatte. Das Kaninchen hatte an beiden Seiten des Kopfes eine dunkle Zeichnung.

»Backe!« Wie konnte das sein?

»Ihr kennt die Kaninchen?«, fragte Marie verdutzt.

»Nein, nein, ihre Backen sind nur so gezeichnet«, erwiderte Catharina eilig.

»Das Muttertier heißt tatsächlich Backe. Ihr Besitzer hat sie dagelassen«, sagte Mijnfrouw Wagenaer.

»Musste sie dalassen. Kapitän van Stappen hat das veranlasst«, berichtigte sie der Kommandant.

Es waren also wirklich Koostens Tiere.

»Weil Ihr sie züchten wollt?«, getraute sie sich zu fragen.

»Nein. Es war eine Strafmaßnahme. Van Stappen hat sie an Land bringen lassen. Die Hottentotten haben den Käfig zu uns gebracht.«

»Und ich wollte sie unbedingt behalten.« Marie küsste das Kaninchen auf ihrem Arm.

Catharina hatte Mühe, das Gehörte zu verdauen. Wenn van Stappen die Kaninchen als Strafe dagelassen hatte, wusste der Kapitän, dass Koosten Dreck am Stecken hatte. Anscheinend nicht genug, um den Proviantmeister zurückzulassen, aber zumindest die Tiere, die ihm etwas bedeuteten. Mit aller Wahrscheinlichkeit war dem Kapitän das Falschspiel hinterbracht worden, da Matrosen der Hoff bei dem Vorfall zugegen gewesen waren. Vielleicht hatte Koosten damit seine Verletzung gerechtfertigt. Wenn dem so war, hatte ihr unbedachtes Preisgeben des Geheimnisses der gezinkten Würfel Hans gegenüber weitreichende Folgen gezeigt.

»Aber wir werden sie nicht mitnehmen können, Marie«, sagte die Kommandantenfrau zu ihrer Tochter.

»Ihr verlasst uns?« Catharina hätte nicht überraschter sein können, waren doch der Kommandant und seine Familie erst knapp ein Jahr am Kap.

»Ja, sobald Kommandant van Quaelbergen eintrifft, werden wir gen Patria reisen«, antwortete Marie für ihren Stiefvater.

»Meine Liebe. Es ist erst ein Plan, dass van Quaelbergen kommt. Es wird noch Jahre dauern.«

»Aber sein geplanter Stellvertreter, Hendrik Crudop, ist doch bereits mit der Flotte angelandet«, gab Marie zu bedenken.

»Crudop?« Mijnfrouw Wagenaer sah ihren Mann genauso fragend an, wie Catharina dies tat.

»Ihr kennt ihn noch als *midshipman*. Er wird unser *assistent an de pen*, ein Schreiber. Und er bringt den Kaninchenbesitzer mit.«

»Koosten?« Catharina entschlüpfte entsetzt der Name ihres Peinigers, worauf sich ihr drei Augenpaare zuwandten.

»Ja. Ich glaube, so heißt er. Er wird die Tiere züchten und uns mit preiswertem Fleisch versorgen. Ich habe gerade mit ihm gesprochen.«

Sie hatte Hans nicht mehr im Gefängnis angetroffen und war auf dem Weg zu Lacus, zu dem er laut Aussage des Wärters gegangen war. Die Rückkehr Koostens beschäftigte sie mehr als Amisha. Bei dem Gedanken an den Proviantmeister wurde ihr himmelangst. Wenn Koosten wirklich zurück war, drohte die Vergangenheit sie einzuholen. Sie musste sich mit Hans beraten. Auf der *farm*, wenn sie Ruhe hatten, auf der Bank saßen, den nächtlichen Himmel über sich. Sie musste schleunigst die Station verlassen, bevor sie unvorbereitet auf Koosten treffen konnte.

Von Weitem sah sie, dass die Tür zu Lacus' Kontor offen stand. Das gab ihr Hoffnung, erlauschen zu können, ob Hans sich im Zimmer befand. Keinesfalls wollte sie allein mit dem ihr unliebsamen *fiscal* reden, den Hans zu seinem Vertrauten auserkoren hatte.

Freudig erkannte sie Hans' Stimme. Sie wollte gerade eintreten, als Lacus ihren Namen nannte. »Catharina bringt Unglück.«

Sie presste sich an die Wand.

»Du hast keine Ahnung, ob sie die Wahrheit gesagt hat.«

»Lacus, wir alle haben etwas, was wir lieber vergessen wollen.« Hans' Stimme war scharf. »Alle. Auch du.«

»Auf deiner Hochzeit wirst du niedergestochen. Hättest du nicht geheiratet, wäre es nicht passiert.«

»Ich war betrunken.« Das war Thielemanns Stimme. Er war folglich ebenfalls anwesend.

»Du willst ihr was schenken, wirst verhaftet«, fuhr Lacus fort.

Catharina hatte Mühe, die Ungeheuerlichkeiten zu verkraften. Lacus schob ihr die Schuld in die Schuhe, obwohl Thielemann die Ereignisse verursacht hatte. Dabei hatte sie Hans beide Male gerettet.

»Deine Frau ist wie verflucht.«

Keine Sekunde mehr wollte sie den infamen Lügen zuhören und betrat das Zimmer. »Hans.«

Catharina hätte schwören können, dass die Augen ihres Mannes aufleuchteten. Er nahm sie fest in die Arme und drückte sie an sich. Er stank erbärmlich nach Feuchtigkeit und Schweiß. Dennoch schloss auch sie ihre Arme um ihn, barg ihren Kopf an seiner Brust. Durch einen Riss in seinem Hemd konnte sie seine Haut fühlen. Sie fühlte sich klamm und nachgiebig an, als ob die Dunkelheit, auch wenn sie nur drei Tage gewährt hatte, sein Fleisch hatte auflösen wollen.

»Das Horn ist weg«, entschuldigte sie sich und biss sich sofort auf die Lippen.

»Nicht so wild, Mädchen. Es wird neue Nashörner geben.« Thielemann klopfte ihr auf die Schulter. »Gut gemacht hast du das, uns da rauszuholen.«

Gerade *sein* Lob hatte sie nicht gebraucht.

»Können wir gehen? Ich möchte nach Hause«, bat sie Hans.

»Ich habe die Ehre, *fiscal* Lacus.«

Catharina hätte die schleimig-freundliche Stimme unter Tausenden erkannt. Das leichte Lispeln jedoch war neu. Ihre Schultern krampften sich zusammen, und sie blieb mit dem Rücken zur Tür stehen, unfähig, sich zu bewegen.

»Ich glaub's nicht. Der Würfelmann«, platzte es aus Thielemann heraus. »Hat dir jemand deine Zunge gespalten, weil du falschgespielt hast?«

Schockiert verstand Catharina, dass Koostens Verletzung sichtbar war.

»Mijnheer Koosten ist die rechte Hand unseres neuen Schreibers Hendrik Crudop.« Lacus stand auf, ging um seinen Tisch herum und dem Ankömmling entgegen.

»Der Deifel soll's holen, du bist Crudops neuer Mann?« Aus Thielemanns Frage klang Verblüffung.

»So ist es. Mir sind allerhand Gerüchte über Euch zu Ohren gekommen. So kommt Ihr geradewegs aus dem Gefängnis wie selbst Mijnheer Ras.«

»Dann habt Ihr auch gehört, dass es ein Missverständnis war.« Um Hans' Mundwinkel zuckte es gefährlich.

»Das ist nicht zu mir gedrungen«, sagte Koosten. »Verzeihung, aber ich hab mich noch nicht vorgestellt. Sie müssen Mijnfrouw Ras sein?« Eine Spinne hätte nicht schmeichelnder ihr Opfer ins Netz locken können.

Der Moment war gekommen.

Gegen ihren Willen, gegen jede Faser ihres Körpers drehte Catharina sich zu dem Mann um, den sie niemals hatte wiedersehen wollen.

Koosten war seit dem letzten Jahr dicker geworden. Aber das war nicht die entscheidende Veränderung. Die Stelle, an der Catharina ihm die Oberlippe bis zur Nase aufgeschlitzt hatte, war nicht zugewachsen. Ein Spalt trennte die Oberlippe in zwei Hälften. Deswegen das Lispeln, das ihn täglich an sie erinnern musste. Der Schnurrbart, den er sich hatte wachsen lassen, verdeckte den Spalt nicht, im Gegenteil.

Koosten verbeugte sich. »Bei meinem letzten Besuch hatte ich nicht die Ehre, Eure Bekanntschaft zu machen.« Beim Sprechen schlängelte sich seine Zunge durch den Oberlippenspalt.

Catharina zwang ihr Gesicht, freundlich dreinzuschauen.

»Als verheiratete Frau weile ich eher auf unserem Land als in der Station.«

»Anders als Euer Mann.«

Catharina überging die Anspielung und strich sich die Haare zurück. Ein Fehler. Koostens Blick fiel auf ihr leicht schräg abstehendes Ohr. Er schien zu überlegen, wusste aber nicht, wo er sie hinstecken sollte.

»Mijnheer Koosten, wir sollten die *vrijburgher* ziehen lassen und uns unseren Geschäften widmen«, sagte Lacus.

Auch wenn es eine rüde Entlassung war, Catharina kam sie mehr als gelegen.

Sie waren kaum außer Hörweite, da fluchte Thielemann los.

»Der Lippenspalter hätte Koosten töten sollen, dann wäre die Schlange gehäutet.«

Catharina schluckte, hütete sich jedoch zu verraten, dass sie für Koostens entstellende Wunde verantwortlich war.

Hans sah sie besorgt an. »Was ist?«

»Wenn er mich erkannt hat?« Die Furcht trieb sie innerlich um. »Er hat mich so angeschaut.«

»Der schaut jeden Rock an.« Thielemann wusste anscheinend Bescheid.

»Er wird nie darauf kommen, dass du ein Mann warst«, beruhigte Hans sie. »Aber selbst wenn. Du bist rechtmäßig hier. Verheiratet.«

Catharina nickte wider besseres Wissen. Wie gern hätte sie ihm gesagt, dass sie hinter der gespaltenen Lippe steckte und diese Demütigung Koosten sicherlich umtreiben würde, wenn er erfuhr, dass er Catharina als Berne gekannt hatte. Berne hatte er schon einmal mit dem Tod gedroht. Was würde er mit Catharina anstellen? Thielemann einzuweihen kam nicht in Frage. Sein Wissen würde ihm beim nächsten Arrackgelage aus dem Mund schlüpfen. Hans einweihen wäre vielleicht ein Segen, aber sie musste ihn schützen. Was nur war richtig, was war falsch?

»Muss denn wirklich jeder Pfuscher hierherkommen, Hans? Crudop, van Quaelbergen.« Thielemann konnte sich nicht beruhigen.

»Das zeigt, dass die Compagnie den Flecken hier nicht ernst nimmt. Nach Batavia oder Nieuw Nederland schicken sie die guten Leute, zu uns den Abschaum, den sie sonst nicht loswerden.« Die beiden Männer warfen sich bedeutungsvolle Blicke zu.

»Ihr kennt Crudop und van Quaelbergen?«, fragte Catharina.

»Van Quaelbergen eilt der Ruf voraus, nur das Militär zu schätzen, nicht die Bürger und Bauern«, sagte Hans.

»Ich kenn Crudop. Er ist ein hinterhältiges, korruptes Schwein. Da passt der Falschspieler gut dazu«, ergänzte Thielemann. »Wir werden uns wappnen müssen.«

»Gabbema segelt mit der Flotte nach Patria. Dann wird Lacus *secunde*«, wiegelte Hans ab.

»Du bist und bleibst ein Träumer, Hans Ras. Lacus wird sein Fähnchen wie bisher nach dem Wind hängen.« Thielemann spuckte auf den Boden. »Machen wir trotzdem weiter?« Er sah Hans an.

»Willst du Hans wieder in was reinziehen?« Catharina richtete sich bockbeinig auf.

Thielemann sah sie aus seinen rot geäderten Augen an. »Ich weiß, dass du mich nicht leiden kannst. Aber ich bin ein Freund.«

»Hans, ich möchte nach Hause.« Sie war nicht gewillt, ihr Gespräch mit Thielemann zu vertiefen. Sie musste mit Hans über Koosten reden.

»Mayken weiß nicht, dass ich entlassen worden bin.«

»Wir setzen dich zu Hause ab«, versicherte Hans Thielemann zu Catharinas Leidwesen.

Sie schickte ihrem Mann einen vernichtenden Blick zu, auf den er aber nicht reagierte. Auf einmal kam Amisha auf sie zu. Ganz unüblich für sie trug sie ein weites Kleid.

»Wie gut, dich gesund zu sehen.« Mit einem Strahlen und

vor dem Bauch gefalteten Händen sah sie Hans an. »Ich hab gute Neuigkeiten für dich.«

Catharina durchfuhr es wie ein Blitz. Amishas schwerfälliges Aufstehen. »Du bist guter Hoffnung«, entfuhr es ihr.

Scheinbar demütig huldvoll lächelte Amisha. »Ja, ist das nicht eine wunderbare Nachricht?« Wie sie Hans ansah, hatte Catharina keinen Zweifel, dass er der Vater des Kindes war.

Sie hätte der Sklavin das Gesicht zerkratzen können.

Hans hingegen freute sich. »Das wird alles ändern.«

Amisha schickte ein triumphierendes Lächeln gen Catharina, die ihre Hände zur Faust ballte. Die Frau mit den Mandelaugen und der karamellfarbenen Haut hatte es erneut geschafft, sich über sie zu stellen. Sie erwartete ein Kind von Hans. Nun war Catharina regelrecht dankbar, einen Teil des Weges Thielemann dabeizuhaben.

Catharina schwieg die Fahrt über, dachte abwechselnd an Koosten, an Amisha, an das Ungeborene. Vielleicht hatte Lacus recht, und es lag ein Fluch auf ihr. Sie sah Hans von der Seite an. Hatte sie vordem sein Aussehen und seinen Geruch mit Mitleid betrachtet, widerte der Gestank des Gefängnisses sie nun an. Was wohl Hans über Amisha dachte, über sie? Doch Hans schwieg ebenfalls. Selbst Thielemann hielt seinen Mund, schien zu grübeln. Erst als seine *farm* in Sicht kam, brach aus ihm heraus, was ihn beschäftigte. »Wie in aller Welt ist Koosten nur so schnell zurück?«

»Das frage ich mich auch. Die Hoff und der Segler mit Crudop an Bord müssen sich auf See gekreuzt haben, wobei Koosten das Schiff gewechselt hat«, sagte Hans.

»Und warum wollte er zurück? Und jetzt auch noch bleiben?« Thielemann kratzte sich ratlos am Kopf.

»Wegen seiner Kaninchen.« Catharina war sich sicher, dass diese daran schuld waren. Nun veränderten Kaninchen ihr Leben. Das war lachhaft!

»Wie meinst du das?«, fragte Hans.

»Koosten sprach schon auf der Hoff davon, mit seinen Kaninchen reich zu werden. Sie vermehren sich schnell und sind billiges Fleisch.«

»Nur gibt es keine Kaninchen«, erwiderte Thielemann.

»Doch«, erwiderte Catharina. »Koosten hatte zwei davon auf der Hoff. Van Stappen hat sie als Strafe am Kap gelassen.«

»Strafe?« Hans sah sie fragend an.

Catharina berichtete den beiden, was nach ihrem Besuch bei der Kapkommandantin und ihrer Tochter im Stall geschehen war.

»Wir hätten die Idee haben sollen«, erwiderte Hans leicht verbittert, als sie geendet hatte.

»Wo hättest du die Viecher hernehmen wollen? Hier gibt's keine«, widersprach Thielemann. »Und aus gutem Grund. Alle fressen sie. Die Khoi, wir, Löwen, Hunde, Katzen. Die überleben hier nicht lange. Und aus den Käfigen werden sie dir geklaut, die Winzlinge. Die sind ja auch nur ein Happen. Es braucht Tausende von den Tieren, um die Compagnie zu ernähren. Du bräuchtest 'ne Insel ohne Feinde, um sie zu züchten. So, ich spring hier ab.« Er ließ seinen Worten Taten folgen und eilte seinen Hut schwenkend zu seinem Haus, während sie weiterzuckelten.

Nun war Catharina mit Hans allein. Sie rutschte auf ihrem Sitz unruhig hin und her, wusste nicht, wie sie auf Amisha, auf Koosten zu sprechen kommen sollte. Innerhalb eines Tages hatte das Schicksal ihr neue Brocken vor die Füße geworfen, die ihr zu groß schienen, als dass sie sie aus dem Weg räumen konnte.

»Was bist du so still?«, fragte Hans.

»Bist du der Vater des Kindes?« Sie konnte die Frage nicht mehr unterdrücken, die ihr nur so von der Zunge sprang.

Hans lachte auf. »Das dachte ich mir, dass du das denkst. Amisha ist ein Luder. Glaub ihr kein Wort. Everard ist der Vater. Niemand anderes.« Er drehte sich zu ihr. »Aber eines ist gewiss. Ich würde gerne Vater sein. Von unserem Kind. Aber noch ist es ja nicht so weit.«

Catharina sah ihn ungläubig an. Waren seine Worte ein versteckter Vorwurf? »Wer lässt sich niederstechen und ist Wochen bettlägerig? Wer lässt sich verhaften und ist nicht zu Hause?«

»Fahr die Krallen ein. Ich wollte dir danken. Und du keifst. Du kannst nicht leugnen, dass wir das Bett geteilt haben und du dennoch nicht guter Hoffnung bist.«

Sie schnappte nach Luft ob der Frechheit. »Unser Beisammensein ist doch erst wenige Tage her.« Allerdings war sie tatsächlich nicht schwanger geworden. Die monatliche Blutung hatte eingesetzt. »Als ob deine Manneskraft sich bei einem Mal schon durchsetzen würde.«

Hans sog hörbar die Luft ein. Sie hatte ihn getroffen, ihm auch endlich mal einen Stich versetzt. Er schaute zu ihr, und ihre Blicke trafen sich lange in einem Gewitter, in dem sie beide die besseren Blitze schleudern wollten. Schließlich setzte Catharina dem schweigend ein Ende und sah weg. Sie hielt ihren Mund verschlossen und den Blick gesenkt. Lieber keinen Zorn mehr durch Blicke verschicken und die Worte im Kopf ruhen lassen. Auch Hans schwieg, schien Schweigen ebenfalls als die beste Lösung für den Moment zu erachten.

24. KAPITEL

Hans beschränkte seinen Austausch von Worten in den Folgewochen auf das Notwendigste. Catharina war dies recht. Sie steckte den Kopf in den Sand wie ein Vogel Strauß, fand in dem Momentum sogar die Ruhe, die sie dringend benötigte, um nachzudenken. Überdies erforderte ihre erste Erntezeit all ihre Kräfte.

Das Getreide stand gut. Der Südostwind hatte in diesem Jahr keine Schäden angerichtet, und selbst die Bohnen, die Catharina gegen Hans' Rat gepflanzt hatte, waren an den Rankhilfen gewachsen und trugen reichlich Hülsen.

Wer selbst nicht genug Knechte und Sklaven besaß wie Hans und sie, half einander, wurde Erntehelfer beim Nachbarn, Erntebesitzer auf dem eigenen Land. Beim ersten Sonnenstrahl standen sie auf, sensten, banden Garben, beluden Karren, bis die Sonne unterging. Jeden Abend sank Catharina todmüde und mit schweren Gliedern ins Bett. Hans schlief auf einem Strohsack in der Stube. Sie nahm dies gleichmütig hin, um nicht, in Hans' Worten, zänkisch zu sein, und konzentrierte sich auf den Alltag, die Herausforderungen als Hausvorstand und zugleich Bäuerin.

Bei allem Sich-aus-dem-Weg-Gehen konnte Catharina nicht umhin, sich einzugestehen, wie gut sie beide Hand in Hand arbeiteten. Sie hatten dasselbe Ziel: ihr Land erfolgreich zu bewirtschaften. Auch wenn die Erde und das Klima das Ihre dazutaten, eine gute Ernte hervorzubringen, bedurfte es einer kenntnisreichen Hand, das Beste herauszuholen. Catharina war stolz auf sich. Der Gemüsegarten barst vor Kohl, Möhren, Kürbissen, Roter Bete und vielen Gemüsesorten mehr und nötigte selbst Hans lobende Worte ab. Das waren die Momente, in denen sie spürte, dass es zwischen ihnen wieder gut werden konnte. Und selbst wenn es das nicht werden sollte, besaß sie Land und Tiere, was ihr eine ungeheure Befriedigung verschaffte. Ihr Leben gehorchte der Vernunft. Vielleicht hatte Eva mit ihrer Aussage recht gehabt, dass diese über Liebe zu stellen sei. Über allem schwebte jedoch ihre Furcht vor Koosten, die sie nicht mehr zur Versorgungsstation gehen ließ, zu den sonntäglichen Gottesdiensten, um dort neben den Worten des Herrn den ihr wesentlich wichtigeren Neuigkeiten zu lauschen, die Eva und Jannetje zu verbreiten hatten.

Hans hingegen verbrachte die Sonntage in der Station, brach frühmorgens auf und kam erst zur Dämmerung zurück. Er verlor bei den Abendessen kein Wort darüber, was er erlebt oder gehört hatte, und Catharina hütete sich, Neugier oder gar Eifersucht zu zeigen. Wenn sie ehrlich zu sich war, mochte sie die einsamen Stunden sehr. Sie saß auf der Bank mit Riebeck zu ihren Füßen oder lief mit dem Hund über das Land, konnte sich an den Seitenhängen des Tafelbergs nicht sattsehen und erforschte jeden Winkel der *farm*.

Am liebsten ging sie zum Liesbeek. Dort zog sie sich aus, stieg nackt an einer seichten Stelle in den Fluss und grub ihre Füße in den schlammigen fruchtbaren Lehm.

Um in der mal träge, mal schneller fließenden Strömung nicht den Halt zu verlieren und als Nichtschwimmerin zu ertrinken, band sie ein Seil, das sie um einen über den Fluss hängenden Ast geschlungen hatte, um ihre Körpermitte. Erst dann erlaubte sie sich unterzutauchen, um ihre Haare zu waschen. Riebeck sprang ihr gern hinterher, umschwamm sie, kläffte, stupste sie an. Es waren glückliche Stunden, in denen sie sich der Vorstellung hingab, dass ihr nichts passieren konnte. Wenngleich sie wusste, dass das Böse arbeitete, ob man es sah oder nicht.

»Wo bleiben sie alle nur?« Catharina rührte derart heftig in der Suppe, dass ihr heiße Brühe ins Gesicht spritzte.

Hans hatte Mayken, Thielemann und Laurens nach dem sonntäglichen Gottesdienst mitbringen wollen, da die drei ihnen in den nächsten Tagen beim Dreschen des Getreides und Einkochen helfen sollten. Nun war die Dämmerung der Dunkelheit gewichen, und noch immer war sie allein. Zudem hatte sie Hunger. Kurzerhand nahm sie den Topf von der Feuerstelle, trug ihn vom Anbau ins Haus, stellte ihn auf den Tisch und verdrückte eine Tellerladung, dann eine zweite. Je mehr die Zeit verstrich, desto mehr beschlich sie der Gedanke, dass etwas geschehen sein musste. Und wenn Thielemann involviert war, konnte es nur etwas Schlimmes sein.

»Lass Hans gesund zurückkehren!«, flüsterte sie in die Stille.

Endlich hörte sie das Geräusch knirschender Räder auf dem Sand. An Riebecks freudigem Bellen erkannte sie, dass es Hans sein musste. Stimmen näherten sich dem Haus, darunter eine aufgeregte Frauenstimme, die eindeutig Mayken gehörte. Catharina blieb am Tisch sitzen, versuchte, eine unbeteiligte Miene aufzusetzen, was ihr misslang, als sie Hans' sorgenvolles Gesicht erblickte. Thielemann und Laurens traten genauso wie Mayken mit ernsten Gesichtern in die Stube. »Eva ist weggelaufen«, platzte sie heraus.

Catharina stützte die Hände auf den Tisch. »Wohin und warum?«

»Crudop und Koosten haben sie bedrängt. Sie sollte ihren Leuten das Vieh für 'nen Hungerlohn abknöpfen. Und sie hat sich geweigert.«

Hans ergriff das Wort. »Wir müssen einen Teil unserer Tiere verstecken.«

»Jetzt, im Dunkeln?«

Hans tauchte einen Löffel in den Topf, schob sich ihn in den Mund und schlürfte die Suppe. »Crudop und Koosten werden morgen hier sein und das Vieh zählen auf Befehl Wagenaers«, sagte er zwischen zwei weiteren Löffeln Brühe.

»Koosten? Hier?« Catharinas Entsetzen hätte nicht größer sein können.

Hans nickte verbissen. »Jemand hat ihnen gesteckt, dass wir Vieh von den Khoi haben könnten. Und da die Compagnie keine Tiere handeln konnte, wollen sie sich unsere holen. Die Patriaflotte muss versorgt sein. Und ihnen fehlen an die acht Ochsen und ein paar Schafe.«

»Woher weißt du das?«

»Von Amisha, sie weiß es von Everard.«

Damit hatte Catharina den Beweis, dass Hans Amisha getroffen hatte. »Unser Hochzeitsschaf?«

»Müssen wir verstecken. Und einige Tiere mehr.«

Thielemann löffelte nun ebenfalls aus dem Topf. »Schmeckt, die Suppe. Könnte wärmer sein.«

»War sie vor zwei Stunden«, konterte Catharina vorwurfsvoll.

»Wir mussten erst unsere Ochsen ins Versteck bringen«, erklärte Thielemann, »Gerrits weiß auch Bescheid. Remayenne. Die sind heut Nacht wie wir unterwegs. Komm, Laurens, du musst dich stärken.« Er reichte Laurens einen Löffel.

»Seid ihr alle Schmuggler?« Catharina konnte es nicht fassen.

»Schmuggler? Wir sind die Anständigen.« Hans meinte es, wie er es sagte.

»Wohin willst du die Tiere in der Nacht bringen?«, fragte Catharina ratlos.

Catharina und Mayken leuchteten mit Laternen voran, während Hans, Laurens und Thielemann jeweils zwei Ochsen hielten. Einer von Hans' Ochsen hatte einen Strick um den Hals gebunden, an dem die Schafe hintereinander festgemacht waren. Riebeck lief voraus. Selbst der Hund schien den Weg zum Geheimversteck zu kennen, von dem Catharina bis zum heutigen Abend nichts gewusst hatte.

»Du wirst es sehen«, war Hans' einzige Auskunft auf ihre Frage gewesen, weshalb sie sich ausgeschlossen fühlte.

Schweigend zogen sie übers Feld zur Bittermandelhecke und erreichten den Durchgang, den sie von der Jagd auf das Nashorn her kannte. Riebeck blieb stehen, knurrte leise. Tiere trappelten durchs Gebüsch. Es mussten einige sein.

»Duikers«, beruhigte Hans Catharina, zuckte aber selbst im

nächsten Moment zusammen, als ein Löwe jenseits der Hecke brüllte. »Stehen bleiben!«

Catharinas Laterne zitterte in ihrer Hand, während Hans ihr seinen Strick reichte und seine Muskete stopfte.

Das Getrappel lief kreuz und quer durch das dunkle Dickicht, begleitet von dem Brüllen eines zweiten Löwen.

Catharina dachte augenblicklich an das Löwenjunge bei du Mauliers Grab. Ob Knickohr und seine Mutter jenseits der Hecke jagten?, fuhr es ihr durch den Kopf.

Anscheinend verließen die rehgroßen Hornträger die schützende Hecke, denn in das Gebrüll der Löwen mischten sich ihre spitzen Todesschreie.

Die Ochsen, die Thielemann hielt, bäumten sich auf, rissen ihn zu Boden und liefen bockend übers Feld davon.

»Lass die Stricke los!«, kreischte Mayken.

Doch Thielemann hielt sie stur fest, wurde von den Tieren mitgezerrt. Sein Körper schlug immer wieder auf der Erde auf. Und während die Schreie der gerissenen *duikers* verstummten, verschwanden die Ochsen samt Thielemann aus ihrem Gesichtsfeld.

»Hans!« Mayken sah Catharinas Mann mit aufgerissenen großen Augen an.

»Wir teilen uns auf. Mayken, du und ich, wir suchen Thielemann. Ihr beide«, damit nickte er Laurens und Catharina zu, »geht voraus.«

Obwohl Catharina verstand, dass Hans nach dem Freund suchen wollte, naturgemäß Mayken mitnahm und nicht sie, hätte sie sich mit ihm sicherer gefühlt. Sie hatte Angst in der Nacht, vor Menschen und Tieren. Hans schien ihre Nervosität zu bemerken. »Die Löwen tun uns heute Nacht nichts mehr. Wir sollten sogar dankbar sein, dass die Antilopen da waren. So sind nicht wir die Beute geworden.«

Seine Worte fand Catharina nicht wirklich beruhigend, die gefräßige Stille erschien ihr sogar beängstigender als zuvor die Todesschreie der Tiere, aber das sagte sie ihm nicht.

Als Laurens und sie mit den Tieren die Hecke durchquert hatten und im Mondlicht die Löwen in einiger Entfernung fressen sahen, lockerte Laurens seinen Griff um die lange Peitsche in seiner Hand, um sie im Notfall schwingen zu können. Die Löwen beachteten sie und die Ochsen jedoch nicht. Catharina wünschte sich Riebeck an ihre Seite. Dieser war mit Hans gegangen, damit er und Mayken überhaupt eine Chance hatten, Thielemann in der dunklen weiten Nacht zu finden. Sie waren gut eine Meile gegangen, als Laurens auf eine dunkle, lang gestreckte Silhouette zeigte. »Dort müssen wir hin.«

»Zum Wald?«

»Ja, zum Wald neben der Schlangengrube.«

Catharina fuhr zusammen. Vor den hochgiftigen Kapkobras fürchtete sie sich genauso wie vor den Löwen.

»Nachts tun sie uns nichts.« Laurens hatte ihre Furcht bemerkt. »Ein besseres Versteck gibt es nicht. Wegen der Schlangen kommt kein Soldat, und da der Wald keine hohen Bäume mehr hat, auch kein Matrose, um Holz für Masten zu schlagen.«

Er formte seine Hände zu einem Trichter, hielt sie vor den Mund, ahmte die Rufe eines Käuzchens nach. Ein Käuzchen antwortete, worauf er mit großen Schritten weiterging.

Sie hatten den Waldrand kaum erreicht, da trat Frans Gerrits aus dem Dunkel. »Wo sind die anderen?«, fragte er sie mit angespannter Miene, anstatt sie willkommen zu heißen.

Laurens erklärte ihm mit knappen Worten, was geschehen war, derweil Catharina geduldig schweigend danebenstand.

»Hoffen wir, dass er ihn findet. Kommt.«

Der kleine Weg verbreiterte sich im Wald, sodass Catharina die Ochsen bald nebeneinander führen konnte. Aus einiger Ferne drang Licht zu ihnen, das sich beim Näherkommen als brennende Fackeln entpuppte, die eine menschengemachte Lichtung erhellten. Catharina erkannte Neeltjen, die sich mit Remayenne und zwei weiteren *vrijburghern* unterhielt. Die größte Überraschung waren jedoch nicht ihre Nachbarn und die anwesenden *vrijburgher*, sondern zwei grob gezimmerte Verschläge, aus denen es vielstimmig muhte.

Zielstrebig ging Laurens auf diese zu. Catharina folgte ihm. An die zwei Dutzend Ochsen waren dicht gedrängt in ihnen untergebracht. Allesamt an der Compagnie vorbeigekaufte Tiere. Das verwitterte Holz des Verschlags ließ darauf schließen, dass die *vrijburgher* das Versteck bereits vor längerer Zeit gebaut und ihren Handel bestens organisiert hatten.

Hans hatte es ihr verschwiegen. So viel zu seiner angeblichen Ehrlichkeit. Nichtsdestotrotz wollte sie sich keine Blöße geben, indem sie Fragen stellte, die ihre Unwissenheit verraten konnten. So setzte sie sich einfach zu den anderen um das kleine Feuer.

»Neeltjen und ich müssen euch allein lassen.« Frans stocherte in der Glut.

»Warum müsst ihr gehen?«, fragte Catharina.

»Thielemann und Mayken werden morgen nicht auf ihrer *farm* sein.«

»Aber das war doch klar. Wir sollten bei Hans aushelfen«, sagte Laurens.

»Da wussten wir noch nicht, dass Crudop und Koosten morgen Tiere beschlagnahmen. Wenn Mayken und Thielemann nicht auf ihrem Hof sind, auch Neeltjen und ich nicht, riechen die den Braten.«

Catharina durchfuhr ein Schreck. »Und wenn Hans heute Nacht nicht mit Mayken kommt? Wenn Thielemann –«

»Laurens und du, ihr müsst morgen auf der *farm* sein. Müsst euch eine Ausrede einfallen lassen, wenn's so sein sollte.« Frans stand auf.

»Dreckslöwen. Wenn die nicht gewesen wären, wär das mit Thielemann nicht passiert. Wir sollten sie alle abknallen«, sagte Laurens.

Neeltjen rückte näher zu Catharina und legte ihr die Hand auf den Arm. »Sie werden alle kommen. Du wirst sehen.«

Catharina nickte. Sie hoffte inständig, dass Thielemann nicht zu sehr verletzt war, gar tot. Er war nicht ihr Freund, aber ihr Feind stand wahrlich woanders.

Der Ruf eines Käuzchens erscholl durch die Nacht.

»Das sind sie.« Rasch beantwortete Frans den Ruf.

Mayken trat als Erste auf die Lichtung, gefolgt von Hans, der einen der beiden Ochsen führte.

»Thielemann?« Catharina lief ihnen entgegen.

»Den haben wir auch«, grinste er sie an. »Schau!«

In großer Pose ritt Thielemann auf einem der ausgebüchsten Ochsen auf die Lichtung und genoss sichtlich seinen Auftritt. Seine Kleider waren voller Lehmklumpen, das rechte Hosenbein aufgerissen, und über sein verdrecktes Gesicht zogen sich rote Striemen. Dennoch reckte er die Faust in den Himmel. »Seht, ich reite auf dem Mistvieh.«

Catharina konnte sich ein Lächeln nicht verkneifen. Thielemann blieb auf dem Tier sitzen, selbst als Hans es in den Verschlag führen wollte. »Du musst absteigen.«

»Ich kann nicht«, jammerte der eben noch triumphierende Mann. Mayken trat hinzu, um Thielemann, der kaum gehen konnte, zu stützen.

»Wir bleiben über Nacht hier. Nach einer Mütze Schlaf geht es ihm besser, dann sehen wir weiter.«

»Und wenn wir nicht auf der *farm* sind, wenn sie kommen?« Catharina war zwar nicht erpicht darauf, den Weg nach Hause in der Dunkelheit noch einmal zu gehen, wollte aber bei Koosten keinen Verdacht aufkeimen lassen und deshalb vor ihm auf ihrem Hof sein.

»Sie gehen erst zu Thielemann und Frans.« Hans wirkte gelassen. »Frans wird sie sicher aufhalten können. Remayenne hilft ihm bestimmt dabei. Vor Mittag werden sie nicht bei uns auftauchen.«

Der Kölner, der sich bis dahin zurückgehalten hatte, lachte auf. »Das wird mir eine Freude sein. Wir sehen uns wieder hier, wenn alles vorbei ist.« Er ballte seine Hand zur Faust. »Schwört!«

Frans legte als Erster seine Hand auf die Faust Remayennes. Dann traten die anderen herbei und taten es ihm nach.

Catharina wollte außen vor bleiben, doch Hans nahm ihre Hand, legte sie auf Thielemanns und seine auf ihre. Sie durchfuhr eine wohlige Wärme, verbunden mit dem mächtigen Gefühl, dazuzugehören und Teil eines Geheimnisses zu sein. Sie blickte in die rauen ernsten Gesichter ihrer Nachbarn und ihres Mannes und wollte genau hier sein, zumindest in diesem Moment.

25. KAPITEL

Sie waren mit Thielemann zur *farm* zurückgekehrt, der in der Tat nach einem kurzen Schlaf zu Kräften gekommen war. Dies half dabei, einen normalen Arbeitstag vorzutäuschen.

Mayken hatte ihrem Mann überdies den Alkohol weggenommen. Er sollte nicht in Gefahr geraten, in seiner Trunkenheit seine berühmten Flüche oder Wahrheiten kundzutun und sie vier dadurch ins Schwarze Loch zu bringen. Infolge seiner Nüchternheit hing Thielemanns schlechte Laune jedoch wie eine Dunstglocke über dem Hof. Er drosch auf die Garben ein, als ob er die ganze Welt umbringen wollte.

Besorgt sah Catharina von dem großen Kessel auf, in dem sie Obst zu Mus verkochte. »Wir hätten ihn im Wald lassen sollen«, sagte sie zu Mayken, die Holzbretter auf der Erde auslegte. Darauf würde das Mus geschmiert, um es in der Sonne zu trocknen und so für mehrere Monate haltbar zu machen.

»Es muss so aussehen wie immer«, sagte Mayken. »Und dazu gehört, dass Thielemann dabei ist.«

»Aussehen wie immer? Dann wäre er besser betrunken«, meinte Catharina. »Kann ich ihm was geben, Mayken? Nicht, dass er uns wegen seiner Nüchternheit eins auswischen will.«

»Du hast recht.« Mayken reichte ihr seufzend die Feldflasche.

Catharina schlenderte zu Thielemann. »Hier. Dann wird's besser.«

»Gar nix wird besser.« Thielemann riss ihr die Flasche aus der Hand, nahm einen tiefen Schluck und motzte: »Da ist ja kaum was drin.« Seine ganze Haltung drückte Ärger aus.

Catharina setzte nach außen hin ein freundliches Gesicht auf, innerlich fluchte sie. Thielemann würde sie in Schwierigkeiten bringen, wenn sie nichts unternahm, das wusste sie. Sein zerkratztes Gesicht, sein hinkendes Bein und seine entsetzlich schlechte Laune würden Crudop und Koosten nach einer Erklärung verlangen lassen.

»Er ist noch schlimmer als sonst«, sagte sie zu Mayken, die ebenfalls beunruhigt wirkte.

Thielemann trat einen Stein weg, stolperte über sein verletztes Bein, schrie. »Gebt mir zu trinken!«

Unversehens kam Catharina eine Idee. »Ich habe noch Mohnsaft von Pieter. Wir sollten deinen Mann schlafen legen.«

»Für den brauchst du viel Mohn. Das wird nichts.«

»Einen Versuch ist es wert.«

»Meinen Segen hast du. Alles besser, als die nächste Narrheit zu erleben.«

Catharina ging ins Haus, füllte einen Becher mit Bier und zog die Schublade auf, in der sie die Phiole aufbewahrte. Ihr Blick fiel auf das Medaillon. Zaghaft strich sie darüber. Es verkörperte ihren Traum, geliebt zu werden, etwas, das sie nicht kannte. Nicht kennenlernen würde. Denn Hans war wieder bei Amisha gewesen. Seufzend wandte sie den Blick von dem Schmuckstück ab, nahm das Fläschchen mit dem Mohnsaft und tropfte diesen in den Krug. Kleine Schlieren zogen sich durchs Bier. Viel zu wenig in ihren Augen.

»Sie kommen. Sie kommen!« Das war Hans' Stimme von draußen.

Sie zögerte nur kurz, kippte dann entschlossen den restlichen Inhalt des Fläschchens in das Bier, eilte mit dem Krug in der Hand vors Haus. Thielemann war nicht zu sehen, dafür zwei Reiter und ein Uniformierter, die sich jenseits des Flusses der *farm* näherten.

»Verhaltet euch wie immer. Wir arbeiten für die Compagnie, wir haben nichts zu verbergen.« Hans' Stimme klang fest.

Zum ersten Mal in ihrem Leben sah Catharina Hendrik Crudop, die rechte Hand des zukünftigen Kommandanten van Quaelbergen, den gefürchteten Mann, bei dessen Namen selbst Lacus zusammengezuckt war. Er galoppierte scharf in den Hof und riss sein Pferd hart am Zügel. Der Hals des Falben war schweißbedeckt. Crudops plumpe Gesichtszüge verrieten seine bäuerliche Herkunft. Seine Haltung hingegen war die eines befehlsgewohnten Mannes. Ein Emporkömmling, schoss es Catharina durch den Kopf. Einer, der seinen eigenen Stand besonders drangsalierte, um mit jedem Schmerz, den er zufügte, ein Stück mehr von seiner Vergangenheit zuzudecken.

Dennoch musste Catharina zugeben, dass er auf dem Pferd eine gute Figur machte. Ganz anders als Koosten. Dieser hing wie ein Sack Kartoffeln auf seinem Tier, hatte Mühe, nicht aus dem Sattel zu rutschen. Sein Pferd wie er selbst schienen dankbar zu sein, verschnaufen zu können.

Da Thielemann zu weit von ihr weg stand, stellte sich Catharina mit dem Krug hinter Hans, während Koosten abstieg und auf sie zukam.

»*Vrijburgher!*« Aus jeder Pore sprach, wie wichtig er sich nahm. »Das ist unser *assistent an de pen*, Hendrik Crudop.« Er wandte sich großspurig an seinen Vorgesetzten, wobei sein teergebundener dünner Pferdeschwanz wie festgeklebt an seinem Nacken hing. »*Assistent an de pen*, das sind die *vrijburgher* Ras und Thielemann mit ihren Frauen.«

Crudop ließ seinen Blick über sie schweifen. Abschätzig, wie Catharina fand.

»Womit kann ich dienen, *assistent an de pen*? Seid Ihr auf dem Weg zum Bosheuvel und wünscht eine Erfrischung?«

»Wir müssen Eure Tiere zählen«, antwortete Koosten für Crudop.

»Die Zählung war erst letztes Jahr. Wir hatten keine Verluste, und da wir allein Färsen haben, gibt es auch keine Kälber.« Hans gab sich erstaunt.

»Es besteht der Verdacht, dass Ihr mehr Tiere besitzt, als Ihr sollt«, sagte Koosten in wichtigtuerischem Ton.

»Das ist Verleumdung.« Thielemann tauchte wie aus dem Nichts in Crudops Nähe auf, hob einen Zeigefinger. »Wir selber haben die Tiere weggebracht.«

Catharina erschrak. Sie musste Thielemann den Trunk geben, bevor er wirklich Unheil anrichten konnte. Eiligst, sodass Bier aus dem Krug schwappte, ging sie zu ihm.

»Gebt Ruhe und lasst Olaf Koosten die Tiere zählen!« Crudop sprach mit hoher Stimme, die Erregung verriet.

»Ihr ... Ihr ...« Thielemann beugte seinen Körper in Angriffshaltung nach vorn. »Das lassen wir uns nicht bieten.«

Crudop ließ sein Pferd auf Thielemann zugehen. »Wenn Ihr Euch der VOC widersetzt –«

»Die Tiere stehen auf der Weide«, fiel Hans dem Mann ins Wort, bewahrte jedoch seine Freundlichkeit.

Thielemann ergriff die Zügel von Crudops Pferd.

»Lasst mein Pferd los.«

Thielemann kam dem Befehl nicht nach, schwankte.

»Wohl schon am Morgen zu tief ins Glas geschaut!« Koosten verhöhnte Thielemann.

Dieser drehte sich schwerfällig zu ihm um, sah den Krug in Catharinas Hand. »Noch nicht, aber gleich.«

Er riss Catharina den Krug aus der Hand und trank in großen Schlucken, während Catharina stammelte: »Ihm geht es schon den ganzen Morgen nicht gut. Seht sein Gesicht. Er kratzt sich überall.«

»Was redest du, Weib?« Thielemann setzte den leeren Krug ab, starrte sie an.

»Du bist krank, Thielemann. Wenn du mal nicht das Buschfieber hast.« Catharina hoffte inständig, dass der Saft bald Wirkung zeigen würde.

Hans blickte Catharina ebenso ungläubig an wie Crudop und Koosten. »Buschfieber?«

»Ja. Er hinkt, die Nase ist rot. Schaut die Striemen, die er sich gekratzt hat.« Mayken log das Blaue vom Himmel herunter, um Catharina zu unterstützen.

»Das Weib spinnt Garn!« Thielemann kehrte sein Gesicht Crudop zu, verlor das Gleichgewicht und prallte gegen das Pferd des *assistent an de pen*.

»Hinfort mit dir!« Crudops Stimme stieg zur nächsten Höhe hinauf.

Thielemann hörte ihn anscheinend nicht. Crudop hob seine Peitsche.

»Nein!« Mayken schrie auf.

Bevor der Peitschenknauf auf Thielemann niedersausen konnte, klappte dieser in sich zusammen und sank mit verdrehten Augen zu Boden.

»Thielemann!« Hans schrie auf.

Catharina war erleichtert und besorgt zugleich, bestand doch die Gefahr, dass sie ihm zu viele Tropfen verabreicht hatte.

Zu dritt beugten sie sich über den am Boden Liegenden, indessen Crudop sein Pferd zurücktreten ließ und Koosten mit offenem Mund auf das Geschehen starrte.

Zu Catharinas Erleichterung hob und senkte sich Thielemanns Brustkorb gleichmäßig. Er schlief nur. Ganz wie er sollte. Sie konnte mit ihrem Schauspiel fortfahren, fasste an Thielemanns Stirn und zog ihre Hand schnell zurück, als ob sie sich verbrannt hätte. »Mayken. Er ist noch heißer geworden.«

Hans stand verdutzt da, während Mayken die Stirn ihres Mannes befühlte, schluchzte. »Thielemann.« Dramatisch brach sie über dem Oberkörper ihres Mannes zusammen.

Crudop nahm weiteren Abstand, und Koosten gesellte sich zu seinem Vorgesetzten.

»Lasst mich mal!« Hans fasste ihm an die Stirn, drückte seine Hand fester und fester darauf.

Catharina musste handeln, da er ihr Schauspiel keineswegs verstehen konnte. Sie zwinkerte ihm verschwörerisch zu. »Spürst du das Fieber, Hans?«

Ein Funken Begreifen flackerte in seinen Augen auf. »Wir müssen ihn ins Haus schaffen. Nicht, dass sich der *assistent an de pen* Crudop und Koosten noch anstecken.«

»Nicht ins Haus. Da steckt er uns an.« Catharina wandte sich an Crudop und Koosten. »Könnt Ihr ihn mit in die Station nehmen, ins *zuikenhuis*?«

»Damit wir krank werden? Der *vrijburgher* bleibt hier, versorgt von den Seinen!« Crudops Befehl war eindeutig. Er richtete seinen Zeigefinger auf Koosten. »Zählt die Tiere. Schnell!«

»Deine Idee mit dem Fieber war bestechend.« Mayken klopfte Catharina auf die Schulter, nachdem sie mit Laurens' Hilfe den nunmehr schnarchenden Thielemann auf die Bank unterm *geelhoutboom* gelegt hatten.

»Was habt ihr getan?«, fragte Laurens.

»Nichts. Warum?« Mayken hielt dicht.

Catharina sah zur Weide. Koosten zählte die Rinder und Schafe, während Hans und der immer noch auf seinem Pferd sitzende Crudop vom Gatter aus zuschauten. Es war amüsant zu sehen, wie Crudop sich zur Seite wegbeugte, wann immer Hans das Wort an ihn richtete.

Schließlich wandte Crudop sein Pferd und preschte aus dem Hof, ohne auf Koosten zu warten, der selbst für das kleine Pony einen Baumstumpf brauchte, um sich in den Sattel zu hieven und dann hinterherzugaloppieren.

»Nimmt uns Crudop Tiere weg?« Eilig ging Catharina Hans entgegen.

Hans schüttelte den Kopf. »Wir haben so viele Rinder, wie wir haben dürfen. Genau wie Thielemann, Frans Gerrits und wahrscheinlich auch Remayenne, zu dem sie jetzt reiten werden. Koosten war wütend, dass sein Informant falschlag.« Hans sah sie aufmerksam an. »Und dank Thielemanns rätselhafter Krankheit kamen sie gar nicht erst auf die Idee, länger zu bleiben und unangenehme Fragen zu stellen.«

Catharina sah Hans treuherzig an. »Ich habe Thielemann Schlafmohn in sein Bier gemischt. Ich hatte Angst, dass er uns Ärger macht, so wie er sich benommen hat. Mayken war einverstanden.«

Ihr Mut schwand, als sie sah, wie Hans seine Schultern angespannt hob und seine Hände vor seinem Gesicht faltete. »Hans, bitte sag was. Ich weiß, dass es falsch war, aber –«

Hans nahm die Hände vom Gesicht. »Du bist wahrlich wild! Und hast recht getan. Thielemann hätte uns ins Unheil geritten.«

Er legte einen Arm um sie, und sie ließ es geschehen. Lange war es her, dass sie sich berührt hatten, und es tat gut.

»Warum ist Lacus nicht zu uns gekommen? Er ist *fiscal*. Warum Crudop?«, fragte Catharina.

»Ich weiß es nicht.« Hans schaute sie an. »Koosten hat mich gefragt, ob ich den *hopelooper* wiedergesehen habe, dem ich die Orange geschenkt habe. Ob er vielleicht Arbeit bei uns gesucht hat.«

Erschrocken fuhr Catharina zurück. »Was hast du gesagt?«

»Dass *hopelooper* selten auf *farmen* arbeiten und lieber Soldaten werden. Vor allem eher nach Batavia segeln.«

»Hat er es geglaubt?«

»Es klang für ihn einleuchtend, außerdem hat er bisher keinen Berne gefunden. Sag mir: Warum hat er es so auf Berne abgesehen?« Hans schob sie von sich und forschte in ihrem Gesicht.

Der Moment war gekommen, ihm die Wahrheit zu sagen. Doch sie war in all den Wochen zu der Einschätzung gelangt, dass sie ihn vor zu viel Wissen schützen musste. Sie überlegte fieberhaft, was sie auf seine Frage antworten sollte, dann erklärte sie: »Ich habe ihn unter Deck angegriffen. Und das Falschspielen verpetzt. Vielleicht das?« Catharina hütete sich, ihm zu sagen, dass sie Koosten entstellt hatte. Es lag an ihr, einen Weg zu finden, um ihren Feind loszuwerden. Deswegen wechselte sie das Thema und legte einen bittenden Ton in ihre Stimme. »Bitte sag Thielemann nicht, was ich getan habe!«

»Gott bewahre! Der hält dich sonst für 'ne Hexe und plaudert das aus, wenn er besoffen ist. Es reicht schon, wenn ich mich vor dir vorsehen muss.«

»Hans, ich –«

»Es ist alles gut. Du hast uns gerettet. Wieder einmal.«

Unvermittelt schlug Riebeck an. Eine Gestalt kam übers

Feld. Wie sie ging, schwerfällig, ohne Kraft, musste ihr etwas passiert sein. Beim Näherkommen sah Catharina, dass es eine Khoi war. Ihr Kopf war geschoren, und ihr Gesicht sowie Teile ihres nackten Oberkörpers, über dem sie nur ein Schafsfell trug, waren mit schwarzer Farbe bemalt.

»Eva!« Catharina und Hans liefen gleichzeitig los.

26. KAPITEL

Catharina stand an der Tür und beobachtete Eva. Seit Stunden saß diese auf der Bank unter dem *geelhoutboom*, murmelte wie in Trance vor sich hin und wiegte dabei ihren Oberkörper.

Thielemann trat zu Catharina mit einer Flasche in der Hand. Er konnte sich an nichts erinnern und war von Hans über seinen rätselhaften Schwächeanfall in Kenntnis gesetzt worden. »Crudop und Koosten hab ich's gegeben, oder?« Er stieß ihr seinen Ellenbogen in die Seite, setzte die Flasche an den Hals.

Ohne großes Federlesen nahm Catharina ihm diese ab. »Du hast genug.«

Während Thielemann sie verdattert ansah, ging sie zu Eva. »Hier. Willst du?«

Eva schüttelte den Kopf, wiegte sich weiter.

Catharina packte sie an den Schultern. »Wo ist Pieternella?«

Der Name ihrer Tochter schien zu Eva durchzudringen. »Bei Pieter. Bei mir hat sie keine Zukunft. Ich hab keine Kühe, keine Mitgift.«

»Wie meinst du das?« Hans, Mayken und Thielemann traten herbei.

»Spuck's aus. Hast du dir die Haare rasiert?«, feixte Thielemann. Er glänzte mal wieder mit seiner sensiblen Art.

»Autshumao ist tot.«

Ein Bleigewicht senkte sich auf Catharinas Schultern, ließ sie neben Eva auf die Bank sinken und ihre Hand ergreifen. Sie wusste, dass Eva ihr Onkel, den die Niederländer Herrie nannten, viel bedeutete. Er hatte sie großgezogen, nachdem ihr Vater verstorben war und ihre Mutter sie für eine neue Heirat zurückgelassen und nur die kleine Schwester Kabatsu mit in die neue Familie genommen hatte. Autshumao hatte ihr die ersten Brocken Englisch beigebracht, sie in Riebeecks Haushalt gegeben.

»Wie ist das geschehen?« Hans drehte seinen Hut in den Händen.

»Er hat verstanden, dass unser Volk nicht überleben wird, und seine Lebensflamme ausgeblasen.« Mit plötzlicher Klarheit sah sie die anderen an. »Ihr wisst, dass es stimmt. Ihr gebt uns Perlen aus Holz oder Glas für das, was unser Reichtum ist. Knechtet uns mit Tabak und Alkohol. Vertreibt uns von unserem Land.«

»Nicht wir. Die Compagnie tut das. Und sie hält uns genauso klein wie euch«, echauffierte sich Thielemann.

»Ich wollte Autshumao noch einmal sehen. Oedosoa hat es mir verweigert. Ich bin in der Compagnie nicht mehr erwünscht und mit Autshumaos Tod auch nicht mehr bei den Meinen.«

»Wie kann Oedosoa das tun? Er ist dein Schwager.« Catharina verstand es nicht.

»Ja, das ist er, will mich trotzdem nicht mehr sehen. Mir auch nicht mein Erbe von Autshumao geben. Sechs Kühe.«

»Das sieht gar nicht nach Oedosoa aus.« Hans mischte sich in das Gespräch ein.

»Nach Autshumaos Tod ist alles anders. Oedosoa will auch nicht mehr handeln.«

»Was, mit uns auch nicht mehr?« Thielemann fuhr sich durch die schütteren Haare.

»So ist es.« Eva wiegte sich erneut von einer Seite zur anderen.

»Bist du von Saldanha bis hierher gelaufen? Das sind Tage.« Catharina war verwundert.

»Was sind Tage zu den Nächten, die vor mir liegen.« Eva sah Catharina an. »Was wird nun mit mir?«

»Erst einmal bleibst du bei uns.« Catharinas Entschluss stand fest.

Hatte Catharina gehofft, eine ruhige Minute mit Eva allein zu finden, um ihr von Koostens Suche nach Berne zu berichten, wurde sie in den nächsten Tagen enttäuscht. Dass sie die Ochsen aus dem Versteck zurückholen mussten und die *farm* zum Treffpunkt der *vrijburgher* wurde, die über die sich ändernden Zeiten unter Crudop und die Folgen von Autshumaos Tod sprachen, spielte dabei eine Rolle. Catharina mochte sich nichts vormachen. Der wahre Grund war, dass Eva ihr bewusst aus dem Weg ging.

Eine Wolke der Ungewissheit, der keimenden Angst, hing über ihnen dreien, die jeden anders traf: Wenn Hans sich unbeobachtet glaubte, blickte er übers Land, bewegte unaufhörlich seine Kiefermuskeln. Sie selbst fürchtete die Entdeckung durch Koosten, Eva die Bestätigung ihrer Entwurzelung.

Als Eva am fünften Morgen das Haus ohne ein Wort des Abschieds verließ, ging Catharina ihr heimlich nach. Hinter Catharinas Gemüsefeld wandte sich Eva zum Liesbeek, folgte dem Flusslauf Richtung *Groote Schuur*. Sie durchquerte ein Wäldchen und blieb schließlich vor einem hüfthohen Steinhaufen stehen. Sie kniete sich hin, nahm das Straußenei aus ihrem Beutel, das sie als Trinkgefäß stets mit sich trug, und ließ Wasser auf die Erde tropfen. Mit einem Stöckchen vermischte sie das Nass mit dem Boden. Während sie sich mit ihren Fingern neue Streifen der Trauer ins Gesicht malte, sprach sie scheinbar in die Luft: »Dein Volk hat sich noch nie gut anschleichen können.«

»Ich schleich mich nicht an. Ich warte auf eine gute Gelegenheit«, antwortete Catharina, nicht im Geringsten verlegen, und trat zu ihr.

»Diese wird nicht mehr kommen.« Eva machte keine Anstalten aufzustehen, legte eine Hand an den Steinhaufen.

»Du musst dich dem Leben stellen, Eva.«

»Das Leben hat mir einen Berg gebaut, den ich nicht erklimmen kann.«

Catharina kniete sich neben sie. »Hast du deshalb die Steine aufgeschichtet?«

»Nein, sie sind für Eitsi Heib. Damit ehren wir ihn.«

»Du bist getauft. Dein Gott ist ein anderer.« Catharina war verblüfft, dass man zwei Götter ehren konnte.

»Ich weiß nicht, ob er mich sieht, der Gott der Getauften. Mich, Eva. Ob Eitsi-Heib mich sieht. Mich, Krotoa.« Evas Stimme klang unsicher. »Woher sollen die Götter wissen, wo sie mich suchen sollen, wenn ich selbst nicht weiß, wer ich bin?«

Catharina legte einen Arm um Eva, die es mit sich geschehen ließ.

»Der Gott der Getauften ist mächtiger«, sagte Eva schließlich im Brustton der Überzeugung.

»Wie kommst du darauf?«, fragte Catharina.

»Es gab Krieg hier. Vor drei Jahren. Zwischen der Compagnie und den Khoi. Ich hab meine Leute hängen sehen oder zerfetzt von Kugeln. Eitsi-Heib hat nicht geholfen.«

Catharina war es, als ob eine Zwinge sich um ihr Herz legte. Dieser jungfräulich besiedelte Fleck Erde war bereits mit Blut besudelt.

»Ich bewundere Amishas Stärke. Sie bleibt sich treu. Wird geliebt. Everard liebt sie.« Eva seufzte.

»Hans liebt sie auch«, entfuhr es Catharina wider Willen.

»Ihr schlaft nicht in einem Bett.« Keine Frage, sondern eine Feststellung.

Catharina nickte ertappt.

»Ihr solltet es teilen. Umso eher vergisst er sie.«

»Sie bekommt ein Kind von Hans. Wie soll er sie je vergessen?«

Eva sah sie mit verengten Augen an. »Wer sagt das?«

»Amisha.«

»Ah«, sagte Eva gedehnt. »Wenn die Schlange zischt, kriecht die Maus in ihr Loch.«

»Das könnte ich auch zu dir sagen«, fuhr Catharina sie verletzt an und erhob sich.

»Ihr Kind wird sicherlich ein *halfslag* sein, Catharina. Aber Everards *halfslag*.« Eva stand ebenfalls auf. »Noch ein Mischling. Wie Pieternella.« Sie trat näher an den Steinhaufen. Mit schief gelegtem Kopf schien sie den Steinen zu lauschen. »Vielleicht ist das Eitsi-Heibs Wille. Das neue Blut unserer Kinder.

Wir werden uns besser verstehen, wenn wir uns mischen. Wurzeln von euch mit Wurzeln von uns.«

Catharina sah sie an. »Ich bin mir nicht sicher, ob es ihnen besser ergehen wird. Sie werden nicht wissen, wo sie hingehören. Du sagst es doch selber.«

»Je mehr Menschen nicht wissen, wo sie hingehören, desto mehr werden sie sich verbinden.« Als ob ihre Überlegungen ihr frischen Mut gäben, legte sie ihre Hand auf Catharinas Arm. »Ich gründe meinen eigenen Stamm. Mit Pieter. Er muss mich nur auch ohne Kühe nehmen.«

In der Nähe des Steinhaufens war eine seichte Stelle im Liesbeek. Eva wusch sich die frisch aufgemalten, noch feuchten Streifen der Trauer aus dem Gesicht. Seit ihrem Beschluss, Pieter zu heiraten und Stammmutter zu werden, schien eine Last von ihren Schultern gefallen zu sein. Aufmerksam hörte sie nun Catharina zu, die sie mit den neuesten Entwicklungen am Kap rund um Koostens Rückkehr vertraut machte. »Hätte van Stappen die Kaninchen doch bloß nicht hiergelassen! Wären sie nur krepiert!« Catharina konnte nach wie vor nicht fassen, wie viele Schritte, von denen sie einen wesentlichen mit herbeigeführt hatte, für Koostens Rückkehr verantwortlich waren. »Koosten geht nicht mehr. Unter Crudop wittert er seine Möglichkeiten. Die beiden sind aus dem gleichem Holz geschnitzt. Und er sucht Berne. Was soll ich nur tun, Eva?«

»Die Compagnie hat Autshumao nach Robben Eiland geschickt, diesem öden Stück Land, als sie ihn nicht mehr brauchten. Koosten hat wahrlich Straftaten vollbracht. Er gehört dorthin, nicht mein Onkel, der nichts verbrochen hatte und erst zum Sterben zurück an Land durfte. Sag, was du über Koosten weißt. Du musst ihn anzeigen. Falschspiel, Vergewaltigung, Bedrohung. Das sind handfeste Anklagen.«

»Ich habe keine Zeugen für seine Taten an Bord der Hoff. Hans, Thielemann fürs Falschspielen, Joris, ja. Dafür ist es jedoch zu spät. Auch kann ich nicht reden, ohne Lacus mit reinzuziehen. Ich war ein blinder Passagier, ich war ein Mann. Zwei Gründe, mich zu verurteilen.« Sie verschwieg den dritten Grund. Ide! Vielleicht war sie gar eine Mörderin und konnte zum Tode verurteilt werden. »Eva, wie ist Robben Eiland?«

»Ich war noch nicht dort. Autshumao sagte, es sei ein Ort, an dem die Knochen bleichen. Kein Baum, kein Strauch. Felsen, Muschelkalk. Strafgefangene.«

»Gibt es dort Löwen, Hyänen, Nashörner?«

»Nein, deswegen können die Schafe dort frei rumlaufen. Warum fragst du das?«

»Dafür bräuchtest du 'ne Insel ohne Feinde«, erinnerte sich Catharina an Thielemanns Worte, als sie Hans und ihm den Grund für Koostens Rückkehr genannt hatte. »Weil Löwen und Hyänen Kaninchen fressen. Wenn Koosten Kaninchen züchten will, braucht er gute Bedingungen.«

Eva spann den Faden weiter. »Robben Eiland ist für Kaninchen wie gemacht. Und weit weg vom Festland.«

»Koosten muss mit auf die Insel.« Catharina überlegte laut.

»Unbedingt. Du brauchst ihn nicht einmal anzuzeigen und wärst ihn los. Von Robben Eiland kommen die wenigsten zurück«, sagte Eva ergänzend.

»Wie können wir es der Compagnie schmackhaft machen?«, fragte Catharina.

»Everard oder Lacus müssen davon erfahren«, antwortete Eva. »Wenn einer von beiden etwas gegen Koosten hat, werden sie einen Weg finden.«

Lautes Kläffen ließ die beiden Frauen aufschrecken. Riebeck kam auf sie zugelaufen.

»Woher kommst du denn?« Catharina tätschelte den Kopf des Rüden.

»Catharina, Eva.« Hans trat aus dem Wald. »Seid ihr des Teufels, alleine wegzugehen?« Aus Hans' Gesicht sprach ernste Sorge.

»Seit wann bist du so bange?« Catharina war es neu, dass ihr Mann nach ihr schaute.

»Seit Koosten Berne sucht«, sagte Eva schlicht. »Nicht wahr?«

Hans ignorierte Evas Frage. »Wir müssen zurück.«

»Warte, Hans! Hör zu!« Sie unterbreitete ihm Evas und ihre Idee, Koosten nach Robben Eiland zu entsenden, damit er dort, ungestört von Raubtieren, seine Kaninchenzucht betreiben konnte, und genoss sein wachsendes Interesse, das er mit zielstrebigen Fragen zur Umsetzung ihres Plans zu erkennen gab.

27. KAPITEL

Ein scharfer Wind blies vom Tafelberg und trieb Blätter vor sich her. Es schien, als ob Catharinas innere Unruhe sich auf die Natur übertragen hatte. Die Ochsen jedoch schienen das Wetter zu mögen. Sie schritten munter voran.

Hans hatte auf seinen Hut verzichtet, ließ sich seine Haare vom Wind zerzausen, während Catharina ihre Haube und ihre mühsam gebändigten Haare mit einer Hand fest auf den Kopf drückte. »Wie gern würde ich dieses verflixte Ding ablegen.«

»Gerade heute musst du wie eine gottesfürchtige Siedlerin aussehen.«

»Um Koosten loszuwerden, auch das.« Catharina sah auf ihre blank geschrubbten Fingernägel.

»Wenn wir Crudop nur mit entsorgen könnten!« Hans schaute in den Himmel.

»Das wird heute nicht gelingen.«

»Ich habe mir überlegt, Catharina, doch Everard anzusprechen, nicht Lacus.«

Catharina wusste, welche Mühe es ihn kosten würde, seinen Nebenbuhler ins Vertrauen zu ziehen. »Warum? Mit Lacus sitzt du in einem Boot.«

»Ich habe meine Karten bei ihm ausgereizt. Bin mir nicht sicher, in welchen Wind er seine Fahne hängen wird. Everard scheint mir der sicherere Weg. Um nichts in der Welt will ich eure Idee gefährden.«

»Du meinst es wirklich ernst?«

»Von deiner Tatkraft war ich vom ersten Tag an angetan.«

Wie ein Sonnenstrahl fuhr das Kompliment in ihren Körper. Sie war von Freude erfüllt, dass sie ihren Zwist beigelegt hatten, und dachte an Evas Rat, das Bett wieder mit ihm zu teilen.

»Woran denkst du?«, fragte Hans sie und zeigte auf ihre Hände. »Was Schlimmes?«

Catharina blickte verblüfft auf ihre Hand, die sich in die Falten ihres Kleides gekrallt hatte. »Ich bin aufgeregt.« Das war nicht einmal gelogen. »Und ich freue mich, Eva wiederzusehen.« Und zu erfahren, ob sie nun eine Braut ist, dachte Catharina weiter.

Catharina war das letzte Mal am Kap gewesen, um Hans aus dem Gefängnis zu holen, und staunte über die sichtbaren Veränderungen. Fünf neue Häuser waren in der kurzen Zeit errichtet worden. Eine weitere Taverne am Ufer hochgezogen. Neben den Lagerhäusern hatte ein Schneider sein Geschäft eröffnet.

»Ein Segelmacher«, erklärte ihr Hans, »er war es überdrüssig, zur See zu fahren.«

»Irgendwann soll dies eine richtige Stadt werden. Eine, in der wir gerne leben«, wünschte sich Catharina.

Hans nickte. »Die Stadt am Kap.«

»Kapstadt«, murmelte Catharina vor sich hin. Dieser Name gefiel ihr für die Station weitaus besser als einfach nur »Versorgungsstation« oder *Caapse Vleck*, wie sie hier und da schon gehört hatte.

Sie fuhren am Ufer entlang zum Fort. An die zwanzig Soldaten und Sklaven hoben eine riesige Grube aus.

»Was wird das denn?«

»Wagenaer lässt ein Wasserbecken bauen, um die vorübersegelnden Schiffe besser mit Frischwasser versorgen zu können. Es soll eins seiner Vermächtnisse werden. Dafür wird er den Liesbeek umleiten.«

Catharina konnte ihre Verblüffung nicht verhehlen. »Das misst mindestens zwölf *Amsterdamer Roeden* in der Länge.«

»Ja, und es soll um die drei breit werden.«

»Oedosoa hat recht«, überlegte Catharina laut, »die Compagnie wird hier nicht mehr weggehen.«

»Wir auch nicht, das ist unsere Heimat. Und die lassen wir uns von keinem Koosten und keinem Crudop nehmen.«

Im Saal des Forts hatte sich die übliche gläubige Gemeinde eingefunden. Catharina suchte die Reihen ab und konnte zu ihrer Erleichterung weder Koosten noch Crudop ausmachen, aber auch keine Eva. Der Kommandant war noch bleicher als beim letzten Mal, als sie ihn gesehen hatte. Weder seine Frau noch seine Stieftochter begleiteten ihn.

»Er dauert mich«, sagte Catharina zu Hans, »muss er wirklich warten, bis van Quaelbergen kommt?«

»Sei froh um jeden Tag, den er da ist. Komm.« Er zeigte auf Everard, und sie setzten sich in die Nähe des *sergeant.*

Lacus hielt den Gottesdienst ab, dem Catharina kaum mit halbem Ohr folgte. Sie fixierte Everards Rücken, der sich wiederholt beugte und krümmte. Zu gern hätte sie schon jetzt mit ihm gesprochen, und sie sehnte inbrünstig das letzte Amen herbei.

Kaum war die Messe vorüber, kam Everard auf sie zu, als ob er ebenfalls das Gespräch suchte. »Mijnfrouw Ras, Mijnheer Ras.« Während er ihnen beiden kurz zunickte, sah Catharina, dass mehrere Äderchen in seinen Augen geplatzt waren. Er hielt sich seinen Bauch mit der Hand, als ob er Schmerzen hatte. Dennoch klang seine Stimme ruhig. »Auf ein Wort.«

»Das suchen wir mit Euch ebenfalls«, sagte Hans.

»Hat Euer Wort einen Namen?«, fragte der *sergeant.*

»Wir hatten Besuch des *assistent an de pen* Crudop bei uns auf der *farm.*« Hans suchte im Gesicht des *sergeant* nach einer ihm gewogenen Reaktion.

»Es hat sich einiges geändert«, sagte Everard mit Bedacht. Die beiden Männer sahen sich in die Augen, schwiegen. Zu lange für Catharinas Geschmack.

»*Sergeant* Everard«, sagte sie, woraufhin dieser sich ihr zuwandte. »Als *vrijburgher* haben wir uns Gedanken gemacht, wo Olaf Koosten seine Kaninchen am besten züchten kann. Hier an Land gibt es zu viele natürliche Feinde, als dass er seine so notwendigen Pläne verwirklichen könnte.«

Everard sah sie gespannt an. »Mijnfrouw Ras, ich habe Euren

wachen Geist bereits einmal im Hause des Kapkommandanten bewundern dürfen. Bitte sprecht!«

Catharina spürte, wie sie ob des Lobes rot wurde.

»Wo seht Ihr die Zucht beheimatet?« Everard hakte nach.

Beherzt fuhr sie fort. »Auf Robben Eiland.«

Everard schaute sie aus seinen geröteten Augen verdutzt an. »Robben Eiland?«

»Dort gibt es weder Löwen noch Hyänen noch Schlangen. Natürlich müsste Mijnheer Koosten seine Kaninchen unter seiner Anwesenheit züchten. Niemand weiß so viel über die Tiere wie er«, ergänzte Hans Catharinas Worte.

Everard sah von Hans zu Catharina und wieder zurück. Mit keiner Miene verriet er, was er dachte. »Wir brauchen in der Tat einen zuverlässigen *overseer* auf Robben Eiland. Mijnheer Koosten ist ein reger, umtriebiger Arbeiter.«

Catharina atmete auf, meinte sie doch deutlich herauszuhören, dass der *sergeant* Koosten nicht wohlgesinnt war.

Everard klopfte Hans auf die Schulter. »Mit Eurer Erlaubnis, *vrijburgher* Ras, werde ich dem Kommandanten von Eurer Idee berichten und Euch loben.«

»Mir wäre weder Lob noch Erwähnung meines Namens wichtig. Das Ergebnis wäre in meinem Sinne«, sagte Hans.

»Nicht nur in Eurem, mein Freund.« Mit diesen Worten empfahl sich Everard.

Catharina sah Hans mit Erstaunen an. »Hat er gerade ›mein Freund‹ gesagt?«

Hans strich mit seiner Hand übers Kinn, wie er es immer tat, wenn ihn etwas wunderte. »Ja, hat er.«

Der Wind hatte dichte dunkle Wolken über dem Tafelberg zusammengedrängt, aus denen dicke Tropfen fielen, die den Boden langsam, aber sicher in Matsch verwandelten.

»Wir bleiben heute Nacht bei Joris.« Hans lenkte das Gespann zum Ufer.

»Und die Ochsen auf der *farm*?«

»Sind in ihren Ställen ohne uns gut aufgehoben.«

Catharina war insgeheim froh, am Kap bleiben zu können. Mit dem Karren stecken zu bleiben und eine Nacht im Freien zu verbringen wollte sie lieber nicht riskieren.

»Ich bring die Tiere in den Stall. Geh du schon rein!« Hans hielt vor der Taverne, und Catharina sprang eiligst ab.

Durchnässt öffnete sie die Tür zu Joris' Kneipe, die überraschend leer war. Nur wenige vor dem Regen Gestrandete saßen an den Tischen, und zu Catharinas Verwunderung stand Jannetje hinterm Tresen. Diese winkte Catharina zu sich, schaute, ob die Gäste für eine Weile versorgt waren, und ging mit ihr in die Küche. Catharina setzte sich neben das Feuer, während Jannetje ihr einen Kräutertee aus der Rinde des Roten Busches reichte, den die Khoi sehr verehrten.

Dankbar trank Catharina und spürte sogleich, wie die Wärme durch ihren Körper floss. »Wo ist Joris?«

»Bei Lacus. Du erinnerst dich an diesen Falschspieler, der Thielemann über den Tisch ziehen wollte?«, fragte Jannetje und reichte ihr einen trockenen Kittel.

»Koosten? Ja, warum?« Rasch streifte Catharina ihr nasses Kleid ab und zog sich den Kittel über.

»Er hat unsere Fässer nachgezählt. Im Auftrag von Crudop. Hat zwei Weinfässer von den Franzosen gefunden und beschlagnahmt.«

»Bei uns war er auch schon, um das Vieh zu zählen«, vertraute Catharina ihr an.

»Ein Dreckskerl ist das. Läuft auch jedem Rock hinterher.« Jannetje stemmte die Arme in die Hüfte. »Kennst du Zara? Sie arbeitet bei Lacus im Haus.«

Nur zu gut erinnerte sich Catharina an die junge Khoi, die sie des Diebstahls bezichtigt hatte.

Jannetje goss ihr einen zweiten Becher Tee ein. »Er will sie als Geliebte. Nicht nur sie. Neulich kam Amisha hier reingerannt. Koosten hatte ihr nachgestellt.«

Catharina sah von ihrem Becher auf. »Weiß Everard davon?«

»Sie wollte nicht, dass er es erfährt.« Jannetje setzte sich zu Catharina auf die Bank. »Der *sergeant* würde ihn zur Rede stellen oder etwas Unbedachtes tun. Amisha will ihr Gnadengesuch nicht gefährden.«

»Gnadengesuch?« Catharina war ganz Ohr. »An Wagenaer?«

Jannetje schüttelte den Kopf, dann beugte sie sich vertraulich zu ihr. »Nein, der kann nichts tun. An den Gouverneur von Batavia, Joan Maetsuijcker. Er ist für Strafangelegenheiten bei uns am Kap zuständig. An ihn hat Everard die Petition gerichtet.«

»Aber sie hat jemanden umgebracht. Wie soll das gehen?«

»Sie pocht auf Notwehr.«

Das hatte Hans ihr schon mal gesagt, erinnerte sie sich.

»Ich glaube ihr«, schwatzte Jannetje weiter, »Amisha zieht wie Licht Mücken an. Dafür kann sie nichts. Einfach jeder Mann will sie.«

Hans auch, dachte Catharina bitter. »Was geschieht, wenn der Gouverneur sie begnadigt?«

»Na, dann ist sie eine freie Frau. Kann heiraten, wen sie will, fahren, wohin sie will, arbeiten, was sie will. Sie ist dann wie wir.« Jannetje lachte und kippte Catharina Arrack in den Tee. »Nein. Reicher als wir, wenn sie frei ist und Everard heiratet.«

»Everard ist eine gute Partie?«

»Eine der besten, nachdem Lacus geheiratet hat.« Jannetjes Wangen glühten, vermutlich ob all des Tratsches, den sie verbreiten konnte.

»Wie ist sie? Lacus' Frau?« Catharina war heute eine dankbare Abnehmerin für Jannetjes Neuigkeiten.

»Lydia van Pape ist eine feine Dame. Wie ein Spitzenhandschuh. Zierlich und klein.«

Die Tür öffnete sich. Joris und Hans polterten völlig durchnässt herein.

»Gott sei's gedankt, ihr seid da.« Jannetje schlug ein Kreuz.

Hans zog sich seinen nassen Hut vom Kopf. »Heut bläst's noch Äste.«

»Hier drin auch, wenn ihr nicht bald das nasse Zeug auszieht.« In Jannetje hatte die Hausfrau wieder überhandgenommen. Sie zeigte auf die Pfützen, die sich um die Stiefel der beiden Männer bildeten. Joris grinste. Er war es gewohnt, nickte in Richtung Gaststube. »Wie sieht's dadrin aus? Übernachtungsgäste?«

»An die zehn. Die werden es nicht auf die Schiffe schaffen.«

»Wir können die Zusatzeinnahmen gut gebrauchen, Frau. Crudop belegt uns mit einer Strafzahlung, trotz Lacus' Eingabe.«

»Wie kann das sein? Er ist *fiscal*?« Catharina war mehr als überrascht.

»Crudop ist für Wagenaer ein Stellvertreter van Quaelbergens, warum auch immer«, sagte Joris.

»Wie kann jemand, der eigentlich keine Macht hat, eine solche ausüben?« Catharina verstand es nicht.

»Kennen wir die Leichen, die sie zusammen begraben haben? Wir kennen nur unsere.« Joris schlug Hans auf den Rücken. »Ihr könnt über Nacht bleiben, braucht nichts zu berappen.«

»Das möcht ich meinen. Immerhin sorgen wir dafür, dass Koosten wegkommt.«

»Wie das?«, fragte die ewig neugierige Jannetje.

»Das wünscht sich Hans nur, so wie wir alle«, wiegelte Catharina ab. Hans warf sie einen warnenden Blick zu. Jannetje würde ihr Wissen herausposaunen und ihren Plan gefährden.

»Wohl wahr.« Jannetje nickte. »Er sollte gehen, sonst brechen schwere Zeiten für uns an.«

Selbst die sonst so frohgemute Jannetje sah in Koosten also eine Bedrohung.

28. KAPITEL

Als ob Jannetjes Worte die schweren Zeiten herbeibeschworen hätten, brach in der Nacht ein Sturm los, der die Wellen in der Bucht aufpeitschte und die Straßen unpassierbar machte. Sein Brüllen und Heulen jagte selbst den sturmerprobten Kapbewohnern Angst ein. Jannetje saß mit gefalteten Händen in der Stube, betete und betete.

Joris hingegen hob seinen Becher. »Auf dass die Lehmwände halten.«

Catharina sah ihn besorgt an. »Wie meinst du das?«

»Unsere Wände sind noch vom letzten Regen voller Wasser. Ich will keinen Einsturz.«

Catharina drückte sich näher an Hans, der seinen Arm beruhigend um sie legte und sagte: »Jannetje tratscht, Joris übertreibt.« In seiner Stimme glaubte Catharina dennoch Besorgnis mitschwingen zu hören.

In dieser Nacht tat niemand ein Auge zu. Der Wind ließ am nächsten Morgen nach, aber es regnete weiter. Wasserbäche flossen die Straße hinab.

Catharina und Hans standen unter dem Vordach und schauten auf den aufgeweichten Weg.

»Jetzt bräuchte es ein Pferd. Mit den Ochsen wird es schwierig, wenn wir nicht ständig den Karren aus dem Schlamm ziehen wollen«, sagte Hans. »Es sieht aus, als ob wir Joris' und Jannetjes Gastfreundschaft einen weiteren Tag in Anspruch nehmen müssen.«

Catharina sah eine Gestalt hinter einem Lagerhaus hervortreten und durch den Regen auf sie zukommen. »Niemand geht heute freiwillig vor die Tür«, sagte Catharina mehr zu sich selbst. Just in diesem Moment sah sie den stark gewölbten Bauch der schmalen, bis auf die Knochen nassen Gestalt.

Hans hatte Amisha offenbar ebenfalls erkannt, denn er eilte

durch den Regen zu ihr und führte sie sicher unters Vordach. Catharina sah, dass sie Hans' Arm festhielt, als ob sie ihn niemals loslassen wollte.

»Dich such ich, dich such ich«, murmelte sie ein ums andere Mal. Kaltes Entsetzen erfasste Catharina ob ihres Zustandes. »Everard schickt mich. Er will dich sehen, Hans.« Aus Amishas Augen sprach Verzweiflung. »Er stirbt.«

»So schnell stirbt es sich nicht. Gestern ging es ihm gut«, wiegelte Hans ab.

Catharina dachte daran, wie sich Everard gestern gekrümmt hatte.

»Nein, Hans.« Amishas Stimme zitterte und senkte sich zu einem Hauchen. »Das Leben verlässt ihn.«

Da Catharina Hans nicht mit Amisha allein lassen wollte, ging sie mit zum Fort. Regen und Tränen liefen Amisha übers Gesicht, während sie ihnen erzählte, dass Everard kein Wasser lassen konnte, große Schmerzen litt und selbst Pieter und Eva mit ihren Möglichkeiten am Ende waren.

»Eva hat gesagt, sie fühlt Steine in seinem Bauch.« Amisha schluchzte auf. »Die bringen ihn um.«

Als sie triefend nass über den Flur zu Everards Räumen eilten, fiel Catharina einen Schritt hinter die beiden zurück, betrat auch nicht Everards Zimmer, sondern postierte sich an der Tür. Everard lag ihr zugewandt in einem Bett mit Daunenkissen und feiner weißer Damastdecke.

»Du hast Hans gefunden.« Seine Stimme klang matt.

»*Sergeant* Everard, was kann ich für Euch tun?« Hans klang erschüttert.

»Gleich … Amisha, Liebes, hilf mir auf.«

Amisha steckte ihm ein Kissen in den Rücken. Dabei stöhnte Everard vor Schmerzen. Als Amisha die Decke lüpfte, sah Catharina mit Schreck seinen aufgeblähten Bauch, als wäre er wie Amisha hochschwanger.

»Wir sind fertig, *sergeant* Everard.« Das war Lacus' Stimme.

Jetzt erst bemerkte Catharina den *fiscal*, der sich hinter dem schweren Holztisch erhob. »Ihr müsst nur noch unterschreiben.« Lacus trat ans Bett, hielt Papier und Feder in der Hand.

»Was ist das?«, fragte Hans.

»Mein Testament«, krächzte Everard. »Ich möchte, dass Amisha hundertfünfzig *florins* für unser Kind erhält, wenn es lebend zur Welt kommt.«

Catharina schluckte verblüfft, als sie die für sie ungeheure Summe hörte. Amisha schien ebenfalls überrascht. Sie küsste Everards Hand, hielt sie an ihre Stirn.

Lacus reichte Everard das Testament, das er auf einen Folianten gelegt hatte, damit dieser besser unterschreiben konnte. Everard kratzte mit der Feder über das Papier. Jede Anstrengung schien eine Qual zu sein. Lacus nahm den Folianten samt Pergament an sich. »Ich werde es gut verwahren.«

Everard nickte schwach. »Mijnheer Ras. Tretet näher.«

Als Hans der Aufforderung nachkam, griff Everard nach seiner Hand. »Amisha, gib mir deine.«

Catharina hörte ihr Herz bis zum Halse pochen.

»Wenn Gott mich zu ihm nimmt, versprich mir, Hans Ras, passt du auf sie auf.«

Catharina schrie leise auf. Everard klang wie ein Pfarrer, der Amisha Hans zur Frau gab, redete ihn sogar mit einem vertraulichen Du an. Dabei heftete er seinen Blick auf Catharina, als ob er sie erst jetzt wahrnahm. »Ich werde nicht mehr da sein, Mijnfrouw Ras, um Amisha schützen zu können. Sie soll keine Unbill erleiden. Jemand, der verlässlich ist, muss nach ihr schauen.«

Everard wusste also, dass Hans Amisha liebte. Catharina presste ihre Lippen zusammen.

»Versteht Ihr das?« Seine Stimme klang gar flehentlich. Er bat um ihre Zustimmung.

Sie vermochte nicht, dem Sterbenden seinen Wunsch abzuschlagen, nickte langsam.

Daraufhin wandte sich Hans Amisha zu. »Ich gelobe, mich um dich kümmern.«

Catharina spürte, wie der Boden unter ihr nachgab. Sie hatte durch ihr Ja Hans die Absolution erteilt, Amisha wie eine Ehefrau zu behandeln. Sie verfluchte sich dafür, mit ins Fort gegangen zu sein. Eine unaussprechliche Mischung aus Ohnmacht und Verzweiflung, gepaart mit Hass, loderte in ihr auf: auf sich, das Versprechen möglich gemacht zu haben; auf Everard, der im Sterben lag und der über Hans und Amisha Bescheid wusste, obwohl er nicht Bescheid wissen sollte; nochmals auf Everard, der seine Nachfolge regelte, ohne auf ihre Gefühle Rücksicht zu nehmen; auf Hans; auf Amisha; auf alles.

Sie drehte sich auf dem Absatz um und ging davon. Im Moment wollte sie nur eines: am Meer laut in den Wind schreien.

Ein paar Stunden später war *sergeant* Everard tot. Catharina hatte sich wie die anderen Siedler und Bediensteten der Compagnie im vertrauten Raum in der ersten Etage eingefunden, um Weiteres zu erfahren. Überdies hoffte sie, Hans zu sehen und mit ihm über das Geschehene zu reden, zu erfahren, wie er dachte. Zu ihrem Leidwesen war er nicht da, dafür Remayenne, Joris und Jannetje. Dem allgemeinen Gemurmel konnte sie entnehmen, dass mit dem *sergeant* ein Freund der *vrijburgher* gegangen war und dass sie befürchteten, Crudop werde die begehrte Stelle einem Vertrauten zuschanzen. Niemand schien zu glauben, dass Wagenaer, *secunde* Gabbema oder *fiscal* Lacus die Stelle besetzen würde. Crudop hielt in ihren Augen die Fäden. Und es war offensichtlich, dass keiner der Anwesenden ein Freund des *assistent an de pen* war.

»Gott steh uns bei.« Jannetje faltete die Hände.

Das Warten wurde für Catharina unerträglich. Sie setzte sich abseits auf eine Bank. Ihre eigenen Ängste wurden übermächtig, jetzt, da Everard im Haus nebenan kalt und steif wurde. Sie hatte Hans weggegeben. Aber was hätte sie tun sollen? Selbst wenn sie nicht ihre Zustimmung gegeben hätte, hätte Everard Hans gebeten, sich Amishas anzunehmen, und er hätte es getan. Er liebte die Bengalin. Sie hatte nach Everards Tod Geld, sollte ihr

Kind lebend zur Welt kommen. Und wenn Everards Gnadengesuch positiv beschieden wurde, wovon auszugehen war, war sie wie Catharina eine freie Frau. Dann brauchte Amisha keinen Offizier mehr zu bezirzen, konnte ihrem Herzen folgen und zu Hans gehen. Sie, Catharina, stand diesem Glück im Weg. Sicherlich bereute Hans, nicht noch ein knappes Jahr gewartet zu haben, um am Ziel seiner Träume zu sein. Jetzt hatte er eine unliebsame Ehefrau am Hals. Eine, die zudem von Koosten gesucht wurde.

Catharina schaute auf ihre Hände, die den Garten auf der *farm* zum Erblühen gebracht hatten. Selbst Hans hatte dies anerkannt, sie gelobt. Sie hatte das Land, ihren Hof lieb gewonnen. Die Birke auf dem Armenfriedhof in Lübeck kam ihr in den Sinn. Der Baum, in dem die Seele ihrer Mutter wohnte. Ob die Birke sich noch sachte im Wind wiegte? Wie es wohl Berne erging? Ob Ide tot war?

Ein leichter Schauer durchfuhr sie. Diether war tot. Du Maulier, Everard. Die Liste der Toten würde weiter wachsen. Aber sie war noch da. Sie wollte leben. Das, was sie hatte, in ein Zuhause verwandeln. Mit Hans. Denn auch ihn hatte sie ins Herz geschlossen, wenngleich sie es sich nur ungern eingestand. Er war nicht mehr das kleinste Übel. Er hatte ihr eine Grundlage für ihr Leben geboten, etwas, das ihr nie zuvor jemand gegeben hatte. Er war ihr Anfang, und er sollte ihr Ende sein. Mit ihm war es allemal besser als jemals zuvor. Amisha, die jeden haben konnte, sollte Hans ihr lassen.

»Er ist da!« Jannetje stupste sie an, zeigte auf Lacus, der den Raum betreten hatte und darauf wartete, dass das Wispern verstummte.

»Ihr mögt es schon wissen. *Sergeant* Everard ist verstorben. Wir werden ihn morgen mit militärischen Ehren beerdigen. Heute lasst uns für seine Seele beten! Sprecht mir die Worte des Herrn nach, die er uns gelehrt hat!«

Catharina stand auf, faltete die Hände und sprach mit den anderen: »Vater unser im Himmel …« Während sie das Gebet vor sich hin murmelte und Everard widmete, kam sie trotz aller Niedergeschlagenheit ein wenig zur Ruhe. Sie war zwar wieder auf sich allein gestellt, aber das um sie herum war besser, als sie es jemals gekannt hatte. Auch wenn so vieles zusammenbrach.

Während die Ansammlung im Saal sich allmählich zerstreute, steuerte Catharina auf Lacus zu, der noch hinter dem Tisch Papiere sortierte. »Verzeiht mir, *fiscal* Lacus. Aber was geschieht mit Amisha?«

Lacus verzog das Gesicht. »Wie kommt es, dass Frauen das Schicksal von Frauen brennender interessiert als das der Männer?«

»Weil es das Schicksal von Frauen bestimmen kann.« Catharina ließ sich nicht beirren.

»In Eurem Fall wohl wahr.«

Catharina schluckte die Worte herunter, die ihr auf der Zunge lagen, und fragte stattdessen. »Ist das Gnadengesuch gewährt?«

Abrupt stand Lacus auf. »Es ist noch keine Antwort da. Aber es wird nie gewährt werden Und warum sollte es auch? Amisha ist eine Mörderin, deren Todesstrafe in lebenslange Gefangenschaft umgewandelt wurde. Das ist Gnade genug, dass sie als Sklavin weiterleben darf.« Er schritt zur Tür.

Catharina ließ nicht locker, folgte ihm. »Und das Kind?«

»Wird in Gefangenschaft geboren und ist damit ein Sklave.«

»Aber Everard war ein freier Mann. Das Kind müsste –« Catharina hielt mitten in ihrem Satz inne, da Koosten mit düster umwölktem Gesicht die Treppe zu ihnen heraufstieg.

»*Fiscal* Lacus. Mijnfrouw Ras!« Es kostete Koosten sichtlich Mühe, sie beide zu begrüßen.

Catharina erwartete, dass er weitergehen würde. Aber er blieb bei Lacus stehen. Dieser streifte Koosten mit einem missbilligenden Blick, redete zu Catharina. »Das Kind einer Sklavin, selbst wenn es ein *halfslag* ist, gehört der Compagnie. Wenn es ein Mädchen ist, bis zum achtzehnten Lebensjahr. Ist es ein Junge, bis zu dessen einundzwanzigstem Lebensjahr.«

Catharina blieb der Mund offen stehen. Sie besann sich. »Wenigstens hat sie Everards Erbe.«

»Sie wird nichts erben«, erwiderte Lacus.

Entgeistert sah sie ihn an. »Warum nicht?«

»Das Gesetz der Compagnie besagt, dass Sklaven keinen Besitz ihr Eigen nennen dürfen. Jeglicher Besitz eines Sklaven geht auf die VOC über«, erklärte Lacus.

»Was ist mit dem Testament? Ihr habt es selber aufgesetzt.«

»Gebt Ihr nie Ruhe? Gilt nur, wenn sie frei wäre.«

Außer sich vor Empörung sah Catharina Lacus an. »Die Compagnie tut unrecht«, brach es aus ihr heraus.

»Das ist wahr«, sagte Koosten zu Catharinas Schreck in überraschender Einvernehmlichkeit.

»Die Compagnie fehlt nie«, herrschte Lacus beide an. »Müsst Ihr nicht packen, Mijnheer Koosten?«

»Deswegen wollte ich kurz auf ein Wort, nun, nachdem der *sergeant* verstorben ist.«

»Der Worte sind genug gewechselt worden. Und ich nehme nicht an, Ihr wollt das Wort des Kommandanten anzweifeln.«

Catharina sah den Hass in Koostens Augen. Er schien abzuwägen, ob er trotz der unterschwelligen Drohung etwas erwidern sollte, verzichtete jedoch darauf. »Mijnfrouw Ras, *fiscal* Lacus.« Er tippte sich an die Stirn, trollte sich.

»Wofür packt er? Eine Expedition?«, fragte Catharina leise, war sich sicher, keine Antwort zu erhalten, aber wurde überrascht.

»Koosten wird der neue *overseer* auf Robben Eiland und dort seine Kaninchen züchten.« Mit diesen Worten ließ Lacus sie stehen.

29. KAPITEL

Stocksteif stand Catharina im Treppenhaus der Kommandantur und ließ die Neuigkeiten auf sich wirken. Durch ihre Idee hatte Lacus Oberhand gewonnen über Crudop, saß fest im Sattel und war gewohnt überheblich. Es sollte ihr recht sein, solange Koosten nicht am Kap war. Die Abreise ihres Todfeindes erleichterte sie unendlich. Crudops wichtigster Handlanger war für ihn nicht mehr greifbar. Zugleich entsetzte sie die Ungerechtigkeit, die Amisha traf. Bei allem, was zwischen ihnen beiden lag, das hatten die Bengalin und ihr Ungeborenes nicht verdient.

Eine Tür wurde lautstark aufgestoßen. Zwei Soldaten schritten voran, gefolgt von Kommandant Wagenaer. Seine Stieftochter Marie de Bucquoij ging wie üblich in Schwarz gekleidet hinter ihm.

Catharina knickste. »Kommandant Wagenaer, Mijnfrouw de Bucquoij.«

»Mijnfrouw Ras. Habt Ihr ein Begehr?«

Überrascht sah sie auf. Sie hatte dem Kommandanten schlicht die notwendige Ehrerbietung erweisen wollen. Doch stand sie unbeabsichtigt im Weg, und Wagenaer war gezwungen gewesen, stehen zu bleiben. Sie folgte dem Wink des Schicksals. »Wenn ich darf, würde ich Euer Augenmerk auf die Bengalin Amisha lenken wollen.«

Wagenaer zog eine Augenbraue hoch. »Die Mörderin?«

»Es war Notwehr.« Catharina war über sich selbst überrascht, sprach sie doch das aus, was sie gehört hatte, ohne es wirklich zu wissen.

»Sie ist eine Mörderin, die die Gnade hatte, der Todesstrafe zu entrinnen«, wies der Kommandant sie zurecht.

Catharina senkte den Blick.

Der Kommandant wollte gerade weitergehen, da wusste sie um die richtigen Worte. »Ich muss Euch dennoch um etwas ersuchen. *Sergeant* Everard hat Amisha in seinem Testament bedacht und Geld für ihr gemeinsames Kind hinterlassen.«

Marie de Bucquoij starrte Catharina an. »Ein Testament?«

»Als Sklavin steht ihr das Geld nicht zu. Aber *sergeant* Everard hat ein Gnadengesuch nach Batavia gesandt. Es gibt Hoffnung, dass sie freigesprochen werden könnte. Kann das Geld nicht für sie und das Kind verwahrt werden, bis es so weit ist?«, fragte Catharina ehrerbietig und hoffte, dass sie zum einen Lacus' Erklärungen richtig verstanden hatte und zum anderen seine abwertenden Worte zu dem Ausgang des Gnadengesuches nicht eintreffen würden.

Wagenaer machte einen Schritt auf sie zu, und sie erschrak über seine kalt funkelnden Augen. »Ich ersuche Euch, von zukünftigen Bitten Abstand zu nehmen und das Wort alleine zum Gruße oder Abschied an mich und meine Familie zu richten.«

Catharina zuckte zusammen.

»Das Gleiche gilt für Euren Mann.«

Catharina schluckte, nickte demütig. Sie hatte den Bogen überspannt, und Hans musste es mit ausbaden.

»Diese Sklavin liegt Eurer Familie anscheinend sehr am Herzen«, fuhr Wagenaer mit seiner donnernden Stimme fort, »*sergeant* Everard war kaum hingeschieden, da bat mich Mijnheer Ras schon um ihre Freilassung.«

Catharinas Kopf schnellte nach oben. Hans hatte keine Zeit verloren, seine Liebe aus den Krallen der Compagnie zu retten. Sie stand für ihn an erster Stelle. Um sie hatte er gekämpft, seine Ehefrau hatte er nicht einmal gesucht.

Keine bewusste Entscheidung, eher etwas in ihrem Innern hatte Catharina zu Everards Gemächern gelenkt. Dort vermutete sie Hans. Je näher sie zur Tür des Schlafgemaches kam, desto mehr verlangsamten sich ihre zuvor so entschlossenen Schritte, bis sie sich schließlich zaudernd in den Türrahmen stellte.

Rechts und links des Bettes standen in schmalen Bechern dünne rauchende Stäbchen auf dem Boden. Sie verströmten einen angenehmen Duft nach Sandelholz und Jasmin, überdeckten die Gerüche von Krankheit und Tod. Mit bedächtigen Bewegungen wusch Eva die Arme des Leichnams, während Amisha mit starrer Miene den Toten rasierte. Allein das leichte Zittern ihrer Hände verriet, dass sie litt.

Catharina wusste nicht, was sie erwartet hatte, jedoch nicht diese Fürsorge, mit der Amisha Everard für das Begräbnis herrichtete. Hans war nicht im Raum. Sie wollte sich gerade fortschleichen, als Eva, ohne aufzublicken, zu ihr sprach. »Holst du uns warmes Wasser?« Dabei deutete sie auf den Holzzuber neben sich.

Gehorsam griff Catharina nach dem Eimer, schielte dabei zu Amisha, die in ihren Bewegungen nicht innehielt.

»Dein Verlust tut mir leid«, stammelte sie und verließ eilig das Zimmer.

Als sie wenig später mit dem Gewünschten zurückkehrte, hörte sie Amishas Stimme bis in den Flur. Sie klang schrill, als würde ein anderer Mensch durch ihre sonst so melodische Stimme brechen. »Sie hat Hans nicht verdient.«

Augenblicklich blieb Catharina stehen.

»Was redest du?«, hörte sie Eva sagen. »Catharina hat ihn nach Thielemanns Attacke gepflegt, aus dem Gefängnis geholt. Sie liebt ihn, gesteht es sich nur nicht ein.«

»Er liebt mich«, schrie Amisha.

»Und Everard?«

»Er liebte mich auch.«

»Und wen von beiden liebst du?«

»Wer liebt, ist schwach.« Aus Amishas Stimme sprach eine Verbitterung, die offenbar schon länger in ihr wohnte. Wahrscheinlich hatte sie nur gelernt, sie meist zu unterdrücken. »Ich will frei sein.«

Obgleich Catharina tiefes Mitleid mit Amisha empfand, bemächtigte sich ihrer ein unbeherrschter Groll. Sie betrat den Raum in fester Absicht, mit Amisha trotz ihrer Trauer ein klärendes Wort zu sprechen, doch der Anblick des nunmehr ganz entkleideten Everard ließ sie schweigen. Sie konnte buchstäblich sehen, was ihn umgebracht hatte. Sein Bauch war aufgebläht wie bei einem Wasserkadaver, die Haut zum Zerreißen gespannt. Seine Schmerzen mussten unerträglich gewesen sein, und zum wiederholten Mal in ihrem Leben begriff Catharina das Handeln Gottes nicht, Menschen unerträglich leiden zu lassen. Eine breite, wulstige Narbe, die quer über seinen rechten Oberschenkel lief, zog sie in Bann. »Wie bei Hans«, entfuhr es ihr.

»Nein. Diese Brandwunden sind von siedendem Öl. Eine Verletzung aus Indien.«

Catharina ignorierte Amishas Spitze, dass sie Hans' Narben und ihre Herkunft kannte. »Everard war in Indien?«

»Ja, und auch in Paliacatta. Als Soldat.« Amisha nahm ein nasses Tuch und begann, Everards Oberkörper vorsichtig abzutupfen.

»Er kannte deine Heimat.« Catharina begriff, was diese beiden Menschen verbunden hatte.

»Er hat mir mein Heimweh gelindert und ich ihm seine Wunden.«

»Die Narbe?«

»Ist äußerlich, ist nichts. Der Schmerz ist vergangen. Viele Männer sind hier drinnen krank.« Dabei klopfte sich Amisha auf die Brust. »So wie Hans. Seine Brandwunden führen ins Herz.«

Catharina kniff die Augen kurz zusammen, während Eva Amisha auf die Hand schlug. »Lass das!«

Gleichgültig zuckte Amisha mit den Schultern.

»Du weißt natürlich, woher Hans' Narben stammen?« Catharinas Frage war mehr eine Feststellung.

»Ja. Ich weiß es.«

»Warum hast du eure Liebschaft beendet? Er hat sich mir genähert, weil du ihn nicht wolltest. Lass ihn jetzt in Ruhe! Er ist mit mir verheiratet.« Den letzten Satz knurrte Catharina fast.

Augenblicklich blitzte es in Amishas Augen auf, während sie sich vor Catharina stellte. »Was weißt du schon vom Sklavendasein?«

»Genug, dass ich die Compagnie dafür hasse. Auch dafür, dass du das Geld von Everard nicht bekommst.«

Amisha Augen weiteten sich. »Was redest du da?«

»Lacus hat es gesagt.«

Amisha winkte ab. »Lacus. Das muss er offiziell sagen. Ich bekomme das Geld.«

Catharina überlegte, ob Lacus sie angelogen hatte. »Wagenaer hat es bestätigt.«

»Der Kapkommandant?« Amishas Stimme klang alarmiert.

»Ja.«

»Wagenaer weiß nichts von dem Testament.«

»Doch«, sagte Catharina etwas kleinlaut. »Ich wollte, dass er das Geld für dich und das Kind aufbewahrt. Nachdem Lacus gesagt hat, dass es einer Sklavin nicht ausgezahlt wird, traf ich auf Wagenaer, und da habe ich für dich um das Geld gebeten.«

Catharina sah das nasse Tuch nicht kommen, das Amisha quer durch ihr Gesicht zog. Ein höllischer Schmerz breitete sich auf ihrer rechten Wange aus. Sie presste ihre Hand auf die Stelle, während Amisha sie anschrie: »Du hast *was*?«

Als sie erneut ausholen wollte, riss ihr Eva das Tuch aus der Hand.

Daraufhin packte Amisha Catharinas Oberarme und quetschte sie. Ihre Hände waren von dem vielen Wäschewaschen hart und stark. Amishas dicker Bauch drückte sich an Catharinas. »Du hast Wagenaer angesprochen?«

»Ja.«

Von einem Wimpernschlag auf den anderen rutschte Amisha an Catharinas Körper herab. Eva sprang hinzu, um Amisha zu halten. Doch jede Spannung war aus ihrem Körper gewichen, und sie sank zu Boden, kugelte sich um ihren Bauch. Zutiefst erschrocken über die sekundenschnelle Wandlung, die Amisha vollzogen hatte, starrten Catharina und Eva auf die am Boden liegende schluchzende Frau. Eva kniete sich neben sie und strich ihr zart und tröstend über den Körper.

»Mach, dass sie geht, Eva«, schluchzte es aus Amisha.

»Es tut mir leid, ich –«, stammelte Catharina.

»Geh weg«, kam es schwach. »Misch dich nie mehr in mein Leben ein.«

»Das hatte ich nie vor«, sagte Catharina leise. »Du hast dich in meines eingemischt.«

»Hört auf«, beschwor Eva sie beide. »Heute ist der denkbar ungünstigste Tag für euren Zwist.«

»Ich wollte für Amisha eintreten, für die Ungerechtigkeit, die ihr widerfahren ist. Obwohl sie Hans ein Kind anhängt.« Catharina musste sich verteidigen.

»Ich bin mir sicher, dass du nur in guter Absicht gehandelt hast«, sagte Eva, »aber Everards Testament war bewusst ohne Wagenaers Wissen aufgesetzt worden.«

»Das Testament ist öffentlich. Wagenaer hätte davon Kenntnis erhalten.« Catharina begriff ihre Schuld nicht.

Amisha stützte sich mühsam auf. »Das werden wir nicht mehr erfahren. Es ist aber sicher, dass Wagenaer mich hasst. Er wollte Everard für seine Stieftochter. Everard wollte mich. Dank dir bin ich nun verloren.«

Catharina war es, als ob das nasse Handtuch erneut durch ihr Gesicht durchgezogen wurde. Ihr fiel keine Erwiderung ein. Erschüttert und ohne ein weiteres Wort ging sie davon.

Sie fand Hans in den Ställen bei der Taverne. Er hatte ihr den Rücken zugekehrt, war dabei, den Ochsen Heu vorzuwerfen. Als er Schritte hörte, blickte er auf. Sie erschrak über seine dunklen Augenringe und die tiefe Sorgenfalte, die sich in seine gerunzelte Stirn eingegraben hatte. Ihr Anblick schien ihn ebenfalls mit Sorge zu erfüllen, denn er kam auf sie zu und nahm sie in seine Arme. Damit hatte sie nicht gerechnet. Seine Geste legte sich warm über ihr aufgewühltes Inneres, nahm ihrer Wut und Verzweiflung die Spitze.

»Everard ist ein schrecklicher Verlust. Als Freund und für unsere Sache.« Hans vergrub sein Gesicht in ihre Haare. Catharina registrierte, dass seine erste Sorge dem *sergeant* galt und nicht Amisha, aber wurde sogleich eines Besseren belehrt. »Das mit dem Versprechen. Was hätte ich tun sollen?«

Sie schob ihn von sich. »Das fragst du ausgerechnet mich? Du liebst sie. Das wissen wir doch. In was für eine Situation bin ich gebracht worden? Ich musste meine Zustimmung geben. Du kannst schuldfrei handeln und bist deinem Herzen schon gefolgt.«

»Wie meinst du das?«

»Du warst bei Wagenaer.«

»Das weißt du?«

»Ja. Ich weiß nicht, ob du es mir erzählt hättest. Aber ich sag dir jetzt etwas, das du wissen solltest.«

Wie ein Wasserfall brachen die Worte über das Geschehene mit Wagenaer und Amisha aus ihr heraus. Jedes Wort erleichterte sie und klagte sie zugleich an. Während Hans ihr zuhörte, vertiefte sich seine Stirnfalte.

»Ich wollte helfen und habe alles schlimmer gemacht. Dabei wollte ich nur einen Gegendienst leisten, weil sie mich vor Koosten gerettet hat«, sagte Catharina und schloss damit ihr Geständnis.

»Koosten? Was hat er damit zu tun?«

Catharina wollte rückhaltlos offen zu Hans sein. Jetzt, da Koosten nach Robben Eiland geschickt wurde, hatte sie das Gefühl, ihm von dem Überfall erzählen zu können. »Seine gespaltene Oberlippe, das war ich.«

»Teufel noch mal.« Jeglicher Farbton war aus Hans' Stimme gewichen.

»In der Nacht vor du Mauliers Beerdigung hat er mich überfallen. Als ich noch Berne war.« Sie verschränkte die Hände. »Im Compagniegarten habe ich mich im Geräteschuppen versteckt. Da war Amisha.«

»Das warst du?« Hans' Stimme klang fassungslos.

»Wie, das war ich?« Catharina starrte ihn an. »Warst du auch dort?«

Hans schwieg, und es traf sie wie eine Maus, auf die sich ein Adler stürzte. »Der Pfiff des Vogels. Das warst du. Du hast in der Nacht Amisha im Compagniegarten getroffen.«

Hans drehte den Kopf weg, was sie als Eingeständnis nahm.

»Du kannst der Vater des Kindes sein«, sagte sie tonlos.

Hans setzte sich auf einen Ballen, beugte den Kopf. Durch sein volles blondes Haar zogen sich einzelne dunklere Strähnen, welche ihr noch nie zuvor aufgefallen waren. Sie wusste nicht, was sie als Antwort von ihm erwartet hatte, keinesfalls das, was nun kam. »Er will sich für seine Entstellung rächen. Deswegen sucht Koosten Berne.«

»Koosten geht nach Robben Eiland. Er weiß nicht, wer ich bin.«

»Wir stecken im Sumpf, Catharina. Wie das Nashorn.« Hans nickte vor sich hin. »Wir stecken im Sumpf.«

Catharina fühlte, wie ihr kalt wurde.

»Als ich dein Geheimnis erkannt habe, wusste ich, dass du was zu verbergen hast, und dachte, komm schon, die passt zu dir. Die lässt dich Amisha vergessen.«

Tränen schossen ihr in die Augen, sie fühlte sich in eine Ecke gedrängt, in die sie nicht gehörte. Aber ihr fehlten die richtigen Worte, um sich aus dieser Lage zu befreien.

»Koosten wird immer eine Bedrohung sein«, fuhr Hans fort.

»Du hast mich in deine Angelegenheiten mit Amisha reingezogen.«

»Ja, deswegen stecken wir auch im Sumpf und versinken. Nun betrifft nicht nur meine Vergangenheit unsere Ehe, sondern auch deine. Wir tragen beide Schuld.«

Catharina verschluckte sich fast an ihrem Atem. Hans blieb stumm, hob langsam den Kopf. Sie schauten sich an. Ewige Sekunden, auf der Suche nach Antworten, die ihnen nicht einfielen. Schließlich öffnete Hans den Mund. Instinktiv wusste Catharina, dass er etwas Furchtbares sagen würde, und hielt sich die Ohren zu. Er stand auf, nahm ihre Hände herunter. »Das Kind kann von mir sein, und ich habe ein Versprechen gegeben. Ich bin nur ein einfacher Mann, Catharina. Wir beide arbeiten gut zusammen. Das ist das, was uns verbindet. Aber jetzt noch Koosten?« Er zuckte mit den Schultern.

Catharina wischte die Tränen weg, sagte bitter: »Ich bin nur eine einfache Frau. Habe einen Heiratsantrag von einem Mann angenommen, der mir hinterhergelaufen ist. Koosten geht. Amisha bleibt. Du handelst ungerecht.«

Keinen Moment länger wollte sie in der Scheune bleiben, zusammen mit Hans. Sie drehte sich um und ging.

Hans' Worte »Wir stecken im Sumpf« hallten durch ihren Kopf. Er hatte sie gewollt, hatte ihr nachgestellt. Hatte nicht er geglaubt, sie würde du Maulier lieben? Mit dem Herzen genau wie er an einen anderen Menschen gebunden sein? Zur Hölle mit ihm für seine ungerechtfertigten Worte.

Catharina stapfte an Wagenaers künftigem Meisterwerk, dem Wasserbecken, vorbei. Sklaven und Soldaten hoben gemeinschaftlich das riesige Loch aus. Die nackten Oberkörper der Angolaner glänzten schweißnass vor Anstrengung, den Soldaten klebten die Hemden am Körper. Sie blieb stehen, musste sich beruhigen, wollte jedoch nicht in der Öffentlichkeit ihre Arme um sich legen und sich hin- und herwiegen wie sonst.

Drei Ostindienfahrer schaukelten friedlich mit gerefften Segeln in den Wellen. Neben den rot-weiß-blauen Flaggen der Compagnie erkannte Catharina die Flagge mit der französischen Lilie, die über einem ausladenden Segler thronte. Die Franzosen standen demnach mit den Niederländern im Frieden. Das geschäftige Treiben draußen auf dem Meer lenkte sie kurzzeitig von ihren Sorgen ab.

Beiboote legten von dem Franzosen ab und strebten zum Ufer. Die Kapbewohner schätzten die Franzosen, brachten sie doch ihren Wein mit. Joris ergatterte mit Vorliebe die guten Tropfen, da der Wein, den die Compagnie bisher am Kap zu keltern verstand, selbst für hartgesottene Matrosen nur schwer trinkbar war, wie sie oft genug gehört hatte. Mit den Weinen der Franzosen waren gute Münzen zu verdienen, dafür wickelte man die Geschäfte auch gern heimlich ab.

Tatsächlich erspähte Catharina unter den Wartenden am Strand Joris. Er musste seine von Koosten beschlagnahmten Fässer ersetzen und streckte seine Fühler aus. In den nächsten Nächten würde um die Lagerhäuser wieder reger Schmuggel herrschen. Das Leben ging weiter, wenngleich ihres stillstand. Der Welt war ihr Schmerz gleichgültig. Sie sollte besser damit anfangen, dem Schmerz ebenfalls mit Gleichgültigkeit zu begegnen. Sie schniefte und wischte sich die Tränenspuren aus dem Gesicht.

»Weg da!« Eine befehlsgewohnte Stimme ließ sie rasch beiseitetreten. Ein Offizier der Compagnie schritt an ihr vorbei, neben ihm ein Kapitän, gefolgt von zwei Matrosen, die eine Kiste mit dem Signum der VOC zwischen sich trugen. Sie war nicht groß, schien auch nicht schwer, aber von Bedeutung.

Da sie Ablenkung dringend benötigte, folgte sie dem Trupp bis zum Ufer. Die Seemänner verluden die Kiste in ein Beiboot und halfen dem Kapitän beim Einstieg in das Boot. »Seid vor der Flut morgen an Bord«, schärfte der Kapitän den Matrosen ein.

»Aye!«, sagte einer der Angesprochenen.

Catharina trat zu dem anderen Matrosen und zeigte auf das sich entfernende Boot. »Was ist denn in der Kiste?«, fragte sie. »Sie sah wichtig aus.«

»Das ist sie auch. Sind Briefe drin. Alles, was euer Rattenloch Batavia mitteilen will.«

»Die Briefe für den Gouverneur?« Catharina überging die beleidigende Bezeichnung. Sie wusste, dass der *Caapse Vleck* in der landläufigen Meinung »die Hölle am Ende der Welt« war.

»Aye!«

»Und der Gouverneur liest alle Schreiben, die in dieser Kiste sind?«

»So heißt es.«

In Catharina reifte ein Gedanke. Vielleicht konnte sie einen Fehler wiedergutmachen, auch wenn es für sie gravierende Folgen haben würde.

»Wie kommen die Briefe in die Kiste?«

Der Matrose sah sie an, als ob sie in ihrem Kopf nicht ganz richtig war. »Na, indem man sie reinlegt. Wie sonst?«

»Könntest du einen Brief an den Gouverneur für mich in die Kiste legen?«

»Warum sollte ich das tun?«, fragte er sie misstrauisch.

»Weil ich dir dafür Geld gebe.« Catharina zauberte geschwind die Silbermünze hervor, die sie seinerzeit von van Stappen erhalten hatte.

Gierig griff der Maat nach der Münze, die Catharina sogleich wieder wegzog. »Die bekommst du morgen, wenn ich dir den Brief gebe. Vor der Flut. Abgemacht?« Sie streckte ihm die Hand hin, und der Matrose schlug ein.

»Du bist von Sinnen.« Eva saß am Tisch in ihrer kleinen Stube. Sie hatte Catharina Kohl schnibbelnd zugehört, doch nun konnte sie nur noch den Kopf schütteln. »Warum hilfst du jemandem, der dir schaden will.«

»Ich weiß es nicht. Ich bin so.«

»Du bist ein Niemand. Warum sollte der Gouverneur dir antworten? Everard hat ihm geschrieben und keine Antwort bis heute erhalten. Wobei ...« Eva hielt inne, als ob sie überlegte, ob sie die folgenden Worte wirklich aussprechen sollte. »Wobei das mit Everard auch eine andere Ursache haben kann.« Die Worte kamen ganz schnell aus ihrem Mund.

»Wie meinst du das?« Catharina stemmte eine Hand in ihre Hüfte.

»Die Flotte, die nach Batavia gesegelt ist. Eins von den Schiffen gilt als verschollen. Und ich weiß nicht, auf welchem die Postkiste war.«

»So wäre es möglich, dass das Schreiben nie Batavia erreicht hat?« In Catharina rasten die Gedanken hin und her.

»Was weiß denn ich, Catharina?« Eva wischte sich ratlos die Stirn, hielt dabei immer noch das Messer in der Hand.

»Ich umso mehr. Jetzt bin ich ganz sicher, dass ich diesen Brief schreiben muss.«

»Noch einmal, warum sollte er dir antworten?«

»Er soll mir nicht antworten, er soll Amisha begnadigen.« Catharina stützte ihre Hände genau gegenüber von Eva auf dem Tisch ab und sah sie beschwörend an. »Bitte, du musst mir helfen. Ich kann nicht schreiben. Du schon. Ich muss was wiedergutmachen. Wenn Amisha frei ist, kann Hans mit ihr zusammenleben.«

»Und du?«

»Ich kann meiner Wege gehen.«

»Ich sag ja, du bist wahnsinnig. Du liebst ihn. Außerdem hat Amisha dir verboten, dich in ihre Angelegenheiten zu mischen.«

»Für Hans ist unsere Ehe ein Fehler.«

»Er ist genauso dumm wie du. Er glaubt, Amisha zu lieben. Das stimmt nicht.« Eva wollte anscheinend das Gespräch beenden, denn sie stand auf, nahm den geschnittenen Kohl und warf ihn zu dem Fleisch in den Kessel, das in einem Sud über dem Feuer kochte. »Geht zurück auf die *farm* und macht weiter wie bisher.«

»Das ertrage ich nicht.«

»So ist das Leben.«

»Wie genau kannst du das ertragen? Nicht zu wissen, wohin du gehörst? Was ist mit deinem Stamm, den du wolltest? Pieter und du, ihr seid nach wie vor nicht verheiratet.«

Eva zuckte die Achseln. »Das ist kompliziert. Es gibt eine Frau in Dänemark, die er liebt. Sie darf ihn nicht heiraten, da er gesellschaftlich unter ihr steht.«

Catharina hatte von diesem Geheimnis keine Ahnung gehabt, aber eines war ihr klar: »Er wird nie zurückgehen. Und abgesehen davon, wie er dich ansieht. Er liebt dich.«

»Ich weiß das, er nicht. Ich muss mich gedulden, warten, dass er es erkennt und allein mich will.«

»Gut, du willst dich gedulden. Ich mich nicht.« Catharina legte nun ein Flehen in ihren Blick. »Bitte, hilf mir. Ich würde selber schreiben, aber ich kann es nicht.«

»Ich habe kein Papier.«

Catharina zog ein Blatt aus den Falten ihres Rocks, das sie vom Tisch eines Kontors im Lagerhaus hatte mitgehen lassen.

»Du bist vorbereitet.« Eva konnte ein bitteres Lächeln nicht unterdrücken. »Und das Siegel?«

Zum zweiten Mal an diesem Tag zauberte Catharina die Silbermünze hervor, auf der die Buchstaben VOC prangten. »Diese drücken wir ins Wachs deiner Kerze.« An Evas Seufzen erkannte Catharina, dass sie sie überredet hatte.

30. KAPITEL

Die Silhouette des majestätischen flachen Tafelberges, flankiert von seinen kleineren Adjutanten, dem Wind- und dem Löwenberg, zeichnete sich klar und scharf vor dem kristallblauen Himmel ab. Ein sicheres Zeichen dafür, dass das Wetter keine unvorhergesehenen Kapriolen bereithielt und die Beerdigung Everards, zumindest was die Natur betraf, in Ruhe und Würde vonstattengehen konnte. Catharina empfand jedoch weder das eine noch das andere. Sie hatte eine unruhige Nacht in Evas und Pieters Haus verbracht und war am Morgen zum Ufer gelaufen, um den Seemann zu treffen. Leider umsonst. Allerdings herrschte Ebbe, und auf der »Wapen van Amsterdam« ging es ruhig zu. Also hatte sie sich entschlossen, zuerst zum Friedhof zu gehen und ihr Gesicht zu zeigen, damit niemand ihr nachsagen konnte, hätte Everard nicht die letzte Ehre erwiesen.

Bei dem Gedanken daran, Hans wiederzusehen, wurde ihr mulmig. Von Pieter wusste sie, dass er sich bei Joris hatte volllaufen lassen. Pieter selbst hatte bei seiner nächtlichen Rückkehr in sein Haus kaum einen Schritt vor den anderen setzen können, und sie konnte sich Hans' Zustand lebhaft vorstellen. Dass Pieters Sinne benebelt waren, war Catharina und Eva zupassgekommen. So hatte er nicht bemerkt, dass sie einen Brief versiegelten.

Catharina fasste in ihren Beutel und fühlte nach dem Schreiben. »Gouverneur von Batavia, Joan Maetsuijcker«, murmelte sie ehrfürchtig den Namen des ihr unbekannten Mannes vor sich hin, der über Leben und Tod, Sklavendasein und Freiheit entscheiden konnte. Sie hoffte inständig, der Gouverneur würde den Brief lesen und Amishas Schicksal wenden. Eva und sie hatten entschieden, den Brief ohne ihre Unterschriften zu versenden. Sie beide waren unbedeutende Frauen und hielten es für vorteilhafter, den Brief als den eines Mannes erscheinen zu lassen, um für Amisha zu sprechen.

Endlich kannte Catharina auch die Einzelheiten, die sich an dem fatalen feuchtheißen Nachmittag des 8. Oktober 1656 abgespielt hatten, auf einer *farm* am Rijswick, eine Stunde entfernt von Batavia. Zumindest die Einzelheiten, die Amisha Eva anvertraut hatte. Catharina war sich sicher, dass sie eher der Wahrheit entsprachen als das, was Amisha Hans oder Everard preisgegeben hatte.

Claas van Malabar war Amishas Geliebter zu der Zeit. Schon damals war sie eine Unfreie gewesen. Mit acht Jahren von ihren Eltern wegen einer Hungersnot verkauft worden, damit ihr ein besseres Leben gewährt sei. Ihr besseres Leben bestand darin, zwar genug zu essen und zu trinken zu haben und sich vielleicht freikaufen zu können, aber dennoch Geliebte sein zu müssen. An diesem Nachmittag, nachdem Claas das von ihr servierte Reisgericht gegessen hatte, war Amisha nicht in der Stimmung gewesen, ihm in der Scheune beizuwohnen. Sie hatte sich gewehrt, doch er hatte ihr Nein und ihre Abwehrversuche ignoriert und sie weiterhin belästigt. Sie war aufgesprungen. Claas hatte sie gepackt und gegen die aufgenagelten Querstreben einer Leiter gedrückt. Erst als sie ihm zwischen die Beine trat, ließ er von ihr ab. Anstatt wegzulaufen, blieb Amisha bei ihm, kniete sich hin und bat ihn um Entschuldigung. Er warf sich erneut auf sie, und seine wilde Wut jagte ihr Angst ein.

Amisha konnte sich später nicht erinnern, wie sie sich aus dem Würgegriff befreit hatte, aber es gelang ihr, und sie suchte Schutz hinter der Leiter. Als Claas diese wegreißen wollte, bemächtigte sich ihrer ein ungeheurer Zorn, die Wut der lebenslangen Unterdrückung und der Ungerechtigkeit. Sie rammte ihm die Leiter in den Oberkörper, und Claas ging bewusstlos zu Boden. Sie selbst holte Hilfe, doch obwohl der *surgeon* alles tat, um zu helfen, verstarb Claas drei Tage später. Amisha wurde zum Tode durch die Garotte verurteilt, doch Gouverneur Maetsuijcker begnadigte sie zu lebenslanger Strafe und schickte sie ins Exil. Der Gouverneur hatte ihrer Version Glauben geschenkt. Er hätte sie freilassen können, es aber nicht getan. Vielleicht würde der Brief, in dem Eva und Catharina Amishas jahrelanges vorbildliches Verhalten am Kap hervorhoben, den Gouverneur dazu bewegen, diesen Schritt zu gehen und Amisha aus der lebenslangen Gefangenschaft und Sklaverei zu entlassen. Eine geringe Hoffnung, aber immerhin eine Hoffnung.

Catharina schüttelte sich. Claas hatte nach dem Stoß der Leiter in seinen Bauch kein Wasser mehr lassen können. Es war in ihn hineingelaufen, hatte seinen Bauchraum anschwellen lassen und ihn getötet. Es war eine Niedertracht des Schicksals, Amisha den Mann an ihrer Seite, Everard, der ihr Schutz und Zukunft geboten hätte, mit einem ähnlichen Leiden zu entreißen.

Catharina erreichte den Friedhof, auf dem schon Paulus du Maulier seine letzte Ruhestätte gefunden hatte. Im Gegensatz zu seinem Begräbnis hatte sich heute die Einwohnerschaft des Kaps zusammengefunden. In einem großen Halbkreis standen unzählige Menschen um das ausgehobene Grab, vor dem der Holzsarg mit Everards Leichnam aufgebahrt war.

Kommandant Wagenaer stand mit gesenktem Kopf vor dem Sarg, Lacus neben ihm, bereit, das Seelenamt zu halten. Soldaten hatten sich um das Grab in zwei Reihen postiert. Ihre Musketen hielten sie senkrecht im Arm.

Amisha stand außerhalb des Halbkreises, allein. Auch wenn jeder wusste, dass sie Everards Geliebte gewesen war und sie wahrscheinlich sein Kind unter ihrem Herzen trug, machte Wagenaer deutlich, dass sie unerwünscht war. Erst wenn alle gegangen waren, würde sie sich von dem Verstorbenen verabschieden, ihm die letzte Ehre erweisen können.

Catharina stellte sich neben Thielemann und Mayken. Thielemanns starrer Blick verriet gleichermaßen seine Trauer und seinen Pegel an Alkohol. Doch kein Fluch kam über seine Lippen. Im Gegenteil, Catharina glaubte, ihn schluchzen zu hören. Hans war nirgends zu sehen.

Ein Kanonenschuss hallte vom Signalhügel. Auf dieses Zeichen schienen die Soldaten gewartet zu haben. Sie feuerten ihre Musketen ab. Die militärische Ehrung zeigte unwiderleglich, welchen Stellenwert *sergeant* Everard gehabt hatte.

Endlich sah Catharina Hans auf der anderen Seite zur Trauergemeinde stoßen. Er schien nach wie vor betrunken zu sein. Sein Gang war langsam und unsicher, sein Hemd hing aus der Hose. Catharina versteckte sich hinter Mayken, damit Hans sie nicht sehen konnte. Sie war nicht in der Lage, ihm gegenüber so zu tun, als wäre nichts geschehen, drückte den Brief in ihrer Tasche, als könnte er ihr Halt bieten.

Schritt für Schritt, um Thielemann und Mayken nicht auf sich aufmerksam zu machen, trat sie rückwärts aus dem Halbkreis und schlich sich davon.

Nur wenige Seemänner lungerten am Strand. Der Matrose, dem sie den Brief übergeben wollte, war nirgends zu sehen, weit und breit auch kein Beiboot. Doch auf der Wapen van Amsterdam eilten nun Matrosen an Deck hin und her, bereiteten den Segler auf die Ausfahrt vor.

Sie ging zu den Lagerhäusern, stellte sich unter ein Vordach, um von der Sonne geschützt zu sein und dennoch einen guten Blick über die wenigen Menschen zu haben, die am Ufer entlanggingen.

Ein weiterer Kanonenschuss hallte vom Signalhügel, gefolgt von Gewehrsalven, eine weitere Ehrung für den Verstorbenen.

Sie lehnte sich an die Wand und schaute auf das leicht bewegte Meer. Es hatte sie hierhergebracht, aber auch Koosten. Nie hatte sie daran gedacht, dass der Proviantmeister wieder am Kap auftauchen würde. Aber es gab allein diesen einen Seeweg von Patria nach Batavia und umgekehrt zurück. Und so hätte sie damit rechnen müssen.

Hans hatte recht mit seinen Vorwürfen. Ihre Ehe hatte ihn in Gefahr gebracht. In der Lage, in der sie sich damals in den ersten Tagen nach dem Anlegen der Hoff befunden hatte, hatte sie keine Wahl gehabt, sie konnte damals nur falsch entscheiden. Nun war sie dabei, etwas wiedergutzumachen.

»Da bist du ja.« Eine raue Stimme riss sie aus ihren Gedanken. Der Seemann stand neben ihr.

Erleichtert sah sie ihn an. »Ich dachte, du bist schon an Bord.«

»Nee, wir sollen mit eurem kleinen Segler rüber, der da kommt.«

Und in der Tat drehte ein Segelboot in die Bucht. Catharina erkannte an der Form der Segel die »Schapenjacht«, die den Muschelkalk und Steine von Robben Eiland zum Festland transportierte, manchmal Gefangene. »Und Kisten aufladen helfen. Kaninchen.«

»Kaninchen?«

»Die Viecher und der *overseer* sollen rüber.« Der Seemann spuckte seinen Pfriem auf den Boden.

Catharinas Herz machte einen Satz. Wenigstens würde Koosten heute nach Robben Eiland verschwinden.

»Gib mir den Brief!«

»Wie kann ich sicher sein, dass du ihn in die Kiste legst?«, fragte sie ihn.

Er zuckte mit den Achseln. »Du kannst nur meinem Wort vertrauen.«

»Das ist wenig.« Sie runzelte die Stirn. »Ich weiß, warum ich dir vertrauen kann.«

»Ach ja, warum?«

»Weil du wie ich aus dem Norden stammst. Ich höre es.«

Der Seemann grinste sie an. »Ich komm aus Rendsburg.«

Auch Catharina lächelte. »Lübeck«, sagte sie und tauschte mit dem Mann einen verschwörerischen Blick aus. Diese Gemeinsamkeit ließ ihre Hoffnung wachsen, dass der Seemann den Brief tatsächlich in die Kiste für den Gouverneur legen würde.

Als sie gerade den Brief und die Münze aus ihrem Beutel nestelte, nahm sie einen Schatten am Lagerhaus wahr. Beim Hochblicken verschwand er wie nie da gewesen. Sie wusste es besser. Jemand beobachtete sie. Die Frage war nur, wer. Schnell drückte sie dem Seemann Brief und Münze in die Hand. »Gute Reise!«

»Aye.« Der Matrose drehte sich zum Meer, und sie eilte zum Lagerhaus.

Niemand war zu sehen. Dennoch meinte Catharina, die Anwesenheit ihres Mannes zu spüren.

31. KAPITEL

Amisha brachte eine Tochter zur Welt, die sie nach Pieter Everard »Petronella« nannte. Der Name war das Einzige, was das kleine Mädchen von ihrem wahrscheinlichen Vater mit in die Welt bekam. Denn das Geld blieb der Mutter und dem Kind versagt. Allein Everards Freunde, die im Testament bedacht worden waren, der Soldat Jan van Laer und Gerrit Jacobsen, bekamen ihr Erbe ausbezahlt.

Es versetzte Catharina jedes Mal einen Stich, wenn Hans sich sonntags nach dem Gottesdienst mit Amisha traf und nach dem Kind sah. Vielleicht seinem Kind.

Ihr war Nachwuchs bisher versagt, zu selten kam es zur ehelichen Vereinigung. Manchmal drängten sich Catharina Bilder auf, wie Hans den schönen Körper Amishas berührte, wie die Bengalin ihm einflüsterte, dass sie ihn liebte, ihn brauchte. Dann schlug sie mit den Händen gegen ihren Kopf, um diese Gedanken daraus zu vertreiben, und arbeitete noch härter.

Zu ihrem Trost vermehrten sich Koostens Kaninchen auf Robben Eiland in der Tat prächtig, lieferten Fleisch und Fell ans Festland. Crudop hatte wohl manches Mal Wagenaer bewegen wollen, seine rechte Hand wieder ans Kap zu holen, doch Lacus hatte den Kommandanten überzeugen können, dass Koosten unabdingbar bei seinen Tieren bleiben musste. Denn auch Lacus schien es gelegen zu sein, dass sich Koosten nicht in der Station herumtrieb.

So vergingen ein Jahr und drei Monate, in denen Catharinas Seele oberflächlich zur Ruhe kam, Hans und sie eine weitere gute Ernte auf der *farm* einbrachten und ihre Färsen Kälber warfen.

In diesen Gleichklang platzte eine Nachricht: Pieters Liebe in Dänemark hatte jemand anderen geheiratet und damit sein Herz endgültig für Eva frei gemacht.

Im Gottesdienst verkündete Kommandant Wagenaer, der nach wie vor am Kap ausharrte, da sein Nachfolger van Quaelbergen immer noch auf sich warten ließ, höchstpersönlich das epochale Ereignis: die erste christliche Hochzeit am Kap zwischen einem Europäer, Pieter van Meerhoff, und einer Eingeborenen, Juffrouw Eva.

Was Wagenaer nicht in der Messe aussprach, war seine jedem bekannte Absicht, dass sich Eva von nun an den *!uri-khoi* näher fühlen sollte als ihrem eigenen Volk. Immerhin wollte er sie mit einer Mitgift von fünfzig *rixdaalder* ausstatten, ihr damit zeigen, dass sie ein voll geachtetes Mitglied der niederländischen Gesellschaft war. Für ihre Dienste als Übersetzerin sollte ihre Hochzeit überdies auf Compagniekosten ausgerichtet werden.

Catharina saß in der Stube und nähte eine weiße Spitzenborte an ihr Kleid, das sie zu Evas Hochzeit zu tragen gedachte. Im Herbst hatte der *fijnbosch* wie ein bunter Teppich mit seinen purpur, rosa und weiß blühenden Erika ausgesehen, und Catharina hatte sich ein Kleid in diesen Farben in den Kopf gesetzt. Dank einer Lieferung aus Batavia hatte sie purpurnen Stoff erwerben können, weiße Spitzenborte und altrosa Webband. Jannetje hatte ihr im Gegenzug für Kohl und anderes Gemüse das Kleid geschneidert, da Catharinas handarbeitliche Fähigkeiten begrenzt waren. Den Kragen und das Band um die Taille jedoch wollte Catharina selbst annähen, denn jetzt im Winter waren die Tage ohne Arbeit auf dem Feld wahrlich lang, und Langeweile tat ihr und ihrem Kopf nicht gut. Hans schien es ähnlich zu gehen. Er hatte sich freiwillig für die Arbeiten an der neuen Brücke über den Liesbeek unweit ihres Hauses Richtung Bosheuvel gemeldet. Er ging früh aus dem Haus und kehrte erst zum Sonnenuntergang zurück.

Das Alleinsein, das sie ansonsten schätzte, bekam ihr seit einigen Tagen nicht, und das Nähen machte ihr erst recht schlechte Laune.

»Au.« Zum wiederholten Mal hatte sie sich in den Finger gestochen, und ein Tropfen Blut fiel auf die Spitze. Verärgert stand sie auf, um eine Binde für ihren Finger aus der Kommode zu holen.

Das Medaillon lag seit Everards Beerdigung nicht mehr in der Schublade. Anfangs hatte sie sich gegrämt, dass Hans es weggenommen hatte, um ein Zeichen zu setzen. Ehrlicherweise musste sie sich eingestehen, dass sie mit dem Ablegen der Kette den Anfang gemacht hatte. Und da sich ihr Wunsch, geliebt zu werden, eh nicht erfüllen würde, wollte sie das Medaillon auch lieber nicht mehr sehen. Und sich am besten auch nicht fragen, wo es jetzt war.

Sie nahm eine Binde heraus, krümmte sich. Ihr Magen zog sich zusammen wie seinerzeit auf der Hoff. Sie konnte den Brechreiz kaum unterdrücken, hielt sich die Binde vor den Mund. Ihr Blick wanderte zu den anderen Tüchern in der Kommode. Alle, die sie besaß, lagen säuberlich gefaltet aufeinander. Sie hatte sie länger nicht benutzt, da ihre Monatsblutung ausgeblieben war. Von einem Wimpernschlag auf den anderen wusste sie, warum, und ließ sich fassungslos auf die Bank plumpsen. Endlich hatte sie empfangen. Sie versuchte, sich zu erinnern, wann sie Hans das letzte Mal beigewohnt hatte. Es war vor Wochen gewesen. Da musste es geschehen sein. Ein warmes Glücksgefühl wallte in ihr auf, vertrieb die Trübsal in ihrer Seele. Sie erwartete ein Kind von Hans, wurde Mutter. *Ein Kind.* Diesem würde sie ihre Liebe geben. Vielleicht würde es in Hans etwas auslösen. Ihnen beiden einen Neuanfang bieten. Das Gefühl für ihren Mann, das sie seit so vielen Monaten unterdrückte, sprang ihr ins Gesicht und zauberte ein Lächeln auf ihre Lippen. Sie musste die gute Nachricht Hans mitteilen, sofort. Augenblicklich sprang sie auf, um sich gleich wieder zu setzen. Ein Schritt nach dem anderen. Sie wollte ganz sicher sein, dass sie wirklich guter Hoffnung war. Und den richtigen Zeitpunkt abpassen, Hans zu sagen, dass er Vater wurde. Sie musste einen guten, freudigen Moment abpassen. Evas Hochzeit würde ein solcher sein.

Catharina schritt neben Hans die Treppe zum Saal empor. Sie hatte gehofft, dass ihr Mann ihr ein Kompliment zu ihrem neuen Kleid machen würde, aber kein Wort war über seine Lippen gekommen. Er war den ganzen Morgen über wortkarg und in sich gekehrt gewesen. Jedoch ließen seine verstohlenen Seitenblicke darauf schließen, dass er ihr Kleid, in dem sie sich so hübsch fühlte, missbilligte. Wie sollte sie ihm da sagen, dass sie schwanger war? Sie hoffte inständig, dass die Hochzeitszeremonie ihn aufheitern würde.

Im Saal waren über die Hälfte der Plätze mit Bediensteten der VOC besetzt.

»Kaum gibt's was umsonst, sind die Ratten da«, zischte Hans durch seine Zähne.

»Schau, da sind Mayken und Thielemann.« Mayken winkte Catharina zu und zeigte auf die beiden Plätze, die sie für sie reserviert hatte. In derselben Bank hatten Neeltjen, Frans und Hermann Remayenne Platz genommen.

Nirgends konnte Catharina einen Goringhaicona entdecken. Nicht, dass es sie überrascht hätte, denn keiner von ihnen war getauft. Dennoch empfand sie es als ungewöhnlich, dass Eva ohne einen Verwandten in den Stand der Ehe geführt werden sollte.

»Warum ist niemand von Evas Leuten da?«, fragte sie Hans mit leiser Stimme.

»Der Kommandant hat es nicht für nötig befunden, einen von ihnen einzuladen«, lautete seine knappe Antwort.

»Nicht mal ihre Schwester Kabatsu?«

»Die Stimmung zwischen den Khoi und der Compagnie ist nicht die beste. Aber selbst wenn Oedosoa eingeladen worden wäre, er wäre nicht gekommen. Er rückt bis heute nicht die Tiere raus, die Eva als Erbe von ihrem Onkel Autshumao zustehen.«

»Verstehst du, warum er so reagiert?«

»Er bestraft sie. In seinen Augen hat sie sich von ihrem Volk abgewendet.«

»Arme Eva.« Catharina hoffte inständig, dass Eva mit Pieter ihr Glück, ihren Stamm finden würde.

Kaum hatte sich Catharina neben Mayken niedergelassen, da platzte diese mit ihrer Neuigkeit heraus: »Wir dürfen nicht mit zum Essen. Nur die aufgeplusterten Gänseriche der Compagnie.«

»Und Mostert und Kenten vom Bürgerrat mit ihren Frauen«, ergänzte Thielemann Maykens Worte.

»Die mögen Eva nicht mal!« Catharina schüttelte den Kopf.

»Wir sind nur zum Tanz später geladen.« Maykens Gesicht war rot vor Empörung.

»Die wollen am Arrack für uns sparen.«

»Dir geht's doch nur ums Saufen.« Hans musste in wirklich finsterer Laune sein, wenn er sogar Thielemann reizte.

»Und dir trampelt 'ne Kuh übern Fuß, weil Amisha mit Gabbema schöntut.«

Catharina fuhr mit dem Kopf zu Thielemann herum.

»Tut mir leid, Trinchen.« Thielemann hob abwehrend die Hände. »Ich lass mich nicht beleidigen. Und ich sage die Wahrheit.«

»Komm, Catharina, wir gehen.« Hans stand auf.

»Du kannst gehen. Ich bleibe«, sagte Catharina bestimmt. »Eva ist meine Freundin. Und ich werde helfen, dass dieser Tag schön für sie wird. Ob mit oder ohne Arrack. Mit oder ohne Gabbema, mit oder ohne Amisha, mit dir oder ohne dich.« Und du kannst ruhig sehen, wie der *secunde* um deine liebe Amisha herumscharwenzelt, ergänzte sich für sich in Gedanken.

»Du bist echt keine Memme.« Thielemann kicherte.

»Aber du ein Düüsbüddel.« Catharina war in Fahrt.

Mayken klopfte ihr auf die Schulter. »Recht hast du. Aber jetzt geben wir alle Ruhe. Du auch, Hans! Setz dich wieder!«

»Willst doch nicht die neuesten Gerüchte verpassen.« Thielemann wollte spürbar wieder für gute Stimmung sorgen.

»Wenn du IJsbrand Goske meinst, die kenne ich.« Hans setzte sich hin, ignorierte Catharina geflissentlich. »Er soll auf einem der nächsten Schiffe sein.«

»*Commissaris* Goske aus Batavia?« Catharinas Herz pochte

schneller. Vielleicht brachte er den Pardonierungsbrief von Gouverneur Maetsuijcker für Amisha.

»Woher kennst du seinen Namen?« Nun hatte sie Hans' volle Aufmerksamkeit.

Catharina wollte ihm gerade eine Lüge auftischen, nicht verraten, dass sie den Namen von Eva im Zusammenhang mit ihrem Brief an Maetsuijcker kannte, da beugte sich Thielemann zu Hans: »Du weißt mehr? Der kommt doch nicht einfach so.«

»Er soll den Ort für ein neues Fort aussuchen.« Hans gab bereitwilligst Antwort, als ob Thielemann und er sich nicht gerade erst gezankt hätten.

Thielemann pfiff ungläubig durch die Zähne.

»Lacus hat mir gesagt, dass die Heren XVII in Amsterdam Instruktionen an Wagenaer gesandt haben. Er soll dreihundert Soldaten von den nächsten Schiffen abziehen und hierbehalten.«

»Warum?« Catharina wusste nicht, was das eine mit dem anderen zu tun haben sollte.

»Wir brauchen mehr Männer, wenn das Fort gebaut werden soll. Die Soldaten, die hier sind, bauen schon das Wasserbecken und schimpfen mächtig rum.«

»Uns können sie nicht nehmen. Wir bauen schon die Brücke.« Thielemann lehnte sich ein Stück weiter nach vorn. »Das war klug von dir, Hans. Gib zu, du kanntest die Neuigkeiten schon länger?«

Hans lächelte, und Catharina konnte nicht umhin, ihren Mann zu bewundern, obwohl ihr nicht danach war.

»Scht!«, mischte sich nun Mayken ein. »Setzt ein freundliches Gesicht auf, es geht los.«

Angetan mit einem schlichten langärmeligen Baumwollkleid in den Farben der Kaprose, das an den Ellbogen leicht gerüscht war, betrat Eva an Pieters Arm den Raum. Als sie Catharina erblickte, strahlte sie über das ganze Gesicht. Mit geradem Rücken und festem Schritt schwebte sie auf Lacus zu, um Mijnfrouw van Meerhoff zu werden.

Mayken beugte sich zu Catharina und seufzte dramatisch. »Sie ist die Einzige von uns, die aus Liebe heiratet.«

Catharina streifte Mayken mit einem Seitenblick, nicht wissend, warum diese das gesagt hatte. Mayken bedachte sie mit einem ungewohnt sanften Blick. »Und du wirst die Einzige sein, die die Liebe ihres Mannes nicht nur erringen, sondern halten wird.«

»Mayken, hast du zu tief in die Flasche geschaut?« Anders konnte sich Catharina deren Bemerkung nicht erklären.

Nach der kurzen Hochzeitszeremonie verschwand das Brautpaar mit den geladenen Gästen in den angrenzenden Raum. Catharina erhaschte einen Blick auf zwei lange, eingedeckte Tafeln mit Kerzenleuchtern, Platten mit kaltem Fleisch, Pasteten, bestem weißen Brot, Kuchen und Wein. Die Compagnie bot Feinstes, um Evas Übersetzerdienste der letzten Jahre zu würdigen, fehlte jedoch in der Wahl der Gäste.

»Wir sehen uns nachher«, munterte Catharina Eva auf, die noch einmal wie entschuldigend zu ihr getreten war, und schob sie bestimmt zurück in den Hochzeitsfeierraum. »Und dann werden wir tanzen.«

Sie drehte sich schnell um, damit Eva nicht sah, dass sie selbst eine Aufmunterung vertragen konnte, da Hans gleich nach der Zeremonie ohne ein Wort des Abschieds gegangen war. Sie strich sich über den Bauch. »Heute ist nicht der Tag, deinem Vater von dir zu erzählen«, flüsterte sie.

Die *vrijburgher* vertrieben sich die Zeit bis zum Tanz, indem sie den Saal umräumten und herrichteten. Sie stellten Stühle entlang der Wände auf, um Platz für die Tanzfläche zu schaffen, ließen eine Ecke für die Musiker frei, trugen das Zebra wieder herein und klemmten ihm Blumen ins Maul. In Abständen erschollen von jenseits der Tür laute Stimmen und Trinksprüche herüber, gefolgt von Klatschen und Gelächter.

Die Sonne stand noch am Himmel, da öffneten sich die Türen.

»Das ging aber schnell«, sagte Thielemann verwundert.

Das Brautpaar trat herein. Eva strahlte an Pieters Seite.

Catharina schloss sie in die Arme. »Ich wünsche dir nur das Beste auf der Welt.«

»Ich mir auch und Frieden zwischen unseren Völkern.« Eva war ganz bei sich selbst und sicher. »Das wird meine Aufgabe werden. Mit Pieter werde ich sie meistern.«

»Als Erstes meistern wir unseren Brauttanz.« Pieter reichte ihr die Hand, und gemeinsam schritten sie in die Mitte des Raumes.

Rasch stellten sich die männlichen Gäste in einer Reihe auf. Die zahlenmäßig deutlich unterlegenen Frauen stellten sich ihnen gegenüber, Remayenne war Catharinas Tanzpartner. Er nickte ihr zu. Die Musik setzte ein, und im Rhythmus der Melodie bewegten sich die gemischten und rein männlichen Paare aufeinander zu und wieder zurück.

Eva und Mayken hoben ihre Rocksäume, um besser tanzen zu können, und zeigten ihre Fesseln. Catharina tat es ihnen nach. Sie schritt auf Remayenne zu, der ihr gemäß dem Tanz mit schlurfenden Schritten entgegenkam. Ohne sich zu berühren, tanzten sie aneinander vorbei, umkreisten sich, schritten zurück. Catharinas nächstes Gegenüber war Frans, doch Remayenne stellte sich vor ihn, schritt wieder auf Catharina zu.

»Du siehst bezaubernd aus in deinem Kleid«, raunte der Kölner ihr zu.

Catharina fühlte sich geschmeichelt und zugleich unwohl. Buhlte Remayenne um sie, eine verheiratete Frau?

»Wenn du je Hilfe brauchst oder einen wahrhaftigen Ehemann, ich bin für dich da.«

Sie riss die Augen auf. Anscheinend wusste jeder in der Station von Amisha und Hans. Sie tanzte mit dem Rücken zu Remayenne, überlegte sich eine passende Antwort.

Als sie zurückschritt, war nicht Remayenne ihr Gegenüber, sondern Hans stand da, wie von Geisterhand dahingezaubert. Er funkelte sie mit bösem Blick an, tanzte mit ihr den Wiegeschritt. »Erst machst du mich vor Thielemann lächerlich. Und jetzt hebst du vor Remayenne wie eine Hure den Rock.«

Fassungslos hielt Catharina mitten in der Bewegung inne und ließ Hans mit einem Zischlaut auf der Tanzfläche stehen. Sie wollte gerade aus der Saaltür, da wurde diese geöffnet, und Wagenaer trat in den Raum, gefolgt von Crudop und Koosten. Catharina stolperte, als sie den verhassten Menschen erkannte, und Hans, der ihr gefolgt war, konnte sie gerade noch auffangen. Bevor sie seinen Arm abschütteln konnte, brachte Wagenaer mit einer Handbewegung die Musik zum Schweigen und ging feierlich gemessenen Schrittes und mit den beiden Männern im Schlepptau zu Pieter und Eva.

»Mijnheer Meerhoff«, hob Wagenaer zu sprechen an. »Ich habe Euch gute Nachrichten zu überbringen.«

Catharina sah, wie Evas Augen irritiert flackerten.

Mit sonorer Stimme fuhr Wagenaer fort. »Nun, da Ihr verheiratet seid, möchte ich Euch befördern. Zum alleinigen Wundarzt und *overseer* auf Robben Eiland mit dreifachem Lohn.«

Während Eva sich mit einem bitteren Aufschrei am Arm ihres Mannes festhielt, trat Catharina unbedacht einen Schritt nach vorn. »Und Mijnheer Koosten?«, fragte sie laut.

Wagenaer missachtete sie, hielt sie sich doch nicht an seine gegebene Anweisung, ihn nicht mehr anzusprechen.

Koosten hingegen äußerte sich bereitwillig. »Mijnfrouw Ras, ich werde aufs Festland zurückkehren und *assistent an de pen* Crudop erneut zur Seite stehen.«

Catharina nickte kraftlos. »Bedankt, Mijnheer Koosten.«

Ihre Freundin war verbannt, denn nichts anderes war die Beförderung in Catharinas Augen. Auf der öden Gefangeneninsel ohne Frauen und Menschen ihres Volkes würde Eva eine schwere Zeit haben.

Und Koosten war zurück. Es war wahrlich kein guter Tag, Hans zu sagen, dass er Vater wurde.

32. KAPITEL

Nur wenige Tage später war der schmale Hausstand von Pieter und Eva gepackt, und es hieß Abschied nehmen. Catharina und Eva saßen am Ufer und sahen zu Robben Eiland hinüber.

Wann Catharina die Freundin wiedersehen würde, stand nicht in den Sternen, sondern hing von dem Wohlwollen Wagenaers ab, sie an Land zu holen. Pieter würde es aufgrund seines Berufsstandes leichter haben, aber für Eva war die Übersiedlung wie eine Gefangenschaft. »Mein Onkel Autshumao hat es geschafft, von der Insel zu fliehen. Warum nicht auch ich?«

»Wenn das Fort wirklich gebaut werden sollte, brauchst du das nicht. Dann werden jeden Tag Lastkähne fahren, um den Muschelkalk zu bringen.«

»Ja, aber sie werden mich nicht mitnehmen. Ich brauche einen Grund mitzufahren.« Eva blickte verloren nach Robben Eiland. »Wofür werde ich bestraft? Dafür, dass ich den Niederländern immer gedient habe? Was hat Riebeeck mir nur angetan?«

»Wäre Riebeeck hier, wäre das nicht geschehen.«

»Er ist aber nicht hier, sondern in Indien. Dort ist er ein größerer Mann als hier. Ich bin vergessen.«

»Du hast Pieter.« Catharina versuchte weiter, die Freundin aufzuheitern.

»Ja, ich habe Pieter.« Eva zupfte an ihrem Kopftuch. Sie trug zwar ein Kleid, hatte aber die Haube abgelegt und sich ein leuchtend oranges Tuch um den Kopf geschlungen. Ihr Zeichen der Rebellion gegen das, was mit ihr geschah. »Ich zählte damals zehn Sommer, als ich wie heute am Ufer saß. Weit entfernt hörte ich Donner. Nicht den Donner des Wetters, sondern den der Eisenkugeln.«

Sie atmete tief aus. »Daran erkannten wir, dass die Engländer mit ihren Schiffen kamen. Ihre Wasserhäuser waren klein wie Möwen am Horizont mit weißen Flügeln.«

Evas Stimme klang weich und verträumt. Sie streifte ihre Lederschuhe ab und grub ihre Füße in den Sand. »Ich rannte los, um Autshumao zu suchen. Er konnte ja als Einziger Englisch.«

Catharina wusste, warum. Die Engländer hatten Herri, wie sie Autshumao nannten, einst mit nach Batavia genommen und ihm ein paar Brocken Englisch beigebracht.

»Aber dieses Mal waren die *!uri-khoi* auf den Wasserhäusern keine Engländer, sondern Niederländer. Und sie hatten Frauen mit dabei. Maria van Riebeeck. Annetje Bloom, die Frau des Gärtners. Sie wollte alles über unsere Heilkräuter wissen. Ich habe ihr gezeigt, wo sie wachsen. Wofür wir sie benutzen. Und sie brachte mir bei zu gärtnern, was ich dir wiederum beibrachte. So lebt sie weiter am Kap, obwohl sie schon lange weg ist.« Eva verstummte kurz. »Diese Zeit habe ich geliebt. Am meisten liebte ich den kleinen Laurentius, Riebeecks Sohn. Heute liebe ich Pieternella.« Sie wies zum Lagerhaus, aus dem Hans und Pieter traten. Pieter hielt das Mädchen an der Hand.

»Du musst Hans sagen, dass du sein Kind unterm Herzen trägst«, sagte Eva unvermittelt.

Catharina erstarrte. »Woher weißt du?«

»Du trägst das innere Licht in deinen Augen.« Eva schaute sie auffordernd an. »Sag es ihm, ihr sollt endlich glücklich sein.« Ohne ein weiteres Wort stand sie auf und ging ihrem Mann und ihrer Tochter entgegen.

Catharina folgte ihr. Schweigend strebten sie zu dem Ruderboot, das die Meerhoffs auf die Insel übersetzen sollte.

Eva umarmte Catharina, ließ sie aber gleich wieder los. »Ein Abschied sollte kurz währen, das Wiedersehen umso länger.« Abrupt wandte sie sich um und zog Pieternella mit sich zum Boot, aber Catharina hatte ihre Tränen gesehen und konnte die ihren kaum zurückhalten.

Pieter reichte ihr und Hans die Hand zum Abschied, dann folgte er seiner Familie.

Gleichmäßig tauchten die Ruder in die kleinen Schaumkronen, und das Boot entfernte sich, ohne dass Eva sich ein einziges Mal umdrehte. Catharina stand reglos da. Eine ungeheure Leere bemächtigte sich ihrer, wie sie dem immer kleiner werdenden Boot hinterherschaute.

»Du kannst nichts dafür, dass Koosten zurück ist.«

Mit solch unterstützenden Worten hatte Catharina nicht gerechnet. »Ich fühle mich aber schuldig.«

»Wagenaer hatte es schon länger geplant. Er braucht Eva nicht mehr. Im Gegenteil, sie ist ihm hinderlich.«

»Hinderlich? Wer wird nun übersetzen?«

»Die Sprache der Waffen. Die Compagnie scheint nicht mehr erpicht auf eine freundschaftliche Beziehung zu sein.«

»Wie meinst du das?«

»Sie brauchen das Vieh, nicht die Goringhaicona. Sie werden sie vertreiben.«

»Aber sie waren schon immer hier.«

»Ja, das waren sie.«

Wieder schwiegen sie.

Hans sah ihr in die Augen. »Ich möchte mich für mein Verhalten bei der Hochzeit entschuldigen«, sagte er. »Es war nicht angemessen. Du hast mir sehr gut gefallen in dem Kleid. Und ich habe es nur nicht ertragen, wie Remayenne dich umworben hat.«

Statt zu verstehen, dass Hans ihr etwas sagen wollte, konterte sie: »Aber ich soll ertragen, dass du zu Amisha gehst und es jeder weiß?«

»Catharina, ich halte mein Versprechen, schaue nach dem Kind und nach ihr. Zwischen ihr und mir ist nichts.«

Ich habe es nur nicht ertragen, wie Remayenne dich umworben hat, wiederholte sie in ihren Gedanken und verstand auf einmal den Inhalt. Hans hatte ein Anflug von Eifersucht erfasst oder zumindest Besitzdenken ihr persönlich gegenüber. Dies fühlte sich nach dem rechten Moment an. Sie holte tief Luft. »Ich bekomme ein Kind«, flüsterte sie fast.

»Sag das noch mal!«

»Ich trage dein Kind unter meinem Herzen«, sagte sie mit gesenktem Kopf.

Hans nahm ihre Hand zwischen seine Hände und drückte ihr einen Kuss auf den Handrücken. »Endlich eine gute Nachricht!«

Keiner von beiden wagte ein Wort zu sagen, um diesen kostbaren Moment nicht zu verscheuchen. Doch ein Donner in der Ferne beendete die stille Zweisamkeit. Hans und sie sahen gleichzeitig aufs Meer.

Das Boot, das Eva und Pieter wegtrug, wurde kleiner. Aber ihr Ruderboot war nicht allein auf dem Meer. Catharina kniff die Augen zusammen und erkannte weiße Flügel, wie Eva die Segel genannt hatte. Es näherten sich drei Ostindienfahrer. Von ihnen kam der Kanonendonner.

»Das muss die Flotte mit IJsbrand Goske an Bord sein.« Hans wurde ganz aufgeregt.

»Wir sollten hierbleiben«, sagte Catharina schnell. Vielleicht brachte das Schiff die Pardonierung für Amisha, die sie selbst eingefädelt hatte und die sie in diesem Augenblick von Herzen bereute.

Hans nickte. »Wenn er es ist, unbedingt. Wir sollten uns die Neuigkeiten aus Batavia nicht entgehen lassen.«

Hans steckte sein Messer in das Türschloss von Evas und Pieters Häuschen. Catharina deckte ihren Mann zur Straßenseite hin. »Muss das wirklich sein?«

Mit einem Dreh brach er das Schloss auf. »Joris können wir nicht wieder zur Last fallen, und zu Lacus willst du nicht.«

»Ich mag ihn nicht«, verteidigte sich Catharina, »und mit seiner Frau habe ich noch kein Wort gewechselt.«

Hans stieß die Tür auf. »Ich versteh dich. Hier sind wir auch unsere eigenen Herren.«

Catharina folgte ihm in das Zimmer. Es war leer bis auf zwei alte Strohsäcke. Die Gemütlichkeit, die Eva dem Haus eingehaucht hatte, war mit ihr gegangen.

»Kommst du klar bis zum Abend?« Hans ging zur Tür.

»Wohin gehst du?« Catharina wandte sich ihm mit einem Anflug von Panik zu.

»Wagenaer verteilt Münzen an alle, die ihm helfen, beim Wasserbecken letzte Hand anzulegen, bevor Goske anlandet.«

»Oh ja, natürlich.« Sie durfte sich nicht anmerken lassen, dass sie gedacht hatte, er wolle zu Amisha. Obwohl er sogar zu ihr gehen sollte, um ihr zu sagen, dass er Vater wurde, dass das Band zwischen ihm und seiner Ehefrau nunmehr eng geschmiedet war. Baldigst, bevor Goske einen Entlassungsbrief an Wagenaer überreichen konnte.

»Du siehst nachdenklich aus.«

»Dürfen wir das? In Pieters Haus sein?« Catharina konnte unmöglich ihre Gedanken mit Hans teilen. Genauso wenig, wie er ihr sagen würde, wann er Amisha zu treffen gedachte. Sie hatten Geheimnisse voreinander, und das würde so bleiben. Eine Ehe war ein Bündnis, kein Beichtstuhl.

Hans zuckte mit den Schultern. »Pieter hätte es uns gestattet.« Er lachte. »Fragen kann ihn niemand.«

Bis zum Abend hatte Catharina das Haus gefegt und hergerichtet, bei Jannetje Kerzen und Essen besorgt. Während sie sich umsah, beschlich Trauer ihr Herz. Eva hätte hier sein müssen. Stattdessen richtete sie ihr neues Haus auf Robben Eiland ein und musste sich auf der Strafgefangeneninsel zurechtfinden, die mehr Vögel, Schafe und Kaninchen als Bewohner zählte denn Menschen.

Sie hörte Schritte vor der Tür, dann polterte Hans ins Haus, warf seinen Hut auf den Strohsack. »Wagenaer hat uns gelobt. Ohne uns *vrijburgher* könnte er morgen nicht vor Goske glänzen.« Hans war sichtlich stolz auf sich. »Wagenaer hat Goske erst in zwei Wochen erwartet. Die Winde müssen günstig gewesen sein.«

»Dann wünsche ich uns, dass Goske uns genauso günstig gesinnt ist«, sagte Catharina zweideutig.

»Komm nicht auf die Idee, ihn für Eva um etwas zu bitten.«

»Dann vielleicht Koosten verbannen?« Sie neigte ihren Kopf leicht spöttisch zur Seite.

»Und Crudop gleich mit!« Er ging auf ihren leichten Ton ein. Dann schüttelte er den Kopf. »Wir halten uns am besten beide zurück.« Er ließ sich auf einem Strohsack nieder, und Catharina reichte ihm eine Scheibe Brot, auf das sie Käse gelegt hatte. Hungrig biss er hinein, kaute. »Wie lange bist du schon guter Hoffnung?«, fragte er wie beiläufig mit vollem Mund.

Catharina überlegte, ob Amisha ihm diesen Gedanken eingepflanzt hatte, wies sich jedoch innerlich zurecht. Sie durfte kein Misstrauen aufkeimen lassen. »Es müssen drei Monde sein.«

Hans krempelte sich die Ärmel seines Hemdes hoch, und Catharina erkannte im Kerzenlicht deutlich die Narben am Unterarm.

»Wie ist das eigentlich passiert?«, traute sie sich endlich zu fragen, weil sie sich heute, was das Herz ihres Mannes betraf, Amisha ebenbürtig fühlte.

Hans gab ein tiefes Knurren von sich, wie ein Tier, wenn es in Bedrängnis geriet.

Catharina schnitt sich selbst einen Kanten Brot ab, täuschte Gleichmut vor. »Vergiss die Frage!«

Hans' Kopf sackte nach vorn, er atmete tief aus. »Es fällt mir schwer, darüber zu reden. Aber als Mutter meines Kindes solltest du es wissen.«

»Mutter meines Kindes.« Catharina setzte sich aufrecht. Amisha hatte kein Kind von Hans erwarten müssen, um dieses Geheimnis zu erfahren. Sie musste sich damit zufriedengeben, erst jetzt tiefer in sein Leben eingelassen zu werden.

»Du weißt, ich komme aus der Gegend von Angeln«, begann Hans. »Geboren in den Zeiten des Großen Krieges. Wie du. Wie fast alle hier. Wir alle kennen das Grauen. Mehr oder weniger. Lübeck ist ja weitestgehend verschont geblieben.«

Hans schwieg eine Weile. »Wir waren Bauern, gehörten zum Fürsten von Holstein«, erzählte er dann weiter. »Meine großen

Brüder kämpften im Krieg. Ich nicht, ich war neun.« Hans lachte bitter auf. »Ich musste auch nicht hin, der Krieg kam zu uns. Marschall Torstensen wütete mit seinen Leuten acht Tage lang in Böel, setzte die Kirche in Brand. Von unserem Versteck aus sahen meine Mutter und ich unsere Nachbarn brennen.« Hans faltete die Hände vor seinem Gesicht. »Ich war zu feige, ihnen zu helfen. Wollte nicht selber brennen.« Er wandte sich ihr zu. »Nach einer Nacht hatten ihre Seelen Frieden. Torstensen zog ab. Wir hofften, es wäre vorbei.«

»Aber das war es nicht?«

»Kein halbes Jahr später kam Oberst Wrangel. Was war er wütend, weil er nichts zum Plündern fand. Auch wir hungerten.« Hans' Schultern zuckten vor Schaudern.

Catharina lief ein kaltes Kribbeln über den Nacken die Arme herunter, da sie glaubte, dass das Eigentliche nun kam.

»Die Soldaten lachten über meine Mutter. Ausgehungert und verhärmt, wie sie war. Es gab keine Kirche mehr, in der wir alle zusammen brennen konnten. So brannten die einzelnen Häuser. Und mit unserem meine Mutter. Dieses Mal bin ich ins Feuer gelaufen. Sie hatten sie auf einen Stuhl gefesselt, die Füße übers Kaminfeuer gebunden.« Hans krempelte seinen Ärmel ganz hoch. »Ich habe sie da rausgeholt. Daher habe ich die und die am Bauch.«

»Und deine Mutter?«

»Zwei Tage später ist sie gestorben.«

»Hattest du keinen Vater?«

»Oh doch. Die Truppen kamen wieder.« Hans' Stimme nahm einen unheilvollen Ton an.

»Ein drittes Mal?« Catharina war fassungslos.

Hans nickte grimmig. »In einer Nacht im Juli. Reiter kamen ins Dorf. Sie wollten wieder plündern. Diesmal läutete der Pastor die Sturmglocke. Mit Mistgabeln und Stöcken gingen wir auf sie los, nahmen zwei Soldaten gefangen, erbeuteten mehr als zehn Pferde. Die anderen Soldaten flohen.«

Hans lehnte sich ans Fenster, durch das der Vollmond sein

kaltes Licht warf. Sein Profil mit dem Pferdeschwanz zeichnete sich deutlich ab, während er ruhig weitersprach. »Im Morgengrauen kamen sieben von diesen Ungeheuern zurück. Sie wollten ihre Kameraden befreien und die Pferde zurück. Ich sah sie, warnte unsere Männer. Wir ließen sie in dem Glauben, wir würden alle schlafen, und bereiteten ihnen einen guten Empfang.« Hans zischte durch die Zähne. »Einer von denen war mein Vater. Er hatte die Seiten gewechselt, war Kundschafter.«

Catharina sog scharf die Luft ein.

»Ich knüpfte seinen Strick. Für meine Mutter. Ich hab zugesehen, wie er erstickt ist.« Hans holte tief Luft. »Ich werde dich und das Kind stets beschützen. Unser Kind soll seine Mutter nicht verlieren. Ich werde nicht feige weglaufen wie mein Vater. Die Seiten wechseln.«

Catharina glaubte, das Trommeln, das sie hörte, entstamme ihrem Herzschlag. Es kam jedoch von draußen. Die Goringhaicona feierten den Vollmond. Sie erhob sich von dem Strohsack, wollte sich im Rhythmus der Trommeln bewegen, um das Gehörte zu verarbeiten.

»Es tut mir unendlich leid, was du erleben musstest«, sagte sie zu Hans. »Unendlich. Komm mit! Der Vollmond hilft bei Trauer.«

Die Goringhaicona hatten sich wie gewohnt am Ufer zusammengefunden. Im Schein des Lagerfeuers tanzten die Männer in einer Reihe eng zusammen, die Knie gebeugt. Näherten sie sich tanzend und mit den Füßen stampfend dem Feuer, löste sich ihre Reihe wellenförmig auf und erinnerte an das Schlängeln und Winden einer Kapkobra. Auf ihren eingefetteten Gesichtern und Körpern glänzten die Lichtfunken, die in den Himmel stoben. Ihre Köpfe wiegten sich im Rhythmus. Mit hohen Stimmen sangen sie kurze, immer wiederkehrende Worte, um den Mond darum zu bitten, das Gras weiter wachsen zu lassen, damit ihre Kühe genug zu fressen fanden und Milch gaben.

Die Frauen saßen um das Feuer herum. Manche hielten ihre Kleinen auf dem Arm. Andere schlugen mit ihren Händen den

Rhythmus auf den Trommeln oder klatschten. Die Frauen sangen nicht, aber erzeugten ein tiefes Dröhnen in ihrem Rachen, das sich unter den Rhythmus legte.

Catharina, die mit dem monatlich wiederkehrenden Ritual vertraut war, hatte keine Angst, sich den Khoi offen zu nähern. Während sie sich hinter den Kreis stellte, fragte sie sich, ob Eva auf Robben Eiland heute Abend auch tanzen würde. Es waren immer einige gefangene Khoi auf der Insel. Allerdings war es den Bürgern verboten, mit den Gefangenen zu verkehren. Wie sie Eva kannte, würde diese sich über das Verbot hinwegsetzen.

Sie legte ihre Hände auf den Bauch, auf das in ihr wachsende Leben, und fällte die Entscheidung, sich ebenfalls über ein Verbot hinwegzusetzen, nämlich ihr eigenes, dass sie ihrem Mann nicht sagen durfte, was sie empfand. Sie drehte ihren Kopf zu Hans. »Ich liebe dich.«

Hans blickte weiter zu den Goringhaicona. Doch er schien sie gehört zu haben, da sich seine Kiefermuskeln bewegten.

Es ausgesprochen zu haben war eine Erleichterung. Dass er reagiert hatte wie von ihr vorhergesehen, dämpfte jedoch stark die Freude darüber.

Sie wollte die Arme verschränken, da nahm Hans ihre Hand und drückte sie fest, drückte sie wiederholte Male.

Aus dem Kreis der sitzenden Goringhaicona stand eine Frau auf. Ihre Hände zum Himmel erhoben, bewegte sie den Kopf von rechts nach links und tänzelte zum Feuer. Ihre Augen waren geschlossen, während sie klickend sang. Es war Zara.

»Sie nimmt Evas Platz ein.« Catharina wusste nicht, ob sie erfreut darüber war.

»Es ist der Platz, der ihr zusteht. Sie sind sozusagen verwandt.«

»Wie?«

»Evas Onkel Autshumao hatte zwei Frauen. Zara ist die Tochter seiner zweiten Frau Namtsi. Sie hat sie in die Ehe mitgebracht.«

»Du weißt wirklich über sie Bescheid.«

»Ich lebe mit ihnen, schätze sie, teile mein Grasland mit ihnen. Sie waren vor uns da.«

Eine bittere Erkenntnis durchfuhr Catharina. »Wir sind ihre Schweden. Ihr Marshall Torstensen, Oberst Wrangel und wie sie alle heißen. Wir verbrennen sie nicht, aber verjagen sie.«

Das Summen und Singen der Goringhaicona schwoll an, als die Frauen und Männer wieder in Wellen um das Feuer zirkelten.

Catharina spürte Hans' Blick auf sich. Er wirkte nachdenklich. Schließlich sagte er: »So habe ich das noch nie betrachtet.« Als ob er sie zum ersten Mal wirklich sah, legte er den Arm um sie.

33. KAPITEL

Am nächsten Morgen versammelten sich der Kapkommandant neben *secunde* Gabbema, *fiscal* Lacus und Crudop am Ufer. Die *vrijburgher*, darunter Catharina, Hans und Thielemann, Soldaten und Händler standen hinter der Führungsspitze des Kaps. Catharina blickte wie die anderen erwartungsvoll zur »Nieuwe Middelburg«, von der das Beiboot mit IJsbrand Goske an Bord ablegte.

»Schau, wie Wagenaer dasteht«, sagte Thielemann abfällig zu Hans, »so aufrecht habe ich ihn schon länger nicht mehr stehen gesehen.«

»Er erhofft sich höchste Ehren vom *commissaris*. Das Wasserbecken ist fertig.«

Ein aufgeregtes Murmeln erhob sich unter der Menge hinter ihnen. Catharina wandte sich um. Oedosoa bahnte sich mit einer Handvoll Krieger und drei Ochsen einen Weg durch die wartenden Menschen.

»Ein schlauer Bursche!«, sagte Hans bewundernd.

»Warum schlau?« Catharina verstand nicht.

»Er will sein Weideland zurück. Und da sich Wagenaer weigert, wendet sich er sich an Goske. Er will von Häuptling zu Häuptling reden.«

»Du meinst, er weiß, dass Goske über Wagenaer steht?«

Während die Krieger mit den Ochsen stehen blieben, stellte sich Oedosoa wie selbstverständlich neben Wagenaer. Dieser schaute irritiert, ließ ihn aber neben sich stehen. Thielemann kicherte. »Jetzt weiß Oedosoa es.«

Catharina blickte Thielemann fragend an.

»Na ja, weil Wagenaer ihn nicht wegjagt. Kein Aufsehen erregen will vor dem weißen *suri* Goske.«

Ein Mann in Uniform schritt durch die Reihen und stellte sich in gebührendem Abstand hinter Wagenaer. Es war Koosten, der seine Seemannskleidung abgelegt hatte. Catharina zupfte Hans am Ärmel, zeigte auf Koosten.

Hans pfiff durch die Zähne. »Der will sicherlich kein Kaninchenzüchter mehr sein.«

Das Boot erreichte das Ufer, und Goske stieg ohne Hilfe an Land. Sein braunes Haar war in der Mitte gescheitelt und hing in frisierten Wellen bis zu seiner Schulter. Sein Bart war wohlgestutzt und seine Kleidung aus feinstem schwarzem Stoff. Selbst nach der langen Überfahrt trug er einen gefältelten reinweißen Kragen, dessen viele Lagen Catharina nur bewundern konnte. Lang war es her, auf einem fernen Steg in Hamburg, dass sie jemanden so elegant herausgeputzt gesehen hatte: Paulus du Maulier.

Gemessenen Schrittes ging der *commissaris* auf Kommandant Wagenaer zu.

Ein Jubeln ging durch die Anwesenden. Es gehörte sich, eine wichtige Persönlichkeit angemessen zu begrüßen, und jeder wusste, dass der breitschultrige Mann einige Änderungen am Kap bringen würde. Die Haltung Goskes und seine gebieterische Erscheinung ließen daran keinen Zweifel.

Während Goske und Wagenaer mit ihrem Gefolge in offene Kutschen stiegen und zum Fort fuhren, Oedosoa zu Fuß im Schlepptau, erhaschte Catharina einen Blick auf die Postkiste, die von zwei Soldaten aus dem Beiboot gehoben wurde. Nervös trat sie von einem Bein auf das andere. In dieser Kiste konnte der Brief liegen, der über Amishas weiteres Schicksal entschied. Die beiden Soldaten, die sie trugen, gingen an Catharina vorbei. Einer von ihnen sah schneidig aus mit seinem wohlgestutzten Schnurrbart, hatte einen kecken Blick, den er über die Anwesenden schweifen ließ. Er schien sich zu amüsieren über das, was er sah. Ein Haufen dahergelaufener Wilder, die hier am Ende der Welt hausten. Plötzlich stockte sein Schritt, und der andere Soldat stolperte fast, als es nicht in dem gewohnten Tritt weiterging. Die Kiste drohte den beiden aus den Händen zu gleiten. Catharina konnte seine Augen von der Seite nicht lesen. Aber wie er sich über die Lippen mit seiner Zunge fuhr, als ob er Leckeres schmeckte, und wie sein Schnurrbart zitterte, wusste sie, wen er erblickt hatte. Um sich bestätigt zu sehen, schaute sie in seine Blickrichtung. Wie erwartet stand dort Amisha, stolz aufgerichtet, die schon mehr als einjährige Petronella auf der Hüfte.

Sie fixierte den Soldaten genauso wie er sie, blickte ihm nach, schloss sich der Gruppe ohne Federlesens an, und Catharina hätte schwören können, dass Amisha dem Soldaten folgte.

Am Nachmittag wurde es vor dem Fort wieder geschäftig. Soldaten in Zweierreihen verließen in strammem Schritt das Fort, gefolgt von *commissaris* Goske, Kommandant Wagenaer und Häuptling Oedosoa, dahinter Lacus, Gabbema, Crudop und Koosten. Ein Krieger Oedosoas trieb einen Ochsen vor sich her, auf dessen Rücken mehrere Säcke festgebunden waren. Catharina und Hans, die auf einem Stein sitzend gewartet hatten, erhoben sich.

»Die Verhandlungen waren erfolgreich«, merkte Catharina an, die in den Säcken die üblichen Kupferteller, lange Ketten mit Glasperlen, Tabak und Arrack vermutete.

»Hoffen wir, dass sie Oedosoa auch Land zugesprochen haben und er nicht nur sein Vieh hergibt.«

Oedosoa wurde von Goske und Wagenaer mit großen Gesten verabschiedet. Während der Häuptling der Cochoqua mit seinen Kriegern majestätisch davonschritt, wendeten sich Goske und Wagenaer nach Osten und gingen an die sechzig *Amsterdamer Roeden*, bevor sie stehen blieben. Als ein Soldat Goske einen Stab reichte, sagte Hans: »Das wird der neue Platz für das Steinfort.«

Der *commissaris* winkte Koosten heran. Mit sichtlich stolzgeschwellter Brust trat dieser zu Goske, nahm den Stock entgegen und rammte ihn in den Boden.

»Damit betraut er ihn, das Bauvorhaben zu überwachen.« Hans' Stimme drückte Besorgnis aus, während Catharina eher Erleichterung empfand.

»Dann ist er beschäftigt und richtet bei uns keinen Ärger an.«

»Ja, aber wenn er Wagenaer sagt, er braucht mehr Leute wie zum Beispiel uns *vrijburgher* zum Bau des Forts, wird Wagenaer dem stattgeben, und wir müssen seinen Befehlen nachkommen.«

Wie recht Hans hatte, zeigte sich bereits wenige Stunden später. Catharina, Hans und die engsten Freunde saßen bei Joris, als ein Ausrufer die Stube betrat. Nachdem er auf die Bank gestiegen war und sich die nötige Aufmerksamkeit verschafft hatte, verkündete er, dass jedes Fuhrwerk, das nicht auf den *farmen* benötigt wurde, für den Transport der Baumaterialien zur Verfügung gestellt werden sollte. Dafür zahlte die Compagnie den *vrijburghern* oder Händlern am Tag sechs *stuivers* pro Fuhrwerk, Ochse und Mann.

»Wir kriegen für die Brücke deutlich weniger«, meckerte Thielemann.

»Die bauen wir für uns«, erwiderte Hans in sachlichem Ton. »Und nur im Winter. Ansonsten sind wir auf dem Feld. Ich habe mehr Sorgen, dass uns Koosten in dieser Zeit abzieht, um das Fort zu bauen.«

»Der würde doch nicht die Ernährer der Station schädigen.« Remayenne schüttelte den Kopf.

»Thielemann und mich vielleicht schon. Wir haben ihn als Falschspieler entlarvt.«

Thielemann stimmte ihm brummend zu.

»Auch wenn die dreihundert Soldaten reinhauen werden, die sie rekrutieren: Der Bau des Forts wird Jahre dauern. Ich arbeite nicht unter Koosten.« Hans wirkte entschlossen.

»Die Brücke wird nächstes Jahr fertig«, meinte Frans. »Wir müssen uns was einfallen lassen.«

»Am besten, wir verbreitern sie auf drei Ochsenkarren nebeneinander«, sagte Thielemann, »dann wird das nächste Rennen spannender.«

Während die Männer in der Runde lachten, bedachte Catharina Thielemann mit einem bösen Blick.

»Kann ich dir nie wieder was recht machen?«, fragte Thielemann brummend.

Catharina zuckte mit den Schultern.

»Warte!« Thielemann schnipste mit den Fingern. »Wenn die Brücke fertig ist und das Fort noch im Bau, sollten wir uns darum kümmern, die Straße von Bosheuvel bis zum Fort auszubessern. Der Kommandant reist gerne bequem zu seinem Sommersitz.«

Ein zustimmendes Raunen ging rund um den Tisch.

Thielemann sah Catharina an. »Gib zu, die Idee ist ein Lächeln wert.«

Hans schlug Thielemann auf die Schulter. »Das ist sie in der Tat. So entgehen wir auf lange Zeit Koostens Zugriff.«

»Ob van Quaelbergen so häufig nach Bosheuvel fahren wird wie Mijnfrouw Wagenaer?« Mayken war sich nicht sicher.

Remayenne, der im Bürgerrat saß, beugte sich vor und raunte den anderen zu: »Es geht die Rede, dass er sich mit seinem Amtseintritt weiter Zeit lassen will. Ist wohl nicht so begeistert, zu uns zu kommen.«

Catharina überlegte. Der Bau der Brücke und der Straße ermöglichte es ihnen, ihr bisheriges Leben weiterzuführen. Und solange Koosten den Bau des Forts beaufsichtigte, waren sie außerhalb seiner Reichweite. Sie erhob ihren Krug. »Auch van Quaelbergen wird eine Frau haben, die die Annehmlichkeiten des Sommersitzes dem Fort vorziehen wird. Auf Thielemanns Idee«, sagte Catharina und schenkte ihm das gewünschte Lächeln.

34. KAPITEL

An diesem Morgen war Thielemann auf seinem Pferd gekommen, um Hans zur Arbeit an der Brücke abzuholen. Neidvoll hatte Catharina auf das Tier geblickt, mit dem man deutlich schneller vorwärtskam als mit den zuckelnden Ochsen. Aber obwohl die Handvoll Javaponys, die Riebeeck von Batavia ans Kap hatte verschiffen lassen, sich gut vermehrt hatten, wurden nur wenige an *vrijburgher* verkauft.

»Wie bist du eigentlich zu dem Tier gekommen?«, fragte Catharina Thielemann.

Der schaukelte geheimnisvoll seinen Kopf. »Das ist eine abendfüllende Geschichte.«

Hans beugte sich zu ihr und flüsterte ihr ins Ohr: »Beim Würfeln gewonnen.«

So etwas hatte Catharina sich gedacht.

Hans schwang sich hinter seinem Freund aufs Pferd. »Bis heute Abend.«

Die beiden trabten davon Richtung Groote Schur, begleitet von Riebeck, der dem Pony bellend hinterherlief.

Catharina ging hinters Haus zum Gemüsegarten. Sie wollte sich überlegen, wie sie den Garten erweitern und im Frühjahr bepflanzen wollte, hatten Hans und sie doch beschlossen, die Anbaufläche mehr als zu verdoppeln. Noch lag ihre Hoffnung braun und brach, aber schon bald würde sie wieder Setzlinge pflanzen und dem Wachsen der kleinen grünen Pflänzchen zusehen. Die Natur war für sie das wahre Wunder. Sie konnte die Khoi nur zu gut verstehen, warum sie die Natur und ihren Kreislauf priesen, von dem sie alle abhingen, und dafür in Vollmondnächten um ein Feuer tanzten und Mutter Erde um Regen für die Wiesen baten und um Sonne, damit alles wuchs und gedieh.

Als ob die Sonne Catharinas Ehrerbietung gehört hatte, kam sie hinter einer weißen Puderwolke über dem sanft ansteigenden

Bergrücken hervor und beschien ihr Gesicht. Eine leichte Brise blies über die Baumwipfel des dicht bewaldeten Rückens bis zu ihr in die Ebene, spielte mit ihrem Haar, das sie auf der *farm* nur noch offen trug.

Sie drehte sich einmal ganz langsam um sich selbst und sog die Landschaft, das fruchtbare Land, regelrecht in sich auf. Ein warmes Gefühl stieg in ihr hoch. Sie strich sich mit beiden Händen behutsam über den Bauch. Auch sie war fruchtbar, trug Saat in sich. Noch konnte sie die Schwangerschaft verbergen, doch schon bald würde sie sich ein neues Kleid nähen müssen. Das Kind änderte alles, zeigte allen, dass sie und Hans eine Familie waren, auch Amisha.

Die Hühner, die sie morgens herausgelassen hatte, gackerten im Hof und wollten gar nicht aufhören. Catharina schalt sich, die Mistgabel an der Scheune stehen gelassen zu haben. Bestimmt war eine Kapkobra im Hof. Sie musste nachsehen, ging um das Haus und erblickte als Erstes ein Pferd. Widerwillig strich sie ihre Haare nach hinten und schlang sie in einen Knoten. Auf Besuch war sie nicht eingerichtet. Und als sie sah, wer auf der Bank saß, fuhr es ihr eiskalt den Rücken herunter. Koosten. Leise wollte sie sich zurückziehen. Doch er hatte sie schon gesehen und war aufgestanden.

»Einen wohlfeilen Tag, Mijnfrouw Ras.«

»Guten Tag, Mijnheer Koosten.« Catharina spürte, wie ihr kalter Schweiß auf der Stirn ausbrach. Seit dem Überfall damals war sie nicht mit ihm allein gewesen. Schweigend blieb sie stehen, wartete darauf, dass er etwas sagte. Auch er schwieg, musterte sie langsam von oben nach unten. Sie verfluchte sich, dass sie Riebeck mit Hans hatte ziehen lassen. Ihr Blick fiel auf die Mistgabel.

»Seid ihr auf dem Weg zum Bosheuvel?« Wie unbeabsichtigt ging sie zur Scheune.

»Ich will zur Brücke. Ich brauche mehr Männer fürs Fort. Euer Mann ist dort?«

Sie griff nach der Gabel, lehnte sich darauf. »Ja.«

»Ihr seid allein?«

»Nein, wir sind dabei, das Gemüsefeld vorzubereiten.«

»Wir?«

»Wir!« Catharina zuckte mit keiner Wimper, schließlich log sie nicht. Mit dem Kind im Bauch war sie ein Wir. Mit klopfendem Herzen beobachtete sie, wie er sein Pferd tätschelte. Er schien zu überlegen. Sie wollte gerade aufatmen, da drehte er sich mit einem Ruck um und kam auf sie zu.

Fest umklammerte sie den Griff der Mistgabel.

»Glaubst du wirklich, ich bin wegen deines Mannes hier? Berne!« Der Name wogte wie ein haushoher Brecher über sie hinweg.

»Berne? Was meint Ihr?«

»Ich habe lange gebraucht, um herauszufinden, wo der Junge geblieben ist.«

»Welcher Junge?« Catharina stellte sich weiter unwissend, während ihr Blut zu Eiskristallen gefror.

»Lass die Maske fallen! Catharina Ustings, die mit der Hoff ans Kap kam. Ich hab's in den Chroniken gelesen.«

Ihre schlimmsten Befürchtungen wurden wahr.

»Ich hab lange gebraucht, es zu verstehen. Aber deine Ohren sind unverkennbar.«

»Es ist besser, Ihr geht«, sagte sie mit brüchiger Stimme.

»Ich gehe nirgendwohin, bevor ich dir nicht gesagt habe, was ich mit dir vorhabe.« Er ließ seinen Blick über ihren Körper gleiten. »Berne hätte ich getötet. Dich will ich heiraten.«

»Mijnheer Koosten, Eure Rede ist ungehörig. Ich bin verheiratet. Wovon sprecht Ihr?« Catharina versuchte mit aller Macht, sich zu beherrschen.

»Ich hab gehört, du leistest gute Arbeit.« Er sah über die Weiden. »Sobald dein Mann das Zeitliche segnet, heirate ich dich. Dann gehört mir dieses Land.«

In einem Impuls hob sie die Mistgabel hoch.

Koosten lachte hämisch. »Das Ding hält mich nicht ab. Du wirst es nicht wagen, mir wehzutun.«

»Das habe ich schon mal.« Spätestens jetzt war die Wahrheit, wer sie war, in der Welt. Koostens Augen verengten sich. Catharina hielt die Mistgabel weiter vor sich. »Geh! Sonst werde ich dem Kommandanten sagen, was du getan hast.« Es gab keinen Grund, diesem Mann Ehrerbietung zu zeigen.

Drohend kam Koosten weiter auf sie zu. Die Mistgabel berührte seinen Bauch. Mit Schwung schlug er ihr die Gabel aus den Händen. Ihr Oberkörper drehte sich. Sie verlor das Gleichgewicht. Koosten drängte sie nach hinten zur Scheunenwand, drückte ihre beiden Hände über den Kopf. »Du wirst mich nicht los.«

Sein Atem roch nach Rache. Catharina erfasste ein nie gekanntes Grauen. Koosten drückte ihr einen Kuss auf die Wange. Sie kreischte ihm ins Ohr, schubste ihn mit aller Kraft zur Seite. Als Koosten auf ihren Kleidersaum trat, stolperte sie und ging zu Boden. Ohne Vorwarnung trat Koosten ihr hart in den Bauch. »Du Miststück.«

»Nein!«, brüllte sie. Schützend legte sie ihre Hände auf ihren Bauch.

Koosten ging zu seinem Pferd. »Für heute ist es genug.« Sie rappelte sich auf, während er aufstieg. »Wir sehen uns wieder.« Er gab seinem Pferd die Sporen, jagte davon.

Schluchzend machte sie einen schleppenden Schritt zum Haus, da durchfuhr sie ein stechender Schmerz. In ihrem Kopf rauschte das Blut. Ihr Blick randete rechts und links schwarz ein. Die Schwärze wurde immer breiter, bis sie nichts mehr sah. Sie spürte, wie ihr Bauch hart wurde, krampfte. Dann explodierte der Schmerz und erfasste mit wenigen Herzschlägen ihren gesamten Körper. Sie hörte sich selbst schreien, dann wurde es dunkel um sie.

Eine Frau löste sich von der Wand. Sie trug eine weiße Haube. Ihre klauenartigen Finger griffen nach ihr. Catharina wollte weglaufen, doch dazu musste sie erst aufstehen. Ihr Bauch wog so viel wie ein Sack Getreide und schien nicht mehr zu ihr zu gehören.

Die Frau kniete sich neben sie. Catharina konnte ihr Gesicht nach wie vor nicht erkennen, aber sie spürte die spitzen Fingernägel, die sich in ihren Bauch bohrten. Catharina wollte sie wegschlagen, war wie gelähmt. Die Frau hob ihr Antlitz, und Catharina erkannte sie: Magda. Die Ziehmutter, die sie ansah und ihren Mund langsam zu einem höhnischen Grinsen verzerrte. Catharina schrie. Magda löste sich in Luft auf. Es war ein Traum gewesen, ein Schrecken. Doch das Erwachen erfasste sie mit einem noch größeren Entsetzen. Sie lag auf dem Rücken vor dem Haus. Ihr war kalt. Ihr Bauch krampfte erneut, und etwas Warmes floss zwischen ihren Beinen heraus. Leise begann sie zu weinen.

Pferdegetrappel drang an ihre Ohren. Wenn Koosten zurückkam, wäre dies ihr Ende.

»Catharina!« Sie erkannte Hans' Stimme. Er war zurück. Aber zu spät. Ihr Kind war tot. Er hatte sie allein gelassen. Sie war allein, sie war schon immer allein gewesen. Und das Wesen, das ihr das Alleinsein hätte nehmen können, lag in einer Blutlache.

»Catharina.« Sie fühlte seine Hand auf ihrer Stirn, hielt ihre Augen geschlossen. Sie zu öffnen war zu anstrengend. Dennoch mussten ihre Lider geflackert haben.

»Thielemann, hol Eva.«

Catharina spürte, wie Hans eine Hand unter ihren Nacken legte, die andere unter ihre Beine. Dann wurde sie hochgehoben, ungleich, da sein verletzter Arm nicht so kräftig war wie der andere. Sie barg ihren Kopf an seiner Brust. Die Wärme seines Körpers ging auf sie über und schenkte ihr Trost. Sie hörte sein Herz schlagen. Leben. Dann wurde es wieder dunkel um sie.

35. KAPITEL

Drei Tage und zwei Nächte lebte Catharina in einer Zwischenwelt, halb dort, wo ihr Kind und ihre Mutter waren, halb hier bei Hans und Koosten. Das Dort war verlockender. Aber eine sanfte Frauenstimme sang zu ihr in einer klickenden Sprache und zog sie von dem weißen Lichtkegel fort, den sie so gern betreten wollte. Hans' Stimme umgab sie ebenfalls, ließ sie nicht gehen. So schlug sie am dritten Abend die Augen auf und sah im Kerzenschein Eva neben ihrem Bett sitzen, den Kopf auf der Brust, weggedämmert.

»Eva.« Ihre Stimme war schwach, aber Eva richtete sich sofort auf und strich ihr über die Hand.

»Ich habe es verloren.«

»Ja.«

»Was war es?«

»Was willst du, das es war?« Eva streichelte ihr über die Hand.

»Ein Mädchen.« Catharina versuchte, sich aufzurichten, aber Eva drückte sie sanft nieder.

»Hans und ich haben, was sie war, unterm *geelhoutboom* im Garten begraben. Du wirst sie immer bei dir haben.«

»Sie hat keinen Namen.«

»Den musst du ihr geben.«

»Nicht jetzt.« Catharina suchte Evas Hand. »Eva, sie ist nicht einfach so gestorben.«

»Wie meinst du das?«

»Koosten.« Als sie seinen Namen flüsterte, schossen ihr Tränen in die Augen.

Evas Augen weiteten sich. »War er hier?«

»Als Hans weg war an der Brücke.« Wieder versuchte sie, sich aufzurichten. »Eva, er weiß, dass ich Berne war. Er will mich heiraten und die *farm* an sich reißen.«

»Du träumst.«

»Nein, das hat er gesagt.«

»Du musst es Hans sagen.«

»Niemals!« Dessen war sie sich sicher. »Ich muss ihn vor Koosten schützen.« Sie wollte aufstehen.

»Du bleibst liegen.«

»Danke, dass du hier bist.« Catharina sank zurück auf ihr Kissen.

»Als Thielemann die Nachricht schickte, bin ich sofort mit der Schapenjacht rüber.«

»Thielemann?«

»Er hat Tod und Teufel in Bewegung gesetzt. Und mir sein Pferd gegeben, damit ich schneller hier bin.«

Catharina schloss kurz die Augen, ließ das Gesagte auf sich wirken. »Er ist doch ein Freund.« Sie seufzte. Ihr Mund war trocken. »Ich möchte trinken.«

Eva stützte sie und gab ihr Brühe. Das Trinken ermüdete Catharina erneut. Sie wollte wieder schlafen, doch eins war ihr noch wichtig. »Du sagst es Hans nicht.«

»Nein. Trotzdem solltest du wissen, dass Amisha einen neuen Geliebten hat. Christopher Sniffelmann.«

»Wer ist das?«

»Ein Soldat, der hiergeblieben ist.«

»Ein Soldat?« Dann fiel Catharina der schmucke Soldat von Goskes Schiff ein, dem Amisha hinterhergangen war. »Ich dachte, sie nimmt nur Offiziere? Was sagt Hans dazu?«

»Er begreift hoffentlich, dass sie Männerherzen frisst. Fressen muss, um zu überleben.«

»Goske hat keinen Freilassungsbrief für Amisha mitgebracht?«

»Catharina, schlag dir aus dem Kopf, dass Everards Brief, wenn er jemals angekommen ist, oder unserer irgendetwas bewegt hat. Du hast mit dem Schreiben dein Gewissen beruhigt, mehr nicht.«

»Du hast recht.« Matt drehte sie ihren Kopf auf dem Kissen. »Eva, was mach ich nur mit Koosten?«

»Wusste er, dass du schwanger bist?«

»Nein. Und er darf nicht erfahren, was er mir angetan hat.«

Eva wiegte den Kopf. »Vielleicht doch. Seine Rache könnte damit besänftigt sein.«

»Was redest du da?« Catharina stützte sich auf.

»Ihr habt euch jetzt beide gegenseitig lebenslange Narben zugefügt.«

Starr sah Catharina Eva an. So konnte man durchaus denken, aber sie bezweifelte, dass es Koostens Art war, und ihre war es auch nicht. Sie hatte sich doch immer nur gewehrt, niemals angegriffen.

Eva pflegte Catharina in den Folgetagen, gab ihr zu essen und zu trinken, spülte sie unten herum aus, damit ihr Körper sich nicht entzündete und wieder neu empfangen konnte, sobald ihre inneren Wunden verheilt waren. Während sich Eva um Catharinas Zukunft kümmerte, durchlebte Catharinas Geist täglich Koostens Besuch und seine Drohungen. Ihr Kopf war schwer, wie mit Steinen beladen. Ihr Herz hatte sie in Eisenketten gelegt und wollte nur im Dunkeln liegen. Sie hatte sich ihre Tochter, denn sie hegte keine Zweifel, dass es ein Mädchen gewesen war, mit langen lockigen Haaren vorgestellt. Wie gern hätte sie diese mit Liebe überschüttet. Jetzt gab es das Grab der unbekannten Mutter im fernen Lübeck unter einer Birke und ein Grab in Südafrika unter einem *geelhoutboom*. Das eine konnte sie nicht mehr besuchen, das andere hatte sie noch nicht gesehen. Und sie wollte es auch nicht sehen. Dann würde nur Gewissheit werden, was geschehen war und von dem sie noch immer hoffte, es sei ein böser Traum gewesen.

Die Tür zum Schlafraum wurde aufgerissen. »Du stehst heute auf!« Evas Stimme war kein Traum.

Catharina schüttelte den Kopf. Unnachgiebig zog Eva ihr die Decke weg, legte ihr ein Kleid aufs Bett. Catharina fegte es hinunter. »Ich will nie wieder Kleider anziehen. Sie sind schuld, dass ich nicht weglaufen konnte.«

Hatte sie geglaubt, Eva loszuwerden, wurde sie eines Besseren belehrt. Die Khoi holte Catharinas Seemannshosen aus der Kommode. »Liegen bleiben macht den Kopf weich.« Unnachgiebig streifte sie Catharina ein Hosenbein über den Fuß. Catharina blieb nichts anderes übrig, als nachzugeben. Mit wackeligen Beinen stand sie auf, zog sich an. Sie weigerte sich aber, die Haare zu kämmen, fuhr sich stattdessen mit den Händen durchs Haar.

Als Eva die Haustür öffnete, tanzten Sonnenstrahlen auf dem hart getretenen Fußboden. Catharina beschattete ihre Augen mit einer Hand, als sie nach draußen trat. Es war ein herrlicher Tag, die Bergsilhouette lag im leichten Dunst, keine Wolke war zu sehen. Der Frühling war gekommen, die Zeit des Wachsens und Gedeihens, aber nicht in ihrem nunmehr leeren Bauch. Starr und merkwürdig steif blieb sie stehen, unfähig, sich zu bewegen. Eva reichte ihr den Arm. »Komm.«

Catharina vermied es, zur Scheune zu sehen, stattdessen richtete sie ihren Blick aufs Feld. Hans, Laurens und Dirk pflügten.

»Laurens und Dirk?«

»Mayken und Thielemann haben sie geschickt«, erklärte Eva.

Catharina war überrascht. »Dieses Mal unterstützen sie Hans.«

Als ob ihr Mann ihren Blick gespürt hätte, richtete er sich auf dem Feld auf. Er winkte, kam mit federnden Schritten auf sie zu, wobei sein linker Arm schlackerte wie nicht ganz unter Kontrolle.

»Du solltest noch wissen: Als du bewusstlos warst, da ist Hans kaum von deiner Seite gewichen.«

Neben ihm her lief Riebeck. Den sie hätte bei sich haben müssen, als Koosten aufgetaucht war. Der Hund rannte auf sie zu. Seine warme Schnauze suchte ihre Hand und leckte sie. Catharina streichelte ihn. Er konnte nichts dafür, genauso wenig wie Hans. Auch wenn sie in ihrer Trauer beiden eine Mitschuld gab, wenn sie ehrlich zu sich war. Sie hätte nicht allein sein dürfen. Jetzt wusste sie es besser.

»Wie geht es dir?«, fragte Hans hörbar aufgeregt.

»Ich kann nicht liegen blieben, wenn ihr arbeitet«, log sie.

»Hans, Catharina hat es mir gestern noch gesagt, es ist eine Sie.« Eva brachte das Gespräch auf das Ungeborene. Catharina verstand, dass sie eine Brücke zwischen Hans und ihr bauen wollte.

»Eine Sie, das dachte ich mir.« Hans löste Eva ab und nahm Catharinas Arm. »Ich kann immer noch nicht verstehen, wie das geschehen konnte.« Seine Stimme klang weich, dennoch lauerte eine Frage unter seinem Satz.

»Ich bin einfach gestürzt.« Die Wahrheit würde ihn Unbedachtes unternehmen lassen. Es konnte durchaus sein, dass Koosten dies beabsichtigte, um Hans, wie er es genannt hatte, »das Zeitliche segnen zu lassen«. Sollte doch Koosten nun auf der Hut sein und zusammenzucken, wann immer er Hans erblickte. Hans soll der Mann an meiner Seite bleiben, da ich … Bevor sie den Gedanken mit »ihn liebe« ergänzen konnte, stockte sie. Sie spürte die Liebe nicht. Es war, als wäre ihr Gefühl für Hans mit dem Ungeborenen verloren gegangen.

»Was ist?« Hans sah sie besorgt an.

Sie schaute in sein Gesicht, tastete die vertrauten Züge ab. In ihr regte sich kein Lächeln, keine Freude. Überall war nur Leere. »Es ist nichts«, antwortete sie ruhig und setzte sich in Bewegung. Sosehr sie sich gern weiter einreden wollte, alles wäre nur ein böser Traum gewesen, musste sie sich nun der Wirklichkeit stellen. »Zeigt mir bitte das Grab«, zwang sie sich zu sagen.

Augenblicklich gingen Hans und Eva voran, Riebeck ging an Catharinas Seite, als wollte er etwas wiedergutmachen. Als spürte er, dass er nicht zur rechten Zeit da gewesen war.

Als sie den *geelhoutboom* erreichten, sah Catharina das Holzkreuz, das Hans am Kopfende einer kleinen Erhebung in die Erde gesteckt hatte. Es rührte sie, dass er so deutlich Anteil nahm, ihr zeigte, dass er hatte Vater werden wollen. Dennoch war seine Trauer nicht ihre. Er kannte nicht den Hergang, den

Umstand, die Widrigkeiten, die Schuld, die sie fühlte. Ihre Trauer war allumfassend, tötete ihre Gefühle und legte eine Klammer um ihr Herz. Was die Leere irgendwann füllen würde, wusste sie nicht, allein, es würde keine Liebe sein.

Hans legte seinen Arm um ihre Schulter. »Sie hat noch keinen Namen.«

»Ich denke von ihr als Tryn.« Das wenigstens war wahr.

»So soll es sein.« Er drückte ihre Hand. »Wir werden weitere Kinder haben, das verspreche ich dir.«

Sie drückte seine Hand im scheinbaren Einvernehmen. »Ich möchte schießen lernen.« Nie wieder sollte Koosten ihr wehtun können. Sie würde lernen, sich zu verteidigen.

Hans musterte sie eindringlich. »Du kannst es doch. Denk an das Nashorn.«

»Ich kann keine Waffe laden. Nicht mit Schießpulver umgehen.«

Catharina sah, wie sich seine Augen verengten. »Warum gerade jetzt?«

»Hier draußen ist es immer gut, sich verteidigen zu können«, fuhr sie fort.

Hans atmete hörbar ein und aus. »Gibt es etwas, was ich wissen sollte?«

»Ja.«

Gespannt sah Hans sie an.

Mit festem Blick wiederholte sie: »Ich möchte schießen lernen.«

»Du wärst die erste Frau am Kap, die das könnte.«

»Ich war die erste Frau, die als Mann hierherkam.« Koosten würde nie damit rechnen, dass sie mit einer Waffe umgehen konnte.

Hans lenkte ein. »Sobald die Felder bestellt sind, beginnen wir.«

Einerseits konnte Catharina es kaum erwarten, dass die Felder bestellt waren und Laurens und Dirk gehen würden. Andererseits half es ihr, abends nicht allein mit Hans am Tisch zu sitzen. So fiel nicht weiter auf, dass sie nicht gesprächig war und sich eine Trauer, eine dunkle Nebelwand, ihrer bemächtigt hatte, die sie nur schwer durchbrechen konnte.

Eva war ihr ein großer Trost, wobei deren Trinkgeschwindigkeit Catharina Sorge bereitete. Sechs-, siebenmal am Abend hielt Eva Hans ihren geleerten Becher zum Nachfüllen hin. Je glasiger ihre Augen wurden, desto fröhlicher wurde sie. Ausnahmslos aus diesem Grund nahm Catharina ihr den Becher nicht weg: Jeder brauchte seinen Trost. Der Arrack war Evas Trost, Catharinas Trost war Eva.

Und diese schien es keineswegs eilig zu haben, nach Robben Eiland zurückzukehren. Auch als Laurens und Dirk die Felder bestellt hatten und zurück zu Mayken und Thielemann gegangen waren, blieb Eva noch. Wenn Hans zum Gottesdienst in die Station fuhr und nach Amisha sah, vertrieben sich die beiden Frauen die langen Tage mit ausgedehnten Wanderungen über die *farm*. Catharina vermisste Hans keineswegs an diesen Tagen. Im Gegenteil. Sobald er abends zurückkam, wünschte sie sich, er wäre bei Amisha geblieben. Auch Eva taten die Sonntage gut, sie redete sich ihr einsames Leben auf Robben Eiland von der Seele. So spendeten sie einander Trost, und Catharina hatte fast vergessen, dass sie schießen lernen wollte.

An einem Dienstagmorgen arbeiteten sie beide Hand in Hand im Garten, als Eva sich unvermittelt aufrichtete und in die Ferne blickte.

»Was hast du?«, fragte Catharina sie.

Die Freundin schien dem Wind zu lauschen, fasste Catharina unvermittelt am Arm. »Du hast viel gelernt.« Sie zeigte auf die kleinen Samenlöcher, die Catharina mit leichter Hand gegraben hatte.

»Ich wurde gut angelernt«, gab Catharina scherzend zurück.

»Das ist gut, denn ich muss zurück.«

Augenblicklich erlosch Catharinas Lächeln.

»Pieternella ruft mich.«

»Komm mit ihr zurück!« Catharina hörte selbst, wie flehend ihr Ton war.

»Nichts lieber als das. Aber mein Platz ist bei Pieter.« Eva starrte wieder in die Ferne. »Ich entfremde mich von allen. Alle sind fern von mir.«

»Was redest du? Pieter liebt dich. Pieternella liebt dich. Ich bin deine Freundin.«

»Ach, Catharina.« Eva stand auf. »Du weißt, wer mein bester Freund ist.«

Catharina zuckte zusammen. Sie hatte wegen ihrer eigenen dunklen Wolken denen der Freundin nicht die nötige Bedeutung beigemessen. »Arrack ist kein wirklicher Freund. Er zerstört.«

»Ich habe nichts gegen Zerstörung«, sagte Eva und ging zum Haus, um ihre Habseligkeiten zu packen.

36. KAPITEL

Catharina zielte auf die Strohpuppe, die Hans im Feld aufgestellt hatte. Es fiel ihr schwer, die Waffe ruhig zu halten.

»Drück die Muskete gegen die Schulter. Und ziel tiefer. Beim Schuss verreißt eine Waffe meist nach oben.«

Sie tat wie geheißen, drückte das Gewicht gegen ihren Körper, stellte sich breitbeinig hin. Sie vermisste Eva, obwohl diese erst vor ein paar Stunden gegangen war. An ihrer Misere und an der Evas war Koosten schuld, dessen war sie sich sicher.

»Dein Gegner hätte dich längst erschossen.«

Sie drückte ab. Der Rückstoß ließ sie hintenüberfallen. In ihren Ohren klingelte es. Sie hatte vergessen, wie laut ein solcher Schuss war, und musste einen Moment liegen bleiben, indessen Hans zur Puppe ging. »Das darf nicht wahr sein.«

Benommen rappelte sie sich auf. »War es so schlecht?«

Er kam zu ihr zurück und hielt ihr den abgeschossenen Kopf der Puppe vor die Nase. »Beim Nashorn dachte ich, es wäre Glück gewesen. Aber du kannst es.«

Hans konnte nicht ahnen, wie dankbar Catharina für dieses Talent war.

Catharina wollte den ersten Abend ohne Eva nicht in der Stube, sondern auf der Bank zu Abend essen. Hans hatte nichts dagegen und zu Catharinas Erstaunen eine kleine Feuerschale auf den Boden gestellt und zwei Decken bereitgelegt.

»Das sieht heimelig aus«, sagte sie mit einem Blick auf die brennenden Holzscheite und stellte Brot, Käse und Streifen ihres Weißkohls auf die Bank, während Hans ihr einen Becher reichte und sich setzte.

»Ich hab eigentlich lieber warmes Essen auf dem Tisch«, entgegnete er. Trotz seiner Worte klopfte er mit der Hand neben sich.

Sie trank einen Schluck und nahm überrascht den Geschmack wahr. »Das ist Wein?«

»Bester französischer. Joris war erfolgreich. Koosten ist mit dem Bau beschäftigt und kann nicht überall sein.«

Catharina ließ sich auf der Bank nieder. Augenblicklich legte Hans eine Decke über ihre Knie.

»Du brauchst kein Mitleid mit mir zu haben.« Seit der Fehlgeburt legte Hans eine besondere Fürsorge an den Tag. Früher hätte sie diese begrüßt, nun war sie ihr fast lästig.

Hans hielt in der Bewegung inne. »Ich mach das, weil ich möchte.« Zu ihrer Verwunderung drückten seine Augen eine bisher nicht gekannte Wärme aus. Sie sah schnell weg, zog die Decke ein wenig höher, wie um sich zu schützen.

Ein paar Wolken hatten sich verzogen, und Sterne blinkten durch die Löcher. Die Geräusche der Nacht schienen mit jedem neu aufleuchtenden Stern zuzunehmen. Eine Hyäne lachte in der Dunkelheit. Sie lacht mich aus, weil ich geglaubt habe, Koosten entkommen zu können.

»Catharina!«

Sie schreckte auf.

»Wo bist du in deinen Gedanken?«

»Koosten.« Catharinas wunderte sich selbst, wie viel Abscheu ihre Stimme ausdrücken konnte.

»Ich hätte seinen Namen nicht erwähnen sollen.«

Catharina zuckte mit den Schultern, sie hatte nicht gehört, dass Hans seinen Namen ausgesprochen hatte. Koosten saß in ihrem Kopf, da brauchte es keine Erwähnung. Aber das konnte sie Hans nicht sagen. Sie lehnte den Kopf an den Stamm, versuchte, den Feind aus ihrem Gedanken zu vertreiben, da schoss ihr unversehens der Grund für Hans' ungewohnte Fürsorge durch den Kopf. Amisha hatte Hans wegen ihres neuen Geliebten abserviert. »Was gibt es für Neuigkeiten aus dem Fort?«, fragte sie daher.

»Du hast echt nicht zugehört.« Seine Stimme klang sanft, verzeihend. »Zwanzig Soldaten sind geflohen. Ihnen war die

Arbeit zu hart. Gräben ausheben, Ziegel brennen. Bauen ist nichts für Soldaten. Sie zerstören oder verteidigen, aber bauen nicht.«

»Was ist aus den Männern geworden?«

»Remayenne sagt, sie seien freiwillig zurückgekommen. In den Sandbergen gibt es kein Wasser. Kein Goringhaicona hat ihnen geholfen.« Hans stocherte mit einem kleinen Holzstab in seinen Zähnen. »Sie hatten vielerlei Entschuldigungen, warum sie geflohen sind. Vorneweg die, dass Koosten sie geknechtet hat.«

»Das glaub ich gerne«, sagte Catharina.

»Der Kommandant nicht.«

»Kommen sie ins Schwarze Loch?«

»Nein.« Hans schüttelte den Kopf. »Wagenaer braucht jeden Mann für den Bau des Forts. In drei Wochen soll Grundsteinlegung sein.«

»Warum die plötzliche Eile?«

»Die Niederlande sind mit England im Krieg.«

Dass die Länder sich im Streit um die Kolonien nicht wohlgesinnt waren, war bekannt. Der letzte Krieg war nicht lange her. Die Häufigkeit der Kriege beklemmend. »Seit wann?«, fragte Catharina.

»Wohl seit einem halben Jahr. Wir haben es nur jetzt erfahren. Es steht schlecht. Die Niederlande haben eine Seeschlacht verloren. Bei Lowestoft oder so. Fünftausend Mann tot, verwundet oder gefangen. Acht Schiffe zerstört. Neun in die Hände der Engländer gefallen.«

»Hat die Compagnie Angst, dass sie uns wollen?« Catharina nahm erneut einen Schluck aus dem Becher.

Hans hob kurz seine Hände. »Ich weiß es nicht.«

»Wir können unbesorgt sein. Bauern braucht jeder Herr.« Aber Koosten musste dann gehen, dachte sie bei sich. Das konnte eine Lösung ihrer Sorgen sein.

Bevor sie den Gedanken weiterspinnen konnte, redete Hans weiter. »Damit hast du recht.« Er scharrte mit den Füßen im

Sand. »Aber noch hat Wagenaer das Kommando. Stell dir vor, für den Anführer der geflohenen Soldaten, Sniffelmann, hat er sich eine feine Strafe ausgedacht.«

Catharina horchte auf. Hans' Stimme hatte bei der Erwähnung von Amishas Liebhaber süffisant geklungen. »Und was?«

»Alle kriegen Fußfesseln wie Sklaven. Sniffelmann wird zusätzlich an eine Schubkarre gekettet.«

»Damit schürt Wagenaer Hass!«

»Und Angst. Keiner wird aufmucken, geschweige denn mehr fliehen. Sie werden arbeiten wie die Teufel. Die Feier zur Grundsteinlegung wird ihr erster Tag ohne Ketten sein.«

Hans legte seinen Arm um sie. Doch sie entzog sich ihm. Wollte nicht sein Wärmekissen sein, wenn Amisha sich verweigerte. »Muss ich mit zur Grundsteinlegung?«

»Es wird eine große Feier. Jeder ist eingeladen und muss kommen.«

»Eva?«

Hans zuckte mit den Schultern. »Ich gehe davon aus.«

Somit hatte die Feier etwas Gutes, auch wenn ihr davor graute, Koosten das erste Mal nach dem Überfall wiederzusehen.

37. KAPITEL

Wie jedes Mal, wenn sie die Station längere Zeit nicht gesehen hatte, wunderte Catharina sich über das schnelle Wachstum. In der Heeresstraat wurden drei neue Steinhäuser hochgezogen. Die Lehmhäuser, die anfangs der Besiedelung noch gang und gäbe gewesen waren, wurden nicht mehr gebaut, da so manches Haus den heftigen Regenfällen des Winters nicht standgehalten hatte, eingestürzt oder gar weggespült worden war. Stein war das neue Zauberwort.

Wohin sie vom Kutschbock aus schaute, erblickte sie Wandel und die Anzeichen der anstehenden Feierlichkeiten. Blumengirlanden in den Farben der Niederlande hingen aus zahlreichen Fenstern. Fahnen wehten über den Dächern der Compagniehäuser. Und selbst das Meer, auf das sie zuzuckelten, schien sich herausgeputzt zu haben. Es glitzerte im Sonnenschein, grün am Ufer und ein dunkles Blau weiter draußen, mit weißen Tupfen. Es konnten Möwen sein, die sich vom Meer schaukeln ließen so wie sie sich von ihren Gedanken, nur dass ihre nicht mehr fröhlich wurden. Sie kreisten um Koosten und lösten in ihr Beklemmung aus. Dennoch konnte sie beim Anblick der Lagerhäuser einen Ausruf der Verwunderung nicht unterdrücken. Ganz ungewohnt wehte auch auf ihren Dächern eine Flagge. »Als ob der König heute erwartet wird.«

»Die Compagnie fährt alles auf, um das neue Bollwerk zu heiligen.« Abschätzig spuckte Hans einen Pfriem auf den Sandboden.

Hans' Worte legten einen weiteren Schleier über ihre Seele. »Du selber willst doch in einer wachsenden Kolonie leben. Was ist los?«

»Ich bin aus Angeln weg, weil ich mein eigener Herr sein wollte. Aber wieder bestimme ich nicht die Regeln. Das alte Lied, ich weiß. Aber in guten Jahren sollten wir verdienen, um für die schlechten zurückzulegen. Nur gibt die Compagnie nie genug. Aber nimmt dafür umso mehr.« Hans schob seinen Hut in den Nacken. »Vergiss es! Heute wird gefeiert. Brr!« Er hielt den Karren vor einem der Lagerhäuser an. »Da ist Mayken!« Er zeigte zu der Freundin, die, in ihr bestes Kleid gewandet, gerade aus dem mittleren Lagerhaus trat. »Kann ich dich kurz bei ihr lassen? Ich muss was erledigen.«

Überrascht sah Catharina ihn an. Doch Hans gab ihr anstelle einer Antwort auf ihren fragenden Blick nur einen Kuss. »Bitte!«

Sie stieg ohne ein weiteres Wort vom Kutschbock, wischte sich den Mund ab. Es bohrte sich kein Stich in ihr Herz, sollte er ruhig zu Amisha gehen. »Wir sehen uns auf dem Fest«, sagte sie leichthin und hob im Weggehen die Hand.

»Mayken!« Catharina umarmte die Freundin, die neben ihrem Mann stand und sie augenblicklich mit sich wegzog. »Thielemann, du musst kurz ohne mich klarkommen.«

Als Antwort nahm Thielemann einen Schluck aus seinem Lederflachmann.

»Es wird wieder schlimmer mit ihm. Dabei müssen wir arg aufpassen.« Mayken setzte sich auf einen Poststein.

»Was ist passiert?« Catharina ließ sich neben ihr nieder, suchte eine Sitzhaltung, bei der die Steinspitzen ihr nicht ins Gesäß drückten.

Mayken sah sich nach allen Seiten um, aber keiner der emsigen Lagerarbeiter war in Hörweite. Dennoch beugte sich Mayken vertraulich näher und senkte ihre Stimme. »Während wir heute und morgen feiern, müssen drei Familien ihre Sachen packen.«

Catharina runzelte die Stirn. »Müssen? Wer sagt das?«

»Wagenaer will, dass die *vrijburgher* vom Salzfluss nach Mauritius gehen.«

»Damit sie es besiedeln?« Catharina verstand den Sinn nicht. Am Kap waren sie nur sechzehn Familien, die für die Station sorgten.

»Um sie zu bestrafen.«

»Mayken, sprich nicht so in Rätseln.«

»Der Kommandant hält sie für nutzlos und siedelt sie um. Ausgerechnet Mauritius. Dieses wilde Eiland.«

»Mayken, das kann er nicht tun. Und ihr Land? Sie haben es bewilligt bekommen.«

Mayken bedachte sie mit einem mitleidigen Blick. »Ihr Land bekommt jemand anderes. Neue, die Siedler werden wollen.«

Catharina griff nach ihrem Arm. »Du meinst, alles, was wir erreichen, kann uns weggenommen werden?« Dann hatte Hans mit seinen Aussagen mehr als recht.

»Siehst du doch gerade. Die drei sind nutzlos, haben keinen Wert für Wagenaer. Also weg. Da steckt Crudop dahinter. Und sein dreckiger Handlanger.«

»Koosten?«

»Ja, der soll sogar zum *sergeant* befördert werden. Um unser Land schnüffelt er auch rum, will uns beim Handel mit den Khoi erwischen.« Mayken redete sich in Rage. »Hans macht er ja auch ständig schlecht, wo er kann.«

Catharina starrte sie überrascht an.

»Du weißt es nicht?«, fragte Mayken.

»Er hat nichts gesagt.«

»Er will dich schonen.«

»Was sagt Koosten denn gegen ihn?«

»Wie bei uns. Dass er Handel an der Compagnie vorbei treibt. Der wartet nur darauf, Hans und uns zu erwischen. Setzt Leute auf uns an.«

Catharina spielte mit den Falten ihres Rocks, zerknüllte sie, um sie gleich wieder zu glätten. »Sagt Lacus nichts?«

»Lacus? Nein. Der muss auch aufpassen. Crudop sägt an seinem Stuhl. Und noch etwas: Es geht das Gerücht, dass eine neue Expedition losgeschickt werden soll, mit Hans. Weil er sich mit den Khoi so gut stellt.«

»Sagt wer?« Catharina blieb das Herz stehen. »Wagenaer?«

Mayken nickte. »Weil Crudop es ihm einflüstert.«

Oder Koosten. Catharina sprang auf. Womöglich käme Hans von dieser Expedition nicht zurück, wenn Koosten seine Drohung wahr machte. »Einen *vrijburgher* schicken sie doch nicht während der Ernte weg?«

»Die Expedition soll direkt danach losgehen.«

Catharina beruhigte sich ein wenig. Bis dahin würde ihr etwas einfallen, musste es.

Zwei Khoikinder kamen zu ihnen gelaufen. Eins war erschreckend dünn, streckte seine Hand zum Betteln aus. Catharina nestelte ein Stück Brot aus ihrem Beutel und gab es dem Jungen. Wie ein Raubvogel stürzte er sich darauf und stürmte davon. Der andere eilte ihm hinterher.

»Wenn Koosten das gerade gesehen hat, fühlt er sich bestätigt, dass ihr mit den Khoi Umgang pflegt.«

»Sollen wir nicht mehr ihnen reden? Was fällt ihm ein? Das Kind hungert überdies.«

»Auch das ist neu«, sagte Mayken. »Interessiert Crudop nicht.«

»Und Wagenaer?«

»Er ist zu krank, lässt Crudop machen.«

»Ich versteh nicht, dass Lacus nicht einschreitet.« Catharina ballte ihre Hände zu Fäusten.

Ein Salutschuss hallte vom Signalhügel.

»Die Feier beginnt«, sagte Mayken und zog Catharina mit sich.

Thielemann, Catharina und Mayken standen staunend vor dem, was dreihundert Soldaten gemeinsam mit den Sklaven in den letzten Wochen geschaffen hatten. Eine Fläche in der Größe einer halben *farm* war nicht nur von Steinen, Bäumen, Sträuchern befreit, sondern überdies ebenerdig gemacht worden. Ein über zwei Mann tiefer und drei Ochsenlängen breiter Graben umrandete bereits ein Drittel des zukünftigen Forts, der nach Fertigstellung mit Wasser gefüllt werden sollte, um Feinde abzuhalten.

Auf der Fläche waren Bedienstete und Sklaven emsig dabei, die eigens für das Fest aufgestellten Tische zu decken. Soldaten, Seemänner, Händler, *vrijburgher*, Bedienstete der VOC, sie alle liefen zwischen den Tischen auf und ab, plauderten, lachten vergnügt. Musiker spielten. Über großen Feuerstellen drehten Sklaven zwei Rinder und ein halbes Dutzend Schafe an Spießen.

»Nicht wahr? Das sieht schon großartig aus.« Hans trat zu ihnen.

»Es ist unglaublich«, sagte Catharina überwältigt. »So etwas habe ich noch nie gesehen.«

»Wo kommst du denn her?«, fragte Mayken ihn.

»Aus dem Fort. Dem alten, bald ausgedienten.« Hans war sichtlich guter Laune, und Catharina fühlte sich bestätigt, dass er bei Amisha gewesen war.

Auch Mayken schien dies zu denken, denn sie bedachte Hans mit einem missbilligenden Blick, und selbst Thielemann sah ihn stirnrunzelnd an. Hans scherte sich einen Deut darum, reichte beiden Frauen galant einen Arm und führte sie auf den Festplatz, während Thielemann ihnen hinterhertapste.

»Schaut, da drüben!« Catharina, die unbedingt gute Miene zum bösen Spiel machen wollte, deutete zur Westseite der Fläche. An vier Holzkränen hingen jeweils große gehauene Steine mit dicken Seilen kurz über einem Aushub im Boden.

»Unsere Grundsteine für den feierlichen Akt.« Hans führte sie zu einem der lang gestreckten Tische, an dem schon Remayenne und ihre Nachbarn saßen. Sie grüßten einander.

»Wie gut du heute wieder aussiehst«, raunte der Kölner Catharina zu, als sie sich neben ihn setzte.

Ihr tat sein Kompliment gut, wenngleich sie sich hütete, ihm zu viel Aufmerksamkeit zu schenken, und sie wandte sich an die anderen am Tisch. »Habt ihr Eva gesehen?«

Jannetje schüttelte den Kopf. Catharina blickte suchend um sich, sah Lacus neben Wagenaer stehen.

»Lacus darf sich ab sofort *secunde* nennen. Gabbema reist ab.« Jannetje hatte ihre Blicke verfolgt.

»Darauf trinken wir.« Thielemann ergriff die günstige Gelegenheit für einen Trinkspruch, und auch Catharina hob ihren Becher. Wenngleich sie Lacus nicht mochte, war sie über die Beförderung erleichtert. Sie zeigte, dass Crudop und Koosten nicht das Sagen hatten, wie Mayken ihr hatte weismachen wollen.

Lacus' Frau Lydia trat zu ihrem Mann und dem Kommandanten. Ihr himmelblauer Rock fiel in weichen Falten herab. Ihr Leibchen saß eng um die zarte Taille. Sie trug keine Spitzenhalskrause, die sie hätte kleiner erscheinen lassen, stattdessen floss weiße Spitze über ihr Dekolleté, wodurch ihre Brust bedeckt und zugleich betont wurde.

»Sie sieht aus wie vom Himmel gestiegen«, sagte Mayken ungewohnt ehrfurchtsvoll.

»Ich hab mit ihr immer noch kein Wort geredet«, bekannte Catharina.

Mayken winkte ab. »Das Püppchen ist nichts für unsereiner.«

Dennoch konnte Catharina ihren Blick nicht abwenden. Wagenaer ließ sich von Lacus einen Beutel reichen und verteilte daraus Münzen an die Baumeister. »Hat er Sniffelmann und den anderen die Fußfesseln abgenommen?«, fragte Catharina.

Remayenne beugte sich zu ihr. »Der Donnermann wollte heute keinen peinlichen Fragen oder schlecht gelaunten Soldaten ausgesetzt sein.«

»Wagenaer hat wohl Lacus gesagt, dass er mit sechzehn chinesischen Familien mehr am Kap zustande bekommen würde als mit uns allen«, vertraute Hans der Runde an.

Thielemann lachte laut auf. »Schön zu hören, wie er von uns denkt. Wenigstens heute lässt er sich nicht lumpen.« Er erhob erneut seinen Bierkrug und stand auf. »*Hoera!* Darauf lasst uns trinken.«

Hans, Catharina und die anderen am Tisch taten es ihm nach. Die *vrijburgher* am Nebentisch verstanden dies als Aufforderung, standen ebenfalls auf und riefen ein Hurra. Wie eine Welle erhoben sich nun die Gäste von Tisch zu Tisch, hoben ihre Krüge und fielen in die Jubelrufe ein.

Thielemann freute sich ob seines gelungenen Trinkspruches, deutete grinsend zum Kommandanten. »Seht, Wagenaer und die anderen haben noch nichts zu trinken.«

In der Tat bekam Wagenaer jetzt erst einen Krug gereicht. Er prostete den Feiernden zu, und unter erneutem Jubel nahm er einen großen Schluck, bevor er mit Lacus und Gabbema zu den Steinen schritt. »Gemeinde, *vrijburgher*, Bedienstete der Compagnie, Handwerker, alle, die hier sind«, begann der Kommandant. »Heute ist ein großer Tag für unsere noch junge Kolonie. Wir bauen für die Zukunft. Ein Fort aus Stein, das zeigt, dass wir gekommen sind, um zu bleiben. Um hier das Werk der Niederlande zur Krönung zu bringen.«

Feierlich zog er sein Schwert aus der Scheide. Mit einem Hieb durchtrennte er das Seil, und der erste Grundstein des neuen Forts sauste in den Aushub, begleitet von lautem Klatschen und Rufen.

Wagenaer reichte sein Schwert an einen Geistlichen weiter.

»Wer ist das?«, fragte Catharina.

»Unser neuer Pfarrer Johan van Arckel. Vor einer Woche gekommen.« Remayenne war als Mitglied des Bürgerrates gut informiert.

»Dann müssen wir endlich nicht mehr dem Langweiler Lacus zuhören.« Thielemann kicherte.

Van Arckels pausbäckiges Gesicht strahlte vor Freude über die Ehre. Er brauchte zwei Hiebe, um das Seil zu durchtrennen. Feierlich reichte er das Schwert an *secunde* Gabbema weiter. Mit einem gezielten Hieb vollbrachte dieser seine letzte Tat am Kap, übergab das Schwert feierlich an Lacus und bestätigte damit, dass dieser sein Nachfolger wurde.

Trotz der allgemeinen Heiterkeit war Catharina nicht wohl. Irgendwo hier war Koosten. Vielleicht beobachtete er sie. Die Haare an ihren Armen stellten sich auf. Sie musste Ruhe bewahren. In der Menge konnte er ihr nichts tun.

»Hört ein Gedicht zu diesem feierlichen Tag, der den Niederlanden und der *Vereenigden Oostindischen Compagnie* die höchste Ehre erweist.« Kommandant Wagenaer zeigte zu einem schwarz gekleideten Bediensteten, der majestätischen Schrittes nach vorn trat und mit großer Geste ein Pergament entrollte. »Den ersten Stein für das neue Fort Goede Hoop hat unser geehrter Kapkommandant Wagenaer gelegt.«

Thielemann starrte in seinen Krug. »Jetzt kommt so 'n hochgestochener Scheiß, und ich hab kein Bier mehr.«

»Zu diesem Ehrentag trage ich ein Gedicht vor. Es heißt ›Verstärkung‹.« Der Mann räusperte sich. »So tragen uns unsere Ruder immer weiter in ferne Welten. Und hier erhebt sich aus dem Boden nun dieser Stein, auf den das donnernde Messing der Feinde keinen Eindruck wird machen können.«

Eine Sklavin mit Krügen Bier auf einem Tablett eilte an ihrem Tisch vorbei. Thielemann sprang auf, hielt sie fest. »Lass alle hier!«

»Für die Hottentotten waren die Wände stets aus Erde, nun kommen wir mit Stein, um sie alle zu beeindrucken«, rezitierte der Schwarzgekleidete.

»Khoi«, berichtigte Catharina und griff nach einem Krug.

»Und sie das Fürchten zu lehren, die Europäer, die Amerikaner, Asiaten und wilden Afrikaner. So erstrahlt das Christentum in seiner Herrlichkeit, das inmitten der Heiden seinen Platz errichtet. Wir preisen Gott und sagen zueinander: ›Weder die Herrschaft von Augustus noch die Eroberung des Alexanders noch Cäsars mächtiges Genie hat jemals diesen Ruhm erlebt.‹« Am Ende seiner Darbietung sah der selbst ernannte Dichter beifallheischend zu den Tischen.

Catharina las in den anderen Gesichtern, dass sie das Gedicht wie sie selbst kaum verstanden hatten, fiel aber in Wagenaers höflichen Applaus ein. Da entdeckte sie ihn. Koosten stand zwischen zwei Soldaten linker Hand, starrte sie an wie ein Adler, der sich auf seine Beute stürzen wollte. In ihrer Brust wurde es so eng, dass sie kaum noch zu atmen vermochte. Als ein Sklave mit einer großen Platte Fleisch an ihren Tisch trat und Koosten verdeckte, nutzte Catharina die Gelegenheit. »Ich bin gleich zurück«, sagte sie zu Hans, sprang auf und lief die Tischreihen entlang, um einen Platz zu finden, allein sein zu können und sich zu sammeln. Die Leere in ihrem Bauch, die das Kind ausgefüllt hatte, zog sich schmerzhaft zusammen. Sie hatte stark sein wollen. Doch Koostens Macht, ihr Angst einzuflößen, war stärker.

»Mijnfrouw Ras!« Die kraftlose Stimme gehörte unverkennbar der Frau des Kapkommandanten. Catharina musste aus Ehrerbietung und Höflichkeit stehen bleiben und sich ihr zuwenden. Zu ihrer Überraschung stand neben Mijnfrouw Wagenaer Amisha. Sie fächelte der kränkelnden Kommandantengattin mit einer Straußenfeder Luft zu und verzog keine Miene bei Catharinas Anblick. Catharina hatte umgekehrt auch nicht den geringsten Wunsch, die Bengalin zu grüßen.

»Mijnfrouw Wagenaer, was für ein bedeutender Tag!« Catharina sah der Gattin des Kapkommandanten ins Gesicht, erschrak über ihren durchscheinenden Teint. Der Tod lauerte in ihrer faltigen Haut darauf, ganz von ihr Besitz zu ergreifen.

Trotz ihrer sichtlich schlechten Konstitution hielt sich Mijnfrouw Wagenaer aufrecht. »Wohl wahr, ein bedeutender Tag. Mein Mann setzt sich ein Denkmal. Wir werden von Euch erinnert werden, wenn wir wieder in den Niederlanden sind.«

»Ihr fahrt bald?«

»Kommandant van Quaelbergen ist auf dem nächsten Schiff.« Ihre Stimme klang vorwurfsvoll gegenüber dem Mann, der seit so langer Zeit bereits am Kap die Befehlsherrschaft hätte übernehmen müssen und bislang nicht gekommen war. »Aber deswegen sprach ich Euch nicht an. Ich wollte wissen, wie es Euch nach Eurem Verlust geht.«

Catharina trat einen Schritt zurück. »Woher wisst Ihr?«

»*Fiscal* Lacus, bald *secunde* Lacus. Ich kann den Verlust eines Kindes aus eigener Erfahrung nachfühlen.«

Catharina bemerkte an Amishas kurz aufgerissenen Augen, dass sie nicht nur zuhörte, sondern es überdies nicht gewusst hatte.

»Mir geht es gut«, antwortete Catharina lahm.

»Ich wünsche Euch, dass Ihr bald wieder ein Kind unterm Herzen tragt. Ihr seid eine mutige Frau.«

Catharina stieß einen überraschten Laut aus. »Wie kommt Ihr …?«

»Ihr überlebt sicher in diesem grauenhaften Land.« Mijnfrouw Wagenaer ging weiter, während Amisha sichtbar mit sich rang. »Es tut mir leid. Das wusste ich nicht.«

»Hans erzählt dir nicht alles.« Bissig kamen die Worte aus Catharinas Mund.

»Es war ihm wohl nicht wichtig«, konterte Amisha, wieder ganz die Alte.

Catharina spürte, wie Tränen in ihr hochstiegen. Sie konnte die Wahrheit nicht mehr für sich behalten. »Es ist passiert, als Koosten auf die *farm* kam. Er weiß, wer ich bin.« Sie biss sich auf die Lippen.

Nur an kurzzeitig verengten Mandelaugen erkannte Catharina, dass Amisha nun wirklich mit ihr fühlte. »Weiß es Hans?«

»Nur Eva. Ich muss selber einen Weg finden.«

»Diese Bestie muss weg. Wenn du weißt, wie, würde ich dir sogar helfen.«

»Was ist mit dir los?« Catharina konnte nicht umhin, Amisha verblüfft anzustarren.

»Weil ich dabei mir helfe? Sniffelmann ist erst seit gestern seine Fußfesseln los. Und das nur, weil Wagenaer heute keine Fragen über sich ergehen lassen wollte.« Ein solcher Wortschwall war bei Amisha ungewöhnlich.

»Warum eigentlich Sniffelmann? Und nicht *secunde* Gabbema?«

»Gabbema wird gehen.«

»Warum tust du das Hans an? Er liebt dich, und du nimmst einen einfachen Soldaten.« Catharina wunderte sich selbst, dass sie damit anfing.

In Amishas Augen trat wieder der bekannte überhebliche Blick. »Du verstehst nichts von Männern.«

»Ich denke, ich verstehe dich nicht.«

»Amisha!« Die Kommandantin rief nach ihrer Fächerträgerin. Die Bengalin ließ sie stehen, indes Catharina ihr nachdenklich hinterhersah.

»Guten Tag, Catharina.« Ruckartig wandte Catharina ihren Kopf der verhassten Stimme zu.

»Mijnheer Koosten.« Catharina unterdrückte mühsam ihr Zittern.

»Du siehst ganz nach meinem Geschmack aus. Gefällst mir.«

»Verzeiht, ich suche die Meerhoffs.« Sie schickte sich an zu gehen.

»Die kommen nicht. Mijnfrouw van Meerhoff hatte Kontakt zu Strafgefangenen während des Vollmonds.«

»Das gehört zu ihren Riten«, sagte Catharina zu Evas Verteidigung.

»Mit Strafgefangenen darf auf der Insel nicht gesprochen werden. Außerdem ist sie Christin und soll nicht wie eine Wilde um Feuer tanzen.«

Der Kloß in Catharinas Hals schwoll an. Aber sie wusste, sie durfte sich keinesfalls in der Öffentlichkeit provozieren lassen und Koosten in die Hand spielen. Durch unbedachte Handlungen brachte sie nur Hans und sich in Gefahr.

»Ich wünsche einen Guten Tag.« Sie knickste und schritt davon, während ihr Herz zu zerspringen drohte und ihre Hand in den Beutel zu ihrem Messer fuhr.

38. KAPITEL

Ein solches Fest hatte das Kap bis zu diesem Tag wahrlich noch nicht gesehen. Es wurde bis weit in die Nacht gegessen, getrunken und getanzt. Selbst Catharina hatte sich zu guter Letzt von der Ausgelassenheit anstecken lassen und sich amüsiert. Nun schirrte sie völlig übernächtigt die Ochsen vor Joris' Kneipe an, kletterte auf den Kutschbock und wartete im Schatten auf Hans. Ihre Beine taten vom Tanzen weh, und wenn sie ehrlich zu sich war, von dem einen Krug Bier zu viel schmerzte auch ihr Kopf. Sie legte ihn für einen kurzen Moment in die Hände.

Sie musste eingenickt sein, denn Hans' Stimme schreckte sie auf. »Wir müssen noch mal ins Fort.«

»Du warst doch schon gestern bei Amisha«, sagte sie ruhig.

Hans bedachte sie mit einem undurchsichtigen Blick, schwang sich auf den Kutschbock. »Frauen sollten weniger das Falsche denken.«

Catharina war nicht nur viel zu müde, um zu protestieren, es war ihr auch egal.

Vor dem alten Fort hielt Hans den Ochsenkarren an und half ihr herunter. Sie schritten an den Wachen vorbei auf den Exerzierplatz, auf dem ein halbes Dutzend Javapferde mit Stricken aneinandergebunden waren. Ruhig standen die Tiere in der Sonne, schlugen mit den Schweifen lästige Fliegen von den Flanken. Zwei Sklaven bewachten sie, während ein *vrijburgher* die Hufe eines Tieres hochhob und begutachtete.

»Such dir eins aus.« Hans zeigte zu den Pferden.

»Wie meinst du das?« Von einem Herzschlag zum anderen war Catharina hellwach.

»Ich habe eins der Pferde gekauft. Und du sollst aussuchen, welches.«

»Du hast was?«

»Du wolltest immer ein Pferd.«

»Ja, das ist wahr, aber …« Catharinas Herz hüpfte ungläubig.

»Deswegen war ich gestern im Fort. Ich wollte sichergehen, dass die Pferde weiterhin verkauft werden und Wagenaer nicht seine Meinung geändert hat.«

»Hans …« Sie konnte nicht weiterreden. So hatte er sie gestern nicht wegen Amisha stehen lassen, sondern um ihr eine Freude zu machen.

Bevor sie Scham ergreifen konnte, redete Hans weiter. »Es soll dir über Tryn hinweghelfen. Und wir haben gut verdient. Du trägst Anteil daran mit deinem Gemüsefeld.«

Überwältigt sog Catharina die Luft ein. Spontan umarmte sie ihren Mann, um ihn sogleich wieder loszulassen und zu den Javaponys zu schauen. »Egal welches?«

»Ja.«

Catharina betrachtete die Vierbeiner. Es waren vorwiegend Braune und Rappen, die einträchtig schnaubend nebeneinanderstanden. Allein ein schwarzbraunes Pferd mit vier weißen Fesseln stand ein wenig abseits. Es war deutlich magerer als die anderen Tiere und ließ den Kopf hängen. Als es ihren Blick spürte, schaute es sie an, wobei sein leicht geöffnetes Maul sie anzulächeln schien. Hans folgte ihrem Blick. »Das nicht. Das wird bald sterben. Es frisst nichts.«

»Es frisst nichts?«

»Der Stallmeister meint, es ist krank.«

»Ich will es mir trotzdem ansehen. Ich mag, wie es aussieht.«

Sie hörte Hans aufseufzen, ließ sich aber nicht davon abhalten, auf das Pferd zuzugehen. Die Augen des Tieres waren klar, nicht trübe wie bei kranken Tieren oder Menschen. Sie strich dem Pferd mit ihrer Hand über den Hals, über die schwach ausgeprägte Kruppe und den geraden Rücken. Es fühlte sich nicht warm an. Aber Catharina wusste nicht, wie sie bei einem Pferd Fieber messen sollte. Vielleicht wie bei Katzen an einer warmen Nase. Sie strich dem Tier über die Nüstern, die sich kühl anfühlten.

Das Pferd sperrte sein ohnehin schon leicht offen stehendes Maul weiter auf, als ob es Catharina aus der Hand fressen wollte. Instinktiv schaute sie sich sein Gebiss an. Die Zähne wurden nach hinten immer länger. Sie drückte den Unterkiefer des Pferdes nach oben, konnte das Maul nicht schließen. Sie drückte weiter. Es ging nicht. Sie hob die Lefze, um die Ursache zu ergründen. Nur die hinteren Zähne standen aufeinander. Deswegen schien das Pferd zu lächeln. In Wahrheit konnte das Tier sein Maul nicht schließen.

Catharina dachte an die Ochsen auf ihrer Weide, die mit den Lippen und Zähnen das manchmal kurze Gras abzupften. »Du kommst nicht ans Gras.« Das Pferd verhungerte aufgrund seiner Zähne.

Mitleidig streichelte sie dem Tier über den Kopf. Als ob es merkte, dass es endlich jemand verstand, lehnte das Pony seinen Kopf an sie. Catharinas Entscheidung war getroffen.

»Und welches soll es sein, Mijnfrouw Ras?« Der Stallmeister kam zu ihr.

»Dieses hier.« Entschlossen zeigte sie auf den Schwarzbraunen.

Hans schüttelte den Kopf. »Der Stallmeister hat doch gesagt –«

»Ich gebe Euch das Pferd für die Hälfte«, warf der Mann schnell ein, anscheinend froh, das unnütze Tier loszuwerden. Im Nu drückte er Hans ein paar Münzen in die Hand. »Es gehört Euch.«

Völlig verdattert sah Hans auf die Münzen, während der Stallmeister das Tier losband und Catharina den Strick in die Hand drückte.

»Wenn Ihr uns einen Sattel dazugebt.« Catharina sah ihn bittend an.

»Lasst Euch einen ausgedienten im Stall geben.«

Hans hatte die Münzen in seinen Händen anscheinend genug beobachtet, machte seinen Mund auf. Catharina warf ihm einen eindringlichen Blick zu, worauf Hans ihn wieder zuklappte und sie fragend ansah.

Während sie mit dem Schwarzbraunen davongingen, hörte Catharina den Stallmeister hinter sich auflachen.

Sie klopfte dem Pony den Hals. »Dem wird das Lachen noch vergehen.« Sie strahlte Hans an. »Das ist ein ganz wunderbares Geschenk.«

»Eins, das nicht lange leben wird.« Seine Stimme verriet seinen Ärger.

»Doch, das wird es, wenn wir den *barbier* finden.«

»Den *barbier*? Frau, du hast den Verstand verloren.«

»Warte ab.«

In der Tat verstand der *barbier*, der nicht nur Haare und Bärte stutzte, sondern auch Zähne behandelte beziehungsweise meist zog, das Problem des Tieres. Er schob dem Pony ein Holzbrettchen vertikal ins Maul und raspelte mit einer groben Feile die hochstehenden Zacken und Teile der Backenzähne ab. Catharina sprach derweil beruhigend auf das Tier ein.

Nachdem der Mann sein Werk beendet hatte, lächelte das Pony nicht mehr, konnte dafür aber kauen.

»Du solltest die Aufgaben des Stallmeisters übernehmen«, hatte Hans sie gelobt.

»Ich bleibe lieber bei dir auf der *farm*«, hatte sie mit einem Schmunzeln geantwortet.

Nun saß sie auf ihrem Pferdchen und ritt im Schritt neben dem Ochsenkarren her, während Hans auf dem Kutschbock die Ochsen lenkte.

»Das machst du gut.« Hans sah anerkennend zu ihr hinüber.

Sie schenkte ihm einen warmen Blick. Hans hatte ihr, ohne es zu wissen, das beste Geschenk aller Zeiten gemacht. Mit diesem Pferd würde sie jedem Feind davonreiten, wenn sie allein auf der *farm* war.

Catharina blickte zu den Bergen, die im klaren Sonnenlicht wie in die Ferne gerückt waren. »Dorthin reiten wir, sobald du kräftiger geworden bist«, versprach sie dem Pony.

»Wie willst du es nennen?«

»Mit seiner Farbe und den vier weißen Fesseln sieht es aus wie ein umgedrehtes Bier.«

»Schaumkrone«, fiel Hans augenblicklich ein.

Catharina überlegte kurz, schüttelte den Kopf. »Das ist zu schwer auszusprechen.«

Vor ihren Augen tauchte unvermittelt die kleine Pieternella auf, wie sie damals am Grab von du Maulier die kleinen Ärmchen hochgereckt und *»Aba Te!«* gerufen hatte. Lachend hatte Eva sie hochgehoben, sie auf ihrem Rücken huckepack getragen.

»Aba Te!, so heißt es.«

»Aba Te!, trage mich!« Hans wiegte den Kopf leicht hin und her. »Das passt.«

Catharina beugte sich über den kurzen Hals des Pferdes und streichelte es. »Aba Te!, trage mich, und zwar überallhin.«

39. KAPITEL

Stetig schritt Aba Te! den seitlichen Bergrücken des Tafelbergs hinauf. Trotz Erntezeit hatte sich Catharina täglich auf ihr Pferdchen geschwungen, und bereits nach kurzer Zeit schien es, als ob sie nie etwas anderes gemacht hätte. Sie verschmolz regelrecht mit dem Pony und ritt am liebsten ohne Sattel und in Hosen. So wie heute.

Sie erreichte eine Kuppe. Von hier aus konnte sie das Meer sehen, das ruhig und silbern schien. Das Meer, das Mijnfrouw Wagenaer weder nach Patria noch nach Batavia gebracht hatte. Die Frau des Kapkommandanten war bald nach den Feierlichkeiten an dem Ort gestorben, den sie wie ihre Tochter von Anfang an gehasst hatte und in dessen Boden sie nun für die Ewigkeit ruhen musste. Ihr Mann und ihre Tochter Marie hatten sogleich das Kap mit dem Schiff verlassen, mit dem van Quaelbergen endlich angekommen war.

Mit van Quaelbergen als Kommandant wehte ein neuer Wind. Er hatte Order erlassen, dass *vrijburgher* ihre Musketen abgeben sollten und jeglicher Handel mit den Khoi bei Folter und Gefängnisstrafe strengstens untersagt war. Brav hatte Hans eine Muskete abgegeben. Die andere, die er stets verborgen hielt, blieb im Versteck.

Mit van Quaelbergens Schiff erreichte das Kap auch die Nachricht, dass in London die Pest ausgebrochen war, aber die Engländer den Krieg gegen die Niederlande dennoch gewinnen würden.

Die Nachrichten aus der Ferne beunruhigten sie nicht, ganz anders als die Nachricht, die Thielemann am Morgen gebracht hatte. Sie sah zu Robben Eiland, das braun und öde im Meer lag.

»Ich denke an dich, Eva!«, rief Catharina zu der Insel hinüber. Thielemann hatte berichtet, dass Eva ohne eine Flasche

Arrack in der Hand nicht mehr das Haus verließ und überdies hochschwanger war. Catharina hatte nicht bemerkt, dass Eva wieder erwartete. Die Freundin hatte nichts gesagt, keine Andeutung gemacht, als sie sie gepflegt hatte, obwohl sie es gewusst haben musste. Wahrscheinlich, um Catharina wegen ihrer durch Koosten ausgelösten Fehlgeburt nicht weiter zu belasten. Jäh wendete Catharina Aba Te! und galoppierte den Hügel hinunter. Eva musste zurück an Land, wenn sie nicht untergehen sollte. Und sie, Catharina, wollte den Weg dafür finden. Sie musste zur Station, die sie so gern mied, um mit dem Kapitän der Schapenjacht zu sprechen.

Hans war nicht auf der *farm*, ebenso wenig Thielemann. Sie ging ins Haus. Auf dem Tisch lagen Steine in einem Kreis angeordnet. Diese Geheimsprache zwischen Hans und ihr zeigten Catharina, dass die beiden zu der Lichtung unterwegs waren, um den Zustand des Verschlags zu überprüfen. Es würde die Zeit kommen, da sie ihr von den Khoi gehandeltes Vieh erneut verstecken mussten. Sie legte die Steine zu einem Haus um, das verabredete Zeichen für die Station. Dann packte sie drei Kohlköpfe ein und ihr Kleid, schwang sich auf Aba Te!s Rücken und preschte über die Brücke davon.

Kurz vor der Station zügelte sie Aba Te! und verwandelte sich in eine züchtige Siedlerin, streifte ihr Kleid über, band sich die Haare zusammen und steckte sie unter ihre Haube. Anschließend führte sie das Pferd am Zügel durch die Straßen. Es war unschicklich, ohne Sattel zu reiten, und sie wollte kein Aufsehen erregen. Das letzte Mal, als sie hier gewesen war, hatten Girlanden von den Balkonen gehangen. Nun waren die wenigen Wohnstraßen vergleichsweise ruhig und leer: die saubere und friedliche Heeresstraat, in der die bessergestellten Bediensteten der Compagnie wohnten, die Reygersstraat und die Olifantstraat. Je näher sie zum Wasser kam, desto geschäftiger ging es zu. Schon von Weitem hörte sie den üblichen Lärm von den Lagerhäusern, sah schließlich das geschäftige Hin- und Hertragen von Säcken und Fässern auf Schubkarren und Ochsen, sah

Khoi, die am Ufer Treibholz und anderes verwertbares Material zum Feuermachen suchten, Soldaten, die ihre Waffen im Meer reinigten, um sich die Zeit zu vertreiben. Vor den Tavernen lungerte der ausgemergelte Khoi-Junge, dem sie schon einmal Brot gegeben hatte. »Kannst du auf mein Pferd aufpassen?«

Der Kleine ergriff wortlos die Zügel.

»Wie heißt du?« Catharina drückte ihm etwas Tabak in die Hand.

»Arre. Mijnfrouw.«

»Arre, du darfst den Tabak nicht rauchen. Verkauf ihn. Das sind zwei Tage Essen.«

Der Junge nickte, dann führte er Aba Te! in den Schatten zwischen zwei Lagerhäusern.

Sie ging zum Ufer, aber die Schapenjacht lag nicht am Steg, war auch auf dem Wasser nicht zu sehen. Dafür ankerte ein großer Rahsegler mit der Flagge der Lilie der Bourbonen in der Tafelbucht. Catharina schritt zurück zum Lagerhaus, um nachzufragen, wann die Schapenjacht erwartet wurde.

Als Arre sie sah, sprang er auf.

»Warte, ich bin gleich zurück. Ich muss noch hier rein.« Sie deutete auf das Kontor.

»Die Schapenjacht kommt morgen mit der Flut«, sagte Arre.

»Warum glaubst du, dass ich das Schiff suche?« Verdutzt musterte sie den Jungen.

»Weil Ihr dem Kapitän Geschenke für Krotoa mitgebt. Hab ich beobachtet und Krotoa mir erzählt.« Er zeigte auf die drei in Tuch eingeschlagenen Kohlköpfe.

»Was du nicht sagst.« Catharina maß den Jungen mit einem strengen Blick.

»Ich gebe ihr auch Geschenke.«

»Was gibst du ihr?«

Der Junge griff mit der Hand in den Sand und hob eine Handvoll hoch. »Sie will Sand und Erde von hier.«

Das klang nach Eva. »Bist du mit ihr verwandt?«

»Sie war immer gut zu mir.«

»Wo sind deine Eltern?«, fragte Catharina.

Da veränderte sich das Gesicht des Jungen, er schüttelte den Kopf und rannte davon.

Catharina bekam von Joris nicht nur wie erhofft eine Schlafgelegenheit auf der Küchenbank für die Nacht angeboten. Selbst für Aba Te! hatte sich ein Platz in der Scheune gefunden, sodass Catharina nicht gezwungen war, das Tier angebunden im Hof stehen zu lassen und damit Gefahr zu laufen, dass betrunkene Seemänner sich auf ihn setzen oder gar versuchen würden, auf ihm zu reiten.

»Ich bin heilfroh, dass du gekommen bist.« Jannetje wischte sich mit der Hand über die Stirn. »Seit heute Morgen schnibble und koche ich. Aber woher sollten wir auch wissen, dass plötzlich ein Franzmann auftaucht? Halt!« Jannetje zeigte mit dem Finger auf das Brot, von dem Catharina eine dicke Scheibe abschneiden wollte. »Mach die Kanten dünner. Wenn die anderen elf Schiffe der Flotte anlegen sollten, werden wir mit dem Backen nicht hinterherkommen.«

»Elf?« Catharina war entgeistert. »So viele Franzosen haben noch nie in der Bucht gelegen. Sie sind hoffentlich Verbündete.«

»Sind sie. Sie helfen uns gegen die Engländer. Ihre Flotte ist in einem Sturm auseinandergerissen worden. Trotzdem wird's die Hölle. Dem Himmel sei Dank, hilft Zara in der Stube.« Jannetje füllte Holzteller mit ihrer dampfenden Suppe.

Augenblicklich liefen in Catharinas Kopf die Bilder von Magdas Gaststube ab. »Ich dachte, ihr wollt keine Frauen in der Stube.«

»Die Hottentottenfrauen schon.« Die Wirtin sah sie unvermittelt an. »Ich weiß, du magst Eva. Aber sie sind nicht wie wir. Sie fühlen nicht wie wir.«

Missbilligend runzelte Catharina die Stirn.

»Außerdem hat sie die Not gesehen und sich gleich nützlich gemacht.«

Catharina wusste, dass Jannetje sie beschwichtigen wollte, um keinen Streit zu haben. Sie überlegte kurz, stellte dann die Teller auf ein Tablett. »Ich bring die Suppe rein.«

»Catharina–«, hob Jannetje an.

»Ich bin nicht besser als sie.« Mit der Schulter drückte Catharina die Schwingtür auf.

Die Gaststube war brechend voll und der Geräuschpegel der in verschiedenen Sprachen aufeinander einredenden Seemänner laut wie das Muhen einer in Panik geratenen Kuhherde. Viele Männer hatten sich Pfeifen angesteckt. Die Rauchschwaden zogen durch die Schankstube, blieben unterhalb der Decke hängen und mischten sich mit dem Geruch von Schweiß und Essen. Catharina brachte die Teller zu einem Ecktisch, erblickte Zara. Tapfer trug die junge Frau Becher gefüllt mit Arrack und Bier zu den Tischen und wich dabei geschickt den nach ihr grapschenden Händen aus.

Warum schickt Joris nicht François in die Stube?, fragte sich Catharina. Sie hatte den neuen Knecht, einen ehemaligen Seemann aus Gent, hinten im Stall herumlungern sehen. Sie ging zwischen den Tischen hindurch zu Zara, fasste sie am Arm. Das Mädchen zuckte, erkannte Catharina und beruhigte sich.

Eine leicht lispelnde Stimme rief quer durch den Raum. »Komm her, Hottentottengöre.«

Catharinas Kopf fuhr herum. Koosten saß an einem der Tische und hatte nach Zara gerufen, aber ohne aufzublicken. Schnell huschte Catharina hinter den muskulösen Rücken eines Franzosen, während Zara zu Koosten ging. Wie selbstverständlich zog er sie auf seinen Schoß, griff nach dem Würfelbecher und ließ sie den Becher schütteln. Dabei ließ er seine Hände auf ihren Brüsten ruhen. »Das bringt Glück«, sagte er zu den anderen am Tisch, während Zara, ohne eine Miene zu verziehen, aber mit ängstlichen Augen, weiter den Becher schüttelte.

Nur zu gern wäre Catharina Koosten an die Gurgel gesprungen, stattdessen sah sie zu, wie er Zara den Becher aus der Hand nahm und die Würfel über den Tisch rollen ließ. Er knurrte wütend, als er das Ergebnis sah, und schubste Zara von seinem Schoß. »Du Schlampe bist eine Schande.«

Catharina trat vor, um ihr beizustehen.

»Sieh an, Mijnfrouw Ras. Komm her, vielleicht bringst du mir mehr Glück.« Koosten klopfte auf seinen Schoß.

Catharina starrte ihn fassungslos an ob der Beleidigung vor den Anwesenden.

»Nun hab dich nicht so.« Er rutschte mit seinem Stuhl nach hinten.

Sie durfte sich das nicht gefallen lassen, nicht Tür und Tore öffnen. Mit wenigen Schritten war Catharina am Tisch, lächelte ihn an. »Ihr lasst mir keine Wahl, Mijnheer Koosten.«

Überrascht schaute er sie an.

Diesen Moment nutzte sie, um ihm eine Ohrfeige zu verpassen. Ihre Hand knallte regelrecht auf seine Wange.

Koosten hielt sich die Stelle, an der ihre fünf Finger Spuren hinterlassen hatten, blieb jedoch ruhig. »Für dich bin ich *sergeant* Koosten.«

»Sergeant?« Catharina starrte ihn ungläubig an.

Sie spürte Joris' Hand beschwichtigend auf ihrem Arm.

»Spielt weiter, *sergeant*. Ich wünsche, dass Euch das Glück hold ist.«

Mit eisernem Griff führte Joris sie aus der Gaststube. Ein Blick zurück zeigte ihr, dass viele Augenpaare sie anstarrten, teilweise abschätzend, teilweise bewundernd. Allein Koosten hatte sich wieder dem Würfelbecher zugewandt, als ob nichts geschehen wäre. Catharina wusste es besser. Wie ein Lauffeuer würde sich ihre Tat am Kap verbreiten.

Die Nacht über tat sie kein Auge zu und verfluchte sich für ihre Unbeherrschtheit. Nun würde sie nicht bis zum Mittag in der Station bleiben und auf die Schapenjacht warten können. Sie hatte nichts für Eva erreicht, niemandem einen Gefallen getan, im Gegenteil. Sie hatte sich von Koosten zu einer Dummheit provozieren lassen.

Endlich dämmerte es, und sie konnte die Station verlassen. Lautlos schlich sie sich aus dem Haus, schwang sich auf Aba Te! und ritt durch die zu dieser Stunde ruhige Station. Nur die Wachmänner in der Heeresstraat patrouillierten wie üblich, um die hochwohlgeborenen Herren und Damen in ihren Häusern zu schützen. Vor dem Nachbarhaus von Lacus war ein Pferd angebunden, das ihr bekannt vorkam.

»Wem gehört das Pferd?«, fragte sie einen der Männer, den sie kannte.

»*Sergeant* Koosten«, antwortete der Wachmann beflissen.

»Er wohnt hier?« Die schlechten Neuigkeiten nahmen kein Ende.

»Seit er befördert wurde, Mijnfrouw Ras.«

Damit wohnte der Feind Tür an Tür mit Lacus, kannte daher Zara, die für Lacus' Frau Lydia arbeitete. Catharina konnte sich nicht des Gefühls erwehren, dass sich eine Schlinge um ihren Hals legte. Heftig zog sie am Zügel, worauf Aba Te! mit dem Kopf schlug.

»Entschuldige.« Sie klopfte dem Tier versöhnlich den Hals, schließlich konnte es nichts dafür, dass sie auf Koosten hereingefallen war.

Denn dessen war sie sicher. Er hatte sie mit Absicht in der Öffentlichkeit brüskiert, damit Hans davon erfuhr und unbedacht handeln würde, um die Ehre seiner Frau wiederherzustellen. Sie musste unbedingt verhindern, dass ihr Mann ins offene Messer rannte. Sein Tod wäre allein ihre Schuld.

Catharina ritt über die Brücke und sah Hans im Hof einem Ochsen einen Holzschuh anpassen.

»Hat er sich einen Dorn eingetreten?« Sie musste sich erst ein wenig warm reden, bevor sie Hans ihr Geständnis machen konnte.

»Ja, und die Wunde hat sich entzündet.« Mit dem Rücken zu ihr stellte er das Bein des Ochsen ab. »So, Alter, bald kannst du wieder gut laufen.« Er sah sie weiterhin nicht an. »Wäre ich wie du eine Nacht weggeblieben, würdest du mir eine Liebesnacht mit Amisha unterstellen.«

Catharina sprang vom Pferd. »Ja, das würde ich wohl. Bei mir ist dies allerdings unwahrscheinlich. Das heißt aber nicht, dass ich keinen Fehler gemacht habe.« In wenigen Worten erzählte sie seinem Rücken, warum sie zum Kap geritten war.

»Du hättest dir den Ritt ersparen können. Wir hätten beim nächsten Gottesdienst van Arckel gefragt, ob er das Kind taufen kann. Dann würde sie an Land kommen.« Hans drehte sich um. »Das ist eindeutig besser, als Eva auf der Schapenjacht herzuschmuggeln.«

»Wohl wahr.« Verdattert sah sie ihn an. Sie hatte überstürzt gehandelt und dadurch nicht nur nichts erreicht, sondern auch noch alles verschlimmert.

»Das ist der Fehler?«, fragte Hans vorsichtig.

»Nicht ganz. Bitte handle nicht überstürzt, wenn ich es dir sage.«

»Überlass mir mein Handeln! Sag einfach, was passiert ist!«

»Ich habe Koosten in Joris' Gaststube geohrfeigt.«

»Bist du des Teufels?«

»Er hat mich belästigt.« Nun musste sie Hans ausführlich berichten, was sich am Vortag zugetragen hatte. Am Ende ihres Geständnisses faltete Catharina ihre Hände wie zum Gebet. »Es tut mir leid. Ich weiß, dass ich das zum tausendsten Mal sage. Ich –«

»Dieses Schwein«, unterbrach Hans sie, der bisher schweigend zugehört hatte. »Er hat dich beleidigt, herabgesetzt. Eine verheiratete Frau.« Er schüttelte den Kopf. »Was machst du auch im Gastraum?«

»Ich musste zu Zara. Ich hatte ständig Magdas Gaststube vor Augen und die Männer.«

»Ist schon merkwürdig, dass die Schatten der Vergangenheit unser Handeln so beeinflussen, nicht wahr?« Hans' Stimme klang unerwartet sanft. »Wir können diese Last einfach nicht da lassen, wo sie bleiben soll. Nämlich in der Vergangenheit.«

»Du bist nicht wütend auf mich?«, fragte Catharina scheu.

Hans hob die Hände. »Ich hätte wahrscheinlich genauso gehandelt.«

»Und du lässt Koosten in Ruhe?«

»Ich soll die Ehre meiner Frau nicht verteidigen?«

»Genau. Für viele bin eh nicht ich deine Frau, sondern Amisha.« Bevor Hans lospoltern konnte, fuhr sie schnell fort. »Da ist noch was, was du wissen solltest. Koosten wohnt neben Lacus.«

»Seit wann?« Die Überraschung war seiner Stimme deutlich anzuhören, und Catharina gratulierte sich, Hans so schnell von ihrem Thema abgelenkt zu haben.

»Seit er *sergeant* ist.«

»Everards Posten.« Hans spuckte seinen Pfriem aus, der einen dunkelbraunen Fleck auf der Erde hinterließ. »Schlechte Nachrichten. Gibt es auch gute?«

»Wie man's nimmt. In der Station werden ein Dutzend Franzosenschiffe erwartet.«

40. KAPITEL

Obwohl sie mitten in der Ernte steckten, machten sich Hans und Catharina mit einem mit Obst und Gemüse beladenen Fuhrwerk auf den Weg, um selbst Handel mit den Franzosen zu treiben. Obwohl van Quaelbergen diesen verboten hatte, wollten sie einen Teil des Kuchens ergattern und Geld für Notzeiten verdienen. Wie sie dachten anscheinend einige *vrijburgher*. Immer mehr mit Hühnern, Gemüse und Obst beladene Wagen bogen vor ihnen auf die sandige Straße entlang des Liesbeek zur Station ein.

Das wirre Treiben in der Siedlung übertraf jegliche ihrer Erwartungen. Jeder Kapbewohner schien auf den Beinen zu sein, und französische Seemänner liefen zu Dutzenden durch die wenigen Straßen auf der Suche nach Essen und Trinken.

»Manger, manger!«, riefen die Männer und führten ihre Hände zum Mund.

»Was soll ich tun? Ihnen die Möhren und Melonen verkaufen?«

»Manger!«, wiederholte ein kurzer wie breiter Seemann eifrig und trat näher.

»Das machen wir zusammen«, sagte Hans zu ihr. »Du reichst ihnen das, was sie wollen. Ich nehm die Münzen.«

Hans half Catharina, über die Bocklehne nach hinten auf die Ladefläche zu klettern. Dabei zeigte sie aus Versehen ihren Knöchel, und ein Franzose pfiff anerkennend.

»Das ist meine Frau!« Hans warf ihm einen bösen Blick zu. »Meine Frau!« Der Franzose lachte und klatschte in die Hände, hatte nichts verstanden.

Catharina reichte dem Matrosen ein paar Möhren, und dieser reichte Hans dafür einige *stuivers*. Hans nahm sie und steckte sie ein.

»Ist das nicht zu viel?«, wollte Catharina wissen.

Hans schob seinen Hut in den Nacken. »Wenn er es anbietet. Die vielen Mäuler treiben die Preise in die Höhe. Und schau, ihn macht es glücklich.« Er nickte zu dem Franzosen, der gerade erst das Wurzelgemüse gekauft hatte und nun bereits herzhaft darauf herumkaute.

»*Madame! Donne moi la pastèque!*« Ein anderer Matrose zog Catharina an der Hand, zeigte auf eine Wassermelone.

Sie gab sie ihm, und der Seemann entlohnte sie mit ein paar Münzen.

»Das sind Heller.« Catharina sah fragend zu Hans, der seine Hand danach ausstreckte.

»Nehmen. Da kommen noch einige fremde Münzen hinzu. Wer weiß, wo die überall gesegelt sind.«

Und so war es. Während die Seemänner ihnen ihr Obst und Gemüse nur so aus den Händen rissen, bekamen sie *stuivers*, Heller, Pfennige, englische Münzen und französische Sous.

Besser als Markttage, dachte Catharina bei sich. Nur verkauften sie heute von den Fuhrwerken aus. Auch an den anderen Fuhrwerken wurde eifrigst Handel getrieben.

Mitten in all dem regen Treiben ertönte plötzlich ein Pfiff.

»Soldaten!«

Catharina richtete sich auf und sah vier Uniformierte, die sich einen Weg durch die vielen Menschen bahnten. Augenblicklich scheuchte sie die Seemänner vom Wagen weg, kletterte zu Hans auf den Bock, der darauf wartete, dass das Fuhrwerk vor ihm losfuhr. Ihre Hektik war unnötig. Die Soldaten marschierten an ihnen vorbei, ohne auf sie zu achten. Catharina zog eine Augenbraue hoch. Auch Hans sah ihnen verblüfft hinterher. Dann grinste er. »Es müssen nur mehr Menschen als Soldaten hier sein, und die Regeln sind aufgehoben.« Sie kletterten wieder auf die Ladefläche und winkten die Seeleute heran. Nach kurzer Zeit hatten sie alle Ware verkauft.

»Komm«, sagte Hans, »wir gehen bei Joris einen darauf trinken.«

Während Hans den Wagen zu den Tavernen lenkte, wurde es

Catharina ob der vielen Männer von Herzschlag zu Herzschlag mulmiger zumute. Vor dem neu eröffneten Bordell von Barbara Geems stand eine lange Schlange liebeshungriger Seemänner. Die Reihe konnte nur dann einen Schritt nach vorn treten, wenn ein Matrose das Haus verließ. Während diejenigen, die hinausgingen, sich zufrieden die Hosen zubanden, machten einige der Wartenden anzügliche Bewegungen mit ihren Hüften. Ihr Lachen und ihre Stimmen wurden vom Wind bis zu ihr getragen. »*Allez, allez!*«, riefen sie sich gegenseitig zu.

Am Ufer herrschte ein noch größeres Gewimmel als in den Straßen. Die Tavernen waren überfüllt, und die Männer standen vor den Türen und tranken Bier oder Arrack. Üblicherweise war dies untersagt. Doch keiner der Soldaten, die an den Ecken der Häuser standen, hinderten sie daran. Ein weiteres Gesetz, das offenbar außer Kraft gesetzt worden war. Catharina zog ihren Umhang enger um sich, blickte aufs Meer. In der Bucht ankerten mittlerweile zwölf Segler, und über allen wehte die gleiche Flagge, die Lilie der Bourbonen. Ein imposanter und zugleich erschreckender Anblick. Kein Ostindienfahrer der VOC war in der Bucht. Es schien, als ob die Franzosen herrschten.

»Die Franzosen sind wirklich unsere Verbündeten, oder?« Catharina wandte sich mit besorgtem Blick an Hans.

»Ja, aber auch wenn sie uns freundlich gesinnt sind: Die da draußen sind deutlich mehr als wir«, sagte er mit unbewegter Miene. »Da müssen an die zweieinhalbtausend Mann an Bord sein. Seemänner und Soldaten. Was haben wir uns dabei gedacht, uns zu freuen?« Er wandte sich ihr zu. »Du solltest nicht allein rumlaufen.« Hans klang besorgt.

In fast jeder anderen Situation hätte Catharina ihm heftig widersprochen. Nun empfand sie seine Worte als Schutz.

»Da ist Thielemann.« Catharina wies zu einem Warenhaus. Hans lenkte das Gefährt in Richtung seines Freundes.

»Ein Paradies für uns! So sollte es immer sein«, rief Thielemann ihnen mit glänzenden Augen zu.

»Was sagt unser Kommandant zu den Franzosen?«, fragte Hans.

»Der sitzt mit deren Admiral zusammen.« Thielemann nahm seinen Hut ab und wischte sich über die Stirn. »Den Engländern müssen wir es bei Flandern gegeben haben. Lacus hat erzählt, dass sie zehn Schiffe und Tausende Mann verloren haben.« Er zeigte zu den Schiffen in der Bucht. »Die Franzmänner hier haben die Engländer auf dem Meer auch gut aufs Korn genommen.«

Catharina schaute zu den Seglern. Bei genauer Betrachtung fiel ihr auf, dass einige von ihnen stark beschädigt waren. Masten waren abgebrochen, bei einigen die Reling zersplittert. »Das sieht so aus, als ob sie länger bleiben«, entfuhr es ihr.

Thielemann rieb sich die Hände. »Das sollen sie ruhig. Die Compagnie kann nicht alles kontrollieren, und Crudop und Koosten werden beschäftigt sein. Sie haben Mayken mit zwei Schafen von Oedosoa erwischt. Wir können 'n bisschen mehr Nachschub gut vertragen.«

Zwischen den Seglern der Franzosen entdeckte Catharina ein deutlich kleineres Schiff mit der Flagge der Compagnie. Sie kniff die Augen zusammen, um besser sehen zu können.

»Da kommt die Schapenjacht«, jubelte sie und sprang vom Bock.

»Catharina!«, rief Hans, offenbar in der Absicht, sie aufzuhalten.

Catharina sah ihn an. »Bitte. Ich muss mit Kapitän Jansen sprechen, ob er Neuigkeiten von Eva hat.«

»So warte doch.« Er bedeckte seine Augen mit der Hand. »Sieh doch genau hin!«, forderte Hans sie auf.

»Ist es nicht die Schapenjacht?« Catharina schaute angestrengt zu dem kleinen Segler. Dann sah sie, was Hans wohl schon erspäht hatte, den bunten Farbtupfer im Bug des Schiffes. Dort stand Eva, ihr orange strahlendes Tuch um den Kopf gebunden.

Eva und Pieter hatten Catharina, Hans und Thielemann entdeckt, drängelten sich durch das Gewühl der Franzosen und Soldaten zu ihnen. Beim Näherkommen sah Catharina, dass das Bündel auf Evas Arm ihr Neugeborenes war.

»Das ist Salomon.« Eva hielt ihr den Jungen entgegen.

Vorsichtig nahm Catharina Evas Sohn auf den Arm und betrachtete das kleine Wunder. Salomon hatte die helle Haut seines Vaters, seine Augen hingegen waren von einem dunklen Braun und schauten Catharina mit dem tiefen Wissen der Goringhaicona an. Überrascht blickte Catharina auf.

»Nicht wahr, als ob die Ahnen uns anschauen.« Eva schien zu wissen, was Catharina gesehen hatte.

Thielemann knautschte seinen Hut zusammen. »Ihr immer mit eurem Getue. Pieters Stammhalter ist das.«

»Auch du hast Ahnen.« Eva lächelte ihn an. »Aber an deine willst du dich nicht erinnern.«

»Besser so. Verflucht sollen sie sein.« Dann fuhr er scheinbar gleichgültig fort. »Hat van Quaelbergen dich gerufen, damit du Vieh verhandelst?«

Jetzt mischte sich Pieter mit ein. »Salomon soll heute getauft werden.«

»Heute?«, fragte Catharina überrascht.

Pieter nickte und verkündete mit stolzer Stimme: »Lieutenant Koon und Lydia van Pape sind seine Paten.«

»Lacus' Frau?« Catharina konnte es nicht glauben. Sie sah Eva an, die ihrem Blick jedoch auswich.

»Eine politische Entscheidung«, spöttelte Hans, der Catharinas Enttäuschung zu spüren schien.

»Ihr seid herzlich eingeladen mitzukommen«, fuhr Pieter fort.

»Ohne mich.« Thielemann winkte ab.

Catharina heftete ihren Blick weiterhin auf Eva, die ihre Augen niederschlug, als ob sie sich schämte. Catharinas Enttäuschung wandelte sich in Mitgefühl. Eva hatte bei der Entscheidung der Paten offenbar nichts zu sagen gehabt.

Hans legte den Arm um Catharina. »Lass uns mitgehen. Steigt auf. Wir bringen euch zum Fort.«

Der Ochsenkarren zuckelte gegen den Strom der Menschen Richtung altes Fort. Die Männer saßen vorn. Eva und Catharina hatten auf der Ladefläche Platz genommen. Eva schwieg nach wie vor. Catharina sah, dass sie etwas auf dem Herzen hatte, aber nicht reden wollte. So beschränkte sich Catharina darauf, mit Salomons Fingerchen zu spielen.

Rufe in der Klicksprache wurden an sie herangetragen. Eine Gruppe Khoi, darunter Arre, trieben an die vierzig Rinder vor sich her in Richtung Wasser. Hans hielt das Fuhrwerk an. Die Rinder liefen rechts und links unter lautem Muhen vorbei, angetrieben von den Stöcken der Khoi. Eva ließ eine Hand über die Wand hängen und streichelte über die vorbeiziehenden Hörner und Körper. Leise murmelte sie vor sich hin.

Der Gruppe folgten der Metzger und zwei seiner Männer.

»Schlachten sie sie für die Franzosen?« Catharina schaute den Tieren hinterher.

»Wie es aussieht, hat unser Kommandant diese Entscheidung getroffen«, sagte Hans lapidar.

»Ich dachte, die Khoi handeln nicht mehr viele Tiere?« Catharina zog die Stirn kraus.

»Van Quaelbergen muss sie entweder sehr gut bezahlt oder ihnen wieder einmal Land versprochen haben«, erwiderte Eva.

Zum ersten Mal stand Catharina neben Lacus' Frau Lydia. Ihre Füße schauten nur mit der Spitze unter dem Kleidsaum hervor. Sie mussten winzig sein, wie alles an dieser Frau klein und zart war. Mit ihrem herzigen Mund war sie für Catharina die Verkörperung einer feinen Dame schlechthin. Es war unmöglich, sie sich mit einer Harke in der Hand vorzustellen oder wie sie in den Feldern arbeitete. Selbst Salomon sah in ihren Armen eher wie ein Kleinkind aus.

Langsam ließ der Pfarrer das Wasser des Lebens über Salomons Stirn tropfen. Eva stand aufrecht neben Pieter. Nichts erinnerte Catharina im Moment an die gebeugte Haltung der Freundin auf der Ladefläche des Wagens.

»Unsere Kinder werden die Welt verändern«, fuhren Catharina Evas Worte durch den Kopf. Eva war offensichtlich stolz, dass ihr Sohn, ein *halfslag*, getauft und Christ wurde.

Die Taufe war kaum vorüber, da öffnete sich die doppelflüglige Tür, und zwei Hausdiener betraten den Saal, gefolgt von dem neuen Kapkommandanten van Quaelbergen. Seine vielen mehr weißen als braunen Haare sahen aus wie eine Perücke, so akkurat lagen seine Locken, reichten ihm bis über die Schultern und nahmen der Spitzmausnase etwas von ihrer Schärfe.

»Meinen Glückwunsch.« Er gab Eva die Hand, wischte sie danach wie unabsichtlich an seinem samtenen Rock ab.

»Kommandant van Quaelbergen, darf ich vorstellen? *Vrijburgher* Ras und seine Frau«, sagte Lacus in formellem Ton.

Der Kommandant nickte Catharina und Hans zu, dabei ließ er seinen Blick missbilligend über ihre Alltagskleidung gleiten und reichte ihnen erst gar nicht seine Hand.

»Wenn Ihr so weit seid? Ich wünsche, die Einzelheiten zu besprechen.« Van Quaelbergen sprach zu Pieter.

»Einzelheiten von was?« Catharina raunte ihre Frage in Evas Ohr.

»Eine Expedition nach Madagaskar«, sagte diese laut und bitter.

»Liebes. Ich bin gleich zurück.« Pieter streichelte seiner Frau kurz über den Arm, dann folgte er dem Kommandanten und Lacus.

»Er kann es gar nicht erwarten, von dem gottverdammten Eiland wegzukommen. Und von mir.« Evas Stimme schwankte zwischen Wut, Verzweiflung und Hoffnungslosigkeit.

Lydia, die nach wie vor Salomon auf ihrem Arm hielt, schaute unsicher umher. Hans nahm ihr den Jungen ab. »Wir gehen voraus!«

Catharina verstand, dass er ihr Zeit geben wollte, mit Eva allein zu sein.

Nachdem sie gegangen waren, legte sie ihren Arm um die versteinert wirkende Freundin. »Was genau ist geschehen?«

Eva schluchzte auf. Mit dem Handrücken wischte sie über ihre Augen. »Ich benehme mich wie eine *!uri-khoi*«

Catharina nahm es gleichmütig auf, dass Eva sich als jammernde Weiße bezeichnete, und wiederholte ihre Frage. »Was ist geschehen?«

»Crudop und Koosten haben van Quaelbergen überredet, eine Expedition nach Madagaskar zu finanzieren. Pieter haben sie die Leitung angeboten. Er hat schon vor Wochen zugesagt.«

»Und du hast ihm nicht klar zu verstehen gegeben, dass du das nicht möchtest?

»Der Feigling hat es mir verschwiegen. Ich hab einen Brief gefunden. Vor ein paar Tagen.« Ihre Stimme bebte vor Enttäuschung. »Er hält es auf der Insel nicht mehr aus. Will wieder auf See, das Meer spüren.« Eva schwieg kurz, dann fügte sie hinzu: »Er liebt mich nicht mehr. Dabei bin ich seinetwegen nach Robben Eiland.« Eva nestelte an ihrem Tuch. »Ich habe durch meine Liebe zu ihm alles verloren.«

Catharina schluckte, fand keine Worte des Trostes.

»Das ist aus der einstmals so geschätzten Übersetzerin des Kommandanten Riebeeck geworden. Eine Frau, die nirgendwo hingehört. Die Idee mit meinem eigenen Stamm, ich war verblendet«, redete sich Eva ihren Schmerz weiter von der Seele. »Pieter will Eva, nicht Krotoa. Doch beide Seelen wohnen in mir.« Eva wandte sich Catharina zu. »Ich will nicht auf Robben Eiland sein. Ich will nicht bei Lacus wohnen. Ich will mit meinen Füßen auf dem Land meiner Ahnen stehen. Dem Land, das Eitsi-Heib uns geschenkt hat. Überall hinlaufen, wo ich hinwill.«

41. KAPITEL

Soldaten bewachten den Zugang zur Heeresstraat und ließen keinen Franzosen in die Straße. Derart menschenleer wirkte sie gespenstisch. In vielen Häusern waren die Vorhänge zugezogen. Sie wirkten so verlassen, wie Catharina sich fühlte. Eva war nach der Taufe einfach verschwunden. Catharina wusste, dass in ihr etwas unwiederbringlich zerbrochen und verloren gegangen war und sie allein sein wollte. Mit den vielen Franzosen am Kap war dies jedoch keine gute Idee. Auch musste Catharina an Maykens Worte denken, dass Hans auf eine Expedition ins Hinterland geschickt werden sollte. Hingen die beiden Expeditionen zusammen? Nein. Bis nach Madagaskar reichte Koostens Arm wahrlich nicht. Auch hatte Pieter nie verhehlt, dass er Reisen und Abenteuer mochte, und war schon immer auf Entdeckungsreisen gegangen.

»Brr.« Hans brachte die Ochsen vor Lacus' weiß getünchtem Kaphaus mit dem geschwungenen Giebel zum Stehen. Auch hier ließen die zugezogenen brokatenen Vorhänge keinen Blick ins Hausinnere zu. Und selbst die roten und gelben Blumen in den Rabatten vor dem Haus hatten die Köpfe gesenkt, als wollten sie sich verstecken.

»Lacus wird niemals mein Freund werden«, sagte Catharina.

»Aber vielleicht Lydia. Sie ist froh, eine weitere Frau im Hause zu haben. Du hast außerdem keine andere Wahl. Zu Jannetje wolltest du nicht nach deiner letzten Begegnung mit Koosten in ihrer Schankstube. Und es ist zu spät, nach Hause zu fahren.«

»Hoffentlich findet Pieter Eva.«

»Er hat einen Kundschafter zu Oedosoa geschickt«, berichtete Hans. »Er vermutet sie dort und will sie zurückholen.«

»Oedosoa? Er hat doch Eva ihre Mitgift verweigert.«

»Das ja. Aber Kabatsu ist die einzige Familie, die sie noch hat.«

»Was ist, wenn sie bleiben will? Immerhin geht er weg.«

»Pieter wird nicht zulassen, dass seine Kinder bei den Goringhaicona oder Cochoqua aufwachsen. Er sieht ihr Leben in unserer Gemeinschaft. Vielleicht ist deshalb auch Lydia Salomons Patentante geworden. Er will die Bande zwischen den Seinen und den Offiziellen der Compagnie enger schmieden.«

»Oh, dann wird es Pieter wenig gefallen, dass Eva mir gesagt hat, dass sie nicht bei Lydia wohnen will.«

Hans strich sich übers Kinn. »Komm, wir wollen deine Gastgeber nicht warten lassen.«

»Solange sie mich nicht zum Sticken auffordert.« Catharina sah auf ihre von der Gartenarbeit schwieligen und muskulösen Hände und seufzte.

Lydias kastanienbraune Locken, die rechts und links von ihrem Gesicht wie Korkenzieher herunterhingen, wippten auf und ab, während sie vor Catharina den Flur entlangschwebte. Lacus' Frau hatte darauf bestanden, Catharina selbst ihr Zimmer zu zeigen, während Lacus und Hans in der Wohnstube geblieben waren. Bewundernd strich Catharina über die Vorhänge aus Brokat. Goldene Fäden durchzogen den roten Stoff, würden ihn bei Sonnenlicht regelrecht in Flammen stehen lassen. Auf der Kommode waren frisches Wasser und eine Waschschüssel bereitgestellt. Das Schmuckstück des Zimmers war ein breites Holzbaldachinbett mit einem Federbett. Staunend setzte sich Catharina darauf, ließ ihre Hand über die weiche Oberfläche gleiten. »Wie weich!«

Lydia nickte geschmeichelt. »Es ist aus Flandern. Gefüllt mit Federn von Gänsen.«

»Meine Frau wird gar nicht mehr nach Hause wollen«, ließ sich Hans' tiefe Stimme spöttisch vernehmen. Er trat in den Raum, seinen Hut in der Hand.

»Wir sollten so eine Decke zu Hause haben«, sagte Catharina mit ebenso schelmischem Unterton.

»Dann werde ich mich gleich auf den Weg machen, um die nötigen Münzen dazuzuverdienen.«

»Ich versteh nicht?« Catharina sah ihn fragend an.

»Lacus hat gefragt, ob ich helfe, die Beiboote für die Franzosen zu beladen. Der Kommandant zahlt gut.«

»Ich dachte, du wolltest Eva in der Station suchen, falls sie doch hier ist.« Catharina stand von dem Bett auf und trat auf ihn zu.

»Das auch. Ich werde alle fragen, die ich treffe. Wir sehen uns später.« Er küsste sie auf die Wange und verbeugte sich vor Lydia, bevor er seinen Hut aufs Haar drückte und aus dem Raum schritt.

Mit leuchtenden Augen sah Lydia ihm hinterher. »Was für ein freundlicher Mann.«

»Euer Mann hat sicherlich die besseren Manieren.«

Ein dunkler Schatten huschte durch Lydias taubenblaue Augen, aber sie fing sich schnell. »Ja, mein lieber Hendrik. Er sorgt sich so sehr um mein Wohlergehen, dass ich seit der Ankunft der Franzosen keinen Fuß mehr vor die Tür setzen darf.«

»Oh.« Das eben noch bewunderte Zimmer verwandelte sich vor Catharinas geistigem Auge in ein Gefängnis. »Ich bin es nicht gewohnt, im Haus zu sein.«

»Genau deswegen wollte ich, dass Ihr bei uns wohnt.« Lydia kicherte. »Ich werde mit Euch ausgehen, und Hendrik wird nichts dagegen sagen können. Wir warten, bis die Männer weg sind. Dann befehle ich zwei Sklaven, uns zu begleiten. Ich möchte unbedingt die vielen Menschen sehen. Endlich geschieht etwas an diesem langweiligen Ort.«

Catharina starrte Lydia verblüfft an. Zwar mahnte eine leise Stimme sie, vorsichtig zu sein und sich nicht von Lydia in Schwierigkeiten bringen zu lassen, aber die Aussicht, aus dem Haus zu kommen und selbst nach Eva zu schauen, überwog ihre Zweifel.

Lydia hatte ihre Locken züchtig unter eine Haube gesteckt und sich ein schlichtes Kleid angezogen. »Wohin gehen wir?«

»Zum Ufer. Wir geben vor, Hans zu suchen. Unser Weg hat damit ein Ziel und kann von Eurem Mann nicht verurteilt werden.«

Lydia schaute sie bewundernd an. »Ihr seid so schlau, wie Zara sagt.«

»Zara?« Nun war es an Catharina, verblüfft zu sein.

»Ihre Geschichten sind meine einzige Zerstreuung.«

»Erzählt sie auch, dass sie zu Joris geht?«

»Ich ermuntere sie dazu. So erfahre ich, was draußen passiert, während ich schicklich ein Kissen besticken darf.«

»Nun denn, nun werdet Ihr mit eigenen Augen einiges sehen.« Catharina war sich nicht sicher, was sie von Lydias naiver Neugier halten sollte. Sie selbst hoffte, Arre am Ufer anzutreffen und ihn nach Eva befragen zu können. Begleitet von einem turmhohen schwarzen und Lydias langjährigem bengalischen Sklaven Louis, verließen sie das Haus.

War am Morgen die Station bereits lebhaft und überfüllt gewesen, herrschte nun ein unübersichtliches Gedränge. Khoi trieben Rinder zum Strand. Die Leiber der Tiere drängten sich dicht nebeneinander, während die Menschen sich einen Weg entlang der Häuser suchten. Catharina konnte kaum einen Schritt zügig voranschreiten und war froh über den männlichen Schutz. Selbst wenn sie und Lydia zahnlose Schabracken gewesen wären, die Franzosen verzehrten sich nach den Kämpfen und Entbehrungen nach dem weiblichen Geschlecht, blickten ihnen auffordernd ins Gesicht und zogen sie mit ihren Blicken aus.

»Das ist aufregend«, flüsterte Lydia ihr zu. »Ein gemeinsames Abenteuer schmiedet uns zusammen. Das erfordert mehr Vertraulichkeit zwischen uns.«

Catharina setzte ihren Vorschlag sogleich in die Tat um. »Halt dich dicht bei mir!« Catharina wollte Lydia nicht bevormunden, nur schützen, und bei mehr Vertraulichkeit zwischen ihnen würde die Frau des *secunde* hoffentlich auf sie hören, denn sie war eindeutig nicht für diese raue Welt geschaffen.

Sie gingen zwischen den Lagerhäusern hindurch und erreichten schließlich den Strand. Spätestens jetzt warf sich Catharina vor, Lydia mitgenommen zu haben.

An die hundert Rinder standen beieinander, bewacht von Soldaten. Sie blökten lautstark, wohl ob der ungewohnten Enge.

»Mijn Meesteres, wir sollten gehen.« Louis' Stimme klang besorgt. Er zeigte zu einem Holzgang, der am Morgen noch nicht da gewesen war und in dem hintereinander Rinder eingepfercht standen. Zwei Soldaten legten dem ersten Rind in der Reihe rechts und links ein Seil um den Hals und zogen das widerstrebende Tier aus dem Gang heraus. Dort stand der Schlachter, schnitt dem Rind geübt mit seinem Messer die beiden Halsschlagadern durch und sah ungerührt zu, wie es zu Boden sackte.

Lydia packte Catharinas Handgelenk, während die Soldaten das sterbende Tier zu anderen Kadavern zogen, die bereits im Sand lagen. Zuerst wurden den Tieren die Köpfe und die Vorderfüße abgetrennt. Andere Sklaven und Soldaten hingen die toten Tiere an ihren Hinterbeinen an Holzgehängen auf, schnitten die Haut vor und zogen sie ab. Khoi weideten die Tiere aus, entnahmen ihnen die Därme, das Herz, den Pansen und die anderen Innereien.

»Ein Grauen!« Lydia drängte sich an Catharina.

Catharina hatte schon häufiger dem Schlachten von Rindern beigewohnt, auch selbst mitgeholfen. Allerdings immer nur bei einem einzigen, das sie dann über Tage zerlegt und vollständig verwertet hatten. Was sie hier sah, hatte sie noch nicht erlebt.

Dem nächsten Rind im Gang wurden die Seile übergeworfen. Erneut schnitt der Schlachter ihm die Kehle durch, und Blut spritzte umher, während das Tier niedersank, um dann fortgezogen zu werden.

Wie entrückt stand Catharina da und schaute voller Abscheu und mit flauem Magen auf das große, durchgeplante Abschlachten, dem hie und da ein Tier halbherzig zu entfliehen versuchte. Wie aus Mitleid mit den sterbenden Tieren färbte sich die Sonne rot. Die Dämmerung stand bevor.

Schließlich entdeckte Catharina ihn, wie er mitten in diesem Schlachthof unter freiem Himmel Befehle gab und das Kommando innezuhaben schien: Koosten. Er zeigte Soldaten, wo sie die Feuerschalen absetzen sollten. Ein Zeichen dafür, dass das Gemetzel die Nacht über weitergehen würde. Catharina ballte die Hände zu Fäusten zusammen. Was hatte van Quaelbergen nur getan? Ohnmacht und Grauen erfasste sie zugleich. Nicht über die Ankunft der Franzosen, sondern darüber, was ihre Ankunft hervorgerufen hatte.

Lydia wimmerte neben ihr. »Ich will nach Hause.« In ihren Augen stand das Entsetzen, das auch Catharina erfasst hatte.

»Wir gehen!« Sie konnte sicher sein, hier keine Eva zu finden.

Da schrie Lydia auf. Catharina zog im Umdrehen ihr Messer aus dem Gürtel.

Lacus schaute sie beide mit bösen Blicken an. »Was macht Ihr hier?«

Catharina griff nach ihrem schmalen Bündel. Seit geraumer Zeit war Lacus' befehlsgewohnte Stimme nicht mehr durchs Haus getönt, und sie konnte es wagen, ihr Zimmer zu verlassen. Mit ihr hatte der *secunde* seit gestern Abend kein Wort geredet. Der Streit zwischen ihm und Lydia war indessen nicht zu überhören gewesen. Ebenso wenig Lydias schriller Schrei, den Catharina dahingehend deutete, dass Lacus sie geschlagen hatte.

Hans war über Nacht nicht gekommen. Sie war sich nicht im Klaren darüber, was sie davon halten sollte. Aber keinen Moment länger wollte sie hier in Lacus' Haus bleiben. Sie wollte auf die *farm*, die Augen verschließen vor dem Geschehen am Kap. Selbst die verschwundene Eva war in den Hintergrund gerückt.

Sie schlich durch den Flur, vermied jedwedes Geräusch. Schnell wollte sie sich an der offenen Tür der Wohnstube vorbeidrücken.

»Catharina.« Lydia rief sie mit leiser Stimme.

Ihr blieb nichts anderes übrig. Sie musste sich von der Hausherrin verabschieden.

»Du gehst?« Lydia ließ ihren Stickrahmen sinken, stand aus dem reich verzierten Sessel auf. Sie wirkte noch zarter als gestern, und ihre Augen waren rot vom Weinen.

»Ich glaube, es ist besser, wenn dein Mann mich nicht mehr in deiner Umgebung sieht.«

»Du hast es gut. Ich muss verharren.«

»Wenn die Franzosen weg sind, wird es wieder anders. Lacus macht es nur zu deinem Besten«, hörte sich Catharina sagen.

Lydias Lachen klang bitter. »Bestimmt.« Dann reichte sie ihr die Hand, die Catharina kurz ergriff. Als Lydia dabei ihren Kopf zur Seite wandte, sah Catharina die blauen Flecke an ihrem Hals. Wie Würgemale sahen sie aus, Abdrücke einer Hand. Offenbar wies Lydia sie absichtlich auf die Misshandlung ihres Mannes hin, denn erst nach geraumer Zeit strich sie ihre Haare über die verdächtige Stelle und sah sie bittend an.

»Was kann ich tun?«, fragte Catharina mit leiser Stimme.

Lydia zuckte mit ihren Schultern. »Das Geheimnis mit mir teilen. Jeder denkt, dass Lacus ein wunderbarer Mann ist.«

»Ich dachte das noch nie.«

»Allein das zu wissen tut mir schon gut.«

Mit einem Becher in der Hand betrat Zara das Zimmer und gab Lydia zu trinken. Wie bei einer Kranken, fuhr es Catharina durch den Kopf. Sie schätzte sich glücklich, gehen zu können.

Am Ende der Heeresstraat wurde Catharina gewahr, dass ihr Louis, Lydias Sklave, folgte. »Warum kommst du mir hinterher?«

»Mijn Meesteres gab mir den Befehl, Euch zu begleiten.« Catharinas Miene blieb ihm gegenüber unbeweglich. Insgeheim war sie jedoch erleichtert, Hans nicht ohne männlichen Schutz suchen zu müssen.

»Was sagt *secunde* Lacus dazu, dass du bei mir bist?«, fragte sie dennoch vorsichtshalber.

»Er wird nicht wollen, dass Ihr unbegleitet geht.«
»Aber froh, mich aus dem Hause zu haben.«
Anstelle einer Antwort wackelte der Bengale mit dem Kopf von rechts nach links, was bei ihm wie bei Amisha ein Ja bedeutete.
Mit hochgezogenem Rock stieg sie über schlafende Matrosen, die sich zwischen die Lagerhäuser gelegt hatten und ihren Rausch ausschliefen. Fliegen, die sich vorher an Eingeweiden und Gedärmen der Rinder gelabt hatten, krabbelten über die halb offen stehenden Münder der Schnarchenden.
Die Herde am Ufer schien seit dem gestrigen Abend halbiert. Als ob die lebendigen Tiere von ihren toten Gefährten wussten, dass Widerstand zwecklos war, blökten sie nicht, starrten nur ergeben in den blutgetränkten Sand. Am Ende des Strandes, an dem Metzger und Helfer immer noch die geschlachteten Rinder zerteilten, taten sich Hunde an den aufgetürmten Pansen und Gedärmen gütlich. Der Rauch der Dutzenden von Feuerschalen wurde vom Wind kreuz und quer geblasen, tauchte die Szenerie in einen milchigen Nebel. Der Gestank der Eingeweide lag ebenso in der Luft wie der Eisengeruch des Blutes.
Catharina drückte ihre Nasenflügel zusammen. »Was tun wir nur?«
Ein kleiner Schemen in der Rinderherde erregte ihre Aufmerksamkeit. Es war Arre, der einem Tier über den Hals strich. Er sprach zu dem Tier, streichelte dann das Nächststehende, bewegte erneut die Lippen. Wie ein Pfarrer, der die Letzte Ölung spendete. Catharina fuhr sich mit beiden Händen durchs Gesicht. Ihre Tiere waren den Khoi heilig, bedeuteten ihren Reichtum, ihren Stolz. Arre blutete das Herz gewiss genauso wie ihr.
»Da ist Mijnheer Ras.« Louis zeigte auf drei Männer, die von den Tavernen aus langsam zum Ufer schritten und heftig gestikulierten. Der mittlere von ihnen war eindeutig Hans, die anderen beiden Thielemann und Remayenne.
Catharina lief ihnen entgegen.
Als die Männer ihrer ansichtig wurden, versuchte Thiele-

mann gar nicht erst, sein mürrisches Gesicht zu glätten. »Was sagt Lacus zu dem Schlachten?«

Catharina zuckte mit den Schultern. »Darüber hat er nicht gesprochen. Er hat sich nur darüber aufgeregt, dass Lydia und ich es uns angesehen haben.«

Hans pfiff scharf durch die Zähne.

»Mit zwei Sklaven. Wir waren gut bewacht. Ich wollte Eva suchen.« Catharina sah ihn provozierend an. »Hast du sie gefunden?«

Hans schob seinen Hut zurück, wie er es immer tat, wenn er nicht wusste, was er sagen sollte.

»Ich finde das Morden abscheulich.« Catharina tat ihre Meinung ungefragt kund. »Das sind nicht wir.«

Remayenne nickte bestätigend. »Van Quaelbergen behandelt die Weinnasen besser als unsere Flotte. Er lässt alle gehandelten Tiere schlachten, auch die, die für unsere Jungs bestimmt waren.«

»Aber die Patriaflotte kommt bald. Was wird dann? Van Quaelbergen handelt nicht klug.« Catharina sprach aus, was sie schon seit gestern bewegte.

»Wenn ich nicht wüsste, dass die Franzosen unsere Verbündeten sind … Als Feinde könnten sie uns nicht besser vernichten. Und wissen wir, ob wir nicht bereits die Engländer geschlagen haben und wieder in Frieden mit ihnen sind und die Franzosen nun unsere Feinde?« Thielemann verschränkte die Arme.

»Du warst begeistert, als sie kamen«, warf Catharina ein.

»Da wusste ich nicht, wie dämlich van Quaelbergen ist. Wie soll sich der Viehbestand erholen? Pro Kuh ein Kalb im Jahr.«

»Laut Lacus haben Crudop und Koosten van Quaelbergen diese Idee eingeflüstert«, sagte Hans.

»Lacus.« Mit Abscheu sprach sie seinen Namen aus. »Manchmal glaube ich ihm nicht.«

»Wartet's ab. Sie werden uns unser Vieh wegnehmen«, prophezeite Thielemann.

Unheilvolles Schweigen senkte sich über die kleine Gruppe.

Catharina blickte von einem zum anderen, aber die Männer hingen jeder den eigenen Gedanken nach. »Hans, ich will nach Hause.«

Hans strich sich über seinen Bart. »Besser ist es. Aber ich muss bleiben. Und alleine mag ich dich nicht gehen lassen.«

Catharina zeigte zu Arre. »Ich nehm den Jungen mit. Er kann mir auf der *farm* helfen.« Sie konnte in der Tat Unterstützung gebrauchen und der offensichtlich obdachlose Junge ein Zuhause. Überdies wollte sie den kleinen Khoi als Kurier einsetzen.

»Der Junge ist zu wenig.« Hans schüttelte den Kopf.

Catharina war dies wohl bewusst, aber die Männer wurden noch in der Station gebraucht.

»Verzeiht, Mijnheer Ras!« Louis, der sich bisher im Hintergrund gehalten hatte, meldete sich zu Wort. »Ich kann Mijnfrouw Ras begleiten und helfen. Und vielleicht Mijn Meesteres mitnehmen?«

Catharina beglückwünschte Louis zu dieser Eingabe, wenngleich sie wusste, dass der Sklave in erster Linie seine Herrin vor ihrem gewalttätigen Mann schützen wollte.

Hans schien von diesem Vorschlag angetan, seine Augen leuchteten. »Dann können wir bei Lacus etwas wiedergutmachen.«

Catharina biss sich auf die Lippen. Es war ihr ein Rätsel, warum Hans daran gelegen war, dem *secunde* nicht zu missfallen. Es sollte ihr recht sein, wenn Lydia mitkam, aber nur unter einer Bedingung. »Arre muss mit.«

42. KAPITEL

Catharina schaute von der Anhöhe zur Tafelbucht. Zu ihrem großen Verdruss lagen alle zwölf Schiffe nach wie vor in der Bucht. Seit knapp zehn Tagen war sie ohne Hans und Nachrichten aus der Station, dafür mit Lydia. Sie seufzte bei dem Gedanken an die verwöhnte junge Frau, wendete Aba Te! und ritt zurück. Lydia hatte nicht auf dem Strohsack in der Wohnstube schlafen wollen. Catharina wollte ihr um keinen Preis das Bett überlassen. So schliefen sie beide in dem Ehebett, und Catharina hatte feststellen müssen, dass Zartheit nicht vor Schnarchen schützte. Manch feine Dame war nicht besser als eine Bäuerin.

Schon von Weitem sah Catharina Lydia zurechtgemacht mit Haube und geschnürtem Mieder auf der Bank unter dem *geelhoutboom* sitzen. Mit geradem Rücken saß sie da, die Hände im Schoß, als erwarte sie einen Verehrer und wollte vorbereitet sein. Als Catharina in den Hof ritt, rührte sie sich nicht.

Louis trat aus dem Haus mit einem Becher. »Mijnfrouw Ras, möchtet Ihr Wasser?«

»Gerne.« Sie stieg ab, gab Arre Aba Te!s Zügel und setzte sich zu Lydia, während Louis erneut ins Haus ging, um das Gewünschte zu holen.

»Ohne Sattel reiten ist unschicklich. In Hosen reiten verboten.« Lydia trank manierlich einen Schluck aus dem Becher.

Unbeeindruckt hob Catharina ihre Haare hoch und wischte sich die Feuchtigkeit aus dem Nacken. Lydia rückte zur Seite, drückte so ihr Missfallen aus.

»Willst du deine Haube nicht absetzen, Lydia? Hier sieht dich keiner.« Hätte Catharina ihr vorgeschlagen, nackt über den Hof zu laufen, die junge Frau hätte nicht schockierter dreinblicken können.

Louis kam mit dem Wasser zurück, und Catharina trank den Becher in langen Zügen leer, wischte sich extra derb über den

Mund. »Willst du gar nicht wissen, ob die Franzosen noch da sind?«

»Sie sind da, sonst hättest du was gesagt.« Lydia trank erneut einen winzigen Schluck aus ihrem Becher. »Du bist nur gemein zu mir, weil ich Patentante von Salomon geworden bin.«

Catharina schnappte nach Luft. Auf diesen Gedankenwechsel war sie nicht gefasst gewesen, auch wenn das Thema seit der Taufe in ihr gärte. »Gemein? Warum? Weil ich dir widerspreche? Weil ich mich in meinem Haus benehme, wie ich es für richtig halte?«

»Ich bin Gast.«

»Ja, das bist du und erhältst volle Aufmerksamkeit, Essen, Trinken.« Catharina war aufgebrachter, als sie sein wollte. »Ich weiß, dass du als Patentante eine politische Entscheidung bist. Damit Eva versorgt ist, solange sich Pieter auf Expedition befindet. Wenigstens das hat er getan, wenn er sie vielleicht schon nicht mehr liebt. Und trotzdem läuft sie weg. Sollte uns das nicht etwas sagen?«

»Vielleicht ist sie schon längst wieder da. Und wir wissen es nicht. Was ich weiß: Liebe vergeht rascher, als sie kommt. Wie bei mir.« Die junge Frau klang verbittert. »Ich hätte nach Batavia weitersegeln sollen. Wäre ich dort unglücklich verheiratet, hätte ich zumindest mehr Auswahl an weiblicher Gesellschaft.«

Lydias Selbstmitleid ging Catharina gehörig auf die Nerven, zudem war sie nicht gewillt, ihre Spitzen gleichmütig hinzunehmen. Sie stand auf. »Die Langeweile bekommt dir nicht. Ich gehe in den Garten. Du bist herzlich eingeladen, dein Abendessen selbst auszugraben.«

Arre saß rittlings auf einem Ast des *geelhoutbooms* und hängte eine Tonscheibe daran. Dann tippte er die Scheibe leicht an, worauf sie hin- und herschwang. Mit dem Lauf der Muskete verfolgte Catharina ihre Bewegungen, zog in Gedanken immer wieder den Abzug. Langsam bekam sie das Gefühl für die Waffe, wollte scharf schießen. »Komm besser runter, Arre.«

Dreimal hatte sie den Jungen schon losgeschickt, um bei seinen Leuten nach Eva zu fragen. Umsonst, Eva hatte keinen Unterschlupf bei den Goringhaicona in der Nähe gesucht. So war sie vielleicht wirklich bis nach Saldanha zu Oedosoa gelaufen. Oder, ganz einfach, sie war zurückgekehrt und hatte sich mit Pieter ausgesprochen. Das hoffte sie. Zwischen den beiden war so ein starkes Band. Das konnte nicht zerschnitten werden.

»Hörst du nicht, Arre? Komm runter«, wiederholte Catharina.

Arre zeigte zum Weg. »Da kommt ein Fuhrwerk, Mijnfrouw Ras.«

Catharina drehte sich um. Tatsächlich näherte sich der *farm* ein Ochsenkarren. Endlich würden sie Neuigkeiten aus der Station erfahren. Sie schritt dem Fuhrwerk schnell entgegen, bis sie erkannte, wer auf dem Bock saß. Amisha lenkte den Wagen, neben ihr ihre Tochter. Mit möglichst starrer Miene stützte Catharina sich breitbeinig auf die Muskete, sah der Bengalin entgegen und hoffte, dass Hans nicht von ihr verlangen würde, seine Geliebte auf der *farm* aufzunehmen.

Amisha schien sich in ihrer Haut ebenso wenig wohlzufühlen, denn sie hielt mitten auf der Brücke an, rief laut zu Catharina: »Ich bringe Eva.«

»Wo ist sie?« Catharina gab sich Mühe, ruhig und gelassen zu bleiben.

Amisha deutete nach hinten auf die Ladefläche. »Sie ist bewusstlos.«

»Was?« Catharina vergaß jegliche stolze Haltung und eilte zum Fuhrwerk.

Tatsächlich lag Eva zusammengekugelt unter einer Decke. Pieternella hatte sich verstört in eine Ecke des Wagens gedrückt, den kleinen Salomon auf den Arm. »Mama geht's schlecht!«

Catharina sprang auf die Fläche, strich der Freundin über die Stirn. An der Seite über der rechten Augenbraue prangte eine mit zehn Stichen genähte Wunde. »Was ist mit ihr passiert?«

»Sie war betrunken, wollte nicht, dass Pieter auf Expedition geht, und hat sich an ihn geklammert. Er hat sie abgeschüttelt«, erzählte Amisha.

»Sie ist gestürzt?«

»Die Treppe hinunter.«

»Dieser Mistkerl. War sie schon wieder bei Bewusstsein?«

»Ja, aber sie redet wirr.«

»Ist Pieter im Schwarzen Loch?«, fragte Catharina mit leiser Stimme.

Brüsk lachte Amisha auf. »Er ist auf Expedition nach Madagaskar. Van Quaelbergen und Crudop brauchen Erfolge. Und Pieter wünschte sich nichts sehnlicher, als zu gehen. Wäre sie doch bloß nicht freiwillig zurückgekommen. Sie war auf halbem Wege zu ihrer Schwester, und dann überkam sie das schlechte Gewissen. Sie, nicht ihn.«

Catharinas Blick kreuzte sich mit Amishas, und zum ersten Mal seit Everards Tod dachten sie augenscheinlich das Gleiche.

Catharina nahm eine von Evas leblosen Händen zwischen ihre und streichelte sie sanft.

»Van Quaelbergen hat durch Koosten ausrichten lassen, dass sie nach Robben Eiland zurückmuss, sobald sie wieder gehen kann«, sagte Amisha. »Sie glauben allerdings, sie liegt im Siechenhaus.«

Amisha musste Eva eigenhändig rausgeholt haben. Catharina zollte ihr insgeheim Bewunderung. Nun würde sie das Ihre tun. »Auf ihre Rückkehr können die lange warten. Eva, Pieternella und Salomon bleiben bei mir.« Catharina kletterte auf den Bock, nahm Amisha die Zügel aus der Hand und fuhr vollends in den Hof. »Arre, Louis, wir brauchen Hilfe.« Sie schaute Amisha an. »Und was mache ich mit dir?«

»Keine Sorge. Hans hat für mich gesorgt. Ich fahre nach Bosheuvel und kümmere mich um die Kapkommandantin.«

Eva erholte sich nur langsam. Drei Tage brauchte sie, bis sie sich aufsetzen konnte, und weitere zwei, bis es ihr möglich war, sich aus dem Bett zu erheben, das Catharina und Lydia ihr überlassen hatten. Sie redete nicht, und Catharina fragte sich, ob sie ihre Sprache verloren hatte oder nicht reden wollte. Sie ließ sie in Ruhe, wusste sie doch um den Schmerz, der in Evas Herz tobte. Jedoch bestand sie darauf, dass sich Eva auf die Bank setzte, sobald dies möglich war, um in die Ferne zu schauen. Catharina vertraute darauf, dass der Horizont Eva Freude schenken könnte. Jedenfalls mehr als das Anstarren von Wänden.

Die ersten Sonnenstrahlen waren über den Bergrücken geklettert und strahlten in die Ebene hinab, als Catharina sich auf Aba Te!s Rücken schwang. »Arre! Du sorgst dafür, dass Eva sich auf die Bank setzt.«

»Aye, Mijnfrouw Ras. Kann ich Eier suchen?«

Eier einzusammeln gehörte zu Catharinas liebsten Pflichten. Eine delikate Aufgabe, die sie nicht abzugeben gedachte. Allerdings hatte Arre sich hervorragend eingearbeitet und eine Belohnung verdient. Er würde sich geehrt fühlen und konnte vor Pieternella angeben, an der er ebenso einen Narren gefressen hatte wie sie an ihm. »Das wäre eine große Hilfe. Zwei Eier dürft du und Pieternella für euch behalten«, sagte sie. Dann preschte sie in der Morgenfrische davon.

Catharina ließ den Wind mit ihren offenen Haaren spielen, während sie sich mit den Beinen an die Flanken des galoppierenden Tieres klammerte. Amisha war tatsächlich weiter zur Sommerresidenz des Kommandanten nach Bosheuvel gezogen, nachdem sie den Stachel, das Hans für sie eingetreten war, so geschickt gesetzt hatte. Catharina schüttelte sich. Sie musste endlich loslassen.

Sie breitete ihre Arme aus und legte mit geschlossenen Augen den Kopf in den Nacken. Erst mussten die Franzosen das Kap verlassen, dann würden sie weitersehen, Schritt für Schritt. Einige Galoppsprünge lang ließ Catharina sich tragen, spürte unendliche Schwerelosigkeit und Frieden. Sie öffnete die Augen, sah den kristallklaren Himmel über sich, juchzte auf. Aba Te!s

Ohren klappten kurz nach hinten. Sie tätschelte seinen Hals und legte dann ihren Kopf so nah an seinen, als wollte sie mit ihm verschmelzen. So jagten sie dahin, erreichten die Anhöhe.

Ungeduldig reckte sich Catharina, um vorab einen Blick zu erhaschen, aber bevor sie den großen Findling umrundet hatten, war die Bucht nie zu sehen. Aba Te! schritt sicher über die quer über den Pfad wachsenden Wurzeln, und sobald er den Findling hinter sich ließ, hatte Catharina freien Blick auf die Bucht. Zwei Schiffe mit der Flagge der Bourbonen hatten Segel gesetzt und kreuzten aus der Bucht. Es brauchte einige Augenblicke, bis das, was Catharina sah, sich in Erkenntnis umsetzte.

»Aba Te!, sie verlassen uns!« Sie klatschte in die Hände vor Erleichterung und glaubte, selten einen freudigeren Moment erlebt zu haben.

Sie wusste nicht, wie viele Stunden sie zugeschaut hatte, wie ein Schiff nach dem anderen davonsegelte. Mit jeder Seemeile, die sich die Schiffe entfernten und ihre Segel zu Möwenschwingen wurden, wurde ihr Herz leichter. Die Sonne senkte sich schon wieder, da stieß Aba Te! ihr mit seinen Nüstern auffordernd in den Rücken.

»Ja, wir gehen. Gleich.« Sie lehnte ihren Kopf an den des Tieres, sammelte sich. »Was wohl jetzt wird?

43. KAPITEL

Zwei Tage wartete Catharina auf Hans' Rückkehr. Mit jeder Stunde, in der er nicht kam, wurde sie unruhiger. Was, wenn Koosten genau jetzt seine Drohung wahr machte und Hans auf Expedition geschickt hatte, um weitere Tiere für die Flotte zu handeln, und ihn dort umbringen ließ? Hans war nicht vorgewarnt, wusste nichts von Koostens Vorhaben. Sie strich sich übers Gesicht, um sich zu beruhigen. Schlechte Nachrichten hätten sie ereilt. Keine Nachrichten waren meist gute oder deuteten darauf hin, dass die Männer in der Station alle Hände voll zu tun hatten.

Am dritten Tag hielt sie es jedoch nicht mehr aus und spannte die Ochsen an.

»Muss ich wirklich zurück?« Lydia schlang ihren Umhang um die zarten Schultern.

»Dein Platz ist bei deinem Mann«, sagte Catharina unerbittlich, die Lydia keinen Tag länger mit durchfüttern wollte.

»Und Eva?«

»Sie hat niemanden in der Station. Arre kümmert sich um sie.«

»Warum nicht ich?« Lydia sah Catharina aus ihren großen blauen Augen weiterhin bittend an.

»Sie ist besser mit ihresgleichen.« Catharina wusste, dass Eva Lydia nicht vertraute und vielleicht deswegen nicht redete.

»Als ob du ihresgleichen bist.« Lydias Stimme klang fast schnippisch, worauf Catharinas Entgegnung schärfer ausfiel als gewollt.

»Arre ist es auf jeden Fall und ich mehr als du.«

Es tat ihr augenblicklich leid, als sie sah, wie nunmehr in sich gekehrt Lydia auf den Bock stieg, während Louis hinten auf der Ladefläche Platz nahm. Als der Wagen über die Brücke ratterte, blickte Lydia zurück. »Ich war glücklich bei dir. Danke dafür.«

Überrascht sah Catharina sie an und fühlte zum ersten Mal wahre Sympathie für die junge Frau.

Eine gespenstische Stille lag über der Station, als sie dort eintrafen. Niemand lief auf den Straßen umher wie sonst. Als ob eine mysteriöse Krankheit das Kap erfasst hatte und die Bewohner zu Hause blieben, um sich nicht anzustecken.

Lydia rutschte näher an Catharina heran. »Wo sind denn die Soldaten?« Ihre Stimme klang belegt.

In der Tat standen am Eingang zur Heeresstraat nicht wie gewohnt zwei Wachen, um Eindringlinge am Durchlaufen zu hindern.

»Sie werden sich nach den Wochen mit den Franzosen Ruhe verdient haben«, versuchte Catharina eine Erklärung. In ihrem Inneren war sie beunruhigt. Eingefahrene Alltäglichkeiten, selbst Regeln und Gesetze waren seit der Ankunft der Franzosen außer Kraft gesetzt, und sie befürchtete, dass tiefgreifende Änderungen am Werk waren. Die zugezogenen Vorhänge verbargen wie schon während der Ankunft der Franzosen die Sicht in die Häuser, vermittelten, dass Blicke nicht willkommen waren. So auch bei Lacus' Haus.

»Kommst du bitte mit rein?« Lydia war sichtlich verzagt.

»Wenn du willst.« Catharina verspürte keinerlei Neigung, Lacus zu begegnen. Dennoch sprang sie vermeintlich beherzt vom Bock.

Zu Catharinas Erstaunen klopfte Lydia an, eine Fremde im eigenen Heim. Geduldig warteten sie mit Louis. Schließlich hörten sie von drinnen Schritte. Die Tür wurde aufgerissen, und Hans stand vor ihnen, seine Muskete in der Hand, schwarze Ringe unter den Augen, müde.

»Hans!« Catharina hatte nicht erwartet, ihren Mann hier zu sehen.

»Gott sei's gelobt, ihr seid's!« Er stellte seine Muskete ab, wollte Catharina in die Arme schließen.

Sie wich zurück. »Warum kommst du nicht nach Hause?«

»Komm rein, dann verstehst du und bist mir nicht gram.«

Im Wohnzimmer begrüßte Lacus Catharina und Lydia nur mit einem kurzen Nicken. Seine ihm sonst innewohnende Überheblichkeit war wie weggeblasen, und er, der so viel Wert auf tadellose Kleidung hielt, hatte seinen Kragen unordentlich gebunden. Alles untrügliche Zeichen, dass etwas Ungeheuerliches geschehen sein musste. Fragend sah Catharina ihren Mann an, doch Lacus kam ihm zuvor. »Es ist besser, Ihr geht. Ihr hättet gar nicht erst herkommen dürfen.« Sein Ton war ungnädig.

Das Willkommen hätte für Lydia nicht schlechter ausfallen können. Doch statt etwas Passendes zu erwidern, schickte sie sich an, das Zimmer zu verlassen.

»Bleibt hier, Mijnfrouw Lacus. Und du beruhigst dich«, wandte sich Hans an den *secunde*.

»Wie soll ich mich beruhigen? Ich bin unschuldig! Crudop war es, Koosten hat es ausgeführt!« Lacus brüllte fast.

»Was ist passiert, Hans?« Mit Lacus war kein vernünftiges Wort zu reden, hoffentlich mit ihrem Mann.

»Van Quaelbergen hat den Franzosen alle Nahrungsmittel für die Patriaflotte verkauft. Wenn unsere eigenen Schiffe kommen, werden wir sie nicht ausreichend versorgen können.«

»Daran trägt doch mein Mann keine Schuld!« Lydia wagte einen Einspruch.

»Nein. Crudop.« Lacus war voller Bitterkeit.

Catharina schöpfte Hoffnung. »Das ist doch eine Möglichkeit, Koosten loswerden. Und Crudop gleich mit.«

»Crudop schiebt mir die Schuld in die Schuhe. Da ich der *secunde* bin.« Lacus wollte mit der Faust auf den Tisch schlagen, öffnete sie jedoch, und seine Finger glitten kraftlos an der Tischplatte hinab.

Lydia sank auf einen Stuhl. »Das können sie doch nicht machen. Ihr müsst Euch wehren.«

»Ich habe nichts zum Wehren, Teuerste.«

Wie abschätzig er das eigentliche Kosewort aussprach. Seine Frau war die Schwächste im Raum, an ihr konnte er seine Demütigung weitergeben.

»Lacus, was haben sie gegen dich in der Hand?« Hans stellte sich vor ihn.

»Ich habe mir nichts vorzuwerfen. Wie oft muss ich das noch sagen?«

Catharina konnte wie Hans nicht nachvollziehen, warum Lacus nicht einfach mit seinem Vorgesetzten sprach und die Vorwürfe aus dem Weg räumte. Bewusst wandte sie sich mit ihrer nächsten Frage an ihren Mann. »Und warum redet der *secunde* nicht mit van Quaelbergen?«

Es klopfte unüberhörbar an der Tür.

»Im Namen der Compagnie, aufmachen!«

Lacus wurde kreidebleich. Catharina und Hans tauschten besorgte Blicke. Es klopfte erneut dreimal an die Tür. »Aufmachen!«

Lydia stand auf, stellte sich hinter Catharina.

Louis schien die Tür geöffnet zu haben, denn stiefelschwere Schritte näherten sich über den Flur. Koosten in einer neuen Uniform mit glänzenden Knöpfen betrat das Zimmer. Er hatte seinen mickrigen Pferdeschwanz abgeschnitten, so klebten nun dünne kurze Haare an seinem Kopf. Hatte schon das Pochen an der Tür keine freundliche Aufwartung verheißen lassen, ließen die vier Soldaten, die in den Raum drängten, keinen Zweifel daran, dass die Lage ernst war.

Nur Koostens kurzzeitig hochgezogene Augenbraue verriet Catharina, dass er über ihre und Hans' Anwesenheit verwundert war. »*Secunde* Lacus!« Er machte eine kunstvolle Pause, wohl um die Vorfreude auf den kommenden Satz zu verlängern. »Ihr seid verhaftet.«

Lydia schrie auf, während Catharina ihren Blick nicht von dem mittleren Knopf auf Koostens gewölbtem Bauch wenden konnte. Würde er abspringen, war das Gesagte ein Traum. Doch der Knopf hielt Koostens Atemzügen stand.

Lacus stand völlig unbewegt, ungläubig.

»Was wird dem *secunde* vorgeworfen?«, fragte Hans.

»Verkauf der für die Patriaflotte vorgesehenen Bestände.«

»Das ist eine infame Lüge.« Lacus herrschte Koosten an. »Crudop hat den Verkauf befördert, nicht ich.«

Koosten blieb ruhig. »Weiterhin Bestechung und Unterschlagung von Eigentum der Compagnie in Höhe von mindestens zweitausend Gulden.« Koostens Zunge schlängelte sich zwischen seiner Hasenscharte hervor.

Lacus stöhnte auf.

»Dafür habt Ihr doch keine Beweise«, warf sich Lydia für ihren Mann in die Bresche.

»Haben wir nicht?«, fragte *sergeant* Koosten süffisant zurück.

Er zeigte auf den Esstisch und die Stühle. »Schiebt das Zeug beiseite«, befahl er den Soldaten. Diese traten hervor und führten Koostens Befehl aus. Der darunterliegende Teppich lag nun frei. Mit seiner Fußspitze schlug Koosten ihn zurück und legte so eine Falltür im Dielenboden bloß. Wieder nickte er, worauf die Soldaten den Teppich zusammenrollten. Catharina spannte jede Faser ihres Körpers an, hoffte inständig, dass die Grube darunter leer war. Knarrend hob ein Soldat die Tür hoch.

»Eine Truhe.« Koosten freute sich wie ein kleines Kind.

Zu zweit hoben die Soldaten die kniehohe Truhe aus dem Versteck.

»Sie ist schwer«, ächzte einer der Soldaten.

Koosten streckte seine Hand zu Lacus aus. »Den Schlüssel.«

Lacus ignorierte ihn, kniete sich hin und schloss die Truhe selbst auf. »Ich habe nichts zu verbergen.« Er hob den Deckel.

In der Truhe lagen mehrere Handvoll Münzen aller Herren Länder.

»Die Münzen beweisen in der Tat nichts«, sagte Hans.

»Solltet Ihr nicht die Expedition vorbereiten, Mijnheer Ras.«

Catharinas Kopf fuhr zu Hans herum. »Expedition?«

Koosten grinste sie hinterhältig an, offensichtlich erfreut darüber, dass er sie mit der Nachricht so aus der Fassung bringen konnte. Catharina war sich sicher, dass in seinem Kopf seine ausgesprochene Drohung, Hans das Zeitliche segnen zu lassen, genau so präsent war wie in ihrem. Er zeigte auf Lacus, um das eigentliche Thema fortzuführen. »Es ist erwiesen, dass *secunde* Lacus seit Jahren mit Kapitän Drelingcourt an der Compagnie vorbei Geschäfte tätigt. Der Kapitän hat in Amsterdam vor den Heren XVII ausgesagt.«

Mit unendlicher Klarheit fügten sich für Catharina die Teile zusammen. Koosten war das Auge Drelingcourts an Bord der Hoff gewesen. Koosten, der für Drelingcourt gearbeitet hatte und selbst Waren unterschlug, hatte von Anfang an von Lacus' Bestechlichkeit gewusst und nun zur rechten Zeit sein Wissen eingesetzt. Lacus war erledigt.

Eine rasche Bewegung ließ Catharina aufschauen. Zara stand in der Tür, beobachtete Lacus mit Abscheu. Catharina hätte schwören können, dass sie das Versteck verraten hatte.

Auch Koosten hatte das Mädchen wahrgenommen. Er nickte ihr zu und wandte sich dann an Hans. »Aus sicherer Quelle wissen wir, dass *secunde* Lacus sich des Erbes der Sklavin Amisha bemächtigt hat.«

»Hendrik, ist das wahr?« Aus Hans' Augen schossen Blitze.

»Die Compagnie fehlt!« Lacus sammelte sich.

»Die Compagnie fehlt nie.« Koosten zitierte Lacus' Spruch, den dieser ihm vor seinem Weggang nach Robben Eiland an den Kopf geworfen hatte. Dann holte der *sergeant* tief Luft, blies sich in seiner eingebildeten Wichtigkeit regelrecht auf.

In diesem Moment platzte der Knopf an seiner Uniform ab, aber Catharina war nicht zum Lachen zumute.

44. KAPITEL

Lydia und Catharina saßen allein am Tisch, zwei unberührte Teller mit Käse und Brot vor sich. Die Frau des *secunde* hatte offensichtlich nichts von den Machenschaften ihres Mannes geahnt und hüllte sich in ein schamvolles Schweigen.

»Du musst bei Kräften bleiben und liebreizend sein, wenn du morgen van Quaelbergen deine Aufwartung machen willst«, sagte Catharina.

»Wie kann ich essen, wenn ich weiß, was er getan hat?« Lydia stieß den Teller von sich. »Iss du doch!«

»Es ist nichts bewiesen«, erwiderte Catharina lahm, wusste es jedoch besser.

Beide versanken erneut in ihre Gedanken. Catharinas kreisten um die Expedition und ihre Befürchtung, dass Hans von dieser womöglich nicht lebend zurückkehren würde.

Dann endlich vernahmen sie Schritte auf dem Flur.

»Hans!« Catharina sprang auf, in der Hoffnung, dass es ihr Mann war, der Lacus trotz der schweren Anklage zum Fort begleitet hatte. Er war es tatsächlich. Mit schmalen, zusammengepressten Lippen trat er ins Zimmer. »Sie haben ihn ins Schwarze Loch gesteckt.«

Lydia stöhnte auf. Gewöhnlicherweise wurden VOC-Offiziere unter Hausarrest im Fort gestellt, bis ihre Schuld bewiesen war. Das Schwarze Loch als Ausnahme von der Regel bewies die Schwere der Vorwürfe. »Stimmt es also?«

»Es gibt angeblich Zeugen.«

Lydia stand vom Tisch auf. »Ich ziehe mich zurück. Ich muss für meine Aufwartung morgen ausgeruht sein.«

Catharina sah ihr an, dass sie weinen und ihr Schicksal bedauern wollte. Ihr war dies recht, denn sie wollte dringend ihr eigenes Geschick mit Hans besprechen und über die Expedition in Kenntnis gesetzt werden.

Sobald Lydia die Tür hinter sich geschlossen hatte, brach es aus ihr heraus. »Was ist das für eine Expedition?«

»Van Quaelbergen schickt mich zu den Stämmen bei Saldanha Bay. Sie haben von dem Gemetzel hier vielleicht nichts gehört und handeln noch mit uns. Wir brauchen dringend Rinder für die Patriaflotte. Eva soll mit mir kommen. Ich habe Thielemann schon gebeten, sie bei uns zu holen. Sie ist doch noch bei uns, oder?«

Catharinas Herz sank knietief. Hans und Eva würden nicht von der Expedition zurückkehren. »Mayken hat mir bei der Grundsteinlegung schon gesagt, dass Koosten und Crudop dich auf eine Expedition schicken wollten.«

»Und du sagst mir nichts?« Hans strich sich übers Haar. »Aber da gab es noch keine Not an Tieren.«

Wohl wahr, dachte sich Catharina. Damals wäre die Expedition reiner Vorwand gewesen, und vielleicht hätten Crudop und Koosten sie nie bei van Quaelbergen durchsetzen können. Nun war alles anders. Der Augenblick, Hans die Wahrheit zu sagen, war gekommen. »Hans, Koosten hat mir gedroht, dich umzubringen, um danach mich zu heiraten und sich unser Land unter den Nagel zu reißen.«

Sämtliche Farbe wich aus Hans' Gesicht. »Wann hat er dir das gesagt?«

Sie knullte das Mundtuch, das Lydia ihr gegeben hatte, zusammen. Es fiel ihr schwer zu sprechen. »Als ihr an der Brücke gearbeitet habt, hat Koosten mich alleine auf der *farm* abgepasst. Er hat mir gesagt, dass er weiß, wer ich bin. Berne hätte er getötet, wegen der Narbe. Mich als Frau will er heiraten.«

Hans atmete tief ein und pustete die Luft mit einem Stoß aus. »Erklär mir, warum du mir etwas derart Wichtiges verschwiegen hast.«

»Ich wollte dich schützen.«

Hans' Augen wurden schmal. »Hat er was mit der Fehlgeburt zu tun? Hat er dich vergewaltigt? Rede!«

Catharina schluckte, senkte den Kopf. »Nein, er hat mich

nicht besessen. Es gab ein Handgemenge, ich bin gestürzt und habe sie verloren.« Sie verschwieg ihm den Tritt in den Bauch.

»Und du hast mir nichts von alldem gesagt.« Hans konnte es offenbar immer noch nicht fassen.

»Ich wollte nicht, dass du etwas Unvorsichtiges tust und Koosten damit einen Grund gibst, dich ins Gefängnis zu stecken.« Mit einem Ruck stand sie auf. »Von dieser Expedition musst du zurückkommen. Oder gar nicht erst gehen.«

»Deshalb die öffentliche Demütigung und deine Ohrfeige.« Hans sprach zu sich selbst, schien ihr gar nicht zugehört zu haben. Er legte die Hände auf den Tisch. »Es ehrt dich, dass du mich geschont hast. Und dass du es jetzt sagst.« Hans fixierte einen Punkt hinter ihr. »Ich glaube, es geht nicht mehr nur um dich. Ich habe gehört, Koosten will *fiscal* werden. Dafür braucht er eine saubere Vergangenheit und muss alle loswerden, die ihn anschwärzen könnten. Er wird alle beseitigen, die von seinen Machenschaften wissen.«

Catharina starrte ihn mit offenem Mund an. »Was sollen wir nur machen?«

»Ich muss auf die Expedition. Ich werde uns mit mehr Waffen versorgen, mehr Soldaten anfordern.« Er ging zu ihr, sah sie eindringlich an. »Du passt auf dich auf. Bleibst nicht alleine auf der *farm*. Thielemann soll dir Laurens schicken. Du hilfst ihnen, sie helfen dir. Selbst deinen Verehrer Remayenne würde ich zu dir senden.«

Sie nickte langsam.

»Unsere ehrlichen Bekenntnisse kommen stets zu einem schlechten Zeitpunkt.« Er sah sie ernst an. »Gibt es noch mehr, was ich wissen sollte?«

»Ich denke nein«, sagte sie leise. Ide würde für immer ihr Geheimnis bleiben. »Und bei dir?«

»Wenn ich zurückkehre, werde ich dir noch eine Wahrheit sagen. Eine wichtige, die vieles ändern wird.« Er drückte sie fest an sich.

Ohne Erfolg hatte Lydia van Quaelbergen ersucht, ihren Mann aus dem Schwarzen Loch zu entlassen und ihn im eigenen Haus unter Aufsicht zu stellen. Heute, am dritten Tag nach der Verhaftung, wollte sie sich ein weiteres Mal auf den Weg machen. »Ich mach es für mich, Catharina. Um zu zeigen, dass ich unschuldig bin.«

»Ich begleite dich.« Hans wollte die letzten Vorbereitungen der Expedition eigenhändig überwachen, sichergehen, dass sie ausreichend Waffen und Munition erhielten, Nahrung für die geplanten zwei Wochen hatten, Wasser, genug Nägel, Werkzeuge, falls etwas an den Fuhrwerken zerbrechen sollte, Hufeisen für die Pferde, Decken, Zelte.

Wenn Catharina ehrlich zu sich war, hielt sich Lydia besser als sie selbst. Sie sah der Abreise ihres Mannes, die sie nicht verhindern konnte, mit großer Angst entgegen. Allein die Aussicht, dass sie Eva am Abend sehen würde, sie bitten konnte, größte Vorsicht walten zu lassen, beruhigte sie ein wenig. Sie zog ihren Schal fester um sich, sah Hans und Lydia hinterher.

Eine kleine Khoi von höchstens sechs Sommern saß im Schatten von Koostens Haus, sprang bei ihrem Anblick auf und kam auf sie zu. »Mijnfrouw Ras!«

»Was willst du?« Catharina wollte ins Haus, allein sein.

»Amisha schickt mich, *!uri-khoi*!«, flüsterte das Mädchen ihr beschwörend zu. »Ihr müsst zum Wäscheplatz kommen.«

Catharina sah das Mädchen irritiert an. Mit einer Forderung Amishas hatte sie am wenigsten gerechnet.

»Sie hat gesagt, dass Ihr wahrscheinlich nicht wollt. Ihr müsst aber, sie kann nicht kommen. Muss aber Wichtiges sagen über die Reise.«

Catharina konnte sich keinen Reim auf die Aussage des Mädchens machen, begab sich dennoch auf den Weg. Sie würde sich niemals verzeihen, nicht alles unternommen zu haben, um Hans und Eva zu schützen, selbst wenn sie dafür Amisha treffen musste.

Von Weitem sah die auf dem Boden ausgebreitete Wäsche

wie ein übergroßer Flickenteppich aus. Keinen Fingerbreit Platz hatte Amisha zwischen den einzelnen Wäschestücken gelassen. Je näher Catharina kam, desto mehr erkannte sie in dem Teppich einzelne Hemden, Tücher, Hosen. Eine Hose mit Streifenmuster stach heraus, kam Catharina merkwürdig bekannt vor. Der Stoff war verblichen, passte nicht zu den feinen Wäschestücken des Kapkommandanten.

Amisha kniete mit dem Rücken zu ihr. Ihr schwarzer langer Zopf fiel anmutig über ihre Schulter, während sie die Wäsche mit Steinen beschwerte. Selbst Amishas Rückansicht mit der schmalen Taille, die in ein wohlgeformtes Hinterteil überging, war eine Verführung. Catharina blickte auf ihre abgearbeiteten Hände, ihren muskulösen, wenig fraulichen Körper. Es gab gottgewollte Unterschiede. Sie strich sich ihre widerstrebenden Locken hinter ihre Ohren, die Fledermausflügel, die sich nie an ihren Kopf schmiegen wollten, und lachte rau auf.

»Lachst du über mich?« Amishas Blick war wie immer unergründlich.

»Nein«, sagte Catharina. »Darüber, dass Götter ihre Gunst unterschiedlich verschenken.« Sie gab ihrer Stimme einen kühlen Klang. »Du wolltest mich sehen?«

Amisha stand langsam auf, zeigte dabei mit ihrer Hand wie unabsichtlich zu einer Kaserne. Ein Soldat lehnte an der Ecke, säuberte sich seine Finger mit einem Messer.

»Ich wäre zu dir gekommen, aber ich darf das Fort nicht verlassen.«

Das Mädchen hatte die Wahrheit gesagt. Catharinas Anspannung stieg. »Was willst du mir sagen?« In ihrem Hals bildete sich ein Kloß.

»Die gestreifte Hose. Erkennst du sie?«

Catharina verstand Amishas Frage nicht. Da tauchte der Schiffsbauch der Hoff vor ihren Augen auf. Sie lag wieder auf der Kiste. Zwei gestreifte Beine hinter ihr. Koosten, der sie umbringen wollte. Die schwarz-weiß gestreifte fadenscheinige Hose, die Amisha gewaschen hatte, gehörte Koosten. Mit starrem Gesicht fragte sie. »Warum wäschst du die Hose des *sergeant*?«

»Er will sie tragen, wenn er dich besuchen kommt, dir sagt, dass Hans tot ist.«

Catharinas Herz setzte mehrere Schläge aus, sie konnte kaum atmen. Es stimmte also, Koosten wollte Hans auf der Expedition töten lassen.

»Hans und Eva dürfen auf dem Rückweg, wenn sie Tiere mit sich führen, nicht in die Nähe der Löwenhügel.«

»Das ist der kürzeste Weg.«

»Dort werden Männer lauern, die sie mit *assegais* umbringen werden. Um es den Goringhaicona oder den Cochoqua in die Schuhe zu schieben.«

»Woher weißt du das?« Catharina fühlte sich erblassen.

»Ich höre viel im Fort, was nachts im Flüstern ausgetauscht wird.«

»Warum sagst du es nicht Hans selber?«

»Wenn man uns zusammen sieht, würde das Fragen aufwerfen.«

»Und dass du mit mir redest, wird keine Fragen geben?«

»Nein. Koosten ahnt nicht, dass ich weiß, warum ich dieses verblichene Beinkleid waschen musste. Aber vielleicht sollten wir dennoch in die Wäschekammer gehen. Da liegen noch Tücher für die Expedition.« Amisha wollte losgehen, hielt aber noch einmal inne. »Wovon der *sergeant* allerdings Kenntnis hat, ist Hans' Versprechen Everard gegenüber.«

»Von wem?« Catharina merkte selbst, wie schroff sie klang.

»Lacus. Er hat viel geredet im Schwarzen Loch.«

»Ich mochte ihn nie.« Catharina verwünschte in Gedanken den *secunde*.

»Er hat knapp siebentausend Gulden unterschlagen.«

»Was? Dieses Schwein!«

»Meine *florins* auch. Er wollte mir von Anfang an die Münzen nicht geben.«

Catharina warf Amisha einen vorsichtigen Blick zu. Konnte

es sein, dass die Sklavin ihr nicht mehr die alleinige Schuld an dem Verlust von Everards Erbe gab?

»*Sergeant* Koosten feiert mit allen seinen Entdeckungen einen großen Triumph«, sagte Amisha. »Wird unentbehrlich für Crudop.«

»Hans hat vermutet, dass er *fiscal* werden will.«

»Das steht zu befürchten.« Mittlerweile hatten sie das Gebäude erreicht, in dem die Wäsche gelagert wurde.

Catharina wollte gerade die Tür öffnen, da kam ein Trupp Soldaten geführt von Koosten um die Ecke. »Mijnfrouw Ras, Ihr hier?«

»Ich hole Wäsche für die Expedition.« Catharina zwang sich dazu, ihr Gesicht nichts von der Angst und Verzweiflung zeigen zu lassen, die sie verspürte.

»Es ist eine Ehre für Euch, dass Euer Mann für die Expedition ausgewählt wurde, nicht wahr? Wir setzen große Hoffnung in ihn, dass er uns viele Rinder bringt.« Koosten bleckte seine großen Vorderzähne zwischen der Scharte.

»Es freut mich, dass er der Compagnie dienen kann«, sagte sie lahm. »Entschuldigt uns, *sergeant*.«

Kaum waren sie im Haus, lehnte sich Catharina kraftlos an die Wand. »Wenn Hans stirbt, trage ich die Schuld.«

»Wenn du ihm sagst, wo der Feind steht, kehrt er zurück.«

»Danke, dass du mich warnst.«

»Ich mach's für Hans, nicht für dich.«

Amisha war wieder sie selbst.

Es war Abend geworden. Lydia und Catharina saßen am Tisch und warteten auf Hans und Eva, die bereits zur Mittagszeit erwartet worden, jedoch noch immer nicht eingetroffen waren. Catharina gab sich Mühe, ihre Besorgnis nicht nach außen hin zu zeigen. Amishas Neuigkeiten brannten in ihrem Herzen. Mit aller Kraft zwang sie sich, still auf dem Stuhl zu sitzen und nicht aufzuspringen und haareraufend durch das Zimmer zu laufen. Mit Lydia wollte sie nicht reden, ebenso wenig mit Zara, die nach wie vor Arbeiten im Haus verrichtete und ihr jetzt einen Teller Suppe hinstellte. Catharina konnte dem Mädchen nicht beweisen, dass sie Lacus verraten hatte, aber sie hegte keine Zweifel daran. Keinesfalls wollte sie das Risiko eingehen, in ihrem Beisein von Amishas Warnung zu erzählen. Die junge Frau brachte es fertig, sofort Koosten Bericht zu erstatten.

Lydia legte ihr eine Hand auf den Arm. »Du hörst nicht zu.«

Verwirrt blickte Catharina auf.

»Hendrik hat genau sechstausendachthundertfünfundachtzig Gulden unterschlagen.«

Catharina gab sich wider besseres Wissen den Anschein des Erstaunens. »Wie kann das sein?«

»Ich habe nichts gewusst.« Lydia sah auf ihren mit blauen Edelsteinen besetzten Ring. »Von welchem Geld er ihn wohl gekauft hat?« Sie sah sich im Esszimmer um. »All das hier?«

Zaras Hand zitterte, als sie Lydia ihre Suppe servierte.

»Wann wird der Prozess beginnen?«, fragte Catharina Lydia, um Interesse zu heucheln, verfolgte dabei jede Bewegung Zaras, die nicht das Zimmer verließ, sondern sich neben die Tür stellte.

»Darüber hat der Kommandant nichts verlauten lassen.«

Zara runzelte die Stirn, ein sicheres Zeichen, dass sie zuhörte.

Plötzlich waren auf dem Flur rasche Schritte von mehreren Menschen zu vernehmen. Eine Tür wurde aufgestoßen, und Catharina erhob sich. Pieternella schoss herein und sprang im nächsten Moment in ihre Arme. Catharina drückte das kichernde Mädchen fest an sich und erfreute sich an dessen Unbeschwertheit. Pieternella ahnte nichts von den Sorgen der Erwachsenen.

Hans trat ins Zimmer, gefolgt von Eva mit Salomon auf dem Arm. Die Wunde über ihrem Auge war zugewachsen, verlieh ihr ein kriegerisches Aussehen. »Wir sind hungrig und durstig.«

»Setzt euch!« Lydia lud sie ein, Platz zu nehmen, bedeutete Zara, Teller und Becher aufzulegen.

Catharina erstaunte es nicht mehr, wie vertraut Lydia mit

ihnen war, sodass sie auf jegliche förmliche Anrede verzichtete. Die Schicksalsschläge hatten sie erkennen lassen, wer zu ihr stand.

Als Hans Eva Arrack eingießen wollte, legte diese die Hand über das Gefäß. »Pieter soll mich wohlauf finden, wenn er zurückkommt.«

Catharinas Herz machte einen Sprung vor Freude, zog sich jedoch gleich darauf wieder zusammen. Damit Pieter sie bei guter Gesundheit vorfinden konnte, musste sie lebendig wiederkehren. Es wurde Zeit, ihr von Amisha erhaltenes Wissen zu teilen. »Zara, bitte mach uns Wasser heiß für Tee.«

Kaum war das Mädchen aus dem Raum, stand sie auf, versicherte sich, dass das Mädchen ihrem Befehl nachkam und nicht an der Tür lauschte. »Hört mir zu!«, sagte sie dann.

Im flackernden Licht der Kerzen wandten sich ihr die Augenpaare zu. Gespannte Stille senkte sich über den Raum. Catharinas Inneres erstarrte, sie sträubte sich, das geplante Unheil zu verkünden. Doch sie hatte wenig Zeit, deshalb holte sie schließlich tief Luft und stieß hastig hervor, was Amisha ihr erzählt hatte.

»Wie kann er es wagen? Ihr versorgt die Schiffe!« Lydia war fassungslos über so viel Bosheit.

»Gier und Macht«, sagte Hans. »Er will nach oben. Er will alles.«

Eva klickte dreimal scharf mit ihrer Zunge. »Ihr macht es ihm leicht. Lydia, dein Mann hat betrogen. Ihr *vrijburgher* verstößt gegen die Regeln der Compagnie, und der Kommandant ist schwach.«

»Das klingt, als ob wir auf der falschen Seite stehen?« Catharina kam zum Tisch zurück.

Eva griff nach der Schale, in der zerstoßene Pfefferkörner lagen, griff hinein und holte ein noch ganzes Korn heraus. Sie hielt das Kügelchen hoch. »Du kannst nicht leugnen, dass bei euch ein einziger Sack Pfeffer mehr wert ist als ein Menschenleben. Oder gleich ein ganzes Volk. Wie meins.« Eva sprach außergewöhnlich offen. »Deswegen geschieht das alles, deshalb seid ihr hier. Wegen des Profits der Gewürze. Ihr seid gierig wie Koosten.«

Catharina schlug mit der Faust auf den Tisch. »Nein. Ich bin gierig nach Leben. Gierig nach einem Ort, zu dem ich gehöre. Nach Menschen, die ich mag.« Sie zeigte auf Eva. »Du gehörst dazu, ob du willst oder nicht. Vermaledeit! Wir müssen darüber reden, wie ihr es schafft, lebend zurückzukommen, nicht darüber, wie schlecht wir angeblich sind. Es ist ohnehin egal, ob wir schlecht oder gut sind.«

»Nein«, widersprach Lydia schüchtern. »Calvin –«

»Calvin!« Catharina hätte am liebsten auf den Boden gespuckt. »Er behauptet, dass Gott die Menschen in Auserwählte und Verdammte einteilt. Von Geburt an. Und alles, was wir ein Leben lang machen, wäre vergebens. Ich bin sicher für die Hölle bestimmt.« Catharina konnte sich nicht bremsen. Wollte sich die Gedanken, die sie schon ihr ganzes Leben mit sich herumtrug, von der Seele reden.

»Das ist Gotteslästerung.« Erregt stand Lydia auf.

Catharina schloss die Augen. Sie hatte sich gehen lassen, ausgesprochen, was sie dachte, in Angst um Hans und Eva. Als sie die Augen wieder öffnete, schaute Hans sie mit einer Mischung aus Bewunderung und Respekt an. »Ich will zurückkommen zu dir. So wie Eva zu Pieter möchte.«

»Ich bin mir nicht sicher, ob ich zu Hendrik zurückwill«, gestand Lydia.

Eva trommelte mit ihren Fingern auf die Tischplatte. »Hört zu. Der Hinweg ist nicht das Problem. Ohne Tiere werden sie uns nicht überfallen. Auf dem Rückweg muss Gonnomoa uns Geleit geben.«

»Warum sollte der Schwarze Häuptling der Saldanhas das tun?«, fragte Hans.

»Seine Rinder haben dünne Sohlen, lahmen häufig, sterben an der Fäule der Hufe. Du machst ihnen Schuhe wie bei deinen Kühen. Dafür begleitet er uns zurück am Tijgerberg vorbei bis zur Schlangengrube. Ab da sind wir sicher. Wir kommen bei Keert de Koe oder Ruiterwacht zurück in die Kolonie.« Eva hörte auf zu trommeln, blickte in die Ferne. »Crudop oder Koosten werden ihre Männer in einer Woche lossenden, um uns aufzulauern. Sie werden uns nicht finden.«

Catharina hatte Zara vergessen, gebannt, wie sie an Evas Lippen hing. Jetzt sah sie das Mädchen in der Tür stehen, eine Kanne heißes Wasser in der Hand, mit offenem Mund lauschend.

»Du Verräterin!« Catharina konnte nicht an sich halten.

»Catharina. Halt!« Hans stand auf.

»Nicht halt! Sie hat Koosten das Versteck unter dem Teppich gezeigt. Ist es nicht so?« Sie schüttelte das Mädchen, dem heißes Wasser über die Hand floss. »Sag die Wahrheit!«

Zara zitterte. »Ja. Ja. Weil Lacus Amishas Geld genommen hat.«

Lydias Gesicht verzerrte sich vor Wut, entstellte ihre puppenhaften Züge. »Du trägst Schuld an meinem Schicksal.«

»Betrogen hat dein Mann«, berichtigte Eva Lydia, »er allein hat dich in diese Lage gebracht.«

Zara warf sich Eva zu Füßen. »Ich will mit dir auf Expedition.«

»Unmöglich«, sagte Hans.

»Ich will bei Gonnomoa bleiben«, flehte das Mädchen, »bei meinem Volk.«

»Zara, wir beide haben kein Volk. Gonnomoa wird dich nicht aufnehmen.« Eva klang sehr bestimmt.

Zara begann zu schluchzen. »Lasst mich nicht hier! Ja, ich habe Koosten das mit dem Versteck gesagt. Es tut mir leid. Ich habe aber auch Amisha gesagt, was ich von der Expedition weiß, damit ihr nicht getötet werdet.«

»Das warst du?« Catharina sah sie prüfend an. »Warum hast du es nicht mir gesagt?«

»Amisha wollte mein Wissen erst sicher prüfen. Und dich dann rufen.«

»Das hat sie getan«, bestätigte Catharina.

Hans zog Zara auf die Füße.

»Bitte, ich will nicht hierbleiben. Ich habe Angst vor Koosten. Kann ich mit auf die *farm*? Ich könnte im Haus helfen!«

Hans fasste Zara an den Schultern. »Auf welcher Seite stehst du? Auf Koostens oder unserer?«

»Auf Evas Seite und Amishas«, schluchzte das Mädchen.

»Dann bekommst du die schwierigste Aufgabe, Zara. Du bleibst hier, belauschst weiter Koosten und berichtest Catharina, was du erfährst. Es ist wichtig, dem Feind immer einen Schritt voraus zu sein.«

Zara sah ihn mit großen Augen an, Tränen kullerten über ihr Gesicht.

»Er ist ein Dreckskerl, Hans.« Catharina hatte plötzlich doch Mitleid mit Zara. »Was ist, wenn er erfährt, dass Zara uns sein Vorhaben verraten hat?«

»Deswegen muss sie hierbleiben. Wenn Zara auf der *farm* ist oder mit Eva und mir geht, wird er es wissen. Bleibt alles, wie es ist, schöpft er keinen Verdacht.«

»Mein Leben ist die Hölle«, jammerte Zara.

»Glaub mir«, sagte Catharina, »das Leben ist für uns alle die Hölle.« Entschlossen stand sie auf. »Sofern wir daran glauben, dass es eine gibt.«

Während Eva, Hans und Catharina sich vor den allerersten Sonnenstrahlen zum Fort aufmachten, blieb Lydia bei Pieternella und Salomon.

Catharina meinte, Hans' Arme noch um sich zu spüren, die sie in der Nacht fest umschlungen gehalten hatten. »Was mache ich, wenn du nicht zurückkommst?«, hatte sie ihn immer wieder gefragt.

»Ich komme zurück!«, war seine stetige Antwort gewesen, bis sie es geglaubt hatte und in seinen Armen eingeschlafen war.

Sie gingen an Koostens Haus vorbei, da sah sie den *sergeant* aus seinem Haus treten und ihnen folgen. Der Feind war vorhersehbar. Sie durften es nicht sein.

Eva fiel ein paar Schritte hinter Hans und Catharina zurück, um ihnen in diesen letzten Minuten das Alleinsein zu gönnen und Koosten zu zwingen, weiter zurückzufallen. Selbst die Tiere der Nacht schienen die Bedeutung dieses Abschiedsmoments zu spüren. Das übliche Zischen, Zirpen und Gekreische verstummte nach und nach.

»Die Nachttiere gehen schlafen, ihre Jagd ist vorbei«, sagte Hans leise in die Stille.

Catharina war die Ruhe unheimlich. »Ich wünschte, es wäre brüllend laut«, wisperte sie. »Koosten kann jedes unserer Worte hören.«

Eva stimmte ein Lied der Goringhaicona an. Eins über die Ahnen, die nach wie vor mit ihr wanderten, wohin immer sie gehen würde. Hans fasste nach Catharinas Hand. »Ich passe auf mich auf, du passt auf dich auf.«

Evas Gesang beruhigte sie, machte sie zuversichtlich, ohne dass sie sagen konnte, warum. Hans zog sie näher zu sich. »Unser Fuhrwerk steht bei Joris. Unter der Ladefläche gibt es einen zweiten Boden, ein Versteck. Dort findest du eine Pistole und Schwarzpulverbeutel.«

»Du hast sie der Compagnie gestohlen?«

»Ausgeliehen!« Er grinste.

»Dann hast du weniger Munition und Gewehre.«

»Ich habe gut vorgesorgt für uns beide.«

Sie gingen schweigend weiter, die Finger ineinander verhakt.

Die fast hüfthohen Mauern des neuen Forts zeichneten sich dunkel ab. »Wenn das Bollwerk in vielen Jahren fertig sein wird, wird das hier längst vergessen sein«, sagte Hans.

»Wir werden immer noch da sein und ein anderer Kapkommandant. Ein gerechter wird darin wohnen«, ergänzte Catharina seine Worte mit fester Stimme.

Am Siechenhaus vorbei ging es ins alte Fort, in dem trotz der frühen Morgenstunde emsige Betriebsamkeit herrschte. Sklaven beluden die Fuhrwerke mit Decken und Stangen für die Zelte, zurrten diese fest. Andere fütterten und tränkten die Ochsen, damit sie, ohne Rast einzulegen, einen Tag lang marschieren konnten. Die letzten Säcke wurden aufgeladen. Pferde schnaubten, Befehle wurden hin und her gerufen.

»Guten Morgen, Mijnheer Ras.« Hans wurde von allen Seiten begrüßt, während die Soldaten Eva und Catharina zunickten. Eine angespannte, nervöse Stimmung lag in der Luft.

Hans steuerte auf das Fuhrwerk zu, das er lenken würde.

Die Expedition bestand aus drei Karren. Vier berittene Soldaten bildeten die Vorhut, vier folgten den Wagen.

Kommandant van Quaelbergen trat zu ihnen. Er konnte kaum die Augen offen halten. Anscheinend hatte er in der Nacht keinen Schlaf gefunden. Anstelle einer Begrüßung klopfte er Hans auf die Schulter. »Ich zähle auf Euch, *vrijburgher* Ras und Mijnfrouw van Meerhoff.«

Seine Zuvorkommenheit überraschte Catharina, noch mehr aber seine Höflichkeit, denn er reichte Eva die Hand, um ihr auf den Bock zu helfen. Das Gelingen der Expedition schien ihm wichtig zu sein.

Hans drückte Catharina zum Abschied einen Kuss auf die Stirn, setzte sich auf den Bock neben Eva.

Die Soldaten vor ihm ließen ihre Pferde in Schritt verfallen. Hans hob die Zügel, und die Ochsen trotteten den Pferden hinterher. Die kleine Kolonne zog aus dem Fort.

»Gutes Gelingen!«, rief van Quaelbergen ihnen hinterher.

Catharina spürte die Dringlichkeit, mit der er einen Erfolg brauchte, nachdem er bei der Versorgung der Franzosen so falsch gehandelt hatte. Und wie ahnungslos er war. Der Kommandant wusste sicherlich nichts von Koostens Mordplänen.

Catharina sah die Blicke, die Koosten und Crudop austauschten. Die beiden waren miteinander vertraut, planten vielleicht gar einen Handstreich gegen van Quaelbergen, um ihn zu entmachten. Sie schüttelte die düsteren Gedanken ab. Sie halfen nicht. Sie musste Ruhe bewahren, Besonnenheit, die sie nicht verspürte. Sie verließ das Fort, zwang sich, nicht an Hans, Eva und die Gefahren zu denken. Jeder von ihnen hatte die Aufgabe, bis zur Rückkehr des anderen zu überleben.

Ein Donnern vom Signalhügel ließ sie zusammenfahren. So früh am Morgen war dies ungewöhnlich, galt sicher nicht dem Aufbruch der Expedition. Es musste ein Schiff sein. Sie ging näher zum Ufer. Und wirklich segelte ein Ostindienfahrer von Luv mit Tiefgang in die Bucht. Es hatte die Flagge der Compagnie gehisst.

»Ein Patriaschiff.« Catharina biss sich auf die Lippe. »Ist es nicht zu früh?«, fragte sie einen Bediensteten der Compagnie, der angestrengt zu dem Segler sah.

»Ihre Winde müssen günstig gewesen sein. Und wir sind nicht vorbereitet.«

Instinktiv wusste Catharina, dass sie eiligst die Station verlassen und ihr von den Khoi erworbenes Vieh ins Versteck bringen musste. Diese der VOC unbekannten Tiere waren der Grundstock ihrer Existenz, wenn ihnen die anderen Tiere genommen werden sollten. Denn dass die Compagnie ihnen welche wegnehmen würde, und zwar, ohne dafür zu bezahlen, war durchaus möglich. Nur ihre Khoi-Tiere brachten Sicherheit und Zukunft. Es gab jedoch ein Problem. Sie konnte weder Lydia allein lassen, noch wollte sie ohne männliche Begleitung als Schutz zur *farm* zurückkehren.

45. KAPITEL

Tatsächlich warf am Expeditionsmorgen das erste der Patriaschiffe, die »Doordrecht«, seine Anker in der Tafelbucht. Die Flotte, aus drei Schiffen bestehend, war vor Madagaskar in einen Sturm geraten und auseinandergerissen worden. Vor derjenigen Insel, auf der Pieter zur Expedition weilte. Der Kapitän der Doordrecht residierte beim Kapkommandanten, weshalb Lydia davon abgesehen hatte, van Quaelbergen weitere Besuche abzustatten, um Gnade für ihren Mann zu erbitten. Sie huschte stattdessen im Haus hin und her wie ein Schatten, der seinen Menschen suchte, und überließ es Catharina, dem Haushalt vorzustehen. Denn bis auf Zara, die Catharina sogleich zu Thielemann und Mayken geschickt hatte, um Begleitung für ihren Heimweg zu erbitten, und Lydias Sklaven Louis hatten die freien Diener den Haushalt Lacus verlassen, mochten sie doch nicht länger auf dem sprichwörtlich sinkenden Schiff verweilen.

Pieternella folgte Catharina überallhin, womöglich aus Angst, sie könnte verschwinden wie ihre Mutter und ihr Vater. So saß sie jetzt still und starr in einer Ecke des Flures wie eine in Bronze gegossene Statue und verfolgte Catharinas Schritte mit ausdruckslosen Augen. Diese übte mit ihrem Messer Ausfallschritte. Catharina musste beweglich bleiben, sich ablenken. In ihrem Kopf sah sie Koosten vor sich. Er machte einen Schritt auf sie zu in seiner gestreiften Hose. »Niemals!«, rief sie, und mit einer schnellen Drehung duckte sie sich, führte den tödlichen Streich von unten nach oben aus.

»Was für ein Tanz ist das?« Pieternellas Stimme klang ganz piepsig vor Neugier.

Catharina hütete sich, die Wahrheit zu sagen. »Ein Tanz aus Lübeck, der Stadt, in der ich groß geworden bin.«

»Wo liegt deine Stadt?«

»Ganz weit weg, über das Meer hinaus. Dort ist es im Winter kalt, so kalt, wie es bei uns niemals wird.«

»Wie bei meinem Vater. Dort wird der Regen weiß, und die Kinder machen Kugeln und bewerfen sich.«

»Die Heimat deines Vaters, Dänemark, liegt noch nördlicher als meine Stadt.«

»Papa ist weg und Mama auch.«

Catharina zog das Mädchen hoch, drückte es an sich. Ihr war, als spürte sie erneut ihre eigene Verlorenheit der Kindertage. »Beide kommen wieder. Dann sitzt ihr abends zusammen, und sie erzählen von ihren Abenteuern.«

»Sie sollen bei mir sein«, sagte Pieternella mit trotziger Bestimmtheit, drückte sich tiefer in Catharinas Umarmung.

»Ja, das wäre schön«, sagte Catharina leise und wünschte, Hans wäre bei ihr. Ihr Herz stolperte. Sie spürte nach. Schluckte. Der Moment, sich einzugestehen, dass sie ihre Gefühle für Hans nur verdrängt hatte, ihn nach wie vor liebte, war denkbar ungünstig. Sie musste ihr Herz wappnen und Pieternellas Seele auf das Schlimmste vorbereiten. »Es wird alles gut«, versprach sie dem Kind wider besseres Wissen.

Wie lange sie Pieternella festhielt, konnte sie nicht sagen. Während sie dem Mädchen mit ihrer Umarmung Trost spenden wollte, gab die Wärme des Kinderkörpers auch ihr Kraft. Sie hätte ewig so verharren können, wenn nicht Lydias aufgeregte Stimme sie aus dieser wunderbaren Versunkenheit gerissen hätte. »Hendrik kommt.«

Lacus kam nicht allein. Er ging zwischen zwei Soldaten, einer davon Christopher Sniffelmann, Amishas Geliebter. Koosten schritt hinter der Dreierreihe. Nicht der Anblick des Todfeindes erschreckte Catharina, sondern der des *secunde*. Seine Haare hingen fettig herab, sein Bart kräuselte sich ungepflegt. Ein blau unterlaufener Fleck zeichnete seine Wange. Lacus' Hemd war oberhalb des linken Ärmels zerrissen. Hier kam kein Mann, der aus dem Gefängnis entlassen wurde, sondern ein Schuldiger.

Lydia, erst schockstarr, rannte zu ihm und fiel ihm um den Hals. Sie musste stark berührt sein, wenn sie den Ungeliebten so willkommen hieß. Lacus schien ähnlich wie sie zu empfinden, denn er schloss sie fest in seine Arme. Über ihren Kopf hinweg sah er zu Catharina, und sie vermeinte in seinen Augen Dankbarkeit zu lesen, vielleicht allein dafür, Lydia beigestanden zu haben. Die Tage in dem dunklen, nassen Loch hatten seine Sicherheit weggeblasen wie der Wind Sandkörner. Dennoch fiel es ihr schwer, Mitleid mit ihm zu empfinden.

An der Kreuzung der Heeresstraat bogen zwei Fuhrwerke der Compagnie ein, gefolgt von einem halben Dutzend Soldaten. Das war kein gutes Zeichen, folgerte Catharina und wurde sogleich von Koosten in ihrer Befürchtung bestätigt.

»Mijnfrouw Lacus, Euer Haus und Inventar sind beschlagnahmt.«

Ein Schrei entrang sich Lydias Kehle. Catharina zog im ersten Impuls die Tür hinter sich zu, damit niemand ins Haus eintreten konnte.

»Sie dürfen zwei Kleider einpacken und weitere notwendige Kleidungsstücke für den fraulichen Gebrauch«, fuhr Koosten fort und deutete dann auf den Ring am Mittelfinger von Lydias Hand. »Den nehme ich sofort.« Koostens Lippen verzogen sich und entblößten seine großen Zähne.

Wie ein kleines Kind versteckte Lydia ihre Hand hinter dem Rücken, sah ihren Mann fragend an. »Hendrik?«

Lacus blickte zu Boden.

»*Secunde* Lacus zeigt sich unwillig, mit der Compagnie zu kooperieren und bei der Aufklärung der Beschuldigungen und des fehlenden Geldes unterstützend tätig zu sein.« Catharina hörte Koosten erstmals so geschwollen daherreden. »Daher hat Kapkommandant van Quaelbergen beschlossen, das Eigentum des *secunde* zu konfiszieren. Es wird versteigert, um den Schaden an der Compagnie auszugleichen.«

Lacus hielt den Blick gesenkt, sagte nichts zu seiner Verteidigung.

»*Sergeant* Koosten«, ergriff Catharina das Wort, peinlich darauf bedacht, ihre Stimme unter Kontrolle zu halten. »Wo soll Mijnfrouw Lacus wohnen, wenn sie ihr Haus verliert?«

»Die Compagnie hat Witwe Wiederholt gebeten, Mijnfrouw Lacus in ihren Räumen im Fort aufzunehmen.«

»Im Fort?« Lydia rang die Hände. »Bin ich eine Gefangene?«

»Nein. Ihr steht nicht unter Hausarrest.«

»Ich könnte Mijnfrouw Lacus mit auf meinen Hof nehmen.«

»Die Compagnie wünscht Mijnfrouw Lacus' Anwesenheit im Fort«, lautete Koostens knappe Antwort. Was nichts anderes hieß, als dass Lydia sehr wohl unter Aufsicht bleiben musste.

Catharina wurde klar, dass der Prozess bereits vor Beginn entschieden und Lacus in allen Punkten für schuldig befunden worden war. Sie zwang sich, ruhig stehen zu bleiben und Koosten nicht ihre Beunruhigung zu verraten. Sie suchte für ihre umherirrenden Augen einen festen Punkt, fand ihn. An Koostens Uniform fehlte immer noch der Knopf.

Esstisch, Stühle, Lacus' Sessel und einige Bilder standen bereits auf der staubigen Straße. Als besondere Gehässigkeit ließ Koosten Lacus die Inventarliste selbst erstellen. Jedes einzelne Stück musste Lacus aufschreiben, bevor es auf die Fuhrwerke geladen wurde. Catharina zwickte sich in den Arm, in der Hoffnung, aus diesem Alptraum zu erwachen. Als sie Sniffelmann mit Lydias chinesischer Vase aus dem Haus treten sah, ertrug sie es nicht länger. »Nicht die Vase, sie gehört Lydia.«

Sniffelmann blieb unschlüssig stehen.

Koosten winkte ihn weiter zum Fuhrwerk. »In einer Ehe gehört alles dem Mann.«

Sniffelmann warf Catharina einen hilflosen Blick zu, reichte die Vase einem Soldaten auf der Ladefläche.

Eine Wolke schob sich vor die Sonne, ließ Catharina fröstelnd zum Himmel schauen und in Evas Worten denken: »Die Ahnen wollen nicht sehen, was geschieht.«

Lydia hingegen musste mitansehen, wie ihre Gegenwart zerstört wurde. Ein Bündel mit dem, was sie mitnehmen durfte, in der Hand, starrte sie der Vase hinterher.

Das Spektakel hatte Schaulustige angelockt, Bewohner der Station, darunter Joris und Jannetje. Schweigend sahen sie dem Geschehen zu. Catharina las in dem Gesicht der Wirtin Schrecken. Genauso wenig wie Catharina hatte bisher einer von ihnen erlebt, dass ein Oberer der Compagnie in aller Öffentlichkeit seiner Macht beraubt worden war, selbst wenn er wie Lacus betrogen hatte. Das übliche Gejohle, wenn ein Verbrecher seiner Gerechtigkeit zugeführt wurde, blieb aus. Den Zuschauern wurde vor Augen geführt, dass niemand vor dem neuen *sergeant* Koosten sicher war, und das rief Beklemmung hervor, auch wenn es mit Lacus einen wirklich Schuldigen traf und sie eigentlich über das gerechte Wirken der Justiz erfreut sein mussten. Lacus sah Lydia nicht an, während er ihre Habe auf der Liste vermerkte. Ein Soldat setzte sich auf den Bock des nunmehr voll beladenen Fuhrwerks und fuhr mit den beschlagnahmten Gütern davon.

»Wenn die Sachen versteigert werden, Catharina, dann erlebe ich die Schande noch mal«, sagte Lydia mit kläglicher Stimme.

»Lydia, sie wird dich jeden Tag begleiten, sobald du aufwachst.«

»Ich bin unschuldig«, wisperte Lydia.

»Das interessiert offenbar niemanden. Du musst jetzt hoffen, dass die Versteigerung siebentausend Gulden bringt. Oder zumindest den fehlenden Betrag. Die Münzen, die sie in der Kiste gefunden haben, scheinen ja bei Weitem nicht zu reichen.« Catharina ließ den Blick über den Besitz schweifen. Das Inventar mochte es wert sein, indes eine Versteigerung, eine Auktion aus Not heraus, brachte selten den notwendigen Erlös.

Lydia selbst schien zu zweifeln. »Und wenn nicht?«

»Das hängt vom Gerichtsverfahren ab. Vielleicht kann man Hendrik nichts nachweisen.« Catharina gefiel es gar nicht,

Lydia zu belügen. Es war weitaus wahrscheinlicher, dass Lacus nach Robben Eiland verbannt wurde und sie ihn als Ehefrau begleiten musste. Mit diesem Wissen wollte sie Lydia jedoch nicht zusätzlich belasten.

Eine beleibte Frau löste sich aus den Reihen der Schaulustigen. Catharina erkannte Witwe Wiederholt. Kaum zehn Jahre älter als Catharina, hatte sie bereits zwei Ehemänner am Kap zu Grabe getragen und sich trotz des Frauenmangels nicht wieder vermählt. Vielleicht lag es an der Warze auf ihrem Oberlid des rechten Auges, das dieses fast ganz verdeckte, vielleicht wollte sie nicht mehr heiraten. In ihrem Herzen war sie eine gutmütige Frau, und Lydia konnte sich glücklich schätzen, bei ihr wohnen zu dürfen. Gleichwohl wich Lydia zurück, als die Witwe sie ansprach. »Mijnfrouw Lacus, Ihr solltet nicht hierbleiben und dies mitansehen.«

Catharina antwortete für sie. »Habt großen Dank, dass Ihr Lydia aufnehmt. Darf ich sie bei Euch besuchen kommen?«

»Kommandant van Quaelbergen hat gestattet, dass Mijnfrouw Lacus Besuch empfängt. Meine Stube steht Euch offen.«

Catharina dankte van Quaelbergen innerlich. Vielleicht hatte Lydias Charme auf ihn gewirkt, vielleicht herrschte in seiner Seele ein Rest Anstand. Wie dem auch sein mochte, Lydia war versorgt trotz der Verfehlungen ihres Gatten.

»Lydia, du solltest gehen«, pflichtete Catharina nun ausdrücklich der Witwe bei.

»Und was ist mit dir?«, fragte Lydia.

»Ich komme zurecht, werde mit den Kindern zu Joris gehen.« Catharina glaubte selbst nicht recht an ihre Worte.

Lydia presste ihr Bündel an sich, rang um Haltung. Das Gefühl, ohne Obdach zu sein, musste sie erst verarbeiten. Sie trat einen Schritt auf Lacus zu, der dabei war, Teller in die Liste einzutragen, entschied sich offenbar anders und winkte Louis zu sich. »Wir gehen.«

Louis schien der Aufforderung nur allzu gern Folge zu leisten.

»Heda, nein«, rief Koosten. Er kam mit einem der Porzellanteller in der Hand auf Lydia zu. »Mijnfrouw Lacus. Euer gesamter Besitz ist konfisziert.«

Catharina erkannte die Tragweite seiner Aussage, hakte dennoch nach. »Louis?«

»So ist es«, blaffte Koosten in einem Ton, der keinen Widerspruch duldete.

Lydia kannte Louis ihr ganzes Leben lang. Etwas zerbrach in ihr, ließ sie wie eine im Stängel abgeknickte Rose wirken.

Pieternellas kleine Hand schob sich in die von Catharina. »Der Leiterwagen ist meiner.« Salomon schlief in dem kleinen Wagen, dessen Griff Pieternella mit der anderen Hand festhielt.

»Den nimmt uns keiner weg.« Catharina hakte Lydia unter, und sie gingen zusammen los.

Die drei Frauen und Pieternella, die den Leiterwagen hinter sich herzog, bahnten sich ihren Weg durch die Zuschauer. Mitleidige Worte begleiteten sie, sollten Lydia trösten, über deren Gesicht Tränen liefen. Am Ende der Heeresstraat wandte sich die junge Frau zum Haus zurück. »Louis … Louis …« Sie konnte nicht aufhören, seinen Namen zu wimmern.

»Das wird wieder«, sagte Witwe Wiederholt tröstend.

»Ich hasse mein Leben«, stieß Lydia hervor.

Witwe Wiederholt tätschelte ihren Arm. »Das tun wir alle.«

»Mijnfrouw Ras!«

Als sie sich zu der Stimme umdrehte, die sie gerufen hatte, durchströmte sie Erleichterung. Laurens ritt auf Thielemanns Pony heran und hielt Aba Te! am Zügel.

»Dich schickt der Himmel.« Catharina konnte ein Jubeln in ihrer Stimme kaum unterdrücken.

Der Knecht sprang ab und drückte Catharina die Zügel in die Hand. Dabei wisperte er ihr zu. »Nicht der Himmel, Zara war bei uns.«

Catharina hätte ihn ob dieser Antwort umarmen können. Wenn Zara Laurens geholt hatte, stand sie wirklich auf ihrer

Seite. Dann hatte sie mit großer Wahrscheinlichkeit auch nicht Hans' und Evas Plan verraten, am Tijgerberg vorbei statt über die Löwenberge zurückzukehren. Ihr fiel trotz des Elends um sie herum ein großer Stein vom Herzen.

46. KAPITEL

Catharina hatte sich Salomon mit einem Tuch vor den Bauch gebunden. Pieternella saß rittlings hinter ihr und hielt Catharina fest um die Hüften gefasst, während sie auf Aba Te! den Weg zu Mayken und Thielemann galoppierten.

Als ob Mayken sie erwartet hätte, stand sie im Hof wie ein großer runder Kürbis. »Endlich. Zara war nicht gesprächig.« Sie brüllte zum Stall: »Thielemann!«

Eiligst kam Thielemann angestiefelt, während aus Catharina die Worte über die Ereignisse herausschießen wollten.

»Nicht so schnell«, unterbrach Mayken sie, »der Reihe nach. Du erzählst, ihr stärkt euch. Wir besprechen uns. Vorher kommst du hier nicht weg.«

»Ich habe Hunger«, kiekste es aus Pieternellas Mund.

»So ist es recht!« Mayken trat neben das Pferd und hielt Pieternella ihre Arme hin, in die das Mädchen glitt.

Kurze Zeit später saßen sie jeder auf einem Brot kauend im Schatten der Veranda, und Catharina berichtete der Reihe nach, was sich zugetragen hatte.

Mayken zeichnete mit ihren Füßen unsichtbare Kreise auf den Boden, während Thielemanns Kiefermuskeln einen Stein zu zermalmen schienen. »Das ist alles noch schlimmer, als wir befürchtet hatten.« Er wechselte mit Mayken einen beredten Blick.

»Was ist los?«, fragte Catharina.

»Oedosoa hat dieses Mal wohl endgültig beschlossen, der VOC keine Tiere mehr zu verkaufen. Van Quaelbergen hat sich nicht an die Worte Goskes ihm gegenüber gehalten.« Thielemann streckte seine Beine aus. »Er hat die anderen Häuptlinge in der Nähe überzeugen können, es ihm gleichzutun.«

»Wo hast du mit ihm geredet? Ist er nicht in Saldanha?«

»Er lagert in der Nähe eurer *farm*«, antwortete Thielemann.

Und Mayken fügte hinzu: »Er sagt, haben wir *!uri-khoi* keine Rinder mehr, verlassen wir das Land.«

Catharina biss sich fast auf die Zunge. »Das wird die Compagnie nie zulassen.«

»Es ist das, was sich die Khoi wünschen.« Thielemann schaute in die Ferne, als ob er dort eine Antwort finden würde. »Aber wir alle kennen die Compagnie besser. Kriegt sie etwas nicht freiwillig, nimmt sie es sich mit Gewalt. Bis jetzt haben die Heren XVII in Amsterdam befohlen, dass die Khoi nicht versklavt werden sollen. Um der guten Beziehungen willen.« Thielemann legte eine Pause ein, bevor er verbittert fortfuhr. »Ich habe es satt. Wir sind abhängig von allen.«

»Thielemann, du hast gesagt, Oedosoa hat die anderen Häuptlinge überzeugt, keine Tiere mehr zu handeln. Wird sein Wort bis Saldanha gelten?«, fragte Catharina kummervoll.

»Darauf kannst du ein Fass leeren.«

»Hans und Eva könnten ohne Ochsen zurückkehren. Und dann? Dann wird Koosten gewiss unsere beschlagnahmen, einen Vorwand finden, uns zu enteignen wie Lacus. Und wovon sollen wir dann leben? Er will uns wohl hungern lassen.« Das bestärkte sie weiter in ihrem Entschluss. »Er wird mich nicht unvorbereitet finden. Ich bringe unsere Khoi-Ochsen und -Schafe ins Versteck.« Sie stand auf.

Thielemann spuckte aus. »Wir bringen unsere Tiere auch.«

Catharina hatte ihre sechs von den Khoi gehandelten Ochsen und mehrere Schafe hintereinandergebunden und hielt das Führungsseil fest in der Hand, während sie immer wieder zurückblickte.

»Du brauchst nicht zu schauen. Arre macht das gut.« Pieternella saß mit dem Rücken zu Catharina auf Aba Te! und beobachtete ihren Freund, der mit einem Stock neben den Ochsen herlief und aufpasste, dass keiner ausbrach. Er hatte nicht mit auf Aba Te! sitzen wollen, sah seine Aufgabe im Hüten der Rinder. »Und weißt du, was ich noch gut finde?«

»Du wirst es mir sicherlich gleich sagen.« Catharina nahm ihre Hand vom Zügel und kniff das Mädchen leicht in die Seite, worauf es giggelte.

»Dass Arre endlich Catharina zu dir sagt und nicht das Mijnfrouw Ras.«

Tatsächlich hatte Catharina Arre bedeutet, sie bei ihrem Vornamen anzureden. Es fühlte sich für sie nicht mehr gut an, Distanz zu wahren, nachdem Arre ihr den Rücken freigehalten hatte. Catharina hatte nicht aufhören können, Arre zu loben, der sich meisterhaft um die Tiere gekümmert hatte. Die Ställe waren ausgemistet, die Hühner wohlauf, scharrten im Hof. Selbst die Eier hatte Arre gesammelt und in Körbe gelegt. Ihm waren die Augen übergegangen, als sie ihm ein halbes Dutzend Eier als Belohnung schenkte. »Ja. Das finde ich auch gut«, pflichtete sie Pieternella bei. »Und was ich noch besser finde, ist, dass ihr beide so enge Freunde seid.«

Die Kinder waren sich tatsächlich bei ihrer Rückkehr auf die *farm* in die Arme gefallen, glücklich, wieder vereint zu sein. Seitdem war Pieternella Arre nicht mehr von der Seite gewichen.

Vor der Bittermandelhecke stieg Catharina von Aba Te! und pfiff nach Riebeck, der vorausgelaufen war. Während sie Salomon aus ihrem Brusttuch nahm und Pieternella reichte, kam der Hund schwanzwedelnd zurück. Die Luft war rein. Er hatte keine Raubtiere aufgespürt. Dennoch wollte Catharina sicher sein. Sie nahm die Pistole, die sie sich in den Gürtel gesteckt hatte, in eine Hand, reichte Arre ihr Seil. Mit Aba Te! am Zügel schritt sie durch das Gebüsch voran, während der Junge ihr mit den Ochsen und Schafen folgte.

Sie gelangten unbehelligt durch die Bittermandelhecke, und Catharina erblickte die Hütten der Khoi. Oedosoa lagerte tatsächlich hier, wie Thielemann gesagt hatte. Die runden Schilfmattenhütten standen in einem zur Ebene geöffneten Halbkreis. Überall grasten friedlich Rinder, es mussten Hunderte sein, und Schafe weit über diese Zahl hinaus. Sie wurden bewacht von Männern mit *assegais* und einigen Hunden, die genauso aussahen wie Riebeck.

Die Rinder wären wunderbare Beute für Koosten, wenn er denn gewusst hätte, dass Oedosoa so nah war. Catharina beschloss, den Häuptling aufzusuchen und erst danach zum Verschlag zu gehen. Sie musste die ihr dargebotene Gelegenheit nutzen, mit Oedosoa über sein Handeln reden und über die Folgen, die ihn seitens der Compagnie treffen konnten. Mit strammem Schritt ging sie auf das Lager zu, bevor der Mut sie verließ. Außerdem war es gut, Kabatsu, Evas Schwester, aufzusuchen und nach einer Amme für Salomon zu fragen. Er vertrug die Kuhmilch nicht sehr gut.

»Du willst zu Oedosoa?« Arres Stimme holte Catharina in die Gegenwart zurück, und sie blieb stehen, überlegte. Es war sicherlich besser, Oedosoa um eine Audienz zu bitten und ihn nicht zu überrumpeln. »Kannst du ihn fragen, ob er mich empfangen würde?«

Arre nickte und strebte eilig fort, während Catharina die Tiere zu einem Baum führte und sich mit Pieternella und Salomon in den Schatten setzte.

Die Sonne stieg und stieg, doch der Junge kehrte nicht zurück. Catharina hätte schon längst weiterziehen müssen, aber sie fühlte sich verpflichtet, den Häuptling aufzusuchen und ihn zu warnen.

Eine Handvoll Frauen des Stammes beobachteten sie, kicherten hin und wieder, trauten sich jedoch nicht näher.

Pieternella winkte einem Mädchen in ihrem Alter zu. »Das ist Totsi.«

Catharina blickte Evas Tochter lächelnd an. »Ich vergesse immerzu, dass du sie auch alle kennst.«

»Nicht alle.« Pieternella scharrte mit ihrer Fußspitze im Sand. »Kann ich zu ihr gehen?«

Da kam Totsi schon mit einem Straußenei zu ihnen gelaufen. Sie zeigte zu einer Frau, die an einer der runden Hütten stand, vermutlich ihre Mutter. Catharina nickte ihr dankend zu, trank einen Schluck aus der Öffnung, reichte das Ei Pieternella weiter. Diese trank gierig, reichte dann Totsi das Ei und plapperte mit ihr in ihrer Sprache. Totsi nickte, streckte ihre Hand nach Pieternella aus und bedeutete ihr, mit ihr zu kommen. Auf Pieternellas fragenden Blick nickte Catharina zustimmend. »Geh nur.«

Catharina blieb mit Salomon allein zurück. Sie hoffte, dass Pieternellas Auftauchen zumindest Kabatsu dazu bewegen konnte, auch sie zu sehen. Und zwar bald. Nicht, dass sich Thielemann und Mayken beim Verschlag sorgten, wo sie abblieb.

Endlich kamen drei Krieger mit *assegais* auf sie zu. Ohne zu zögern, stand sie auf und ging ihnen entgegen. Die Mienen der Männer waren ernst, aber nicht unfreundlich. Catharina folgte ihnen zwischen den Rundhütten hindurch zu einem Lagerfeuer, das inmitten eines kleinen Platzes brannte. Oedosoa thronte an einem Ende, an seiner Seite Kabatsu und Arre. Evas Schwester erhob sich und kam auf Catharina zu.

»Kabatsu, ich grüße dich«, sagte Catharina, vorsichtig darauf achtend, die Worte richtig auszusprechen, die Eva sie gelehrt hatte.

Kabatsu neigte ihren Kopf. »Ich möchte Salomon halten«, sagte sie zu Catharina.

Catharina reichte ihr Evas Sohn mit einem bestätigenden Klicklaut. »Arre, bitte erzähle in eurer Sprache, dass Eva mit Hans auf Expedition ist.«

Rasch übersetzte der Junge, und Catharina sah, dass sich Oedosoas Augen verengten. Dennoch zeigte er mit einer einladenden Geste an, dass sie sich ihm gegenüber ans Feuer setzen durfte. Arre ließ sich nun neben Catharina nieder, kreuzte die Beine und sprühte geradezu vor Eifer, dolmetschen zu dürfen. Aber erst musste er etwas anderes loswerden. »Oedosoa hat geschlafen, und ich wollte nicht, dass Kabatsu ihn weckt. Deswegen mussten wir so lange warten.«

»Das hast du gut gemacht.« Catharina hätte niemals den Zorn

des Häuptlings wegen eines unterbrochenen Schlafes auf sich ziehen wollen. Überdies erleichterte sie zu hören, dass Oedosoa sie nicht hatte schmoren lassen, um seine Überlegenheit auszukosten.

Oedosoa sagte etwas, das im plötzlichen Krähen Salomons unterging. Catharina sog scharf die Luft ein. Jetzt würde sie den Häuptling doch verärgern. Schnell reichte Kabatsu den Jungen einer Frau, deren Brüste schwer von Milch waren. Diese legte Salomon an, und augenblicklich verstummte der Kleine und nuckelte, während Kabatsu begütigend über Oedosoas Arm strich und dieser, durch die liebevolle Geste seiner Frau besänftigt, seine Worte wiederholte.

Eine kluge Frau, schoss es Catharina durch den Kopf. Sie weiß ihren Mann zu nehmen.

»Oedosoa fragt, wie er helfen kann. Mit Rindern wird er es nicht können.« Arre lenkte Catharinas Aufmerksamkeit auf sich.

»Das weiß ich, deswegen bin ich nicht hier. Ich möchte ihm sagen, dass ich weiß, warum er nicht mit dem Kommandanten handeln will. Der Kommandant ist ein schlechter Mann, und seine Helfer Crudop und Koosten sind es auch. Sie sind gewalttätig und werden die Cochoqua nicht in Ruhe lassen, bis sie kriegen, was sie wollen.«

Arre übersetzte ihre Worte flink.

Oedosoa wiegte seinen Kopf bedächtig, schwieg eine kleine Weile, bevor er Arre antwortete. Gebannt hörte Arre zu, um kein Wort zu verpassen, nickte und übersetzte dann für Catharina. »Der Große Vater sagt, er weiß das. Auch, dass du deine Tiere vor ihnen verstecken möchtest.«

»Oedosoa ist weise. Mir wird der Kommandant auch Tiere wegnehmen.«

»Oedosoa sagt weiter, er weiß nicht, wo deine Frage oder dein Rat liegt. Er wird keine Tiere mehr geben und sich stattdessen zurückziehen. Er will nicht mitansehen, wie sein Stamm untergeht.«

Catharina nickte. »Sag ihm, ich habe keine Frage, ich habe

keinen Rat. Ich weiß nur, dass der weiße Mann nicht mehr gehen wird. Wenn die Stämme der Khoi keine Tiere mehr handeln, wird der *!uri-khoi* sich diese holen. Dafür finden die Männer jenseits des Meeres, in Amsterdam, dieses Land hier zu wichtig. Ich möchte, dass Oedosoa vorbereitet ist.«

Arre übersetzte Oedosoa, der Arre mit einer plötzlichen Handbewegung Einhalt gebot. »Löwin, der Wind hat mich die Antworten gelehrt.«

»Du sprichst unsere Sprache?« Damit hatte Catharina nicht gerechnet.

Es war das erste Mal, dass sie ihm ein schmales Lächeln abringen konnte. »Lass mich dir das Flüstern des Windes weitergeben. Ein Ochse ist ein Ochse. Dein Kommandant wird kommen und unsere Ochsen mit dem Feuerstock holen. Dann werden sie getötet und gegessen. Ihr Blut wird den Sand rot färben. Das Wasser wird ihn sauber waschen, und der Ochse ist vergessen. Denn er ist tot. Aber es wird neue Ochsen geben.« Oedosoa sah sie unverwandt an. »Was mein Herz schwer macht: Das Land unserer Ahnen wird uns genommen. Wir dürfen es besuchen, aber unsere Tiere nicht mehr weiden lassen. Und es wird kein neues Land der Ahnen für uns geben. Wer kein Land zum Weiden hat, vergeht. Für Land führt man Krieg. Nur werden wir ihn nicht gewinnen.«

Catharina starrte Oedosoa an, sah das Schicksal seines Volkes vor sich. Schon seine Enkelkinder würden kein freies Leben mehr führen wie er.

»Auch du wirst den *assegai* gegen uns richten. Wie Krotoa, die die *!uri-khoi* gewählt hat«, schnalzte er harsch und stand auf. Die Audienz war beendet.

Kabatsu reichte Catharina den jetzt schlafenden Salomon. Ob sie wollte oder nicht, sie musste sich dem Handeln ihres Mannes anschließen. Eva und ihre Kinder gehörten nicht mehr zu ihnen.

»Danke, dass du ihn hast stillen lassen. Von der Kuhmilch bekommt er Blähungen.«

»Warum gibst du ihm dann nicht Schafsmilch?«, flüsterte Kabatsu Catharina eine allzu einfache Wahrheit zu, auf die sie selbst nicht gekommen war.

Dankbar nickte sie Evas Schwester zu, dann rief sie Pieternella, die im Zelt mit dem Mädchen verschwunden war.

»Warum müssen wir schon gehen?«, fragte Pieternella trotzig.

Catharina wusste nicht, was sie sagen sollte. Wie sollte sie einem Kind das Geflecht des Lebens erklären oder dass sie als Evas Tochter hier nicht mehr willkommen war?

»Weil wir die Tiere wegbringen müssen.« Arre hatte nichts von seinem Tatendrang eingebüßt, schien von den Worten Oedosoas unbeeindruckt.

Catharina bewunderte ihn für seine Unerschrockenheit. Und wer wusste schon, ob die beiden bei den Weißen nicht eine bessere Zukunft hatten? Dennoch fragte sie, während sie Aba Te! vom Baum band: »Willst du nicht lieber bei Oedosoa bleiben?«

Der Junge schüttelte entschieden den Kopf und schwang sich auf einen Ochsen.

Zugleich niedergeschlagen und voller Stolz, blickte Catharina auf die drei Kinder, dann in die Ferne, in der sie Hans und Eva wusste. Kommt zurück! Sie presste Salomon an sich. Bitte kommt zurück!

47. KAPITEL

Eine Kapkobra sonnte sich auf einem Stein oberhalb der Schlangengrube. Riebeck klemmte seinen Schwanz zwischen seine Beine, hielt sich nah am Pferd, indessen Arre sich das Tier näher anschauen wollte.

»Arre! Nicht.«

»Sie schmecken gut.«

»Ich will nicht, dass sie dich beißt.«

Arre neigte erklärend den Kopf zur Seite. »Nein. Sie will warm sein. Nur wenn ich einen Stein auf ihren Schwanz werfe, springt sie und schnappt.«

Catharina warf ihm einen flehenden Blick zu. Der Kleine murmelte vor sich hin, hielt aber Abstand zu dem todbringenden Tier.

Kurz darauf erreichten sie den Wald, und Catharina ließ einen Käuzchenruf ertönen, der nach kurzem Warten erwidert wurde.

»Endlich!« Thielemann war sichtlich erfreut, Catharina und die Tiere zu sehen. »Was hätte ich Hans sagen sollen, wenn seiner Frau etwas zugestoßen wäre?«

»Dann hätte er sich die nehmen können, die er liebt.«

Thielemann starrte sie verständnislos an. »Komm, ich helf dir, die Tiere in den Verschlag zu bringen. Für drei Tage haben sie zu fressen. Wir müssen überlegen, wie wir sie danach durchfüttern.«

»Ich werde sie auf die Weidegründe bringen.« Arre streichelte einem der Ochsen über den Hals. »Ich bleibe bei ihnen.«

»Du würdest alleine hierbleiben?« Catharina versuchte das Herz des Jungen zu ergründen, der sie aufs Neue überraschte. Sein Vorschlag war gut. Niemand innerhalb der VOC würde den Khoi suchen.

»Ich habe keine Angst.«

»Dich werden sie nicht vermissen«, überlegte Thielemann

und nickte. Er war einverstanden. »Wir bringen dir abwechselnd alle zwei Tage Essen.«

»Wir wissen doch gar nicht, wie lange die Tiere hierbleiben müssen. Arre kann nicht länger als eine Woche hier draußen allein sein«, wandte Catharina ein.

»Oedosoa hat gesagt, er würde mir helfen.«

Genau das hatte Catharina befürchtet. Oedosoa hatte dem Jungen gesagt, dass er bei den Tieren bleiben sollte. Hatte der Häuptling einen Plan geschmiedet, ihnen die Tiere zu entwenden? Doch selbst wenn der kleine Khoi die Tiere zu Oedosoa treiben würde oder umgekehrt der Häuptling sie sich holen würde, auf der *farm* konnte Koosten jederzeit auf die Idee kommen, sie und ihre anderen Tiere zu konfiszieren. Sie forschte in Arres Gesicht nach einer Spur des Verrats. Der Blick des Jungen war wie stets unschuldig und fröhlich. Thielemann und Mayken schienen ebenfalls nicht beunruhigt.

Und glaubte sie wirklich, Oedosoa würde ihr die Tiere wegnehmen, die er mit Hans gehandelt hatte? Nein, er hatte sie wieder Löwin genannt. Und wie konnte sie nur an Arre zweifeln? Sie sah Gespenster. Zumindest hoffte sie das.

»Laurens wird ihn ablösen«, unterbrach Thielemann Catharinas Gedanken. »Oder einer von Frans' Sklaven, wenn Frans seine Tiere bringt.«

Mayken und Thielemann begleiteten Catharina und Evas Kinder zurück zur *farm*, um zu sehen, wo sie noch helfen konnten oder ob sie Laurens schicken sollten. Catharina hielt dies für überflüssig, aber die beiden ließen sich nicht abwimmeln. Zu Catharinas Glück. Denn was sie zuvor für unnötig gehalten hatte, wandelte sich in dem Augenblick, als sie über die Felder zurückritten und sie eine Handvoll Soldaten auf der Weide ihre Rinder zusammentreiben sah. Das Muhen der Rinder war bis zu ihnen zu hören.

Catharina preschte den anderen im Galopp davon, spürte, wie Pieternella sie umklammerte, um nicht herunterzufallen.

»Was soll das?«, herrschte sie einen der Soldaten an, in dem sie Sniffelmann erkannte.

»*Sergeant* Koosten will eure Rinder zählen. Da niemand auf dem Hof war, sollen wir sie zusammentreiben.«

»Ist er mit dir da?«

Sniffelmann nickte.

Nicht mal zwei Tage hatte ihr Feind gewartet, um sie aufzusuchen. Und wie gut sie daran getan hatte, so schnell zu handeln. Sie ritt mit bangem Herzen in ihren Hof. Auf ihrer Bank unterm *geelhoutboom* saß er, schien sich ganz zu Hause zu fühlen.

»*Sergeant* Koosten.«

»Mijnfrouw Ras.« Aufreizend langsam erhob er sich. »Wo wart Ihr?« Wieder redete er sie förmlich an, um den Schein zu wahren. Was für eine Ratte!

»Ich wüsste nicht, was Euch das angeht.«

Pieternella rutschte vom Pferd herunter und rieb sich die Beine.

»Vielleicht sagst du mir, wo ihr wart«, sagte Koosten zu dem Mädchen und hob seinen Zeigefinger.

»Bei meiner Tante.«

»Deiner Tante?« Mit dieser Antwort hatte Koosten offenbar nicht gerechnet.

»Kabatsu.« Pieternella war unerschrocken und log auch nicht. Aber sie hatte sich auf Eis begeben, das hoffentlich nicht zu dünn war, denn wenn Koosten wusste, dass Oedosoas Frau Kabatsu hieß, würde er wissen, dass der Häuptling in der Nähe war.

Doch Koosten wandte sich nur süffisant Catharina zu. »Ihr pflegt gute Kontakte mit den Hottentotten.«

Catharina atmete auf. »Was bleibt mir übrig? Die Compagnie hat die Eltern der beiden auf Expedition geschickt. Den Vater nach Madagaskar, die Mutter nach Saldanha. Wir mussten ihre Familie unterrichten.« Sogar Koosten würde dies einsehen müssen.

»Und Thielemann und seine Frau haben Euch wohl dabei

begleitet.« Koosten beäugte Thielemann und Mayken misstrauisch, die nun in den Hof geritten kamen.

»Als Frau ist es unklug, ohne Begleitung zu sein. Zu schnell wird man überfallen.« Catharina spielte mit dem Feuer, Koosten so unverblümt auf ihre letzte gemeinsame Begegnung anzusprechen.

In der Tat arbeiteten seine Gesichtsmuskeln, aber er blieb regungslos stehen.

»Warum seid Ihr hier und schickt Soldaten auf mein Land?«

Sie begann, ihre Forderungen zu stellen. Dennoch zitterte sie innerlich, empfand eine grauenhafte Hilflosigkeit. Sie hasste Koosten dafür, dass er ihr Angst einjagen konnte. Um nichts in der Welt durfte sie sich ihre Furcht anmerken lassen. Mit durchgedrücktem Rücken sprang sie von Aba Te! und trat auf ihn zu.

»Ich zähle alle Rinder nach. Die Compagnie sollte einen Überblick haben, falls Euer Mann nicht erfolgreich sein wird und wir für die Patriaflotte vorsorgen müssen.« Er machte ebenfalls einen Schritt auf sie zu, damit nur sie ihn hören konnte. »Erinnerst du dich an das letzte Mal, als ich hier war?«

»Wie könnte ich es vergessen.« Catharinas Beine wollten nachgeben, doch sie zwang sich, aufrecht stehen zu bleiben.

Koosten lachte sein Hasenlächeln. »Du lagst vor mir im Dreck, wo du hingehörst«, fuhr er fort. »Da, wo du wieder –« Koosten beendete den Satz nicht, denn Thielemann hatte ihm plötzlich ein Messer an den Hals gedrückt, hatte offenbar erfasst, dass Koosten sie bedrohte.

»Thielemann!« Catharina schrie auf.

»Du lässt die Frau meines Freundes in Ruhe.«

Selten hatte Catharina Thielemann so ruhig gesehen. Sie blickte zu den Soldaten, die sich unbeteiligt gaben. Keiner von ihnen kam Kosten zu Hilfe, obwohl sie sehen mussten, was hier geschah.

Mitten in die angespannte Stille hinein stimmte der *sergeant* ein künstliches Lachen an. »Es ist nichts. Wir unterhalten uns nur.«

Thielemann ließ das Messer sinken, trat einen Schritt zurück.

»Ich lasse Euch verhaften«, sagte Koosten wieder mutig zu Thielemann.

»Nein! Ich lasse dich verhaften. Du hast meine Tochter umgebracht.« Es brach aus Catharina heraus, bevor sie nachdenken konnte.

»Tochter?« Koosten riss die Augen auf. »Was für eine Tochter?«

Auch Thielemann wirkte zunächst überrascht, kam aber bald zum richtigen Schluss. »Er ist schuld, dass du das Kind verloren hast?« Er hob erneut sein Messer. »Ich bring ihn auf der Stelle um.«

»Soldaten!« Koosten war sichtlich irritiert, während Catharina Thielemann zurückhielt.

Die Bewaffneten rührten sich auch jetzt nicht vom Fleck. Was deutlich zeigte, dass Koosten unter ihnen keine Freunde hatte.

Sniffelmann kam von der Weide zurück, hatte von der Spannung allem Anschein nach nichts mitbekommen. »Dieselbe Anzahl Tiere wie vordem«, verkündete er nur.

Koosten schwang sich augenblicklich aufs Pferd. »Ich habe nichts mit einem Tod zu tun. Guten Tag.«

Während die Soldaten und Koosten von dannen ritten, zitterten Catharina die Beine. Tränen liefen ihr übers Gesicht, legten ihr Inneres bloß.

»Warum hast du nicht gesagt, dass es Koosten war?«

»Weiß es Hans?« Mayken war sichtlich erregt.

Catharina nickte. »Er muss zurückkommen.« In ihrer Stimme lag ihre ganze verschüttete Liebe. Schnell schluckte sie, bevor sie das Gefühl überwältigte.

Mayken legte ihr die Hand tröstend auf den Arm. Selbst sie konnte ihre Tränen kaum unterdrücken. »Das wird er.«

Thielemann zog seinen Flachmann aus der Tasche und reichte ihn Catharina. »Trink!«, sagte er nur, und sie gehorchte.

48. KAPITEL

Ein Schuss krachte in die nachmittägliche Stille, und die Strohpuppe flog durch die Luft.

»Getroffen«, jubelte Pieternella. Leichtfüßig lief sie über die Kohlköpfe, hob die Puppe hoch und winkte Catharina damit zu. Der Gestank des verbrannten Schwarzpulvers stach Catharina scharf in der Nase, und ihre Ohren klingelten nach dem Schuss, aber sie war stolz. Sie würde jeden umbringen, vor allem Koosten, wenn er sich noch einmal in böser Absicht näherte. Pieternella kam freudestrahlend mit der Puppe auf sie zugelaufen. Es störte das Mädchen nicht, dass diese kopflos war.

Catharina streichelte Pieternella über die Haare. Die Kinder lenkten sie von ihrer schieren Sorge um Hans und Eva ab, machten ihr zugleich ihre eigene Zerbrechlichkeit deutlich. Sie war für sie verantwortlich. Und die Warterei auf Hans und Eva brachte sie vor allem nachts um den Verstand. Sie wartete händeringend auf Neuigkeiten. Knapp vierzehn Tage waren seit Koostens Besuch vergangen. Seit ein paar Tagen wechselten sich die *vrijburgher* mit der Wache bei den Ochsen im Versteck ab, und Arre war wieder bei ihnen. Nachdem Oedosoa mit den Seinen weitergezogen war, wollte Catharina den Kleinen trotz seines energischen Widerspruchs nicht ohne Menschen in der Nähe wissen. Arre war trotz allem noch ein Kind.

Die Station mied sie seit Beginn der Expedition, wurde jedoch von Laurens oder Thielemann mit Neuigkeiten versorgt. Diese waren beunruhigend. Die Auktion von Lacus' Wertgegenständen hatte wie erwartet nicht das nötige Geld gebracht, zudem war seine Strafe bestätigt worden. Er und Lydia wurden für zwei Jahre nach Robben Eiland verbannt. Nach wie vor lag nur ein voll beladenes Patriaschiff im Hafen und wollte mit Proviant versorgt werden. Da die anderen beiden Ostindienfahrer längst überfällig waren, stand zu befürchten, dass sie den Sturm nicht überstanden hatten. Wenn dem so war, würde weniger Proviant vonnöten werden. Die Tragik der Schiffe, der Verlust der Menschenleben, würden van Quaelbergens und Crudops Fehler überdecken. Es war ein grauenhafter Streich des Schicksals, dass dieser todbringende Sturm sie am Kap retten konnte.

»Darf ich die Puppe behalten?«

»Sollen wir dir nicht eine neue machen, die ganz ist?«

Pieternella schüttelte den Kopf, presste das Strohbündel an ihren kleinen Bauch.

Catharina rang sich ein Lächeln ab. »Komm, wir gehen Arre suchen und gehen zum Fluss.«

Arre saß im Schatten auf der Bank. Der Leiterwagen mit Salomon stand vor ihm, und der Khoi-Junge schnatterte munter auf den Kleinen ein.

Pieternella rannte auf ihn zu. »Wir gehen zum Fluss, wir gehen zum Fluss.« Unvermutet blieb sie mitten in der Bewegung stehen, zeigte mit dem Finger in Richtung Versorgungsstation. »Da kommt jemand.«

Catharina blickte in die von Pieternella gewiesene Richtung, konnte jedoch nichts erkennen. »Was siehst du?« Jedes Mal staunte sie über die Adleraugen des Mädchens.

»Einen Reiter!«

»Wahrscheinlich Laurens.«

»Dann wird das nichts mit dem Fluss?« Arre planschte gern im Wasser.

»Lass uns erst auf die Neuigkeiten warten.« Catharina sah mittlerweile den Reiter, das Pferd allerdings kannte sie nicht. Zudem saß der Mann nicht aufrecht, sondern war über den Hals des Pferdes gebeugt.

»Gleich sind alle traurig, und wir gehen nicht mehr zum Wasser.« Wie Catharina spürte Arre, dass von dem Reiter keine guten Nachrichten zu erwarten waren.

Von einem Wimpernschlag zum nächsten spitzte Riebeck die Ohren, blieb wie auf der Jagd angespannt mit einem Vorderlauf in der Luft stehen. Dann lief er laut bellend zur Brücke.

»Riebeck!« Vergeblich rief Catharina den Hund zurück. Der Reiter hatte anscheinend gehört, dass er erwartet wurde, richtete sich im Sattel auf. Jetzt erkannte sie ihn.

»Hans!« Catharinas Herz hüpfte. »Hans!« Sie ließ die Muskete achtlos auf den Boden fallen und rannte ihm entgegen, flog regelrecht über die Brücke.

Ohne seine sonstige Geschmeidigkeit glitt ihr Mann vom Pferd. Riebeck sprang an ihm bellend hoch. Hans beachtete ihn nicht, sah Catharina entgegen. Um ihr Herz schloss sich eine Klammer, als sie in seinen Augen eine Verzweiflung las, wie sie ihr in ihnen noch nie begegnet war.

Er öffnete seine Arme. Sie lief in sie hinein, umarmte ihn fest, presste sich an ihn, während er sie auf den Kopf küsste. Riebeck bellte um Aufmerksamkeit. Catharina wollte, dass der Hund ewig weiterbellte, um nicht die traurige Gewissheit zu erfahren, warum Hans allein gekommen war. Schließlich lockerte Hans seine Umarmung, blickte über ihren Kopf hinweg zum Haus und zu den drei Kindern. »Es sieht friedlich aus.«

»Eva?«, traute sich Catharina endlich zu fragen. »Ist sie tot?«

Hans holte mit versteinertem Blick tief Luft. »Sie ist im Fort.«

Erleichterung floss durch Catharinas Körper, wenngleich sie nicht verstand. »Warum ist sie nicht mit dir hier? Ihre Kinder warten auf sie.«

Hans schwieg. Wieder schloss er sie fest in seine Arme, küsste sie.

»Hans, was ist passiert?« Ihre Stimme war voller Angst.

»Ich hätte nie wiederkommen können. Du wärst alleine. So wie Eva.«

Nackte Panik erfasste Catharina, sie legte ihre Hand über seine. »Jetzt sag endlich. Eure Expedition –«

»Wir haben keine Tiere mitgebracht. Gonnomoa wollte nicht verhandeln.«

Catharina sog scharf die Luft ein.

»Die Patriaflotte ist da.«

»Alle Schiffe?« Ihr Herz sank.

»Ja, sie brachte die Nachricht.«

»Welche?«

»Pieter ist tot. Er ist bei Antogil Bay von Eingeborenen erstochen worden.«

Catharina trat einen Schritt zurück, sah zu Pieternella, die unbeweglich neben Arre stand, immer noch die Puppe in der Hand haltend.

»Nein«, hauchte Catharina. »Das ist nicht wahr.«

»Eins der Patriaschiffe hat nach einem Sturm vor Madagaskar geankert. Sie haben Überlebende der Unternehmung gefunden. Diese haben ihnen Pieters Grab gezeigt.«

Catharina fror am ganzen Körper. »Will Eva, dass wir es Pieternella sagen?«

»Sie will gar nichts mehr. Seit sie es weiß, hat der Arrackbecher ihren Mund nicht mehr verlassen.«

49. KAPITEL

Catharina sah Pieternella unter dem *geelhoutboom* vor dem kleinen Holzkreuz sitzen. Die kleinen Schultern zogen sich zusammen, entspannten sich für einen Moment, um dann wieder nach oben und dann nach unten zu sacken. Seit sie ihr gesagt hatten, dass ihr Vater gestorben war, hatte sie nicht mehr geredet, selbst nicht mit dem von ihr so vergötterten Arre.

Beim Näherkommen hörte sie das Mädchen zu dem Holzkreuz in ihrer Muttersprache reden. Sie räusperte sich, um Pieternella nicht zu erschrecken, und setzte sich neben sie.

Pieternella blieb aufrecht sitzen. »Hat Papa auch ein Kreuz?« Ihre Stimme klang seltsam körperlos.

»Bestimmt. Er hat ein Grab. Und da ist ein Kreuz.«

»Überall, wo Kreuze sind, ist Papa?«, fragte die Kleine weiter.

Catharina überlegte kurz. »So kann es sein, ja.«

Pieternella schlussfolgerte. »Dann ist Papa auch hier?«

»Dein Vater ist wie deine Ahnen überall.« Catharina ergriff Pieternellas Hand und legte sie auf deren Herz. »Vor allem ist er hier drin bei dir. Und wenn du willst, überall da, wo Kreuze sind.«

Pieternella beugte sich vor und drückte inbrünstig einen Kuss auf die Querstrebe des Kreuzes. »Immer werde ich alle küssen«, sagte sie entschlossen.

Über ihnen im Baum begann ein Vogel zu singen. Ein Rotkehlchen saß auf dem untersten Ast des *geelhoutbooms*, tschilpte sein Lied, und Catharina war sich sicher, dass es Pieter die letzte Ehre erwies.

Sie lauschten gemeinsam dem Gesang, bis eine kleine Windbö die Blätter erfasste, die das Vögelchen aufschreckten und es davonfliegen ließen. Pieternella rappelte sich auf. »Können wir zu Mama?«

Catharina wollte Pieternellas Wunsch umgehend erfüllen, doch Hans bat sie, bis zum nächsten Morgen zu warten. Er musste zu Kräften kommen und wollte sich die *farm* anschauen.

Catharina sah ihm von der Bank aus zu, wie er und Riebeck von den Grasflächen zurückkamen, auf denen die Ochsen weideten. Seine Schritte waren nicht wie sonst raumgreifend. Nachdenklich, ja fast zögernd kam er auf sie zu, als ob er eine schwerwiegende Entscheidung getroffen hatte. Er setzte sich zu ihr. »Es fehlen Tiere.«

»Sie sind im Versteck. Thielemann und ich dachten, dass Koosten uns Tiere wegnehmen würde, wenn deine Expedition nicht erfolgreich ist. Koosten war auch schon hier und hat die Tiere gezählt.«

Hans nahm ihre Hand. »Van Quaelbergen macht Eva und mich dafür verantwortlich, dass wir mit leeren Händen zurückgekehrt sind. Sie werden sicher unsere Tiere holen kommen.«

»Sollen sie. Wir haben dann immer noch die im Versteck.« Catharina gab ihrer Stimme einen festen Klang.

»Ich bin stolz auf dich«, sagte Hans kaum hörbar, bevor er leise und gefasst fortfuhr. »Eva und ich haben in Saldanha Bay etwas gesehen.«

»Was?«, fragte sie, da Hans schwieg.

»Wir haben die Franzosen wiedergesehen. Sie bauen einen Stützpunkt in Saldanha.«

»Dann ist es wahr. Van Quaelbergen hat ihnen in die Hand gespielt.«

»Entweder, ohne es zu wissen, oder er arbeitet gegen die Compagnie«, bestätigte Hans ihre Worte. »Wir könnten zu ihnen gehen.«

»Du willst nach Saldanha?« Catharina kannte die mehrere Tage Fußmarsch vom Kap entfernte Bucht nur von den Erzählungen der Seelöwenjäger und von Eva.

»Ja. Dort ist kein Koosten.«

»Warum sollte es da besser sein? Wir verlassen alles. Dort ist niemand.«

»Wir nehmen alle mit: Thielemann, Remayenne, Gerrits. Soll die Compagnie doch sehen, wie sie ohne uns zurechtkommt.«

»Eva?«

»Natürlich.«

»Werden die Franzosen uns Saatgut geben, Rinder?«

»Sie wollen eine Versorgungsstation für ihre Schiffe. Und wir wissen, wie es geht.«

»Du würdest alles hier aufgeben?«

»Was haben wir noch, wenn es uns genommen wird? Van Quaelbergen hält mich nun für einen Versager. Crudop will alle Verbündeten von Lacus strafen. Koosten wird seine Befehle nur zu gern ausführen.«

Catharina spürte die Veränderung, die durch ihren Körper ging. Etwas straffte sich in ihr, und sie fühlte sich leichter. Sie waren noch nicht am Ende, sie konnten nach Saldanha gehen. Und Hans plante seine Zukunft mit ihr an seiner Seite.

Pieternella und Salomon dösten hinten auf der Ladefläche, während Catharina neben Hans auf dem Kutschbock saß. Aba Te! hatte sie hinten an den Wagen gebunden. Jedes Mal, wenn sie zurücksah, warf das Tier seinen Kopf hoch, wie um sie aufzufordern, ihn loszubinden. Doch heute wollte sie neben Hans sitzen. Sie mussten sich gegenseitig stärken. Sie richtete ihren Blick wieder fest nach vorn, auf die Station, die allmählich in Sichtweite kam. In ihrem Körper hatte die Traurigkeit sich festgesetzt wie kleine Salzkristalle, die sich nicht auflösen ließen.

Die Ochsen trotteten durch die Heeresstraat. Lacus' Haus lag verwaist, und Catharina konnte durch die vorhanglosen Fenster in die leeren Zimmer sehen.

»Es ist so ruhig.« Hans klang verwundert.

Auch auf dem Weg zu den Tavernen waren nicht die üblichen Rufe zu hören und Menschen zu sehen.

»Es ist so still wie bei Everards Beerdigung«, flüsterte Catharina, obwohl es keinen Grund zum Flüstern gab.

Ein Paar, das zwischen dem Haus des Bäckers und dem neuen

Bordell von Barbara Geems stand, zog ihre Aufmerksamkeit auf sich. Eine Khoi in einem schwarzen Kleid und mit Kopftuch küsste einen großen blonden Mann, der von der Seite aussah wie Pieter. Die Frau schien das Knirschen der Räder zu hören und drehte ihren Kopf zu ihnen. Es war Eva. Der Mann, den sie geküsst hatte, wankte wegen der fehlenden Stütze und hatte keinerlei Ähnlichkeit mehr mit Pieter. Ein Blick nach hinten zeigte Catharina, dass die Kinder ihre Mutter noch nicht entdeckt hatten. Hans hatte sie jedoch gesehen.

Catharina sah ihn an. »Wir müssen sie mitnehmen.«

»Willst du oder soll ich?« Hans hielt den Wagen an.

»Ich. Warte du um die Ecke.« Catharina sprang vom Wagen ab.

Eva hatte sich wieder dem Seemann zugewandt, küsste ihn, als wollte sie Catharina nicht bemerken. Der Matrose war derart betrunken, dass er nunmehr im Kuss schwankte, stolperte, dabei Eva mit sich zu Boden zog und unter sich begrub.

Mit aller Kraft, die ihr geboten war, riss Catharina ihn von Eva runter.

»Was soll das?«, lallte dieser, machte aber keine Anstalten, sich zu wehren.

Catharina ergriff Evas schlaffe Hand. »Steh auf!«

Eva starrte sie aus glasigen Augen an, indessen der Seemann sich erinnerte, was er von Eva wollte. Er rappelte sich auf. »Ich hab ihr Arrack bezahlt fürs Ficken. Oder willst du?« Er schaute Catharina lüstern an.

Sie gab ihm eine Münze aus ihrem Geldbeutel. »Verschwinde und such dir 'ne andere.«

Eva lag weiterhin reglos auf dem Sandboden, als ob sie das alles nichts anginge.

»Das ist zu wenig«, beschwerte sich der Mann. »Das da«, er zeigte auf Eva, »hat gesoffen wie 'n Loch.«

Catharina wollte keinen Ärger und gab ihm noch eine Münze.

»Du willst echt nicht?«, fragte er sie nochmals.

Als Antwort zog Catharina ihr Messer aus dem Ärmel, hielt es drohend auf sein Herz gerichtet.

Damit hatte der Seemann offenbar nicht gerechnet. Er blickte erschrocken drein und hob abwehrend die Hände. Während er torkelnd um die Ecke wankte, blieb Eva auf dem Boden liegen. »Das war Pieter!«

»Pieter ist tot.«

Eva schüttelte den Kopf im Sand nur hin und her. »Nein, nein!« Die Trauer schien sie zu zerreißen.

»Steh auf! Für Pieternella und Salomon!« Catharina nahm ihren Wasserbeutel, goss Wasser über Evas Gesicht.

Für einen Moment wurden Evas Augen klar, wie auch ihre Stimme. »Ich will nicht mehr, Catharina.«

Catharina ließ nicht locker, wenngleich die Worte sie tief trafen. »Deine Kinder wollen leben. Sie wollen dich sehen. Aber weder betrunken noch stinkend. Sie haben schon ihren Vater verloren. Sollen sie auch noch ihre Mutter …«, Catharina holte tief Luft, »Krotoa verlieren?«

Das kurze Aufblitzen in Evas Augen verging wie das Glühen einer Sternschnuppe. »Du verstehst das nicht.«

»Ich verstehe sehr gut. Pieternella und Salomon haben es nicht verdient, in deinem Schmerz verloren zu gehen.« Catharina wechselte die Tonlage, gab ihrer Stimme einen weichen Klang und legte all ihr Flehen hinein. »Eva, bitte. Gib nicht auf. Du bist nicht allein.«

»Auf Robben Eiland schon.«

»Wir lassen nicht zu, dass du dorthin gehst.«

»Das ist denen egal.«

»Wir werden weggehen, Eva. Nach Saldanha.« Sie nahm Evas kraftlose Hand.

»Saldanha?« Ein Zittern durchfuhr Eva. »Saldanha.« Der Name dieses Ortes wirkte wie ein Zauber auf sie, und endlich ließ sie sich hochziehen.

50. KAPITEL

Wie versprochen wartete Hans hinter dem nächsten Lagerhaus auf sie. Pieternella sprang von der Ladefläche und rannte auf ihre Mutter zu. »Mama.«

Die beiden umarmten sich fest und innig. Pieternella roch an ihrer Mutter. »Du hast getrunken.«

Eva sah über Pieternella hinweg zu Catharina. »Ich werde es nicht mehr tun.« Ihr gebeugter Rücken sprach eine andere Sprache. Die Vergangenheit war unwiederbringlich verloren, die Zukunft nicht erstrebenswert.

Catharina war fest entschlossen, ihr neue Hoffnung einzuflößen. Saldanha konnte dabei helfen, wobei sie nicht sicher war, ob die Übersiedelung ihr selbst Hoffnung geben konnte. Sie liebte ihre *farm*, sie liebte ihren Mann. Hier wollte sie sein, aber Koosten und Crudop ließen es nicht zu. Dass Eva mit ihnen kommen würde, war sicher von Vorteil. Damit zeigten sie den Khoi-Stämmen im Norden, dass sie Freunde der Khoi waren. Überdies sprach Eva ein paar Brocken Französisch. Sie würde wieder übersetzen und eine geachtete Frau werden.

Catharina sah, wie François, Joris' Knecht, aus der Taverne zu Hans trat und auf ihren Mann einredete. Hans strich sich dabei übers Haar, das sichere Zeichen, das ihm etwas nicht behagte.

»Catharina, komm endlich!« Hans schrie fast.

Eine neue furchtbare Ahnung durchdrang sie. François drehte seinen Hut unablässig in der Hand.

»Springt alle auf.« Hans kletterte auf den Bock, François folgte ihm. »Eva, Pieternella, hoch mit euch.«

»Wo willst du hin? Was ist passiert?« Catharina quetschte sich neben die beiden Männer auf den Bock.

Die Hände des Knechts zitterten leicht. Hans schnalzte mit der Zunge, und die Tiere setzten sich in Bewegung, während

François mit der Neuigkeit herausrückte. »Amisha und ich haben sie gefunden. Sie hat sich erhängt.«

»Um Himmels willen, wer denn?«

»Zara. Jetzt will Crudop ein Exempel an ihr statuieren.«

Sie brauchten nicht weit zu fahren. Die Bewohner des Kaps säumten die Straße vom alten Fort zum Compagniegarten.

Crudop stand in der Mitte der Straße, ein berittener Soldat neben ihm. Mit seiner Peitsche schlug er dem Pferd auf den Hintern. Das am Sattel festgebundene Seil spannte sich, als das Tier lospreschte.

Catharina schrie auf. Am Seil war ein Körper festgebunden. Mit einem Ruck schleuderte der leblose Fuß in die Höhe, dann der Leichnam. Er flog durch die Luft, schlug wieder auf den Boden auf, wurde mitgeschleift.

»Was macht er mit ihr?« Catharina wollte vom Bock springen, doch Hans griff über François hinweg und hielt sie fest.

»Nicht. Da sind Mayken und Thielemann.« Die beiden standen ein wenig abseits. »Vielleicht wissen sie mehr.« Hans sprang ab, Catharina folgte ihm augenblicklich, während Eva mit starren Augen das Geschehen verfolgte und ihre Kinder an sich presste.

»Ich bleib bei Eva«, rief François ihnen zu, »ich habe für heute genug gesehen.«

Der Reiter galoppierte an Hans und Catharina vorbei. Sie barg ihren Kopf an Hans' Arm, das Aufschlagen des Körpers auf dem harten Boden hörte sie dennoch. »Was ist, wenn wir an Zaras Tod Schuld tragen? Wenn Koosten herausgefunden hat, dass sie uns geholfen hat?«

»Das möge wer auch immer verhütet haben.«

Der Reiter erreichte das Ende der Straße, wendete das Pferd und steuerte es gezielt auf den Leichnam zu. Das Tier scheute, doch der Soldat zwang es, ihm zu gehorchen. Die Hufe wirbelten erneut durch die Luft, landeten auf dem toten Körper, zermalmten knirschend die leblosen Beine. Anschließend galoppierte das Pferd wieder los, und Zara schlitterte mit dem Gesicht nach unten über den Boden.

»Was für eine Wut.« Hans stierte feindselig zu Crudop, während seine Stimme ein Hauch war.

»Es kommt noch schlimmer.« Aus Thielemanns Stimme klang Bitternis. »Crudop will sie enthaupten und ihren Kopf aufspießen.«

»Warum?« Diese Grauslichkeit war zu viel für Catharina.

»Freitod ist Sünde«, lautete Thielemanns Antwort.

»Aber nicht bei den Khoi«, widersprach Hans.

»Zara ist vor ein paar Wochen getauft worden, wollte zu uns gehören. Koosten hat ihr wohl die Ehe versprochen.«

»Er hat was?« Catharina konnte nicht an sich halten.

»Sie hat gestern bei Joris erzählt, dass sie bald sein Weib sein würde. Koosten hat sie vor allen verhöhnt, wie sie sich so was einbilden könnte. Deswegen hat sie sich umgebracht.«

»Und wird tot durch die Straßen geschleift.« Catharinas Augen weiteten sich vor Entsetzen.

»Der *council* hat's beschlossen.« Mayken war grau im Gesicht. »Ich habe Angst.«

Hans sah Catharina fragend an, und sie antwortete mit einem Nicken. »Wir sollten uns unterhalten, abseits von hier«, sagte Hans zu den beiden. Unvermittelt wurde seine Miene starr. Catharina drehte sich um und sah sie: Amisha, die zwischen zwei Häusern stand.

Catharina bedachte Hans mit einem langen, ernsten Blick. Er erwiderte ihn. Er würde sie gern mitnehmen, dachte sie, ist aber unsicher, wie ich auf einen solchen Vorschlag reagiere. Wieder preschte der Reiter an ihnen mit der toten Zara vorbei, und Catharina atmete tief durch, fasste einen Entschluss. »Ich werde sie fragen, ob sie mitkommt. Du würdest ansonsten ein Versprechen brechen. Rede du mit Mayken und Thielemann.«

Amisha war mager geworden, und zum ersten Mal nahm Catharina weniger deren Schönheit als ihre Verletzlichkeit wahr.

»Koosten hat ihr die Ehe versprochen. Sie hat sich sogar taufen lassen für ihn.« Aus Amisha sprach die reine Bitterkeit. »Sie hat nicht die List gesehen, dass er nur alle ihre Geheimnisse wissen wollte. Sie dagegen wollte anerkannt sein.«

Ein Schauder erfasste Catharina. »Welche Geheimnisse?«

»Dass sie für mich Bote war, für euch. Sie hat vor Gericht gegen Lacus ausgesagt. Und nachdem Koosten alles in Erfahrung gebracht hat, hat er sie fallen lassen.« Selbst schweigend strahlte Amisha Hoffnungslosigkeit aus, während Catharina durch ihre Worte nun über die bittere Gewissheit verfügte, dass auch sie Schuld an Zaras Tod trug.

»Sie hat keinen Ausweg mehr gewusst, weil sie alle verraten hat, am meisten sich selbst. Hoffentlich erbarmt sich euer Gott ihrer Seele.« In Amishas Augen glitzerten Tränen.

»Das wird er. Er vergibt ja auch Koosten, Crudop und auch sonst allen Schweinen.« Catharina fasste Amishas Arm. »Was hat Zara Koosten über uns verraten?«

»Was sie wusste. Dass ihr Geld für mich versteckt habt, dass Hans mit Lacus gehandelt hat.«

»Dann wird Koosten Beweise gegen Hans haben und ihn anklagen.«

»Ja.«

»Amisha.« Catharina trat näher an sie heran. »Wir lieben denselben Mann, du hasst mich, ich fürchte dich. Aber dich hierzulassen bring ich schon allein wegen Hans nicht übers Herz.«

»Was soll deine Rede?«

»Wir verlassen die Station und gehen nach Saldanha. Kommst du mit?«

Aus ihren mandelförmigen Augen sah Amisha Catharina unergründlich an. »Wie blind du bist. Du bist immer noch ohne Ahnung.«

»Schon wieder maßregelst du mich, wenn ich dir helfen will.« Sie drehte sich um.

»Dein Angebot ist groß, wirklich. Aber glaubst du ernsthaft,

Koosten lässt dich vom Haken? Er will Hans tot sehen. Sein Plan, ihn auf der Expedition zu töten, ist fehlgeschlagen. Gerade reitet er zu eurem Versteck, um eure Tiere zu beschlagnahmen und danach die *farm.*«

Wie eine Furie wandte sich Catharina Amisha erneut zu. »Was? Woher …?«

»Remayenne hat Zara mitgenommen, als er seine Tiere dorthin gebracht hat.«

Nicht nur Catharina schrie auf, auch die Beobachter des grausigen Spektakels, was Catharina veranlasste hinzusehen. Ein Soldat hielt Zaras abgetrennten Kopf in die Höhe und zeigte ihn der Menge.

51. KAPITEL

Catharina wusste nicht, was genau sie dazu veranlasst hatte – Zaras Kopf, Amishas Geständnisse oder ihr Gefühl, dass alles ihretwegen geschah. Doch ohne weitere Worte war sie zum Wagen gestürmt, hatte sich die Muskete gegriffen und auf Aba Te! geschwungen. Sie ignorierte Evas Rufe und hatte nur ein Ziel: Koosten daran zu hindern, die Ochsen zu beschlagnahmen und Hans zu vernichten. Sie wollte sich ihm ausliefern. Er sollte Hans unbehelligt ziehen lassen, sie würde bei ihm, Koosten, bleiben. Ob das die beste Lösung war, wusste sie nicht. Das war ihr Verhandlungspotenzial, wenn sie auf ihn treffen würde.

Aba Te! flog nur so dahin, und zu jedem anderen Moment hätte sie den Wind im Gesicht begrüßt, nun empfand sie ihn wie Tausende kleine Schläge ins Gesicht. Sie galoppierte zur Bittermandelhecke, da sie sich nicht traute, einen der offiziellen Übergänge wie Ruiterwacht zu passieren. Ihr Treffen mit Koosten sollte so wenige Zeugen wie möglich haben. Ohne darauf zu achten, ob sie sich an den Dornen ihre Kleidung aufriss, führte sie Aba Te!, der nur widerstrebend den Pfad entlangschritt, durch die Hecke.

Erneut schwang sie sich auf das Javapony, weiterhin fest entschlossen, ihren Mann zu retten. Sie hätte Koosten bei ihrer Ankunft am Kap stellen sollen. Damals hätte sie unter Umständen gewonnen, heute war sie in jeder Hinsicht die Verliererin. Damals war es allein ihr Leben gewesen mit dessen miserablen Zukunftsaussichten, das sie hatte verlieren können. Heute besaß sie Land, Fertigkeiten und Kenntnisse, einen Mann und ein Pferd. Heute verlor sie ihre Zukunft, um sich zu unterwerfen. Aber sie bereitete Hans und Amisha eine Perspektive, wie sie hätte sein sollen, wenn sie, Catharina, weiter nach Batavia gesegelt wäre. Amisha, die sich nun einfachen Soldaten wie

Sniffelmann zuwandte, konnte endlich wieder Hans wählen. Er seinerseits konnte sie vielleicht der Compagnie abkaufen, und wenn nicht, würden sie fliehen, zu den Franzosen gehen können. Auch wenn Hans sie nicht heiraten konnte, sie würden zusammenleben. In Saldanha.

Auf Höhe der Schlangengrube sah sie Koosten aus dem Wald geritten kommen. Er führte keine Tiere mit sich, aber sie konnte sicher sein, dass er das Versteck gefunden hatte. Sie lenkte Aba Te! zu einer kleinen Baumgruppe von *geelhoutbooms*, weg von den Steinen, auf denen sich heute wie gewohnt ein paar Schlangen sonnten. Dann wartete sie darauf, dass Koosten sie sehen würde, sichtbar, wie sie war.

Sie musste nicht lange warten, da galoppierte er auf sie zu. Aba Te! blieb ruhig stehen, obgleich Koosten nur wenige Meter vor ihm sein Tier zum Halten brachte.

»Sieh an.« Koosten lehnte sich entspannt nach vorn.

Er war nicht der Bittsteller, sie musste reden. »Ich will dir ein Angebot machen«, begann Catharina und legte bewusst Festigkeit in ihre Stimme.

»Wie sieht das aus?«

»Du hast gesagt, dass du mich willst.«

»Das habe ich mal gesagt, ja.«

»Du lässt Hans in Ruhe, hast nichts im Wald gesehen, dafür komme ich zu dir.« Sie hatte es ausgesprochen, das Wahnsinnige.

Koosten lachte auf. »Du traust dich was. Meinst du wirklich, du kannst die Bedingungen stellen?«

Zu spät sah sie seine Nilpferdpeitsche durch die Luft sirren. Sie schnitt in Aba Te!s Maul, der sich augenblicklich aufbäumte. Catharina stürzte vom Pferd, knallte auf den Rücken und damit auf die Muskete. Der Schmerz durchzog sie. Koosten ließ die Peitsche erneut tanzen, dieses Mal auf Aba Te!s Rücken, und das Pony jagte davon. Als Koosten von seinem Tier sprang, fiel sein Schatten über sie her. Catharina blieb liegen, rührte sich nicht. Ihr Messer steckte zwar im Ärmel, aber es war zu früh, es zu ziehen.

Koosten öffnete seine Hose. »Ich hätte zu gerne meine gestreifte Hose getragen bei dem, was ich jetzt tue.« Er kniete sich hin, spreizte ihr die Beine. »Ich will dich einmal besitzen. Danach will ich euch alle tot sehen. Die ganze Brut um Lacus.«

Catharina blieb trotz aller Anspannung und Schmerzen ruhig liegen. Die Waffe drückte in ihren Rücken. Sobald Koosten die Hose runtergezogen hatte, würde er unbeweglicher sein. Noch hielt er diese fest. Sie redete, um Zeit zu gewinnen. »Damit keiner deine Vergangenheit kennt? Es wird stets einen geben, der um dich weiß.«

»Aber sie werden immer weniger.« Koostens Stimme klang siegesgewiss. »Ich will *fiscal* werden, *secunde*. Und eure *farm* wird mein Bosheuvel, mein Sommersitz.«

»Du bist wahnsinnig.« Ihre Hand eilte zu ihrem Messer, doch Koosten war schneller, warf sich auf sie, hielt ihre Handgelenke fest.

»Ich kenne dich.« Sein Mund presste sich auf den ihren.

Auf einmal meinte sie, Pferdegetrappel zu hören. *Aba Te! kommt zurück.* Koosten hob den Kopf, ließ augenblicklich von ihr ab und sprang auf. Als Catharina ihren Kopf hob, sah sie Hans auf Thielemanns Pferd auf sie zugaloppieren, seine Muskete im Anschlag. Hinter ihm saß Amisha.

Koosten riss Catharina hoch, wollte sie als Schutzschild nutzen. Hans' Kugel sollte sie treffen und töten. Sie schlug seine Hand beiseite, duckte sich weg und sah, wie Hans' Pferd auf einmal taumelte. Hans linker Arm schnellte nach oben, und ein Schuss fiel. Er ging ins Leere. Im nächsten Moment hob Koosten wieder seine Peitsche, ließ sie durch die Luft schnellen. Mit einem Schrei schubste Catharina ihn zur Seite, dabei fiel ihm eine Pergamentrolle aus der Jackentasche.

»Komm zu mir«, rief Hans ihr zu, immer noch auf Thielemanns Pferd sitzend, während Amisha herabglitt.

Catharina hörte ihn, folgte jedoch nicht seiner Aufforderung. Zitternd trat sie auf die Peitsche, bevor Koosten wieder die Hand erheben konnte.

»Ich bring euch ins Loch. Euch alle drei. Und dann verschiff ich euch nach Mauritius.«

Catharina zog an der Peitsche, die Koosten festhielt, während sie aus dem Augenwinkel sah, wie Hans erneut die Muskete stopfte. Doch Koosten war stärker als Catharina, entriss ihr die Peitsche, rannte ein paar Schritte in Hans' Richtung. Mit einem Knall schnellte das dünne Leder nach vorn und holte Hans aus dem Sattel. Er fiel zu Boden, wo er reglos liegen blieb. Sofort nahm Amisha Hans' Muskete und richtete sie auf Koosten.

Koosten ließ seine Nilpferdpeitsche über den Boden tänzeln. »Das willst du nicht. Hier ...« Er ging zur Rolle, bückte sich und hob sie hoch. »Unterschrieben vom Gouverneur von Batavia. Deine Pardonierung. Aber mit einem Mord an mir hängst du. Und ihr anderen auch. Ihr seid von mir abhängig. Von mir allein.«

Die Muskete in Amishas Hand zitterte. Koosten konzentrierte sich einen Augenblick zu lange auf sie. Catharina riss ihre Waffe vom Rücken. Sie war nicht geladen. Sie musste bluffen. Nun zielten sie von zwei Seiten auf Koosten. Seine Peitsche tanzte auf dem Boden nunmehr von rechts nach links. Er ließ sie zu Catharina zischen, scheuchte eine Kapkobra auf, die zuvor unsichtbar im Gras gelegen haben musste. Bevor Koosten mit der Peitsche treffsicher ausholen konnte, rannte Catharina auf die Kobra zu, hob das Reptil mit dem Lauf der Muskete hoch und schleuderte es gegen Koosten.

Die Schlange prallte an seinem Bauch ab und fiel zu Boden, richtete sich jedoch sofort angriffslustig auf. Wieder riss Koosten seine Peitsche hoch. Zu spät. Die Schlange sprang ihn an, biss ihn in den Oberschenkel. Koostens Schrei gellte durch die Steppe, als er auf die Knie fiel.

Während die Schlange davonschlängelte, rannte Catharina zu dem fassungslosen *sergeant*, entwand ihm den Peitschengriff.

»Du Miststück!«, rief er, während er zur Seite kippte.

Endlich konnte Catharina zu Hans eilen, neben dem bereits Amisha kniete. Ein schmaler roter Streifen, aus dem Blut sickerte, zog sich über seine rechte Wange. Amisha wischte es weg. Hans stöhnte, schlug die Augen auf, sah von der knienden Amisha zu Catharina und stieß ihren Namen hervor.

»Alles wird gut«, sagte Catharina. »Ihr habt euch wieder.« Sie nahm die geladene Muskete an sich, ging zu Koosten und zielte auf ihn.

»Nein.« Amisha war ihr augenblicklich gefolgt.

Catharinas Blick irrte zu der Bengalin.

»Warten.« Amishas Ton war sehr bestimmt. »Bis jetzt hast du ihn nicht getötet. Die Schlange hat ihn gebissen. Niemand kann dir was. Wir sind unschuldig.«

Koostens Blick ging von Amisha zu Catharina. »Helft mir! Bringt mich zur Station.«

Amisha trat einen weiteren Schritt auf ihn zu. Anstatt ihm eine Hand zu reichen, griff sie nach der Pergamentrolle, dem angeblichen Entlassungsschreiben.

»Hilf mir! Dann lasse ich dich frei.«

Die Sklavin trat noch einen Schritt näher auf ihn zu. Catharina glaubte schon, sie wolle seinem Flehen nachgeben, da spuckte ihm Amisha mitten ins Gesicht. Koosten richtete sich auf.

»Beweg dich nur. Umso schneller wirst du sterben.« Amishas Stimme war scharf wie ein Messer.

»Sterben?« Koosten riss die Augen auf. Er griff sich unsicher an die Kehle, schluckte.

»Wir müssen nur warten.« Amisha zog Catharina mit sich zu Hans, der sich mittlerweile aufgerappelt hatte.

»Habe ich ihn getroffen?«, fragte Hans, der offenbar nichts von den Geschehnissen mitbekommen hatte.

»Eine Schlange hat ihn gebissen«, antwortete Amisha für Catharina. »Er hat mein Entlassungsschreiben unterschlagen.« Sie hob die Pergamentrolle hoch.

Hans sah zu Catharina. »Dann hast du Erfolg gehabt.«

»Erfolg?« Amisha sah ihn fragend an.

Hans rieb sich die schmerzende Stelle am Kopf. »Catharina

und Eva haben einen Brief an Maetsuijcker geschrieben nach Everards Tod.«

Amishas Blick wanderte zu Catharina. »Du solltest dich doch nie mehr in mein Leben einmischen.«

Catharina zuckte mit den Schultern.

»Halt!«, schrie Hans plötzlich.

Koosten hatte ihre Abgelenktheit genutzt und versuchte, auf allen vieren zu seinem Pferd zu kriechen. Mit einem wütenden Grollen stand Catharina auf, führte das Pferd außerhalb seiner Reichweite.

»Bitte, ich verschone euch auch«, flehte Koosten.

»Wir sollten ihn zur Station bringen. Wer weiß, wer ihn suchen kommt«, sagte Catharina.

»Aber erst suchen wir Aba Te!«, erwiderte Amisha. »Wir müssen Zeit gewinnen.«

Damit war Catharina im Reinen. Um keinen Preis der Welt würde sie ihr Pferd hier in der Wildnis lassen, zudem hatte sie vor sich selbst eine gute Entschuldigung dafür, das Schlangengift weiter in Koostens Körper wüten zu lassen.

Sie mussten nicht lange suchen. Aba Te! stand unter einem Baum, wo er in aller Ruhe graste. Als sie mit dem Pony zu Koosten zurückkehrten, konnte dieser bereits nicht mehr laufen, und sie mussten ihn auf sein Pferd hieven. Seine Augenlider hingen halb über den Augen, aber er bekam mit, dass sie ihm halfen. Catharina hätte nicht gedacht, dass sie je so etwas wie Dankbarkeit in seinen Augen sehen würde.

Nachdem sie schweigend die Bittermandelhecke durchschritten hatten, fiel Koosten vornüber auf den Hals seines Pferdes. Es war Zeit, schneller zu reiten.

Kurz vor der Station kreisten zwei Geier über den ersten Häusern. Zunächst konnte Catharina sich keinen Reim darauf machen. Beim Näherkommen sah sie jedoch, was die Geier begehrten. Am Eingang zur Station prangte, aufgespießt auf einen Stock, Zaras Kopf. Das hatte Crudop veranlasst, zur Abschreckung. Ein dritter Geier hockte auf ihrem Kopf, pickte ein Auge heraus. Auf Catharinas Brüllen hin flog der Aasfresser davon und gesellte sich wieder zu den anderen beiden, die ihre Kreise in der Luft zogen. Catharina band ihr Schultertuch los, lenkte Aba Te! neben Zara und verhüllte ihren Kopf. Dann wandte sie sich zu Hans und Amisha um, die nach wie vor gemeinsam auf Thielemanns Pferd saßen. Sie blickte ihren Mann entschlossen an. »Hier sollten wir uns trennen.«

Amisha schüttelte den Kopf. »Manchmal wissen wir gar nicht, wie mutig wir sein können, bis uns das Leben zwingt.«

»Ich wünsche euch beiden alles Glück der Welt. Jetzt, wo du frei bist, wird es noch einfacher für euch beide.« Ohne auf eine Antwort zu warten, ließ sie Aba Te! in einen scharfen Trab fallen und zog Koostens Pferd hinter sich her. Es musste schließlich so aussehen, als hätte sie es die ganze Zeit über eilig gehabt, den *sergeant* zu retten.

52. KAPITEL

»Schnell, schnell!«, rief sie den Soldaten vor dem Siechenhaus schon von Weitem zu.

Im Laufschritt kamen zwei der Wachen zu ihr, nahmen den reglosen Koosten vom Pferd und trugen ihn ins Siechenhaus. Catharina folgte ihnen durch den großen Saal in den kleineren Raum, in dem schon du Maulier gelegen hatte.

Der *surgeon* beugte sich über Koosten. »Was ist passiert?«

»Ich weiß es nicht. *Sergeant* Koosten kam mir auf dem Weg zu meiner *farm* entgegen, nach vorne gebeugt. Ich bin sofort umgekehrt und habe ihn hergebracht.«

»Das war recht. Legt ihn hierhin.«

Die beiden Soldaten betteten den bewusstlosen Koosten auf einen Strohsack. Der *surgeon* hob Koostens schwere Lider an. Dann fasste er nach seinem Arm, hob ihn hoch, ließ ihn los. Der Arm wollte der Schwerkraft zunächst trotzen.

»Der Arm ist wie erstarrt. Helft mir!« Gemeinsam entkleideten sie Koosten, wobei Catharina weiter die Nichtwissende spielte.

Der *surgeon* fand die schwarzblaue Wunde im Oberschenkel. »Ein Schlangenbiss.« Er zeigte auf die Wunde.

»Was soll ich tun?«, fragte Catharina.

»Es ist zu spät. Die Lähmung ist eingetreten.« Der *surgeon* wandte sich ab.

Und wirklich. Koostens schmerzverzerrtes Gesicht veränderte sich ein weiteres Mal. Catharina erkannte das Antlitz des Todes, das sich aus den Gesichtszügen herausschälte. Dieses eine Mal war der Sensenmann ihr Freund. Koosten würde ihr nie wieder etwas tun können, auch nicht Hans, Eva, Thielemann oder Amisha.

»*Você pode ir.* Du kannst gehen.« Anna brachte eine Schüssel mit Wasser. »Er stirbt sicher.«

Die Art, wie die Sklavin aus Angola sie ansah, zeigte ihr, dass sie beide Koostens Tod herbeisehnten.

Catharina dachte an Simon. Der Schiffsjunge war gerächt, und wer wusste, wie viele noch. Hans war frei, Amisha war frei. Sie war allein, mal wieder. Sie wusste nicht, wohin sie ihre Schritte lenken sollte. Batavia war nicht unmöglich, wenngleich nicht mehr ihr Wunschziel. Sie musste nachdenken. An einem Grab. Sie würde zu du Maulier gehen.

Sie führte Aba Te! um das Fort herum zum Friedhof, der um viele Gräber angewachsen war. Dort angekommen, sah sie eine Gestalt, die sich aus dem Schatten der Wand des alten Forts löste. Es war Hans.

»Was machst du hier?«, fragte sie gepresst.

»Ich wusste, dass du hierherkommen würdest. Ist es vorbei?«

»Vielleicht ja, vielleicht erst in einer Stunde.« Mit herabhängenden Armen sah sie ihn an. »Du kannst jetzt am Kap bleiben.«

»Wir alle können bleiben.« Hans nahm ihre Hand und zog sie an sich. Sie nahm seinen vertrauten Geruch wahr. Das war zu viel für sie. Augenblicklich begann sie zu schluchzen. Hans nahm sie in die Arme, wisperte: »Amisha ist jetzt frei, kann ihrer Wege gehen. Dank dir!«

»Ich habe es doch gesagt.« Ihre Kehle zog sich zusammen.

Hans umarmte sie noch fester. »Amisha hat mir gesagt, dass du blind bist. Sie hatte recht. Catharina, ich liebe dich. Schon lange.«

Catharina wand sich ungläubig aus seinem Arm. »Was redest du?«

»Ich liebe dich. Vielleicht sogar vom ersten Augenblick an. Gewissheit darüber habe ich seit Tryns Tod. Das war die Wahrheit, die ich dir nach meiner Rückkehr sagen wollte.« Hans atmete tief ein und aus.

»Und Amisha?« Catharina blieb auf der Hut. Niemand hatte ihr je seine Liebe gestanden. Sie glaubte nicht daran, dass jemand sie, wirklich sie, lieben konnte.

»Amisha hat schon lange andere Pläne. Spätestens seit sie weiß, wem mein Herz gehört. Deswegen gibt es Sniffelmann.«

»Oh!« Catharina konnte das alles kaum fassen. Dachte daran, wie viel Zeit sie durch Unwissenheit und Zögern hatte verstreichen lassen.

Hans nestelte etwas aus seiner Hose. Es war das Medaillon, das spurlos aus der Schublade verschwunden war und von dem Catharina geglaubt hatte, Hans würde es Amisha schenken.

»Möchtest du?« Hans' Stimme klang zaghaft.

»Was?«

»Neu anfangen.«

Catharina schloss die Augen. Ließ die Zauberworte wirken. Zauberworte aus dem Mund des Mannes, den sie liebte. Jetzt konnte sie das Medaillon tragen. Denn auch sie wurde geliebt. Wer hätte das je gedacht? Sie drehte sich um und hob mit beiden Händen ihre Haare. Sanft legte ihr Hans die Kette um und ließ seine Hände auf ihren Schultern ruhen. Dann küsste er ihren Nacken. »Und jetzt gehen wir nach Hause.«

»Nach Hause«, echote Catharina. Wie wunderbar verlockend das klang. Sie drehte sich zu ihm um. »Wir nehmen Eva mit?«

»Wir nehmen Eva mit.«

Glossar

Aba Te! (khoikhoi) – Trage mich!

Amsterdamer Roede – Maß der damaligen Zeit, entspricht ca. 3,77 Meter

assegai (khoikhoi) – Speer

assistant an de pen (niederländisch) – grob übersetzt ein Assistent mit Stift, ein Schreiber

barbier (niederländisch) – Friseur. Sie verrichteten seinerzeit auch häufig kleinere chirurgische Eingriffe wie Zähne ziehen oder gebrochene Arme und Beine richten.

Batavia – Hauptquartier der *Vereenigde Oostindische Compagnie* in Asien, heute Jakarta, Indonesien

Bosheuvel – Sommersitz der ersten Kapkommandanten. Die Gegend ist heute unter dem Namen Bishopscourt bekannt.

Caapse Vleck (niederländisch) – frühe Bezeichnung für Kapstadt

commissaris (niederländisch) – Mitglied des Kommissionsrates

council (niederländisch) – Rat des Kaps

duiker (niederländisch) – kleine waldbewohnende Antilopenart

farm (niederländisch) – Bauernhof

fijnbosch (niederländisch) – fynbos, Vegetation in Südafrika

fiscal (niederländisch) – Rangbezeichnung am Kap, juristischer Vertreter

!gãi (khoikhoi) – gut

Garotte – ein Hinrichtungsinstrument. Dabei wird der/die Verurteilte an einen Holzpfahl gefesselt. Um den Hals des Opfers wird von hinten eine Schlinge gelegt und mit einem Stock langsam zugedreht. Das Opfer erstickt durch Zusammenpressung der Luftröhre.

geelhoutboom (niederländisch) – breitblättrige Steineibe

Groote Schur – Ortsbezeichnung, zu Catharinas Zeiten eine Farm mit Getreidespeicher im Besitz der VOC

!guu (khoikhoi) – gehen

halfslag (niederländisch) – Halbblut, z. B. Bezeichnung für einen Menschen mit einem Khoi- und einem europäischen Elternteil

Heren XVII – (s. *Vereenigde Oostindische Compagnie*)

Het spejt me zeer! (niederländisch) – Es tut mir sehr leid!

Hoera! (niederländisch) – Hurra!

Hoerikwaggo (khoikhoi) – Der Berg aus dem Meer ragend (Tafelberg)

hopelooper (niederländisch) – Schiffsjunge

Hottentotte – Bezeichnung der Khoi zu Zeiten der Kolonialisierung. Die Khoi nannten sich selbst so, wenn sie mit Europäern sprachen. Heute ist es ein Ausdruck der Beleidigung. In dem vorliegenden Buch wird der Begriff lediglich deshalb benutzt, da er in der Zeit üblich war, keinesfalls mit abfälliger oder beleidigender Absicht.

ijzerhout (niederländisch) – Olea capensis, gehört zu der Gattung der Olivenbäume. Das Holz des immergrünen »Eisenholzes« ist extrem hart.

Juffrouw (niederländisch) – respektvolle Anrede für eine unverheiratete Frau

junior merchant (englisch) – Rangbezeichnung eines Kaufmanns der VOC, im Roman wurde bewusst die landläufige englische Bezeichnung gelassen (Rangfolge: senior, junior, under).

Klöntür – eine Tür, bei der es möglich ist, nur die obere Hälfte zu öffnen, während die untere Hälfte verschlossen bleibt. Man konnte mit Nachbarn »klönen«, und zugleich konnten

Tiere und kleine Kinder nicht entwischen beziehungsweise ins Haus gelangen. Der obere Flügel wurde auch geöffnet, um in den häufig fensterlosen Häusern Licht einfallen und Rauch entweichen zu lassen.

Mijnfrouw (niederländisch) – respektvolle Anrede einer verheirateten Frau

Mijnheer (niederländisch) – respektvolle Anrede eines Mannes

overseer (niederländisch) – Aufseher

Patria – Damit ist das Heimatland, die Niederlande, gemeint.

peperkoek (niederländisch) – Pfefferkuchen mit den Hauptzutaten Roggen, Zimt, Ingwer, Gewürznelken, Muskatnuss

rixdaalder (niederländisch) – Bezeichnung für eine Münzeinheit (1 *rixdaalder* = 1 real = 3 *florins* = 48 *stuivers*)

Schnüüsch – Milcheintopf aus Hans' Heimat Angeln

secunde (niederländisch) – Rangbezeichnung, Stellvertreter des Kommandanten

sergeant (niederländisch) – Militärrang

sinterklaas (niederländisch) – Name einer volksnahen Figur, die an Nikolaus von Myra angelehnt ist. *Sinterklaas* wird am 6. Dezember gefeiert, dem Todestag von Nikolaus.

suri (khoikhoi) – respektvoller Ausdruck für einen Häuptling, wurde auch für Kapkommandaten und Gouverneure benutzt

timmermann (niederländisch) – Zimmermann

!uri-khoi (khoikhoi) – Weiße Menschen

Vereenigde Oostindische Compagnie (niederländisch) – niederländische Ostindien-Kompagnie (VOC). Gegründet wurde die VOC am 16. März 1602 von siebzehn Kaufleuten (Heren XVII) verschiedener Kaufmannskompanien, um die Konkurrenz untereinander auszuschalten. Die erste Aktiengesellschaft der Welt erhielt vom niederländischen

Staat Handelsmonopole sowie Hoheitsrechte, um Land zu kaufen und zu besiedeln, Krieg zu führen und Forts und Befestigungsanlagen in Kolonien zu bauen. Über zwei Jahrhunderte lang beherrschte die VOC die Weltmeere und den Gewürzhandel (Pfeffer, Muskatnuss, Zimt etc.), bestimmte die Welthandelspreise, war mit der größte Arbeitgeber für Söldner, Soldaten, Siedler, Seefahrer u. a. Ihr Hauptsitz war in Amsterdam und Middelburg, ihr Hauptquartier im Ausland lag in Batavia, dem heutigen Jakarta, Indonesien.

vrijburgher (niederländisch) – freie Bürger, ehemalige Bedienstete oder Soldaten der VOC. Sie verpflichteten sich, für eine bestimmte Zeit am Kap zu bleiben, meist für zehn Jahre, und erhielten dafür Land, das sie auch kaufen konnten oder das ihnen bewilligt wurde.

zuikenhaus (niederländisch) – Siechenhaus

Danksagung

Es waren fünf kurze Sätze über Catharina Ustings in einem südafrikanischen Reiseführer, die mich jahrelang nicht losließen und zu dem Herzenswunsch führten, dass ihre Geschichte mein erster Roman werden würde. Doch so wie es nach einem afrikanischen Sprichwort ein ganzes Dorf braucht, um ein Kind zu erziehen, so hat auch ein Buch ganz viele unterstützende und helfende Hände.

Beginnend bei der Recherche möchte ich Dan Sleigh und Dr. Christoph Driessen für ihre Expertise danken sowie Mansell Upham und Delia Robertson für ihre unvergleichliche Website, auf der sie ihr zusammengetragenes Wissen über die ersten fünfzig Jahre der niederländischen Besiedlung des Kaps (First Fifty Years – a project collating Cape of Good Hope records) der Welt ehrenamtlich zugänglich machen. Dank gilt außerdem dem »Precis of the Archives of the Cape of Good Hope«.

Lea Korte von der Romanschmiede danke ich, denn ohne ihren unermüdlichen Zuspruch und die entscheidenden Hinweise hätte ich (noch) länger gebraucht, die Unterschiede zwischen Drehbuch- und Romanschreiben zu verinnerlichen. Ihre Masterclass war eine wichtige Säule im Werdegang des Romans.

Ein großer Dank gilt meinen Testlesern und Freunden: Sigi Anthonijsz, Cornelia Martin, Michael Montebaur, Brigitte Nücke-Hartkopf und Ully Polit. Ihr Lob und ihre kritischen Anmerkungen haben mich hoffen lassen, auf dem richtigen Weg zu sein.

Ein besonderes Dankeschön gilt Andrea Dennemann für ihre medizinische Fachberatung, die Diskussionen über den Text und ihre langjährige Freundschaft. Überhaupt meine Freunde, die all die Jahre daran geglaubt haben, dass »Catharina« irgendwann das Licht der Welt erblicken wird, und mich so sehr unterstützt haben. Xenia Kalinitchenko mit ihrem unerschütterlichen

Glauben an den Stoff und an mich. Karin und Thomas Krzenck für ihre stets einleuchtenden Ratschläge. Anna Neuhaus, mit der ich, im selben Boot sitzend, Sorgen teilen konnte, Marion Eiteneuer für ihren Pragmatismus und ihre Motivation, Teresa Lang, die einem immer zeigt, dass es sich lohnt weiterzumachen. Sabine Tubbesing, mit der ich Kapstadt bereisen durfte. Wir werden wohl auf ewig die einzigen Gäste auf Vergelegen sein, die keinen Wein getrunken haben, sondern stattdessen in der Bibliothek saßen. Auf »Catharinas Weingut« Steenberg haben wir es dann nachgeholt. Loreto Rubío Oderiz, die Catharinas Geschichte nächtelang erzählt haben wollte. Jaume Domingo, der stets so viel Zuversicht verströmte, und Jos Anthonijsz für die Übersetzung der niederländischen Ausdrücke sowie Jörg Neuhaus und Simone Wermes für stets ein Glas Wein.

Meiner Familie, meinen Brüdern Gerd und Rainer, meinen Neffen, der nachfolgenden Generation und meinem Sohn Victor Morgenthaler gebührt Dank für ihren Zuspruch während der vielen Jahre der Recherche und des Schreibens.

Meiner Agentur AVA International, insbesondere Susanne Wahl, die sich spontan in den Stoff verliebte und trotz der Coronapandemie mir immer wieder Mut machte, dass die Zeit für Catharina kommen wird.

Dem Emons Verlag, der dieses Debüt aus der Taufe gehoben hat, und seinen Mitarbeitern, die stets ein offenes Ohr haben. Meinem Lektor Lothar Strüh, der mich so achtsam durch das Lektorat geführt hat.

Ich verbeuge mich vor meinen Protagonisten, die vor über dreihundertfünfzig Jahren gelebt, gelitten, geliebt haben. *We are because of them* (Inschrift Iziko Slave Lodge Cape Town)! Wer Geschichte versteht, kann die Zukunft (hoffentlich) begreifen.

Danke an das wunderbare Land am Ende der Welt.

Und danke Ihnen, dass Sie Catharinas Geschichte und die der anderen gelesen haben.